Meg Wolitzer

天才少年的黄昏

The Interestings

[美]梅格·沃利策 著　　陈阳 译

中信出版集团 | 北京

雅众文化 出品

本故事纯属虚构。人名、角色、地点和事件均为作者的想象或虚构加工后的产物，如与现实中的人物（无论生死）、事物、公司、事件或地点存在任何相似之处，纯属巧合。

献给送我去那里的父母

献给我在那里遇见的玛莎·帕克

坐在西行的火车上

我昏昏欲睡，打了个盹

做了个伤心的梦

梦见我自己和早年的友人

——鲍勃·迪伦，《鲍勃·迪伦的梦》

……只拥有一丁点才华，是一种残忍的长期煎熬……“略有一些特别”意味着在大多数时间里，你的期望值远高于现实。

——玛丽·罗比森，《你们的》

目 录

第一部分

陌生时刻

一

那一年早已蒸腾成为回忆中的岁月。那年 7 月初，在一个温暖的夜晚，有趣分子们第一次聚在一起。那一年他们都只有十五六岁。他们给自己起的这个名字带有一种试验性的讽刺色彩。朱莉 · 雅各布森一向受人排挤，甚至可以说是个怪人，不知出于什么原因，她也受邀加入了这个小圈子。此时此刻，她正盘腿坐在没有打扫过的地板上，努力在角落里找一个合适的位置，让自己既不引人注意，又不至于让人觉得可怜——艰难的平衡。圆锥形的木制帐篷做工很简陋，设计倒是别出心裁，在这样无风的夜晚，没有一丝气流穿过帐篷的纱门。朱莉 · 雅各布森很想伸直一条腿或者动动下颚——左右活动下颌骨有时能在颅腔里制造出一串令人满足的轻微声响。不过，如果此刻她以任何方式引起别人的注意，或许有人会开始怀疑她为什么出现在这里。她心里很清楚：自己其实根本没有任何理由待在这里。那天晚上早些时候，埃诗 · 沃尔夫在洗手池旁向朱莉点了点头，问她想不想加入她和其他一些人的活动。那一刻简直是奇迹降临。其他一些人，听起来都令人兴奋得发抖。

听到埃诗的话，朱莉目瞪口呆地望着她，湿漉漉的脸上还挂着水珠。她赶紧用家里带来的薄毛巾擦干脸庞。雅各布森，母亲仔细地用红色防水马克笔在皱巴巴的毛巾边缘写下她的姓氏，这份小心在这一刻看来真有点可怜兮兮。“好啊！”她本能地答应了。如果她拒绝会怎样？她喜欢在事后琢磨各种可能，由此产生的怪异的恐惧感令她异常满足。如果她拒绝那个随口发出的邀请，继续自己的生活，像个醉鬼、像个盲人、像个白痴一样踉踉跄跄地往前走，怀揣一小袋幸福便心满意足，如果是那样的话，又会怎么样呢？不管怎么样，她已经在女浴室的水池旁说了“好啊”。现在，她就在这里，在这个充满讽刺意味的陌生世界，静静待在角落，就像一株植物。讽刺对她而言是新鲜事物，带着奇妙的甜美滋味，就像从没品尝过的热带水果。过不了多久，她和其他人就会对讽刺习以为常，即使面对无比天真简单的问题，他们也无法不在回答里掺杂一丝讥诮。再过一段时间，他们会再添几分严肃，讽刺与严肃融为一体，便不再那么锋芒毕露。到那时，一年又一年越过越快，时光像飞一般流逝。不需要再等多久，他们全都会发现，自己已经成为完全意义上的成年人，生出厚实的外壳，几乎不再有重塑自我的机会——在那样的时刻，他们将为此感到震惊和悲伤。

不过，那一夜距离让他们震惊和悲伤的定型还早呢。此刻，他们坐在3号男生帐篷里，身边堆着在家洗净烘干的衣物。埃诗·沃尔夫提议：“每年夏天我们都这样坐在这里。我们应该给自己起个名号。”

“要名号干吗？”她的哥哥古德曼问道，“就为了让全世界都知道，我们多么有趣、多么令人难以置信？”

“我们可以叫‘难以置信的有趣分子’，”伊桑·费戈曼说，“怎么样？”

“有趣分子，”埃诗说，“这名字不错。”

于是就这么决定了。伊桑说：“我们毫无疑问是这个地球上曾经生活过的最有意思的人，哈！我们就是拥有无法抗拒的吸引力，我们的大脑因为充满知识和思想而膨胀，正因如此，从今天开始，我们将以有趣分子的名义闯荡江湖。让我们遇到的每一个人都被我们的有趣所折服，去他妈的，我们就是要神挡杀神，佛挡杀佛。”大家纷纷举起手中的纸杯和烟卷，在这一瞬间，空气中弥漫着荒诞的仪式感。朱莉也鼓起勇气，举起自己那杯伏特加兑果珍——他们管这种饮料叫“伏果”——庄重地点了点头。

“干！”凯茜·基普林格说。

“干！”其他人应声说道。

这个名字很讽刺，而这场即兴的洗礼仪式更像是个自命不凡的玩笑。尽管如此，朱莉·雅各布森还是认为，身边的这些少年确实很有趣。他们都来自纽约市，就像王室贵族和法国电影明星一样散发着高人一等的气质。每个参加夏令营的人都自称有艺术特长，但是据朱莉所知，真正有天赋的核心人物都汇聚在今晚这顶帐篷里。她在纽约郊外的安德希尔出生长大，在此之前从没见过这么有意思的人。他们不仅比安德希尔的邻居熟人有趣，而且比世界上的一切都更有意思，而她那时所知道的一切都像松垮不合身的衣服，糟糕透顶，令她厌恶至极。

简而言之，在1974年夏天，如果朱莉或有趣分子中的任何一员从他们沉迷的独幕剧、动画片、序列舞和原声吉他等深刻艺术中抬头看一看现实，他们会发现面前摆着一道可怕的门槛。于是他们转过身去，不再看，不再想。夏令营里有两个男孩在床头架上摆着《总统班底》的复印本，旁边是大罐的欧护驱蚊液和小瓶的过氧化苯甲酰——用来对付来势凶猛的粉刺。这本书在夏令营开营前不久刚刚出版，夜里，待到帐篷里的闲聊结束之后，其他人陷入梦乡或沉浸于节奏单调快速的手淫时，他们便就着手电筒的光读书。那帮浑蛋竟然能干出这种事？他们心想。

那是他们注定将踏入的世界：浑蛋的世界。朱莉·雅各布森和其他人在通向那个世界的门前暂时停下了脚步，他们能做什么呢？就这样一脚迈过去？那年夏末，尼克松步履蹒跚地走下总统之位，背后留下拖泥带水的足迹。营地里的所有人都将在食堂里的旧电视上见证这一时刻。夏令营经营者曼尼和伊迪·翁德里希用小推车把那台老旧的松下电视机推进食堂，这两位上了年纪的社会主义者在日渐没落的大龄社会主义圈里可都是传奇人物。

此刻，这群少年聚在一起，因为这世界令人忍无可忍，而他们却不是甘于逆来顺受的人。朱莉想稍微活动一下筋骨，于是她交换左右手臂的位置，重新将双臂拢在一起。始终没有人转身注意到她，没有人追问究竟是谁邀请了这个一头红发、满脸雀斑的怪女孩。没有人赶她走。她环顾周围昏暗的空间，所有人都懒洋洋地瘫在床板或木地板上，就像在桑拿房里一样昏昏欲睡。

伊桑·费戈曼身材健硕，相貌异常丑陋，五官扁平的脸仿佛被人按在隐形玻璃上，就像哑剧表演里那样。他半张着嘴坐在那里，腿上放着一张唱片。几天前，母亲和姐姐开车送朱莉到营地来，这个男孩是她首先注意到的几个人之一。那天他戴着一顶松松垮垮的牛仔帽，和草地上遇见的每一个人打招呼。他总是揪着自己运动短裤的下摆，给女孩们柏拉图式的熊抱，和男孩们则是兄弟式的握手。总有人高喊他的名字，“伊桑！”“伊桑！”而他则会回应每一声呼唤。

“那个男孩真可笑。”朱莉的姐姐爱伦小声说。刚刚结束从安德希尔到此地的四小时车程，她们俩走下那辆绿色的道奇达特，站在草地上。他看起来确实很可笑，然而朱莉却觉得，自己有必要替这个素不相识的男孩打抱不平。

“不可笑啊，”她说，“他看起来挺好的。”

爱伦和朱莉是姐妹俩，年纪只差十六个月。不过，姐姐爱伦有一头黑发和一张不近人情的面孔。她总能提出令人吃惊的批判性意见，姐妹俩和母亲洛伊丝居住的农场小屋里时常充斥着爱伦的批评。父亲沃伦曾经也住在那里，直到去年冬天患胰腺癌去世。朱莉永远记得与一个垂死之人生活在同一屋檐下是什么感觉。可怜的父亲总是满怀歉意地占用家里唯一的桃红色卫生间，朱莉尤其记得和父亲共用卫生间的感觉。她直到十四岁半才第一次来月经——比她认识的任何人都晚。在她急需洗手间的时候，里面往往有人，她只能抱着一大盒高洁丝蜷缩在卧室里，思考自己与父亲之间的反差：按照体育老师早在六年级就给女孩们播放的电影里的说法，她“正在进入真正成为女人的阶段”，而父亲则正在进入另一个完全不同的阶段，她不愿意去想那是什么，但那无时无刻不潜藏在她的头脑里。

1月，他去世了。父亲的死对她们而言是痛苦的折磨，却也是一种解脱。她们无法集中精力思考，也无法让自己不再去想这件事。夏天来临时，哀痛依然未曾消散。爱伦不想去任何地方，但朱莉无法继续这样下去，她不能整个夏天坐在家里，沉浸在伤痛中，也看着母亲和姐姐沉浸在伤痛中，那样她们迟早会陷入疯狂。于是，她打定了主意。她的英语老师在最后关头推荐了这座夏令营，只剩一个名额，朱莉获得了参加夏令营的奖学金。安德希尔从没有人参加过类似的夏令营，不仅因为负担不起，也因为他们根本不会有这样的想法。他们要么待在家里，要么去当地简陋的露营一日游，要么在镇上的游泳池涂一身防晒油打发漫长的白天，要么在卡维尔打工，要么干脆就在自家潮湿的房屋附近虚度时光。

大家都没有钱，似乎也没人在意有钱没钱。沃伦·雅各布森以前在克莱兰宇宙航天公司人力资源部工作；朱莉从来没搞清楚过他的工作内容究竟是什么，但她很清楚，他的薪水不够在他们的小后院里修一座游泳池。那年夏天，当她突然得到离开这里去夏令营的机会时，母亲坚持要她去。“这个家总得有人享受一点乐趣，”洛伊丝·雅各布森，这位四十一岁新近丧夫的虚弱女子说，“已经过去好一阵子了。”

今晚，在3号男生帐篷中，伊桑·费戈曼看起来和第一天在草地上一样自信满满。他很自信，同时大概也清楚自己的丑陋——他这一生都无法摆脱的丑陋。伊桑把唱片当作托盘，灵巧地卷起了烟卷。他说这是他的工作。显然，当他的手指之间没有钢笔或铅笔时，他也喜欢让它们有事可做。他是一位动画师，经常一连几小时为他的动画短片埋头绘制画稿，或者在小小的线圈本上写写画画——平时这个线圈本总是鼓鼓囊囊地塞在他的屁股口袋里。此刻，他温柔地摆弄着指间的一撮撮细小的枝叶和嫩芽（大麻）。

“费戈曼，动作快点。原住民要躁起来了。”乔纳·贝伊说。朱莉对这些人几乎一无所知，但她知道乔纳是谁。这男孩面容俊秀，黑里泛蓝的头发垂到肩膀，颈间挂着一条皮绳，他是民谣歌手苏珊娜·贝伊的儿子。在很长一段时间里，有名的母亲都将是乔纳最显眼的标签。他喜欢不分场合地使用“原住民要躁起来了”这样的表达，然而这一次用得确实有失偏颇。这里的每个人都躁动不安，可他们谁也不是此地的原住民。

这是7月的夜晚，距离尼克松像破家具一样被白宫扫地出门还有一个多月。乔纳·贝伊带着他的民谣吉他坐在伊桑对面，挤在朱莉·雅各布森和凯茜·基普林格之间。凯茜·基普林格是个整天在舞蹈房练舞和拉伸的女孩。拥有高挑的身材和一头金发，凯茜的女性魅力远远超过大多数女孩在十五岁时能够驾驭的程度。而且，后来有人直言不讳地指出，她对感情也“索取无度”。她是那种永远不会被男孩们忽略的女孩；他们不假思索地追求她，前赴后继，乐此不疲。有时，她乳头的轮廓会透过紧身衣显现出来，就像沙发垫上凸起的纽扣，然而每个人都必须无视它们。乳头的任何变化都是这样，必须被所有人无视。

在所有人的头顶上，古德曼·沃尔夫懒洋洋地瘫在上铺。他有六英尺[1]高，对阳光很敏感，骨节粗大，穿着黄卡其布短裤和布法罗

1 英制长度单位，1英尺等于30.48厘米。——编注（若无特殊说明，本书中注释皆为译注）

凉鞋，散发着极其强烈的男性荷尔蒙气息。如果这个小团体有一位领袖的话，那非他莫属。现在，他们确实都得仰视他，现实意义上的仰视。真正住在这间帐篷的另外两个男孩被彬彬有礼却斩钉截铁地请了出去，他们被要求今晚不再出现。朱莉听说，古德曼想成为一名建筑师，但他从未花时间研究建筑物如何才能矗立不倒、吊桥又如何才能承受汽车的重量。从外表上看，他没有他妹妹那么惊艳，因为粗糙的皮肤和满脸胡茬让他的外貌打了几分折扣。他并不完美，整个人都散发着慵懒的气质，但他在这里依然是一个分量十足、影响力巨大的存在。去年夏天，在《等待戈多》表演到一半时，古德曼溜进灯光间让舞台陷入整整三分钟的黑暗，就为了看看会发生什么——谁会尖叫，谁会大笑，他又会惹出多大的乱子。在黑暗中，在座不止一个女孩偷偷想象着古德曼压在自己身上的情形。他太高太壮，像个渴望和女孩做爱的伐木工人——不，准确地说，更像是一棵渴望和女孩做爱的大树。

多年以后，当初和他一起参加夏令营的人一致认为，古德曼·沃尔夫的人生轨迹实在是出人意料，却又在情理之中。当然，他们都说自己很意外——不过他们也都坦言，其实并没有那么意外。

沃尔夫兄妹从十二三岁就开始参加“林中精灵”夏令营，他们是这里的核心人物。古德曼身材高大粗犷，让人心神不宁；埃诗身材纤细，性情敏感，浅棕色的头发又长又直，是个眼神忧郁的美人。在下午的即兴表演课上，当大家在课堂上用自创的语言交谈或者学牛羊叫时，埃诗·沃尔夫会突然溜出剧场，回到空荡荡的女生帐篷里，窝在床上，边吃朱尼明特牌巧克力薄荷糖边写日记。

我开始觉得自己有太多的感受，埃诗写道，各种感觉像洪水一样冲进我心里，面对这种冲击，我无能为力。

今晚，被轰走的男孩们离开后，纱门被轻手轻脚地掩上，过了一会儿，松林另一边的三个女孩来了。在这个只有一个灯泡照明的圆锥形木屋中，一共是六个人。在夏天剩下的时间里，他们一有机会便聚在一起；而在接下来的一年半里，他们常常在纽约市见面。他们会一起再度过一个夏天。在那之后，在接下来的三十多年里，有机会便见面的只剩下其中四个人。当然，那将会是完全不同的光景。

朱莉·雅各布森，在最初的那个夜晚，她还没有把名字改成更悦耳的朱尔斯·雅各布森。这一转变将在一段时间之后巧妙地发生。叫作朱莉的时候，她总觉得做什么都是错的：她瘦得难看，而且哪怕受到最轻微的刺激——觉得尴尬、喝了热汤、在阳光下待了半分钟——她的皮肤便会呈现出斑驳不一的红色。她最近在安德希尔的宝美沙龙烫了头发，让她那一头小鹿色的头发看起来活像一条贵宾犬。这发型让她感觉受到了侮辱。用恶臭的化学物质烫发是她母亲的主意。在父亲与病魔斗争的那一年里，朱莉总是习惯性地、狂热地撕扯分叉的发梢，她的头发被扯得毛躁而狂野。有好几次，她发现一根发丝上有数不清的分叉，而她便忍不住猛力撕扯那根头发，听发丝像树枝一样在她手指间断开的爆裂声，好像一声隐秘的叹息。

有一天，她看着镜子里的自己，她的头发像鸟窝一样蓬乱。她母亲说，剪剪头发再烫一烫或许会好些。在沙龙烫完头发，当朱莉看到镜子里的自己时，她喊了一声“我靠”便闷头向停车场跑去。母亲追在她身后说，头发会伏下去的，明天就不会那么爆炸了。

“哎呀，亲爱的，它不会一直像蒲公英这样的！”洛伊丝·雅各布森从数不清的一排排汽车那头对她喊道。

现在，在马萨诸塞州贝尔纳普的青少年表演艺术和视觉艺术夏令营里，置身于已有两三年露营史的同龄人中，朱莉，来自纽约以东六十英里[1]的一座毫无特色的小镇，顶着活像蒲公英或者贵宾犬的爆炸头，这个圈外人出乎意料地引起了他们的强烈兴趣。在特定的

1　英制长度单位，1 英里约等于 1.6093 千米。——编注

时间出现在这间帐篷里，仅仅是这一事实便足以让他们为彼此的伟大而着迷。他们都认为身边的同伴是伟大人物，或者默认对方终将成就伟业。候补伟人。

乔纳·贝伊将一台和手提核弹一样沉的卡带录音机拖到面前。"我弄了几盘新带子，"他说，"超棒的原声作品。听听这连复段，真的是惊艳啊。"其他人老老实实地听着，他们信任他的品位，哪怕并不理解。乔纳在音乐响起时闭上了眼睛，朱莉端详着他心醉神迷的状态。电池快要没电了，录音机里溢出的乐声仿佛来自溺水的乐手。但显然极具吉他天赋的乔纳很喜欢这种感觉，于是朱莉也跟着喜欢，随着音乐的节拍轻轻点头。凯茜·基普林格给大家送上更多的伏果，她用可折叠水杯给自己也倒了一杯。那种露营地常用的杯子从来没真正洗干净过。乔纳还说，那杯子看起来就像古根海姆博物馆的微缩模型。"不是在夸它，"乔纳又加了一句，"杯子不应该倒塌和重建，它本身就是一件完美的物品。"再一次，朱莉发现自己在点头，对这里任何人所说的一切都默默表示赞同。

聚会的第一个小时讨论的主题是书籍，主要是显示尖刻且不满的欧洲作家的作品。"君特·格拉斯可以说是神级作家了。"古德曼·沃尔夫说，另外两个男孩表示同意。朱莉其实从没听说过君特·格拉斯是何许人也，但她不打算暴露自己。如果有人问起，她会坚称自己也很喜欢君特·格拉斯，但她会给自己留一点余地："我很喜欢他的书，不过读得不多。"

"我认为阿娜伊丝·宁才是神。"埃诗说。

"你怎么能这么说？"她哥哥说，"她写的都是女孩子自命不凡的那点事。我都不知道为什么有人会去看阿娜伊丝·宁的书。她是有史以来最烂的作家。"

"阿娜伊丝·宁（Anaïs Nin）和君特·格拉斯（Günter Grass）都有变音符号'¨'，"伊桑指出，"也许这就是他们成功的关键。

我得给自己加一个。"

"你为什么会去读阿娜伊丝·宁，古德曼?"凯茜问道。

"埃诗逼我的，"他说，"我妹妹让我做什么，我就得照做。"

"也许埃诗才是神。"乔纳说着，露出俊美的微笑。

他们中有些人说自己把学校要求读的平装书带到夏令营里来；他们的暑期阅读清单都差不多，主要是那些坚实的、适合青少年的作家，比如约翰·诺尔斯和威廉·戈尔丁。"如果仔细想一想，"伊桑说，"《蝇王》差不多就是林中精灵的反面。一个是彻底的噩梦，另一个是乌托邦。"

"是啊，截然不同的反面。"乔纳说，这是他的另一个口头禅。不过朱莉心想，都说了"截然不同"，还有必要再说"反面"吗?

父母也是讨论的话题，说起父母，他们大多表现出了宽宏大量的蔑视。"我只是觉得，我母亲和父亲分居跟我完全没有任何关系，"伊桑·费戈曼含住烟卷吸了一口，接着说，"他们只顾着自己那一堆事情，也就是说，他们基本不怎么管我，我过得不要太自在噢。当然，要是我爸能定期在冰箱里放些吃的就更好了。喂饱你的孩子——我听说这是最近的风尚。"

"到迷宫来吧，"埃诗说，"你会得到全方位的照料。"朱莉不知道迷宫是什么——纽约城里某个入口曲折的私人俱乐部?她不能开口问他们，不能冒险表现出自己的无知。她依然不知道自己为什么被他们接纳，不过伊桑·费戈曼的加入同样是个谜。他矮壮结实，相貌平平，前臂满是湿疹，活像烧红的保险丝。伊桑从不脱上衣。每天泳池开放的时段，他都在动画棚里，在被阳光烤得滚烫的铁皮屋顶下和老莫·邓普顿老师待在一起。据说老莫曾经在好莱坞和沃尔特·迪士尼本人一起工作过，他总让人莫名想起迪士尼《木偶奇遇记》里的盖比特。

朱莉感觉到伊桑·费戈曼在烟卷上留下的湿漉漉的痕迹，她想象着他们俩的唾液在细胞层面上融为一体，那画面让她感到恶心。我们只不过是一个个沸腾的、终将崩坏的细胞，想到这里，她不禁暗自发笑。这时她注意到，伊桑正专注地看着她。

“嗯哼。”他说。

“什么?”

“偷笑暴露了你。也许你应该抽慢一点。”

“是啊，也许。”朱莉说。

“我一直在留意你。”

“谢了。”她说。伊桑又转回去和其他人说话。但在飘飘欲仙的恍惚状态下，她觉得伊桑俨然将自己视为她的守护者。她脑中飘荡着恍惚状态下才会有的念头，聚精会神地看着挤满这间圆锥形帐篷的、由人体细胞聚合而成的作品——那个丑陋而善良的男孩；平庸的、一无是处的自己；坐在她对面的美丽而精致的女孩；女孩那个有着磁铁般吸引力的哥哥；那个说话轻声细语、性格温柔的著名民谣歌手的儿子；最后还有那个性感自信但稍显笨拙、金发扎成马尾辫的爱跳舞的女孩。他们都是无数细胞的聚合体，聚在一起组成这个独一无二的小团体——说话从来没有任何分量的朱莉·雅各布森突然决定爱上这个小团体。她决定爱上它，一生矢志不渝。

伊桑转过身对大家说：“如果我母亲想甩了我父亲和我的儿科医生搞在一起，那我只能祈祷，他抠完孩子屁股以后记得打肥皂洗手。”

“等等，费戈曼，所以我们是不是可以推测，你的儿科医生用手抠病人的屁股，也包括你的屁股?”古德曼说，“我不想跟你说这个，兄弟，但是他不该这样做。这违反了《希波克拉底誓言》，你知道，‘首先，不要动手抠屁股’。”

“不，他没那么干。我只是想说得恶心一点，好引起你们的注意，”伊桑说，“这是我的方式。”

“嗨，好吧，我们懂你的意思了；父母分居让你觉得恶心。”凯茜说。

“埃诗和我可体会不到，”古德曼说，“因为我们的父母就像涨潮时的蛤蜊一样美满。”

“是噢。爸妈还当着我们的面舌吻呢。”埃诗露出一副大惊失色的样子，但她的语气听起来很自豪。

在夏令营的第一天，朱莉匆匆见过沃尔夫的父母一面，他们看起来很年轻，充满活力。吉尔是新公司德崇·本海姆证券公司的投资银行家，他俏丽的妻子贝琪不仅对艺术感兴趣，厨艺更是了得。

“你的所作所为，费戈曼，”古德曼继续说道，“就是‘我的家庭关我屁事’那一套，然而事实上就是关你屁事。说实话，我觉得你为此痛苦。”

“我不是要转移话题，回避我家庭破碎的悲剧，”伊桑说，“但我们还有更大的悲剧值得讨论。”

“比如呢？”古德曼说，“比如你这个奇怪的名字？”[1]

“比如美莱村惨案？”乔纳说。

“哇噢，民谣歌手的儿子一有机会就提越南那事。”伊桑说。

“闭嘴。”乔纳说，但他并没有生气。

他们都安静了一阵子。当讽刺遇上残暴行径，你很难把握究竟该如何处理。显然，大多数情况下，应该在那样的时刻消停一会儿。消停一会儿，等那种感觉散去，然后再继续别的话题，虽然这种做法十分恶劣。伊桑开口说道：“我想在此郑重声明，伊桑·费戈曼这个名字没那么难听。古德曼·沃尔夫才是个烂名字，听起来像个清教徒。‘古德曼·谦谦君子·沃尔夫’，欢迎您大驾光临。”[2]

在迷醉状态下，朱莉觉得眼前在上演一出讽刺剧，或者说，是

---

1 伊桑·费戈曼（Ethan Figman），其姓氏 Figman 可拆分为 fig（无花果）和 man（人），即可解读为“无花果人”。

2 沃尔夫（Wolf）字面意思是“狼”，古德曼（Goodman）字面意思是“好人”。

他们在这个年龄段能做到的最接近讽刺剧的表演。其中并没有多少真正的才智，但发挥才智的机能已被充分调动起来，跃跃欲试，以待来日。

“我们在宾夕法尼亚州有个表兄弟，”埃诗说，“他学校里有个女孩叫克雷马·希曼斯[1]。”

“你编的吧。”凯茜说。

“不是她编的，”古德曼说，“是真的。”埃诗和古德曼突然显得认真严肃起来。如果这兄妹俩合起伙来骗人，那他们早已琢磨出极具说服力的套路。

“克雷马·希曼斯，”伊桑若有所思地念叨，“好像一碗……精液熬成的汤。精液浓汤。金宝汤公司有这种口味，一推出就被叫停了。”

“别说了，伊桑，你说得太有画面感了。”凯茜·基普林格说。

“那可不，他就是平面艺术家嘛。”古德曼说。

所有人都笑了。这时，古德曼毫无预兆地从上铺跳下来，整个圆锥形帐篷都为之一震。他往凯茜·基普林格的床上一躺，靠在她的脚下，真的卧在她的脚上。她烦躁地坐起身来。

“你干吗呀？”凯茜说，“你压到我了。还有你身上的味道。我的天哪，那是什么味道，古德曼，你用古龙水？”

“是啊。是轻舟。”

“好吧，我讨厌这味道。”但她没有推开他。他在她身边蹭来蹭去，拉着她的手。

“现在让我们一起为克雷马·希曼斯默哀吧。”朱莉听到自己说。她原本打算今晚一句话都不说；话一出口，她便担心自己犯了错误，不该插话卷入其中。卷入什么？她思量着。卷入这群人。不过，也许她并没有做错。他们都将目光投向她，打量着她。

1　克雷马（Crema）字面意思是“奶油”，希曼斯（Seamans）与精液（semen）发音相同。

“长岛姑娘开口了。”古德曼说。

“古德曼，你这话听起来有点糟糕噢。”他妹妹说道。

“我就是有点糟糕。”

“好吧，是让你像纳粹一样糟糕，”伊桑说，“就像用代号提醒大家朱莉是犹太人。”

“我也是犹太人，费戈曼，”古德曼说，“和你一样。”

“不，你才不是，”伊桑说，“就算你父亲是犹太人，可你母亲不是。你得有个犹太母亲才行，否则他们会把你从悬崖上扔下去。”

“犹太人？他们才没那么暴力。美莱村惨案又不是他们干的。我就逗个乐嘛，”古德曼说，“雅各布森明白的，对吧？我只是和她开个小玩笑，对不对，雅各布森？”

雅各布森。听他这样喊她，她很兴奋。尽管她幻想中的男孩应该不会这样喊她。古德曼看着她笑了笑，她不得不努力控制自己，不让自己站起来伸手去抚摸他灿烂的脸庞；她从来没在像他这样英俊的男孩身边待这么长时间。她再次举起杯子，甚至不知道自己究竟在做什么。可他仍然看着她，其他人也仍然看着她。

“喔，克雷马·希曼斯，无论汝身在何方，”她大声说，“你的人生都将是悲剧一场。天不假年，一场……动物杀精器引发的事故将速速了断你的生命。”这段话让人产生不好的联想，荒谬，夹杂着凭空捏造的词，却在帐篷里引得一片赞叹之声。

“瞧，我就知道请她来是有道理的，”埃诗转向其他人说，“‘杀精器’，你可真行，朱尔斯！”

朱尔斯。就是这个名字，就是这一刻：不经意的转变让一切都不再相同。来自郊区、害羞又无足轻重的朱莉·雅各布森刚刚发出了人生中的第一声呼喊，就这样在瞬息间轻巧地变成了朱尔斯，对于一个外表笨拙、内心却极度渴望得到关注的十五岁女孩来说，这个名字比朱莉好太多了。这些人不知道平时大家如何称呼她；在夏令营的最初几天，他们没怎么注意她，当然，她早就注意到了他们。在新的环境里，转变身份成为可能。朱尔斯，埃诗这样喊她，其他人立刻学着埃诗的样子。现在，她成了朱尔斯，以后也永远是朱尔斯。

乔纳·贝伊拨着母亲的旧吉他。苏珊娜·贝伊在儿子出生之前，曾于20世纪50年代末在这片营地里教民谣吉他。从那以后的每个夏天，哪怕在成名之后，她也偶尔会来这里即兴演出，显然，今年夏天也不例外。她只会来一天，没人知道具体是什么时候，连她儿子也不知道。现在，乔纳开始弹奏一些漫不经心的前奏，接着是花哨的拨片演奏。他似乎没留意自己在弹什么；他就是那种音乐才能与生俱来的人，演奏起来似乎不需任何努力，也不花费任何心思，音乐便从他指间流淌出来。

“哇噢。”朱尔斯看着他弹吉他的模样不禁赞叹，或者只是动了动嘴——她不确定自己有没有发出声音。她想象他几年后就会像他母亲一样成名；苏珊娜·贝伊会带领乔纳进入她的世界，把他叫到舞台上；那是不可避免的。现在，他似乎在不经意间演奏起他母亲的一首歌，好像是《随风而逝》，于是他很快换成了《奇恩异典》，以此纪念古德曼和埃诗·沃尔夫那位宾夕法尼亚州表兄弟的女同学，那位也许确有其人，也许根本不存在的女同学。

他们在一起待了一个多小时，后来夜间巡逻的辅导员谷德伦·西格多蒂尔走进了这顶圆锥形帐篷，这位编织课辅导员兼救生员来自冰岛，留着平头，手里握着一只笨重的、坚不可摧的手电筒，看起来好像是夜间冰上钓鱼的专用设备。她四下打量一番，然后说道：“行啊，年轻的朋友们，我敢说你们一直在抽烟。你们也许觉得这很酷，但是这一点也不酷。”

“你错了，谷德伦，”古德曼说，“只是我的轻舟味。”

“什么？”

“我的古龙水。”

“不对，我觉得你们是在搞大麻派对。”她坚持道。

“嗯，”古德曼说，“香水里确实有某种植物成分。不过，既然你让我们认识到了自身行为方式的错误，这种情况就永远不会再发生了。”

“这还差不多。还有，你们不能男女混住。”谷德伦说。

“我们不是男女混住。”凯茜·基普林格说，她打理好自己，坐在古德曼身边的床上，他们挨得那么近，但两人都没有显露出丝毫慌乱。

“不是？那告诉我你们在干什么。”

“我们在开会。”古德曼说，用一侧手肘撑在床上支起身体。

“我能看得出来你们在耍我。”谷德伦说。

“不，不，是真的。我们建立了一个小组，这关系到我们的一生。”乔纳说。

“嗯，”谷德伦说，“我不想看到你们被遣送回家。现在请散会吧。还有，你们这几个女孩，现在请你们马上回到松树林那边去。”

于是三个女孩走出圆锥形帐篷，用手电筒的灯光探路，聚在一起不紧不慢地向前走去。朱尔斯正走在小路上，忽然听到有人喊了一声“朱莉”。她停下脚步转过身，手电的灯光扫向声音传来的方向，原来是伊桑·费戈曼跟在她身后。“我是说，朱尔斯？”他说，“我不知道你更喜欢哪个名字。”

“朱尔斯不错。”

“好的。嗯，朱尔斯？”伊桑走上前来，站在离她很近的地方，近得让她觉得可以直接看穿他。另外两个女孩没有等她，继续向前走去。“你现在没那么嗨了吧？”他问道。

“是啊，谢谢。”

“你需要一个控制开关。脑袋侧面装个旋钮，转一转就好了。”

“那倒是个不错的主意。”她说。

“我能给你看些东西吗?”他问道。

“你的头部旋钮?”

“哈哈，不是。跟我来，很快就好。”

她任由自己被他带着走下山坡，向动画棚走去。伊桑·费戈曼推开没有上锁的门。走进屋里，室内散发着略带焦味的塑料气息，他打开荧光灯，灯光一下照亮了房间精彩纷呈的全貌。到处都贴满了画稿，大多数都是这个拥有古怪天赋的十五岁男孩的作品，间或也能看到其他动画学生的作品象征性地挂在那里。

伊桑将幻灯片放进投影仪，然后关上了灯。“看，”他说，“我要向你展示的是我脑子里的内容。从小我就喜欢晚上躺在床上，幻想一部动画片在我脑海中上演。人设是这样的：这个害羞孤独的小孩名叫瓦利·费戈曼，他和父母一起生活，父母总是吵架，是那种可怕的父母，他痛恨自己的生活。所以，每天晚上，当他终于可以一个人待在房间里时，他就从床底下拿出一个鞋盒，里面就是这个小小的星球，这个叫作费戈大陆的平行世界。”他看着她，“还想听吗?”

“当然。”她说。

“有一天晚上，瓦利·费戈曼发现自己能钻到鞋盒里面，他变成一个小人走进了那个小世界。在那里他不再一无是处，而是控制着整个‘费戈大陆’的成年人。费戈宫是总统生活的地方，政府非常腐败——瓦利必须解决这个问题。噢对了，我说过这部卡通很好笑吗?这是一部喜剧。或者说，应该是一部喜剧吧。我觉得你懂的。也许你不懂。”朱尔斯张嘴想回答，但是伊桑紧张地继续说了下去。“总之，‘费戈大陆’就是这个样子，我都不知道为什么要给你看这个，但其实我知道，就是因为，”他说道，“今晚在帐篷里我忽然发现，你和我可能有那么一点点共同之处。你知道，那种鉴赏力。也许你有可能会喜欢这个。但我得提醒你，也许你会非常非常不喜欢。不管怎么样，你实话实说就行。稍微说两句实话就行。”他最后补上一句，焦虑地干笑了一声。

画面跃然出现在幕墙上。片头字幕显示“费戈大陆”，古灵精怪的人物手舞足蹈，噼里啪啦地闹腾起来。他们说话的语调叽叽喳喳，听起来都有一点伊桑的影子。费戈星球上的人物形状变幻不定，有时像蠕虫，有时像阴茎，眼神色眯眯的，却又让人很喜欢。而在投影仪光线的映照下，伊桑本人的丑陋清晰可感，他手臂的皮肤上布满密密麻麻的角质化突起，构成一幅皮肤病人的卡通画。“费戈大陆”上的人物们踩着小推车，在街角演奏手风琴，有几个人闯进了费戈门酒店。人物对话犀利又愚蠢。伊桑甚至在“费戈大陆”上也设置了一个林中精灵——林中幻影，为年轻的卡通人物开设的夏令营。朱尔斯看着他们燃起篝火，成双成对彼此爱抚，甚至在一个画面中看到他们在交媾。他们弓着背抽动身体，汗水飞洒到空中，以此表现他们卖力的样子，让朱尔斯看得面红耳赤，但她的羞赧很快被欣赏取而代之。难怪伊桑在夏令营深受喜爱。他是个天才，她现在明白了。他的卡通令人迷醉——非常聪明，非常有趣。卡通结束了，卷筒上的胶片转到了头。

“我的天哪，伊桑，”朱尔斯对他说，“真的很棒，太有创意了。”

他转过身看着她，脸上表情明亮而单纯。这对他来说是一个重要的时刻，但她甚至不明白为什么。令人难以置信的是，她的看法对他似乎很重要。“你真的觉得这好看吗？”伊桑问道，“我是说，不只是技术上的好，技术好的人太多了，你应该看看老莫·邓普顿的本事。他也算是迪士尼九大元老的荣誉成员了，可以说是第十位元老吧。”

“我这样说可能显得很蠢，”朱尔斯说，“但我不知道你在说什么。”

“噢，营地里没人知道。有九位动画师与沃尔特·迪士尼合作过经典电影，比如《白雪公主》。老莫加入得晚，但显然他也参与了很多工作。我来这里的每个夏天，他都在教我这一切，我说的是一切。”

“我看出来了，”朱尔斯说，“我很喜欢。”

“配音也都是我自己配的。”伊桑说。

“我听出来了。这都可以拿到电影院或者电视上播了。整个作品都很妙。”

“我真的高兴。”伊桑说。他就这样站在她面前微笑着，她也笑了。“你知道这意味着什么吗，”他用更加轻柔又沙哑的声音说，“你很喜欢它。朱尔斯·雅各布森很喜欢它。”她很享受听到这个陌生的名字被念出来的感觉，她意识到这名字比愚蠢老套的朱莉·雅各布森让她舒服得多，就在这时，伊桑做出了一个令她目瞪口呆的举动：他的大脑袋向她凑过来，笨重的身体跟着向前压在她身上，仿佛要把彼此的各个身体部位都凑成一对。他的嘴唇贴在她的嘴上；她知道他身上会有大麻的味道，但是凑得这么近她才发现，他比她预想的更难闻——蘑菇一样的、滚烫的、熟透了的气味。

她猛然向后一退：“等一下，干吗?”他大概是觉得他们俩半斤八两——他在这里很受欢迎，但还是有一点让人恶心；她默默无闻，顶着爆炸头，平淡无奇却得到了所有人的注意和认同。他们可以联合起来，他们可以合二为一。大家会把他们当作一对，他们俩凑成一对，从逻辑和审美层面都说得过去。虽然她的脸已经和他拉开距离，但他的身体仍然紧贴着她，她就是在那一刻感觉到他的突起——“一大块煤球”，后来她这样告诉帐篷里的其他女孩，逗得她们捧腹大笑。“就像，学校里那首诗叫什么来着——《我已故的公爵夫人》?”她会这样对她们说，至少这样能表现出她知道些什么。“这就是《我第一次碰到的 ××》。”朱尔斯后退到距离伊桑几英寸[1]的地方，不让自己身体的任何一部分触碰到他的任何一部分。“我真的很抱歉。”

1 英制长度单位，1 英寸等于 2.54 厘米。——编注她说。她的脸很烫，她身上肯定有好些地方都变得通红。

“嗨，算了。”伊桑嘶哑地说，她眼看着他的表情在一瞬间改变，他似乎决定转换到用讽刺来自我保护的模式。“你没有什么好抱歉的。我猜，我会想办法活下去的。不会因为你不愿意和我亲热就去自杀，朱尔斯。”她什么都没说，只是低下头，看着穿着黄色木底鞋的双脚踩在蒙有一层尘土的地板上。有那么一秒钟，她觉得他会气急败坏地转身走掉，把她一个人丢在那里，而她不得不独自穿过树林回去。朱尔斯看到自己在突出地面的树根间深一脚浅一脚地摸索，直到谷德伦·西格多蒂尔打着强光手电筒去树林里找她，最终发现她瘫坐在树下瑟瑟发抖。然而伊桑用温和的嗓音说：“我不想在这件事上表现得像个傻子。我的意思是，从开天辟地以来，一直都有人被别人拒绝。”

“我以前从没拒绝过任何人。”朱尔斯激动地说。“不过，”她补充道，“我也从来没接受过任何人。我的意思是，我从没遇到过这种事。”

“噢。”他说。他们一路跋涉回到小山坡上，他一直陪在她身边。走到坡顶时，伊桑转过身来看着她。她准备迎接他的新一轮讽刺，或许可能是更令人厌恶的新动作。但他只是对她说：“也许你不想和我这样的原因根本就不是因为我。”

“你什么意思？”

“你说你以前从没拒绝或接受过任何人，”他说，“你完全没有经验，所以也许你只是紧张，紧张可能掩盖了你的真实感受。”

“你觉得是这样？”她疑惑地问。

“有可能。女孩有时候就会这样，”他摆出一副久经沙场的模样继续说道，“所以我给你提个建议吧。”朱尔斯等着。伊桑说：“重新考虑一下，再和我相处一段时间，让我们看看会发生什么。”

这个要求相当合理。她可以和伊桑·费戈曼再相处一段时间，试着像情侣那样相处。伊桑很特别,她确实很高兴被他相中。她明白,他是个天才,而这一点对她很重要。“好吧。”终于,她答应了他。

“谢谢你,”伊桑说,“未完待续。”他欢快地补充道。

他一直把她送回帐篷才和她分开。朱尔斯走进帐篷准备睡觉,她站着脱下T恤,解开胸罩。在帐篷另一边,埃诗·沃尔夫已经躺在床上,包裹在内衬红色法兰绒的睡袋里,睡袋上不断重复的图案是挥动套索的牛仔。朱尔斯猜测,那睡袋很可能曾经属于她哥哥。

“你去哪里了?”埃诗问道。

“噢,伊桑·费戈曼想给我看一部他做的动画片。我们聊了一会儿,然后就变得——很难解释。”

埃诗说:“听起来很神秘啊。”

“不,没什么,”朱尔斯说,“我的意思是,确实有点什么,但是很奇怪。”

“我知道它们是什么样。”埃诗说。

“什么是什么样的?”

“那些陌生的瞬间。生活中到处都是那样的时刻。”埃诗说。

“这话是什么意思?”

“意思是说,”埃诗从床上起身,来到朱尔斯旁边坐下,“我总觉得,你一生都在为那些重要时刻做准备,你明白吗?可是当它们发生时,你有时候会觉得自己完全没有准备好,或者事情根本不是你想象的那样,所以它们就显得陌生。现实真的和幻想完全不同啊。”

“没错,”朱尔斯回应道,“我遇到的事情就是那样。”她惊讶地端详着坐在她床上的这个漂亮女孩。这个女孩似乎很理解她,虽然朱尔斯什么也没告诉她。这个夜晚背负着许多种强烈而敏锐的意义。

初吻,朱尔斯曾经设想,初吻应该让你和对方像磁铁一样难解难分;磁铁和金属注定彼此吸引,一起熔为银色和红色交织、滚烫得嗞嗞作响的液体。可这个吻完全不是那样。现在,朱尔斯愿意向埃诗倾诉关于它的一切。她意识到这就是一段友谊的开始：一个人吐露一个陌生的时刻，另一个人决定倾听而不是利用它。她们的友谊的确从那一晚开始；她们用间接委婉的方式谈论自己的事，后来，埃诗伸手想去挠肩胛上蚊子叮的包，可是怎么也够不着，她便问朱尔斯能否给她涂一些炉甘石洗剂。埃诗扯下后背的睡衣领口，朱尔斯为她点上几滴鲜艳的粉红色液体，这种液体散发出极具辨识度的气味，令人胃口大开，同时也令人难以忍受。

“你说，炉甘石洗剂闻起来为什么是这样的？”朱尔斯问道，“是它本来就这个味道，还是那帮化学家在实验室里随便弄出这种味道，结果现在所有人都以为它闻起来就是这样？”

“哈，”埃诗说，“不知道。”

“也许就像菠萝味的救生圈软糖一样。”朱尔斯说。

“你在说什么呢？”

“嗯，它们的味道根本不像真正的菠萝。只是我们已经习惯了，就觉得那是真正的菠萝味，你明白吗？结果真正的菠萝反而被丢到一边，可能也就在夏威夷还没有吧。”她停顿了一下，又说，“自从四年级学到芋泥这个词以后，我就特别想尝一尝芋泥的味道。芋泥要用手吃。”

埃诗就这样看着她，脸上浮现出微笑。“你注意到的东西都很古怪，朱尔斯，”她说，“不过是好的那种古怪。你很有意思，”她用若有所思的口气补充道，一边打了个哈欠。“今晚大家都这么觉得。”但是有意思这一点似乎让埃诗·沃尔夫格外放松。“有意思”是她需要从朱尔斯那里得到的，除了炉甘石洗剂。埃诗的家庭和她生活的世界都是高高在上的，而现在出现了这么一个有意思的女孩，局促不安却跃跃欲试，她能逗人开心，带来慰藉和感动。在她们身边，帐篷里的其他女孩也在聊天，但朱尔斯几乎没注意她们在说什么。她们只是背景噪声，她和埃诗·沃尔夫才是舞台的中心。“你真的让我笑到崩溃，”埃诗说，“但是答应我，别让我真的崩溃。”[1]朱尔斯一开始没明白她的意思，后来她懂了：埃诗开了个笨拙的玩笑，想一语双关。“你知道——就是永远别让我陷入疯狂。”埃诗解释说。朱尔斯礼貌地笑了笑，答应她不会的。

朱尔斯淡漠地想起她在家时的那些女孩朋友——她们的温和，她们的忠诚。她看见她们结伴走向学校里的储物柜，灯芯绒修身裤擦出簌簌的声响，她们用长条发夹或橡皮筋扎紧头发，或者披散着狂野的烫发。她们所有人是一个整体，不起眼，隐形。现在，和埃诗·沃尔夫一起坐在帐篷里她的床上，她仿佛正在和其他那些女孩说再见。

凯茜·基普林格的出现让她们新结下的友谊稍微暂停了一会儿。凯茜走到圆锥形帐篷的中心，脱掉自己样式复杂的大号胸罩，尽情展现出那对只有成熟女性才有的乳房。那对浑圆的球体打乱了朱尔斯的思绪，她觉得它们暴露在圆锥形帐篷里显得格格不入。朱尔斯希望凯茜根本不在这里，简妮·泽尔也不在这里，神情忧郁、有时会像出席儿童葬礼一样演奏大提琴的南希·曼吉亚里也不在这里。

倘若只有朱尔斯和埃诗该多好，那样她就能向她诉说一切。然而其他女孩就在身边。这时，身上只剩下一件长款粉色T恤的凯茜·基普林格拿出下午在镇上面包店买的越橘奶酥，搭配一把从食堂顺来的变形的叉子，和大家分享。有人——也许是沉默寡言的南希？或者是凯茜？——说了一声：“我的天哪，和做爱一样美味！”所有人都大笑起来，包括朱尔斯，虽然她心里在想，做爱（就算是美好的性爱）是不是真的能带来越橘奶酥那样的愉悦感——顺滑甜美。

今晚关于伊桑·费戈曼的话题就到此为止。女孩们传着越橘奶酥吃了好几轮，每个人的嘴唇都像野蛮人一样变成了蓝色。接着，她们躺在各自的床上，简妮·泽尔对大家说，她的双胞胎姐妹患有

1 原文“You definitely make me crack up, but promise you won't make me crack up”，英文“crack up”兼有“大笑”和“崩溃”的意思。

神经系统疾病，犯病的时候很吓人，有时候会不停地抽自己耳光。

“我的天哪，”朱尔斯说，“太可怕了。”

“她可能就坐在那儿，完全平静正常，”简妮说，“然后突然就开始打自己耳光。不管我们去哪儿，她都能让我们出丑。别人看到她那样都吓疯了。太恐怖了，不过我现在已经习惯了。”

“你只能习惯自己拥有的。”凯茜的话引起了所有人的赞同，她接着说道，“比如说，我是个舞者，但我的胸这么大。就像挺着两个邮袋到处走。可是我能怎么办呢？我还是想做一个舞者啊。”

“你应该努力去做自己想做的事，”朱尔斯说，“我们都应该努力去做自己生命中想做的事，”她的语气里突然涌现出意料之外的坚定信仰，“我是说，不然还有什么意思？”

“南希，你为什么不拿出大提琴为我们演奏一曲呢，”埃诗说，“符合气氛的那种，有情绪的音乐。”

已经很晚了，但南希还是从储物区拿来了她的大提琴，坐在床边打开双腿，凝神演奏本杰明·布里顿大提琴组曲的第一乐章。南希演奏时，凯茜站到某人的露营行李箱上，脑袋险些要碰到倾斜的天花板。她开始跳一段缓慢的自由式舞蹈，就像笼子里的艳舞女郎。“男孩们就喜欢这样，”凯茜自信地说，“他们想看你动起来，想看你的胸部摇晃，好像你能用乳房把他们打晕那样。他们想看你表现出有力量的样子，但是也要表现出你知道他们最终会赢得战斗，如果真到那一步的话。他们的心思太好猜了；你要做的就是这样转着圈扭扭屁股，有节奏地轻轻抖一抖，他们就完全受你摆布了。他们就像卡通人物一样，眼球快要从脑袋上弹出来。就像伊桑画的那些玩意。”在粉红色的T恤下面，她的身体像蛇一样舞动，衣衫偶尔掀起一角，隐约露出她阴部朦胧的轮廓。

“我们是现代音乐和情色主题帐篷！”南希欢快地喊道，“一条龙服务帐篷，满足所有男性的艺术和变态需求！”

过度的刺激点燃了每一个女孩。苍劲的琴声伴随着欢笑从帐篷里飘出来，散落在树林间，飘向男孩们，这是熄灯前在黑暗里传递的讯息。朱尔斯想到，她和伊桑·费戈曼完全不一样。但是她和埃诗·沃尔夫也完全不一样。她是介于伊桑和埃诗之间的某种存在，有一点让人厌恶，有一点让人渴望——目前还不归属于任何一方。她没有仅仅因为伊桑想，她就加入他那一方，这么做是对的。就像他说的那样，她没有什么好抱歉的。

在那八周的后来几周里，朱尔斯和伊桑大部分时间都待在一起。不和埃诗在一起的时候，她都和他在一起。有一次，她在黄昏时分和他一起坐在泳池边，马路对面是翁德里希家的灰色大房子，几只蝙蝠围着烟囱飞来飞去。她对他说了她父亲去世的事。"哇噢，他才四十二岁？"伊桑摇头感慨，"天哪，太年轻了。朱尔斯，你再也见不到他了，这真让人难过。他是你爸爸。他以前也给你唱过儿歌吧，对不对？"

"没有。"朱尔斯说。她把手指插进清凉的水里。不过就在那时，她忽然想起父亲曾经给她唱过一首歌。她惊讶地说："唱过，就一首。是一首民谣。"

"哪一首？"

她用迟疑的声音唱了起来：

> 小雨落在大地上
> 小草抬头听雨唱
> 小雨小雨点点下
> 他们把雨怎么啦？

她猛然停了下来。"继续呀。"伊桑说。虽然很不好意思，但朱尔斯接着唱道：

小男孩站在下雨天
小雨一下好多年
小草不见了
男孩消失了
雨点像泪水，无助地落下
他们把雨怎么啦？

她唱完了，伊桑怔怔地看着她。“我要疯了，”他说，“你的声音，歌词，这首歌。你知道这首歌是讲什么的吧？”

“酸雨？我觉得是吧。”她说。

他摇了摇头：“核试验。”

“你怎么什么都知道？”

他愉快地耸了耸肩。“你看，”他告诉她，“我听说当初写这首歌的时候，肯尼迪还是总统，政府一直在搞地面核试验，很多锶-90散播到空气里。雨水又把它们冲进土里，草里也有，奶牛吃了草，孩子们又喝了产出的牛奶。核辐射儿童。所以，这是一首抗议歌曲。你爸爸是搞政治的？左派？”他说，“那很酷啊。我妈走了以后，我爸就成了一个苦哈哈的软蛋。你记得我卡通里瓦利·费戈曼的父母吵架的样子吗？那些尖叫和哀号？我想你能猜到我从哪儿找的灵感。”

“我父亲不是搞政治的，”朱尔斯说，“他绝对不是左派，至少不是很明显。我的意思是，他是民主党没错，但肯定不是激进的那种。”她笑着说道，这个想法荒谬得让她发笑。但是她想到自己其实对父亲知之甚少，笑容便从她脸上滑落。他曾经是沃伦·雅各布森，一个安静的人，在克莱兰宇宙航天公司就职十年的雇员。他曾经告诉他的女儿们——在她们还没有开口问的时候——“我的工作不能定义我这个人。”但朱尔斯没有问他，什么才能定义他这个人。她几乎没问过关于他自己的事。他瘦弱，浅色头发，背负着沉重的压力，四十二岁就死了。想着自己再也不会对他有更多了解，她的情绪翻涌起来。她和伊桑一起哭了起来，然后他们不可避免地接吻了，这次没有上次那么糟糕，因为他们都尝到了同样黏糊糊的液体，而朱尔斯对于自己没有兴奋起来并不在意。相反，想着父亲已经死了让她无比绝望。伊桑的直觉告诉他，这正是朱尔斯·雅各布森所要的那种前戏。

他们就这样相处下去。她开始期待他们以后能经常一起放飞自我，分享这样的时刻。从这方面和其他方面来看，朱尔斯的生活在这里迅速发生着变化，像手翻书一样飞速前进。她曾经什么也不是，而现在她正处于这群朋友的中心，她从前不为人知的狡黠幽默为她赢得了他人的钦佩。朱尔斯是他们所有人兴趣的焦点。她是埃诗的密友，是伊桑崇拜的对象。她一来到夏令营便想成为一名演员，她尝试去演出，去扮演各种角色。起初她甚至都不想参加试镜。“我比你差远了。”她对埃诗说。但埃诗却建议她：“你知道你和我们大家在一起时是什么样子的吗？你知道那样有多棒吗？到舞台上也那样就行了。走出舒适区。朱尔斯，你又没什么可失去的。我的意思是，现在不去，还要等到什么时候？”

话剧班正在排练爱德华·阿尔比的《沙箱》，朱尔斯在剧中出演老祖母。她将这个角色塑造成一个丑陋的老太婆，她以前都不知道自己还能用那样的嗓音说话。伊桑给她上了几堂发声课，告诉她自己是怎么给《费戈大陆》配音的。他说：“你要做的就是，脑子里听见的是什么声音，就把它准确地重现出来。”她扮演的这个女人比她认识的所有人年纪都大，两个男孩搀着她上台，小心扶她坐好。朱尔斯还没开口，只是做了个瘪嘴咀嚼类似反刍的动作，观众们就哈哈大笑起来，笑声有时就会是这样，一浪高过一浪，当她说出第一句台词时，观众席里已经有人笑得打起了响鼻。一个情绪激动的辅导员似乎在尖叫。散场之后，所有人都说朱尔斯简直绝了。她真是绝了。

那一次和之后每一次的笑声都让她着迷。笑声让她更强大，更认真，更冷静，更坚定。后来朱尔斯觉得，在林中精灵，是观众一浪接一浪的欢欣鼓舞的笑声治愈了那一年她刚刚经受的哀伤。但笑声不是她唯一的解药，而是那整个地方。那里就像是一座 19 世纪欧洲的矿泉疗养地。

一天晚上，整个营地的人都被通知到草坪上集合。没有其他的信息。“我打赌翁德里希夫妇要宣布梅毒爆发了。”有人说道。

“也许是要为凯丝妈妈默哀吧。”另一个人说道。妈妈爸爸乐队的歌手凯丝·埃利奥特前几天刚刚去世，据说是吃火腿三明治的时候呛死的。火腿三明治大概是谣言，不过她的死讯却是千真万确。

“什么时候能开始？原住民要躁起来了。”大家都等着的时候，乔纳说道。

伊桑和朱尔斯一起坐在小山坡上，屁股下面垫着一条毯子。他把头靠在她的肩膀上，想看她会如何反应；一开始她什么也没做。他把头移到她的膝盖上安顿下来，仰望着渐渐暗下来的天空和串在树木之间的电线上的日本灯笼。仿佛得到某种提示一般，朱尔斯开始轻抚他的卷发，她每摸一下，他都快乐地闭上眼睛。

曼尼·翁德里希出现在众人面前说道：“大家好，大家好！我知道你们都在纳闷发生了什么事，话不多说，让我来介绍我们的特别惊喜嘉宾。”

“看。”埃诗在山坡下隔着老远的地方喊道，朱尔斯循声伸长脖子越过人群，看到一个身披日落色斗篷的女人背着吉他，小心地在草坪中选出一条路来走向舞台。那是乔纳大名鼎鼎的民谣歌手母亲苏珊娜·贝伊！她本人很美，很少有母亲像她那样美貌，一头长长的黑色直发——与朱尔斯留着蘑菇头、穿涤纶长裤套装的母亲完全相反。人群为她而欢呼。

“晚上好，林中精灵，”民谣歌手等所有人都安静下来后凑到麦克风前说道，“这个夏天过得好吗？”人群中掀起一阵肯定的欢呼。“相信我，我知道这里是全世界最美好的地方，”苏珊娜·贝伊说，“我也在这里度过了几个夏天。没有哪里比这一小片土地更接近天堂了。”说完，她用力拨了一下吉他，开始歌唱。她的声音在现场听起来和录音室专辑里一样有力。她唱了几首大家耳熟能详的歌，还邀请听众一起唱了几首经典民谣。在最后一首歌之前，她说，“今晚我带来了一位正好在附近的老朋友，现在我想邀请他一起来。巴里，你上来好吗？孩子们，有请巴里·克莱姆斯！”

在掌声中，这位留着㹴犬一样的小胡子、曾是20世纪60年代“吹哨人”三人乐队成员、在1966年夏天还曾是苏珊娜·贝伊男友的巴里·克莱姆斯，背着班卓琴上台来到她身边。“大家好，小伙子们女士们！”他向人群喊道。尖顶帽和高领毛衣是当年吹哨人乐队在音乐会和专辑封面上始终如一的搭配，但巴里在1971年单飞以后便抛弃了这身行头。现如今，他将微卷的棕发别到耳后，身上柔软的深浅格纹衬衫让他看起来像个性情温和的山地人。他低调地向营员们挥了挥手，然后便弹起了他的班卓琴。苏珊娜也弹起了吉他。两种乐器的声音交织在一起，腼腆地各自退后，然后再次交织在一起，最终汇聚成苏珊娜那首标志性歌曲的前奏。她安静地开唱，歌声越来越有力：

我步行走过山谷
穿过蔓生的野草
我一直想知道，为什么我不能满足你的需要

你想让我和她当初一样吗？
你心里想的就是这些吗？
祈祷声响起，愿风将我们带走
走上两条路……一别不回头

他们的表演激情洋溢，听众也反响热烈。演出结束后，大家都留在原地，用长柄勺从大金属碗里舀出粉红色的潘趣酒。极小的果蝇在潘趣酒表面嗡嗡飞舞，不过没人注意到周边的黑暗中还有其他飞虫。他们在那个夏天里吃下肚的虫子数量可观：潘趣酒碗里有虫，沙拉里有虫，甚至晚上张嘴睡觉的时候都会吞下小飞虫。苏珊娜·贝伊和巴里·克莱姆斯同营员们打成一片。游走在少年中的两位老友和旧日恋人看起来很快乐，红光满面，神情自然——反文化的前朝元老得到了在场所有人的喜爱。

“乔纳呢？”有人问道。一个女孩说她听人说，他在母亲的演唱会中途溜回了帐篷，说是觉得恶心不舒服；有几个人说，他偏偏在这样一个夜晚不舒服，真是可惜。见到苏珊娜，便很容易看出乔纳的美貌源自何处，不过这种美貌在男孩身上多了几分试探，又不那么招摇。

朱尔斯因站在离乔纳母亲的不远处而感到兴奋和僵硬。“我从来没靠近过名人。”她悄声对伊桑说，知道自己听起来像个乡巴佬，但她不在意。现在她在伊桑身边很放松，在埃诗身边也很放松。朱尔斯仍然很震惊：和她同住一间帐篷的那个讨人喜欢、精致而有教养的女孩竟然选择和她一起度过这么多时光，而她们的友谊又是那么无可置疑地轻松、开放和真实。晚上睡觉前，埃诗会坐在朱尔斯的床脚；朱尔斯常常逗得她大笑，但也会认真听她说话。埃诗富有洞察力，对许多问题都能提出颇有建设性的意见，但她从不指手画脚。有时熄灯后她们也聊个没完，其他女孩不得不让她们小声点。

现在，演唱会结束了，伊桑小口抿着他的潘趣酒，仿佛那是窄口杯里的白兰地。喝完，他将纸杯远远投进垃圾箱，然后将手臂放在朱尔斯的肩膀上。“苏珊娜那首《随风而逝》唱得好伤感啊。”他喃喃地说。

“是啊，真挺伤感的。”

“那让我想到，两个人将自己的一生献给对方，然后其中一个就那么走了，甚至就那么死了。”

“我倒没想到这个。”朱尔斯说。她从没听懂过那些歌词，尤其不明白一阵风怎么能将两个人吹开。“我知道这听起来是在挑刺，但是风难道不应该把他们吹到一起吗？”她问道，“只有一阵风啊，往一个方向吹，又不是往两个方向。”

“额，让我想想。”他迅速思考了一下，“你是对的。这不合常理。不过这首歌还是很忧伤。”

他阴郁地望着她，想看看忧伤的情绪是否会让她再次对他有反应。过了一会儿，他们站得距离其他人稍微远了一些，当他亲吻她时，她没有阻止。他做好了准备，就像医生给病人注射一点点过敏原，希望引发反应。他将她抱在怀里，朱尔斯努力让自己渴望他做她的男友，因为他有才华、很有趣、对她很好，而且永远都富有热情。但她对他的感觉只是朋友，一个了不起的、有天赋的朋友。她曾经那么努力地回应他，但现在她知道他们大概永远没有可能。“我不能再试了，”她脱口而出，事先毫无计划，“太难了。这不是我想做的。”

“你都不知道你想要什么，”伊桑说，“你只是很困惑，朱尔斯。你这一年失去了很重要的东西。你时不时还能感受到那种失去——伊丽莎白·库伯勒-罗斯（Elisabeth Kübler-Ross）那一套大道理。嘿，”他又加了一句，“她名字里也有变音符号。”

“和我父亲没关系，好吗，伊桑？”朱尔斯的声音有点大，有几个人好奇地向他们看过来。

“好的，”伊桑说，“我听见了。”

就在那时，古德曼·沃尔夫冲进灯笼照亮的范围里，身后跟着一个住在4号女生帐篷的嘟嘟嘴的陶艺学员，她的指甲里总是有黏土。他们站在人群外围，女孩用脑袋轻轻碰了碰他的脑袋，古德曼便低下头吻她，两人的脸都戏剧性地点亮了。朱尔斯看着古德曼移开嘴唇，她可以发誓，即使隔着这么远也能看到他嘴唇上沾了一点女孩的无色唇膏，像一小团黄油，像一件战利品。朱尔斯在想象中将伊桑的脸和身体换成古德曼。她甚至想象自己和古德曼像《费戈大陆》里的人物一样耳鬓厮磨。她想象着卡通汗珠从他们突然赤裸交缠的身体上飞溅而出。想到这里，她感受到身体的震颤，就像伊桑的投影仪射出的灯光一样震撼。情绪和感受可能突然像狂风一样席卷而来，这是她在林中精灵正在学习的道理。她永远不会成为伊桑·费戈曼的女朋友，告诉他不再尝试是对的。当然，成为古德曼·沃尔夫的女朋友很让人兴奋，但这同样不会发生。今年夏天她不会和任何人配对，不会有激情四射的交集，虽然从某种角度而言这很悲哀，但从其他角度来看又那么令人宽慰，因为现在他们可以回到男生帐篷里，他们六个，在他们那个完美、牢不可破、终生不渝的圈子里找到自己的位置。整个帐篷都会震动，仿佛他们的讽刺、他们的谈话和友谊是如此振聋发聩，以至于真的可以让一个小型木制建筑发出突突声，摇晃着为发射做好准备。

二

才华，这种难以捉摸的存在是曼尼和伊迪·翁德里希半个多世纪以来经常在晚餐时聊到的话题。永远聊不够。倘若有人研究这对老夫老妻日常对话的词频，或许会发现才华是个反复出现的词。然而，在他们灰色的大房子里，当曼尼·翁德里希坐在休营季节供暖不足的餐厅里时，他不免在想，偶尔他们真正想用这个词表达的意思其实是“成功”。

“她成了一个才华横溢的人。”他的妻子一边说，一边给他盛上一勺土豆，用勺子猛敲他的盘子，将那勺显然不肯被装盘的土豆掼进盘子里。1946 年，当他们在格林威治村的一场派对上相遇时，她是个现代舞者，在她位于佩里街的卧室里跳来跳去，身上只披一条床单，头发里缠绕着常春藤。在床上，她脚上的老茧磨得他两腿生疼。当年的伊迪是个极其漂亮又前卫的女孩，那时候“前卫女孩”完全可称为一项全职工作，但在婚姻中她慢慢变得不那么狂野。不过，令曼尼相当失望的是，她的家务技能并没有随着床上功夫和艺术才能的退散而崭露头角。事实证明，伊迪是个令人丧胆的厨师，在他们共同度过的一生中，她烹制的食物往往像是某种毒药。在 1952 年创办林中精灵时，他们都很清楚，找到一位出色的厨师关乎他们事业的成败。如果伙食不好，谁也不愿意来。他们雇用了伊迪腼腆的远房表亲爱达·斯坦伯格——借用某些人毫无品位的说法，她是“另一类营地”的幸存者。每到夏天，翁德里希夫妇都吃得和皇家贵胄一样好，然而到了休营期，爱达只是偶尔有特殊情况时才来干活，他们两人的伙食便和劳改犯差不多。黏糊糊的杂烩搭配各种做法的土豆。食物很糟糕，但是当他们坐下来谈论那些曾经走进营地石门、曾经睡在圆锥形帐篷里的营员时，言谈间却总是充满生机。

近来，2009 年临近尾声，他们再也记不住所有人，甚至记不住大部分人，只有少数几个人像金币一般，在翁德里希晦暗的记忆里闪闪发亮。

几十年来，曼尼下意识地将营员们分为若干个大类。只需要一个名字便可启动他脑中的分类搜索程序。“谁成了才华横溢的人?”他问道。

“莫娜·凡德斯丁。你记得她。来过三个夏天。”

莫娜·凡德斯丁? 学舞蹈的，他想。“跳舞的那个?”他试探性地应道。

妻子皱起眉头看着他。她头发花白，与他的头发和失控的眉毛如出一辙。他简直不敢相信，眼前这只粗壮结实的老鸽子同“二战”刚结束时在佩里街爱上他的女孩是同一个人。那个曾经坐在白色铁艺床上，在他面前张开双腿的女孩。他从没见过那样的画面，他的膝盖差点不听使唤。她就坐在那里，像拉开窗帘一样打开身体，对他微笑,仿佛那是世界上最自然的动作。他只是盯着她,直到她说“怎么? 来呀!”——没有一丝害羞的迹象。

曼尼像巨人一样一步跨过整个房间，扑到她身上，双手紧紧压住她，想在同一时刻撕裂她、占有她——相互矛盾的两个目标在接下来的一小时里不知怎么都实现了。她攥住床头扶手，在他身上开合双腿。他觉得她没准会无意或者故意要了他的命。那天她很狂野，在之后很长一段时间里都很狂野，但那股野性终归还是消失不见了。

那个纤细轻灵的女孩唯一保留至今的部分是，她的脚后跟始终像奶酪擦丝器一样粗硬。从20世纪60年代初开始，她的身形变得粗壮，但并不是因为怀孕生子。翁德里希夫妇始终没能抱上孩子，这很痛苦，但是随着时间的推移，来到林中精灵的那些少年抚平了这份伤痛。人过中年的伊迪似乎在以金字塔为榜样打造自己的体型。不，曼尼有一天忽然发现，她活像窗外马路对面的一顶圆锥形帐篷—— 一顶这些年来一直矗立在那里的圆锥形帐篷，不需要修理，什么都不需要，因为它们是如此原始、基础、自给自足。

“莫娜 · 凡德斯丁不是跳舞的，”此刻的伊迪说道，“再想想。”

曼尼闭上眼睛回忆。夏令营里各式各样的女孩像缪斯女神一样顺从地浮现在他脑海里：跳舞的女孩，演戏的女孩，女乐手，爱编织的女孩，吹玻璃的女孩，画版画的女孩。他脑中浮现出某一个特定的女孩形象，她的手臂浸没在一桶紫色染料里。此刻他感觉到一阵熟悉的抽动顶起他提到腰间的长裤，不过这只是幻肢的勃起。为治疗前列腺癌使用的激素药物让他拥有少女一样微微隆起的乳房，还时常觉得潮热——当年他那愚蠢的母亲曾在布鲁克林的公寓里一边抱怨这种潮热，一边用《银幕》杂志扇风。现在曼尼的身体就是遭到化学阉割的灾难现场——他年轻的主治医生真的轻松愉快地提起过这个词——几乎没有任何东西能让他兴奋起来。他想着莫娜·凡德斯丁这个名字，一个新的形象猛然出现在眼前。

“是的，她有一头金色的卷发，”他装出笃定的口气对妻子说，“20世纪50年代那会儿，她是最早的一批营员。吹长笛，后来进了……波士顿交响乐团。”

“是20世纪60年代，”伊迪看起来有点不高兴了，“而且是双簧管。”

“什么？”

“她是吹双簧管的，不是长笛。我记得很清楚，因为她嘴里有股簧片味。”

"什么簧片味?"

"你难道没注意过，吹奏有簧片的木管乐器的人都有口臭吗？你从没注意过这个吗，曼尼？真的?"

"没有，伊迪。我没注意过。我从没注意过她的口气，或者其他任何人的口气，"他驯顺地说，"我只记得她很有才华。"其实他还记得她赏心悦目的细腰大屁股，但他没有说。

"是的，"伊迪说，"她非常有才华。"他们一起吃着浇着棕色酱汁的土豆，各自想着一直很有才华、后来做出一番事业的莫娜·凡德斯丁。不过，就算20世纪60年代她进入了波士顿交响乐团，谁又知道她现在在做什么呢，也许已经躺在坟墓里了。

翁德里希夫妇比所有人都年长；他们就像父神和母神一样在营地上空徘徊，白发苍苍，依然住在营地对面的房子里。崩溃的经济局势对所有夏令营来说都举步维艰——谁还有七千美元的闲钱去供孩子们玩陶艺？几年前，他们雇用过一个精力充沛的年轻男人负责制订计划、管理日常运营，但那几期参营人数依然少得可怜。他们不知道下一步该怎么办，但他们知道时局不好，营地最终会陷入危机。

无论发生什么，他们都不会出售营地。他们太爱它，做不出这种事。这里是一个小小的乌托邦，孩子们都是出于自主选择来到这里，他们总是同样的类型——从某种程度上说，他们本身就充满乌托邦气质。营地必须保持无瑕，为点燃一代又一代少年艺术火花的崇高目的而服务。

每年圣诞节，旧日营员们讲述自己生活的来信都会塞满翁德里希的邮箱，伊迪或曼尼会慢慢走到庭院车道的那一头，打开银色邮箱生锈发涩的箱门，将信件拿回屋里。伊迪会将这些信件大声念给丈夫听，有时她觉得内容太无聊，便跳过几行或者整段。他们俩对旧日营员的家庭生活都不是特别感兴趣：他们的孩子上了哪所大学；谁做了冠状动脉搭桥手术——得了吧，每个人的生活都很艰难，既然你都熬过了难关，为什么还要写下来呢？熬过来本身就足够了。有时曼尼觉得，营员们只需要给翁德里希夫妇寄一份简明扼要、足以证明自身才华的圣诞问候就够了。幻灯片，歌曲样本，手稿，以此证明在离开林中精灵之后的几年乃至几十年里，他或她取得了什么成就。

不过，这正是才华难以捉摸的地方。谁能说清楚，究竟是林中精灵发掘并激活了一个孩子身上潜藏的才华，还是那份才华始终存在，即便没有这个地方也会萌芽呢。大多数时候曼尼·翁德里希选择相信前一种观点。不过最近，他的头发和眉毛生出更多白发，让他看起来好像被雪覆盖一般，呈现出一种欺骗性的柔美，这时他渐渐觉得，他和妻子就像一列天才火车上的售票员，从许多天资过人的孩子手里接过车票，通过马萨诸塞州的贝尔纳普将他们送往更好的地方。他没精打采地想，林中精灵留在大家心里的只是怀旧而已。在明信片底部，营员往往会写下这样几行字：

> 亲爱的曼尼和伊迪：
>
> 我想对你们说，我生命中的每一天都会想到在营地度过的夏日。虽然我曾在巴黎、柏林还有你们能想到的很多地方演出过，虽然去年的巴兰迪奖学金让我可以专心研究我的歌剧剧本、不需要再在音乐学院教课，但是，没有什么比林中精灵更美妙了。没有！
>
> 向你们献上我的爱。

每当曼尼·翁德里希情绪低落的时候，沉浸在自己思绪里的他能感觉到心脏正在努力跳动。他看了看马路对面，一顶顶圆锥形帐篷像清真寺的光塔一样耸立在冬日草坪上。他觉得自己正在下坠，只有妻子的声音可以将他拉回来，仿佛她用力扯了一下他的裤腰带，又仿佛早年间的那个充满性魅力的小魔女正让他重现生机。“曼尼。”她在时光的另一端呼唤。

“曼尼。”

他老眼昏花地抬起头，浑浊的眼珠遇上她那双坚韧的蓝眼睛。

“什么?”他说。

“我发现你走神了，”她说，“聊聊别人吧。今天我们收到了一张挺有意思的明信片，写着那么一通圣诞问候。”

“好吧。”他应道，然后等着。现在他又要努力回忆哪位旧日营员了?某个长笛手、舞者、歌手，还是超现实主义剧场设计师?他们所有人都曾在某个时间段经过这里。

“你会喜欢这封信的，”他的妻子说着，微微一笑，嘴唇的线条显露出难得一见的柔情，“是伊桑和埃诗寄来的。”

“噢!”他应了一声，然后一言不发，以示尊重。

“我读给你听。”她说。

三

信封是光滑厚实的犊皮纸，看起来好像用羊毛脂和专用油膏擦拭过。它静静躺在雅各布森-博伊德公寓门厅放信件和钥匙的小桌上，他们冷落了它一天或者两天才决定拆开它。多年来，这封信都如期而至，而他们便用这种方式承受信中所描述的内容与自己生活的巨大落差。每当他们打开这样的信封，朱尔斯便感觉到一堵火墙咆哮而起，烧光周围的空气。随着时间的流逝和年龄的增长，她对朋友生活的嫉妒有所减少，也更容易控制；但即使到现在，每当圣诞节问候到来时，朱尔斯都会让自己去感受那股熟悉的情绪再度涌上心头。埃诗和伊桑的圣诞问候并没有丝毫炫耀之意，即使在他们的生活刚开始变得如此美妙时也没有。相反，写信人总在刻意保持分寸，似乎不想赘述他们美好生活的细节，不想因此让朋友觉得刺心。

埃诗和伊桑的信每年都装在宽大的厚纸方形信封套里，背面只有一个回信地址，但一年中他们在那个地址居住的时间从不会超过几周："曲流牧场，蔻尔山谷，科罗拉多州。"

"这到底是个什么样的牧场？"丹尼斯在他们买下农场时曾经问过朱尔斯，"养牛场？度假农场？我不是很懂。"

"不，那是个税收牧场，"她说，"你明白吗，他们那里养税金宝宝。全世界只有这一家。"

"你可真能说。"他开玩笑地说。他们俩都心知肚明，她的嫉妒本身没有任何力量，只是一种不断蔓延、将她笼罩的病态，而她所能做的只是说些略带挖苦的笑话，以此驱散心中的一点敌意，让自己与埃诗和伊桑保持友谊。如果没有这些笑话、讽刺和小声议论，她就无法妥善处理埃诗和伊桑与她和丹尼斯之间的落差。于是乎，她没完没了地描绘税收牧场上的生活，告诉丹尼斯牧场雇用的帮手如何用套索将试图逃脱的税金宝宝捉回来；她还绘声绘色地介绍牧场主埃诗和伊桑如何坐在门廊的秋千上，满意地看着劳工们干活。“那个牧场上找不到一个童工，”朱尔斯告诉丹尼斯，“牧场主们对此非常自豪。”

但她描绘的场景无疑在暗示，现实中埃诗和伊桑在某种程度上是懒惰、偶尔还很残忍的监工，然而实际上，大家都知道他们俩对为其工作的人尊重且慷慨，是实心实意而不是下意识的客套。另外，众所周知，埃诗和伊桑总是在工作，从艺术和慈善领域的一个项目赶赴另一个项目。就连取得了那么多成就的伊桑，到 2009 年的圣诞节寄来问候时,二十年间他从未停止工作,也从没想过停止工作。“停下来，你就死了。”他曾在一次晚餐时这样说，席间每个人都严肃地表示同意。停下就是死去。停下来就意味着你选择放弃，将世界的钥匙交给其他人。对于富有创造力的人来说，唯一的选择就是不断创作 —— 一辈子像陀螺一样，整体向着前方忙得团团转，直到再也无法继续。

现如今，伊桑 · 费戈曼的创意比在 1984 年更有价值，那年他刚从纽约视觉艺术学院毕业三年，就签下了一部名为《费戈大陆》的成人动画电视节目。试映集完成后，试播反响不错，电视台便订购了整整一季。这次合作的关键部分在于，伊桑坚持要为瓦利 · 费戈曼脾气暴躁却让人发笑的父亲 ——赫伯 · 费戈曼配音，还要为动画里的副总统斯图姆配音，那是生活在“费戈大陆”上的一个小角色。在这项工作上，和其他工作一样，他让自己无可替代。他还坚持留在纽约，不肯搬到洛杉矶。经过大量激烈的讨论后，令人意外的是，电视台居然同意了，在曼哈顿城中的一幢办公楼里开设了工作室。在第一年里，《费戈大陆》取得了惊人的成功和利润。几乎没人知道伊桑的本领是在老莫·邓普顿（朱尔斯觉得老莫·邓普顿这一辈子可能从没被叫作小莫·邓普顿）的指导下、在夏令营的动画棚里学来的。伊桑这些年取得了这么多成就，却总是朝气蓬勃。五十岁的他还是和十五岁时一样平易近人，只是卷发变得稀疏，变成了一种火烧般的、泛金的银色。他的平易近人是他的标签。有一段时间，在街上认出他的人会向他打招呼，"你好啊，伊桑"，仿佛他或她认识他本人似的。虽然他经常穿用丝网印刷印着花里胡哨卡通人物的T恤，但他也有用像日本灯笼纸一样的昂贵材质制成的立领衬衫。他的事业刚刚有所成就时，埃诗鼓励他去更高档的地方购物——去真正的商店而不是街角的摊位，她说—— 一段时间以后，他似乎也喜欢上了自己拥有的某些衣服，不过他从不肯承认这一点。

伊桑有无数创意，他就像抽动秽语综合征（又称图雷特综合征）患者一样，创意层出不穷、杂乱无章，不受控制地喷涌而出。不过他的许多想法、甚至可以说大多数想法都以某种方式获得了回报。凭借卡通节目奠定了成功的基础之后，他又在20世纪90年代积极投身于反童工运动之中，在印度尼西亚为免于从事劳动的孩子们创办了一所学校。埃诗也和他一起参与其中，他们对慈善事业怀有真正的善心，而非一时兴起又很快弃之不顾。现在，伊桑即将迎来至尊研讨会的第二个年头——这是他在加利福尼亚纳帕市一处度假村举办的为期一周的夏季活动，政坛人物、科学家、硅谷的意见领袖和艺术家纷纷登台演讲，向精心甄选的听众阐述自己的理念。第一年的活动很成功。至尊研讨会与其他类似的会议相比还有一定的差距，但很快引起了人们的关注。现在才刚到12月，新一期的入场券已经销售一空。

朱尔斯和丹尼斯·雅各布森-博伊德在圣诞节前的某一个晚上读了费戈曼-沃尔夫夫妇2009年的圣诞贺信。纽约市正处于一年一度的危急时刻。车辆寸步难行。来自郊区的家庭拖着大包小包的购物袋在人行道上川流不息。纵然经济大不如前，却仍有很多就是不愿老实待在家里的人进城过节。罐头音乐飘荡在大街小巷，甚至还有可怕的20世纪50年代圣诞新单曲，用朱尔斯的一位客户那天见她时的话说，那些歌让人“想去死”。每个生活在纽约的人都被暂时占领城市的人潮折腾得疲惫而烦闷，被迫进入欢度节日的状态。朱尔斯见完当天和这一周的最后一位客人，刚刚回到家中。从若干年前开始，包括她在内的许多心理咨询师都不再使用患者这个词。不过，接待客户听起来还是有些不自然，让朱尔斯恍然觉得自己身在商界，从事市场营销或咨询之类的工作——她从未真正理解那些概念模糊的领域，尽管这么多年来，通过伊桑和埃诗，她和丹尼斯也接触过一些以此为生的人。再也没有人想被当作病人对待；所有人都想成为客户。更准确的说法是，所有人都想做咨询顾问。

她日程表上的最后一位客户是詹妮斯·恪林。想想詹妮斯一直不愿结束心理咨询，她这个名字还真是有意思[1]。她抱着心理咨询不肯放手，这份坚持令人感动，有时也让人不安。多年前，还在纽约大学法学院读书的她就开始拜访朱尔斯。在那之前，她被苏格拉底式的对话疗法吓破了胆，面对令人生畏的教授的拷问，她总是沉默寡言。现如今，当初梦想成为一名学者的詹妮斯在一个环保组织担任律师，工作压力巨大，薪酬却很低。她每天工作很长时间，努力将世界从毫无法度的困局中解救出来，但在朱尔斯的办公室，她懒散地瘫在椅子里，一副毫无希望的样子。

“没有亲密关系，我活不下去，”詹妮斯最近这样说道，“开会，

1 詹妮斯·恪林（Janice Kling），其姓氏 Kling 与单词 cling“坚守”同音。

和心怀鬼胎的共和党法规做斗争，然后一个人倒在床上，在大半夜狂吃剩下的泰式炒河粉。你知道吗，因为我根本没时间往墙壁上挂任何东西，所以我在公寓里用振动棒自慰的时候，甚至会有回声。承认这些是不是很可悲？特别是振动棒的回声？你说，这听起来是不是很让人难过？”

“当然不是，”朱尔斯说，“如果他们要这样压榨你，让你连过私生活的时间都没有，那他们就应该给你发振动棒。即使你能挤出时间也该发。”她迅速补充道。想到过劳职业女性和她们的振动棒，两个女人都大笑起来。有些心理咨询师属于心宽体胖的慈母型，穿着宽松的长袖长袍，身材圆润。有些心理咨询师则力求冷若冰霜，客观而超脱，似乎冷冰冰的态度本身就有某种治疗作用。朱尔斯觉得自己作为心理咨询师既没有特别的母性，也没有拒人于千里之外。她就是她自己，全身心投入。客户有时会说她很有趣也善于鼓励别人。他们是想表示赞美，但她不安地意识到，那并不完全是赞美。

今天，詹妮斯·恪林在咨询期间一直在谈论一个熟悉的主题：孤独感。或许是圣诞节的缘故，这场对话沉重得令人心灰意冷。詹妮斯说，她不明白人怎么可能年复一年不和任何人发生亲密接触。“他们是怎么过的，朱尔斯？”她问道，“我又该怎么过呢？我应该去找个亲密的妓女。”她停顿了一下，然后抬起头露出一个大大的微笑。“也许我就是这么做的。”她指着朱尔斯说。

“嗯，如果我是妓女的话，”朱尔斯淡淡地说，“那我给你开的价钱应该比这高得多。”收费低是她一向的规矩。管理型医疗保健带来了翻天覆地的改变，现在大多数医疗计划覆盖的咨询项目都是少之又少。另外，自不必说，许多人用药物取代了心理咨询。朱尔斯和其他几位临床社会工作者朋友每每聚在一起闲聊，总说今年的形势比去年又坏了许多。但他们仍在继续工作，他们仍在坚守。朱尔斯所有的客户都在努力挣扎，与此同时，尽管他们不知道，但他们的心理咨询师也在挣扎。

现在，她告别了温和的笑声和轻声哭泣，回到家里。她和丹尼斯在第九十街西侧这间现代风格的简朴公寓中已经住了十多年。沿街矗立着战前用褐沙石筑成的建筑，还有和他们家那栋一样配有电梯的不起眼的小楼。街上还有一座养老院，天气晴朗的时候，一排坐轮椅的老人便被推到太阳地里，他们闭着眼，粉色和白色的头顶向阳光倾斜。朱尔斯和丹尼斯买下了这座公寓；在两条街外的百老汇，有一家空间狭窄、令人沮丧的超市；中央公园就在附近。他们在这里安家落户。他们在这里养育女儿罗瑞，送她去当地的公立学校读书，带她去公园撒欢奔跑、踢球玩耍。

朱尔斯打开前门，公寓里弥漫着厨房的光芒。显然，丹尼斯正在做五香蒸鸡。她站在那里查看今天收到的信件：一小堆乏味的账单和贺卡。在新堆积的信件旁边，是那张已在门厅桌台上躺了几天却依然没有拆封的方形卡片。

那封圣诞贺信。

朱尔斯拿着它走进厨房，丹尼斯穿着罗格斯运动衫站在灶台边。在他们的纽约小厨房里，他总是显得格外高大，他的身体厚实粗壮，动作幅度很大。他似乎无法摆脱面部毛发的生长。“我的草头娃娃”，二十八年前她曾在床上这样呼唤他。他身材高大，一头黑发，富有男性气概，毫无艺术气质——至少他和艺术没有任何交集，完全没有精致的美学需求。他喜欢在周末和朋友们一起玩美式橄榄球，踢完球，他的那些朋友有时会来公寓里享用啤酒和比萨，彼此击掌问候时没有一丝讽刺意味。和这些朋友中的某几位一样，丹尼斯是一位超声技师。他之所以选择这个领域，并不是因为他从小就好奇表面之下藏着什么，而是因为他曾在大学时期经历过一段艰难的精神挫折，勉强恢复过来之后，他在地铁上看到一则令人信服的超声学校广告宣传。几十年后的今天，他在唐人街一家繁忙的诊所工作。

有时，在乘地铁回家的路上，在街上路过华人商贩的摊位时，他会顺手买一些八角茴香或豇豆，或者看上去像老巫师手指一样歪七扭八的块根。他与这些小商贩的亲近倒让他自己有了些许异域风情。

丹尼斯从炉灶前转过身来走向她，手里的汤勺滴下汤汁。“你好呀。”他和她打招呼，顺便给了她一个吻。他们的嘴唇彼此相吸，缠绵了好一会儿。

“你好呀，”朱尔斯终于应道，“好香啊。你什么时候回家的？”

“一小时以前。我做完一个盆腔超声就直接回来了。噢对了，有两条电话留言。你母亲和罗瑞。你母亲说不用回电话，她就是问候一声，想问问最近有没有罗瑞的消息。罗瑞说她已经安全抵达克洛伊在新罕布什尔州的家，还说路况不算很糟。”

“就不该让大学生开车，”朱尔斯说，“父母不要的破烂车，他们就这么开上路。想想就不舒服。”

“孩子搬出去本身就让人不舒服。”丹尼斯说。但是这对他们俩而言并不完全是事实。罗瑞离家去上大学的时候，他们确实很受打击，一时很难接受她不再住在家里的空白。可罗瑞从小就很独立，对外面的世界充满向往，所以，一路北上送她去上大学有点像是将一只动物放归原野。

“噢，她挺好的，”丹尼斯说，“他们要去玩越野滑雪，她会很开心的。”这时他注意到朱尔斯手里的东西：“嘿，那封信。”

“是啊，”她应声说，“我们的农场主朋友的来信。”

“你今年还想这么做吗？要我大声读给你听？心里还是过不去吗？”

“嗨，已经过去了，”她说，“我只是喜欢这么做。这是我们为数不多的仪式——你这个背弃信仰的天主教徒，我这个逃掉逾越节家宴的犹太人。”

“什么人？噢，逃掉逾越节家宴啊，”丹尼斯被逗乐了，“是啊，我就是这么和别人介绍你的。”

“然而还是需要大声朗读一封圣诞节贺信。”朱尔斯说。

“好吧。但是等一下，我去倒酒。”他说。

“噢，好。谢谢你，亲爱的。”

他走到橱柜旁倒了两杯红酒，然后和她一起坐在勉强塞进厨房里的餐桌旁，雪花拍打在可以俯瞰小巷的窄窗玻璃上。丹尼斯将手指伸进信封，露出哑光暗红色的衬里，那个瞬间只有沉默。朱尔斯突然想起在夏令营时，埃诗的睡袋也有着让人浮想联翩的红色衬里。与往常一样，伊桑·费戈曼在贺卡上画了应景的主题插画。今年他画的是三博士来朝[1]，三个身穿长袍、头戴高帽的博士，身材丰满，气质怪诞，一个比一个古灵精怪。朱尔斯和丹尼斯一起研究和欣赏伊桑的画作。页边角里有一些不起眼的小字——关于经济不景气的笑话，还画了一堆拟人化的树脂，它们头上漂浮着气泡对话框：“你好，我是乳香。噢，准确地说，我是乳香怪人，但是大家都搞不清其中的区别。”[2]

有一年的圣诞节贺信里还附送了一份圣诞日历[3]，每一扇窗格背后都藏有一幅精美的卡通画。还有一年，贺卡一打开便会播放《费戈大陆》的主题曲，虽然当时的技术还不那么先进，发出的声音仿佛有个微型儿童被困在贺卡里，挤出“叽叽叽”的歌声。令人难忘的是2003年，贺卡里飘出一团粉红色的粉末，有些收信人显然吓坏了，以为那是一封炸弹信，这让伊桑和埃诗惶恐不已，他们原以为效果会很惊艳。于是乎，后来的圣诞贺卡又变得中规中矩，但始终

1　《圣经》故事，又称三王来朝。《圣经·新约全书·马太福音》有述，东方的博士夜观星象，得知耶稣即将诞生，便赶往耶路撒冷前去朝拜。

2　乳香（Frankincense）与科学怪人的创造者弗兰肯斯坦（Frankenstein）发音类似。

3　圣诞日历（advent calendar），起源于欧洲，用来倒数十二月圣诞节来临前的日子。每一个日期都是一个小窗，每天拆一格，拆到最后一格便是圣诞节。

有一幅伊桑·费戈曼亲手绘制的经典插画，以及对过去一年的详细回顾。

最早几年，贺信的口气俏皮又滑稽，但没过多久就变得郑重其事。朱尔斯和丹尼斯从未寄出自己的贺信。因为他们觉得“圣诞贺信”这种东西早已过时，另外，在很长一段时间里，一年又一年对他们而言并没有分别。有几年确实糟糕透顶，不过近来有所好转。最重要的是，这些年的日子都平淡无奇或者略有些扫兴。她和丹尼斯有什么值得写进信里的呢？“最近几个月，朱尔斯失去了两位客户，他们的医保计划不再提供精神健康福利”，或者“丹尼斯还在唐人街的诊所工作。人手实在不足，以至于这周有一位患者足足等了七个小时”，要么就是“我们的女儿罗瑞现就读于奥尼昂塔州立大学，她完全不知道自己该主修什么专业，她的室友是高中毕业舞会上的皇后”。

但是伊桑·费戈曼和埃诗·沃尔夫每一年都过得丰富多彩。每年圣诞节给所有朋友写信对他们显然是一种享受。朱尔斯心想，起初他们是不是一起坐下来写每一封信——埃诗在耶鲁大学时有一台粉蓝色的史密斯·歌罗娜打字机，几年之后又换成了一台胶灰色的Mac早期机型——他们的声音此起彼伏，两个人的言语共同交织成这封信。现如今，埃诗和伊桑的生活已变得如此纷繁复杂，朱尔斯只能想象他们俩一起坐在宽敞的房间里，坐在用整块红杉木或巨型晶洞打造成的写字台两头，时不时站起身来，在屋里一边踱步一边思量：“如果我们提起去班加罗尔旅行的事，会不会感觉太以自我为中心？甚至会让人反感？”

但是，圣诞节贺信也有可能不再是他们合作的成果。也许，在占据整面墙的落地窗前，伊桑在跑步机上跑步时，埃诗便将信的内容读给他听，只要他点头赞同，他们俩便默契地认同他也参与了书信的创作。又或许，是伊桑大声口述给他的助手凯特琳·道奇，后者会提出编辑方面的建议，然后将信寄给名单上的每一个人。朱尔斯意识到，她甚至无法粗略估计有多少人会收到费戈曼-沃尔夫的圣诞贺信。她再也猜不出这个数字可能是多少，就像若干年前她再也摸不准当前的全球人口数量。

埃诗和伊桑的朋友圈范围不是你在网上能搜索到的内容。有多少人被他们视为朋友？需要具备什么条件才能成为他们的朋友？朱尔斯无疑是他们最亲密的朋友之一。在纽约市的三十多年里，以及更早以前在林中精灵的帐篷、剧场和食堂里，她见证了他们之间发生的一切。朱尔斯永远在他们的圈子里，后来的人无法与她相提并论。收到这封信的人大概都会有成就感。每个人都希望收到伊桑·费戈曼和陪伴在他身边的埃诗·沃尔夫的圣诞贺信。几百人，也许有上千人收到了这封信：

亲爱的朋友：

这个称谓让我们笔下一顿，因为在过去一年中，我们收到过很多以“亲爱的朋友”开头的信件，却总是为各式各样的慈善事业请我们捐款。在大多数情况下，我们并不是这些募捐者真正意义上的朋友。但你们却是我们名副其实的朋友，我们爱你们，所以请原谅我们强人所难，将过去十二个月里发生的事逐一讲述给你们听。只要你们愿意，也可以将你们的故事讲给我们听，实际上，我们很希望你们这样做。

我们是在科罗拉多的牧场上写这封信的，我们和两个孩子还有一群出色的表演者在这里避世而居。埃诗正在为空手剧场排练《特洛伊妇女》，她邀请全体演出团队来到这里。值得赞叹的是，他们都愿意从忙碌的生活中抽身前来。

于是乎，所有的卧室都被特洛伊妇女、至少是持有演员权益协会卡的特洛伊妇女占领了。我们激动得不知所以，因为当初买下这座农场时我们就幻想着，某一天它可能成为某种程度上的艺术中心（中心应该拼写为centre而不是center，埃诗坦言她当初就是这样做作），现在这个梦想实现了（实现也应该拼写为materialised而不是materialized）。[1]夜里，我们在壁炉里点起熊熊火苗，演员们更是闻鸡起舞。希腊悲剧！毫无必要的惨死！乘着战车巡游！这有什么问题吗？至于伊桑，他正在休假中享受计划已久的休息，希望能读读那些跟着他跑遍一座又一座城市、一个又一个国家、一次又一次远航的书籍，然而到目前为止，他几乎还没有翻开过它们。在他的电子阅读设备上，有一本关于美国次级棒球联盟场地历史的书，还有一本书是对弦理论的简明解释（不知道是什么意思，去问伊桑吧，但是一月份之前不要问他）。也许这次他真的会读完这些，但他很讨厌电子阅读器只能显示阅读进度的百分比，不能显示页数。他认为这种设计的愚蠢程度高达92%。

至于更重要的事项，反童工倡议在这一年里又进一步拓展，感谢许多人的善良和同情心，我们也写信称之为“亲爱的朋友”（但实话实说，我们对他们和对你们的情分完全不可同日而语）。在这里，我们不宜一一详述这项倡议所完成的具体工作，但正是这些重要工作改变了亚洲一部分最弱势儿童的人生。（请访问a-cli.net网站了解更多。）在这里，我们只想说，我们在纽约的办事处有一支极其敬业的团队，他们所做的奉献时常令我们赞叹不已。我们希望能去现场多待一段时间，但是今年对于《费戈大陆》来说

1 centre和materialised为英式英语的拼写，相对于美式英语的center和materialized显得更“雅致、考究”。

也是收获满满的一年。这部古老的电视节目开播已近四分之一个世纪（哇噢！），但蓬勃发展的势头依然喜人。

这一年我们一直在努力，我们和公司团队还有联合国儿童基金会的几位帮手一起去了印度、中国和印度尼西亚，查看格布哈希兰（印尼语，意思是“成功”）学院的发展情况，我们为援建这所学校而感到自豪。另外，我们还挤出一些时间，只是为了享受生活而旅行。未成年劳工的悲剧触目惊心，许多美国企业仍然对此视而不见，我们在旅行中体会到的快乐无法改变这些现实。不过，要改变这种局面，首要的是让人们了解真实的情况。这就是我们正在继续努力去做的事。

我们难以掩饰心中的骄傲，必须和你们分享关于我们的女儿拉金·费戈曼的近况，她的名字融合了一位愤世嫉俗的20世纪英国诗人[1]和某位大家耳熟能详的卡通人物，她设法容忍了这个名字整整十九年。朋友们，她真是最令人难以置信的姑娘！她和从前一样与我们一同前往印度尼西亚，还在格布哈希兰学院帮忙，不过她很快又得回学校去上课。正如你们大部分人所知，她在她母亲的母校耶鲁大学读书，现在住在达文波特，学习戏剧和艺术史。就算她是个数学极客（她当然不是），我们也一样爱她。不过，正如你们大部分人所知，她的弟弟小莫倒真是个数学极客，我们对他的爱分毫不差。小莫是新罕布什尔州考贝尔学校的寄宿生，他相信他爸爸的电视节目可以做得比现在好得多，而他妈妈执导的戏剧很无聊，不过他好歹还能容忍我们。

还有一则严肃的消息：我们想在此多说一句，我们很

1　指菲利普·拉金。

快就要发布一些关于扶贫基金会的重要新闻，因为你们当中有许多人都曾问起要如何提供帮助。

这封信后面还有一整页密密麻麻的印刷字体。朱尔斯早已清楚信中的所有新闻，因为她每周都和埃诗通好几次电话，和伊桑也经常有简短的电子邮件往来。这两对夫妇一有机会便会共进晚餐，现在这种机会没以前那么多了，但是这不重要。他们很亲近，他们密不可分。如今这两对夫妇的人生差距实在太大，大到朱尔斯已经不再嫉妒他们的生活。更重要的是，她放弃了自己的嫉妒心，减弱它，或者消灭它，以免她持续受到嫉妒的折磨。然而，每年当圣诞贺信如期而至、详细列举伊桑和埃诗璀璨人生的诸多细节时，朱尔斯还是会被个别黑暗的思绪淹没。

等到丹尼斯读完整封信，朱尔斯发现那瓶红酒不知怎么已经空了。那甚至都不算什么好酒。他们从来没买过好酒，总是在九美元左右的酒里随便抓一瓶，完全是随机选择。但在他读信的时候，朱尔斯一直在喝酒，手举起来又放下，而她几乎没注意到自己在做什么。现在,劣质酒带来不愉快的醉意,她觉得自己好像在愚蠢地哼哼。她又讲起了这些年来她偶尔会说的那个愚蠢而不友好的笑话，这次她做了一些改动："他们为什么起名叫扶贫基金会？那不是暗示他们支持贫困吗？"

"是啊，应该有人会处理这个问题吧。"丹尼斯赞同地哼道。

"你知道吗，丹尼斯？大多数时候我可以搞定自己对他们的愚蠢想法，但是我们这样做的时候，这种愚蠢果然又抬起头来。还记得去年吗？我们喝着酒读完信，然后去滨河大道的雪地里散步。我开玩笑说自己会跌倒在雪堆里，死于体温过低和羡慕嫉妒的双重打击。我们还说验尸官的报告里就该那么写。"

"噢，是啊，"丹尼斯脸上又绽放出微笑，"行啦，你没死。去年你熬过来了，今年也会熬过去的。”在他们的整个婚姻中，他经常对她报以充满同情和欣赏的微笑。他又说：“不管怎么说，圣诞节前后的一切都很糟糕，糟得有点吓人。还有季节性抑郁症，对不对？我总是担心这个。”

“你不会那样的。你很好。”她说，“你现在很稳定。”

“那你也一样。”丹尼斯说着，收走了玻璃杯。

她的舌头仿佛脱缰一般，说话时整个口腔都要散架了。“我只是日常旧病复发，”她说，“我确定会过去的。”

“你又不是不知道他们信里写的所有事情，”丹尼斯说，“你早就知道所有细节了。”

“但是听到那些被大声说出来，或者在纸上看到它们，就会让我重新过一遍所有事情。我控制不了。虽然我现在很睿智，但还是心胸狭窄，完全可以预料。”她停了一下又说，“你知道我是爱他们的，对吧？我需要确认：你知道这一点。”

“上帝啊，当然了。你不需要说出来的。”

“你还记得当初我比现在糟糕得多吗？”

“我当然记得。”他说。

她开始吃他做的五香蒸鸡，火候正好，鸡肉吃起来像软皮钱包一样软嫩。她对他解释道：“我倒不是吃过软皮钱包，不过我敢打赌，软皮钱包吃起来肯定就是这种软嫩的感觉。”然而吃着吃着，朱尔斯觉得情绪更加低落了。埃诗和伊桑有一位私人厨师，清楚他们喜欢和讨厌的每一种食物。而在这里，在这狭小的厨房里，丹尼斯用的是在坚尼街发现的中餐调料，他在诊所的工作就是用传感器摩擦涂有温暖凝胶的人体部位，在结束一整天的工作、奔向地铁站的路上，他在坚尼街匆匆买下这些食材。他在这份鸡肉上花了很多心思，而她则在詹妮斯·恪林和她之前的客户身上花了很多心思；与此同时，在科罗拉多州的蔻尔山谷，费戈曼和沃尔夫夫妇的牧场处处彰显出精心布置的成果。埃诗和伊桑从不虚度光阴，永远歇不下来。他们的心思总能转化为出众的事物。如果他们烹制一只鸡，那大概能喂饱一整个次大陆。

朱尔斯用穿着短袜的脚蹭了蹭从未真正打扫干净过的厨房地砖。这些便宜的瓷砖经得住反复擦洗，但它们永远呈现出泛黄的乳白色，暗示这个家没有足够的钱财或精力来完善细节。没有女人每周弓腰跪在地板上擦洗这些瓷砖。往日对埃诗和伊桑的嫉妒集中在一起再度爆发，让朱尔斯感到羞耻。埃诗和伊桑也不是没有自己的难题。首先一点便是他们的儿子患有自闭症谱系障碍。虽然圣诞贺信没有提到这一点，但大多数收到这封信的人想必都心知肚明。

很久以前，在对三岁的小莫进行评估诊断的两天里，是朱尔斯陪着埃诗；他们一路乘车前往纽黑文的耶鲁大学儿童研究中心。伊桑说他不得不去洛杉矶出差，没法取消行程。司机恭候两个女人和小莫坐进那辆黑色的路虎揽胜。路上，埃诗说："这就是我重返纽黑文的荣耀之旅。不是去和当年的教授共进午餐，也不是去演讲，而是为了弄明白我这个不快乐又不理人的小男孩到底怎么了。"她的核心思想是：这太讨厌了。小莫听不到她的话；他戴着松饼大小的耳机，把他的小电子设备放在腿上看着动画片。两个女人端详了他几秒钟，埃诗解开安全带，俯身凑过去，将脸庞贴在他柔软白嫩的脖子上。他扭动身体想摆脱她，却发现自己被安全带捆住，很快也就不再反抗了。

在路上，朱尔斯得知他们会在第二天给小莫诊断，而最终结果似乎已经很清楚。但是直到埃诗预约会诊之前不久，他们才意识到小莫"不对劲"——人们最近都漫不经心地这样说，就像同样漫不经心地说起"化疗"一样，这些都被认为是现代世界的顽疾。而在此之前，小莫只是显得焦躁不安。一位年长的著名儿童心理医生与他共度了数小时，问他夜里躺在床上时害怕什么。

第二天结束时，在从纽黑文回家的旅途中，埃诗在车上用手机和伊桑通话，她失声痛哭。朱尔斯尴尬地坐在车里看着窗外，希望自己听不到他们的对话。埃诗对伊桑说："不，我知道你爱我，我要说的不是这个。"接着她说："我知道你也爱他。问题不在于你爱不爱他，伊桑。我只是需要哭一哭。不，他在看动画片。他戴着耳机。他完全没有反应。我希望我也能这样。"然后她听伊桑说了几句，突然说了一声"好吧"，便把电话递给朱尔斯。她吓了一跳。

"怎么了?"朱尔斯小声说，"他干吗要和我说话?你才是整件事的关键啊。"

"我不知道。你就和他说吧。"

"听着，嗨，朱尔斯，"伊桑在电话那头说道，他的声音很涩，"你今晚能不能陪埃诗在家住一夜?你可以想办法吗?不能陪她一起去，我感觉糟透了。我知道这个要求很过分，但我不想把她一个人留在那里。我的意思是，我知道孩子们也在，还有罗丝和伊曼纽尔，但如果你也在的话，我真的会很放心。因为你可以——"他的声音哽咽了一下，"——你可以让她记得，你知道，我们总是可以熬过所有的事情。我们就是这么过来的，从一开始就是，和她的父母还有古德曼一起。让她记得这些，好吗，因为她现在状态很差。也许你可以像我一直尝试的那样，让她相信小莫也能拥有美好的人生。他绝不会过得不好。我们有资源，都会好起来的。我们会让事情好起来的。请告诉她这些。不过要缓一缓再说，等小莫不在身边、不会听到任何消息的时候，好吗?"

那天，朱尔斯在伊桑和埃诗位于查尔斯街的家里过夜，仆佣们也在。精美的佳肴仿佛能随人心意而凭空出现。她和埃诗一起坐在地下室里的小型健身游泳池旁，埃诗在光线昏暗又窄小的池里不厌其烦地游了一圈又一圈，脑袋露出水面，不时停下来望着天花板发呆："会好起来吗，你觉得?"

“会，”朱尔斯应道，一边伸手去握住埃诗湿漉漉的手，“会好起来的。我知道的。”

她确实是这么想的。在埃诗的生命里，所有事情都会被摆平的。如果只是有个看起来精神脆弱的儿子，这个家庭或许最终还会向前走。但现在这个儿子有了明确的诊断结果：待分类的广泛性发展障碍，也就是 PDD-NOS。医生解释说，这是自闭症的一种，现在他终于可以得到真正的帮助了。费戈曼和沃尔夫一家总是团结在一起；就像很久以前沃尔夫一家也始终团结一心一样。但是，失去种种可能性终归是无可否认的痛苦。当初，埃诗的哥哥古德曼在一夜之间毁掉自己的一生时也是如此，他像电闪雷鸣一样从此失去控制，仿佛还想摧毁周围每一个人的生活。

到 2009 年为止，在埃诗的家庭经历重大变故时，朱尔斯都陪在埃诗身边，她知道埃诗承受了多少痛苦。即便到现在，在朱尔斯和丹尼斯读完最近一封圣诞贺信的这个夜晚，朱尔斯依然无法像她所希望的那样迅速平息心中隐隐翻腾的嫉妒。她和丹尼斯早早地上床睡觉，伊桑那张画着三博士来朝的贺卡就支在暖气片上。整个冬季，这间公寓的暖气不是太足就是太小。今晚是暖气不足的一夜。他们躺在一起，丈夫粗壮的手臂环抱着她，温暖她，然而还是不够暖和。她也搂着他，大概同样也不能让他完全暖和起来。而在别的地方，在科罗拉多的牧场，火苗正在壁炉里熊熊燃烧。

四

1981 年暮秋，丹尼斯·博伊德在一场晚餐派对上认识了朱尔斯·雅各布森，那时距离他第一次陷入严重抑郁症已有一年半之久。那年九月，朱尔斯在大学毕业后搬到纽约城里，想成为一名女演员——或者应该说，成为一名演员，埃诗坚持用中性词称呼这个职业——一名富有喜剧色彩的、“角色类型化”的那种演员，她偏红的发色有利于她成为这样的演员。不过她知道，模仿露西尔·鲍尔只能让人止步于此。她和她的朋友们从没想过抑郁症这种存在。他们脑子里都是自己的临时工作、试镜、研究生、找寻租金稳定的公寓，以及和某个人上过两次床是否意味着你们建立了稳定的关系。他们试图通过一系列实验来认清世界的面貌，但精神疾病并不是实验之一。朱尔斯对精神疾病一无所知，除非这种疾病以躁乱的、街头霸王式的男性形式或者让人心灰意冷的、沉迷普拉提的女性形式出现在她面前。除此之外，她会完全忽略。

晚餐派对的组织者伊莎多拉·托费尔德提前介绍了一些关于丹尼斯·博伊德的细节，但她跳过了关于抑郁症的那一段。聊起都有谁来吃晚饭的时候，她只是对朱尔斯说：“噢，还有我楼下的邻居丹尼斯·博伊德。你记得吗，我和你提过他。”

“不记得。”

“你当然记得。丹尼斯。大个子老丹尼斯。”伊莎多拉稍稍伸出下巴，张开双臂比画了一下。“他就像熊一样，一头浓密的黑头发。他很规矩，你知道吧？”

“规矩？什么意思？”

“嗯，就是说，你和我还有咱们认识的大多数人都不怎么中规中矩，丹尼斯就不是。就连他的名字都是规规矩矩的：丹尼斯·博伊德。就像并排摆放的两块木头：丹尼斯。博伊德。这可能是世界上任何一个人的名字。他就是……这么个家伙。他和任何艺术都不沾边，这就让他和我们认识的许多人都不一样。他在一家诊所当临时工，平时就接接电话。他不知道这辈子想做什么。他来自新泽西州达内林，出身工人阶级家庭，我想他的原话是‘开五金店的’。后来他去了罗格斯大学，和朋友们在公园里玩美式橄榄球。”伊莎多拉最后又添了一句，仿佛这是个不同寻常的细节。

“你这么一说，他似乎很迷人啊。为什么邀请他？”

伊莎多拉耸了耸肩。“我喜欢他”，她说，“你知道他其实最像什么吗？像个年轻的警员。”

伊莎多拉·托费尔德和丹尼斯·博伊德居住在西八十五街上一栋空间局促、没有电梯的出租楼房，就在阿姆斯特丹街附近，在20世纪80年代初，那儿还是一片混乱不堪的街区。当时，每个居住在上西区的人都能说出至少一次被抢或差点被抢的经历。拦路抢劫是通行此地必经的仪式。伊莎多拉是个大嗓门、虎背熊腰的女人，喜欢复古连衣裙，她在信箱旁和邻居丹尼斯聊过天，也在她的公寓里和他见过几次面。不久前的一个晚上，丹尼斯拘谨地告诉伊莎多拉自己大学时代发生过什么事。虽然伊莎多拉平日里很爱嚼舌头，但这次她没有向朱尔斯或其他任何一位客人透露他患抑郁症并住院治疗的故事，因为，正如她后来解释的那样，这对他不公平。

刚从布法罗的纽约州立大学毕业的那个夏天，朱尔斯和母亲住在安德希尔，那里的一切都和过去一样，但又略有不同。家庭式意大利餐厅现在成了美甲店；服装店也成了美甲店；隔壁的万奇克夫妇先后死于心脏病，他们的房子被卖给了一家伊朗人。她在纽约西村找到了一间相当便宜的公寓。那栋建筑看起来很容易着火，但它毕竟在纽约市内。她终于可以说自己住在纽约了。她与林中精灵的朋友们初遇时，他们都住在纽约市区。现在她和他们终于没有区别了。

埃诗和伊桑住在一片街区之外的东村，他们的单间公寓——他们同居的第一套公寓——并不比她的好多少。公寓里有一座壁炉，但单人间面积很小，只放得下一张高架床，下面是绘图桌。他们所有人都住在窄小的公寓里；刚走出校门的日子里大家都是这样。朱尔斯位于霍雷肖街上的小房间可以说是惨不忍睹，但这并不让她觉得不好意思。她在漂亮灯笼咖啡馆做夜班服务生，刚从郊区搬到城里的孩子们常来这里，开心地点一杯叫作阿朗西亚塔[1]的橘子汁，像意大利语那样用大舌颤音读出“朗”这个音节。朱尔斯一有空便去参加公开的剧院试镜，虽然只收到过一次回音，但她还是继续坚持着。

出于友善，她的朋友们都没建议她考虑其他行业。只有父母才会把法学院入学考试指南自作主张地塞给你，如果你表示反感或恼怒，他们也会为自己辩解：“我只是想让你多一条退路嘛。”法律界挤满了退无可退的人，但话剧界不是。没有人会把戏剧当作“退路”。你必须非常非常渴望走进这个世界。

刚在纽约市住下的时候，朱尔斯一度以为自己非常非常渴望这个世界。她在林中精灵度过的三个夏天点燃了她的渴望，这份渴望一直留在她心里。身为演员让她变得更加自信，偶尔甚至是无所畏惧。她在社交方面的笨拙在别人看来似乎成了一种有意打造的人设。她现在偶尔会尝试奇装异服，比如在读书时戴着约翰·列侬式的小圆眼镜，穿一条A字短裙，准确地说是一条阿尔卑斯山地少女裙。伊

1 阿朗西亚塔（aranciatas），意大利语中的“橘子”。

桑一针见血地指出：“你就是喜欢说这个词，阿尔卑斯山地少女裙。”朱尔斯经常说一些语惊四座的话，那些话其实并不算是玩笑话。而她惊讶地发现，大部分演员并不滑稽，因此逗乐观众实际上很轻松。她要做的只是抛出一句具有模糊的民族特色或者听起来滑稽的言语。“我的下水，我的下水啊。”[1]——当她被一个飞盘击中腹部时，她脱口而出，周围所有的演员都哈哈大笑，然而朱尔斯知道自己是在“作弊”，她实际上并不滑稽，只是在滑稽的外围摸索。

她对伊桑讲述其中的区别时，伊桑很理解她。他认同道：“是啊，这是有点作弊，利用你的犹太人身份，还用得有点低级。”

“但你知道，”她说，“我肯定可以援引范妮·布莱丝法案，1937年国会通过的。”

最近这段日子里，她和埃诗一起在传奇教师伊冯娜·厄本尼亚克的私人工作室里上表演课，七十多岁的伊冯娜·厄本尼亚克总是包着头巾——这样打扮很难让女人更具吸引力，除非你拥有完美的形体，而且这副扮相往往让人想到化疗病人。朱尔斯反复提起：“她是伊萨克·迪内森的特技替身。”伊冯娜具有极强的性格魅力，也会骤然露出残酷的一面。“不，不，不！”伊冯娜曾不止一次对朱尔斯喊道。埃诗是班里的明星之一；朱尔斯则是最糟糕的学生之一。“绝对在垫底的两名。”朱尔斯曾经说过一次。埃诗喃喃地反驳了两句，但没有强烈反对。

大学毕业后的第一年，每个周四的夜晚，朱尔斯和埃诗，以及另外十个人都在一栋褐沙石楼房的简陋客厅里集合上课。他们研读剧本，亲身实践，课堂上有人哭鼻子是家常便饭。埃诗也哭过几次。朱尔斯从未在那里哭过。有时，看着某位表演者在排练中手足无措的样子，她会突然感到神经紧张，而且莫名其妙地想笑。她与作品

1 下水（kishka），原文源自欧洲犹太人所使用的意第绪语，而朱尔斯恰好是犹太人，类似于以方言制造喜剧效果。

没有强烈的情感联系，她试图说服自己：一个喜剧演员并不需要找到情感上的联系。她要做的只是成为一匹漫画式的小马，在舞台上昂首阔步、邀宠献媚。但是朱尔斯在这方面做得也不够好。

上完课，朱尔斯和埃诗去东村的一家餐厅吃点东西，那里有一种像乌克兰饺子的饺子形馅饼，油腻的饺子在抹了黄油的椭圆瓷盘里打滑。这样的深夜晚餐既是目的，也是放松的方式。在课堂上承受压力之后，朱尔斯需要淀粉，需要舔食餐叉上的奶油酱汁，还需要和埃诗面对面独处的乐趣。

“我应该退出了。”朱尔斯说。

“不，你别退。你表现那么好。”

“不，我不好。”

不管事实如何，埃诗总是在鼓励朱尔斯。也许十五岁时的她确实不错，但那不过是一闪而过的短暂辉煌。她在露营地第一次站上舞台出演《沙箱》的夜晚是她表现最好的夜晚，后来的两个夏天都只是逊色的模仿。后来在大学里尽管参演过几部话剧，但朱尔斯可以看出自己在这一切中的位置。有些演员有决心却没有才华。有些演员才华横溢却不堪一击，世界必须在他们退缩消失之前将他们发掘出来。此外，还有像朱尔斯这样的人，他们非常卖力，结果也很清楚。“坚持下去”，埃诗说，“这就够了，对吧?”于是朱尔斯一直坚持着，除了她的朋友们，没有任何人给她表扬或鼓励。

尽管如此，凭借伊冯娜严苛的课程和所有毫无意义的公开试镜，朱尔斯·雅各布森依然可以被称为“演员”。于是乎，在伊莎多拉·托费尔德的晚餐派对上，她便以这样的身份被介绍给了丹尼斯·博伊德。而丹尼斯则被伊莎多拉介绍为“我的邻居，好脾气的诊所临时工”。他们俩害羞地打了招呼。如果你是 1981 年的一位二十二岁青年，那么你刚结识一位异性时绝不会有与之出双入对的想法。埃诗和伊桑是朱尔斯在同龄人中知道的唯一一对伴侣，但这不能证明什么，因为他们和别人不一样。埃诗和伊桑之间的少年情深多少有些不同寻常，很难解释清楚。

丹尼斯参加的这场晚餐派对是20世纪80年代初突然时兴的夜生活的一部分，那时每个人都开始学习下厨，按照特定的数据精心烹制宴席上的菜肴，所有人都拥有两本内容相近、平易近人的食谱。马尔贝拉鸡肉无处不在。李子，外皮像甲壳虫的背甲一样有光泽，果肉的口感好像动物内脏，这种一度无人问津的食材现在终于有了好去处。香菜短暂地流行过一段时间，所到之处总会掀起关于是否喜欢香菜的窃窃私语，每次席间都有人说："我受不了香菜。味道像肥皂一样。"那天晚上，蜡烛在伊莎多拉的桌布和窗台流下红色的烛泪，蜡的痕迹会永远留在那里，但是没关系。等到这些生活用品磨损殆尽，等到新的欲望取代旧的欲望之时，伊莎多拉穷酸的家具乃至这间公寓本身都会被抛弃。在座的人对于罗纳德·里根一致表示厌恶。让朱尔斯·雅各布森震惊的是，其他美国人——显然是大多数人——真的很喜欢他。尼克松是个彻头彻尾的怪物，在她看来，里根也是一样的货色，头发油腻，像粗笨的隔壁大叔一样穿着有垫肩的衣服。

朱尔斯曾经对朋友说："你们有没有发现，里根的脑袋稍微有点歪？形状就像那种棕色胶水瓶的橡胶盖。那种胶水叫什么来着……噢对，糨糊。"大家都哈哈大笑。"我们的总统就是个糨糊脑袋！"想起她当初在露营地和伊桑说过的话，她又继续说道："说起来我还联想到一件事，你们有没有发现，铅笔从某个角度看很像苏格兰牧羊犬？你们知道吗，就是神犬莱西那种狗？"不，没有人注意过这一点。有人拿出一支铅笔，朱尔斯向他们示范：从侧面看，削过的铅笔粗糙的橙色木纹很像苏格兰牧羊犬的长毛，黑色的笔尖就像牧羊犬的鼻子。是啊，是啊，现在他们都看到了，但他们还在想着糨糊脑袋先生，绝望地想到自己正生活在他所统治的美国。

辛迪街上的房子一直很小，还有点过时，在大学毕业后再看还显得很悲惨。1974 年父亲去世后，母亲再也没有能力让这个家保持良好的状态。信箱歪挂在那里，门廊上有一个老旧的陶瓷南瓜，里面塞满发黄发脆的《安德希尔号角报》从开口满溢出来。朱尔斯一走进前门，洛伊丝的热情便让她透不过气。吃饭的时候，她就坐在那里，热切地观察朱尔斯的每个动作。但是来到阿斯特理发店，雌雄莫辨的瘦削理发师给你剪头发时几乎都不会看你一眼，他或她大部分时间都在看镜子，或者视线穿过整个工业风地下室，打量另一位同样身形瘦削、雌雄莫辨的理发师。雷蒙斯乐队的某首歌伴着理发椅的咯吱声，你可以闭上眼睛听歌，一边听着湿头发一绺一绺被剪下来时发出的陌生却令人愉悦的声音。

现在，在这场派对上，几乎所有人的发型都像落水狗一般，大家都刚从瓢泼大雨中挣扎出来。丹尼斯·博伊德坐在朱尔斯·雅各布森对面，二人中间隔着一根像多立克柱一样粗壮的蜡烛。他有一头保守的黑色卷发，脸上有深色阴影，还有些许胡茬，他的眼窝很深，深得甚至能让他的黑眼睛笼罩在淤青般的暗影里。说真的，很难看出他究竟从事什么工作，又是个什么样的人。他住在这栋楼里，做着与他的魁梧身形毫不相称的工作。她明白，人生中总有这样的阶段：你也许不知道自己究竟是怎样的人，但是没关系。你不会根据一个人的成就对其做出评价——他们认识的人当中几乎没有人在二十二岁时就有所成就，没人住进华丽的公寓，没人拥有多少贵重物品，没人穿昂贵的衣服，大家对赚钱也没有任何兴趣——你评价一个人的依据是这个人本身的魅力。二十岁至三十岁这段时光往往高产得令人惊讶。有人在这十年里做出一番了不起的事业。刚从大学毕业，他们便做好了准备。他们雄心勃勃，不是出于善于算计的野心，只是单纯而尚未被磋磨的渴望。

伊莎多拉高大的邻居丹尼斯则有点不同。他还穿着工作服，皱巴巴的白色纽扣衬衫让人想起干净的棉布床单。正如伊莎多拉所说，他看上去确实很稳重。不仅如此，他那传统的短发发型、粗壮的手臂、干净的衬衫和新泽西口音确实很符合她对年轻警员的想象。她不费什么工夫就能想象出他穿上制服的样子。不过，他也比房间里的其他任何人都要腼腆。屋里的人包括伊莎多拉，一个伊莎多拉在家乡认识的，名叫简宁·班克斯的女孩，还有一个和伊莎多拉一起在复印店工作，名叫罗伯特·高桥的小伙子。罗伯特个头不高，相貌英俊，有一头像雏鸡一样蓬松硬挺的黑发，但他的身材就像手办人偶一样短小精悍。伊莎多拉提起过他是同性恋，来自一个传统的日裔美国家庭，当他宣布出柜时，全家人都以此为耻，从此再也不提他的性取向。不过，每次回匹兹堡拜访家人时，如果有男友，他都会带上男友一起。高桥的母亲会给两个男人做乌冬面和照烧鳗鱼，和善地招待他们。

有那么一瞬间，朱尔斯认为罗伯特·高桥应该见见她的朋友乔纳·贝伊，但她觉得乔纳现在还没做好和任何人见面的准备。他刚刚在佛蒙特州的农场上和一群统一教[1]成员——明徒——度过了一个夏天。他从麻省理工学院毕业后还住在剑桥，就是在那时候被人拉进了教会。出于某些无人知晓的原因，乔纳很容易便被人说动，还搬到那个农场成了明徒的一分子。他的朋友们直到一个月前才想方设法将他带回纽约，让他接受反洗脑治疗，摆脱被灌输的思想。现在他几乎没有社交能力，就像癫痫发作后的人一样需要休息。

席间，罗伯特·高桥谈起，他在复制店的一位朋友特雷·斯派德尔病得很重。罗伯特说，发现他生病的经过实在让人不舒服。一天下班后，他们两个人晚上一起去圣徒俱乐部，在天文馆一般的玻璃圆顶下跳起了舞。他们脱下衬衫，拉响爆竹，虽然那是一个工作

1 统一教：韩国人文鲜明于1954年创立的国际性邪教。

日的晚上，但是又有什么关系呢？那是 1981 年，他们是两个发型新潮的年轻人，每天起床上班去做一份不费太多脑筋的工作。他们可以熬夜跳舞，上蹿下跳。快节奏的音乐之后是慢歌，他们紧贴在一起跳了一支《变质的爱》，最后回到特雷和人合租的小公寓里。

“我们开始胡闹，”罗伯特解释道，“我们很兴奋。”大家专注地听着，仿佛他在讲一个海上怪谈。“特雷超级可爱；我说的是认真的。”

“他真的很可爱。”伊莎多拉附和着。

“事后，房间里一片漆黑，我用手指轻轻沿着他的肩膀抚摸，然后我大概说了一句‘跟着点点走’。他说‘什么’？我就说，‘你的胎记啊’。他非说自己身上根本没有胎记，还有点不高兴，好像觉得受到了侮辱。为了证明自己是对的，他走进洗手间，我也跟着他去。他一打开灯就看到他身上紫得发亮的大片斑点，就像有人用荧光马克笔画上去的一样。第二天午休时，他去看了皮肤科医生，然后就没再回来工作。现在他在医院里，他们说是癌症，一种非常罕见的癌症。他们从其他医院请医生来会诊，甚至还从法国请了个人。”

罗伯特告诉他们，二十六岁的特雷·斯派德尔前一分钟还是那么健康的、好好的一个人，现在却进了圣文森特医院，住在疑难杂症专用的病区。罗伯特怀疑，在他们工作的那家叫作“复印家”的复印店里，通风系统含有某种毒素，正是这种毒素害了特雷，而且很快就会毒害剩下的员工，就像当初军团菌杀死参会者那样。[1] 他担心自己和伊莎多拉会是下一个受害者。“我觉得咱们应该星期一一早就离开‘复印家’，”他说，“得赶紧离开那里。不管怎么说，那地方都很可怕。”

“你对这件事太神经质啦，”伊莎多拉说，“只是我们的一位同事

1　军团菌病是由军团菌属细菌引起的临床综合征。在 1976 年美国费城召开退伍军人大会时暴发流行而得名。病原菌主要来自土壤和污水，由空气传播，自呼吸道侵入。临床表现类似肺炎。

得了癌症，罗伯特。什么人都可能得癌症，即使是年轻人。”

“圣文森特医院的护士说，只有老年人才会得这种癌症。”

“我姐姐爱伦去年得过带状疱疹，”朱尔斯插了一句，“也是只有老年人才会得的病。”

“没错，”伊莎多拉说，“谢谢你，朱尔斯。特雷·斯派德尔得了老年性癌症，不代表整个‘复印家’的人都会被传染上。”

“我担心某件事的时候，会怎么回击？”丹尼斯突然开口说道。他的声音让朱尔斯感到惊讶，因为她这才意识到，他在这次晚餐上说的话比其他任何人都要少。所有人都满怀期待地望着丹尼斯，这让他好像有些退缩，他犹豫着说：“嗯，我要做的是，我会试着给自己做行为矫正。”

“行为矫正？”伊莎多拉问，“那是什么啊？听起来像放纵的20世纪60年代的感觉。”

“就是一种方法，你要努力思考自己的反应哪些符合实际，哪些不现实。”丹尼斯说着，舔了舔嘴唇。大家的关注让他紧张。

“我知道行为矫正，”朱尔斯说，“我学心理学的时候写过一篇关于这个的论文。”

“噢，不错。”丹尼斯说。他们对视了一眼，同时微微一笑。

“你们去开房吧！”伊莎多拉不合时宜地喊了一句，罗伯特和简宁赶紧让她住口。但是朱尔斯和丹尼斯什么也没说，在如此尴尬的时刻，他们都只是低头看着盘子。伊莎多拉又转身对罗伯特说：“我觉得你需要放松，罗伯特。我们都需要放松。所以呢，我给咱们准备了美滋滋的草卷做点心。”

没有人对草卷真的那么有兴致。朱尔斯甚至不确定那是什么。伊莎多拉有时会用做作的俗语来点缀自己的言谈。罗伯特·高桥在那一晚余下的时间里情绪都很低落，显得伊莎多拉更加健谈，她似乎担心屋里的沉默会毁掉她这辈子举办的第一次晚宴。外表规规矩矩的丹尼斯·博伊德坐在伊莎多拉在第三大街集市上低价买到的小餐桌椅上，显得太过魁梧，朱尔斯真担心丹尼斯会坐坏那把脆弱的小椅子，丢人地摔个四脚朝天。她不想让他丢人；他在这间屋子里已经显得很不自在了。

罗伯特突如其来、情绪激动地讲完特雷·斯派德尔的骇人故事，一桌人随之陷入忧郁，在此之后，伊莎多拉主导了当晚的节奏，她的朋友简宁也与之一唱一和，她们俩讲起在高中打工煎汉堡时发生的轶事。但那实在无聊，最后大家都不得不坐在摇摇晃晃的椅子上，围在桌边听这两个姑娘叽叽喳喳，朱尔斯也讲述了自己在布法罗大二那年打工遇到的事。“我那时主修戏剧专业，辅修的是心理学”，她对全桌人说，“一边演话剧，一边给一个心理学教授打工，组织其他学生做实验，每个学生的报酬是二十美元。我参加过一次实验的内容是，我必须让受试者描述他或她在情感上觉得最痛苦的经历。我会告诉他们：‘这是保密的。’”

她告诉参加晚餐派对的人，那些她素不相识、也许在校园里见过一面的学生放心地对她倾诉，说起自己与高中时心爱的男友或女友分手的经过，说起母亲的死，甚至有一位学生说起潜水时弟弟的意外身亡。但是他们说的话并不重要。他们不知道的是，她在实验中研究的唯一对象只是人们的肢体语言。朱尔斯观察他们双手和头部的动作，不时做着笔记。过了一会儿，未经加工、饱含情感的素材在她听来，渐渐变得像是日常的倾诉。他人的痛苦变得像某种切实存在的物质，某种朱尔斯无法低估、也无法轻描淡写的物质。她甚至幻想自己是受试者中的一员，坐在那里谈论多年前自己丧父的经历，她的声音也和他们一样脆弱且颤抖。向她倾诉自己的痛苦让他们如释重负，至于她是否专心聆听，那本身并不重要。

晚餐吃到一半，丹尼斯·博伊德的腿已经好几次撞到桌面，他个头太大，甚至将桌子稍稍抬离了地面。伊莎多拉对他说：“丹尼斯，别闹了。弄得像闹鬼似的。”说着，她拍了拍他的手臂。她经常对男人连敲带打，大概是因为喜欢他们。

朱尔斯问道：“丹尼斯在干吗？”

“不老实坐着，”伊莎多拉说，“他的腿动来动去，跟小男孩似的。”

“我就是个男孩，”丹尼斯说，“或者说，我曾经是个男孩。”

“不是每个男孩都跷腿。”朱尔斯说。这是她调情的方式，但谁会从这种狡黠联想到调情和性兴趣？这些难道不该是用热情来表达的吗？或者是忧郁？

“这个男孩会啊，”伊莎多拉说，“一直跷着，相信我。”

大约一年后，伊莎多拉离开纽约开始周游全美国，寄宿在朋友的朋友的沙发上——在沙发客成为一项成熟产业前数十年，她就开始这么做了。她从沿途的旅游景点给朱尔斯和丹尼斯寄来搞怪的明信片，比如汉堡包博物馆，或者住在鞋里的婆婆“真正”居住的房子。“真正的房子？”收到那张明信片时，朱尔斯问丹尼斯，“住在鞋里的婆婆怎么可能拥有一所真正的房子？她根本不存在啊，那是童谣里的角色嘛。”他们一起嘲笑伊莎多拉。后来，在1984年之后，再也没有了她的消息。再后来，到了1998年互联网普及时，朱尔斯想到在雅虎网上搜索她的名字，她只找到了一个“伊·托费尔德”，佛罗里达州庞帕诺的一家狗狗美容沙龙的店主。那可能是伊莎多拉吗？她可不记得伊莎多拉提过自己喜欢狗。她在纽约市认识的二十出头的人当中基本没人养狗。但生活显然能让一个人改变和动摇，到最后，在哪怕曾经最熟悉的人眼里也变得面目全非。尽管如此，曾经了解一个人终归会留下痕迹。

2006年，朱尔斯又在互联网上搜索伊莎多拉的消息，希望能再看到关于狗狗美容的信息，说来奇怪，那竟然让她觉得慰藉。在网上寻找曾经认识的人，感觉就像在博物馆的永久收藏中寻找那个被困在玻璃后面的人。你知道他们就在那里，而且在你印象中，他们好像永远会待在那里。但是这一次，当朱尔斯输入伊莎多拉的名字时，热门搜索结果是四年前2002年的一份付费讣告，说是在庞帕诺附近的高速公路上发生了一起交通事故。交通事故似乎总是发生在你听说过的地方的“附近”，从未发生在其中。讣告里提到的绝对就是那位伊莎多拉·托费尔德，四十三岁，纽约州立大学布法罗分校的毕业生，身故后只有一位母亲。“丹尼斯。”朱尔斯喊道，声音响亮而紧绷，她坐在电脑前，屏幕上是那份讣告，她不知道该做什么，也不知道该作何感想。她想哭，但她甚至不知道为什么。“你看。”

他走过来坐在她身边。“噢不，”他说，“伊莎多拉。”

“是啊。介绍我们认识的人。”

“唉，我觉得很难过。”

“我也是。”朱尔斯和丹尼斯双双茫然地陷入悲伤的迷雾，心痛的感觉比他们认识伊莎多拉时对她的喜爱要强烈得多。

在那第一次晚宴上，丹尼斯·博伊德坐在朱尔斯·雅各布森对面，他的黑眼睛隐隐发亮。每当他的视线转向她时，她都从他的目光中看出新的、令她愉悦的兴趣。距离她上一次真正喜欢一个男孩——或者按身边人开始用的称呼，应该是男人——已经过去很久了。在布法罗读大学时，每个人在室外都穿得严严实实，看不出包裹其中的身体是男是女。在室内，男人们穿着暖和的法兰绒，靠啤酒来彰显男性气概。大家都玩桌面足球，这个用手柄捣来捣去的游戏莫名其妙地流行。而吃豆小姐游戏机则是克朗姆莱酒吧里的保留节目，星期五和星期六晚上所有人都在这间酒吧打发时间。朱尔斯心不在焉地与两个完全不同、她也不感兴趣的男人发生过散发着呕吐物气味的性关系——话剧专业的男生都是同性恋，要么就只对特别漂亮的话剧专业女生感兴趣——事后，她在自己的宿舍里洗了很久的澡，穿着人字拖以免感染脚气。

她的室友是一伙要多卑鄙就有多卑鄙的女孩，自甘堕落、不学无术。她和她们分到一起，只能说是时运不济。宿舍套房里弥漫着电热卷发棒的气味。女孩们谁也瞧不起谁，互相大吼大叫，这地方简直像是精神病人的过渡收容所。“去你的吧，阿曼达，你就是一坨撒谎的狗屎!!!”一个女孩叫骂着穿过公共客厅，客厅里放着绽线的懒人沙发和索尼特丽珑电视，比萨盒大张着嘴，电热卷发棒被扔得到处都是，好像休假的骑士随手丢弃的剑。

大一的第一场雪落下时，朱尔斯·雅各布森步行到宿舍对面的电话亭，她不停地往电话里塞硬币，给耶鲁大学的埃诗·沃尔夫打电话。埃诗一接起电话，朱尔斯便意识到自己的目标有多坚定。“你好。”埃诗的声音心不在焉，淡漠而疏离，一个正在写关于莫里哀的论文的人发出的声音。

“埃诗，我讨厌这地方，”朱尔斯说，“这里太大了。你知道这有多少学生吗？两万人。就像一整座城市，可我谁也不认识。我就像一个独自来到美国的移民。我的名字是安娜·巴布什卡[1]。快来救我吧。”埃诗和往常一样笑了起来。现在，她在电话那头发出的笑声让朱尔斯这通电话有了意义。她可以让埃诗有这样的反应，这一事实让她有点自鸣得意。即使在她不快乐的时候，她也能感受到自己的一点小小力量。

“噢，朱尔斯，”埃诗说，“你不舒服，我很抱歉。”

“我没有不舒服。我不快乐。我是说真的。”

“再努力一下吧，好吗？你在那边只待了两个半月啊。”

“对狗来说就是十年了。”

“你可以去找学生心理咨询。”

“我去了。但我需要的不止那个。”朱尔斯和一个名叫梅琳达的衣衫不整的社工见了五次面，她就像最温柔的母亲一样，在朱尔斯

1 巴布什卡（Babushka），字面意思为“女用头巾”，俄语中本意为“老太婆”。——编注

抱怨大学生活多么愚蠢时频频点头表示同情。很久以后，她早已想不起梅琳达对她说过的话，但当时她的存在确实给了朱尔斯她所需要的安慰，等到朱尔斯自己开始从事心理咨询时，她显然不自觉地模仿了梅琳达的某些风格。

“大学生活需要慢慢习惯，”埃诗说，“我一开始也有这种感觉啊，但是最近好些了。”

“你去的是耶鲁大学，埃诗；完全不一样。这里所有人都天天一副臭脸。”

“这里也有很多人酗酒，”埃诗说，“相信我。要是你现在仔细听，你可以听到有人正在达文波特学院呕吐呢。”朱尔斯只能听见划火柴的声音。埃诗手里夹一支烟，看起来就像吞云吐雾的仙子，或是偷偷叛逆的天使。

“好吧，但是这里的人会直接把嘴伸到啤酒桶里，”朱尔斯说，“还有，听说下周雪会下到三十英寸厚。求你了，这周末来看我吧，趁我还没被活埋。”

埃诗想了想。“这周末？天哪，要是能见到你就太好了。我真不喜欢我们现在还不住在同一个地方。”

“我懂。”

“好吧。我们周五开车过去。”埃诗说。

我们。埃诗·沃尔夫和伊桑·费戈曼在高三前的那年暑假成了“我们”，让所有人都目瞪口呆。尽管他们在秋天奔赴不同的大学，这个“我们”并未就此结束。

周五，埃诗和伊桑如约出现在布法罗，来到朱尔斯的宿舍。埃诗娇小而美丽，脸色红润明媚；伊桑则显得油腻腻的，长途开车让他疲惫不堪。他们从纽约市一路带来一些“应急物资”，以此慰藉朱尔斯在北方的孤独感。贝果面包圈硬得切不开，葱香软奶酪放在伊桑父亲旧车的前座下面，全程挨着加热器，已经有些融化了。但是三个人坐在朱尔斯水泥墙面的小小宿舍里吃得津津有味，紧闭的房门将她那些可怕室友的声音隔绝在外。

“好吧，我懂你意思了。你得离这些女孩远一点。”埃诗平静地说，“刚才就在外面看了她们一眼，我就知道你说的一点也不夸张。”

“听着，好好看清楚全班最聪明的人都有谁，”伊桑说，“听听他们的发言。然后下课了就跟着他们混，主动扑上去找他们。”

“主动扑上去？”埃诗问道。

“呸，我不是那个意思，”伊桑说，“天哪，对不起。我是个白痴。”

那个周末之后的日子里，朱尔斯开始采纳他们的建议，尽量躲着她的室友们。她发现身边的同学里有很多真正的聪明人，而她只顾着自己不开心，一直没有发现。她与心理学入学课上的几个学生进行了一番眼神交流，然后便和他们组成了一个学习小组。在心理实验室和之后的学生会里，她和伊莎多拉·托费尔德，以及其他几位各有不同的人一起坐在标准化的课桌旁，纷纷说起自己有多么讨厌自己的室友。接着，他们去校园另一头一家名叫“酒桶”的酒吧，大家都像在克朗姆莱一样喝酒。这里是纽约州的北部，积雪层层叠叠，好像安德希尔某个橱窗里蓬松的柠檬蛋白酥皮派。他们喝了一杯又一杯，感觉很舒服，他们是一个小团体，虽然并不算格外亲密。

现在是 1981 年 11 月，距离伊莎多拉·托费尔德之死还有整整二十一年，她们还是朋友。朱尔斯在伊莎多拉位于西八十五街上的公寓里参加她的晚餐派对。

伊莎多拉用餐叉刮干净餐盘里残余的一点食物，她举起餐叉说：“有什么能比晚餐派对上没吃完的一点点又干又柴的鸡肉更让人难过呢？”

“噢，”朱尔斯说，“有。犹太人大屠杀。”

短暂的沉默。然后有人犹疑地笑了出来。“你还是能笑死我啊，”伊莎多拉说着，转向全桌人说，“朱尔斯上大学的时候就特别搞笑。”

“我不得不这样啊，”朱尔斯说，“我和最卑鄙的女孩们住在一起。我必须保持幽默感。”

“所以说，”丹尼斯·博伊德对她发问道，“伊莎多拉上大学的时候什么样？”

“丹尼斯，大学只是去年春天的事，”伊莎多拉说，“我和现在一样。你腿老实点。”她警告他，因为桌子似乎又一次被丹尼斯的膝盖抬了起来。

“是啊，”朱尔斯说，“她和现在一样。”但现在她当然没那么喜欢伊莎多拉了，因为她不再那么需要她，对她也看得更清楚。埃诗、伊桑，还有不久前才回到他们身边的乔纳才是她一直有往来的朋友。“她现在是什么样？”朱尔斯问，“你才是她的邻居。”

“噢，她把我胆都吓破了。”丹尼斯说。片刻的沉默后，大家同时笑了起来，仿佛为了掩盖意外吐露的真相。

丹尼斯早早离开了派对，说他一清早还要去中央公园参加一场橄榄球比赛。在座其他人都无法想象周末这么早起床，更何况是为了运动起个大早。他解释说：“一群小伙子约好在绵羊草坪碰头。”他转向罗伯特·高桥对他说：“我希望你的朋友早日康复。”接着，他对大家——或许，是特别对朱尔斯——笑了笑，便下楼回自己的公寓去了。

他一走，伊莎多拉就开始谈论他。“‘一群小伙子’，是不是很棒呀？”她说，“我知道，他看起来好像是由简单的零部件组成的——我不是说愚蠢的零部件，我只是想说他比我们少了很多乱七八糟的零件。但是真相要复杂得多。是啊，他绝对中规中矩，玩橄榄球，不像我们那样欲壑难填。”

“那是你自己，别扯我们。”罗伯特·高桥说。

“其实他有抑郁症。他告诉我，他在罗格斯大学读大三那年陷入了真正的抑郁，差不多完全崩溃了。他不去上课，一篇论文也不交。

到他去找医务室的时候，他几乎一整年都没去过食堂——我的意思是，他的卡基本上没刷过——他只吃拉面，连煮都不煮。”

“拉面不煮怎么吃?”珍妮问，“只吃面条，还是调味包？还是都吃?”

“我不知道，简宁，”伊莎多拉不耐烦地说，“医务室看到他的状态就给他父母打了电话。后来他们给他安排请了病假，把他送进了医院。”

“精神病医院吗?”罗伯特·高桥问道，“上帝啊。”一阵虔敬而忧虑的沉默笼罩全桌，像蜡烛上方涌动的气流。

“是的，”伊莎多拉说，“就是那些诗人待过的地方。倒不是说丹尼斯·博伊德是个诗人。他才不是呢。”她又加了一句。朱尔斯觉得，她其实没必要补充。“但是他们一路把他送到了新英格兰，因为罗格斯大学的精神病医生告诉他的家人，那里的青少年病区相当不错。再说,那里保险也可以报销。他恢复健康后回到大学完成了学业，去上了暑期学校，还参加了额外的课程。他成绩不怎么样，但他们还是让他毕业了。”

“那些诗人去的是哪家医院?”朱尔斯问。

“你知道，就是伯克夏那家很有名的。”伊莎多拉说。

“兰顿·赫尔?”朱尔斯惊讶地说。丹尼斯居然曾经住过贝尔纳普的兰顿·赫尔精神病医院，与林中精灵在同一座小镇上。

那一夜临近尾声时，伊莎多拉用她父母给她买的咖啡机为大家做了意式浓缩咖啡，她还没完全研究清楚它的使用方法。最后，她挥舞着之前津津乐道的草卷，用所谓的牙买加口音说着“来吧，伙计”，一边摇头晃脑，仿佛耳畔飘荡着别人听不见的雷鬼乐。那东西在屋里传了一圈。伊莎多拉说：“想象我戴着那种怪里怪气的牙买加针织帽，所有的头发都塞在帽子里，想象我是黑人的样子。”

朱尔斯大部分抽大麻的经历都是在十几岁时，在那几年抽够了。

20 世纪 70 年代抽的那些大麻让她筋疲力尽，现在“嗨一下”对她已经没有吸引力了。她会想起自己滔滔不绝的样子，吵闹、外向、有点令人厌恶，这些都让她感到不干净、不开心，所以她几乎没有把烟吸进肺里，她怀疑罗伯特 · 高桥也没有过肺，他似乎也更愿意保持清醒。只有简宁和伊莎多拉像吮吸奶嘴一样吮吸着粗大的烟卷，放声大笑，说着只有她们俩才懂的、关于煎汉堡包往事的笑话。

朱尔斯离开公寓时，在楼梯上撞见了正要去倒垃圾的丹尼斯·博伊德。但她不能对他说：“我们刚才都在谈论你，我发现你在兰顿·赫尔住过院。你听说过林中精灵吗?”

她说出口的是：“你好呀。你错过了甜饼干噢。”

“太糟糕了。我喜欢甜饼干，”他说，“但我尽量不吃。有点小肚子了。我现在还不想变成我爸那样。以后也不想。”为了比画，他用那只没有拎垃圾袋的手拍了拍自己的肚子，那个打结的半透明白色塑料垃圾袋里面看上去湿漉漉的。他现在穿着绿色的运动衫和牛仔裤——聚会后的衣服。后来她发现，服用抗抑郁药物让他很容易积累腰腹脂肪。当时的抗抑郁药物还很粗糙，用笨重的大爪子狠狠拍打抑郁症。

“而且你错过了伊莎多拉的草卷。”朱尔斯微笑着说，她希望自己表现出嘲讽的意味。她不会说伊莎多拉 · 托费尔德的坏话，除非丹尼斯先开口。但她觉得，而且希望，他和她有同感。

“我觉得我不知道那个词。草卷。但你说的是大麻吧，对吗?”

“是噢。”

“你想喝点东西或者什么吗?”丹尼斯 · 博伊德问，而朱尔斯的回答是：不了，谢谢，她已经吃饱了，吃累了，今晚喝不了再多酒了。这是真的，在布法罗的四年里混遍了各种啤酒聚会以后，她要努力管住自己了。但他想问的只是她想不想去他家，可她还不知道成年人该如何正确回答。这个邀请出乎她的意料,所以她说了“不”，然而她几乎是立即意识到，她想去他的公寓。她想看看他的生活方式，看看他为数不多的生活用品。她敢打赌，他是个整洁、体贴、感性的人。

“好的，”他说，“嗯。那祝你玩得开心。回头见。”

“再见。”她说。如果她再多看他几眼，看到他那年轻、魁梧、未经雕琢的模样，手里拎着一袋打结的垃圾，运动衫的袖子比粗壮多毛的手腕短了一截，如果她再多看一会儿，也许那一晚他们就会“有所作为”。然而，他们等待了将近两个月的时间，在此期间，他们各自继续自己的生活，似乎没有做任何准备，然而结果证明，在这段时间里，他们为许多事情做好了准备。

朱尔斯·雅各布森再一次见到丹尼斯·博伊德是在冬日的街头。那一次他又拿着一个塑料袋。她正在去“复印家”的路上，准备为试镜复印一份剧本。朱尔斯看到丹尼斯的购物袋里有一个棕色的塑料瓶，让她有所触动的是，那是一瓶博斯克巧克力糖浆，她从童年之后就再没见过。他购买了博斯克和玉米片。朱尔斯想起伊莎多拉冒冒失失说起的丹尼斯住过精神病院的事，她认为他到现在都不懂得好好照顾自己。不过话说回来，谁又真的照顾好自己了？朱尔斯一直没向保诚保险寄出购买健康保险的表格和支票，虽然她向母亲发誓她会去做。朱尔斯没有保险。另外，她从没在自己那个令人作呕的小厨房里用过炉灶，除了有一次落枕，她不得不用灶台加热一袋生米饭。但是，身材魁梧、肤色黝黑、没刮胡子的丹尼斯·博伊德不能好好照顾他自己，这个想法让她不安。

“我和你一起去。”丹尼斯说。朱尔斯答应了。于是他陪她走到了复印店。随着门铃叮当一响，他们走进门，站在明亮的白色空间里，嗅着油墨干涩的气味。伊莎多拉·托费尔德穿着红色的员工 polo 衫，头发和小女孩一样扎成马尾辫，看起来比朱尔斯上次见到她时更加古怪、更加边缘化。复印机的光在玻璃板上来回闪动，机器发出的唰唰声让伊莎多拉成了行尸走肉般的雇员。在她身后，她的朋友罗伯特·高桥正在整理某人的文件。朱尔斯和他打了个招呼，提醒他说，他们在伊莎多拉家里见过面。

“嘿，你好。”他微笑着说。

“最近怎么样？”她问他，“你那位同事还病着吗？”

“特雷。他不久前去世了。”

“我的天哪。”

罗伯特用颤抖的声音说：“我可以接受不是店里的通风系统让他得了癌症。但是这一切都太不正常，而且太快了，我根本没法停下来想一想。”

“我真的很抱歉。”她和丹尼斯异口同声地说，罗伯特在他们面前哭了起来。所有人都觉得有些尴尬，谁也不知道该说些什么，所以他们便什么也没说。终于，丹尼斯将采购的食物放在柜台上。他走进柜台，给了罗伯特·高桥一个标准的熊抱，像在中央公园的草坪上怀抱橄榄球奔跑那样环抱住他。这可真是值得一看的场面：穿着厚实的冬装夹克、笨手笨脚的大个子；穿着红色衬衫、英俊纤细的亚裔小伙子。虽然这个举动非常刻意，但十分真诚，罗伯特看起来也很领情。大个子丹尼斯放开他，朱尔斯便去拍了拍罗伯特的手臂。最后，罗伯特含着眼泪转过身，回到纸堆里。因为不管他有多伤心，这毕竟是一个工作日。

朱尔斯觉得自己必须立即离开这个地方——某个年纪轻轻的人生病然后死去的地方。在这个地方工作的人，有的傲慢又不讨人喜欢，有的却满心悲恸。这样的地方会迫使你明白，你自己的人生也被限制在一定范围之内——每个人都是如此。朱尔斯和丹尼斯一起转身走出商店，她跟着丹尼斯去了他的公寓，这时他们都心领神会：现在他们可以上床了。她真的以为他们将会摆脱受限的可能性，摆脱不愉快的事，甚至摆脱死亡——死于罕见的、老年人才会得的癌症，或者任何其他原因——他们正在奔向一片未曾探索的广阔疆域。他把购物袋挂在一只手臂上，然后抓住她的手。他们跑了起来。

二十二岁的性爱就像田园诗。二十二岁的性爱不像十八岁上大学时的性行为那样，伴随着不安全感、精神冲击和羞耻感。二十二岁的性爱也不像十二岁的自慰那样，只是安静而谨慎地躺在小床上，奇怪为什么仅仅这样做就会如此舒服。二十二岁的性爱也不像五十二岁的性生活那样，突如其来的意外之喜将其中一人从睡梦中唤醒，在雅各布森-博伊德夫妇漫长的婚姻里，这份惊喜还要等待几十年才会出现。

朱尔斯想，二十二岁时的性爱确实非比寻常。丹尼斯显然也这么想。他们俩的身体都还处于完美或者说足够完美的状态。以后他们会意识到这一点，尽管当时他们还不明白。局促不安，羞赧得要命，但又如此兴奋。那一天，站在他公寓的高架床边，他们第一次为彼此脱得一丝不挂。她要求他先爬上床边的梯子，这样他就不会从后面欣赏她——她知道，如果这样的话，那她每次抬起一条腿踏上梯级时，她全身最私密的部位就会有那么一瞬间分开并展露在他面前。毛发，阴影——她怎么能让他看到那样的场面？

“您先请，先生。”她挥了挥手臂说道——天哪，她真的是那么说的？究竟为什么啊？她是想假装自己是维多利亚时代的妓女吗？肤色深暗、毛发浓密的丹尼斯全裸着爬上梯子。她看着他的私密部位做着和她一样的动作，他的睾丸在摇动，如果不能说是晃动的话。当他屈膝爬上垂直的梯级时，长满绒毛的屁股便一分为二。他爬到靠近天花板的床上。丹尼斯·博伊德的高架床太高了，他们甚至无法站在床上，只能弓着腰或者平躺下来，或者让彼此的身体像两辆车一样堆叠在一起。

这张床促使他们彼此亲近，朱尔斯不习惯这种亲密，现在这样的亲密让她警觉起来。丹尼斯说："我想看看你。"他的脸贴得非常近，于是他真的可以将她一览无余。

"天哪，一定要吗？"她说。

"一定要。"丹尼斯郑重地说。

她希望自己的下巴没有爆出红疹。另外，她努力回忆那天早晨照镜子时看到的自己。此刻她注意到，丹尼斯的胡子已经又需要刮一刮了。他看起来很健壮，胸肌厚实，阴部的毛发像一小块黑色的裹腰布。尽管看到这一切，但她也知道他的内心很脆弱。从复印店跑回来的路上，他们俩都感觉自己在逃离如地狱一般了无希望的未来。

这个男人愿意先爬上梯子，让她看到自己的睾丸，还有将睾丸包裹其中、像返祖一样浓密交缠的深色毛发。光滑的睾丸包裹在纤薄的皮肤之下，这让一个像运动员一样高大健壮的男人显露出一丝脆弱。但这只是假象。他没那么脆弱，相反，他面对她时强壮有力，事后却温柔地微笑着，很高兴自己给了她一次扎扎实实、没有半分伪装的高潮。她"噢、噢、啊"地喊出了声。他说："你太棒了！"她很棒，是因为她的反应给了他快感和成就感。他对自己的尺寸很满意。他不需要说出来，但她知道。

一个小时以后，他们躺在床上，手拿罗格斯红骑士长款纪念玻璃杯，喝着加了博斯克、有点变色的牛奶，他们像两个躺在滑雪场医院牵引病床上的人，必须侧过身体才能喝一口牛奶，液体沿着脖颈滴落下来。他们就这样喝着牛奶，将自己大致的人生经历告诉对方。她听说过他在达内林的家庭，母亲、父亲和三个兄弟。他们的家族企业是一家叫作 B & L 的五金店，丹尼斯的两个兄弟正打算不久之后接手这家商店。如果丹尼斯愿意，他可以加入他们。但他告诉朱尔斯，一辈子就做这件事的想法就像"灵魂死了"一样。听到他这么说，她松了一口气。一个使用"灵魂死了"这种表达的男人可不简单。他用大学橄榄球队的纪念杯喝水，他正在摸索照顾自己的大致方式。他的家人没有多少钱，但每年圣诞节都以物易物，换来昂贵的礼物，用洛可可风格的灯具装饰庭院，搭起圣诞马槽[1]，再配上背景音乐。那是盛大的节日场合，所有人都要在客厅和小房间里围坐好几个小时，但那并不是快乐的经历，丹尼斯说，他只觉得无聊，而且“很痒”。他告诉她，他们经常发生摩擦，因为没有人真的那么喜欢彼此。他对她说：“我和我的兄弟们一直打个没完。”

“什么时候？现在吗？”

“那时候。我是说，从前总打个没完。”

“抱歉，”她说，“显然，打个没完可以说过去，也可以说现在。我以为你们到现在还没打完呢。”

“不打了，”丹尼斯说，“那时候我们都是浑蛋。现在我尽量不那么浑蛋。我是和很多浑蛋一起长大的。”说完，他忧心忡忡地添了一句：“我看起来像浑蛋吗？”

“不，一点也不像。”朱尔斯说，但她知道他为什么会这样问。他有着标准年轻男性的外表，她在童年时期常常在商场里看到这样的年轻男性成群结队，长大后也可以到处看到他们，包括在大学时代。从前，当它只是一种普遍存在的男性气概时，她从不曾被这种气质吸引，可她喜欢从他身上散发出的这种气质。他曾经受过折磨，但他依然踏实、厚重、可靠。父亲的形象浮现在她脑海中；癌症把沃伦·雅各布森变成了一片单薄的树叶，随着病情加重，他整个人都变得愈发纤弱。然而当朱尔斯还是个小女孩时，她却觉得他很高大。她还记得他下班回到家里，想听听女儿们在学校过得如何的样子。

他会说：“和我说说新数学课吧。”当时他们就那么称呼这门课，并未意识到将某样东西称作“新的”，本身就是在加快它的过时。

---

1 《圣经》中记载耶稣在马槽里降生。人们在圣诞节期间搭建马槽模型，重现耶稣诞生的场景。

他曾经很有存在感，后来他走了。在那之后，一年又一年的岁月累加起来，越来越难将他视为某个曾经存在的人。她的父亲现在已经是过去式了。他不会再成为现在式，现实不允许。但是丹尼斯·博伊德在这里，他就是现在式的化身。和他一起躺在床上时，朱尔斯大脑中作为女儿的久远记忆仿佛被跳接电缆擦亮了火花。想想看：一个不会离开的男人！一个坚实、可靠、绝对存在的男人。她在十五岁时失去父亲，不久之后，伊桑·费戈曼试图将她留在自己身边，尽管这很暖心，但身体的反应完全不对。

现在，丹尼斯，这个壮硕的、没有明显的天赋奇才、对任何领域都没有热切渴望的男人，却在某种程度上做到了伊桑做不到的事。她完全被丹尼斯吸引，已经全情投入。他很会照顾人，心地善良，而且不会冷嘲热讽，让朱尔斯惊讶的是，从青春期开始经过这些年的残酷讽刺之后，她竟然会被这一特质所吸引。躺在他身边，朱尔斯已经开始琢磨什么时候可以再次见到他。从美学角度而言，丹尼斯并不精致，也没有难以捉摸的性情，除了他那可爱的腼腆。他静静地在这个世界里闯出一条路。如果他坐在不结实的椅子上，他可能会坐坏它。他不得不小心。他不得不调整自己。他家里的男孩们从小就习惯对妈妈大喊大叫："妈！给我们做卡夫奶酪通心粉！"他们从不对父亲大喊大叫，那个坐在电视前瞪眼看足球赛和第三帝国纪录片的男人。他们害怕他，到现在都怕。

当丹尼斯谈起自己在兰顿·赫尔的日子时，他的声音变得小心翼翼，充满了试探。他看着朱尔斯，观察这些信息是否会推翻他们的关系。她会不会觉得他精神不正常，永远把他当成穿着病号服、每天五点定时吃晚餐的病号？刚刚同男人展开一段恋情的女人大概无法接受这样的形象。实际上，她顾虑的不是他的形象，而是在想要不要承认自己早就从伊莎多拉那里得知他因为抑郁症住院的事。这样一来，她就必须告诉丹尼斯，秋天那场晚餐派对上，等他离开伊莎多拉的公寓后，他们一直在谈论他。

她只说了一句“噢”。她关切地拍了拍他的手臂，就像在复印店里对罗伯特·高桥一样不够分量。

那天晚上，等他们终于分开以后，朱尔斯给埃诗打了个电话。埃诗一拿起听筒，朱尔斯便对她说：“嗯，我和某个人睡了。”她和埃诗几乎每天都要通话，每周都会在表演课上见一次面，有时会见好几次。埃诗在她父亲的办公室里兼职，做文件分拣工作，她说这是世界上最糟糕的工作。同时，她还在参加各种试镜。最近，她在一出实验性戏剧中得到了美人鱼的角色，将在位于康尼岛的纽约水族馆停车场进行为期一周的表演；显然，制片人也有兴趣雇用她参与下一次演出。这是一个开始，尽管报酬少得可怜，但吉尔和贝琪·沃尔夫为她和伊桑同居的公寓付了租金。伊桑正在做工业动画师，但收入不太稳定。他说，总有一天他会在一家动画工作室找到一份真正的工作。在那之前，他做着各种各样的零工。他还在用那些小小的线圈笔记本画画，塞在屁股兜里显得鼓鼓囊囊。

“谁啊？”埃诗用一种将信将疑的口气问道。

“为什么感觉你很震惊啊？总会有人想看我的裸体啊。”线路跳了一下，信号断了。埃诗的父母最近刚送给埃诗和伊桑一台最新款的无线电话作为礼物，但是这台笨重的大设备实在配不上它的价格，信号总是在对话还没有真正展开的时候就由强变弱。

“看你什么？”埃诗问，“我刚才没听到。”

“我的裸体。”

“噢，那个啊。嗯，当然啦，肯定有人想看。只不过，从我们住在同一座城市以来，你还没和任何人睡过呢，”埃诗说，“过去你和我说那些人的时候，他们总是看不见的恋人。”

“不要用恋人这个词。”

“我总是说恋人。”

“我知道。你和伊桑——恋人。我从来不喜欢这个词，只是没和你说而已。”

“还有什么你不喜欢的呀？”埃诗问。

“没了。我喜欢你除此之外的一切。”这确实是真心话。埃诗始终几乎没有惹人反感的地方。她爱用恋人这个词并不会让人因此反感她本人。现在和埃诗聊天、和她聊起丹尼斯，本身就像和丹尼斯上床一样令人愉悦。她想说“他就是这么有存在感”，但埃诗会让她进一步解释，而朱尔斯没法解释。也许这种现在式的特点也暗示着他缺乏成为将来式的可能。也许他对自己还没有计划，除了当下什么都没有，所以她不能依赖他。但是她已经知道，那不是真的。

朱尔斯猜想，他们很快就会集体聚餐了。很可能就在东六街某家廉价的印度餐厅。所有人都会贴心又健谈，伊桑和埃诗会坐在滋滋作响的坦都里烧烤对面，友好地对丹尼斯抛出连珠炮般的问题。即使这样，大家也会看到丹尼斯多么与众不同。尽管朱尔斯提醒过他们，但他们还是会有些惊讶。或许会有人提到戴维·霍克尼的游泳池。“那是什么？”丹尼斯会毫不掩饰地提问，不会觉得不好意思。而埃诗会解释说，戴维·霍克尼是一位艺术家，喜欢用青绿色画出美丽的游泳池，他们都应该去看看他的作品。丹尼斯会说：“听起来不错。”晚上聚会结束后，他会告诉朱尔斯：“你的朋友们人真好！我们和他们一起去看戴维·哈克尼的展览吧。”而她不得不平静地纠正他：“是霍克尼。”至于伊桑和埃诗，第二天他们给她打电话时会说：“他显然为你发狂。这才是最重要的。”

他不是艺术圈里的人，不会拼了命想成为演员、漫画家、舞蹈家或双簧管演奏家。他不是犹太人，甚至连半个犹太人也算不上。他一生中几乎没有像朱尔斯和她朋友们那样的人；伊莎多拉·托费尔德算是最接近的，但她与其说是有艺术气息，不如说是性情古怪。在这座城市里，自大学时代起，朱尔斯偶尔会遇到林中精灵的人。

每次遇到，或者每当埃诗遇到露营地的某个人时，她们都会给对方打电话，用戏剧性的声音说："我见到同类了。"去过林中精灵的人，即便在营地时不是他们的亲密朋友，都代表着艺术世界和艺术的诸多可能。但是，大学毕业后的世界与从前的一切都不同了。艺术仍然是核心，但大家也必须养活自己。他们一边挣钱，一边对金钱表示轻蔑，挣钱只是为了按自己想要的方式生活。再也没有比在林中精灵时更加全神贯注、更加认真的时候了。现在，他们散落各地，各自发展，与朋友们保持亲密关系，但是他们渐渐明白，独立生活之后的一切都大有不同。丹尼斯不爱好艺术，但他非常聪明，而且非常热心。他不是浑蛋。她想和他在一起，想抚摸他。她喜欢他的气味，喜欢他离天花板太近的床，喜欢他那么享受她的陪伴。丹尼斯很好学；他对所有事物都感兴趣，这本身就很有趣。他说，昨晚我在十三台看了一部关于斯坦尼斯拉夫斯基表演法的纪录片；你表演的时候有没有试过这种方法？或者，我在街上和一个抗议种族隔离的家伙聊了二十分钟，他给了我这么些资料，我昨晚熬夜读了，实在太震撼、太难过了。丹尼斯并不极度渴望过上哪一种生活，或许他唯一渴望的，就是没有抑郁症的生活。

之后很可能会有更多次聚餐，埃诗、伊桑和乔纳会完全接纳丹尼斯进入他们的小圈子。乔纳出现的频率可能会降低，因为在其他人成双成对、只有一个人单身时，那个人总是会略显疏离。其他人会格外照顾单身的那一位，想让他感觉好一些，不再那么孤单，仿佛孤身一人是一种不自然的状态。朱尔斯想象着在她自己的小公寓里，用廉价的餐盘和镀银餐具举办自己的晚宴。他们可以坐在朱尔斯勉强算是成人款的家具上，四个人或五个人欢聚一堂。她幻想着多年以后他们回首生命中的这段岁月，就像透过一个擦得锃亮、纤毫毕现的镜头将时光定格。所有的对话。所有的鹰嘴豆泥。所有他们在二十多岁时习惯的廉价异域美食和器皿，还有不需要保养的室内装饰。

“是认真的吗？”朱尔斯和丹尼斯上床后的第二天早上，埃诗在电话里问道。毕竟，埃诗在和伊桑上床的那一刻就知道他们是认真的，可能甚至在那之前她就知道了。

“是的。”朱尔斯说道，眼前浮现出丹尼斯·博伊德深色的脸庞在她上面的模样，他距离天花板只有几英寸。“小心，”她用手掌护住他的后脑勺说，“我可不想你磕破头。”

他说：“是啊，脑袋开花的我对你可没什么用处。”她担心他是不是在想：从某种程度上说，他的脑袋在大学时代已经开过一次花，现在裂口已经痊愈，而朱尔斯对此一无所知——然而事实上，她当然已经知道了。

“他曾经精神崩溃过，埃诗，他都告诉我了，但他不知道我在他说之前就已经知道了。”朱尔斯急匆匆地说，“所以，你觉得该怎么办，我该告诉他我已经知道了，还是说，这只是个毫无意义的小谎言，只是疏忽而已，我应该把它忘了？”

“你跟他说实话，”埃诗不假思索地说，“你必须告诉他。他必须知道你知道什么。你不能带着秘密开始一段感情。”

“你来跟我说这个？”朱尔斯轻柔但尖锐地说。

接下来是长时间的沉默。最终埃诗开口道：“是。”

朱尔斯后来想，奇怪的是她没有再拿这件事逼迫埃诗，也没打算让她承认她这样说有多么虚伪。不过也许更奇怪的是，埃诗说起这话似乎心安理得。多年来，朱尔斯时常好奇埃诗是否还记得这次谈话，她是否找到了某种让自己适应矛盾、然后立马抛诸脑后的办法。不过在那次通话中，朱尔斯没再多说，因为这场对话根本就不是为了讨论埃诗的事，而是要讨论朱尔斯和丹尼斯的事。所以她把话头拉回来，意识到自己确实同意埃诗的建议：她必须告诉丹尼斯，她早就了解他的情况。

"那天其实我撒了谎。"他们再次见面时，她对他说。他们约好在中央公园见面，正要去动物园。"你提起你那件事——精神崩溃过——的时候，我已经知道了，"他们买好门票走进去时，她立即坦白道，"我不该装得那么惊讶。伊莎多拉那天在你离开后就告诉大家了。"

"她说了？你在开玩笑吧。噢，真是糟糕，"他说，"走出房间以后会发生什么真不好说，我怕的就是这个。所有人都在说你，真的受不了。"他们在年久失修的动物园沿着小径走下去，穿过企鹅馆七拐八弯的入口。他说："不过我倒是可以承受了。对我来说好像不再那么重要了。"

"真的吗？"

丹尼斯点点头，耸了耸肩。在罗格斯读大三时崩溃的他与和她一起赤身躺在床上的他已经不完全是同一个人了。之前的那个人已经康复。现在这个他可以照顾好另一个人，也可以在需要时让自己得到照顾。

丹尼斯对朱尔斯很有吸引力，她很难向埃诗说清楚这种感受。不过后来她想起自己第一次见到埃诗和伊桑在一起的那个夜晚。那天晚上，她满脑子都是什么！什么？爱情的一部分美好之处在于，你不需要向任何人解释。你可以拒绝解释。有了爱情，显然不会再觉得还需要解释任何事。

"我知道我家有忧郁的传统。"丹尼斯在他们走进潮湿昏暗的企鹅保护区时说道。那些肌肉发达、意志坚定的小动物像快艇一样拍打着翅膀滑过浑浊的水面，小学生们站在飘散着鱼腥味的场馆里观赏它们，双手、鼻子和大张的嘴巴紧贴着玻璃墙。不上学，在白天自由自在地和一个男人逛动物园或者上床，她感觉自己仿佛在做违法的事。丹尼斯和朱尔斯后退了一步。他双手插在口袋里站着说："我爸爸的母亲、我奶奶路易丝从来没有离开过房子，显然她爸爸基本上也没有出去过。我们去她家里，就像走进了一个可怕的暗房，谁也不说话。我奶奶从来不给我们准备零食，除了那种叫‘维也纳手指饼’的饼干。”

“我记得那种饼干。我们也吃过。”

“是吗，但你吃的大概不像她的饼干那样碎成渣。我们就坐在那里，面前放着一盘维也纳手指饼的碎屑，这个名字总是让我害怕，感觉像是人的手指。犹太人的手指。我奶奶一直有一点反犹太倾向。‘犹太人这样’‘犹太人那样’。不过不用担心，你不用去见她，她已经死了。等太阳下山时，有人会打开光线最弱的台灯。我等不及要走。但我从没把这些和自己联系起来。甚至都没想过我爸爸和这个有什么关系，他真的完全不和人沟通。我以为他只是不喜欢我，其实不是的。他应该也有抑郁症，只是从没接受过治疗，医院的精神科医生是这么说的。但我家里没人承认这些。他们是‘反对’心理咨询和治疗。我的这些事让他们觉得很丢脸。我想，他们都相信是大学把我折腾坏了，如果我当初留在家里和兄弟们一起开店，那就什么事也不会有。”

朱尔斯轻描淡写地提到，她参加夏令营的时候就知道兰顿·霍尔精神病医院。她在镇中心看见过指向医院所在道路的指示牌。而他也说，他早就知道林中精灵，在贝尔纳普郊外的道路上见过指向它的路牌。他说他曾想象过，假如他去的是林中精灵而不是医院，那该是什么样子。是啊，原来他当年和一名护士一起进城的时候，也吃过那家越橘奶酥。

丹尼斯曾经抑郁，但现在他不再抑郁了。他服用的抗抑郁药是一种单胺氧化酶（MAO）抑制剂。从动物园回来的那天晚上，他们坐在她公寓（只比他的公寓略微好一点）里的折叠床上。

丹尼斯为他们俩带来了自己做的晚餐。“没什么花样。”他提醒她，却不知道这个举动本身就赢得了她的心。他一边拿出食物摆放在床上铺的毛巾上，一边对她解释说，每一道菜都是他曾经见她吃过或者是她提过自己喜欢的。他说：“在伊莎多拉的晚宴上，你是喜欢香菜的人之一。我记住了。我跑了两家店才找到香菜。韩国商店的那个小伙子想给我推销欧芹，但我很坚决。”丹尼斯和朱尔斯吃着胡萝卜和西芹段，搭配他自己做的香菜酸奶蘸酱，还有他装在塑料盒里、仍然热乎乎的意大利面。“你自己做饭吗？”他问她。

“不，”朱尔斯不好意思地说，“我不怎么做饭。我连健康保险费都还没交呢。”

“我看不出这两件事有什么关系，不过没关系，”他说，“没事的。我喜欢做饭。”言下之意是，如果他们的二人世界里由他负责做饭，那也很不错。他们会成为一对伴侣，千真万确。接着他说：“关于食物，我有一些问题。我和我的 MAO 抑制剂——嗯，有很多东西我不能吃。”

“真的吗？”她好奇地问，“比如什么？”

他告诉她一份忌口清单，其中包括熏制、盐渍和腌腊的肉类，陈年奶酪，肝脏，肉酱，荷兰豆，酱油，凤尾鱼，牛油果。他还说，某些啤酒和葡萄酒也不可以，还有可卡因。丹尼斯警告说：“我绝对不能碰可卡因。所以请不要给我那个。”

“太糟糕了，”朱尔斯说，“因为，虽然我说我一般不会做饭，但是明天我打算给你做一个三明治，夹着陈放三年的古达干酪还有可卡因。”她又补充道，“然后举到你的鼻子下面。”实际上，看着他精心挑选准备的这顿小小饭菜，她非常感动，甚至想买一本菜谱，以后为他做饭。试试看她的烤箱，看看指示灯还亮不亮。这样的渴望使她有些不好意思，仿佛自己退化成了家庭妇女。她无法解释自己怎么会产生这样的想法，但是他们进入了爱情和相互照顾的世界，这个世界出乎意料地涉及喂养和食物。

“啊，真遗憾，”丹尼斯说，“我会很喜欢那个三明治的。”

“我就是好奇，如果你吃了那些食物会怎么样?”她问，“你会再次陷入抑郁吗?”

“不，”他说，“比那糟糕得多。我的血压可能会爆表。他们给了我一本小册子，里面都是介绍这些的知识。含有酪胺的食物对我来说可能是致命的。”

“我都没听说过酪胺这种东西。”朱尔斯说。

“这是许多食物中都有的一种化合物。认真地说，”他说，“我会死的。”

“不要。”她说，“求求你不要死。”

“好。为了你，我不会的。”

爱上一个情绪不稳定的人，不仅要帮他注意吃下去的食物，还要知道他有可能陷入的灾难性的崩溃。他向她保证，他现在真的很好，借助神秘的 MAO 抑制剂保持合理的情绪，这种抑制剂让他的大脑发生了变化，像外科医生戴着手套的手指一样深入其中，将各个部分复归原位。他真的很好，他反复说。实际上，他感觉好极了。只要她想要他，他就是她的。

五

第一次在林中精灵度过夏天之后，回家简直是人间惨剧。洛伊丝和爱伦·雅各布森在朱尔斯看来显得无比迟钝。她们对任何事都没有好奇心吗？她们俩在大部分时间里都无所事事，却会在突然间对你能想象到的最无聊的话题发表自己的看法：《魅力》杂志本季度发布的下摆长度。至于查尔斯·布朗森的最新电影对于青少年是否太过暴力，洛伊丝说："是的。"爱伦则说："不。"而最烦人的是，她们完全没有意识到，现在不得不和她们住在一起对朱尔斯来说成了一种折磨。这个夏天让她变得比她们更优秀，同时也在她心里埋下了隐而不发的怒火，不过她直到夏令营最后一天母亲和姐姐出现时才意识到这些变化。她透过帐篷的窗户，看着那辆汽车沿着狭窄颠簸的道路开过来。第一次应邀来到 3 号男生帐篷加入埃诗和其他人时，朱尔斯觉得自己像个闯入者，但眼前这两位才是真正的闯入者，开着那辆看起来比以往更绿、更方正的道奇达特向她驶来，她们竟然好意思直接停在 2 号女生帐篷后面的路上，想让大家知道她和她们才是一类人。

"我必须要和她们走吗？"朱尔斯对埃诗哀叹，"这不公平。"

"是啊，你必须这样。等我家里人来了，我也必须跟他们走啊。他们总是迟到。我母亲喜欢逛古董店。"

"你回到你的家人身边没什么，"朱尔斯说，"你属于那里。再说，古德曼和你一起住，这里的其他人也都住得离你很近。事实上，你拥有整个纽约城。我的意思是，咱们俩根本没法比，埃诗。我是被发配到西伯利亚。我会割腕自杀，在我住的郊区路旁留下长长的血迹，那条路碰巧叫辛迪街。你相信吗？辛迪？再说说你住在哪条街上？”

“中央公园西街。但是你看啊，我们会经常见到彼此的，”埃诗说，“这个夏天不会像什么都没发生过一样溜走的。”

埃诗伸出双臂抱住她，朱尔斯用余光瞥见凯茜·基普林格略显厌烦地转过身去。朱尔斯不怪她；女孩们总是为一点小事抱来抱去，只要情绪涌上心头便会抓住一切机会。就像婴儿或者小猫一样，女孩们想被拥抱。不过，也许凯茜·基普林格是因为嫉妒才不高兴。每个人都想被埃诗拥抱，不是为了唤起强烈的情感，只是为了显得与众不同。凯茜很性感，但埃诗却深受爱戴。

1974 年夏令营的最后一天早晨，朱尔斯匆匆翻看了埃诗的林中精灵线圈本同学录，前一天每个人都领到了一本。和朱尔斯那本一样，埃诗的同学录里满是其他营员字迹潦草、情感丰富的留言。不过，朱尔斯同学录里的评论大多是这样的：“朱尔斯，你在阿尔比的那部剧里很搞笑。原来你在现实中也是一个搞笑的人，我可真没想到啊！我希望你以后能干大事。让我们保持联系吧！——你的朋友兼同住一个帐篷的室友，简妮·泽尔。”埃诗的同学录可不是这样。好几位英俊的男孩在埃诗的同学录中表白，说他们整个夏天都悄无声息却不顾一切地爱着埃诗。伊桑·费戈曼很清楚，虽然他渴望成为朱尔斯·雅各布森的男友，但他也可以接受只做她的挚友。然而，有好几个男孩没法直接对埃诗吐露心声，最后只好在她的同学录里表白。字里行间都是柔情蜜意：

亲爱的埃诗：

我知道，你和我没怎么说过话。你大概已经不记得了，但是有一次我在草坪上练习巴松管，你路过的时候对我说："真好听啊，杰夫！"我对上帝发誓，我觉得我一生的意义就是为了来到那片草坪，等着你经过。我知道，我们这些玩管弦乐器的不如你们玩话剧的那么机灵诙谐。

不过有个关于巴松管的笑话很精彩：

巴松管和打官司有什么相同点？

答案是结束的时候，大家都兴高采烈。

嗯，就是这样。在我离开这个地方之前，我想让你知道，我一整个夏天都全心全意地爱着你，尽管我只能隔着草坪远远地看着你。

爱你的，

杰夫·坎普

（吹巴松管的杰夫，不是吹小号的那个蠢蛋杰夫）

杰夫·坎普将继续他的生活，回到学校里的管弦乐队，坐在金属折叠椅上为音乐会演奏，在没有埃诗·沃尔夫的情况下熬过整整一年。她将成为他对女孩们的爱的象征，象征着所有需要仰视的优秀女孩。她们就像刚出生的雏鸟一样娇嫩，却又体贴善良，让你觉得身边必须要有一个女孩相伴。就连朱尔斯都从埃诗身上感受到了一点类似的体验。1974年8月24日，埃诗在夏令营的最后一天说："我向你保证，我不会让你溜走的。"

朱尔斯需要的不仅仅是她最亲密的朋友埃诗。她需要他们所有人，还有和他们在一起时的那种感觉。然而身在营地的真切体会已经在记忆中被稀释了。那个夏天对她来说陌生又难忘，而整个国家也都记得那个夏天：一位在任总统引咎辞职，在所有人的注视下离开白宫。他向他们挥手，仿佛他也度过了一个特别的夏天，现在该是告别的时候了。离开这里让她无法承受，她发现自己哭了起来。

远处，其他汽车也陆续到达。在各种喧闹之中，朱尔斯听到伊桑格外引人注意的声音。再一次，就像入营报道那天一样，他是所有人的焦点，给其他营员和父母帮忙，用他厚重的身体抬起行李箱和露营装备，塞进等待出发的汽车后车厢里。朱尔斯不是唯一一个眼泪汪汪的人。伊桑那件菲利克斯猫 T 恤的肩头一整天都是湿漉漉的。

“我不想走，我都不想走出门。”朱尔斯正对埃诗说着，她的母亲和姐姐便走进了帐篷；她们没有敲门，就这么像警察搜查一样粗鲁地闯进来，辅导员谷德伦·西格多蒂尔跟在她们后面说：“看看谁在这儿啊!”谷德伦的眼神中流露出真挚的伤感。

朱尔斯勉强让母亲给了自己一个拥抱。母亲很高兴见到她，情绪相当激动，不过也可能是在熬过丈夫生病去世的漫长一年之后需要宣泄的出口。洛伊丝·雅各布森根本不知道，现在她领回家的这个孩子与她 6 月底留在此地的那个烫了头发、怯生生的、垂头丧气的呆头鹅已经完全不同了。

“把你的洗漱用品都带好。”洛伊丝说。这个词让朱尔斯汗毛倒竖，她假装没听见。

“我想，朱尔斯的东西全都带好了，”埃诗说，“我们的柜子都清空了。”

“朱尔斯?”爱伦看着她的妹妹，“她怎么这么叫你?”

“大家都这么叫我。”

“不,他们不这么叫你。没有人这么叫你。天哪,你一身都是包,”爱伦抓起朱尔斯的手臂翻来覆去地检查，“你怎么受得了?”

“之前没注意。”朱尔斯说，其实她注意到了，只是没放在心上。她的蚊帐不小心弄出了一个万字形破口，睡觉的时候蚊子便从破口进进出出。

朱尔斯同母亲和姐姐一起把她的行李搬到外面的车上。这时，伊桑突然出现在门口，抬起她的行李箱。“我是伊桑·费戈曼。雅各布森夫人，我是您女儿的动画顾问。”他真是满嘴胡话。

“是吗?”洛伊丝·雅各布森问道。

“那可不。这一整个夏天，朱尔斯所有关于动画的迫切疑问，我都给她解答了。比如，她可能会问我：‘《汽船威利》是不是第一部有声音的卡通片啊，伊桑?’我会告诉她：‘不，朱尔斯，但它是最早的声画同步的卡通片之一。而且这是全世界第一次看到米老鼠的形象。’总之呢，我想说的就是我一直在她身边。您培养了一个了不起的姑娘。”

“闭嘴吧，”他们走到车旁时，朱尔斯小声对他说，“你说话都不过脑子了，伊桑。你干吗说这些?你这样就像个疯子。”

“那你想让我说什么?”他小声回击，“说‘雅各布森夫人，我吻了您女儿好几次，想让她来点感觉，只不过她不喜欢那样，不过她其实也为我疯狂，所以我们试了又试，但还是没有结果’吗?”

“你根本就不用和我妈说话，”她粗暴地说，“她喜不喜欢你根本不重要。”

他若有所思地看着她：“这很重要。”

伊桑脸上布满了红血丝，表情非常激动。他们身边的人纷纷和他打招呼，就像入营第一天一样。那天他戴着一顶松松垮垮的牛仔帽，后来再也不戴了。因为朱尔斯有一次和他聊起那顶帽子时说：“你戴着就像帕丁顿熊。”

“那很难看吗?”他问。

“嗯，不，不难看。”她犹豫着说。

“你讨厌那顶帽子。”

“只是没有那么喜欢。”她纠正道。在他的一生中，她总是对他说实话的那个人，即便其他人都不说实话。那顶帽子让他比平时还要难看，而她想让他看起来体面一些。

“你要是不喜欢，我以后再也不戴了，”他说，“那顶帽子已经没了。对我来说它已经死了。”

“不，不，你戴吧，”朱尔斯哀伤地说，“轮不到我来决定你该穿什么，不该穿什么。”

但那顶帽子真的再也没有出现过，尽管他在认识她之前其实非常喜欢它。批评他的穿着打扮似乎很不礼貌，她很抱歉说了那些话，因为给他提意见就相当于她对他拥有主权，而在不想要他的身体时挑剔他的衣橱是不公平的。他在今后的生活中依然会是那个身材粗壮、略有些畸形、长得像狗一样的男孩；也许有一天，她想，一个和他般配的女孩会爱上他，两个平凡又狂野的人将汇聚成一股力量，坐在床上，拿着钢笔、铅笔和小笔记本，粗重地呼着气。但她不是那个女孩。

朱尔斯已经和埃诗、凯茜还有甜美俊俏的吉他手乔纳·贝伊说了再见。“朱尔斯，”他拉着她的手说，“你能来这里真是太好了。你真的是一个很酷的人。我们回头见，好吗？”他给了她一个拥抱，她很爱看这个气质神秘的男孩，但她从未梦想过他。

“继续弹你的吉他，”她不合时宜地说，“你弹得那么好。”

“我不知道，再看吧。”乔纳耸了耸肩。他们的友谊不温不火，也不算深刻。

“再见，朱尔斯，”凯茜告别时对她说，她又加了一句，“你在这里做得很好。”说完，她的目光越过朱尔斯，望向一辆黑色汽车，她那对像北欧武神一样的金发高个父母从车里走下来。“我得走了。”凯茜·基普林格说着，匆匆抱了抱朱尔斯。朱尔斯感觉到凯茜的乳房顶在她胸口，等她跑去向父母亲打招呼时才移开。

古德曼·沃尔夫，朱尔斯在整个夏天一直隐忍地被他吸引，他甚至没有单独找朱尔斯做个简单的告别，所以她也没有单独去找他。但是现在，她想再看他一眼。她在草坪上、在停车场搬行李的所有营员中费力地寻找他的身影。目光所及之处都是一群群哭着拥抱的人，仿佛大家都遭遇了共同的创伤。翁德里希夫妇在人群中穿行，叮嘱每个人好好努力，祝他们度过美好的一年，提醒他们明年夏天大家还可以聚在一起。

朱尔斯站在原地环顾四周。她在食堂的纱窗后面发现了古德曼・沃尔夫。食堂里现在光线昏暗，不再对外开放。当所有人都在外面的时候，他为什么会在那里？"我一会儿就回来。"朱尔斯对姐姐说。

"我一个人搬不完行李啊，朱莉，"爱伦喊道，"我不是你的女仆好吗。"

"我知道，爱伦。我要去见个人，马上就回来。"

"我今天根本没打算来，"爱伦平静地说，仿佛是在自言自语，"妈非要我来。她觉得这样比较好。"

朱尔斯转身走进食堂。早餐的气味差不多已经散去，未来一整年都不会再回来。她还能嗅出一丝鸡蛋和某种天然清洁剂的气息。就连这一丝气味也清浅而忧伤，像飞机在天空中留下的尾迹云一样迅速消散。最让人悲伤的，是看见古德曼・沃尔夫坐在窗边的桌子上，双臂交叠，脑袋半倚在纱窗上，陷入阴郁的沉思。朱尔斯进屋时，他抬起了头。

"雅各布森，"他说道，"你在干什么？"

"大家都要走了。我看见你在这里，就在想你为什么到这里来。"

"噢，"他说，"你知道的。"

"不，"她说，"我真的不知道。"

埃诗的哥哥昂了昂头。"我每年都要经历一次，"他说，"今天总是最糟的。"

"不知道为什么，我觉得你不会受这个影响。"

"显然，你觉得和事实是两码事。"古德曼说。

"大概是吧。"朱尔斯说，并不确定自己在附和什么。

与夏天开始时相比，古德曼的身体变得更窄更高了。他的脚对他的超大号凉鞋来说也显得太大了。他在任何环境里都格外惹眼。倘若他站起来向她走去，抓住她的肩膀，粗鲁地把她推到摆满日式酱油瓶和掺米粒的盐罐的小金属架旁，倘若他那时把她按在桌面上，她会和他做任何事。她会在白天和他做，哪怕外面到处都是营员，有的人还会往食堂里看。只要古德曼和她一起躺到桌面上，她就会行动起来，就像《费戈大陆》里偶尔发生性关系的人物一样动起来。她很清楚该怎么做，讽刺的是，伊桑·费戈曼才是教会她这些的人，用他的动画片，还有现实生活中他们多次尝试却无果而终（在朱尔斯看来）的亲吻和爱抚。

“人生是个严酷的地方，”古德曼说，“至少我的人生是这样。我父母认为我异乎寻常、无药可救。我想成为一名建筑师——当代的弗兰克·劳埃德·赖特,你知道这人吗？但我爸跟我说,我没全力以赴。什么全力以赴？我才十六岁。就因为我被上一所学校退学。还因为我不像埃诗那样。”

“这不公平。没人能像埃诗那样。”

“这话你去和他们说吧。他们天天把我训得像坨屎，”古德曼说，“还有我妈，她倒是比我爸好多了，可她的看法其实和他差不多。”

“怎么可能？”这里没有人批评他，据她所知是没有。他像某种受到纵容的珍贵野生动物一样自由地在营地里闲逛。夏天显然是他最好的时光。在这里，他可以钻研他的楼房和桥梁小模型。在这里，他可以飞叶子、与女孩们交往、度过一个完美而轻松的夏天。夏令营对他来说意味着一切，当然，对她来说也意味着一切。对于他们两个人而言，在这里比在其他任何地方都要好。这是他们俩难得的相似之处，不过她当然不会说出来，因为他会坚持说那不是真的。她想，总有一天，古德曼会认真起来，一切都会对他有利，不仅在这里，还有在外面的世界。朱尔斯说：“他们不应该这样对你。你有很多可取之处。”

“你这样想吗？”他质问道，“我是个差劲的学生。他们说我‘跟不上进度’。”他又看了看她。“你是个好笑的小家伙，”他停了一会儿又说，“一个挤进小圈子的，好笑的小家伙。”

“什么小圈子？别自作多情了。”她说，这是女孩们有时会对惹她们反感、需要警告的男孩们说的一句话。

古德曼只是耸了耸肩。“难道你不应该准备出发之类的吗？”他问，忽然间，他看起来昏昏欲睡，他开始回避她。

“你不也是吗？”朱尔斯说着，向前迈了一步，她没等他回答。她很清楚，此刻她身后走廊里的灯光笼罩在她经过烫染的铁锈色头发上，大概像日冕一样勾勒出她蓬乱的轮廓。古德曼非常傲慢，她允许他尽情展现自己的傲慢。这是他的缺点，就像她身体的瑕疵和笨拙是她的缺点一样。但是他也像他妹妹一样充满了可能性。他的田园诗将在今天画上句号，她为他感到抱歉，也为她自己感到抱歉，因为她自己的田园诗也要结束了。

朱尔斯张开双臂，想给他一个告别的拥抱，和她给乔纳·贝伊的拥抱一样谨小慎微，但她听到身后传来的脚步声，接着是她姐姐的声音：“人家都开车走了，就我们一直站在那里，朱莉。你到底来不来搬行李了？”

朱尔斯猛地转过身，看见爱伦和母亲站在背光里的轮廓。朱尔斯恼羞成怒地说：“我跟你说了，爱伦，我马上就回来。”

“路很远，朱莉。”她母亲跟了一句，虽然她的声音很温柔。

古德曼甚至没有自我介绍。他只是说了句：“再见，雅各布森。”然后便趿拉着布法罗凉鞋走了出去，纱门在他背后重重关上。朱尔斯立刻听到“他在那儿！”的喊声，还有“古德曼，罗宾从她继母那里弄了台宝丽莱，我们想和你一起拍几张照片！”朱尔斯再也无法拥抱他了。她再也没有机会感觉他胸部突出的骨骼压在自己身上。他不会在她和其他人身边停留太久，当时他们不可能知道这一点——但也许已经有所预感。古德曼冷酷又傲慢，但她现在也发现，他还很脆弱。他是那种会从树上掉下来、从悬崖上纵身一跃、在十七岁死去的男孩。他就是那种会出事的男孩；这是躲不掉的。她再也无法知道他的胸膛紧贴着她会是什么感觉——多么微不足道的欲望，一个女孩的欲望，一个“好笑的小家伙”的欲望——不过当然，她依然可以体会那种感觉，因为她在今年夏天点燃了想象力的火花，现在她可以感受到一切。她睁开了洞察之眼。但是她的母亲和姐姐在一个极其不巧的时刻蠢头蠢脑地出现在食堂门口，让她永远失去了切身体验的机会。

“那个男孩对你来说很特别吗?”母亲小心翼翼地问。

“当然了，看得出来。”爱伦说。

朱尔斯·雅各布森在离开营地前的那一小会儿哭得来势汹汹，以至于当她终于坐进汽车后座时都看不清东西了。最近几天她常想，这个夏天让她变得更加开阔——她见识了以前从未听过的音乐类型、过去从未读过的艰涩小说（君特·格拉斯——至少她打算去读君特·格拉斯的书），接触了原本永远没机会结识的那类人。但是，在绿色道沿着勉强可以通行的土路缓缓驶向通往贝尔纳普的主干道时，坐在后座的朱尔斯开始纳闷这个夏天究竟是让她更加开阔还是更加心胸狭窄。她看着母亲后脖子上轻微隆起的肥肉，好像有人用刮刀在那里添了一块肉，她似乎第一次注意到这一点。爱伦一坐进车里就把乘客镜拉下来端详自己，朱尔斯从镜子里注意到，姐姐的眉毛修成了又细又弯的夸张眉形，这种审美品位标志着爱伦·雅各布森永远不可能融入这个夏令营。

朱尔斯得出的结论是，她现在既没有更开阔，也没有更狭窄。她离家时是朱莉，回去时是朱尔斯，一个具有洞察力的人。结果就是，每当她看到母亲和姐姐，便无法不想到她们的本质。她们把她从她永远梦想的人身边带走。她们带她离开了那一切。汽车驶上主干道，母亲踩了一脚刹车，接着向左转，猛地踩下油门。砾石从车轮下面飞溅而出，飞驰的汽车带着朱尔斯离开林中精灵，她就像一场无声而激烈的绑架的受害者。

辛迪街的房子比她离开时状态更差了，具体差在哪里，她也说不出所以然。当她走出闷热的卧室、想去厨房里喝一杯冷饮时，路过书房便会看到姐姐和母亲正在一边用牙嗑开心果吃，发出枪击一般的声响，一边观看无脑的电视节目。朱尔斯从冰箱里姐姐摆得整整齐齐的易拉罐中抓起一听，然后把自己关在卧室里，给身在纽约的埃诗打电话。

你永远不知道沃尔夫家接电话的会是谁。可能是埃诗或古德曼，可能是他们的母亲贝琪——绝对不会是父亲吉尔——也可能是不知道会在迷宫逗留多久的这家人的某位朋友。当初他们在夏令营偶然提到"迷宫"这个地方时，朱尔斯困惑了很久，现在她终于知道了答案。朱尔斯原以为那或许是一家私人俱乐部。然而事实是，那是沃尔夫一家在中央公园西街和第九十一街所居住的楼房。埃诗曾经说："刻耳柏洛斯是我们的门卫。"朱尔斯去安德希尔公共图书馆查了百科全书才弄清楚其中的典故。[1]

"到城里来吧。"埃诗说。

"我会的，会的。"她没法承认心中的恐惧——她害怕在纽约新学期闪耀的光芒里，其他人会发现选择她是一个错误，然后将她送回她来的地方，客套地告知她，他们很快就会给她打电话。

"我们整天都在公寓里没事干，"埃诗说，"爸爸都快气疯了；他说古德曼不成体统，总有一天会失业。他说他的理想是我们俩都去银行领域。但他告诉我，我必须写出一部大火的剧本，挣大钱。我

1　刻耳柏洛斯，希腊神话中看守地狱之门的三头犬。

自己的《阳光下的葡萄干》，白人版的。他对我的期望一点都不低。”

“我们迟早都会失业的。”朱尔斯说。

“所以你什么时候来啊？”

“很快。”

夜里，朱尔斯有时会给埃诗、伊桑、乔纳、凯茜甚至古德曼写信。她发现自己给古德曼的信很有挑逗意味。用挑逗的口气写信时，你不会说出自己的真实感受。你不能这样写：“噢，古德曼，我知道你不算友好，事实上，你简直是个混球，但是不管怎么说，你都是我内心的渴望。”相反，你得这么写：“嘿，我是雅各布森！你妹妹说我应该去城里，可我听说那里是个贫民窟。”她想，这和伊桑对她的态度真是天差地别啊。伊桑怎么想就怎么说，不会有任何隐瞒。他在她面前展现真正的自我，让她知道他正在把自己献给她，可她想要他吗？当她说“不”时，他没有掩饰说自己根本没有那方面的意思；他只是说，让我们再试一次。于是他们试了一次又一次。这场以失败告终的实验没有让他心存芥蒂，但他最终还是承认，她的拒绝始终让他觉得有些许心痛。“只有很小的一点点。”他说，“就像你看到在战争中负伤的人们，尽管已经过了一百万年，但他们还是有些跛脚。只不过就我而言，你必须先知道有伤口存在，才能发现它。可这将伴随我一生。”

“不是这样的。”她犹疑地说。

她给伊桑写了一封中规中矩的信，介绍她在安德希尔的日子过得多么糟糕。他很快便回信了。他的信画满了《费戈大陆》中的人物，小人们跳舞、钓鱼、从高楼跳下去、眼冒金星地落地却毫发无损。他们做着各种各样的事，除了亲吻和做爱。他不会在给朱尔斯的信中描绘那些画面。考虑到他的卡通里常有表现性行为的场景，它们在信中的缺席反而格外惹人注意。不过，这也和战争中的轻微伤一样，你必须了解它才能发现它，或许在这种情况下应该说，必须了解它才能发现它不存在。

“亲爱的朱尔斯。”伊桑·费戈曼的信这样开头。他的字迹纤细小巧又精致，与握笔的那只粗手形成了鲜明的反差。

我现在正坐在我的房间里，这里可以俯瞰华盛顿广场，现在是凌晨三点。我要给你描述一下我的房间，好让你感同身受地体验此刻的氛围。首先，想象空气中飘散着欧仕派沐浴露的香味，营造出神秘的海上氛围。（我是不是该像我们认识的某个人一样用轻舟？这会让你欲罢不能吗？）接下来，想象一个窗户上装有护栏的房间，因为我和我爸住在这栋破楼的一层（不，不是所有参加林中精灵的人都是有钱人噢！），经常有瘾君子在外面乱晃。我的房间乱得离谱，虽然我很想对你说，屋里堆满了艺术家的家什，但事实是屋里堆满了叮叮指环王的包装纸、电视指南和健身短裤：一个让你看了只想从我身边逃走的房间。嘿，等等，你已经这么做了（我开玩笑的！），我当然知道你没有逃走，不过，如果让我给你画一幅卡通，我肯定会把你的头发画成飘散的样子，就好像风把你带走……

带你“一别不回头”。

（顺便说一句，你说《随风而逝》里“风把你们带走”那句毫无逻辑，真是太他妈有道理了。）

好了，我现在非常非常累了。我的手辛苦了一整天（顺便一提那个五姑娘的笑话），它该睡了，我也该睡了。埃诗和古德曼想让大家最近去他们家聚一场，我们打算定在下下个周末。我很想你，朱尔斯，希望你能熬过安德希尔的初秋，我听说那里秋天的落叶很有名。

爱你

伊桑

P.S. 本周发生了一件诡异的事：我被《游行》杂志上一篇愚蠢的文章选为采访对象，文章标题是《值得留心的青少年》。我在史岱文森高中的校长和他们提起过我。一位记者和一位摄影师要来见我。等文章发表出来，我一定要自杀以证清白啊。

学年开始后的第一个星期六，他们在城里见面；朱尔斯从长岛铁路乘火车赶到城里，夹杂在人群里挤出低矮的宾州车站，背着背包，仿佛要去远足。他们已经到了，在马路对面中央邮局宽阔的台阶上等着她——埃诗、古德曼、伊桑、乔纳和凯茜。她和他们的差距一目了然。她背着大背包，腰间系着毛衣，她猛然醒悟过来，这真是一身糟糕的搭配，让她看起来就像节假日出门旅游的老年人。她的朋友们穿着印度棉材质的轻薄衬衫和李维斯牛仔裤，身上什么也没带，因为他们就住在这里，不用像流浪汉一样随身携带个人物品。

"你看到了吗?"埃诗说，"你熬过来了。现在我们又在一起啦。我们终于完整了。"

她的话语是如此诚挚。她是一个庄重而忠诚的朋友，从来没有变过。她不好笑，朱尔斯想到，天哪，当然不。在埃诗的一生中，从来没有人用好笑来形容她。他们说她可爱、优雅、诱人、敏感。凯茜·基普林格也不好笑，她锋芒毕露，洒脱不羁，在情感上欲求不满。朱尔斯是团体中唯一的滑稽姑娘。再次回到这个小团体让她感到放松。他们中的某个人问她学校情况如何，朱尔斯说历史课正在学习俄国大革命。"你们知道托洛茨基是在墨西哥被清算的吗?"她有点神经质地说，"这就是为什么你不能喝那里的水。"

埃诗挽起朱尔斯的手臂说："没错，绝对还是那个你。"

伊桑站在那里小幅度地抖腿，他有点紧张。他的《游行》杂志在那一周发行了。其实他的采访只占据了页面底部的一个小豆腐块，配有一张不算太丑的伊桑的照片，卷发在他画画时遮住了眼睛，但是他的朋友们对那篇采访毫不留意。采访中，当他被问到为什么选择动画而不是连环画时，他的回答是："如果不动起来，怎么能快活。"

"你真的说了那句话？"乔纳·贝伊追问道，当时他们在通用汽车大厦的汽车主题餐吧坐下来吃午餐，两人一组坐在真正的汽车底盘里，吃着打扮成路边餐馆服务生的女服务员送上的食物。远处的投影墙上在播放《三个臭皮匠》中的某一集，想营造汽车电影院的氛围。"没有女孩真正喜欢《三个臭皮匠》。"朱尔斯这句话并不是对任何一个特定的人说的。

"是啊，是啊，我真就那么说的。"伊桑在昏暗的环境里愁眉苦脸地对乔纳说。

"为什么啊？"乔纳问，"难道你不知道这话听起来什么样吗？我妈妈总是说，不管你觉得自己对记者的控制能力有多强，实际上你根本没法控制他们。1970 年，她为《滚石》杂志接受了方振豪的一次重头采访，至今还有人问她'和自己相爱'那句话到底是什么意思。她不得不一次又一次告诉他们，'那句话完全是断章取义'。她绝对不是在谈论手淫，而是在谈论自尊自爱。倒不是说记者就一定会想办法搞你，只是他们有自己的打算，那些打算对你可能没多少好处。"

"你自己去接受采访试试。"伊桑说。

"永远不会有人采访我。"乔纳说道。确实，他谦和的态度很容易让别人忽略他，除非他成为一位知名音乐人，只要他想，他就可以轻而易举地做到。不过，他的脸庞有一种异乎寻常的美；可能有人会为了这张脸而采访他。

"我很愿意被人采访。"古德曼说。

"他们采访你什么啊？"凯茜问，"你用棒冰棍搭的小不点金门大桥模型吗？"

"随便什么都行。"他说。

“前几天，我的指导助教带着关于职业规划的小册子来了，”朱尔斯说，“现在，我们必须考虑成为专家的事了。我们必须要有一个专业领域。”她想了一秒钟，问道：“你们觉得，大多数拥有专业领域的人，是误打误撞发现这个领域的呢，还是精心选择的呢？当他们决定学习关于蝴蝶或日本国会的一切时，他们知道这能让他们脱颖而出吗？”

“大多数人都不是精心选择的，”乔纳说，“他们根本不会那么想。”当时，朱尔斯正痛苦地渴望找到自己的专业领域。没有任何领域主动来找到她。话剧严格来说不能算数，因为她做得并不够出色。尽管如此，她依然热爱夏令营的剧场，热爱演员们围在导演身边等待点评的那一刻。每件作品都像一座漂浮的小岛，在那时的她看来，没有什么比精心打磨那座小岛更重要的事了。

在大家漫无边际地探讨自己可能（或者不可能）找到或偶遇的专业领域时，伊桑·费戈曼一言不发，却表现出十足的尊重。他们一致同意，埃诗可以在她的专业领域走得更远，“但我必须认定我真的很想要它。”埃诗说。伊桑绝对已经找到了自己的专业领域，或者说是它找到了他，当他还是个陷入父母不幸婚姻的孩子，夜里躺在床上，梦想着一个小男孩床下鞋盒里的动画星球时，它就找到了他。尽管他对《游行》杂志的记者说了一些空洞的废话，但是朱尔斯认为，伊桑可能已经走上了一条通向伟大成就的路，他们中没有一个人能和他一起抵达目的地。

“乔纳背负着名人之子的诅咒，”古德曼接着说，“要是我也有个名声响亮的母亲就好了。现在我只能自己想办法出名，难度大得多啊。”他们大笑起来，古德曼的懒惰一贯如此，名副其实。他想别人把事情都给他做好；他甚至希望别人为他创造名声。伊桑是他们中唯一一个小有名气的人，而在其他人看来，他没准会毁了这份刚出头的名声。

这一天，他们吃完午餐便直奔格林威治村。当时正值柔软醇厚的大麻的黄金时代，是最后一段你自以为可以在城市公共场所为所欲为的岁月。于是乎，他们沿着第八街漫步，分享同一个烟卷。他们在各式各样的商店里进进出出，然后坐地铁去上城区，在身后留下一条延绵不断的踪迹。并肩而行的六个人占据了整个人行道，他们沿着中央公园西街走向第九十一街，当时那算是比较高端的地段。整个曼哈顿最终都出乎意料地成了富人的殖民地，但那个地段始终是极少数你觉得自己不该踏入的街区之一。此刻，他们一起走进了迷宫。

六

1970年，十一岁的乔纳·贝伊坐在纽波特民谣音乐节的后台，无意间闯入了巴里·克莱姆斯的视野。乔纳的母亲也是音乐节的头号歌手之一。巴里·克莱姆斯和苏珊娜·贝伊自1966年有过一段风流情事以来，一直保持着朋友关系，经常在民谣巡演中碰面。苏珊娜说她心里很喜欢巴里。他们从来没有真正分手，只是一段时间在一起，一段时间又不在一起。在那段持续数月的恋情中，巴里时常去贝伊位于沃茨街的复式公寓，但他从未对乔纳表现出太多兴趣。那时的乔纳是个性情安静的黑发小男孩，是他母亲忧郁版的缩影，他喜欢用乐高积木搭房子。如果你赤脚走在地板上，防不胜防的积木可能会在你脚底留下持续数周的深深印痕。

但是此刻在纽波特，乔纳的外表和行为都与幼时有所不同了。他不再沉迷于乐高玩具，而是开始展现出成为音乐家的苗头。他在每一场民谣表演的后台徘徊，拿起每一把没人用的吉他弹着玩。“那孩子不错。”一位巡回乐队经理注意到乔纳，向巴里点头示意。乔纳坐在那里，自娱自乐地唱着一段即兴创作的、个性十足的小曲。乔纳用还未变声的清亮的少年音唱着：

因为我是一片烤面包

你可以咬我一口

你可以撕开我

你可以给我涂上黄油

你可以享用我……

唱着唱着，乔纳想不出更多歌词和韵律，没了兴致便放下吉他。但巴里·克莱姆斯意识到，苏珊娜的儿子创作的零碎歌曲浑然天成，不费吹灰之力。巴里自己在词曲创作上总要花费九牛二虎之力。他永远不可能成为像吹哨人的另一位成员皮特那样的优秀作词人，功劳全都算在皮特头上。巴里走到乔纳近旁，自顾自地摆弄他的班卓琴，弹出一段华丽精致的即兴连复段，自然，这吸引了乔纳的注意。在接下来的一个小时里，这个男孩和这个男人一起坐在吹哨人的化妆间里——三人组的其他成员都在别处——巴里用他那绘有彩虹的班卓琴给乔纳上了一节漫长而耐心的课，还从餐饮柜里拿来小块奶酪、切好的水果和布朗尼蛋糕给他吃。他们很快便成了朋友。当巴里问苏珊娜能不能借用乔纳一天、带他去吹哨人在纽波特租的宅子里开开眼界时，苏珊娜同意了。巴里是个正派人，有人说他是个“怂包”。乔纳需要和男性相处，他不能一天到晚围着母亲打转。

第二天早上，巴里·克莱姆斯去酒店接乔纳，带他去乐队经纪人为吹哨人租下的那座庄园。庄园居高临下，可以俯瞰港湾，屋里只有最基本的白色柳条编织家具，一位管家四处巡视，将柠檬水倒进大水罐。他们一起坐在阳光房里，巴里说：“你看，你要不要拿起吉他瞎搞一下，看看自己能玩出什么？”

“瞎搞？”

“对啊，你懂的。随便弹点什么，就和那天一样。那天你想出了几段很棒的歌曲开头噢。”

乔纳一本正经地说：“我觉得我想不出来。”

“嗯，不试一试的话，你永远不知道结果啊。”巴里说。

乔纳抱着吉他坐了一个小时，其间，巴里一直坐在角落里观察他。但这个场面太奇怪了，让乔纳紧张得什么都想不出来。“这不是问题，”巴里不停地说，“明天你再来。”

由于某种原因，乔纳确实想回到这里。除了母亲，以前从来没有任何人这么关注他。第二天，他们又坐在了客厅里，巴里·克莱姆斯问他：“你喜欢口香糖吗？”

“大家都爱口香糖。”

“这倒是。听起来就像你写的某一首歌：《大家都爱口香糖》。不过我这里有个新口味，超级带劲，你应该尝一尝。”

他从口袋里掏出一条普普通通的克拉克冬青口香糖。乔纳说：“噢，这种我吃过。”

“我这可是限量版噢。”巴里说。他拿出一片递给乔纳，乔纳拆开包装纸，把糖条塞进嘴里。

“苦的。”乔纳说。

“就一开始有一点苦。”

“我不觉得这个会流行。”

但是苦味退去之后，这片口香糖吃起来便和全世界所有的口香糖一样，让你的口腔里不由自主地满溢唾液。巴里说：“来吧。吉他还是班卓琴？选出你的武器吧。”

“吉他，”乔纳说，“你弹班卓琴。”

“我听你的，小毛头。”说着，巴里向后一靠，倚在沙发上，看着乔纳绞尽脑汁弹出母亲新教给他的几个和弦。巴里拿起班卓琴陪他一起。半个小时过去了，一个小时过去了。忽然间，乔纳发现墙壁似乎在一起一伏，不断扭曲却没有倒塌。仿佛发生了一场慢动作的地震，只不过没有大地的震颤。“巴里，”他努力张开嘴发出声音，“墙。”

巴里热切地俯下身来：“墙怎么了？”

“墙在呼吸。”

巴里冷静地微笑着，对乔纳的形容表示欣赏。“它们有时候确实会，”他说，“纽波特是一个特别的地方。享受它吧。乔纳，你是个有创造力的家伙。告诉我你看到了什么，好吗？描述给我听。你知道吗，我从来都不是特别擅长描述我所在的环境。这是我众多短板中的一个。但是你显然生来就有描述的能力。你非常、非常幸运。”

乔纳挥了挥手，发现后面多出了十几只手。他知道自己要疯了。这么小的年纪不该发疯，但这样的事确实时有发生。他有一个叫托马斯的表哥就是在高中时患上了精神分裂症。“巴里，”乔纳用备受折磨的声音说，“我得了精神分裂症。”

“精神分裂症，你是这么想的？不，不，你只是眼光太敏锐、创造力太强，乔纳，就这么简单。”

“可是我看到的东西都变样了。以前没有这种感觉，现在才有。”

“我会照顾你的。”巴里一边宽慰他，一边向乔纳伸出他的大手，乔纳只好握住那只手。乔纳害怕极了，但他也想凝视着手指在空气里留下的踪迹放声大笑。他觉得自己需要蜷缩成婴儿的姿势摇晃身体，这时巴里就陪他坐着，抽着烟耐心地观察他。在那个光怪陆离的下午，不知何时巴里又说：“你看，你再玩一会儿吉他怎么样？也可以唱点更有意思的歌词。这可以消耗你的创造力，让它派上一点用场，小毛头。”

于是乔纳开始演奏，巴里鼓励他开口唱歌。歌声从乔纳身上滑落。巴里觉得它们棒极了，于是他去另一个房间拿来一盘磁带，放进盒式录音机里让它开始旋转。乔纳唱起了歌，大多数歌词毫无逻辑，但是他觉得被叫作“小毛头”很好玩，于是他模仿巴里·克莱姆斯的声音唱了起来。

“去给我做个花生酱三明治，小毛头。”他模仿爱尔兰口音忧郁地唱道。巴里说这是无价之宝。

他们这样持续了快一个小时，巴里将磁带翻到另一面。巴里说：

“给我唱点关于越南的东西。”

“我不知道关于越南的东西。”

“噢，你肯定知道。你知道我们国家那些肮脏的战争。你妈妈带你参加过和平游行；有一次我和你们俩一起去的，还记得吗？你就像一个神秘主义者。一个神秘主义小朋友。完好无损的。”

乔纳闭上眼睛唱了起来：

跟他们说你不去，我的小毛头
不去那虫子和脏土遍地之国
跟他们说你不去，我的小毛头
因为你在人间还有一辈子要活

巴里目不转睛地看着他：“你唱的那个国度是哪里？”

“你知道的。”乔纳说。

“你是说死亡的国度？上帝啊，你也可以阴暗嘛。‘脏土’可能不太恰当，不过要饭的也没资格挑食。这个概念很深刻，就连旋律也很棒。这首歌真的有点意思。”他伸出手轻轻捏了捏乔纳的脸颊。“做得很好，孩子。”说完，他咔嗒一声关掉了录音机。

虽然弹了吉他也写了歌词，但是在那一天余下的时间里，他还是沉浸在无尽的幻觉里。如果他盯着大厨房的厚木板柜台，他会看到木纹在游动，就像在显微镜下观察到的微生物群落。木纹在游动，墙壁有脉搏，他挥手时会在空气中留下印迹。精神分裂症让他筋疲力尽——他仍然坚信自己患上了这种病症。乔纳双手抱头坐在客厅地板上大哭起来。

巴里站起来瞪着他，不知道该如何是好。“噢，该死。”巴里小声嘀咕着。

终于，吹哨人的另外两名成员跌跌撞撞地闯了进来，身边跟着几个果儿。“这小家伙是谁啊?”一个漂亮女孩问。乔纳注意到她看起来不超过十六岁，和那些男人相比，她更像是自己的同龄人，但她与其他人一样遥不可及。他完全是孤身一人。那女孩说:“他好像嗑嗨了啊。”

“我和我表哥一样得了精神分裂症!”乔纳对她坦白道。

“哇噢,”女孩说,“真的吗?哎哟，可怜的小男孩。你是人格分裂吗?”

“什么?没有,”巴里回答道,“那是两码事。而且他也没有精神分裂症；他只是想引人注意。他母亲是苏珊娜·贝伊。”听到他这句强调，女孩睁圆了眼睛。巴里走到乔纳身边坐下，这位吹哨人成员小声安慰他说:“你会没事的。我保证。”

的确，等到巴里开车送乔纳回家时，幻象终于偃旗息鼓。剩下的只是他偶尔会在白色表面上看到淡粉色和绿色的斑点。不过，幻觉仍然萦绕在他心里，提醒乔纳它们随时可能卷土重来。“巴里，我是不是疯了?”他问。

“不,”他母亲的前男友回答道,“你只是很有创造力。我们有一个专门的词形容你这样的人：老灵魂。”他拜托乔纳不要对他母亲说起今天的感觉。“你知道母亲们会有什么反应。”巴里说。

乔纳不会告诉她发生了什么。他没法和她谈论那些。她不是那种母亲，他也不是那种儿子。她爱他，也一直好好照顾他，但工作才是最让她快乐的事。他可以接受这个事实，甚至不觉得这有什么不正常或者不对的地方。她的工作比一个需要她的小男孩更让她快乐，这有什么不可以呢?她的工作完全顺应她的心意，能够迎合她自己的需求。她天生拥有一副非凡的嗓音，吉他弹得非常出色。她的歌曲创作也还可以——不算出色，但是一经她嗓音的演绎便能得到升华,成为精彩绝伦的歌曲。每当她开口唱歌,所有人都侧耳聆听，沉浸在深深的喜悦之中。乔纳所生长的世界充斥着清晨响起的电话铃声和装满设备的厢式货车，偶尔还要去华盛顿国家广场游行，每当他们赶到时，场面往往已不再是游行，而是一场盛大的街头音乐会。总会有人带领乔纳从独立的金属楼梯登上飞机。如果他不小心把拼读课本忘在某间酒店的套房里，总会有一本新的送到他停留的下一座城市。绝大部分时间他都是一个人独处，用乐高积木搭起小小的机器，自己给自己介绍这些机器可以做什么。

苏珊娜·贝伊写过一首关于她儿子的歌，就算这首歌没有达到《随风而逝》那样一曲封神的水平，至少在未来几十年里得到的版税收入相当可观。这首《男孩漫游》最终将乔纳送进了麻省理工学院。乔纳在朋友们各自奔赴大学时向他们解释道："真的，我是说真正字面上的意思。美林证券有一笔以我的名义设立的基金，我们叫它'男孩漫游货币市场基金'，我所有的学费和开销都是从那里来的。"

如果在巴里·克莱姆斯身边产生幻觉仅仅是1970年偶尔一次的经历，乔纳·贝伊觉得这段经历或许会让他的人生经历更加丰富，他甚至可能莫名其妙地为此感到自豪。在接下来的一年中，无论苏珊娜在哪里，吹哨人似乎都如影随形。他们一同出现在各大民谣音乐节上，共享一个又一个舞台，巴里总是主动寻找乔纳，好像他们真的是名副其实的好朋友。据巴里宣称，乔纳对班卓琴学习如饥似渴。乔纳没有任何反驳。他确实学会了班卓琴，吉他演奏技巧在那一年里也得到了提高，但是除了上课，他还会去巴里和吹哨人的每一处住所。每次一到那里，他很快就会发现自己又陷入了幻觉，接着便坐在那里创作几段小曲，巴里则在一旁尽职尽责地录音。有一次，乔纳想出了一首完整的歌曲，描绘了一个"利己的蛤蜊"的形象，巴里觉得这首歌格外滑稽。乔纳摇头晃脑地唱着：

整个大海都属于我，只属于我
我真不想分享这片海洋

也许我真的、真的很自私

但是自私就是会发生在蛤蜊身上……

“最后两行有点没品位，”巴里说，“自私并不会‘发生’在某人身上。那是他们的行为方式。另外，这句话里塞了太多字。还有，‘真的，真的’放在歌里绝对不是个好主意。不过没关系，构思很靠谱。一个利己的蛤蜊，想要整个海洋都归自己！哎，我说，你真是个天才，小毛头。”

巴里从不会在乔纳恢复常态之前带他回他母亲的酒店套房。“我的意思是，”巴里说，“恢复成平时那个规规矩矩的你，而不是那个被老灵魂激发出无限创意的你，是我想办法让你展现出这一面的。”乔纳从未和任何人说起他和巴里独处数小时的所见所感，一次也没怀疑过其中的蹊跷。苏珊娜自己也说，她很感激乔纳身边能有个类似父亲的角色。乔纳小时候，她曾经告诉过他，他的亲生父亲和她只有过一夜情，那是一位来自波士顿的民谣档案管理员，名叫亚瑟·维迪科姆，她在乔纳六岁时介绍他们见过一面。亚瑟是个端庄的年轻人，穿着破旧的外套，却有一张宛如古罗马贵族的面孔，和他儿子一样拥有长长的睫毛。他抓着一个鼓鼓囊囊的旧公文包，里面塞满了自乔·希尔以来关于美国民谣音乐和政治激进主义的学术论文。亚瑟只去瓦茨街的复式公寓拜访过他们一次，他焦躁地猛抽香烟，等到停留的时间差不多够长，他便冲了出去，仿佛终于从繁重的劳动中解脱出来似的。“我想你一定吓坏他了。”苏珊娜在他匆匆告辞后这样对乔纳说道。

“我做什么了？”乔纳在亲生父亲登门拜访期间一直安安静静、恭恭敬敬地坐着。在母亲的鼓动下，他给亚瑟·维迪科姆端了一杯山楂茶。“就因为你存在。”他的母亲说。

那天过后，亚瑟的名字有时候会出现在他们的对话里，但频率不高，而乔纳对他也没有日思夜想。说巴里·克莱姆斯扮演着父亲的角色实在是太过夸大其词——谁都知道巴里在和苏珊娜同床共枕的那段日子里根本没想这么做——不过，他与巴里的关系也许比乔纳认为的更接近儿子与父亲的相处，因为他对巴里的情感十分矛盾，而大多数儿子对父亲似乎都是如此。只有当父亲不在儿子身边时，他们的形象才会变得高大，宛如神明一般。巴里·克莱姆斯很能折腾人。他很急躁，要求很多，如果乔纳不想为巴里的录音机演奏音乐，巴里就会生气或者变得冷淡，这时乔纳就不得不道歉，想方设法让巴里再次注意到他。乔纳会说："你看，你看，我再给你唱一首歌。"然后拿起吉他或班卓琴开始即兴创作。

到十二岁左右，乔纳·贝伊似乎终于反应过来，那一年里每次巴里带他出去时究竟发生了什么。他回想起与那位吹哨人成员在出租房和酒店套房里度过的所有漫长的时光，他们后来将其称为"为创意而癫狂"。在巴里身边一坐就是好几个小时，写下愚蠢的歌词，心生恐惧，被他安抚，在屋里踱步，感到牙关绷紧，在游泳池和海水中游泳。还有一次，巴里带他在不用下车的路边餐厅吃了一个汉堡包，他感觉到汉堡包在手中簌簌跳动，好像那头牛被剁碎的心脏仍在肉饼里跳动。（这是乔纳这辈子最后一次吃肉。）所有这些感受和行为都不是精神分裂症的症状，也不是"为创意而癫狂"的举动，也不是老灵魂。终于，乔纳终于明白了——他花了整整一年的时间才明白过来——那是人处于迷幻状态才会有的感受和行为。

回到纽约市的家里，度过没有崩溃的几星期之后，乔纳走进下东区的一家书店。成年男女在浏览小说，艺术类书籍，还有《党派评论》和《常青评论》。乔纳走到柜台前，紧张地对售货员小声说："您有关于药物的书吗？"

店员皮笑肉不笑地打量着他："你多大了，十岁？"

"不止。"

“药物。你是想说，精神药物那种吗?” 店员问他。谁知道那是什么意思，但乔纳鼓起勇气冒了个险，他回答说是的。于是店员将他领到靠墙的书架旁，从塞得满满的书架上用力抽出一本，往乔纳胸前一推：“这就是你要找的，小朋友。”那天晚上，乔纳坐在床上阅读阿道司·赫胥黎的《知觉之门》。才读完四分之一他就明白了，自己和作者一样一直在服用迷幻剂，然而乔纳并不是自愿的。他回想起好几次去巴里·克莱姆斯那里的经历，于是他拿出数学笔记本翻到没写字的一页，一一列出他能回忆起的、和他在一起时自己吃过的食物——不是在为创意癫狂的时候，而是在每次拜访刚开始的那一段时间，在癫狂出现之前。

他写道：

1. 一片克拉克冬青口香糖
2. 一片磅蛋糕[1]
3. 一碗蒂姆麦片
4. 什么也没吃（?）
5. 又一片克拉克冬青口香糖
6. 立顿洋葱蘸酱薯片
7. 两条优德奶油巧克力棒
8. 辣酱牛肉
9. 又是 C.T.G.*

*C.T.G.= 克拉克冬青口香糖

这下全都说得通了，除了第四次。他确定那次没有吃喝任何东西，因为当时他得了肠胃型流感刚刚痊愈。但那天发生了什么？乔纳记忆

1　磅蛋糕，欧美常见的一种糕点，因最初的配方含糖、面粉和黄油各一磅得名。——编注

力过人，甚至能回忆起数月前发生的琐事。于是他仔细回想那个在明尼阿波利斯吹哨人租的房子里度过的下午。巴里请他帮忙去寄一封信。他把信交给乔纳说："你愿意替我把它送到对面的邮筒里吗？"

但是乔纳提醒他，信封上没贴邮票。巴里说："噢，你眼神真好。"然后递给乔纳一张邮票。接下来发生了什么？

乔纳舔了邮票。这也算是吃东西，不是吗？让他舔邮票是早就计划好的。十二岁的乔纳回想过去的一年，他惊恐地发现，他在那一整年里被一位民谣歌手缓慢地下药——精神药物——他的认知扭曲变形，他的思想被布满孔洞的知觉之网粉碎过滤，那是巴里·克莱姆斯别有用心地用致幻剂编织的网。后遗症依然存在：乔纳不时在黑夜里醒来，以为自己又陷入了幻觉。当他在眼前挥手时，偶尔还会看到轻微的印迹。他险些以为自己的头脑遭到了永久性的摧残；然而他不是精神分裂症患者，他只是很脆弱。脆弱，而且很容易看到并不存在的影像。不仅如此，他对现实的理解也越来越迷乱，在他眼里，现实成了一种无法完全把握的存在。

因此，不久之后，当乔纳的母亲想带他去加利福尼亚参加金门民谣音乐节的演出时，他拒绝了。理由是他不想再做一个民谣歌手的孩子，脖子上挂着自由通行证在后台晃来晃去。他以为这件事就这样结束了，然而事实并非如此。巴里·克莱姆斯从民谣音乐节上给乔纳打来电话，那时他还有苏珊娜家里的电话号码。"不能再给你上一堂班卓琴课，我很失望噢。"巴里在长途电话里说着，远处隐约响起掌声。巴里在后台给他打电话。乔纳可以想象他摘下飞行员款墨镜，揉一揉他那双水汪汪的蓝眼睛再戴上眼镜，这样反复五六次。

"我要挂了。"乔纳对他说。

"谁的电话？"乔纳的保姆走进房间里问他。

"嘿，别这样，乔纳。"巴里说。乔纳没有吱声。"你是一个超级有创意的人，我非常喜欢你这样的人才在我身边，"巴里滔滔不绝地说着，“我觉得你和我在一起的时候也很开心啊。”

但乔纳只是重复了一句，他必须挂了，然后飞快地挂断了电话。巴里·克莱姆斯又给他打了十几个电话，乔纳丝毫没有意识到其实他完全可以不接电话。每当电话铃声响起，乔纳都会拿起听筒。每一次巴里·克莱姆斯都会说，他关心他，他想念他，他想见到他，乔纳是他最喜爱的人，喜爱程度超过他认识的所有民谣歌手——甚至超过苏珊娜、琼·贝兹、皮特·西格、里奇·海文斯，还有莱昂纳德·科恩。乔纳再次表示他必须挂了，说完便挂断了电话，这时他打了一个嗝，是那种呕吐前突然翻上喉头、呕吐物很可能紧跟着喷涌而出的恶心的嗝，但是他没有吐。第二天，巴里打了三次电话。之后那天打了两次。再后一天打了一次。后来，等到苏珊娜回家的时候，巴里便不再打电话了。

几个月后，巴里·克莱姆斯毫无征兆地退出了吹哨人乐队，单独发行了一张政治民谣个人专辑。主打单曲是一首反战叙事歌谣，副歌部分与其说是在歌唱，倒不如说是在念白：

告诉他们你不去，我的小毛头
不去那蠕虫和尘嚣之国
告诉他们你不去，我的小毛头
因为你在这人间还有一辈子要活

乔纳第一次在收音机里听到这首歌时，他脱口而出：“什么？”但房间里空无一人。“什么？”他又说了一遍。“脏土”被换成了更高级的词汇“尘嚣”。乔纳甚至都不清楚“嚣”是什么意思，但是这首歌的中心思想和不俗的旋律是属于他的，巴里·克莱姆斯对其加工修饰一番，便让它摇身一变成了自己的原创作品。乔纳没有可以倾诉的人，没有任何人可以听他抱怨这种不公。他母亲当然不可以。

他的音乐被人偷走，他的大脑被人操纵。尽管他拼命掩饰，但他在很长时间里都处于反复无常的状态。夜里，他有时能在天花板上看到蚀刻的残迹，他只好睁着眼躺在床上，等它们自己消失；等到天光大亮，房间又变得平常且正常时，他才能松一口气。《告诉他们你不去（我的小毛头）》在流行单曲排行榜的中下游坚持了好一段时间；每当这首歌出现在广播里，乔纳都觉得自己快要爆炸了，但他总是小心控制住自己，换到别的调频。终于，这首歌销声匿迹，直到多年后才再度出现在各大“20 世纪 60 年代金曲”合辑中，在大众电视频道筹集资金时出售或赠送。许久之后，幻觉闪回的频率和强度终于渐渐消散。有一天，乔纳在白墙上看到张牙舞爪的叶片和藤蔓图案，他大惊失色，后来才发现那只是墙纸而已。

1974 年秋天，当他们全体走进古德曼和埃诗·沃尔夫的迷宫时，乔纳出现幻觉闪回的频率已经大大降低，只是偶然才会出现；巴里窃取他的创意还差点融化他的大脑，这件事在他心里燃起的怒火也有所缓解。他现在有其他事情要考虑了。他进了高中，走进了世界。大约从幼儿园开始，乔纳就模模糊糊地知道自己喜欢男孩——喜欢想到他们，喜欢在玩游戏的时候“意外”触碰到他们——但直到青春期，他才允许自己认真思考这种想念和触摸的含义。尽管如此，他没有和任何男孩做过任何事，也无法想象今后会有这样的事。他并不打算向任何人诉说自己的欲望，哪怕是他在林中精灵结交的了不起的朋友们。他认为自己以后很有可能过上僧侣般的生活。虽然一再有人告诉他，他的才华可以成就伟大的事业，但他的生活大概不会再涉及音乐了。他的音乐被人拿走了，被巴里·克莱姆斯贪婪地用吸管吸走了。

在林中精灵，乔纳经常和朋友们一起飞到嗨，但他是刻意这么做的，他知道，给自己下药的是他自己而不是其他任何人。再说，他从来不用迷幻药。到今年夏天为止，乔纳已经好几年没再见过巴里·克莱姆斯。在这段时间里，乔纳长高了，容颜也有所改变。他蓄起了长长的黑发。夏令营结束后，他开始长出最初的胡须，可他还不太确定该如何处理：刮掉它？无视它？还是留成傅满洲那样？在林中精灵小团体第一次临时聚会的早上，他匆匆瞥了一眼镜中的自己，然后拿起剃刀刮掉了所有的胡须，就像制图师从正在绘制的地图上擦去一片土地。

“不错，”母亲在复式公寓的厨房里看到他时说道，“我本打算什么也不说，但是这样好多了。”最近她在家的时间多了，时常坐在桌前夹着香烟，翻看报纸和成堆的合同。苏珊娜依然可以让音乐厅场场满座，不过是比较小的音乐厅。现在她的演唱会有时会被安排在楼上的礼堂而不是主舞台。近来，她偶尔会去郊区的音乐聚会演出，那种场所出售昂贵的奶酪火锅，最低要求消费两杯饮料。时光无情地来到了20世纪70年代，她的听众们也急速老去，开始消费温和健康的食物和精致的葡萄酒。当然，苏珊娜自己也年岁渐长。有时，乔纳看着他的母亲，发现她依然很美，拥有和其他母亲都不同的美貌，然而她不再是他幼年记忆中那个披着斗篷、楚楚动人的嬉皮女孩。乔纳印象特别深刻的是，在一次通宵乘坐巡演巴士的旅程中，他坐在她身旁，脑袋靠在她肩膀上。在令人昏昏欲睡的巴士颠簸中，羊毛斗篷的纤维轻轻摩擦着他的眼皮。与许多女性民谣歌手一样，苏珊娜·贝伊那股感性、温柔、不时涉及政治的力量至少有一部分体现在她的发型上。可是现在，长发的她有些显老，他害怕她会像某些年龄更大的长发妇女一样，打扮得仿佛要去参加女巫大会。

乔纳一直想保护她，尽管她并没有好好地保护过他。他没有给她保护的机会，没有告诉她巴里·克莱姆斯的事，她又能怎么做呢？让他震惊又恶心的是，她对巴里仍然很友善，他们偶尔还会一起去民谣表演，还会在城里或演出途中一起吃饭。乔纳想都不能想巴里·克莱姆斯；在童年时期的整整一年里被他下药胁迫、被他夺走音乐之后，他简直不敢相信，自己到现在还不得不听人说起巴里的故事。

自从乔纳在林中精灵享受到惬意的夏天以来，他便决定将他的朋友们放在心中的首要位置，而不是那个男人。贝尔纳普的夏日非常精彩，和他母亲向他保证的一样。可是今年，苏珊娜·贝伊和巴里一起出现在这里，老天爷啊，乔纳气得发疯，根本不知道该如何是好。他从山坡上冲出人群，直奔自己的帐篷，躺在令人窒息的黑暗里。幸运的是，没有人跟在他后面，尽管他觉得自己希望能有某个人跟上来—— 一个男孩，一个让人安心的男孩。

此刻，乔纳和其他人站在迷宫的金色电梯轿厢里，电梯一路向上。自从两年前乔纳第一次来埃诗和古德曼的公寓，他总会注意到沃尔夫父母的设计品位美观大方，不过也有些沉重而刻意。墙面粉刷成沉郁的色彩，屋里随处摆放着各式各样的坐垫。沃尔夫家有一只名叫努奇的金毛寻回犬，它围着这群人兴奋地嗅个不停，想得到他们的注意，然而大家都无视它的存在。埃诗和古德曼的父母去海滩上探望朋友，一整天都不在家，于是乔纳和朋友们便各自找地方安顿下来，占据不同的房间。沃尔夫家的立体声音响很不错，扬声器很大，不过乔纳并不意外。在他母亲位于市中心瓦茨街的复式公寓里，在白色的墙壁和纯木地板之间，井然有序地摆放着丹麦产的立体声音响，比沃尔夫家这套强多了。要说苏珊娜·贝伊真心在乎什么，那就是音质。沃尔夫家的立体声音响只是众多高端设备中的一个。乔纳想象着埃诗和古德曼如何在堆积如山的物件中长大。如果他们俩中的某一个不小心摔倒了，都会有人给他们放好软垫。在迷宫里，他们整个一生中所需要的一切都为他们准备好了。

在客厅里一起吃完零食，他们默契地分成两人一组。刻意地，默认地，美丽的乔纳·贝伊发现自己和美丽的埃诗·沃尔夫待在一起。这是埃诗的家，于是她问他想不想参观她的卧室。他之前去过好几次，但他感觉到，这次自己会以别样的视角看待它。

他们像陷入沼泽一般陷进她柔软的床里，身下压着各种毛绒动物玩偶，它们曾在多年里深得一个小女孩的欢心，后来又被一个青春期少女和她的朋友们不假思索地抛弃。乔纳很愿意与埃诗和她的动物们一起躺在那里睡着，只是睡觉。但现在她和他一起躺在床上，沉重的房门紧闭。说实话，他对她没有性冲动，但埃诗·沃尔夫在他看来就像一件陌生而美丽的物品。他喜欢盯着她看，但他从未想过要爱抚她。不过此刻，他认为爱抚她可能不是一个坏主意。他们俩一直是小团体中的美人；诚然，古德曼英俊得令人难以置信，上帝啊，但美丽或精致用来形容他并不合适。凯茜也洋溢着强烈的女性气息，她发育得非常成熟，她的身体绝不仅仅是美丽而已。虽然埃诗是个女孩，但乔纳觉得，爱抚她可能会像爱抚自己一样令人愉悦。

“乔纳，你的眼睛太好看了。为什么我们夏天的时候没这样做？”

当他试探着用手滑过她的手臂时，埃诗这样问他。“我们浪费了宝贵的时间。”

“是啊，错过了好多。”他说，然而那并不是实话。爱抚她的手臂感觉当然很好，但他一点也不急切。他们面对面躺着，两个人都在犹豫。

“我好喜欢这样。”埃诗说。

“我也是。”

躺在床上的两个人都会说“我好喜欢这样”和“我也是”吗？他们是不是更应该完全陷入心醉神迷的静默，或者像猿猴一样大呼小叫、干柴烈火？夏令营和道尔顿高中聚会上的女孩们也曾亲吻过乔纳，而他也温文尔雅地回吻她们。近些年来，他开始在这样做的时候幻想男孩们，将漂亮女孩精致的面庞想象成一个难以驾驭、面带笑容的温柔男孩。他很讨女孩们喜欢，去年夏天在林中精灵，他经常和一个名叫嘉贝、弹钢琴的金发女孩手牵着手四处漫步。对于这些对他一见钟情的漂亮女孩，乔纳总是很友好。埃诗就是这些女孩中登峰造极的例子。

他认为爱情应该像毒品一样有力。就像咀嚼一片克拉克冬青口香糖，感觉全身的神经元纷纷爆裂。他记得住每次以为自己要发疯的准确时刻。他可以精确到秒地锁定迷幻药淹没他的瞬间。乔纳现在想要一点那种感觉——不要太多，只要一点点——但是恰恰相反，他觉得刺激不够，有一点无聊，然而安全。

在埃诗·沃尔夫的床上，两个朋友亲吻了很久。那是一次马拉松式的吻，不至于兴奋得浑身颤抖，但显然感觉不错。埃诗就像一片柔软的芳草地。她就像自己卧室的真人版，布满隐藏的角落，充满惊喜和欢愉。她的唾液很稀薄，没有侵略性。太阳在中央公园上空渐渐西沉，下午临近尾声，这个吻始终没有迈入更深的阶段，这对他来说真的很舒服。

埃诗迅速去大厅看了一眼，回来时说古德曼的房门还关着。乔纳想象着古德曼卧室里乱糟糟的样子。从来不铺的床，半途而废的建筑小模型，还有他想扔就随手乱扔的衣服。管家费尔南达会在周一一早来到古德曼弥漫着青春期男孩体味的卧室，收拾，打扫，消毒。乔纳眼前忽然浮现出古德曼卡在凯茜·基普林格有力的双腿之间的画面，这幅景象让他躁动不安。

至于朱尔斯和伊桑：他们在哪里？心照不宣地，小团体中两个最普通的人大概也在做爱做的事。他知道他们俩整个夏天都在努力成为一对情侣，不过伊桑最后还是说，他们之间确实没有任何火花。他坦言："她只是我的朋友。我们打算就这样了。"乔纳则回答道："我听见了，哥们。"乔纳跟着埃诗穿过大厅走进客厅，在那场亲吻之后，他们打算去厨房喝点东西。这时他听到了某种声音。他转过身去。过分讲究的宽敞客厅里有一处壁龛，朱尔斯和伊桑就躲在那里，坐在沙发后面的地板上。他们在做什么？他们没在做爱，甚至没在接吻。

他们正在玩一款叫作“麻烦”的桌游，那是他们从靠窗的座位下面一个大箱子里翻出来的，箱子里藏着沃尔夫一家多年来的游戏宝藏：麻烦、人生、大富翁、拼字游戏、超级战舰，还有几款没有商标的桌游，名叫“象征图表”和“爆破精灵”，沃尔夫家之外的人大概听都没听说过。

伊桑和朱尔斯沉浸在他们的游戏里，手掌拍在塑料按键上，发出“啵”的一声，莫名让人心满意足。“麻烦”这个游戏的设计构思就是考虑到大家会喜欢这种新奇的声音。人们需要新奇事物。性也是一种新奇事物。如果凯茜·基普林格给古德曼·沃尔夫口交，最后从她口里抽出时或许也会发出“啵”的一声，就像在“麻烦”里拍打圆形按键一样。乔纳直到听见伊桑和朱尔斯玩这个游戏时才将这两种声音联想在一起，他看着伊桑和朱尔斯——这对不是恋人的伴侣——坐在那里满足地玩着游戏，不需要做任何与身体有关的事找刺激。歌词突然不受控制地涌入他的脑海：

> 他的鸡鸡从泡泡里探出头
> 发出的声音就像麻烦桌游……

乔纳想象自己和巴里·克莱姆斯坐在一起写下这些愚蠢的歌词；他仿佛看到巴里专注地听着，盒式磁带在录音机里转动。这画面让他想吐。他努力把思绪拉回埃诗身上。他在想自己现在算不算埃诗·沃尔夫的正式男友，以及如果是的话，往后又会发生什么。他觉得成为某人的男朋友简直就像成为公爵或伯爵一样；现在他似乎有领地要守护了，没准还需要剪彩。埃诗拉起他的手，领他从玩桌游的那对伙伴身边经过。他们走进厨房，喝了一杯纽约市的自来水，之后穿过大厅，经过可能进展深入的那对伴侣——古德曼和凯茜——最后来到书房。书房里摆满了装在瓷瓮里的芦苇，还有低矮的、已出现裂纹的皮质沙发。

“我们躺下来吧。”埃诗说。

“我们刚才一直躺着呢。”乔纳说。

“我知道，但我们没有在这里躺过呀。我想和你尝试每一张沙发，每一张床。”

“全世界的？”他问。

“嗯，以后会的。不过我们可以从这里开始。”

他不能对她说，此刻他最想要的，只是在她身畔入睡。不要爱抚，不要亲吻，不要性刺激。不要感受，不要知觉。只要在你喜欢相伴的人身边沉沉睡去。也许那就是爱情。

七

很多人曾在迷宫六楼的公寓小住过一两天甚至更久，这些人中的大多数都被宾至如归的感觉冲昏了头，忘了自己应该想想是不是还有其他地方要去。多年来，许多人都自诩是沃尔夫家的荣誉家庭成员，他们头脑简单地相信，得到主人允许想待多久就待多久与成为家庭中的一员是一回事。不过，无论朱尔斯·雅各布森多少次走进门厅、受到狗狗努奇欣喜若狂的迎接、沿着挂满沃尔夫一家照片（照片里的他们做着各种各样沃尔夫式的活动）的长廊进入里屋，她从来不觉得自己完全属于这里，就像她在帐篷里的第一晚也觉得自己不属于那里一样。但是，她也不再觉得自己像个闯入者。

吉尔和贝琪·沃尔夫对女儿凭空出现的密友朱尔斯并未表现出过分的好奇。在她留下来吃晚餐时，他们问她的问题都很友好，甚至可以说是例行公事（“朱尔斯，你有没有尝过意式煎鸡肉卷？没有？喔，那可亏大了。”）不过埃诗总是说他们永远欢迎她。这个地方始终是林中精灵的核心。乔纳从九月的那天起成了埃诗第一个认真交往的男友，平时和周末都经常在这里。也是从那天开始，凯茜也成了古德曼的正式女友，她在古德曼的书桌抽屉里放了一条紧身连衣裤，在朱尔斯和埃诗看来，这可是令她们大开眼界的成熟举动。凯茜和古德曼经常吵架，穿墙而过的声音听起来像是成年人而非青少年的争吵。“别把我当垃圾对待，这不公平！”凯茜总是大喊大叫，但她的怒火很快就会被眼泪吞没。

“如果你还哭个不停，那我们就算了吧。”古德曼的声音紧绷而狂怒。有时他会突然让她出去，接下来的好几天都完全不搭理凯茜。这时她就会打电话到迷宫来，要求知道他去了哪里。有好几次，他让埃诗对凯茜说他不在家。“我简直受不了她。”他对他妹妹说。

伊桑有机会就会到沃尔夫家来，不过他也经常在家埋头做他的卡通短片。自从他母亲和儿科医生私奔之后，他就和身为公设辩护人的父亲一起挤在格林威治村里那间狭小的公寓里。父亲同意他把餐厅改造成动画工作间。于是乎，桌面上堆满了伊桑的作品，空气中飘荡着赛璐珞的塑料味。伊桑告诉过朱尔斯，他们家没有多少钱。他就读的史岱文森高中是一家很好的公立高中，当然是免费的。“感谢上帝，还有史岱。”伊桑说。虽然这所学校的强项是数学和科学，但老师们尊重伊桑的天赋，允许他去钻研自主学习项目。他制作的卡通很好笑，在晨会上播放时很得同学们的喜爱。伊桑的生活忙碌而混乱。他父亲的公寓很脏，他对朱尔斯说，永远不希望她看到它。她可以理解，因为她也对他说，她永远不想让他们中的任何一个看到她在安德希尔的房子。不是因为屋里很脏——屋里不脏——只是因为它很普通。

自从朱尔斯第一次去沃尔夫家以后，她便千方百计寻找各种理由和借口回到那里。可是不知出于什么原因，母亲有时不允许她去那里。洛伊丝·雅各布森仿佛意识到她正在逐渐失去自己的小女儿——也许已经失去了。朱尔斯对母亲和姐姐表现出越来越不加掩饰的轻蔑。而沃尔夫一家是世界公民，他们是一个有文化、有活力的家庭，所有节日都值得庆祝。在光明节[1]前后，埃诗和古德曼喜欢拿孔雀一般优雅的母亲逗乐，取笑她念土豆烙饼这个词的发音。

---

1 又称哈努卡节、修殿节，该节日为纪念犹太人在马加比家族的领导下，从叙利亚塞琉古王朝国王安条克四世手上夺回耶路撒冷，并重新将耶路撒冷第二圣殿献给上帝。

“我改不过来，”贝琪·沃尔夫说，“我又不是听着这个词长大的。你们的爷爷要是看到我用平底锅煎这个，肯定会不高兴的。”

“这个什么啊，妈妈？”古德曼故意激她。

“洛饼。”她说，沃尔夫一家子哈哈大笑起来。为了致敬母亲的“非犹太人”身份，他们在光明节聚会上将一块“土豆烙饼槲寄生”挂在门口：一片薄薄的土豆烙饼悬在绳子上，所有来宾都可以在烙饼下得到一个吻。[1] 土豆烙饼槲寄生是独属于这个家庭的土生土长的玩笑，对朱尔斯来说却是完全陌生的创意。想起自己的童年，她便陷入无法控制的恐惧之中：相比之下，她的童年就像挂在藤蔓上的土豆烙饼一样惨淡。

沃尔夫一家不会做错任何事。他们的优雅气质各不相同，每个人都有自己的风格。贝琪毕业于史密斯学院，她是老一辈新英格兰贵妇的典型，随意挽起的圆发髻旁散落着几绺碎发。吉尔是供职于德崇·本海姆证券的银行家，满怀抱负。埃诗是个能在女演员或编剧道路上走很远的小家伙，每个人都对她呵护备至。古德曼是一个令人不安又极具性格魅力的男孩，他在学校“跟不上进度”，他那诱人又阴晴不定的性格让父亲大为光火，却能给其他人带来快乐。七年级时，他因为作弊被之前就读的传统男校开除。“因为公开作弊。”埃诗向朱尔斯澄清——其他男孩只是比古德曼做得更隐蔽。他做任何事都大手大脚，就像不合时宜的疾风骤雨。埃诗对朱尔斯解释道：“压力都在我身上，我必须成为那个不把事情搞砸的人。那个完美的、有创造力的孩子。这有点像一份全职工作。”当然，在朱尔斯看来，这似乎是一份不错的工作；在她眼里，这个家里的每个人都是如此生动，如此令人向往。

“你从他们那里得到了什么？”她的姐姐爱伦曾有一次这样问道，

1　圣诞节传统，如果两个人在圣诞活动的槲寄生下相遇，就要彼此亲吻。

当时朱尔斯正准备出发去城里度过周末。

“一切。”这是唯一的回答。

在几年后的大学一年级，朱尔斯·雅各布森和一群坏脾气的女孩住在一起。一天夜里，为了躲开她们，她逃到了一个名叫赛思·曼泽蒂的男孩寝室里。她对他的兴趣主要在于他拥有森林之神般的脑袋[1]还有略带苔藓气息的体味。她无比平静地躺在他铺着丝绒床单的床上，思考自己从五分钟前开始便不再是处女了。她很快判断出这种状态并没让她觉得如鱼得水，可她依然想沉浸其中。她的大腿绷得有点酸，乳头被森林之神的狂热蹂躏得火辣辣地痛。但她已经走进了这个阶段，她会再次想进入这种状态，有时也许会想沉湎于此。当然，肯定不是同赛思·曼泽蒂一起，而是在性与爱交织的床榻和回廊之间，享用成年人的爱情。朱尔斯·雅各布森真希望自己能用某种方法诱使古德曼·沃尔夫在第一个夏天出于情欲而爱抚她，哪怕在之后的一年半里也好——那是他们和他相处的全部时间。一个其貌不扬的平凡女孩应该被允许得到一个这样的时刻，只是为了让她知道自己错过了什么，这样她才能继续走下去，不必怀着永恒的渴望，琢磨那究竟会是什么感觉。

沃尔夫夫妇是派对动物。朱尔斯在周末走进公寓时，常能碰见吉尔或贝琪和派对租赁商一起站在门厅里。有一次，吉尔对她说：“朱尔斯，我们正在聊椅子的事，聊得兴致很高啊。我太太那边的米歇尔表姐下个月要在这里举行婚礼。”

“古德曼可以做DJ!”埃诗从客厅里喊道。她一直坐在靠窗的座位上，把笔记本靠在努奇背上写她的剧本。

古德曼就这样被聘用了。在婚礼上，他熟练地踩着节奏摇头晃脑，发出充满性暗示的啪啪声。“下一首歌献给米歇尔和丹。”他凑近麦

1　古希腊神话中的森林之神萨蒂尔是长有公羊角、腿和尾巴的怪物。他耽于淫欲，常常是色情狂或者性欲无度的男子标志。

克风制造出声音失真的效果，“因为今晚将是一个在白色绸缎中度过的夜晚。直到丹把她的绸缎……脱光。”

他的母亲后来说：“也许你应该去电台工作。”这个评价原本是好心表扬，但也反映出古德曼的父母对他还未展现出“真正”天赋的焦虑。是，他想成为一名建筑师，但谁也不会要一个粗心大意到忘记架横梁的建筑师。他难以承受“专心致志”——他父亲常这么说——的压力。

可是为什么他现在就要掌握切实可行的技能呢？朱尔斯很纳闷。十六岁的古德曼在转学去的那所高中是一个冷漠又不安分的学生。在米歇尔表姐的婚礼上打碟让他再次感受到了每年夏天在林中精灵所拥有的力量。

迷宫每年都举行一次跨年晚会，夏令营的朋友们都来参加。1974年的最后几个小时，大家在拥挤的房间里走来走去，争相品尝蓬松香脆的法式一口酥。埃诗抢到满满一雪克杯的马提尼鸡尾酒，把它拿到古德曼昏暗又邋遢的卧室里。埃诗坐在男友乔纳的腿上，乔纳则坐在懒人沙发上。朱尔斯在角落里观察凯茜·基普林格斜倚在古德曼身上，他们俩坐在菠萝形床柱的床上，她的嘴唇贴在他的耳朵上。在他的耳朵上！他神情自若，毫不掩饰自己的愉悦，手指深深地插进凯茜的金发里。朱尔斯想到，古德曼这样的男孩和全世界所有男人显然都喜欢女孩丝滑柔顺的秀发，可她自己的头发完全谈不上丝滑柔顺。不过，今年夏天的伊桑好像不想那样抚摸朱尔斯的头发。他只想要朱尔斯的头发，只想要朱尔斯。

当午夜临近时，伊桑和朱尔斯两人默契地坐在一起。新年正式来临时，伊桑·费戈曼的嘴唇贴在朱尔斯的唇上，他忍不住想知道她会允许他吻到哪一步。因为是新年，她没有立刻躲开他。这次感官体验不算太可怕，但她还是不能忘记这是伊桑，是她的朋友。对她毫无吸引力的伊桑。过了几秒钟，她终于向后躲开，说道：“伊桑，我们在做什么?”

“没什么。那是个怀旧之吻,”他说,“是老照片的色调。那样亲吻的人们都……戴着烟囱式大礼帽……孩子们在街上跑来跑去滚铁环,吃着几美分买来的散装糖。”

“是啊,没错。”这是她唯一能说的话。她微笑着。

朱尔斯注意到,床上的古德曼仿佛要把凯茜生吞活剥,把她揉进自己的身体里。但埃诗和乔纳之间没有类似的激烈运动。他们俩还在接吻,好像树枝上的一对小鸟在亲密合作,用鸟喙互相喂食蠕虫。

“新年快乐,了不起的朱尔斯。”伊桑·费戈曼看着她的眼睛说。

“我没什么了不起。”她说。

“我觉得你了不起。”

“为什么?”她忍不住要问。她不想从他嘴里套出奉承话;她只想明白为什么。

“你就是特别自我,”他耸了耸肩说,“你并不像有的女孩那么神经质——天天关注自己吃了什么,或者假装自己不如男孩聪明。你有野心,反应很快,你真的很好笑,你还是个很好的朋友。还有,当然了,你很讨人喜欢。”他再次伸出手臂环住她;尽管他知道这样的时刻——一个陌生时刻——可能时常出现,但是他们之间永远不会有充满肉欲的时刻,甚至不会有浪漫的时刻。他们是朋友,只是朋友,尽管友谊意味着太多太多。

“我真的没什么了不起,”她固执地说,“我身上没有了不起的地方。”

“噢,我觉得你有。你只是不想炫耀。我喜欢这一点。不过你也应该让别人看到它,”伊桑停顿了一秒,然后哑着嗓子补充道,“不仅仅是我,”他清了清喉咙,“只要他们看到了,就不会轻易放过你,那样我可就要难过了。”

他为什么对她和关于她的想法如此忠诚?他的忠诚让她想变得

比实际上更好：更聪明，更好笑，涉猎范围更广。要变得更优秀，她严厉地告诉自己。要和他一样优秀。

没过多久，朱尔斯和伊桑准备休息了，他们睡在沃尔夫家书房里，并肩躺在看起来像是用牧羊犬做成的白色地毯上。鱼缸里的氧气灯折射在四面墙的书架上，作者的大名表明这个家里居住的是有思想、有知识、紧跟时代潮流的人，会读梅勒（诺曼·梅勒）、厄普代克（约翰·厄普代克）、斯泰伦（威廉·斯泰伦）和狄迪恩（琼·狄迪恩）的人。朱尔斯想对伊桑小声说："我现在很幸福。"但这听起来像在挑逗他。她躺在他身边微笑着，结果他不得不说："有什么好笑的？你在取笑我吗？"

"没有，当然不是。我只是觉得愉悦。"她谨慎地说。

"那是老年人用的词，"伊桑说，"你这么说，也许是因为你已经适应了旧时代。"

"或许吧。"

"1975年。听起来是不是超级古老？1974年已经够老了。我喜欢1972年；那是我印象最深的一年，"他说，"要回答'印象最深刻的是哪一年'？我觉得答案永远是'1972'。乔治·麦戈文[1]，还记得他吗？"伊桑叹了口气问道："好人老乔治？"

"我还记得他吗？我脑子没坏，伊桑。"

"他就那么来了又走了。我们像白痴一样把他捧上去，结果被打惨了，日子就这么过去。所有的一切，"他饱含激情地说，"一切都会离我们熟悉的感觉越来越远。我在某个地方读到过，你这辈子大多数真正强烈的感受都发生在我们这个年龄段。随后发生的一切给你的感觉只会越来越无力，越来越令人失望。"

"噢，别那么说。那肯定不是真的。"朱尔斯说，"我们什么都还

1 乔治·斯坦利·麦戈文（George McGovern，1922—2012），美国历史学家、作家、前美国参议员，是1972年美国总统选举时的民主党候选人，在选举中败给了尼克松。

没做呢。还没真正开始。”

“我知道。”想到这里，他们都安静下来，闷闷不乐。

“不过至少你开始了，”朱尔斯说，“《游行》杂志是这样认为的。”

“我的意思是，我没有做任何事情，没有任何体验，”他说，“人生经历。”

“呵，像古德曼一样的经历吗？”朱尔斯问道，努力摆出不屑一顾的口气，仿佛她和伊桑柏拉图式的友谊远胜于古德曼经常从凯西·基普林格那里得到、也经常给她带去的感官享受。她的嘴唇贴在他耳朵上……

“是啊，好吧，性经历，还有别的。有强烈情感的事物，”伊桑说，“还有黑暗的情绪。”

“你是我认识的最不黑暗的人。”朱尔斯说。伊桑很深沉，还经常忧虑，但不知为什么，他总能兴高采烈地适应各种情况。

“可是，为什么女孩们总想要一个黑暗又情绪不稳定的男人？”伊桑问，“我看到你的未来有一个情绪不稳定的人。”

“噢？你看到了？”

“是啊。等我坐在家里、冰箱空空如也、身边只有我的小卡通，为民主党在 1972 年的惨败而哭泣时，请从外面的世界给我寄明信片来吧。”伊桑说，“寄到我将独自度过余生的地方。”

“那是什么地方呢？”

“只需要将明信片寄给‘伊桑·费戈曼，马萨诸塞州贝尔纳普小镇，6 号空心树洞，邮编 01263’。”

“听起来不错嘛。”朱尔斯说着，在脑海中勾勒出伊桑在他的空心树洞里的场景，生火烧水给自己泡茶，披着塞满棉絮的栗色缎子长袍。在这幅画面中，他化身成为 C.S. 刘易斯笔下某种毛茸茸的林地动物，不过依然有伊桑极具辨识度的面部特征。

“但如果事情不顺利怎么办？”伊桑说，“在林中精灵，你知道，我一直都是那个古里古怪的动画师，那个卷大麻的矮胖子，而其他所有人都知道，这个世界本质上一塌糊涂。我也知道事情一塌糊涂。每天晚上和我爸坐在电视机前吃牛肉通心粉罐头，看看新闻我就知道。但是你和我还有我们认识的所有人，我们只是太年轻，看不清事物的本质。美莱村惨案，所有那些恐怖的悲剧。我们可以说是置身事外。”

“是。”朱尔斯极少去想，如果不像他所描述的那样置身事外会是什么样子。她不知道生活在戏剧化的现实中是什么感觉。去做重要的事情。做一个勇敢的人。勇气：多么难以估量的想法啊。

他说：“我无法判断这样是好是坏。肯定是好事，因为我们还没有死。我没有在河内毫无意义地死去，没有用自己的 M16 不小心一枪崩了自己。从另一方面来说是坏事，因为我们错过了经历。你知道我想要什么吗?”伊桑突然在黑暗的书房里坐起身来。地毯上的绒毛粘在他的头发上，仿佛他忽然从 6 号空心树洞里探出脑袋，头发上落满雪花。

“经历?”朱尔斯说。

“是啊,经历也算,不过我要说的是别的。听起来会很自命不凡,”伊桑说，“但我想要的是：不要总考虑自己。”他看着她，等待她的反应。

“我不确定你在说什么。”

“我不想总是想着我想要的、我错过的。我想考虑其他事情——其他人，甚至其他地方。我受够了所有那些只有自己人才懂的讽刺笑话，受够了背诵电视、电影和书中的台词。来自这个……事事掣肘的世界的一切。我想要一个不受制约的世界。”

“也是一个不受割礼[1]的世界。”朱尔斯说，这样说不为别的，只

1　不受制约（uncircumscribed）与不受割礼（uncircumcised）发音相近，行割礼是犹太人的传统，朱尔斯是犹太人，故而以此开玩笑。

因为这是他们之间的说话方式，他们称之为才智。这也是伊桑刚刚说他不再想要的那种说话方式。“你可以拥有这样的世界，”她飞快地说，“我确定，你可以拥有所有这些。”

“这就是我的新年目标。”他说，“你呢？”

“我不知道。”

“嗯，等你想到了再告诉我吧。”伊桑说，他张大嘴打了个哈欠，大到她能看见他口腔里的牙齿填充物。

朱尔斯疑心她的新年目标没法像他那样高尚。她想要与她自己有关、满足她自己的事物。于是她突然意识到自己想要的是什么：她想要与伊桑·费戈曼之外的某个人的爱。这份残酷的觉悟让她很难过，但她清楚，她想得到某个人的爱并且对他有所回应，即便他不配。古德曼会是个无比完美的对象。她想到他的手插在凯茜·基普林格的头发里，想到那天他嘴上沾满另一个女孩的透明唇膏。但是古德曼·沃尔夫已经被占有了，而且从许多方面来说，他都是一个糟糕的选择，更不用说最关键的问题是他不想要朱尔斯，而且永远不会想要她——这才是最重要的因素：他也得想要她才行。但愿她今年能让古德曼做到这一点，这将是他们所有人聚在一起的最后一整年。即便当时对此一无所知，她也凭直觉感到时间紧迫。她想要的——现在想要的——是被一个让她兴奋的人爱慕。这没有错。但她还是觉得这对伊桑不好，这不公平。

在其他房间里，狂欢者们慢慢消停下来。“很抱歉，虽然我真的很享受这次谈话，但我必须睡了。”说完，伊桑转过身去背对朱尔斯，对她秘密的新年目标懵然不知。他弯曲的背部随着呼吸一升一降，直到清晨，直到 1975 年真正开始。

接下来的一年里，他们之中悄然发生着并不突出的改变。他们的脸型变长，笔迹略有变化，睡眠时间也有所调整。朱尔斯的新年目标没有实现，她忙于关注朋友们戏剧性的情感状态。其他人都在城里不同的学校读书。在安德希尔，朱尔斯坐在她那所高中的教室里，透过窗户望着大致是纽约市的方向。埃诗和乔纳不再是一对情侣，他们在 2 月底分手了，为了某些语焉不详的原因。

“我很高兴我们有过一段关系，”埃诗在电话里对朱尔斯说，“但现在都结束了。这当然挺伤心的，可我真的太忙，所以感觉也还好。”埃诗创作了一部名为《两端》的女性独角戏，讲述埃德娜·圣·文森特·米莱的生平[1]。埃诗在她就读的布里尔利女中的才艺之夜上出演了这部话剧，她的朋友们都去做了观众。当埃诗身披睡袍、手握一根蜡烛站在舞台上时，整个礼堂一片寂静，所有人都专注地看着她，身体本能地向前倾，生怕漏掉一句台词。“‘我的蜡烛两端都在燃烧’，”她念道，“‘它撑不过今晚了……’”

乔纳在分手以后也对这段关系避而不谈，不过这很符合他一贯的作风。他现在加入了道尔顿的机器人俱乐部。乔纳与其他泡在科学实验室钻研机械创造的男孩们完全不同——他们谁都没交往过女友，也永远不可能拥有像埃诗那样的女友，除非他们用机械零部件自己造一个出来——但乔纳并不在意这些。事实上，身处齿轮、发动机和电池当中让他感到安宁。从乔纳的沉默寡言中，朋友们觉察到他的情绪很好。在他们看来，乔纳和埃诗经历了一段浓郁但脆弱的爱。

一个月以后，古德曼和凯茜也分手了。埃诗和乔纳的分手有多温和，这两位的分手就有多大动干戈。沃尔夫一家在 1975 年 3 月前往英属维尔京群岛的托尔托拉岛度假，在柔软的白沙滩上，古德曼在酒店遇到了一个英国女孩，她和家人们住在一起。嘉玛人长得漂亮，心眼也多。晚上，等两边父母都睡着后，古德曼便和她溜出去，

1　埃德娜·圣·文森特·米莱（Edna St. Vincent Millay，1892—1950），美国诗人兼剧作家，美国历史上第一位得到普利策诗歌奖的女性。

凌晨两点才回到酒店套房，新鲜的吻痕仿佛一枚徽章。“我们根本不知道你在哪里，”吉尔·沃尔夫勃然大怒，“我们还以为你被绑架了。”其实他们根本没那么以为。

沃尔夫一家从托尔托拉岛启程回国时，古德曼预感到他再也不会见到嘉玛了，那个说话做事活像海莉·米尔斯、但是更性感也更惊艳的女孩。尽管如此，他也不想再回去做凯茜·基普林格的男友，她对他的要求太多了。全家人回家后的第二天早上，他便坦率地向凯茜提出分手。她哭个没完，给他打了很多电话，想要他回心转意。她要求埃诗、朱尔斯、乔纳和伊桑与她进行长时间的通话和仓促的会面，不过他们没有一个真的为她感到担心。

随后的几周，他们的交往经历了一些不适。每到周末聚会时，凯茜或古德曼中总有一个不露面。他们以这种方式别扭了一段时间，最终，两人似乎都放下了，终于可以忍受对方再次出现在眼前。与乔纳和埃诗不同——他们俩只是退回从前的朋友身份——凯茜和古德曼在一起时总是强颜欢笑，形同陌路。

三个月后便是6月底，他们又回到了林中精灵，再次集结为火力全开的六人组，不过，凯西·基普林格参加3号男生帐篷聚会的次数越来越少。“她人呢？”古德曼问其他女孩，而回答总是“在跳舞”。凯茜终于翻过古德曼这一页,回到了舞蹈房。虽然她乳房太大、臀部也太宽，但她的舞姿却依然轻盈而充满力量。她的天资在这里并没有被忽略，而是得到了赏识和赞扬。

“去叫凯茜来。”一天夜里，古德曼对坐在3号男生帐篷里的埃诗说，“告诉她，这顶帐篷里的人要求她在场。”

“天哪，古德曼，你干吗要在意她来不来？”他妹妹问道。

“我就是想要所有人都回到这里，和从前一样。”他说，“快去，叫凯茜来。雅各布森，你让她过来，好吗？”

于是乎，埃诗和朱尔斯一起去执行这项感觉意义重大又令人兴奋的任务。她们在半路上便听到了音乐声：斯科特·乔普林最悲伤的拉格泰姆[1]《慰藉》。透过舞蹈房没关纱窗的窗户，可以看到那个丰满的金发女孩正和一个高个子黑人男孩翩翩起舞，唱片在一旁旋转。那男孩名叫特洛伊·梅森，今年十七岁，这是他在林中精灵的第一个夏天。他来自布朗克斯，和朱尔斯一样凭奖学金来到这里。他是个性格安静、身材健美的舞者，蓄着奔放的黑人蓬蓬头，是露营地仅有的五个非白种人之一。（"我们必须扩大营业范围。"曼尼·翁德里希说。）在那一周前些天的一次午餐时，特洛伊提起他不但从来没吃过绿豆芽，而且连听都没听说过。听了这话，凯茜把沙拉台的绿豆芽全都堆在特洛伊的盘子里，他吃得很开心，还想再要一份。此刻，他以一种如梦似幻却有条不紊的节奏与她共舞，伴随着哀愁的拉格泰姆乐曲。

朱尔斯和埃诗站在那里，活像在窗外垂涎大餐的孤儿。爱情。那就是她们所看到的。她们俩都还没有遇到爱情，美丽的埃诗和不美丽的朱尔斯，她们都没有。她们站在爱情之外，而凯茜却在里面。她的乳房会让她成为职业舞者的希冀破灭，但现在她根本不必考虑这些。她对古德曼·沃尔夫已经释怀，那个令人兴奋却无法掌控的家伙，让他做男友会是一场灾难，现在她转向了其他人。今晚她们没法将她带回 3 号男生帐篷了，也许今后的夜晚都不会了。

她们站在黑暗中的黑莓树丛里，埃诗喃喃地说："我该怎么和我哥哥交代？"

第二年夏令营最后一个活动日的傍晚，曼尼和伊迪·翁德里希让所有人在草坪上集合。有人猜测是苏珊娜·贝伊要来——她今年还没露过面——可乔纳告诉他的朋友们，他母亲今年不会来了。被

---

1 拉格泰姆（rag），美国流行音乐形式之一。发源于圣路易斯与新奥尔良，影响了新奥尔良传统爵士乐的独奏与即兴演奏风格。

埃莱克特拉唱片公司狠心抛弃之后，她又和一个新厂牌签下了合同，正忙于新专辑曲目的后期创作。乔纳说，这张专辑已经不算真正意义上的民谣，倒是有了“迪斯科的风格”。他尽量用最不具评判意味的口气介绍道：“迪斯科民谣。”

“迪谣。”伊桑润色了一番。

翁德里希夫妇让所有人集合不是为了听苏珊娜·贝伊唱歌，也不是为了围观另一位总统辞职，而是要全体营员头脚相连地躺在地上，从空中合影留念。“辅导员会到你们中间去，指导大家各就各位。”曼尼在扩音器里对他们喊道。只要有机会向整个营地讲话，他总是一副欣喜若狂的样子。伊迪喜气洋洋地站在他旁边。翁德里希夫妇是艺术圈里的活化石，你怎么可能不对他们心生敬重？他们早就认识鲍勃·迪伦之类的人。想当年，20 世纪 60 年代初的鲍勃·迪伦还是个像羊羔一样怯生生的小白脸，那时民谣浪潮正在兴起，经由演出认识的朋友苏珊娜·贝伊介绍，他来到翁德里希位于格林威治村的公寓登门拜访。“去曼尼和伊迪那里碰碰运气，”苏珊娜肯定是这么和他说的，“我在他们的夏令营教过吉他。他们不会让你碰一鼻子灰的。”唱民谣的年轻男孩就这样来到翁德里希家门口，穿着衣领竖起的薄外套，戴着和骑警一样的帽子。凭这对夫妇的慷慨和远见，他们当然对他敞开了大门。

现在，曼尼·翁德里希和妻子站在草坪上，向全体营员说明他们该如何用身体组成“林—中—精—灵 1975”的字样，让飞机从空中拍照。连字符由三个年纪最小、个头最矮的营员来担当。他们花了一个多小时才让每个人都弯曲成正确的弧度。曼尼和伊迪走来走去，不断调整，仿佛在编排一场大型先锋艺术演出。

朱尔斯的头顶在伊桑冰凉的光脚上。她自己的脚则顶着古德曼的大脑袋。她确定这应该是她一生中与他最近距离的接触。多么可悲啊，就因为她是这样一个女孩，所以她不得不用脚，而且只能用脚触碰他。她夹紧脚趾，紧贴古德曼富有男性气息的头颅，感受他头骨的坚硬。当她这样做时，她可以感觉到伊桑的脚紧贴着她自己的头颅，因为他也正在悄悄用脚感受她，现在，这是她能允许他靠近的唯一方式。

等他们都躺好了，远处传来轰鸣声，一架双引擎飞机出现在天空里。厨师爱达·斯坦伯格和拥有飞行员执照的场地看守戴夫坐在飞机上。爱达举起尼康 F2 记录下这一刻。

那天晚上，在活动大厅里举办的欢送会上，凯茜·基普林格和特洛伊·梅森随着每一首歌相拥而舞，不管是快歌还是慢歌。现场播放了滚石乐队、奶油乐队和奇想乐队的音乐，第一个小时里的 DJ 是古德曼。但是，凯茜被舞伴兼男友搂在怀里的景象对古德曼而言实在难以忍受，他冒冒失失地冲回 3 号男生帐篷，在那里匆忙兑了几杯伏果。古德曼一口气灌下好几杯，其他人则礼貌地保持沉默。突然,他宣布:“我完全醉了。”他本人仿佛也为意识到这一点而困惑。

从圆锥形帐篷外射来一道格外刺眼的圆形光束，紧随其后的是编织课老师兼救生员谷德伦·西格多蒂尔和她结实的冰岛手电筒，那一大块电池的寿命没准比他们所有人都要长。她走进帐篷说：“放轻松，这是一次友好的访问。”接着一反常态地坐在其中一张床上。更令人惊讶的是，她点了一支香烟。“永远不要做我正在做的这件事，”谷德伦猛吸一口之后对他们说，“首先，已经证实吸烟可以导致癌症。还有安全问题。俗话怎么说来着？‘这个地方可能像火绒库房一样被火焰吞没。’”

“那不是一句俗话，”伊桑说着，又礼貌地补充道，“至少，我没听说过。”他们坐了一会儿。等谷德伦把烟头丢进可折叠杯子里说她该走了的时候，他们却恳请她再坐一小会儿。她今年二十八岁，深金色头发，脸色略显疲惫，还有一丝异国情调。朱尔斯很想知道在雷克雅未克做一个波希米亚式的不羁青年是什么感觉，还想知道谷德伦在这里会不会觉得孤独。从来没有人想过要问一问辅导员关于她本人的事。她教授编织课，在一个大多数人都不怎么游泳的地方看管泳池。她会在早晨教少数几个有兴趣的人如何潜水，尽管泳池的水面离清澈见底还差得远。泳池里经常飘荡着落叶。每天早上，在七点准时响起海顿的《惊愕交响曲》唤醒营员之前，谷德伦·西格多蒂尔早已穿过绵延的晨雾来到泳池边，用网打捞大自然落下的零碎，还有夜间不幸落到池水里、已死或将死的青蛙。

“谷德伦，你告诉我，”烂醉的古德曼问道，“你觉得，女人为什么要这样做？要的那么多，让你完全陷进去，再把事情搞得一塌糊涂。这样翻来覆去地折腾你。为什么谈恋爱这么乱七八糟的？会变吗？在丹麦也这样吗？”

“我不是丹麦人，古德曼。”

“你当然不是。我知道啊。我只是想问你知不知道丹麦是什么情况。”

“救得漂亮，沃尔夫。”伊桑说。

“你到底想问我什么？”谷德伦说，“为什么全世界男女之间的问题会变成今天这样？你想知道，你们在青春期碰到的问题会不会一辈子跟着你？你是不是会一直这样心痛？你想问我的是这个吗？”

古德曼不自在地扭了扭身子。“差不多吧。”他说。

“是，”辅导员的声音忽然变得悲切，“心总是会痛的。我希望我能给你别的回答，但那不是实话。聪明又善良的朋友们啊，从今以后都是这样。”

大家都说不出话来。“我们真他妈太惨了。”最后是朱尔斯开的口。她想亮出自己的观点，以此彰显自己仍是这些人中不可或缺的一分子。她已经无法想象没有他们的人生。

夏令营的最后一个晚上，天变得很冷。雨水打在男生帐篷倾斜的木屋顶上，屋里的女孩们跑回去躲雨，脑袋压得低低的。她们想要床和温暖。她们希望夏天不要结束。但是夏天已经过去了。

回到城里，古德曼还是接受不了，他再也没有彻底清醒过。新学年开始，他在工作日的下午喝酒，这让他的父母警觉起来，他们送他去见一位口碑很好的心理分析师。“古德曼说，斯皮尔卡医生要求他什么都跟他说，”埃诗告诉朱尔斯，“他要他告诉他，和凯茜‘交合’是什么样的。‘交合’是他的原话。我父母每小时付六十美元就是为了这个；你听说过有谁为心理医生花这么多钱吗？”

整整一学年，随着朱尔斯持续且迫不及待地一次次进城，她眼看着古德曼变得愈发阴郁颓废。11月的一个周末，他们再次一起来到那家汽车主题餐吧，这次凯茜带上了她的男朋友特洛伊。他们俩坐在一辆古董福特汽车里，在播放马克斯兄弟的喜剧时打情骂俏。古德曼在自己的车里和妹妹坐在一起，从后面看着凯茜和特洛伊，整个人都无精打采。

“古德曼现在变得很难相处，比过去还难相处。”那天晚些时分，当他们都站在地铁站台上时，埃诗对朱尔斯轻声说。她们站得离其他人稍远一些，以免被他们听到。“他和凯茜分手已经差不多八个月了。时间够长了。你知道吗，他现在把伏特加藏在他衣橱里的工作靴里。”

“直接往靴子里倒？”

“我是说他的靴子有一瓶酒，不是一走路就哗啦啦地洒出来。朱尔斯。”

“他干吗这么不爽？”朱尔斯问，“是他先和她分手的啊。”

“不知道。”

“我喜欢凯茜。”

“我也喜欢她，”埃诗说，“我只是不喜欢我哥哥身上发生的事。”

“她好像真的很爱特洛伊，”朱尔斯说，“想想看，每天夜里看着一个男舞者的裸体。那可真是值得一看啊。看着他的……三角地带。”两个女孩都笑了出来，仿佛一起做了坏事似的。

“然后第二天你就可以去找你的心理分析师，”朱尔斯说，“躺在沙发上向他讲述关于性交的一切。他肯定很想听，因为他自己从来没试过。”

“乔纳和我差点做了，”埃诗突然说，“那事。”她朝正在站台上和古德曼聊天的乔纳抬了抬下巴。

“真的？你从没跟我说过。”朱尔斯很震惊自己居然不知道；通常她对埃诗的事都是一清二楚。

“当时我不想提。他带了安全套来。是我让他带的，我很好奇——但他想让我做所有的事，而我当然不知道要做什么。我们需要指导，但当时没有。我们俩谁也不愿意带头。”接着，她又说：“所以我们去看了一部三级片，想找点启发。”

“是吗？哪部啊？”

“《无边春色绿门后》。这部片子正在一家着实吓人的剧院重映，我都不敢相信他们放我们进去了。你猜玛丽琳·钱伯斯在那部片子里有几句台词。”

“十二句。”

“一句都没有。她根本没说话。她只是用各种各样的姿势做爱，让别人对她做各种事，把各种东西插进她的身体里。特别恶心，而且性别歧视。我发誓，我要用一生努力成为一个女权主义者。乔纳和我一起看那部电影简直是一场噩梦。我无法接受的是，虽然这只是一部电影，虽然演得很假，虽然那些演员是为了钱才去演戏，虽然在现实生活中他们没准全都嗑海洛因或者别的——但是，他们看起来非常享受那部电影里的一切。我觉得乔纳和我想的一样：《无边春色绿门后》里的那些事比我们以前做的要激烈得多。乔纳和我，我们真的很好，我不能说不好，但我们没有真正在一起。我们不是凯茜和特洛伊。乔纳是个很难琢磨的人；他仿佛一直站在纱门后面。你明白吗？纱门，不是绿门。”

“我很抱歉，埃诗，”朱尔斯说，“有点像我和伊桑。注定不会在一起。”

回到迷宫，古德曼径直走向他的卧室衣橱，手伸进工作靴里掏出一瓶斯米诺，很快就变得面红耳赤、怨天尤人、惹人厌烦。临近傍晚时分，沃尔夫夫妇俩在布鲁克林植物园听完音乐会之后回到家中。贝琪的头发近来开始散发出丝丝缕缕的银光；她已经四十五岁了。“音乐精彩绝伦，”吉尔说，“都是勃拉姆斯的大作。让我想到有些人的才华真是了不起。真正的才华是不同凡响的。埃诗有这种才华，我等不及想看她发挥自己的才华。”

“期望别太高，爸爸。”埃诗说。

“嗨，不会太高，我的小丫头。”她父亲说，“你已经能写剧本排话剧了。《两端》写得棒极了。总有一天你会走向成功的。”

“和你的小伙子正好相反，”古德曼口齿不清地说，“他在正走向不知道什么鬼地方。”

古德曼从房间中央的软垫沙发里醉眼蒙眬地瞪了他们一眼，平时一家人经常围坐在那些沙发上。埃诗回到她的房间。吉尔走进大厅。贝琪优雅地走进厨房准备做意式肉酱，伊桑跟在她身后。

贝琪对他说：“伊桑，来做我的副厨师长吧。你可以一边切洋葱，一边告诉我你的卡通世界有什么新闻。汉娜和芭芭拉之类的。”她含糊地添上最后一句。

“什么？”

“卡通人物不是都叫这样的名字吗？就我所了解的情况来看是这样的。”她解释道。

“噢，我明白了。”他一边走向厨房，一边转身对朱尔斯说，“你也来吧。”

朱尔斯跟了上去。她经过瘫在沙发上的古德曼，他突然伸手抓住她的手腕。她大惊失色地低头看着他。古德曼对她说："你知道吗？你还可以，雅各布森。"他依然握着她的手腕，于是她也没有动。伊桑和贝琪已经在厨房忙得叮当响；朱尔斯和古德曼单独待在这里。他们另外唯一一次独处是在去年夏令营的最后一天，在食堂里，被她的母亲和姐姐打断。现在，弥补的机会来了。

古德曼宽大的脸庞凑近她，在朱尔斯心中搅动起强烈的慌乱。但这并不是因反感而生的慌乱，就像她第一次在动画棚里对伊桑的感觉。这是因兴奋而生的慌乱。是的，这是实实在在的兴奋，就像长颈鹿或火烈鸟一样见之难忘。尽管古德曼醉醺醺的，尽管他此前从未对她表现出半点兴趣，但她还是为他而兴奋，兴奋得快要痉挛。她甚至连想都不敢想，在绿门之后盛放的古德曼·沃尔夫会是什么样。

周围没有人，而他的脑袋就在她面前，于是朱尔斯本能地闭上眼睛，微微张开嘴。接着，她毫不熟悉的古德曼的嘴贴上她的唇，他也张开了嘴。朱尔斯的舌尖像一株小小的植物拍打在古德曼的舌头上，两人的舌尖都沉浸在这场沉默而陌生的哑剧里，显然每个人的舌头都知道在这种场合该怎么做。朱尔斯听到自己在呻吟。她简直不敢相信自己居然控制不住自己的声音。亲吻的意乱情迷又持续了片刻，直到古德曼毫无预兆地闭上嘴，身体向后，离她远去。当初她也是这样离伊桑远去。当她再看向他时，她注意到他的思绪已经飘到别的事情或者别的人了。这是个让她无比激动的吻，可他吻到一半就觉得百无聊赖。

"行啦，这下你痛快了，"古德曼说，"去帮忙做饭吧。"

"别这么浑蛋。"听到她这么说，他只是伸出手，揉乱了她的头发。

在这之后，很快，他们六个人的一切都结束了。就算还没有结束，也终将变得面目全非，再也辨认不出最初的模样。朱尔斯始终没有机会停下脚步，看她生命中这段精彩绝伦的时光如何散场，然后为之默哀。在她加入他们的第二个跨年夜，为即将到来的两百周年国庆举办的宣传庆祝活动随处可见，出租车整晚都在迷宫前排起长队，门卫负责将每个人领到正确的电梯前。南侧电梯的许多按钮都被点亮，指向不同的楼层，电梯门一次次滑开，通向一场又一场派对。1975 年临近尾声，给一连串可耻的岁月又添了一年。伊桑把美国战败和从越南撤军也编排进了他的卡通里。他笔下的动画人物一瘸一拐，眼泪汪汪地回到家乡，用伊桑独特的嗓音发出“嗷嗷嗷”的喊声。

在三楼维奇家的派对上，上大学的孩子们和他们的朋友是主力军。停在这层的电梯门一开，热烘烘的大麻气味便迎面横扫而来。到了六层，朱尔斯·雅各布森和伊桑·费戈曼一起走进沃尔夫家的公寓，屋里布满红色、白色和蓝色的点缀，飘荡着赫比·汉考克轻松灵动的音乐——让老父亲们忍不住打响指的音乐。在客厅更里面，埃诗身穿粉紫色长款仙女裙，彬彬有礼地听母亲最老的朋友念叨。“当然咯，你们女孩子再也不用像我们那样去女子大学了。”塞莱斯特·派迪才喝了两杯香槟，话就比平时多了不少。“你妈妈和我在史密斯住的是同一所房子。不过我猜啊，等到你上大学的时候，像你这种猫薄荷一样的女孩子肯定想要男孩子在身边献殷勤吧，特别是在布里尔利像小修女一样被管了这么多年。”

埃诗礼貌地笑着说：“是啊，我绝对想去男女同校的大学。”

“还有啊，感谢上帝，再也没有学位夫人了。”塞莱斯特·派迪轻声笑着说，“我们当时都是的，这辈子都后悔啊。不过现在世道变啦。都有格洛丽亚·斯泰纳姆[1]这样的女人了——我要补充一下，她也是史密斯学院的校友噢。”

1　格洛丽亚·斯泰纳姆（Gloria Steinem，1934— ），美国记者、作家，是 20 世纪 60 年代后期和 70 年代女性解放运动的代表人物。

“我知道，”埃诗说，“她太棒了。我打算上大学就参加女性运动。这是我信仰的事业。”

“不错嘛你，”塞莱斯特上下打量着她，“我们需要长得像你和格洛丽亚·斯泰纳姆这样的女人。不能总是让那些又蠢又肥的女同性恋来做这项事业的代言人。唉哟，”她说，“瞧我这话说得。我怎么回事？”她捂住嘴笑出了声，“我觉得我有点醉了。”

一看到朱尔斯和伊桑走过来，埃诗的面庞一下亮了起来，她向母亲的朋友表示失陪了。“来吧，我们走。”埃诗对朱尔斯小声说，“塞莱斯特·派迪要开始展现真我了。”他们全都从客厅溜走，穿过大厅来到埃诗的房间。屋里最近到处都是棱镜、毛绒动物和话剧海报，而且到处都散落着狗毛。才十点半，古德曼已经酩酊大醉。

“你男朋友呢？”当凯茜一个人出现时，古德曼问她。尽管他们都清楚让她来这里是个奇怪的决定，但如果她不在，那会更奇怪。凯茜解释说，特洛伊的舞团正在为公立学院筹集艺术基金，那天晚上有一场正式慈善晚会，特洛伊去跳舞了。于是凯茜来到这里，她很清楚自己要独自度过跨年夜，却努力表现得满不在乎。她穿着一件印度手工印染的黑色衬衫，胸口挂着小巧的镜子。今晚朱尔斯穿着农夫衬衫和农夫裙。她对伊桑说：“在这群人中显得很合适，因为我就是农村来的。”

乔纳穿着一件从古着店里淘来的礼服衬衫。朱尔斯再次想到他是那么难以触碰、难以理解，她真想对他说：“乔纳，你到底是怎么回事？”今晚他带来一杆在母亲家中角落里发现的水烟；她的某位音乐家朋友将它忘在了那里。乔纳说：“这是我为今晚的贡献。”他显摆着紫罗兰色的细长玻璃管，还有他在烟筒里发现的一小团浓缩大麻。他们全都抽了那管水烟，吮吸着烟管发出汩汩的水声。朱尔斯嗑得太嗨了，以至于她花了一段时间才意识到，乔纳、凯茜和古德曼都不在房间里。

“他们去哪了?”她问，但是伊桑和埃诗也沉浸在过度的快感中，根本没法集中注意听她说话。她又躺到那堆毛绒动物上，陷在里面，然后随手抓起一只。一只旧旧的浅紫色独角兽。她把它贴在脸上，发现它的气味和埃诗一模一样。

过了一小会，乔纳回来了。朱尔斯问他刚才去哪了。“我送我们的朋友上了出租车。”他微笑着说。

“什么意思?”

“古德曼和凯茜。他们说打算来一场秘密探险。他们嗑得太嗨，担心他们俩这样打不到出租车。我不知道‘秘密探险’是什么意思，我也不想知道。”他倒在床上，那是他曾经和埃诗一起躺过的地方。他闭上眼睛，睫毛修长得令人赞叹。几秒钟后，他似乎已经睡着了。

午夜即将到来时，伴随着“普通白人”乐队在时代广场舞台上的歌唱，和平常一样男孩子气的迪克·克拉克开始了新年倒计时。埃诗、伊桑、乔纳和朱尔斯在电视上看着这一幕。当倒数球落下那一刻，男孩们礼节性地依次亲吻女孩们。这些吻让朱尔斯暗自思忖，不知道古德曼和凯茜现在在哪里，他们的探险又是什么。她对此感到隐约的嫉妒，而且有些期盼这场探险让他们俩都扫兴而归。

“天哪，我感觉飘飘欲仙。”埃诗说，“我不喜欢这种感觉。”让埃诗飘飘欲仙不需要费什么工夫；她的重量那么轻，而且对一切事物都有强烈而敏锐的感受。

埃诗的粉色公主电话（“我的讽刺公主电话”，她总是强调，“我十二岁的时候买的，好吗?”）在凌晨一点之前铃声大作。伊桑伸出手拿起电话。“这里是沃尔夫家，狼圈[1]，”他说，“狼已经喂饱了。我们给他们吃了几只小红帽，口味很清淡。需要留言吗?”然而紧接着，伊桑喊了起来：“古德曼？什么？上帝啊。”他挥手示意所有人

1　沃尔夫（Wolf）字面意思是“狼”，见P14注释2。

保持安静，见他们没有响应，伊桑便大声让他们闭嘴。乔纳关掉唱机，唱针滑动着停了下来。他们都看着伊桑。他听着电话里的声音，看起来很受打击。“你他妈的不是在耍我，对吧？”最后他说，“我是说，她还好吗？什么？好吧，等等，我去喊他们。”伊桑将听筒按在胸前对埃诗说：“让你父母接电话。你哥哥被捕了。”

“什么？”埃诗喊道。

“埃诗，快去告诉他们。”

“可是他干吗了？”她提高了嗓门，双手激动地拍打着空气。

“凯西说他强奸了她。”

“疯了吧。”

“快去！让你父母接电话！”伊桑说，“他们只会给你打这一通电话。”

埃诗冲出卧室跑进大厅，泪汪汪地从成年人中挤出一条路。沃尔夫夫妇俩很快拿起了电话，伊桑悄悄把埃诗这边的电话挂好，对屋里的人解释道：“从我了解的情况看，他们坐出租车去了绿园酒廊[1]。”

“那就是他们的探险？”乔纳焦躁地说，“绿园酒廊？”

“是啊，”伊桑说，“显然，他们想看看能不能混进那里的跨年派对，偷偷尝一尝开胃冷餐和香槟。我想，凯西说那不可能，他们会被扔出去；古德曼说不会的。我猜店里忙得快疯了，根本没人注意到他们溜了进去。于是他们从托盘上抓了几杯香槟，然后悄悄穿过大厅进了储藏室。然后他们就开始——你们知道——开始胡闹，是古德曼说的，然后就出事了。他说那完全是误会。但是我猜，人们听到凯西在尖叫，警察大约一秒钟之内就赶到了现场，凯西对他们说他强奸了她，所以他们把他逮捕了。他们带她去医院检查身体了。”

1　绿园酒廊（Tavern on the Green），曼哈顿标志性的高级餐厅之一绿园酒廊。

“我的天哪，”乔纳双手抱头喊道，“是我给他们叫的出租车。”

“那又怎么样？和这个没关系。不是你的错，”朱尔斯说，“你又不知道会出什么事。”

“可还是我的错，”他执拗地说，“大麻也是我带来的。这比我们平时飞的那玩意厉害多了。”他用探询的目光望着他的朋友们。“我给他们俩下药了，”他说，“全都是我的错。”

“乔纳，”伊桑说，“打住。我不知道你为什么反应这么古怪。你给他们叫车怎么了？多大点事。你带了大麻来。我们从认识那天开始就一直是一起嗨的。你没给任何人下药；你这么说简直没头没脑。还有，古德曼这一整年差不多都是个废人。这和你还有你做的任何事都没关系，清楚了吗？”

“嗯。”乔纳静静地应道。但他像病了似的，状态很差。

“问题是，”朱尔斯开口，又立刻止住了话头，“唉，没什么。”

“你说吧。”伊桑说。

他们都在尽可能飞快地思考，就连挣扎着爬出自责的泥潭的乔纳也是。于是朱尔斯小心翼翼地问道：“有没有一点可能……我真不想这么问，但是你们知道，确实有，对吗？”

两个男孩都没说话，后来伊桑答道：“古德曼说他什么都没做错。但是他有没有能力那么做？”他又加了一句，“你看我有没有？”

大家又都不说话了，他们都在思考。乔纳说：“他确实会有点狂躁，但我一直以为他只是心情不好。”

“不怀好意的一面只是他的一部分而已，”朱尔斯说着又加了一句，“唉，埃诗绝对不会喜欢这场谈话的。”他们都紧张地看了看房门。

“可是凯茜怎么回事？”伊桑说，“如果不是真的发生了，她为什么要那么说？难道她真那么恨他甩了她？”

“他们分手的时候她确实崩溃了，”乔纳说，“可她就是那种经常崩溃的女孩。”

他们都点了点头。凯茜·基普林格——他们认识并熟悉的第一个一味索取的女孩。朱尔斯纳闷，一味索取的女孩到底是为什么？她们觉得自己有权利索取，因为她们知道旁人会对她们的需求感兴趣——尽管也会感到厌烦。朱尔斯从来不觉得自己有资格像那些女孩一样尽情索取。她们引起了所有的注意。男孩的注意力都集中在她们身上，最后以麻烦收场。

我永远不会和一个男孩陷入深层次的麻烦，朱尔斯·雅各布森带着一丝无法形容的绝望想道。我永远不会得到那样的关注。不管我做什么，唯一关注我的只会是忠诚而顽强的伊桑·费戈曼，他对我的爱会持续到我死的那一天，甚至在我死后还会继续。

她看到自己变成一堆深埋在土里、被蠕虫绞缠的白骨，伊桑在地面的草地上痛哭。眼前的画面一转，她看到凯茜躺在一家像迪斯科舞会一样灯光缭乱的餐厅里，躺在储藏室的地板上，不知为什么，这幅景象也让她有些气恼。为什么那样的女孩总能得到各种东西？也许凯茜在撒谎。也许她不得不靠撒谎继续吸引所有人的注意。拥有玛丽琳·钱伯斯那样的乳房和经验丰富的女人的面孔，这些对她来说还不够。所有人都会继续给凯茜·基普林格她想要的全部关注。甚至就在此时此刻，她大概正在享受医生、护士、警察和她父母的关注。他们全都挤在急诊室的帘幕后面，用温和但质询的口气对凯茜说话。朱尔斯发觉客厅完全静了下来。派对被迫结束。沃尔夫一家人正在送客。这时，卧室房门打开，埃诗出现在门口，她父亲站在她身后。埃诗说："我们要去警局了。我个人认为，你们可以在这里等着，但我父母说你们必须离开。"

"我们和你一起去。"伊桑说。

"不行，"吉尔说，"绝对不行。"

"我们可以去看看凯茜，"伊桑说，"我们可以分头行动。"

"我们根本不知道凯茜在哪里。"埃诗说。

“你没问她在哪家医院？”

“没有，我没想起来。”

“那我们可以去找找，”乔纳说，“不过我们现在都要去警察局。我们想去，”他焦虑地强调，“我们真的、真的很想去。”

“不行，孩子们，这不是个好主意。”吉尔·沃尔夫说。

“爸爸，我需要他们在，行吗？”埃诗说，“他们是我的朋友。”她望着自己的父亲，露出备受折磨的神色，“求你了，爸爸，”她说，“求你了。”

她父亲犹豫了。露出这副表情的埃诗是不会让步的。“好吧，”他同意了，“但是快点，你们所有人。”

他们很快收拾停当准备出发。在一片混乱中，没人去想他们浑身散发着大麻和酒精味该如何出现在警察面前。他们依次走出房间，神色凝重，却也因恐惧和激动而精神十足。他们在大厅衣架上找到自己的外套。其他外套都没了踪影，除了孤零零的一件伦敦雾长风衣。那件外套属于吉尔在德崇·本海姆的一位年轻同事，他正在客房里昏睡不醒。

“我真希望凯茜没事，”等电梯的时候，伊桑对埃诗说，“有没有人和她谈过？你知道吗？”

“不知道，”埃诗说，“她为什么要说古德曼做了那种事？显然是胡扯。”

没有人表示支持或反对。由于紧张，朱尔斯伸出手，手指滑过花纹很像礼品包装的条纹墙纸。“我们会解决所有问题的，”吉尔对妻子说，“我现在就给迪克·派迪打电话，让他来做法律顾问。十分钟前他就在这里；我当时应该留住他的。”他停下来摇了摇头，“古德曼没法老实待在家里，是不是？总要溜出去。就像在托尔托拉岛上一样。”

乔纳转向朱尔斯，用唇语说了什么。“什么？”她问。然后他再次用口型告诉她："我给他们下药了。"

"别说了，乔纳。"她轻声呵斥他。

走到楼外，沃尔夫一家坐进早已等在那里的出租车。朱尔斯、伊桑和乔纳站在来到迷宫时所站的同一个位置。那是几小时以前，参加派对的人成群结队地来到这里，身穿长外套，怀里抱着金色或银色箔纸包裹的酒瓶。现在，他们三个两手空空，眼前再没有第二辆出租车。

八

两百周年国庆的头几个小时里，古德曼·沃尔夫，这位中央公园的预科少年犯（一个拗口难记的称号）待在当地警局监管区的拘留室里，哭累了睡，睡醒了哭。他和两个醉汉共享一个没有窗户的房间，这两位完全不记得自己做过别人说是他们做的事。其中一位似乎涉嫌在公众场所小便，另一位则涉嫌人身袭击。迪克·派迪赶到之后在里面待了很长时间，随后他来到等候区告诉沃尔夫一家和埃诗的朋友们，今天绝不可能对古德曼进行传讯。他不得不在这里度过今晚余下的时间，第二天大概也得待在这里。随后他将被带到中央大街100号，安置在另一间牢房中等待传讯。这位律师对他们说，大家继续等在这里毫无意义。他答应会处理好所有事，同吉尔和贝琪随时保持联系。至于凯茜，没有人肯透露关于她被带到哪里的任何信息。

“大家两百周年快乐。”他们走到街上的时候，埃诗有气无力地小声说。她在粉紫色派对长裙外面罩了一件毫不相配的滑雪派克大衣，显得无比娇小。

几位摄影师和记者正等在外面，其中几个凑上来问：“您儿子真的在绿园酒廊里强奸了那个女孩吗?”“他是无辜的吗?”“古德曼真是个‘有道德的好男人’吗？[1]”当时他们看上去很粗鲁，然而回想起来，他们表现出了出人意料的尊重，当举止优雅、颇有贵族气派的小个子贝琪·沃尔夫说“好了，请到此为止吧”的时候，他们都按她所说的向后退去，给他们让出一条路来。

走在街上，将埃诗护在身边的人是伊桑。乔纳畏缩不前，不确定身为埃诗的前男友该如何是好。看起来，他并不认为自己应该假设她想从他那里得到安慰；在他的一生中，他从不愿假设任何事。沃尔夫夫妇俩都心如乱麻，没心情对他们的女儿和她的朋友们多说一句话，他们趔趔趄趄地走在前面，搀扶着彼此。朱尔斯原本应该走上前来陪在埃诗身边，伸出手臂搂住她最亲密的朋友，可是埃诗遭遇的问题在那一瞬间仿佛压倒了一切，远远超出朱尔斯所能理解的范围。所以朱尔斯独自走着，跟在她身后相隔几步的位置。然而伊桑却在那一瞬间意识到，埃诗在那样的时刻需要帮助。他什么都没问，直接伸出手臂将埃诗搂在他身边；她立刻把头靠在他圆润的肩膀上，在蓝色的晨光里走在街头。

他们叫了出租车，说了道别的话。在最后几分钟里，伊桑·费戈曼一直这样搂着埃诗·沃尔夫，他从来没有这样搂过她。朱尔斯静静看着，没有发表评论，因为这显然只是特殊情况下的反常举动。现在，伊桑对埃诗说，他认为她应该回家试着睡一会儿。“我要你好好休息几个小时，好吗？”朱尔斯听到他说，“屏蔽所有的事。躺到你的床上，和所有那些愚蠢的毛绒玩具一起——”

“它们不蠢。”埃诗露出一丝笑意；即使在这样的时刻，伊桑也能哄她开心。

“好吧，依我看来它们实在有一点点蠢，”他说，“屹耳[2]啊，还

1 古德曼 Goodman 字面意为“好人”，见 P14 注释 2。

2 小熊维尼系列卡通中的灰色小毛驴。

有用纱线做出搞怪发型的破烂娃娃啊。你知道吗，其实你可以把那些纱线扎成发穗，给她穿上棕色制服，改名叫碎碎，破碎的碎。听起来就像纳粹。”

“你疯了吧。”埃诗说。但她仍微笑着。

“还有你那个品食乐面团宝宝动物玩偶，一脸阴郁的表情，还有那什么来着，它想让人以为它是用生面团捏的？那多倒胃口啊？别的小孩有泰迪熊；你有一个生面团娃娃。”

“放过我吧，那是我八岁的时候邮购来的，”埃诗说，“用品食乐酥皮卷的小票兑换的。”

“严格来讲，他都不算是动物，”伊桑说，“但是我要你和它们一起躺下来睡一会儿。我会照顾你的。”他说得轻描淡写，却饱含情感；他自告奋勇。这就是事情发生的那一刻。朱尔斯见证了这个时刻，却浑然不觉。

古德曼的故事必须经过一遍又一遍的反复推敲，凯茜的版本也一样。朱尔斯对他们的讲述进行了自己的加工，试图让事情合情合理。她认为，在跨年夜捉摸不定、多愁善感的氛围中，古德曼和凯茜重新拾起了分手前的情愫。在她设想的场景中，古德曼和凯茜一直在那间储藏室里亲热，随后又进了一步。然后在某个时间点上，凯茜大概想起了特洛伊，所以她想抽身。但是古德曼根本不可能停下来。他靠得太近了，他只能继续前进，而凯茜的反抗在他听来很像是以退为进的情欲。

她为什么要指控他？迪克·派迪后来说，她很不好意思。她担心特洛伊如果发现这次小小的探险会和她分手。迪克·派迪警告他们，任何人都不许和凯茜交谈，因为她现在是原告，是敌对方。可是凯茜也是他们的朋友，尽管她在这个小团体中扮演的角色有点怪异——充满性魅力的、喜怒无常的舞者，无比情绪化的女孩——可她是他们中的一员，她不该用这样的方式向古德曼复仇。然而出于某种原因，她确实这么做了。

从那时起，每次朱尔斯去迷宫，吉尔和贝琪都在谈论这个案子，而且十有八九会谈到钱。吉尔·沃尔夫说，打官司的账单数额巨大——“狮子大开口”。关于民主党初选或即将到来的总统大选的讨论销声匿迹。再也没有人关心这些了。再也没有关于水门事件或从越南撤军的低声抱怨，再也没有人谈论据说内容极其深刻尖锐的、即将上映的电影《出租车司机》。

“迪克·派迪的收费简直无赖，我们两家的妻子还是在史密斯学院就认识呢，”一天晚餐上，吉尔一边切着贝琪做的里脊猪肉卷一边抱怨，“我们快要进贫民窟了。”

“还没到那一步。”贝琪说。

“那你想不想看看我们的账单？我很乐意把账单都交给你管，亲爱的。然后你可以看看我们的资产现在落到了什么局面。”

“你没必要这么挖苦妈妈。”古德曼说。

“行啊。那我来挖苦挖苦你好吧。咱们聊聊以后你怎么给我还账，想想我都高兴得要命。当然了，用你做建筑行业挣的钱还我。你在这行可以干到你的第一栋大楼垮塌，谁让你在结构坚固性这门课根本不好好听呢。”

“吉尔，别说了，”贝琪把手放在丈夫的手臂上，“别再说了。”

“我怎么了？”

“你在制造压力。”她说，眼里噙着泪水，嘴唇颤抖，嘴角不自觉地向下撇。

“不是我制造的。压力一直在这里。”

“我只希望一切都好起来。”贝琪说，“我想熬过我们生活中这段艰难的日子，然后古德曼就可以去上大学，他喜欢什么就学什么。建筑……或者祖鲁族部落……都好。我只想让一切都好起来。我想要我们一家人又变得幸福。我想要这事赶紧结束。”

古德曼原本会在秋天去佛蒙特州的本宁顿学院报道，这是早就决定好的（鉴于古德曼劣迹斑斑的成绩，哪怕要进这样一所备选学校都不得不动用各种关系）。现在，教务部主任写来一封正式而冷淡的信，称古德曼只有在他的官司得到“妥善解决”之后才能被学院录取。要想在 9 月份上大学，他就必须先接受审判。但是迪克·派迪此前已提醒过他们，未来一年或许都不会进行审判。纽约的法院人满为患。这座城市的犯罪率异常之高，等待审判就像在加油站排队等加油。

1 月转眼便已经过去，古德曼每天早上去上学，每周有三天下午去见斯皮尔卡医生，一回到家便躲进卧室，喝着工作靴里的伏特加或者抽烟卷，想同时既存在又不存在。埃诗在一个工作日的晚上打电话给朱尔斯说：“我哥哥真的有麻烦了。”

“我知道。”

“我不只是说法律上，我是说情绪上。”

朱尔斯听到隔壁房间里姐姐爱伦用吹风机发出的咆哮声，伴随好像总在自动播放的尼尔·扬的某张专辑，那位歌手正用纤细的声音唱道：“孩童哭泣 / 色彩飞扬 / 环绕着这群天选之子。”她猛力拉扯黄色的电话线，直到线圈绷得笔直，信号变弱并消失了片刻，然后又恢复了正常。朱尔斯坐在衣柜里的几双不同颜色的木拖鞋上，专注于眼下的谈话。朱尔斯说：“别忘了，他身上总发生这样的事。每次都是真的被搞垮了，然后又没事了。”

“我觉得这次他不会好起来的，”埃诗说，“爸爸气疯了。迪克·派迪想和凯茜的律师商量，但是不行，不，凯茜和她的父母坚持要继续。朱尔斯，真的要审判了，你能相信吗？实际上我哥哥可能被判入狱二十五年；经常有无辜的人碰到这种事。他会被彻底毁掉的。他没可能再做这辈子想做的随便什么事情，他会变成一个头发灰白的囚犯。你能想象吗？这实在是太超现实了，我们谁也受不了。可是迪克·派迪说，我们家谁也不许打电话给凯茜；那样会让人觉得我们在给她施加压力。”

“我觉得有道理。”朱尔斯说，然而她什么都不懂。

“我猜是吧。”

两人沉默了一会儿。朱尔斯以为信号又断了。她说：“喂？”

“我在这呢。”埃诗停顿了一下，接着说道，“也许你可以给她打电话。也许还可以去看看她。”

“我？”

“迪克·派迪没说你不能去，对吧？”

“没有。”朱尔斯认真思考了很久才回答。

“那你会去吗？”埃诗问，“你会为了我去吗？”

1976年2月的一个星期六，朱莉·雅各布森约好中午在林肯中心的喷泉广场与凯茜·基普林格见面，等凯茜在十个街区以南的阿尔文·艾利舞蹈学院上完课。那天广场上飘着大雪，人行道上结出的薄冰甚至可以让女孩们滑向彼此。凯茜穿着一件茄紫色长外套走了过来，跳舞散发的热量和当天的严寒让她脸颊通红。她们拘谨地点头问好，这是跨年夜之后她们第一次见面。接着，她们穿过百老汇，在林肯广场咖啡厅的一个卡座里坐下。凯茜飞快地喝完了第一瓶塔布苏打水，她要求女服务员“多加冰”，仿佛冰块能将这款低卡饮料稀释到足够的程度，不但不会为她过度丰腴的身体增添一丝脂肪，而且可以逆转脂肪积累的过程。不过已经来不及了。凯茜在第一个夏天对自己身体条件的看法是对的。她的乳房对职业舞者而言太过硕大。她曾说它们是“邮袋”，现在它们看起来比当初还要大，臀部也是。她想尽一切办法抑制成年女性特征的爆发，喝多加冰块的塔布，吃的东西少得可怜，但她的身体有自己的想法。特洛伊拥有完美的舞者身材，苗条而有力。男人的情况有所不同。他可以用手臂将芭蕾舞者举到空中——这是他在接下来三十年里都要做的事，首先是作为阿尔文·艾利美国舞蹈剧院的成员，然后是独立舞者。为此，他需要注射可的松，还要进行肩部手术。但他会一直坚持跳舞，而且会去做自己一直想做的事，从不觉得自己需要安顿下来、向商业因素屈服或放弃。凯茜的生活则会大不相同。

现在，在人生刚刚开始的时候，凯茜坐在桌前，一边喝着塔布，一边啃着指甲。朱尔斯看到从前那些完美的椭圆形指甲现在就像嵌在她指尖的薄片。自从跨年夜以来，每根指甲都被啃了一遍又一遍，周边的皮肤被撕烂、发炎、略微肿胀。如果说性爱让你想吃掉另一个人，现在她这副样子就像想吃掉自己。凯茜抬起手撕扯大拇指上的皮肤；朱尔斯简直觉得会在她唇上看到鲜血，仿佛凯茜是一头沉浸在猎捕的狂喜中被人发现的野兽。叼着鸟儿的猫挑衅地瞪着人类，好像在说：怎么？有什么好看的？

凯茜对她损坏的手指毫不在意，又将另一瓶塔布一饮而尽——仿佛那是指甲和手指上皮肤的佐餐酒。朱尔斯记起父亲病重那一年她是如何糟蹋自己的头发的。她不想让头发变成那样，现在凯茜当然也不想让双手变成这副样子。但她还是痛饮苏打饮料、啃食自己的手指，一边忙个不停，一边听朱尔斯说话，然而大部分时间是凯茜在说话。她甚至完全不觉得在别人面前这样做会显得怪异或令人尴尬。她是如此迫不及待地需要满足、需要慰藉，看起来简直像是在咖啡店里公然自慰。朱尔斯想说“凯茜，你还好吗？你把我吓坏了”，但那是个愚蠢的问题，因为凯茜早就回答过很多遍了。

朱尔斯回想起凯茜在女生帐篷里跳起的令她们惊叹的性感艳舞，她像蛇一般自如地扭动身躯，丝毫不为身材的累赘而害羞，反而为这具身躯独特的力量感到自豪。但朱尔斯觉得现在那一切都结束了，再也没有自如，再也没有自豪，凯茜·基普林格再也不会跳起无拘无束的帐篷舞蹈。

在布法罗大学读一年级时，朱尔斯参加过一场“收服失夜”游行，和成百上千名神情严肃的女人一起，手握蜡烛走过黑暗的街道。当年许多类似的游行在全国各地如雨后春笋般出现，这与三十年后闹哄哄的荡妇游行截然不同——在那种游行上，年轻女人想怎么穿就怎么穿——婴儿睡衣、透视衬衫、豹纹服饰——互相拍完照几秒钟就发到网上。在从前的“收服失夜”游行上，走在其他女人当中，你会觉得世界上所有的强奸犯都变得渺小而无力。而手举蜡烛的你却拥有力量。姐妹们！那些在停车场抓住你的男人，那些目光浑浊、张牙舞爪的失败者，他们根本一无是处。

“事情不是他说的那样。”凯茜一边说，一边用吸管戳饮料里的冰块，仿佛那是一把小小的冰镐，“是我说的那样。我不会瞎编的。”她啃了一口指甲，一条皮肤被撕开扯了下来。

“我相信你，当然。但我猜，他也不会瞎编的。”朱尔斯说。

凯茜·基普林格从桌子对面看着她。凯茜很成熟，而朱尔斯还是个孩子，是那个美丽却痛苦的女孩最好的朋友，被派到这里替她做事。“你为什么会这么想?”凯茜说,“他在学校里就作弊,你知道的。他直接去看另一个男生的试卷。你自己问他。所以他才不得不转学。他们把他赶走的。”

“这我都知道。”朱尔斯说。

凯茜鼻子上的软骨很明显。尽管她现在没哭，但她眼眶通红；从新年到现在她可没少哭。“说实在的，朱尔斯，”凯茜说，“我觉得你根本什么都不知道。你就是他和埃诗还有老好人贝琪和吉尔的小跟班。你觉得是他们把你从无聊的生活中拯救出来。可是我和你不同，我不鄙视我的家人。实际上我很爱他们。”

“我没有鄙视我的家人。”朱尔斯逆来顺受地说，她很吃惊被人觉察到这一点。她的声音毫无底气地沉了下去。

“我父母对我非常好，”凯茜说，“特洛伊也是，但我怀疑他坚持不了多久。我现在一塌糊涂,他知道。我没法集中精力。我哭个不停。我不是个称职的女朋友。南丁格尔的老师们真的很好，但这件事改变了我,现在我不一样了。”她俯身凑近说,“古德曼是强行插进去的。朱尔斯，你在听我说吗？我当时没准备好；我都没有湿。你知道我在说什么吗——没有湿?”朱尔斯点了点头，不过她确实思考了一下：等等,我真的知道那是什么意思吗？她有点明白,又有点不明白。她对性爱和爱液只是似懂非懂。它们就像门缝后透出的光线——更像是门下渗出的水,很快就会淹没整个房间,但目前还没有。凯茜说：“我很干，很疼，真的很疼。我哭喊着让他停下，可你知道他做了什么吗?”她的嘴唇颤抖着，“他只是低头看着我笑，好像他觉得这很有意思，然后他又继续做下去。他就像在转动手柄一样想挑起我的兴致。我这么说你能体会到吗?”

是的，朱尔斯可以体会到。她不自觉地咬紧牙关，绷紧大腿。她和凯茜一起感受着这种折磨，没人能帮助她们。现在她也想啃自己的手指了。她绝望地看着凯茜，仿佛她们是落入同一个陷阱的两只浣熊。朱尔斯眨了眨眼睛,试图让自己定一定神。手柄转向另一侧,放开了她。她恢复常态，说出了她能想到的唯一一句话。这句话会让凯茜·基普林格一想起来就感到失望和厌恶，但她还是力不从心地说：“过一段时间你就会感觉好一些的，你知道的。”

凯茜沉默了一瞬间，然后开口道：“得出这个观点的依据是什么?你做的某个专项研究?”

“不是,”朱尔斯说着，觉得自己脸上很烫，“我只是想表达，我希望你感觉好一点。”

“你当然希望。你只是想让这件事赶紧过去。但是你们没有人知道他上我的时候我是什么感觉，我被他弄伤的时候是什么感觉。医生给我做检查的时候说了，阴道损伤。这在法庭上听起来怎么样?”

凯茜坐在朱尔斯对面的卡座上，脸颊通红，小眼睛目光凌厉，十根手指饱受摧残。不知为何，朱尔斯曾经真的相信像引力场一样包围他们六个人的感情能成为催化剂，让凯西“缓过劲来”。那样的话，今晚朱尔斯就可以带着凯茜是喝醉了被动接受的消息前往沃尔夫家的公寓。朱尔斯将成为故事的主人公，沃尔夫全家都会对她钦佩不已，包括古德曼。那样的话，古德曼就可以走出漫长的阴郁情绪，给朱尔斯一个压倒性的拥抱。她眼前浮现出他修长的面庞和坚固整齐的牙齿。

“你会不会错误解读了当时发生的事？”朱尔斯说，“有没有这种可能，哪怕是微乎其微的可能性？”

“你是说，会不会有另一个视角？就像《罗生门》？”

“是啊，有点像那样。”朱尔斯应道。前不久伊桑刚带她去格林威治村的韦弗利剧院看过那部电影，那是伊桑最爱的电影之一，而她也努力想去爱上它。“理论上我很喜欢它。”散场时她这样对他说，这是她学习到的说话方式。

“这和《罗生门》完全不一样。”凯茜说着站起身来，“天哪，朱尔斯，你真是懦弱得不可思议。”

“我知道。”朱尔斯说。凯茜这话应该是她收到的评价里最中肯的。在自怨自艾的时候，她曾觉得自己愚昧无知、格格不入、没受过正规教育、笨手笨脚。但是懦弱才是她真正的特质。更可悲的是，朱尔斯现在还要懦弱地问：“可你真的有必要把他告上法庭吗？他可能要坐二十五年牢。他的人生可能走上这条路，但也可能走向别的道路。就因为一件或许可能是误会的事。我们都只有一次生命。”她最后又补充道。

“我非常清楚我们有多少次生命。我的一生已经彻底毁了，”凯茜说，“我有必要把他告上法庭吗？是的，我有必要。如果是一个陌生人在楼梯间里扑倒我，你会说：‘噢，凯茜，你必须把他告上法庭，我们都会从精神上支持你。’但现在你不会这么说，就因为那个人是古德曼。因为你完全迷上他了，迷上了我们在一起的那些夏天，还有随着童年结束、你这一辈子第一次被别人接受的感觉。特洛伊甚至无法相信我和你们这帮人混了那么久。你们那个全是白人、享受特权的小团体。你知道吗，他是靠奖学金去林中精灵的。他总觉得自己和那里的其他人完全不同。那个露营地里全都是白人，你注意到了吗？我父母本来想让我去缅因州一个传统的女生夏令营，整天穿着制服做运动，还要向国旗敬礼。但我告诉他们，不，谢谢，我已经在女校读书了，我想要一些不同的东西，我想跳舞。我想走出自己小小的孤岛。但是你看看林中精灵吧。特洛伊说他刚到那里时感觉自己是个怪物。"

"我也是啊！"朱尔斯说，"又不是只有他。顺便说一句，我也是靠奖学金去那里的，这你知道。"

凯茜不为所动。"我要说的是，那地方并不是它所宣传的样子，而你陷在某种幻想之中，看不清事情的全貌。但我可以。"凯茜的嘴唇不受控制地扭曲着，"你们当中唯一想知道我怎么样的人，是伊桑。"

"伊桑？"朱尔斯真的被惊到了。

"出事当天晚上，他就在我父母的电话答录机上留了一条很长、很痛苦的、伊桑式的留言。"

"这我不知道。"

"是啊。现在他还会给我电话。大部分时间我都在大吼大叫，他就听着。他从不劝我翻篇或者振作起来或者你们其他人觉得我该做的什么，"她承认，"有时候，我甚至会给他打电话。"

"你给伊桑打电话？我完全不知道。"迪克·派迪明确说过他们不能和凯茜交谈。伊桑显然完全无视这个命令，没有告诉埃诗或任何人。

"但是你们其他人，上帝啊，"凯茜说，"你们可都是我最亲密的朋友啊——尽管你和我从来都没太多共同语言，说实话。”

朱尔斯说不清自己想表达什么。她在这里说的话全都是错的。在露营地的即兴表演课上，朱尔斯曾以《J. 阿尔弗雷德·普劳弗洛克的情歌》为蓝本表演过一个场景。当时她不得不对茶桌对面的男孩背诵一句台词，就和凯茜现在坐在她对面一样。她注视着那个男孩的眼睛说：“‘我根本不是那个意思。根本不是。’”

和凯西本来不该是这样的。朱尔斯说：“我们应该试着和你聊聊。你是对的，我们确实应该那么做。但情况很复杂。那个律师态度非常坚决。他吓到我了。我以前从没遇到过这种情况。”

“说真的，你让我想吐。”凯茜说着，把她的针织围巾围到脖子上。“朱尔斯，你什么时候才能学会自己思考呢？你终归是要这么做的。最好从现在开始吧。”

就这样，十几岁的凯茜·基普林格离开了咖啡馆，也就此离开了他们。二十五年后，她会穿过时空之门回来，那时的她已经是一个容颜改变的中年女性。她的头发会被人工染成曾经与生俱来的金黄色；在经历了二十年的慢性背部疼痛后，她会通过手术缩小乳房；低浓度 Retin–A 乳霜和定期保养让她的面部皮肤紧致有光泽，但是紧张感本身永远无法得到解脱和释放。

“给。”女服务员轻轻将账单拍在桌上。凯茜喝了六瓶塔布。朱尔斯付了钱，然后在浓雾中坐地铁去了沃尔夫家的公寓。埃诗在那里等着。

“怎么样？”埃诗问，“她说了什么？”

朱尔斯脸朝下一头扑到埃诗凌乱的床铺上。“她整个一团糟。”

“所以呢？”

“‘所以’是什么意思？难道不是应该问她为什么一团糟吗？如果一切都是她编出来的，她为什么会变成这个样子？难道她不是更应该假装自己过得不好吗？你知道，更注重镜头效果，更花心思？”

几秒钟的沉默之后，朱尔斯从她躺的地方扭过头，看向坐在书桌前转椅上的埃诗。即使从这个角度，她也可以看出她的情绪有所改变。埃诗站起来对她说："我觉得你现在应该回家了，朱尔斯。"

朱尔斯手脚并用地站起身来："什么？为什么？"

"因为我不敢相信你居然这么说。"

"我们都不能把这当作一种可能性来讨论了吗？"朱尔斯说，"凯茜也是我们的朋友啊。她以前从不说瞎话。她看起来真的一塌糊涂，埃诗。你应该看看她的指甲。"

"她的指甲和这些有什么关系？"

"她的指甲都被嚼碎了，就像被食人族啃掉了似的。"

"所以就因为她的指甲，我哥哥就有罪了？"

"不，但我觉得我们欠她的，应该——"

"请你走吧。"埃诗·沃尔夫说。她真的走到门口伸出了手臂。朱尔斯满脸通红、目瞪口呆地走出房间，走过大厅，走过整个长廊的全家福。她远远看到古德曼在客厅里戴着耳机，跟着有力的节拍无精打采地晃着脑袋。

令人难以承受的冷战持续了两个星期之久。朱尔斯瑟缩着蜗居在安德希尔，在学校里茫然穿行，在课堂上头脑一片空白。如果她不能在迷宫里和埃诗、古德曼和他们的父母在一起，那还有什么意义？乔纳不时和她联系，伊桑每天晚上都试图在电话里让她开心起来。"埃诗会缓过来的。"伊桑说。

"我不知道。你怎么像走钢丝一样处理好这些的？"朱尔斯问他，"让所有人都喜欢你、尊重你，不管你做了什么。"

电话里除了伊桑的呼吸声只有沉默。终于，他说道："让我想想。我猜也许是因为，我从不急着下结论。顺便说一句。"他停顿了一下又轻声说了一句，似乎是不想让她为他要说的话太过难受："乔纳和我昨晚在迷宫吃了晚饭。"

"噢。"

"是啊。你不在，感觉非常古怪。不过就算你在，也会很古怪。因为气氛非常紧张。如果你想知道的话，贝琪做了海鲈鱼和米粒面。"

"米粒面是什么?"

"是一种新的意大利面，形状像米粒但是更大一点。你会喜欢的。菜很好吃，但是氛围越来越可怕。他们都快要被审判吓死了，但是谁也没说出口。古德曼已经习惯别人为他摆平一切了。哪怕被学校开除，他们也能把他送进沃尔登，对吧？而且他是一个强大的家伙。他不敢相信这次事情摆不平了；没有任何保险措施。他觉得这次他可能真的有危险了。吃完晚饭，他把我拉到一边对我说，他需要我知道他没做错任何事。我和埃诗说过了，轮不到我来研究那天晚上绿园酒廊究竟发生了什么，或者现在应该发生什么。我说那是审判要做的事——搞得就像我知道自己在说什么似的。我在这方面最主要的经验也就是和我爸坐在一起看《欧文·马歇尔：法律顾问》。"

朱尔斯说："埃诗有没有提起我?"

"她说她很想你。"

"嗯，她很生我的气。"

"不，其实没有，"伊桑说，"已经不了。我一直试着让她消气。把你从公寓赶出去让她觉得很不好意思。她希望能收回那句话，但她觉得你不会给她机会。"

"我会给她机会的。"

于是乎，是伊桑促成她们俩达成了和解。他不肯为古德曼和凯茜的法律纠纷出力，促成他们俩达成和解——他说试图干预司法程序是腐败恶劣的行为——但他很乐意帮助埃诗和朱尔斯再次成为朋友。那天晚上晚些时候，埃诗给朱尔斯打了个电话，她说："我为自己的行为感到非常抱歉。我不知道你会不会原谅我，但我希望你会。"朱尔斯告诉她，是的，她当然已经原谅了她。朱尔斯不用说她知道古德曼没有做错任何事；她只需要赞同说，现在局面确实很艰难，而审判将纠正指控的错误。还有，她必须同意在周六回到迷宫。

在接下来的几周里，伊桑是唯一会提起凯茜·基普林格的人。一天，他们一起坐在中央公园的长凳上，坐在清冷的阳光里，这时他突然宣布："我昨晚和她说话了。"

"谁?"乔纳问道。

"凯茜。"

古德曼和埃诗扭头用锋利的眼神瞟了他一样。古德曼问道："凯茜?"

"凯茜?"埃诗重复了一声。

"希望你们俩聊得开心。"古德曼说。

"我知道你们很难理解，"伊桑说，"我明白。"

"我只是不敢相信你和她说话了。"埃诗说着点燃了一根香烟，把火柴递给她的哥哥，也点着了他的烟。

"我明白你为什么有这种感觉，"伊桑说，"但我只是想让她知道我还惦记着她。我觉得表达这一点很重要。"他在长凳上挺直腰板说道："我必须自己判断什么是对的。"

"'惦记着她'，"埃诗说，"嗯，我看这倒不假，"接着她又说道，"我的看法就是凯茜大概已经有点疯了——还记得朱尔斯去咖啡店见她回来怎么说的吗?——现在她真的相信她那个故事是真的。斯皮尔卡医生就是那么对古德曼说的。他是那么说的，对吧，古德曼?"

"我不知道。"古德曼说。

庭审定在10月18日，在整个学年余下的时间里，他们只能谈论这一件事。外面的世界和关于政治的闲言碎语始终被隔绝在外，只是间或出现的谈资。古德曼即将到来的审判，还有早在4月底的"休庭日"（律师解释说，届时会提交一些动议）比那些更值得关注。古德曼与他的律师，以及律师的两位同事为庭审做着准备；那些预演让他筋疲力尽。没人注意到古德曼对这一切已经忍无可忍，他再也坚持不下去了。没人注意到他有多么害怕，或者可能有多么内疚。凯茜在咖啡店里表现得很强硬、很令人信服，但朱尔斯不能完全相信她的话。如果她相信她的话，如果她真的记住并且将那些话听到心里去，那她就无法继续在迷宫里逗留了。

古德曼的家人相信他绝对无辜。不过，埃诗向朱尔斯坦白，某一天深夜她和母亲之间发生过一个微妙的瞬间。当时，贝琪·沃尔夫走进埃诗的房间，用绝望的口气没头没脑地说了一句："有时候，我觉得我们这个物种的雄性真是捉摸不透。"埃诗正想问清楚她的意思，但父亲来到门口找母亲。这时埃诗反应过来，父母刚才发生了争执。他们随即对她说了晚安。几周后，埃诗将这段故事告诉了朱尔斯，她说她不知道母亲当时是不是想用某种方式谈一谈古德曼，以及他是个什么样的人，又或许只是在夫妻俩吵架之后对吉尔做出评价，而那场争吵肯定多少与古德曼有关。也许，一直在保护这个麻烦不断的儿子并且深爱着他的贝琪也曾短暂地动摇过。但埃诗无法知道母亲当时的想法，因为她再也没有提起当时的事。实际上，她看起来更坚定地相信古德曼是无辜的，古德曼不得不承受的这些让她感到恶心。

不像伊桑和朱尔斯，沃尔夫一家没有人同凯茜说过话。不过，就算伊桑和朱尔斯同她说过话，他们当时也只有十六岁而已。很久以后他们会看清楚，当时不可能指望他们知道自己该做什么，他们甚至不可能知道究竟该做何感想。凯茜的话让人不安、甚至令人震惊，但沃尔夫一家坚定不移、团结一致的信念也有它自身的更加重大的分量。

在沃尔夫家的公寓里，每个人都紧张地关注着古德曼，他们看到他被折磨得没了人样。他们互相安慰道："至少他还去看斯皮尔卡医生。"仿佛这位他们从未见过的心理分析师可以保护他毫发无损。

4 月初的一个周四下午，当埃诗在沃尔夫家的答录机上听到斯皮尔卡医生有点结巴的留言时，她并没有感到焦虑。“您——好，我是斯皮尔卡医生，”他用正式的腔调说，“古德曼今天没有按约定来报道。我想提醒您，我们可以提供二十四小时内取消预约的服务。就是这样。祝您愉快。”

埃诗刚放学回家，坐在厨房里和两个同学一起吃了几盘曲奇泥，排练即将在布里尔利上演的话剧：保罗·津德尔的《伽马射线对远离尘世的金盏花的影响》。埃诗听到了答录机上的留言，但她并没有格外担心。古德曼今天没去见心理医生，多大点事。他本来就不是可靠的人。她猜他正躺在自己的床上听音乐或者享受嗑药的快感，但她不想打断排练去探查哥哥的巢穴。

埃诗·沃尔夫对男生的行为方式非常包容；她原谅他们原始的特点，而且几乎对古德曼的一切都抱有同情心。她曾对朱尔斯解释过，每当他遇到什么事的时候，事情好像也发生在她身上。她和学校里的朋友排演着这部悲伤而精彩的话剧，剧中描绘了一位情绪激动不安的母亲和她的女儿们。在其他女孩离开后，埃诗那位心情平静的母亲回到家里，她一整个下午都在为朋友组织的一场肌营养不良慈善活动制作信封（朋友的儿子患了这种病）。埃诗帮她准备晚餐。

即使在古德曼面临巨大危机的日子里，贝琪·沃尔夫也一直在烹制精美的菜肴。埃诗接过一捆用橡皮筋绑好的韭菜，拿到水槽里将它们散开，一根根单独浸泡在水里，除去泥沙，准备切段炒熟。快到七点时，父亲准时走进公寓，一进门就开始低声抱怨最新的法律咨询账单。这让埃诗想起了斯皮尔卡医生的电话，让她意识到古德曼到现在都没走出他肮脏的洞穴。她突然觉得坐立不安。她走到他房间门口猛拍了一下，然后走了进去。屋里比平时整洁了许多。在昨晚到今早之间某个本该去上学的时候，她的哥哥整理好了自己的卧室。他把他小小的建筑模型依次排在桌上，还铺好了床。屋里就像犯罪现场一样让人恐慌，埃诗转身跑回大厅去找她的父母。

古德曼真的走了，还带走了外祖父在制造商汉诺威信托公司为他设立的专用账户的存折。他的父母设置了提款上限，以防古德曼手里有太多钱去买毒品或做出蠢事。他们得知，今天他取了最高额度的一笔钱。他还带走了护照及所有他能找到的相关文件，包括他的出生证和社保卡。这些证件一直存放在父母卧室的抽屉里，趁屋里没人时，他跑去翻找了一遍，拿走了所有印有他名字的材料。也许他打算离开这个国家，也许又不是。想到古德曼·沃尔夫这个人，你还真猜不到他可能会去什么地方。

除了林中精灵。埃诗说。他热爱那个地方。他在那里是个有分量、有影响力的人物，大家都觉得他高大帅气、值得关注、富有情趣和魅力，他在那里可以远离父亲的批评，还有，他在那里很快乐。这样做希望渺茫，但吉尔·沃尔夫还是给翁德里希夫妇打了个电话，询问他们那个“没规矩的儿子”当天有没有出现在那里。吉尔试图让自己听起来尽可能轻松。已经对这场官司有所耳闻的翁德里希夫妇说，没有，他们那天正好在皮茨菲尔德度假，不过据他们所知，古德曼没去过那里。

接下来，沃尔夫一家给迪克·派迪打了电话。他指示他们该做什么，不该做什么。迪克说：“我们不必急着下结论。”

“上帝啊，我已经得出结论了，迪克。这孩子跑了。”

“你又不知道。就当他给自己放个假反思一下好了。”

“反思？古德曼不会反思；他是想到就干。”

“只要他在休庭日之前出现就行了，”律师说，“然后一切都会好的。”

沃尔夫一家知道古德曼不太可能按时出现了。要是他能在指定日期出庭的话，他又怎么会离家出走呢？他们最好的希望就是，他还在这座城市里，和他们不认识的某个朋友在一起抽大麻，只是在朋友那里暂住一段时间，最终还是会回到家里，或者几周之后穿着皱巴巴的脏衣服直接出现在法庭上。

休庭日早上九点，贝茜和吉尔·沃尔夫无比安静地坐在市中心法院大楼四层镶嵌木墙板的法庭里，和他们的律师一起等待。地方助理检察官咳嗽了好几次，法官递给他一盒含片。“渔夫之宝[1]，办公神器。”法官说着，从抽屉中取出一个哗啦作响的小锡盒交给法警，法警又将它递给地方助理检察官。又过了几分钟；古德曼没有出现。法庭签发了拘传票，曼弗雷多警探和斯皮瓦克警探将沃尔夫夫妇带到一边，要求他们一有古德曼的消息就必须上报，而且要督促古德曼主动归案。

当都市小报们发现那个跨年夜在绿园酒廊被捕的男孩没有在庭审上露面时，他们纷纷派出摄影师在迷宫外游荡。埃诗去搭乘跨区校园巴士时也有人小心地接近她。不过，“中央公园的预科少年犯震惊逃跑”的故事并没有太大的吸引力，因为就在4月的最后几天，两名男子在中央公园的船坞附近抢劫并开枪射击了一名五十岁的妇女，刚刚被捉拿归案。现在，每当《邮报》和《每日新闻》提到古德曼的名字，都是在讲述中央公园的危险，特别是对女性而言。他们还会毫无关联地提到，在第九十二街附近，公园里一棵重达一百磅的树枝断裂，砸死了一个十几岁的女孩。所有这些故事都让人惴惴不安。不仅是这座公园，整座城市似乎都显得更加荒蛮。抢劫接连不断。手举橡胶滚筒、拎着一桶脏水的男人们站在隧道出口，不由分说地靠近驶出的汽车。预科少年犯古德曼·沃尔夫只是一场喧闹大事件中的一小部分，与即将发生的情况相比黯然失色。

十年之后发生了另一起臭名昭著的案件，另一个预科男孩在中央公园强暴了一个女孩，不过那个男孩之后还将女孩残忍杀害了。

1　渔夫之宝（Fishman' s Friend），润喉糖品牌。

大约十三年后，一位年轻的女性投资银行家在公园夜跑时遭到强奸并被殴打至昏迷状态，凶手据说是一群男孩——人们说他们是“出来鬼混的”，不过很久之后主动认罪的却是别人。谁知道究竟发生了什么？中央公园美丽却也黑暗，现在它是一片将整座城市一分为二的绿色区域，充满诱惑，却也让人胆战心惊。

几十年前，曼尼和伊迪·翁德里希曾经乘坐高架火车穿过纽约。他们去参加各种社会主义集会和先锋歌剧表演，走进一家又一家民谣俱乐部，每一场活动当然都要花费“一个子儿”，至少话是这么说的。哈德逊河在曼哈顿的一侧闪烁着粼粼波光，东河的浪花拍打着另一侧河岸。在两条河流之间，放荡不羁的年轻人占据着这片土地。现在这里不再属于他们，局面反而变得更加恶劣。但是，古德曼还没有被归入最恶劣的一类。在这座庞大城市日渐堕落的见闻录中，他只是被捎带过的一笔，过不了多久便被人们淡忘。

可现在他仍然在这里——鲜活的新闻人物，带来无法释怀的痛苦。埃诗不停地给朱尔斯打电话，哭泣、抽烟、聊天或者只是沉默。她说她非常想念古德曼。她知道他总是把事情搞砸，但是到目前为止他搞砸的事情都有补救的余地。他从小就扮演着这样的角色；那时候他非常搞笑，又坏又迷人，让家庭生活更加生机勃勃。他曾经给他们的狗狗努奇穿上埃诗的少女款胸罩。他曾经在深夜叫醒埃诗，带她爬上被父母列为禁地的迷宫屋顶，他们坐在那里分享一袋迷你棉花糖，望着暂时宁静下来稍作喘息的城市。她的父母无法承受失去儿子的悲伤，她自己也一样。

五月一个周六的早上，埃诗从长岛铁路乘火车来到安德希尔，打算在雅各布森家度过周末。曾经有一段时间，朱尔斯会说服她不要来，但这次她没有。她的朋友们都没见过她住的小房子及那片乏味土气的郊区。他们都曾表示有兴趣去拜访她，但朱尔斯总是扯开话题，说些毫无意义的话：“总有机会的，我的美人。”然而现在，埃诗有必要远离她的父母和城市。在她来之前，朱尔斯在家里转来转去，瞪着每一样东西，试图找到某种巧妙的办法让这个地方看起来好一点。她在房间里徘徊，眯起眼睛审视，抓起一个丑陋的烟灰缸塞进橱柜，拿走母亲的姐姐琼姨妈缝制的枕头，上面绣着“无论何时何地/家永远是向游子敞开大门的地方——罗伯特·弗罗斯特”。朱尔斯无法想象那幅画面：这辈子一首诗都没读过的琼姨妈，用绿色的纱线绣出罗伯特·弗罗斯特的名字，仿佛这样就让她有了某种“文学气质”。枕头和烟灰缸一起躺进了橱柜里。朱尔斯关上橱柜时正好被母亲看见了，她问道：“你在做什么？”

“就，收拾收拾。”

洛伊丝环顾房间，她注意到地毯已被吸尘器匆匆清洁过，上面摆放的物品被重新整理了一遍，沙发上铺了一条披肩——不是为了掩盖污渍或破损，而是为了遮住沙发本身。看到母亲从朱尔斯的视角来看这个家，这让她为自己感到羞耻。突然之间，被认为一无是处的洛伊丝·雅各布森似乎洞察了一切。她熬过了早年丧夫的痛楚，如今已是有两个女儿的单身母亲：一个在附近的霍夫斯特拉学院读大学，但出于经济原因仍旧住在家里；另一个则明确表示她更想要一个比这个家更富有、更有教养、更迷人的家庭。最近，洛伊丝在结婚之后第一次重新开始工作。她说：“和妇女解放运动有一点关系。不过我现在确实也需要收入。”她在朱尔斯和爱伦曾经就读的艾丽西亚·F. 德伍德小学找到了一份校长助理的工作，她喜欢走出家门，走进欢呼雀跃、变化莫测的校园环境里。

“嗯，看起来很不错。”洛伊丝将朱尔斯对客厅所做的一切都看在眼里，最终她决定这样说，“谢谢你。”

那个周末最大的意外是，埃诗喜欢她母亲，而她母亲也喜欢埃诗。唯一感到不自在的人是朱尔斯自己，她很难适应这两个世界的重叠。火车到达时，走下站台的埃诗活像“二战”时期从伦敦被送到乡下躲避闪击战的孩子。朱尔斯和母亲在停车场里等着，她跳下车，大步迈上金属台阶去接埃诗，仿佛她的城里朋友没有人协助就不会下楼梯似的。

“欢迎来安德希尔。”埃诗爬进后座时，洛伊丝对她说。

“是啊，欢迎来到美丽的安德希尔，”朱尔斯用老式教育宣传片里那种刻板的语调说道，“这是一座繁华的大都会，拥有三座艺术博物馆和六个管弦乐团。除此之外，明年的夏季奥林匹克运动会也将在我们这座美丽的城市举行。”

埃诗假装没听见她的话：“谢谢您，雅各布森夫人。我真的很高兴能来这里。我必须出门躲躲。您也许不知道，但从某种程度上说，您救了我的命。”

“第一站，名字无比华贵优雅的辛迪街！”汽车沿着笔直的街道驶过一排排并肩而立、外表完全相同的平房住宅，朱尔斯介绍道。如果你在雅各布森家洗澡，你可以直接看到万奇克家的淋浴间。一次，朱尔斯和万齐克太太直勾勾地望着彼此脖子以上的部位，水哗哗地淋在她们头上。朱尔斯对埃诗说：“您知道莎莎·嘉宝就住在街对面吗？不，我是说真的，就在那边！辛迪街9号。她就在那里，身上缠着蟒蛇！她可真是个可爱的人。你好哟，嘉宝女士！”

“请无视我女儿，埃诗，”洛伊丝说，“她看起来有点疯了。”

那个周末，朱尔斯参加了所有她一向深恶痛绝的郊区活动。埃诗·沃尔夫在沃尔特·惠特曼购物中心倒是逛得很开心，朱尔斯曾经在夏令营和朋友们对这座商场的名字报以无情的嘲笑。数十年后，当她在一场晚宴上风趣地描述自己的童年时，她会说：“还有什么比沃尔特·惠特曼购物中心更能体现矛盾修辞吗？或许只有……艾米莉·狄金森水上乐园吧。”现在，朱尔斯和埃诗一同走在宽敞的商场里，嘲笑着几乎每一样东西，逛了一家又一家商店。她们还去电影院看了《总统班底》，在看电影的时候，朱尔斯又想起整个夏令营的人一起看着尼克松在白宫草坪辞职的场景。然而实际上，在那一天之前，所有营员都像森林里勤奋工作的补鞋匠，对外面的世界——关于弹劾的进展和众说纷纭——知之甚少，他们愿意尽可能久地维持这种自知不能长久的、一知半解的状态。如今，身处世界之中的他们拥有了更强的自我意识。伊桑认真致力于将吉米·卡特塑造成《费戈大陆》中的人物，对他那种令人昏昏欲睡的南方口音加以润色。“我希望我们能有一位更有远见的领袖，但我认为他很讲道德，这可不多见，”伊桑说，“能这样就不错了。”

在安德希尔共度周末的那个夜晚，朱尔斯和埃诗一起躺在床上，埃诗的脑袋顶到了床尾的竖板。多年以后，她们还会这样一起躺在别的床上，她们的孩子在身边嬉戏。让人感到欣慰的是，即使你们长大成人、结婚生子、组建家庭，你们永远可以用小时候学会的这种方式聚在一起，而你们这一生都会回味和怀念这种方式。埃诗在这个家里唯一的桃红色卫生间里进行了一系列精心的晚间洗漱，现在躺在朱尔斯床上的她闻起来就像牛奶和胡椒的混合物。也许她从城里带来的香皂就叫胡椒牛奶，朱尔斯睡意蒙眬地想着。不管那是什么，任何人都会愿意身边萦绕着这样的气味，如果不能用瓶子喝，嗅着女孩身上散发出的香味也好。

“你觉得，古德曼会怎么样呢?”埃诗问。

“我不知道。”

“他是男孩，所以去闯世界对他来说可能更容易一些，”埃诗说，“可因为是古德曼，所以可能会更难。对他来说，一直都是更难。他就是这样跌跌撞撞一路走过来的，甚至根本不打算尝试那些有必要的小把戏。比如说，我从小就知道如何让老师开心。我总能写出那种精致的小故事，交上去得到加分。你想知道诀窍吗？那些故事都很长。写得并不一定好，但是它们体现了我花的心思。这就是我的优势：心思。我敢肯定，老师们读那些故事都读累了。《金箔壁炉架的秘密》《在悬崖流浪的卡森三胞胎》。那些故事读起来可累人了！还有，我每年都给父母做生日贺卡——我是说，花几个小时精心制作，有一次，我甚至做了一张扎染卡片——而古德曼可能完全不记得他们的生日。我会提醒他，他会在最后一刻要我在我制作的贺卡上签上他的名字。不过他们从来不认为他会多花一秒钟来做这些。我知道我们生活在一个性别歧视非常严重的世界，许多男孩除了惹麻烦什么都不做，结果有一天他们长大了，却能统治社会的方方面面，”埃诗补充说，“但是女孩什么都比男孩做得好，至少在她们仍然是女孩而且表现出色的时候是这样，她们似乎总能引起关注。我总是能得到关注。”

“我从来没有过，”朱尔斯说，“直到我认识你们这些人。”

“你会不会觉得我们是面目可憎的自恋狂——我们这些把你拖进来的人？”

“会。”

“你这么觉得？真是太感谢了。”埃诗朝她扔了一个枕头，那是女孩间常有的嬉闹，但那不是她们的相处方式。她们不会坐在一起涂指甲油、聊着浮想联翩的事。她们在友谊中扮演的角色不是那样。埃诗仍然令朱尔斯着迷，她向朱尔斯展示如何走进这个世界。朱尔斯依然能让埃诗感到深刻的快乐和慰藉。她仍然能让埃诗笑到崩溃，但绝不会让她真的崩溃。

“我开玩笑的，”朱尔斯飞快地说，“你们当然不是自恋狂。顺便说一句，你现在闻起来真的很香。”

“谢谢，”埃诗打了个哈欠，“也许，如果我在话剧方面做不出成就的话，他们可以在我的墓碑上写：‘她闻起来真的很香。’”

“她在嗅觉方面十分卓越。”

她们都不说话了。“我想知道我们究竟会在什么时候死去。”埃诗说。想到自己终有一天会死去，她们都为自己感到难过，不过那很快就过去了，就像打了个冷战。埃诗说：“我会想古德曼什么时候会死去。还有他死之前会不会利用这一生做些有用的事。要是他有像老莫·邓普顿那样的人来指导他、做他的精神导师就好了。帮他学习建筑,或者他决定做的随便什么事情。要是他能展现出某种才华，得到赏识和培养就好了。那会对他有所帮助的。才华能让你这辈子好过一些。”

在安德希尔过完周末，埃诗看起来坚强了一些。“我真是感激不尽，雅各布森夫人，”她在厨房里攥着过周末的背包说，“家里压力实在太大了，我不知道该怎么做。”说到这里，她的声音哽咽了。朱尔斯的母亲动情地抱了抱她。

“我很高兴你来这里，”洛伊丝说，“我明白朱尔斯为什么这么喜欢你。而且你很漂亮。”她补充道。朱尔斯明白，提到埃诗的美貌等同于间接指出朱尔斯缺乏美貌。但不知为什么，听到母亲这样说，她并不介意，甚至觉得愉快。朱尔斯为埃诗的美貌而觉得自豪，仿佛那份美丽与她有关似的。“随时欢迎你来，”洛伊丝继续说道，“只要说一声就行。”

“是啊,独一无二的辛迪街上永远都有你的位置，”朱尔斯说,“距离服装店只有三个街区。”

“呸。”埃诗微笑着，挥手让她闭嘴。

那天下午，开车送埃诗去火车站后回到家里，朱尔斯打开壁橱抽屉，取出烟灰缸和绣花枕头放回原位。然而不到半小时后她便注意到，母亲又将它们拿走了。从那以后，每到周末朱尔斯去城里的时候，洛伊丝·雅各布森似乎不再感到如临大敌了。

沃尔夫一家的生活仍然处于饱受创伤的状态。依然没有人知道古德曼身在何处。他可能在任何地方。一旦他被发现，一旦他回到家里，他就会立刻被捕。律师已经向他们说明了这一点。他们盼着古德曼打电话或写信来，好让他们知道他是否安然无恙，让他们劝他回来；他们想告诉他，他们知道他很害怕，但这不是解决问题的办法。他们会提醒他，他们知道他是无辜的，很快其他所有人都会知道这一点。回家吧，他们会说。但是他没有联系他们任何人。那个学年和其他普通的学年一样结束了，唯一不同的是，古德曼没有从高中毕业，没有按预期迈入人生的下一阶段。他没有机会变得成熟，成为与现在不同的人。他的故事就在这里暂停下来。

这是其他人将在林中精灵度过的最后一个夏天，然而埃诗现在甚至不知道自己在那里能否承受得了。凯茜当然不会再回来；她依然没有和他们中的任何一个人说过话。特洛伊出于对她的忠诚也没有再回来。原本应该在秋天去上大学的古德曼本来就不会再参加夏令营，因为他的年龄太大了，可他的缺席让这个夏天感觉完全不对劲了。不过，明年他们自己的年龄也会太大，所以埃诗、朱尔斯、伊桑和乔纳决定今年再去最后一次。

朱尔斯在6月底再度来到贝尔纳普后不久后便意识到，这是一个错误。现在，其他大多数营员看起来都太小了。很多都是新人，与过去的营员略有些不同。在通向湖畔的路上，朱尔斯无意间听到了一个非常低俗关于放屁的笑话。这些孩子难道不知道，如果要开一个关于放屁的笑话，那包袱至少要和布莱希特之类的人扯上关系吗？在这最后一个夏天，2号女生帐篷里住着朱尔斯、埃诗、南希·曼吉亚里和简妮·泽尔。从前凯茜·基普林格的床位现在属于珍妮·马祖尔，一个新来的、爱好吹制玻璃工艺品的内向女孩，她有说梦话的习惯，睡眠是她唯一放松的时刻。“母亲！我没有背叛你！”她在梦中哭喊着，其他人却带着窥伺的快乐听得入迷。

整个露营地都知道埃诗的悲伤和她对古德曼的忧心忡忡。有时在夜里，当树木剐擦帐篷的屋顶，或者手电筒的光束在松树林间突然出现又消失时，埃诗会有一瞬间以为是古德曼回来了。“这不是不可能啊，朱尔斯。他知道在哪里可以找到我们。”埃诗曾有一次悄悄说道，“他会来告诉我们，他一直躲在这附近的某个地方，也许住在皮茨菲尔德某个简陋公寓里。我母亲曾经给我们讲过一个《格林童话》里的故事，就是这样的，”她说，“一对兄妹[1]为了摆脱邪恶的继母跑进森林。永远是继母，从来不是继父；就连童话故事都有性别歧视。先不管这些，总之，哥哥非常口渴，但是他们的继母给所有的泉水都施了魔法。其中有一眼泉水，如果他喝了那里的水就会变成鹿。妹妹说：‘求你不要喝这里的水，因为如果你变成鹿，你就会丢下我跑开的。’他说：‘不，不会的，我保证不会。’于是他喝了那眼泉水，然后当然就变成了一头鹿。”

“然后就像她预言的一样跑开了，对吗？”朱尔斯说，“然后遇到了猎人？我记得这个故事。”

“是的，对啊。她伤心欲绝。但是他一直作为一头鹿回来探望她，来到她住的地方，用蹄子敲着门。他说：‘我的小妹妹，让我进去吧。’过了一夜又一夜，他一直这样在森林里游荡。有一天晚上，他又来到她身边对她说：‘我的小妹妹，让我进去吧。’于是她让他进来，发现他受伤了。我一直在想这个，”埃诗情绪激动地说，“想着古德曼会在某一天夜里出现，他也受到了某种伤害。他在外面会出事的。然后我就会让他进来，照顾他，让他留在我身边。”她有些孩子气地看着朱尔斯，问道：“你不觉得这有可能发生吗？”

“在现实生活里？”朱尔斯问。埃诗点了点头。“也许吧。”这是她唯一能想到的回答。

可是古德曼没有来。屋顶的剐擦声来自垂下的树枝，圆锥形帐篷外的脚步声则来自巡逻的辅导员，他们的手电筒在松树林间投射出黄色的光束。今年夏天，一切都不同了。就连冰岛编织课老师兼

1　指《格林童话》中《小弟弟和小姐姐》的故事，一般译为姐弟。但英文是 Brother and Sister，德语原版是 Frérot et Sœurette，没有突出长幼，也可译为兄妹。此处为了对应文中的人物关系采用“兄妹”的译法。——编注

救生员谷德伦·西格多蒂尔都没有回来。有人说她回国结婚了。翁德里希夫妇似乎也在加速老去。厨师爱达·斯坦伯格看起来格外劳累。这三个人自从林中精灵开办就在这里——翁德里希夫妇就是林中精灵——他们一直说是夏令营让他们保持年轻，但或许这片营地也不是让人青春永驻的甘泉。

伊桑天天和老莫·邓普顿在一起，他的作品比此前更加出色。现在的老莫·邓普顿，朱尔斯曾有一次对伊桑说，应该叫他老朽莫·邓普顿——说完她立刻后悔了。有一天，朱尔斯看到伊桑扶着老莫走进动画棚，他小心翼翼地架着导师的手臂，以确保他不会绊倒。有时，伊桑会向老莫提起动画发展早期的某个细节，然后问他一个复杂的问题。从前老莫的回答总是广泛又细致。但是现在，当伊桑提到1915年呆呆马隆系列动画中的短片《快溜》时，老莫笑了笑，只说了一句："是啊，那时他们做得不错。"然而当伊桑想了解更多时，老莫拍了拍他的手，喃喃地说："你有那么多问题啊，伊桑，那么多问题。"这就是他的回应。老莫·邓普顿似乎要将精力节省下来，好在第二天早晨能够睁开眼睛，走上山坡，坐在这些充满创意的少年当中，去看他们笔下活灵活现、也让他格外疲惫的动画形象。

现在是让老年人靠边站、让年轻人向前迈出一大步的时候了。毋庸置疑，现在时候到了。在整个夏天里，朱尔斯和埃诗一起走遍了营地，走进以前从不想去的松树林深处。地球上几乎找不出比她们更对大自然和自然现象不感兴趣的两个女孩了。但是现在，她们似乎需要去大自然中漫步，朱尔斯和埃诗两人穿着爽健凉鞋，踩在厚厚一层红色和棕色的松针上。暴雨过后，地上偶尔会出现状如红宝石的蘑菇丛。看到一只雏鸟被地毯一般的飞虫和爬虫包裹着撕咬时，两个女孩都猛地跳开了。朱尔斯想，当你仔细观察任何事物时，你几乎会晕厥过去，然而要想拥有知识，你就必须观察得足够仔细。

一天下午，埃诗没有去散步。简妮·泽尔说，她看到埃诗心事重重地走出帐篷，今年夏天她经常是那副样子。不过简妮并不知道埃诗去了哪里。那一晚，五个女孩躺在床上，帐篷里湿度太大，她们都辗转反侧。她们聊了一会儿，每个人都讲了讲自己的家庭故事。除了珍妮·马祖尔，她只有在其他谈话都结束后才会开口说话。在睡梦中她说："那个男人有一张脸！他有一张脸！"

"男人不都有脸么。"南希·曼吉亚里说。

有人打了个哈欠。"实在太晚了，"埃诗说，"明早见，女士们。"

其他人都安静下来；说梦话的人也没了动静。即使在炎热的天气，她们的身体也有昼夜节律，她们设法让自己睡着。但是到接近凌晨两点的时候，在辅导员们结束心不在焉的巡逻之后，朱尔斯被帐篷门打开的声音和木地板上的脚步声唤醒。那是男性的脚步声。在半梦半醒之间，她以为自己真的可能听到古德曼·沃尔夫的声音："我的小妹妹，让我进去吧。"朱尔斯在睡梦中挣扎着想要完全清醒过来，见证古德曼与妹妹、然后与他们所有人团聚的时刻。疲惫不堪、心力交瘁甚至受了伤的古德曼从他误入歧途、饱受惊吓的旅途中回来了。至于他是一头鹿还是一个男孩，那都不重要。无论他遇到了什么事，他都可以恢复过来。他的官司会慢慢解决的。朱尔斯想道。律师会给检察官办公室打电话，和他们达成协议，很可能会判他缓刑，但不会让他去坐牢。审判终将按计划进行，最后古德曼无疑将被无罪释放。凯茜迟早会承认，当年她还不够成熟——她真的状态很差，而且过于戏剧化——现在她才明白，也许自己曲解了实际发生的事。重要的是，古德曼现在在这里。朱尔斯仍躺在床上，感觉着一点迟钝的希望将她彻底唤醒。

但是醒来之后，她只听到一声"嘘"，紧跟着是一声轻笑，然后是埃诗对某人急切地低语："不，在这边。那是珍妮·玛祖尔。她就要开始大喊一个有脸的男人。"

"什么？"他问。

“到这边来。没事的。她们都睡了。”

伊桑·费戈曼爬上他见过的最漂亮的女孩的床上。如果幸福本身可以发光的话，六角形帐篷对面的那张床上此刻便会跃动着光芒，照亮外面的黑暗。当然，他幸福得浑身颤抖——不过埃诗也一样。伊桑和埃诗。伊桑和埃诗？

这不合情理。朱尔斯试图理解眼前的场景，她的眼皮跳了一下。埃诗想要的那个人怎么可能是伊桑呢？朱尔斯自己就不想要他。当然，她还记得人与人是不同的；人与人可以有不同。每个人的神经系统和品位都是独一无二的。她猛地转过身背对着他们的身体，强迫自己思考这件事。她面对着窗户和炎热的夜晚，难闻的空气透过纱网排到外面。帐篷那头的声音变得低沉而统一，接着变成了轻柔的咕咕声，仿佛挤在床上的是两只鸽子。悲伤、惹人喜爱、精致的埃诗·沃尔夫和善良、丑陋、才华横溢的伊桑·费戈曼，令人难以置信地在一起，令人难以置信地、在这个极其炎热的夜晚挤在一起，挤在有着红色衬里及牛仔和套索图案的睡袋里小声说着悄悄话。埃诗对他低声说：“把你的衬衫脱掉。”他小声说：“我的衬衫？我觉得不要吧。”“你必须脱掉。”“嗯，好吧。等一下，不是很好脱。你看，你看，卡住了。”埃诗轻声说：“你疯了吧。”伊桑的回应是表示同意的、癫狂的笑声，接着他又发出一个柔和的、难以察觉的声音，这很可能是他第一次在女孩面前脱下他的衬衫。“好了。这样很好，”埃诗轻声说，“看到了吗？”

接下来是人类特有的啜饮声，在那之后，“鸽子”又回来了，法兰绒睡袋太热，他们就像烤肉一样翻来覆去。爱是无法解释的。朱尔斯·雅各布森-博伊德在成为心理咨询师之后终会明白这一点，但现在的朱尔斯·雅各布森已经模模糊糊地感觉到了这一点，而她对此突然感到鄙夷和反感。实际上，是愤怒。她觉得自己好像做错了一切，她一贯如此。她疯狂地渴望在明天早上告诉乔纳自己今晚看到的事，气急败坏地发表讽刺尖酸的意见。她想象他抱着吉他弯腰坐在那里，而她会走到他身边对他说："你猜怎么着？显然，异极相吸是真的，不过这次吸得太反常了。"

第二天早晨，空气恢复到合理的温度，帐篷里只有那五个女孩。起床乐的前奏一响，她们便从床上坐起身来。翁德里希夫妇仍旧每天用唱机播放海顿的《惊愕交响曲》，乐声响彻林中精灵，将所有人从沉睡中唤醒。

九

你很难理解另外两个人的爱会让你自己变得如何渺小。如果这两个人和你的交往一切照旧，不断给你打电话，邀请你同往常一样去城里过周末，那么，为什么你会突然感到强烈的孤独呢？在埃诗·沃尔夫和伊桑·费戈曼成为恋人的第一年里，朱尔斯·雅各布森一整年都感到孤独。恋人是他们的措辞，不是她的。她认识的人中谁都没有用过这个词，但埃诗却完全不觉得这么说有多么不寻常。埃诗和伊桑在那个夏天里如胶似漆，沉浸在心有灵犀的深情里。他们对所有人解释说，从前他们从没想过要成为恋人。但是在相互了解几年之后，在伯克希尔山脉的同一片土地上度过几个夏天之后，他们被爱情击中了，现在他们再也不想分离。

1977 年 4 月，他们成为情侣已有八个月的时间。当沃尔夫家的狗得了一种无法手术治疗的肿瘤、不得不接受安乐死时，伊桑陪在埃诗身边。埃诗受不了和努奇一起走进房间看着它死去，于是伊桑便替她进去了。他陪着埃诗的母亲，两人轻轻抚摸那只可爱的金毛犬——埃诗和古德曼从小养的狗——剧烈起伏的腹部，让兽医给它注射一剂停止心跳的药物。伊桑安慰着女友的母亲（事实证明也是他未来的岳母），然后回到等候室，让埃诗扑到他怀里痛哭。伊桑·费戈曼仿佛成了女性泪水的储藏室。“古德曼甚至都没来，”埃诗站起来的时候说，她的头依然靠在他身上，“努奇是我们的狗，他和我的狗，我们都非常爱他，可古德曼错过了他的死，伊桑。他今天应该在这里陪着努奇，他欠它的。我们俩都欠它的。”但伊桑没有错过这条狗的死。伊桑在那里陪着它，其他所有的重要场合他都在那里。

这星期每个人都收到了大学的录取通知信。埃诗被她叔叔和外祖父曾经就读的耶鲁大学录取。伊桑被纽约视觉艺术学院的动画专业录取。他们之间隔着两个小时的路程，不过他们经常跨越这段路程去和对方见面。乔纳说他没有兴趣在大学里继续钻研音乐，他要去麻省理工学院学习机械工程，想研究机器人技术。而朱尔斯由于家里财力有限，加之她在高中对学习并不上心——她的注意力一直集中在所有与林中精灵有关的事物上——因而她将要去纽约州立大学的布法罗分校。她想着埃诗和伊桑彼此相会的短途旅行，想象着伊桑坐在他父亲的旧车里，在驶入Ⅰ-95号州际公路时紧紧攥着方向盘。朱尔斯还可以想象到埃诗坐在美国国铁火车上，埋头读着企鹅经典。身边所有人都对埃诗和伊桑在彼此身上找到的东西感到迷惑不解或出乎意料，但是朱尔斯觉得只有她和乔纳能体会到这对朋友对彼此的认定。失踪整整一年的古德曼是促成这段关系的关键。如果他没有离家出走成为逃犯，埃诗和伊桑永远不会坠入爱河。

“如果‘结为伴侣’算是一个词的话，”去上大学前的一个春天的夜晚，朱尔斯对乔纳说，“那他们俩就是那么回事吧。”

“是啊，”他点了点头，“我觉得这是一个词。而且他们俩绝对就是这么回事。”

尚无伴侣，如果这也是一个词的话，那乔纳和朱尔斯就是这么回事。他们坐在乔纳·贝伊母亲的复式公寓里，那是位于瓦茨街的一个十分宽敞、尚未完全建成的空间。朱尔斯不能理解这段时间以来的孤独感。埃诗和伊桑出双入对不应该导致这种感觉，这不合情理。乔纳就没有这样的感觉，不过他承认他也觉得很不舒服——回想起前一年他曾做过几个月埃诗的男友，回想起这个任务他完成得多么糟糕，他便觉得尴尬甚至骇然。

“那不能说是一个任务。”朱尔斯说。

“是啊，我想应该不是。”乔纳耸了耸肩，没再多说什么。他们两人中没有一个知道该如何做一个男友或女友。这不是一套可以教学的技能。你只能去实践，而且必须有想实践的渴望，在不知不觉间熟能生巧。在麻省理工学院，肯定还有很多不知道该如何做一个男友或女友的人。也许在那种环境下，犹疑而童贞的乔纳·贝伊会像花朵一样绽放。

“孩子们！”他母亲喊道，“快来听听这个。我需要你们的意见。”苏珊娜·贝伊和另外两位音乐人坐在公寓主体空间的凹室里，他们正在播放的歌曲伴有“哇哇”的节拍声，听起来有点像警员秀的配乐。乔纳说过，他母亲正在努力跟上时代。她的声音仍然富有感染力，不像她在民谣浪潮初期见过的一些女人，她们的声音后来彻底废了——起初是天使般的女高音，最后听起来却像是某人患了肺气肿的叔叔。

苏珊娜·贝伊仍然可以演唱任何一首歌，问题在于人们是否还想听她唱歌。不管在这座城市还是别的城市，民谣俱乐部的数量都日益稀少，当她在这样的俱乐部举办演唱会时，票价也越来越高，怀旧的听众总是想听《随风而逝》和《男孩漫游》等，这些老歌能将听众带回他们第一次听到这些歌的年代和场合，让他们感受到生活从那以后发生了多少变化，让他们惊觉自己现如今已是这般年岁。那些倍受喜爱的歌曲必须在演唱会的歌单中频繁出现。如果在一场演出迟迟没有唱起那些熟悉的歌曲，你可能就要感受到听众的躁动甚至敌意了。

“潮流变了。”苏珊娜经常说。但潮流总是在变。当潮流顺应你的方向时，你便能引起关注。民谣不再是一个现象级事件，这让早年身处其间的所有人都无比伤感。当年，只要有一把原声吉他和一副好嗓子似乎就可以加快战争的终结。然而现在，各种令人兴奋的音乐类型——民谣或者非民谣——随处可见。只是苏珊娜·贝伊的新歌没能顺利迎合20世纪70年代末的潮流。当苏珊娜在复式公寓里完成即兴演奏后，她急切地问乔纳和朱尔斯，这是不是他们和朋友们可能想听的那种音乐。她问："能想象你们一群人聚在一起听我这张新专辑的样子吗？"

"噢，当然可以。"朱尔斯出于礼貌说道，乔纳也附和了她。这似乎让苏珊娜振作起来，但一旁的音乐人们知道这不是真的。他们一声不吭地走了出去，之后朱尔斯也告辞了。

"回头见。"乔纳在门口说。他们轻轻地拥抱彼此，又轻轻拍了拍对方的后背，用细微的身体语言确认彼此长久的联结。他们最后两个被剩下的人，两个依旧孑然一身的人。乔纳实在是俊美，朱尔斯每次和他有短暂的身体接触时都不由自主地赞叹。最近他将一头黑发修剪到了齐肩的长度。有时他仍会在脖子上系一条皮绳，穿有口袋的T恤。他似乎为自己的美貌感到不好意思，试图假装这只是一种错觉。朱尔斯无法理解为什么他总是对自己的音乐天赋避而不谈，以及他为什么放弃这份天赋。她知道他在吉他演奏、演唱和歌曲创作方面有多出色。曾经拒绝他母亲的厂牌埃莱克特拉或许愿意签下现在的他。但他一点都不想要那些；相反，他将在麻省理工学院的实验室里学习朱尔斯永远无法理解的内容。"是不是表演让你觉得焦虑？"她曾试着问过他一次，但他只是用一种异常冷漠的神情看着她，然后摇了摇头，仿佛想说她根本不知道自己在说什么。朱尔斯认定乔纳是太低调，不适合做音乐家，也不适合出名，他不具备那种性格。而她认为这很高贵。这让她自己巴望着出人头地、或许能成为知名喜剧演员的渴求显得有些粗鄙。

朱尔斯最近常来乔纳的复式公寓，因为她觉得自己有必要减少去迷宫的时间。埃诗和伊桑可以说是在迷宫开始了同居生活。那年春天，贝琪·沃尔夫主动向伊桑提出："你可以在古德曼的房间里安营扎寨。"伊桑说："噢不，我不能那么做。"贝琪则说："但我真的想让你过来。"她想要伊桑来家里"安营扎寨"无疑是出于她对儿子的思念。尽管在那个房间里看到另一个男孩——不是她日夜期盼的那个男孩——大概很让人难过，但对她也有所帮助。古德曼房间里有一张巨大的书桌，书桌上方贴着皱巴巴的海报：平克·弗洛伊德、齐柏林飞艇、《发条橙》。伊桑紧张而轻柔地将古德曼桌上的东西移到一边。在那张书桌上，在绿色曲颈灯明亮的光线里，伊桑·费戈曼开始埋头工作，描绘出一幅幅《费戈大陆》中的画面。

没过多久，他便开始在沃尔夫家过周末，接着连工作日也常在此留宿。在高中时，他和埃诗便与成年伴侣相差无几，而沃尔夫夫妇在性的问题上十分开明，表示女儿的私生活与他们无关。最近，埃诗去计划生育协会取她预订的子宫帽（阴道隔膜），朱尔斯当然陪着她一起去了。她坐在候诊室里，假装自己也要来取子宫帽。噢，是啊，她坐在椅子上想着，那就是我，子宫帽女孩。她环顾身边的女人，想象她们以为她和她们一样不是处女。她惊讶地发现，这种想法让她十分愉悦。过了一会儿，埃诗捧着一个塑料翻盖盒走了出来，她和朱尔斯穿过诊所门前的马路，坐在一堵矮砖墙上。埃诗从盒子里拿出那件东西，她们一起仔细观察着它。

"这上面灰扑扑的东西是什么？这些粉末？"朱尔斯问。

"玉米淀粉，防止硅胶变质用的。"埃诗答道。

"嗯，你可真是个科学家哎。你是不是在海德堡拿到的学位呀？"

那东西呈浅淡的米黄色，生鸡皮的颜色。当埃诗把它撑开、展示它的松紧和弹性时，朱尔斯端详着它。她不自在地想到避孕膏、玉米淀粉和爱液混合在一起形成的白浆。爱液，这个用来形容一个人或两个人性兴奋的最终产物的可怕的词语。伊桑的出现让沃尔夫家的公寓多了一些欢乐，让他们暂时放下关于古德曼及其下落的忧惧。朱尔斯知道，他们害怕再也见不到他：怕他会死去，或者已经死了。谁知道他会怎么养活自己？充满希望的年轻爱情出现在这个家里，可以让他们回避那些恐怖的结论。

任何人都能看出埃诗·沃尔夫和伊桑·费戈曼彼此相爱，不管这有多不像是真的。爱和性对这两位恋人来说是水到渠成的事。用埃诗的话说，他们居然花了那么长时间才走到一起，这才是最不可思议的。那段日子里，子宫帽很少静静躺在盒子里。不久前，埃诗悄悄告诉朱尔斯，伊桑是个绝佳的恋人。她害羞地说："我知道他没什么好看的，但是说实话，他知道如何在身体上与我保持联系。他不害怕，也不拘谨。他觉得性很令人着迷。他说，他认为做爱是一件充满创意的事。他跟我说，性就像用手指画画。他想谈论所有的事。我从没和任何人有过这样的对话；我的意思是，你和我的关系亲密得难以置信，但我们都知道我们在说什么，不需要解释。可他是男性，我是女性，所以我们就像来自不同的大陆。"

"是啊。他在'费戈大陆上'。"朱尔斯说。

"没错！可我在地球上。他想了解所有所谓的'女性'感受——比如说，女孩是不是真的觉得阴茎很迷人，尽管客观地说它们看起来那么怪异。以及，你听听这个，我父亲和我是不是有一点点'相爱'。恋父情结。然后还有一个算是顺便问的问题：我是不是和他一样经常思考死亡。伊桑对我说：'如果你不曾被总有一天你将不复存在的想法时刻困扰，那你就不是我命中注定的女孩。'我打消了他的疑虑，说我极度纠结死亡和存在主义的问题。听我这么说，他觉得很欣慰。我想这甚至撩起了他的欲火。"

朱尔斯在毫无感情的沉默中听着这番独白。她根本不知道该说什么。埃诗在描述一个朱尔斯曾有机会走进的封闭世界，但她当时不想那么做。现在仍然不想。然而，关于那个世界如何亲密和震撼的描述只会加剧她的孤独感。她只说了一句"接着说"。

"一开始我以为不会这样，"埃诗继续说道，"我以为我没有办法被他吸引，因为，客观地说，你知道的。可是等我们真的在床上认真做一些事情时，他简直像是为此而生。为我而生。我终于想要随心所欲；我不想每时每刻都做得那么好、约束自己、追求完美，布里尔利女中的全A小姐。我从未想过伊桑和我之间会是这样。但事实就是这样，我还能说什么呢？"

没什么可说的了。朱尔斯走出乔纳母亲的复式公寓，噔噔噔地跑下楼梯，坐地铁去宾州车站，从那里一个人坐火车回家。她提醒自己，当初是她不想伊桑做她的男友、她的"恋人"，而且现在依然不想要他。她甚至回想起伊桑粗重的口气和身上的湿疹。她想起在动画棚里时他顶在她身上的要命的硬块。显然，爱情超越了这一切。爱情超越了口气、湿疹、对性的恐惧和外表的不协调。如果爱情是真实的，那么这些肉体上的细节便显得无足轻重。

显而易见，伊桑·费戈曼的身体瑕疵对埃诗并不像对朱尔斯那样具有冲击力。现在，伊桑的个人卫生比十五岁时好多了，除此之外，他也在变化，在长大成人。埃诗和伊桑的体验是私密的，只属于他们自己。让情况略有一些复杂的是，朱尔斯也爱着伊桑，以她自己私密而持久的方式。他是那么才华横溢、机智聪慧、忧心忡忡、与众不同，而且对她宽宏大量。他对她有信心，对她发表的许多看法都若有所思地点头肯定，他欣赏她的机智，鼓励她认为自己有一天可以出人头地，生活在城市里，做自己想做的事，或许能成为一位滑稽女演员。他仍然对她充满爱意，愿意为她做任何事。她阴沉地想，很明显她低估了他。此刻，她站在夜间地铁的站台上，没有硅胶套牢牢卡在身体内，覆盖她的子宫颈等着派上用场。

接着，朱尔斯又想：不，她没有低估伊桑。她对他的评价很高，但只是不想要他。而在某个关键性的陌生时刻，埃诗想要他。埃诗·沃尔夫选择了伊桑·费戈曼，这个选择将埃诗提升到存在的更高维度。

欲望的神秘感远远超出了朱尔斯·雅各布森的理解能力。就像……机器人设计。又一个她完全无法理解的话题。

火车来了，朱尔斯·雅各布森在踏上列车时心想：我是这列城郊火车上最孤单的人。车上的一切看起来都很丑陋：水蓝色的座椅；戈雅食品公司褪色的广告，仿佛浸泡在灰色糖浆里的灰色番石榴可能让人产生食欲似的；在那一天已经被数千只手抓握过的金属扶手；窗外渐次闪过的车站。我陷入危机了。她想，我突然有了一种全新的感受，觉得自己在这个世界上无比脆弱，这种感觉让我无法承受。

这一整年始终伴随着强烈的孤独感。某些夜晚，朱尔斯躺在床上，想到此刻她和母亲和姐姐躺在各自的床上，每个人都因孤单而悸动。忽然间，她觉得母亲在四十一岁便要承受寡居生活简直无法想象。朱尔斯意识到，以前她甚至从没想过这一点。大部分时间里她都在想：我是一个失去父亲的女孩，这话听起来很有悲剧色彩。别人会对她说："对于你的损失，我感到很抱歉。"在太多次听到这样的话之后，她便以为这只是她一个人的损失。朱尔斯想向母亲道歉，告诉她自己在此之前多么以自我为中心，然而事实是，她现在依然极度以自我为中心。

到一定年纪之后，你会觉得有必要让自己不再孤单。这种需求日渐强烈，仿佛某个频率的无线电波，最后会强烈到让你不得不做些什么。当朱尔斯独自一人躺在辛迪街的卧室里时，她的两个好朋友却在迷宫六楼埃诗的床上赤身相对。伊桑·费戈曼不完美的裸体从某种程度上或许也可以是美丽的。他与世界上的其他任何人都没什么不同。他想要他想要的东西，而且他也找到了。现在，他和埃诗同床共枕，一起默默地开心着。

自从伊桑和埃诗结为伴侣，古德曼很快便从日常对话中消失了。一家人依然为他悬心和难过，但你可以发现他们正在慢慢恢复元气。他们正在计划夏天去冰岛旅行；埃诗说她父亲在那边有生意要谈。不仅如此，这次旅行可以让沃尔夫一家剩下的三位成员在秋天埃诗去耶鲁之前再安静地团聚一次。他们将在冰岛骑马，去地热温泉游泳。

5 月底的一天，朱尔斯和埃诗在第八街逛一家串珠店，当她们将手伸进一桶桶经过抛光的闪亮玻璃珠时，埃诗说道："今年夏天你准备干吗？"

"去卡维尔找份工作，"朱尔斯回答说，"没什么意思，但是能让我去布法罗之前攒点钱。我姐姐以前在那里工作过，他们说会雇我的。"

"你什么时候开始？"

"还没定。我得和人事处确认。"她停顿了一下又说，"我开玩笑的。"

埃诗露出一个神秘的微笑："告诉他们，你 7 月底之前都不能去。"

"为什么？"

"因为你要去冰岛。"

"你知道我没那么多钱。"

"我父母邀请你去，朱尔斯，他们会处理好所有的事。"

"他们邀请我？你是认真的吗？这和邀请我去吃晚饭可不是一码事。"

"他们真的想让你去。"

"他们也邀请伊桑了吗？"

"当然，"埃诗的神色有一丝慌张，"但是他去不了，因为老莫·邓普顿。你知道吗，他甚至为老莫拒绝了那个出色的实习机会。"伊桑的动画老师因为肺气肿住进了布朗克斯的医院，现在性命垂危，伊桑自告奋勇去照顾他，为此放弃了去洛杉矶华纳兄弟公司为乐一通[1]

1　以兔八哥和达菲鸭为主要角色的系列卡通，华纳兄弟出品。

工作的机会。“他来不了，”埃诗说，“但你可以。”

“她绝对不会让我去的。”朱尔斯说，“她”是指她的母亲。接着她想起，林中精灵曾经的辅导员谷德伦·西格多蒂尔就住在冰岛。她说：“嘿，你知道吗？如果我真的和你们一起去，我们可以去找谷德伦啊。在她自己的地盘见她感觉一定很奇怪。”

“噢，对啊，织布工谷德伦。”埃诗说。

“她可以告诉我们更多关于被火焰吞没的火绒库房的事。”

“噢，对啊，对啊！天哪，朱尔斯，你什么都记得。”

不出所料，洛伊丝·雅各布森对沃尔夫一家奢侈的邀请感到很不愉快。“这让我觉得，埃诗的父母肯定把我们看作穷人之类的人，”她说，“我们不是那样的人。但我们也没钱负担这样的旅行。我就是不喜欢别人的父母给你出钱。”

“妈，这又不是别人的父母。是埃诗的父母。”

“我知道，亲爱的。”

她们谈论这件事时，爱伦一直在厨房里晃来晃去。她看着朱尔斯说：“他们为什么对你这么好？”

“你什么意思？”

“我不知道，”爱伦说，“只是从没听说过哪家人这么做。”

“也许他们喜欢我吧。”

“也许吧。”爱伦应了一声，她看起来无法想象，一个她素未谋面的迷人家庭会对她的妹妹这么感兴趣。

朱尔斯和沃尔夫一家在7月18日从肯尼迪机场乘坐夜间航班飞往卢森堡，再从那里转机前往雷克雅未克。头等舱就像沃尔夫家的客厅一样舒适。晚餐后，朱尔斯放下宽大的座椅，和埃诗一起披着柔软的毯子躺下。晚些时候，在大西洋上空，朱尔斯在一种无法抗拒也无法解释的恐慌中苏醒。可她环顾四周，宁静的金色机舱里只有轻柔的声响，小灯洒下的光束照在乘客身上，这时她便又放松下来。

埃诗和她母亲都睡着了，吉尔·沃尔夫还醒着，翻阅公文包里的文件，偶尔透过小窗瞥一眼外面黑沉沉的夜色。从过道另一侧朱尔斯的位置上看来，那片夜色就像吉尔自己所身陷的恐慌状态。

雷克雅未克是一座格外整洁小巧的城市，建筑低矮，天空广阔。第一天，为了适应时差，一家人尽可能保持清醒。这座城市给人的感觉很像一座引人入胜的大学城，他们在城市里行走，喝着咖啡和可乐，吃着小摊上的热狗。那时的雷克雅未克还没有出现爆炸式发展的现象级音乐。歌手比约克那一年才十一岁。经济危机也还在遥远的未来。走在一条朴实而整洁的小路上时，朱尔斯觉得头重脚轻。贝琪·沃尔夫说："正常的时差反应。"然而很快，朱尔斯嘴里开始分泌过多的唾液，腹部发出奇怪而不自然的声响。她几乎没法走回伯格酒店。陌生地方的陌生感开始变得难以忍受。朱尔斯口中积满唾液，双腿不住地发抖，一走进酒店套房她便冲进卫生间，喷出一连串呕吐物。她吐了很久，久到沃尔夫夫妇不得不请来酒店的值班医生。医生递给她一大颗凝胶状的药丸。她正要把它放进嘴里，医生赶紧阻止了她，用和善但是尴尬的语气说："不，小姐。请塞入肛门。"因为那是栓剂。

来到冰岛的第一晚，朱尔斯基本在睡眠中度过。当她终于睁开眼睛时，她感到一阵昏沉的头疼，而且又饥又渴。"嘿?"她试探地发出声音，"埃诗?"酒店房间空空如也，旁边埃诗父母住的那间也是如此。她不知道现在是白天还是晚上。朱尔斯拉开窗帘一角，发现天空仍然很明亮。她走进洗手间，一张便条支在水槽上，以便她一眼就能看见。酒店提供的便签上是埃诗圆润秀气的笔迹：

朱尔斯!!!

我希望你现在好一点了，可怜的你。我们在幸福咖啡馆，就在旁边。门房会告诉你怎么走。如果你可以的话，请尽快过来，有要事。

爱你

埃诗

朱尔斯站在水池旁边，用一块散发着火山岩气味的绿色香皂洗了一把脸，又从母亲买给她做旅行礼物的红色新秀丽行李箱中费力地翻找出牙刷和牙膏。她刷了牙，用梳子梳了梳难以打理的头发，然后走下楼去。酒店大厅华贵庄重、熠熠生辉，飘荡着轻柔的古典音乐。屋里的光线比外面暗得多。朱尔斯在门房那里问好路——每个人都会说英语——然后推门而出，走进雷克雅未克阳光明媚的夜晚。在持久得令人恍惚的天光里，这个地方对她来说就像是外星球，一个她差点把栓剂吃下去的地方。当她走向两条街之外的咖啡馆时，她感觉自己正在走向某些不同寻常的事物。后来她想，也许生活中除了陌生的时刻，还有先知先觉的时刻，不过那种感觉在当时根本就不像是先知先觉。朱尔斯顶着一头卷发走在街上，花哨的 Huk-a-Poo 修身衬衫的衣领上溅到了一小片黄色的呕吐物，不过她还没发现。她穿着青绿色的木底鞋——“我们终于可以在正确的地方穿上木底鞋了。”出发前她对埃诗说——走在石板路上咔嗒作响，每一步都让她感到局促不安，独自一人却目的明确。这里有很多人都穿木底鞋，但似乎没有一个人走路时会发出她那么大的动静。

朱尔斯从几个显然喝醉了的人身边走过；她从一群背包客身边走过——他们是当年嬉皮士的翻版，几乎身无分文地在冰岛旅行。一个男孩用她听不懂的语言（也许是希腊语）对她喊了一声，但朱尔斯继续向前走。呕吐让她眼底的血管破裂，她知道自己看起来就像一个寻觅猎物的丧尸。她轻松找到了一整条路都是咖啡馆的街道——巴黎咖啡馆、莫奇咖啡馆、安妮塔咖啡馆——每一家都人满为患，飘散出浓烈的烟味。当她找到幸福咖啡馆从窗外向里面望去时，她认出的第一张面孔并不是沃尔夫家的人。相反，那是一张完全不符合此情此景的面孔。她不得不花一点时间才回忆起编织课老师兼救生员谷德伦·西格多蒂尔手拿沉重的工业用手电筒、在1974年夏天第一次照进帐篷的那一束光。谷德伦也在这里，满脸微笑。在她身后，在挤满人的餐厅更深处，沃尔夫一家人也探出身子让朱尔斯看见他们，他们都对她微笑着，就连脸上的表情都一样，充满强烈而独特的情感。埃诗看着朱尔斯，眼睛湿润而快乐。坐在她身旁的那个人，从朱尔斯的角度只能看见一半，他的脸被木柱遮住了一部分，那是古德曼。他对她举起手里的啤酒。他们全都示意朱尔斯进去。

“在电话里听到他的声音，我整个人都僵住了，”贝琪·沃尔夫解释说，“他喊了一声‘妈妈’。”

“妈妈。”古德曼此刻又郑重地喊了一声，这声呼唤似乎再次击中了贝琪·沃尔夫。她放下酒杯，握住儿子的手亲了一下。坐在桌边的每一个人脸上都是激动的表情，就连谷德伦也是。朱尔斯也被感染了，起初的震惊很快融化，她放松下来，开始感受这一切。

“我们本来打算一到酒店就告诉你一切，朱尔斯，”埃诗说，“古德曼今天要工作，晚上才有时间见我们。我们的计划是坐下来和你谈一谈，把事情都解释清楚。可是后来你食物中毒了。在你呕吐的时候突然和你交代这些感觉会很奇怪的。你大概会以为是自己的幻觉。”

“我现在也觉得是。”

“我是真的。”古德曼说，“倒是你看起来不人不鬼的，雅各布森。你的眼睛怎么搞的？”

“呕吐的时候眼底血管破了，”她说，“其实没有看起来那么糟糕。”

“是啊，你看起来就像《驱魔人》里的那个女孩，”古德曼说，“不过是好看点的那种像。”他们在夏令营帐篷里时，他便经常做出这种有趣又无礼的评价。但此刻的他早已离帐篷中的岁月远去，走进了他们其他人从未涉足过的某个地方。现在，他的外表看起来好像一位在大学享受奖学金的、老于世故又放荡不羁的欧洲留学生。不过，他告诉朱尔斯，他根本没去上学，因为那需要太多法律文件。他仍然期待有朝一日能成为一名建筑师，但他清楚自己永远无法在这里或其他任何地方拿到学位和执照。朱尔斯暗想，不知是否绝对如此；如果那是他真正想要的，他有没有可能想出别的办法呢？眼下，他和谷德伦的丈夫福克一起在工地上干活，这就是他今天的工作，也正因为此，他直到晚上才能和家人见面。两个男人白天盖房子，结束一天的工作后便去蒸桑拿，如果外面足够暖和的话，之后还会跳进冰冷的湖水里游泳。

朱尔斯根据在座每个人讲述的片段拼凑出了古德曼的故事。他离家出走的那天早上，先是在港务局搭乘彼得·潘巴士，一路来到马萨诸塞州的贝尔纳普。他在营地对面曼尼和伊迪·翁德里希居住的那座灰色大房子前敲了半天门，但是没人应声。在策划逃亡的那几天里，他把自己折腾得惶惶不可终日，担心陪审团不相信他，担心自己会败诉然后被判入狱，在牢里变成一个中年男子。于是他决定逃跑。他从自己的银行账户里取了一笔惊人的数目，将钞票放在他以前参加夏令营用的行李袋里，做完这些之后，林中精灵便成了他唯一能想到的去处。古德曼在露营地里走来走去，场地里寂静无声、空无一人，在淡季里显得分外忧伤。他在食堂外面看到了正在收拾垃圾的厨师爱达·斯坦伯格，于是他走过去和她打了个招呼。她完全不知道他被追捕的事，但是当他说他需要离开这里时，她立刻明白他的意思是，他需要神不知鬼不觉地离开这里。

厨师把古德曼带进露营地的厨房，让他坐下来，还给他盛了一碗扁豆汤。她解释说，她今天在这里纯粹是个幸运的巧合。她在营地淡季只是偶尔为翁德里希夫妇工作。为了迎接场地设施检查，工人们最近正在进行彻底的检修，所以需要她在这里准备伙食。那一天翁德里希夫妇碰巧去皮茨菲尔德采购物资了。出于本能，古德曼请求爱达不要告诉他们他来过这里。他知道他们很喜欢他的父母，但他们也很喜欢基普林格一家。

“去找个好心人收留你，”爱达·斯坦伯格给他提建议，“远走高飞。”

古德曼立即想到了谷德伦·西格多蒂尔，她曾经走进男生帐篷、懒散地靠在床上抽烟、公开谈论人生的苦痛。于是，古德曼问爱达能否给他谷德伦的地址和电话。仿佛林中精灵也有自己的地下抵抗组织一般，厨师尽心尽责地从前台的联络簿里给他找来了谷德伦的联系方式。古德曼身上有钱；他打算飞到欧洲的某座城市，然后设法去冰岛向谷德伦求助。他的想法真是荒唐——倘若他跑了那么远却被她拒绝了怎么办？接下来该如何是好？——但他却觉得自己的打算十分合理。首先，古德曼乘公共汽车来到波士顿，四处打听伪造护照的事。他住进单间酒店（SRO），三天后便用惊人的高价买到了一本护照，而且真的靠这本护照蒙混过关了。不过，在飞机从洛根国际机场 E 航站楼起飞前往巴黎之前，他在 14D 座位上紧张得浑身发抖，将目光锁定在手中的书上。那是他绝望之下在机场随手拿的一本流行小说，是热爱君特·格拉斯的他原本这辈子都不会多看一眼的书：阿加莎·克里斯蒂的《帷幕》。

来到雷克雅未克，古德曼用假名与谷德伦和福克住在一起，睡在一间狭小空房里的折叠床垫上。“但是你为什么选择冰岛？”朱尔斯问道。

“我说了。因为谷德伦。”古德曼说。

“看起来也太随便了。”

“她是唯一一个离得足够远的人，不了解凯茜那件事，也不会对我做出评价。她从不评价我们任何人，记得吗？她很友善。”

听到这话，谷德伦擦了擦眼睛：“古德曼突然出现，说他需要帮助。我一直很喜欢他。他是你们那一群人的好朋友。”

谷德伦的丈夫在不做建筑工的时候也是一名织布工，他们俩没有多少钱，日子过得十分清贫。很多时候，他们唯一负担得起的食物是一种形似木浆的深棕色饼干，以及全世界最酸、最像修道院食物的冰岛酸奶。夜里，古德曼就睡在光秃秃的折叠床垫上，身上盖着谷德伦和福克手工编织的毯子。他痛苦地思念着父母和妹妹，迫切希望重新联系上他们。临近他逃亡的一周年纪念时，古德曼的乡愁变得愈发难以忍受。他想念自己在纽约公寓里的家，母亲做饭的香气，想念身在一个美好家庭中的舒适，拥有一把钥匙可以打开一扇通向自己住所的门。他明白临阵脱逃是一个致命的错误。他的逃亡摧毁了他的家庭，也一同摧毁了他自己。

日复一日，在局促的冰岛新生活中，古德曼步履沉重地走过雷克雅未克街头的收费电话，不得不克制停下脚步打电话回家的冲动。三月的一天，他从谷德伦和福克的住所抓了一大把冰岛克朗塞进背包里，第二天下午，在布利得赫特的某个工地干活时，古德曼利用休息时间来到马路对面，走进了公用电话亭。他颤抖着，往电话里塞了一个又一个硬币，直到电话接通。在大洋彼岸，他悲伤的母亲拿起电话，用她那充满母性的动听嗓音说了一声“喂”，而他只是喊了一声：“妈妈。”

贝琪·沃尔夫倒吸了一口凉气，然后她说道：“天哪。”

他知道打电话回家非常冒险，但是距离他逃跑已经过了很久，也许没有人埋伏在那里等着他了。也许他们都已经忘了他。负责本案的警员曼弗雷多和斯皮瓦克起初经常打电话到沃尔夫家，询问他们是否知道什么，但后来他们的电话也没那么频繁了。“老实说，我们完全是超负荷运转，”曼弗雷多警探向贝琪坦言，“我们自己都快要累死了。部门刚刚解雇了两个人，后面还会裁掉更多人。政府没有那么多钱。”许多年以后，一个来自康涅狄格州郊区的十几岁的男孩被指控实施了两次独立的恶性强奸，然后逃到瑞士过起了白天滑雪、晚上寻欢作乐的生活，所有开支都由他富有的父母负担。但那个男孩是一个捕食者，袭击了不止一名受害人，这样的案件不会不了了之。他的归案被视为一场胜利。古德曼的案子从一开始就没那么耸人听闻，也没那么引人入胜。在他逃跑之后，基普林格一家不愿对媒体发表意见，过了一段时间，这起案件便被埋没在其他优先事项之下。古德曼紧张地从国外打电话回家时，一度担心他的父母和妹妹也把他给忘了，担心他们已经设法走出过去、继续生活。他试探着对母亲说了几句话。贝琪哭了起来，哀求他告诉自己他身在何处。

“我不能说。万一你的电话被窃听了怎么办？”他说。

“没有窃听，”贝琪·沃尔夫说，“你就告诉我吧。你是我的孩子，我需要知道你在哪里。过去这段时间太折磨人了。”于是他告诉母亲自己在哪里，她说：“好的，很好。你还很年轻，草率地做了一个决定，一个错误的决定。现在我们必须弥补错误。”

“这话什么意思？”

“你要回家，”他的母亲说，“坐上飞机飞回来，我们去机场接你，你要去自首。”

“自首？”古德曼说，“你这话说得好像我真做了什么似的，妈妈。”

贝琪说：“嗯，你确实做了什么：你逃跑了。这可不是小事，亲爱的，但我们会解决的，我们会让事情顺利过去的。”

古德曼告诉她：她太天真了，人生不是什么都能解决的，他不可能回家去。他们就这样拉锯了半天。他的母亲不断恳求；古德曼则坚持说，不，他不会回来，他跑了就是跑了，事情就是这样。他说，如果回来，他可能会被判坐很长时间的牢；可如果留在这里，至少他能拥有某种形式的生活。她终于看出，他不会改变主意了。尽管他疯狂地想家，但他已经习惯了现状。除了亲自举报他，她没有任何办法让他回来。

于是，贝琪和吉尔·沃尔夫做了任何父母都会做的事，他们大着胆子通过精心设计的银行渠道向冰岛汇了一笔钱，没有告诉任何人，甚至没有告诉埃诗。他是他们的儿子，他们知道他是无辜的，如果他们不能说服他回家，那么这就是他们认为自己需要做的事。钱到账了，没有发生任何意外，他们紧张地等了一天又一天，直到他们觉得可以推定，幸运之神眷顾，没有其他人再关注古德曼的事，也许他们甚至可以神不知鬼不觉地去探望他。他们决定，现在应该告诉埃诗了。

"有一天我放学回家，"埃诗在咖啡馆里对朱尔斯说，"我父母把我叫到客厅里坐下。他们的表情古怪得吓人。我以为他们要告诉我，古德曼被人找到了，而且他已经死了。我绝对接受不了。结果他们告诉我他很好，他在冰岛，他们一直在寄钱给他，而且我们要去见他。我简直开心死了。我们都开始尖叫着互相拥抱。我觉得我要憋炸了，一直对你保密，朱尔斯。但我的父母说了：'不要告诉任何人！'他们简直是黑手党。而且我也不能告诉伊桑。我是说，既然我们在一起了，我就会告诉他一切。我会和他讨论极其私密的话题，这你知道的。"

"你和伊桑，"古德曼说，"我还是接受不了。妈妈写信跟我说了。他妈的，埃诗，你就不能挑个更好的？你是个理想的对象，他是个变种人，没有冒犯的意思。我爱那个家伙，但我绝对不会把宝押在他身上。"

"没人想听你对我的爱情生活有什么看法。"埃诗说着，一边微笑一边流着眼泪。然后她转向朱尔斯说："但我不能告诉伊桑，当然不能。因为谁也不知道他会怎么想，或者怎么做。"

“什么？”朱尔斯说，“伊桑到现在都不知道？”

“不知道。”

“你在开玩笑吗？他是你的男朋友，你们的关系这么亲密。”她目不转睛地盯着埃诗。

“我知道，可我不能告诉他。我爸爸会杀了我的。”

“绝对会。”吉尔·沃尔夫说，所有人都礼貌但不自在地笑了起来。

“伊桑对人生的那些看法谁也控制不了。”埃诗说，“对于什么符合道德、什么不符合道德，他都有自己的理念。那是他赖以生存的全部准则。你有没有看过《费戈大陆》的那段卡通：总统被弹劾，而副总统却赦免了他，在签署赦免书的时候副总统突然变成了一只黄鼠狼？还有，伊桑总是逃课去支持卡特竞选总统。”

“嗯，那事做得不错啊。”朱尔斯说。

“还有，为了照顾老莫放弃乐一通。还有你记得吗，当初迪克·派迪说我们不该和凯茜接触，他却非要和她保持联系？如果我告诉伊桑古德曼的事，他没准认为出于对凯西的尊重，他必须去举报或者做出其他事情。举报我们所有人，让我们被铁链拴在一起，串成一串被带走。”

“然而事实上，”古德曼说，“我没有对凯茜·基普林格做任何事情。她完全曲解了整件事。”

“噢，这我们知道，”他的母亲充满关切地看着他说，“你真的不考虑回家来追求最好的结果吗？”

“妈妈，”古德曼斩钉截铁地说，“别这样。我已经说过了。”

“天知道陪审团会怎么想，贝琪。”吉尔说。所有人都安静了片刻，他们看着古德曼。的确，他看起来不像一个毫无攻击性的男孩。建筑工作令他肌肉发达。朱尔斯从自己的词汇储备里摸索出“精悍”这个词。眼前这个新的、年纪略长一些、冰岛版的古德曼看起来强壮、英俊、美丽又更加世故。天知道陪审团会怎么看待他。“别提这事了。”

吉尔安静地说。贝琪终于叹了口气，点了点头，始终握着儿子的手。

朱尔斯无法放下埃诗隐瞒伊桑的问题，她又对埃诗说："可你怎么能瞒得住你爱的那个人呢？"

"你是在这件事上我唯一信得过的人。"埃诗说。也许这只是凯茜·基普林格对朱尔斯所说的话的另一种表达：你很懦弱。

"可你总要告诉他的，对吗？"朱尔斯问。

埃诗没有说话，于是她父亲开口了。"不，她不会的，"他说，"这就是我一直努力想说明的问题。"

这一刻的气氛是如此僵硬，以至于朱尔斯不知道该看向谁或者说些什么。这时古德曼从桌边站起来说："我去撒个尿。"他大步走开，身材比朱尔斯上一次见到他时又魁梧了许多。建筑工地的重活、冰岛的阳光、一杯杯冰岛酸奶、缺乏性生活、偶尔的赌博、大量绰号黑死酒的冰岛烈酒（一种由土豆和香菜籽发酵而成的高浓度烈酒）：所有这些共同将他打造成了一个流亡异国的壮硕年轻人，现在他的名字——今晚有人提起过——叫作约翰。

当他离开餐桌时，另外三个沃尔夫家的人凑得更近了些，谷德伦则借口说要买烟走了出去。"现在听好了，"吉尔喝完面前的啤酒，凝视着朱尔斯说，"现在的情况非常严肃，我怎么强调都不过分。你也明白这一点，对吗？"

"是的。"她小声回答。

"我们可以完全信任你吗？"他问。他们都直勾勾地盯着她，神情严肃。

"是的，"她说，"当然可以。"

"那就好，很好，"吉尔说，"因为问题在于，我们本来不想让埃诗告诉任何人。任何人，包括你，包括伊桑。结果可能会非常麻烦，我连想都不愿意去想。但是埃诗非要和我们以外的某个人谈谈，否则她觉得她会精神崩溃的。听起来有点小题大做——"

“爸爸，我没有小题大做。”埃诗插了一句，她的父亲将目光转向她。

“好吧，你没有。但是我们全都知道，你对每件事的反应都相当敏感，这一点我们也考虑到了。”吉尔似乎在竭力克制自己，接着他又转向朱尔斯，表情非常严厉，透露出一位父亲或者不如说是一位校长的威仪：“等她秋天去耶鲁大学时，她必须要集中精力。她不能为了这件事失去控制。我们都不能。我们必须表现得好像什么都没有发生。一切都和原来一样。”

朱尔斯想象自己回到安德希尔之后，母亲毫不知情地问起：“这是不是你所期待的激动人心之旅呀？告诉我有什么好玩的。”洛伊丝不会发现朱尔斯被托付了这样的秘密，不会知道这种感觉多么令人恐惧，又是如何将人孤立。朱尔斯希望她能告诉伊桑；他会指引她。她想对他说：“我有个道德难题请教你。”他会说：“来吧。”然后她就会告诉他：“有这么一家人，非常有吸引力，气质特别吸引人……”

贝琪·沃尔夫接着说：“跟你说实话吧，朱尔斯，我们理想的情况是：只有我们的直系亲属才知道我们和古德曼有过接触。我们正在努力确保他过上体面的生活。我们知道，他没有做那个有毛病的女孩指控的无耻的事，在适当的时候，我们想让他回家的路轻松一点。我们会去和地方检察官办公室谈谈，去做需要做的事。古德曼会为逃避庭审做赔偿。但现在还不是时候。我不想用别人有时会说的那种话来侮辱你——‘我们把你当家人看待’。有一次我听到塞莱斯特·派迪对一个可怜的秘鲁人——还是印度人来着——说了这句话，那女人一星期就去派迪家一次，基本上就是站在壁橱旁边熨衣服。只有家人才是家人，这是生活中一个不公平的事实。你有自己的家人。我只和你母亲说过几次话，另外前几天在机场见过她，但我能看出她是个很好的人。你不是我们的家人，虽然如果你是的话，那会很不错。我不是你的母亲，吉尔也不是你的父亲，我们不能强迫你去做我们决定做的事情。我觉得，埃诗在这件事上要了一点花招，才让我们允许你加入这次旅程——”

“不是那样的。”埃诗尖声说道。

“嗯，那要哪天我们去做母女心理咨询才知道了，”贝琪对女儿微微一笑，“肯定有这种咨询。我们都花钱买了别的心理咨询，为什么不试试这个呢？不过问题的关键是，朱尔斯，埃诗爱你。你是她拥有过的最好的朋友，我猜她现在不会介意我说一句，她也需要你。”贝琪的声音再次变得不由自主，埃诗从对面斜倚过来，伸出双臂抱住母亲。她们俩长得非常像，容貌精致、头发灰白的母亲和美丽动人的女儿。女儿的容颜有朝一日也会朝着母亲的方向发展，始终令人愉悦、五官精巧，只是不再年轻、不再不谙世事。

旁边有一伙抽烟喝酒的学生，他们瞥了一眼这桌在公共场合表现出强烈情绪的美国人。今晚，这桌人谁也不打算控制自己的情绪。“妈妈，我好爱你。”埃诗说着，哭得稀里哗啦。

“我也爱你，我的宝贝姑娘。”

这时古德曼回来了。没过多久，谷德伦也回到座位上，一坐下就打开她那盒国王香烟，轻轻磕出一根点上。这位辅导员在冰岛看起来很时髦。她的发型修得很好看。朱尔斯不禁想了想古德曼所描述的谷德伦和福克家恶劣的生活条件。但后来她又想到，最近几个月来，这个家一直有稳定的资金汇入。他们的生活条件大概是得到了改善。谷德伦看起来就像一个衣着光鲜的艺术家或设计师。

“出什么事了？”古德曼说，“我就去撒个尿，你们怎么乱成这样？”

“不用担心，”朱尔斯说，“你的家人流露真情和你倾泻膀胱里的存货没有半点关系。”

“这里的气氛非常非常沉重。”埃诗说着，站起身来绕着桌子走了一圈，站在她哥哥身边，把手臂环在他的肩上。他又坐了下来；但即便坐着，他也和他妹妹站着差不多高。

“我们在叮嘱朱尔斯，保守这个秘密多么有必要，”吉尔说，“比有必要还重要。”

“我明白，”朱尔斯说，“我真的明白。”

“谢谢你。”埃诗站在桌子对面说。

“明天，”吉尔·沃尔夫说着，打量着身边的家人，“我们所有人都要去地热游泳池游泳，然后享用美味的冰岛美食。我们将度过美好的一天，这是我们应得的。我们需要这样的时光。”

接着，沃尔夫一家人同时开口，说个不停。他们谈到努奇的死。埃诗说：“我真不敢相信你不在场，古德曼。”古德曼说：“知道啦，我知道，我也伤心得要死，我很抱歉，我也很爱他。”他们谈到乔纳在那么多学校里选择了麻省理工学院有多么奇怪，谈到米歇尔表姐怀了一对双胞胎，还谈到了美国政治——古德曼以往只能通过冰岛新闻报道的只言片语了解美国政治。他们无拘无束地畅谈，聊起想到的每一件事。一家人在幸福咖啡馆惬意的褐色和金色环境里放松地团聚在一起。朱尔斯又喝了一杯水，突然再次感到无比疲惫。但沃尔夫一家人仍然精神十足，而且可能还要持续几个小时。冰岛，远离任何一片土地，这里的人们入睡很晚，仿佛在遗世独立中安抚自己。只有朱尔斯·雅各布森和谷德伦·西格多蒂尔被这场谈话排除在外，一个十几岁的女孩和一个成年女人，略显拘谨地坐在那里相对无言。朱尔斯看着曾经的夏令营辅导员，她也看着她，两人都害羞地微笑起来，完全找不到话说。

“所以，”朱尔斯终于开口道，“你那个手电筒还在吗？”

第二部分

费戈大陆

十

1984年9月，纽约市一家不起眼的日式餐厅。这家高端餐厅的门上甚至没有名字，毛笔书写的菜单上也没有价格。伊桑·费戈曼和埃诗·沃尔夫坐在草编坐垫上，对面是电视台高管加里·罗曼和哈莉·萨金。两人都打扮得衣冠楚楚，一口洁白整齐的牙齿时尚又体面。不过很明显，加里才是掌握大权的人，哈莉的作用主要是补充和陪衬。先开口的总是加里；哈莉似乎只是用更加温和又相对中立的方式重复一遍。“这件事的一系列进展真是很美妙。”加里·罗曼说道。

“非常棒。”哈莉·萨金附和道。

试映集已经完成，双方确定了下一步进展，电视台订购了整整一季《费戈大陆》，剧集将在电视台特意在曼哈顿中城新设立的工作室制作。此外，伊桑坚持要亲自为两个反复出现的角色配音，这样一来，他本人便和其他人一样是这部卡通不可或缺的要素。几天前，高管们从洛杉矶赶来与伊桑及其代理人和律师会面洽谈。现在终于迎来了庆祝晚宴。

一位服务员接过他们的点单，一位身穿浅绿色和服的女服务员拉开日式纸拉门，呈上装在一个又一个木托盘中的食物，那位服务员则在一旁侍立照看，他们两人就像日本版的加里·罗曼和哈莉·萨金。权力的结构很容易看清楚，只要你花一点时间观察身涉其中的人们。伊桑准备晚些时候和埃诗聊聊这件事，等他们回到自己的公寓、有机会解读这个夜晚的时候。这一晚，伊桑深感这种正式场合让他很不舒服，他都不像他自己了。首先，寿司本身的怪异就让他不自在。在二十五岁时，伊桑·费戈曼只吃过加州卷，那和生食没有半点关系。可眼前摆放的却是寿司拼盘和不同种类的菱形刺身，还要搭配一种简直能掀开头盖骨的、叫作芥末的配料。那些闪闪发亮的小颗粒、某种神秘生物在水下排出的卵、被生生斩断的触角，蘸一点味道像熏焦糖的日本酱油即可食用。伊桑害怕生鱼肉可能含有寄生虫，但他对食物本身也饶有兴趣并努力克服恐惧。从这个角度来看，日式料理就像一部可以吃的卡通。

他身旁的埃诗已经吃过很多次寿司和刺身。后来那天晚上她甚至说，她确定自己在20世纪60年代还是小孩子的时候曾经和父亲一起来过这家餐厅。在那顿晚餐上，吉尔·沃尔夫曾经耐心教女儿如何握住一双漆筷。不过也许根本不是这家餐厅；这座城市里有好几家类似的地方，没有门头，没有菜单，没有标价。你必须是那种知道它们存在的人。你必须有钱。

让伊桑感觉不自在的不仅仅是食物。按道理，他现在应该放松下来了。今天之前是应该紧张的时候，那时他也的确很紧张。现在，电视台已经预订了一季节目，还租用了一整层办公楼作为工作室，他们无法反悔了。他们不会突然意识到自己犯了多么深远的错误，在所有人中偏偏选择了错误的那一个——他，不出色也不美丽的伊桑·费戈曼——为他提供一笔巨款，让他去做他一直以来都在做（至少是在头脑里做）的事。

“如果观众的反应和我们预期的一样，你就会是全美国最受欢迎的费戈曼了，这感觉怎么样？”加里·罗曼问道。

“我打赌你很期待吧。”哈莉·萨金低声说。

“实际上，我想我应该是第二受欢迎的费戈曼。”伊桑说，“我的叔祖父施门德里克·费戈曼受人崇拜，至少在布鲁克林的班森贺区是这样。”

高管们困惑地愣了一下，然后用相似的咩咩声大笑起来，埃诗甚至没有假装自己觉得很好笑。伊桑在胡言乱语；他紧张的时候就会这样。他根本没有什么叔祖父施门德里克，这都不能算是个玩笑。他知道埃诗不喜欢他这一点，但是当你与某人建立一段关系时，你必须全盘接受对方。在埃诗爱上伊桑时，他已是劣迹斑斑：胡言乱语、双手多汗、缺乏安全感，穿什么衣服都显得很丑，脱光衣服或许更丑。此刻，伊桑·费戈曼需要更多清酒才能用正常人类交谈的方式与眼前的人谈话。他不可能这辈子只和朋友们说话，尽管他倒宁愿那样——最好大多数时候只需要和朱尔斯说话。现在，他和电视台达成合作，结成了一对生意伙伴。伊桑将制作一套名为《费戈大陆》的节目，他要负责动画制作、剧本写作、配音、对台本，投入所有的时间。许多人将给他打来电话，而不仅仅是埃诗、乔纳和朱尔斯。

大约三年前，伊桑被《咯咯笑》制作组雇用，这是一部机灵而尖锐的晚间成人卡通。接受这份工作时，他刚从视觉艺术学院毕业几个月。尽管此前他也能找到工业动画方面的工作，但他很好奇参与卡通节目制作是什么感觉。在朋友们当中，只有他得到了出色的工作机会。其他人好像都还在自己渴望的职业外围徘徊，尚未步入那个领域。朱尔斯仍在努力成为喜剧演员；埃诗则想成为正剧演员。刚刚摆脱那群明徒的乔纳还在迷茫，没有拿定主意。《咯咯笑》是为数不多的成人电视卡通之一，更与众不同的是，它在纽约而不是洛杉矶制作。这是它最吸引伊桑的一点。实际上他并不喜欢《咯咯笑》的风格，笑料有些刻薄和幼稚。人物在你追我赶的奔跑中伸脚绊倒对方。节目在十八岁至二十五岁这一理想观众群中的试播反响很不错。伊桑为《咯咯笑》绘画和创作剧本的动画工作室坐落在切尔西区的一个宽敞而开放的空间，配有模块化家具和快乐分裂乐队的音乐，冰箱里储藏有苏打水和果汁，员工年龄都在三十岁以下。有一天，还有人带来一根跳跳杆，在美丽的地板上留下了一长串凹坑。伊桑很快适应了这份工作，在一年多的时间里不断得到加薪和赞赏。鉴于《咯咯笑》的表现很出色，制作方带全体工作人员飞到了夏威夷以示嘉奖。

1982 年 12 月，毛伊岛。伊桑穿着长袖衬衫和长裤——养蜂人的全套装备——坐在树荫里的躺椅上看书，其他人都在阳光下或者在水中。在这里，伊桑意识到自己很低落，他不仅需要回家，还需要离开这份工作。他再也不想为《咯咯笑》里平凡又愚蠢的人物负责了。伊桑走到他在酒店的房间，给远在纽约的埃诗打了个电话。自从来到这里，他还没用过电话，他不想有任何额外的开销，生怕电视台的人会为此而感到不快。就连迷你吧他也没有动过，而《咯咯笑》剧组的其他员工无疑每天都会抓几把咖啡色外壳的夏威夷果。伊桑担心告诉埃诗他要辞职时，她会说："你太冲动了，伊桑。听着，先把假期过完，等你回家来我们再讨论这事。"

然而她说的是："如果你想的话，就这么做吧。"

"我想。"

"那好呀。记得告诉我你什么时候回来。我非常爱你。"

"我也爱你。"他动情地说，感受着她平静的力量。埃诗从不评判别人。回家吧，她对他说。于是现在他要回家了，她会等着他，会帮助他解决问题。这趟旅行可以邀请伴侣和配偶前往，但埃诗选择留在纽约担任一部名为《可可·香奈儿爽翻天》的实验话剧的助理导演，该剧将于夜间在肉类加工区的室外上演。她的工作没有报酬，但伊桑的薪水可以维持他们俩的生活。其他卡通片画师在太平洋里戏水的时候，他收拾好行李，在酒店前台给老板留了张纸条，解释说他做了一个匆忙但坚定的抉择。他写道："就像被冲浪板砸中了脑袋。倒不是说我知道那是什么感觉，因为正如您或许留意到的那样，这个假期我都在树荫里阅读《笨蛋联盟》。但我必须退出，斯坦。我甚至不知道为什么。”

回到纽约的家里，他的老板斯坦打来电话，请伊桑下周抽空“坐下来谈谈”，但伊桑拒绝了。他待在公寓里，在他大批购入的小线圈笔记本上如痴如醉地涂画《费戈大陆》里的人物。有时，乔纳·贝伊晚上过来一坐就是很久，有时干脆倒在客厅沙发上过夜，不久前他刚找到一份为残障人士设计日常生活创意设备的工作，最近有些过度疲劳。要不然，朱尔斯和她的男友丹尼斯·博伊德也会一起过来。丹尼斯·博伊德是个黑头发的大个子，从秋天开始在超声技术学校读书。

“我知道你们经常在地铁上看到超声技师培训的广告，所以听起来好像在开玩笑，”朱尔斯在宣布丹尼斯的规划之后说道，“但他想当作职业的这件事其实很重要。他会看到人的内部，看到他们皮囊之下的奥秘。而且是用声波。有点像通灵，不过是用机器。从某种程度上说，我认为这是一种艺术技巧。他要处理的是人体结构，人们的生命、人的内部，他们的整个未来。”

“我知道，”伊桑说，“而且我喜欢丹尼斯。你不需要把他推销给我。”

丹尼斯·博伊德很腼腆，伊桑知道他过去曾经历过一些情绪问题。不过大多数时候，他看起来只是一个永远不会伤害朱尔斯的正经人，感谢老天。他只会爱她。有时候，伊桑看着房间另一头的朱尔斯，似乎仍然能清晰地看到他们十五岁时的自我。他发现自己仍然可以亲吻她，但他会立刻告诫自己：打消这个想法。二十多岁的朱尔斯·雅各布森并不显得格外性感或肉欲——她十五岁的时候也不是那样——但她至今都让他感到兴奋，因为他实在太喜欢她了。朱尔斯聪明、迷人又自卑。没有人给过她任何东西，她也没有被溺爱过。伊桑也没有被溺爱过。这是他们的共同点之一，另外，他们都有偏执而扭曲的敏感性。朱尔斯不在乎自己看起来是否端庄。她经常开自己的玩笑。为了喜剧效果，她将尊严抛到一边。

伊桑知道，客观地说，朱尔斯并没有那么滑稽。大学一毕业，她隔三岔五就从母亲家中乘火车来到城里，在纽约上演的各色话剧中试演有趣的角色，但她到目前都没有好运。埃诗觉得她很滑稽，然而伊桑却觉得她迷人、让人想亲近、美妙。为什么这些特质还不够让她成为演员呢?

几个月前的一天晚上，埃诗与她和朱尔斯从夏天开始一起参加的表演课上回到家里，对伊桑说："可怜的朱尔斯。你绝对不敢相信她出了什么事。"

"出什么事了?"他惊恐地看着他的女友，不希望朱尔斯出任何事情。当然，除非是丹尼斯和她分手了。古怪的是，这个想法并没有让伊桑那么不高兴。想到朱尔斯现在"有空"甚至让他产生一阵快意的刺麻感，尽管伊桑自己当然根本没有空。

埃诗把她的毡布大钱包丢到一边，在伊桑旁边的沙发上坐下，头靠在他的肩膀上。"今晚上课的时候，伊冯娜一直逼她，一直逼她，说她还不够深入。最后所有人都准备离开时，伊冯娜突然让她留下来。所以我就在街上等她，因为你知道，朱尔斯和我总是一起去吃晚饭的。她和伊冯娜在屋里待了大约十分钟，然后朱尔斯出来了，她的脸真的非常、非常红，脸上全是斑点，就是那样子。你知道我的意思吧?"

"知道。"他对朱尔斯脸红和红疹相当熟悉。

"她看起来就像得了麻疹，"埃诗说，"她整个人都烧起来了，非常不开心。我们去了餐厅，然后她告诉我，伊冯娜直接对她说：'亲爱的，我就有话直说了。你为什么要演戏啊?'"

"你们的表演课老师是这么对朱尔斯说的?'你为什么要演戏啊?'"

"是啊。朱尔斯说她大概嘀咕了一句：'嗯，因为这是我这辈子想做的事。’结果伊冯娜说：‘但是你有没有问过自己，这个世界是否真的需要看你表演呢？’她就是这么说的！这个裹头巾的老婊子。朱尔斯说：‘不……我没想过。’伊冯娜说：‘我们在地球上只有一次机会。每个人都认为生命的目的在于找到自己的爱好。但也许，发现其他人的需求也是我们的目的之一。亲爱的，也许这个世界其实并不想看你背诵塞缪尔法文选集里某一段老掉牙的老独白，也不想看你假装醉酒，也不想看你在这里混来混去。你有没有想过这一点呢？’”

“我的天哪，”伊桑说，“这太恐怖了。”

“我知道。所以朱尔斯只说了一句‘谢谢你，伊冯娜’——她还真的谢谢她说了这些话；朱尔斯绝对有受虐癖——然后她就跑出来冲到街上哭了起来。”

“真希望我当时能在那里陪着她。”伊桑说。

第二天，埃诗离开公寓之后，朱尔斯打来了电话。不清楚她是想和他们两人中的哪一个说话；很可能是埃诗，不过伊桑权当她是想和他说话，他放下手中的事想和她好好聊聊。“太丢人了，伊桑，”朱尔斯说，“她就那么裹着头巾站在那里盯着我，好像她痛恨我。好像在说‘滚出剧院！’我猜她是对的。我可能是有点好笑。但不是表演的那种好笑，只是在生活中好笑。和你一样，”她又补充道，“不过当然，你也是有天才的好笑，所以你有很多选择。”

伊桑的脸愉快地烧了起来，他向后靠在沙发上，琢磨朱尔斯此刻可能坐在哪里、是否也坐在自己的沙发上、他们两人的沙发位置是否平行。“说不上‘天才’吧。”他说。

“我都没有夸大其词，”朱尔斯说，随即又问道，“我愿意再继续尝试下去。但我还要坚持多长时间，伊桑？显然，那个表演课对我来说已经完了。虽然还有好多周的课，我不可能让她退钱给我。那一出太可怕了，我再也没法和伊冯娜开口说话了。再说，她已经把我的学费都花在头巾世界上了。可是试镜呢？我是不是应该说‘去他妈的伊冯娜’然后继续做下去呢？我什么时候应该停下来？等我二十五岁的时候？三十岁？三十五岁？四十岁？还是就在这一刻？没有人告诉你应该坚持多久才可以彻底放弃。你总不能等年纪大到其他任何行业都不会雇用你的时候吧。我已经对这一切有点厌倦了，然而我可以说才刚刚开始。但我想要一个角色，哪怕是在只有十二个座位的剧院里演一出令人费解的小话剧。你还记得马乔里·晨星吗？”

“不记得。”

“那是赫尔曼·沃克很久以前的著名小说《初恋》里的人物。马乔里·晨星从小就想成为一名女演员；她的名字一开始是犹太人的名字马乔里·摩根斯坦，她改名就是为了以后出名，大家都知道她一定会出名的。她是一个美丽活泼的女孩，在学校话剧和夏季演出中都是头号人物。后来她出发去纽约，想做一名女演员，虽然她有很多经验，但最后还是没有成功。在小说的结尾，距离故事开始已经过了很多年，很久以前的一个朋友来拜访她。马乔里已经成了一个居住在马马罗内克郊区的家庭主妇。她曾经充满活力、令人兴奋、前途一片光明，可现在却成了这样一个平凡又无趣的人，她的朋友不敢相信这和他过去认识的马乔里是同一个人。我一直觉得这是最悲伤、最具毁灭性的结局。你可能拥有恢宏的梦想，却永远无法实现。不知不觉间，随着时间的流逝，你让自己变得越来越渺小。我不想让这事发生在我身上。”

“朱尔斯，你可能像很多人，但你完全不像马乔里·晨星。”伊桑沉默了一会儿说道。他不是在侮辱她，朱尔斯一定明白。她并非天生就想成为明星，也从未想过成为明星，因此她的故事绝对不会有毁灭性的结局。

埃诗才是那颗明星；如果埃诗愿意，她可以在表演方面大有作为，不过最近看来她似乎根本不愿意。埃诗总是对他说，她想做导演而不是演员。她尤其想导演女性创作的作品、关于女性的作品、女性角色出彩的作品。“圈子里的男女不平等简直难以置信，”埃诗说，“男性编剧和导演统治着这个小王国，把所有的奖项一扫而光。我发誓，如果他们有办法让男性扮演所有的女性角色，他们绝对会那么做。”

“‘汤米·图恩饰演果尔达·梅厄。’”伊桑插了一句。

“话剧圈绝对和其他行业一样有大男子主义，”埃诗说，“差不多就和……勘探石油一样疯狂。性别歧视很可恶，我想试着改变它。我母亲在史密斯学院接受了优秀的教育，但她一毕业就结婚了，从来没做过任何专业的事。看着她我就会想，她可以做很多很多事。艺术史学家、博物馆馆长、餐厅主厨！你知道她是个出色的厨师，也是个出色的母亲，但她本来还可以做好一项职业。这并不互相排斥。我觉得自己欠她什么，应该去做和女性权利有关的事。”埃诗对伊桑说，她想做一个女性主义导演。在1984年，你可以这样描述自己的理想工作而不会被取笑。当然，在导演行业成功的概率比表演还要低——对埃诗来说就更低了，因为她是女性——但是最近她坚信，这将是她毕生的事业。

而朱尔斯本来就是误打误撞才步入话剧这一行，也许她在这里停留的时间有点太长了。大学时代是漫长的最后挣扎。在纽约，她将自己定位成一个呆头呆脑的演技派，没有足够的姿色拿到领衔角色，却有别样的陪衬魅力。尽管如此，她也意识到比她优秀的人随处可见。她在表演课上见过同学们的表现：其中一个人的身体柔韧性惊人，另一个人可以惟妙惟肖地模仿各种口音。朱尔斯也在等候室里见过那样的人，他们都坐在那里，手里攥着自己的面部特写；朱尔斯还在试镜时看到过他们的表演。虽然他们也深知自己在话剧行当里人微言轻，但他们多少有一些微小却至关重要的、偶尔可以抢镜的特质，这让他们有了竞争力。他们擅长自己所做的事，比她做得好。

“是啊，”朱尔斯在电话里赞同伊桑的意见，“我不是马乔里·晨星。”

“所以你还能想象自己做点别的吗？”他问。

“我要现在做决定吗？”

“我给你几分钟，”他说，“你自己想清楚。”

他们沉默地坐在那里，伊桑听见她下颌发出咀嚼声。他很想知道她在吃什么。这声音让他觉得饿了，于是他拉长电话线，探出身子从咖啡桌上拿起一袋薯片。伊桑尽可能不出声地将袋子拉开。困在袋中的气体冲了出去，他开始吃薯片。他和朱尔斯一起，漫不经心地咀嚼着薯片或者别的什么。终于，他开口问道：“你在吃什么呢？”

“就像柏拉图版的电话问候：你现在穿着什么？”

“差不多吧。”

“Cheez-It芝士苏打饼。”朱尔斯说。

“多力多滋，”他说，“两个都是橙色的。”没有特别的理由，他注意到了这一点，“现在我们俩的舌头都是橙色的。他们可以根据舌头的颜色辨认我们。”

他们又继续各自吃了一小会，就像两人并肩走过缤纷的落叶。埃诗从不吃零食。她对食物纯净度的要求令人吃惊。有一次，伊桑发现她坐在客厅里，吃着一个在窗台放了很久、已经熟透的西红柿——她只是将它握在手中，沉浸在自己的思绪里，偶尔咬上一口，仿佛那是一只桃子或李子。

“嗯，”朱尔斯终于说，“我知道这听起来很缥缈，但有时我会想象自己从事与受折磨的人打交道的工作。我没开玩笑，如果你认为我是在开玩笑的话。我父亲去世时，我完全闭塞在这件事里。我从未真正试过帮助我母亲。我那时的自我陶醉让人恶心。”

“你那时还是个孩子，”他提醒她，“自然而然的事。”

"那现在我不是孩子了。你知道我在大学选修过心理学吗？大一那年我太痛苦了，就去大学心理咨询处，见到了一位人非常好的社工。"

"不错，"伊桑说，"接着说。"

"做心理咨询师或许挺有意思，读个博士学位什么的。但我母亲负担不起学费，我得花一辈子去还学生贷款。"

"就没有更便宜的办法吗？你能不能去做社工，就像你当初去见的那个？那样花费会不会少一点？"

"嗯，是啊，我觉得应该是。丹尼斯说我应该想办法去读个研究生。"

"他喜欢这个主意？"

"噢，他喜欢我喜欢的随便什么，"朱尔斯说，"他很高兴能去超声技术学校。当然了，"朱尔斯用干涩的声音说，"他那所学校有很棒的系列讲座，还有一支出色的曲棍球队，校园里覆盖着常青藤。不知道为什么，甚至还有校歌呢。"

"有校歌，是吗？"伊桑说，"我开始好奇了。告诉我超声技术学校的校歌是什么样。"

朱尔斯停下来想了想，最后说："是披头士的歌。"

"好吧……"

"《我的目光穿过你》。"

"完美。"伊桑说，他完全沉浸在对她的欣赏之中，永远不想挂断这通电话。

朱尔斯说："认真地说，这对丹尼斯来说是个好主意。在这之前他不知道该做什么人，做什么事。你知道，他生病的时候被大学抛弃了。超声波不是一件让他激情燃烧的事，但这对他有好处，这是一种解脱。所以，是啊，他也喜欢让我去上学的想法。但是你——我知道你对此会有强烈的看法。不过不一定就是对的。"

“我的看法是，我同意丹尼斯的观点。你能做好的，”伊桑说，“人们喜欢和你说话。”

“你怎么知道？”

“因为我喜欢和你说话。”

不久之后，朱尔斯向哥伦比亚大学社会工作学院提出的申请被接受了，她获得了奖学金，同时还办理了学生贷款。她从年中开始上学，很欣慰自己不必再每周购买《后台》杂志，像丑角一样拿着黄色荧光笔坐在咖啡馆里，遐想自己或许能得到其中的某个角色，或许永远得不到。表演与她渐行渐远，一同远去的还有成为关注焦点的梦想——得到的关注太多，你就会觉得它像发烧一样炙烤着你的脑门。另外，她在漂亮灯笼咖啡馆干活也干够了，那里给的小费极少，每个工作日下班回家时，她的头发都散发着意式浓缩咖啡的气味。再多“哎呀你头发真香”洗发水都无法洗去那股异味。在哥伦比亚大学，她的头发再次散发出中性的香味。课程学习也很顺利，只有统计学让她闻风丧胆，不过她说丹尼斯在辅导她，在床上坐在她身边，将那本难以理解的教科书中的内容慢慢地朗读给她听。

至于伊桑，虽然直觉告诉他辞掉在《咯咯笑》剧组的工作是个好主意，但现在他完全找不到前进的方向了。他真希望自己可以像朱尔斯向他倾诉那样，向朱尔斯倾诉一番。与她交谈不同于与埃诗交谈，埃诗从根本上信任他的直觉并希望他快乐。朱尔斯对伊桑则要有批判性得多。如果他想出的点子很糟糕，她才是那个会直接告诉他的人。可是这样一来，他就不得不对她坦言“我觉得非常困惑”，但他不能那样做，因为那样朱尔斯会对他抱有一丝同情。他一直在努力爬出被她同情的幽谷，自从多年前他在动画棚里错误地吻了她以后。

从毛伊岛回来几天后的一个下午，埃诗的父亲邀请伊桑共进午餐。“我们就在我的办公室见面吧。”吉尔·沃尔夫对他说。伊桑明白，这是一次需要他系领带的午餐，而他为此感到抑郁和沮丧。成为艺术家的全部或者至少一部分意义，难道不就是不必系领带吗？还有，他为什么要和吉尔共进午餐，只有他们两个人？伊桑和埃诗自 1976 年夏天以来一直是一对情侣，只有一小段艰难的分手期，那还是大学三年级的事。埃诗在耶鲁大学喝醉了酒，和他们同宿舍（或者用他们那里对宿舍的虚伪称呼：同院）的一个男孩上了床。那个男孩有一部分纳瓦霍人血统，肤色深暗的外表很有异域风情。用埃诗的话说，事情在派对之后“就那么发生了”。伊桑又惊又怒，他觉得自己所有的内脏都要爆出来了。难为他从纽黑文开车回来的路上居然没有撞坏父亲那辆总是发出嘈杂声响的旧车。伊桑和埃诗五个星期没有说话。在这段时间里，他创作了一部丑陋又刻薄的动画短片，叫作《婊子》，讲述了一只出门野餐的蚂蚁背叛了它的蚂蚁爱人的故事。

在那段悲惨时期里的一个周末，伊桑感觉比以往任何时候都要低落，于是他一路开车去布法罗找朱尔斯。虽然他原本打算睡在她宿舍水泥地板上的睡袋里，但最后却在她的床上坐了半个晚上，陪她准备心理学考试。他一直想和她说话，想分散她的注意力；而她一直在嘘他，告诉他这样让她神经紧张，会让她考砸的。他说：“我给你捶捶背吧。”她心不在焉地同意了，于是他开始揉她的肩膀。她向前俯身，让他更好地在背后揉捏。

“还真挺舒服的。”朱尔斯说。伊桑卖力地默默地揉着。朱尔斯终于把书朝下放在膝头，闭上了眼睛。他的手沿着她当睡衣穿的超大号 T 恤的表面移动，朱尔斯发出了满意的哼哼，让伊桑觉得相当愉悦。他的手有节奏地推按，朱尔斯舒服得吁了口气，这也给伊桑带来巨大的满足感。房间里的氛围似乎发生了某种变化——他的解读对吗？——他的手顺着她的腰向下移。不知怎的，他的一只手绕过了她的上腹。现在他确信某种变化已经发生了，他绝对安静地将手掌向上滑去，罩住她的乳房，两根手指探寻着她的乳头。每个人和每件物体都处于震惊之中：伊桑、朱尔斯、手、乳房、乳头。接着，朱尔斯猛然躲开他和他的手，厉声问道："伊桑，你怎么回事？"

"怎么了？"他惊慌失措，同时又假装对自己刚刚做的事情一无所知。

"去地板上的睡袋里睡。"她说。他按她的话照做，像穴居的野兽一样爬进睡袋里。"你怎么会觉得你可以这样做？"朱尔斯又说，"我们之间不是那回事，你和我。还有，我怎么可能和你做任何与性有关的事——我最好的朋友的男友？"

"我不知道。"他说，不敢看着她的眼睛。因为我们彼此相爱，这才是真正的答案。因为这种感觉如此美妙，至少对我来说如此。因为，唉，尽管我和埃诗缠绵了那么久，但是当事情变得糟糕时，我仍然会恢复始终都有的渴望——对你的渴望——直到我死去的那一天。

在布法罗朱尔斯的宿舍里发生的那一幕成了他们许多年都不再谈及的事情。后来，最终，朱尔斯在两人独处时主动提起了这件事，随意地将其称为"布法罗乳头事件"，一个难听的名字。"布法罗乳头"成了一个暗号，不仅指那个特定的事件，还可以形容一个人出于渴望、软弱、恐惧或几乎所有人类情感而可能在生活中做出的犯糊涂的行为。

"她会回到你身边的，"那天晚上，当朱尔斯和伊桑在宿舍里分开、各自躺好的时候，朱尔斯对伊桑说，"还记得我去咖啡馆见凯茜·基普林格以后，她把我踢出她父母公寓的事吗？"

"记得。但现在是埃诗背叛了我。她才是那个人，现在是我在等她。那到底是怎么发生的？"

"埃诗就是这样。一直都是这样。"

伊桑和埃诗的分离对他们俩来说都难以忍受。他们俩分别打电话给朱尔斯，哀怨地讲述失去对方的苦恼。“他是我的一部分，”埃诗说，“我不知怎么回事，有一瞬间忘记了这一点，现在我无法忍受他不在身边的日子。简直就像是，我必须和其他人上床才能发现我有多需要他。”而伊桑不停对朱尔斯说：“我再也受不了。我的意思是，我接受不了，朱尔斯。你在选修心理学。你和我解释解释女孩的事。告诉我我需要知道的一切，因为我觉得自己一无所知。”

尽管如此，这对伴侣最后还是冲向彼此，再次将自己与对方紧紧锁在一起。埃诗从没听说过“布法罗乳头”的事，也没有理由让她知道这事。伊桑和埃诗从大学时代到现在一直同居在东七街上，旁边就是挤满瘾君子和毒贩的A大街。“我一点也不喜欢这里。”吉尔和贝琪·沃尔夫来参观时，吉尔这样说道。他们当场打电话给锁匠，装上了能买到的最昂贵的钛锁。

当埃诗的父亲邀请伊桑去他的办公室时，埃诗和伊桑都只有二十三岁，这正是同居但不必考虑婚姻的合理年龄。伊桑担心吉尔会以某种方式询问他是否有朝那个方向发展的计划。然而吉尔根本不想谈论婚姻，根本不想谈论关于埃诗的任何事。他看起来只是为伊桑退出《咯咯笑》而忧心。吉尔似乎只想扮演一个父亲的形象，他知道伊桑那位满心苦恨、以自我为中心、不负责任的父亲派不上用场。伊桑系了一条棕色的窄领带，穿着一件袖口短一截的棕色外套，头发上用摩丝抹得锃亮。他坐在一把细纹抛光金属面搭配做旧皮革的椅子上，办公桌对面是埃诗的父亲。这是吉尔位于莱克星顿大街下段的办公室，他供职的公司现已更名为德崇证券。窗外的天空乌云密布。从这里看出去，伊桑有些认不出这座城市，恰如他有些认不出此刻的自己。

“所以，你下一步打算做什么？”吉尔·沃尔夫问。他的办公桌上有一个牛顿摆。伊桑使出浑身解数才控制住自己不要伸出手去摆弄它，还好，他还知道要管住自己的手。

“还没头绪，吉尔。”伊桑说着，抱歉地笑了笑，仿佛这种态度可能冒犯从事金融行业的人似的。这里的人都知道下一步该怎么做。1982 年，德崇证券的办公室就像赛马场一样喧腾。这里的每个人都想赚钱，他们也知道如何赚钱。伊桑在投行领域格格不入。今天上楼之前，有人给了他一块访客标签。他把它贴在外套翻领上，然后才走进电梯，感觉标签上写的不是“访客”，倒像是“流离失所之人”。然而，他无法否认身在此处的强烈触动——当吉尔的助理从楼上的等候区来接他时，他所感受到的化学反应。

“费戈曼先生？”年轻人说道，“我是唐尼。请这边走。”

唐尼的年纪只比伊桑稍微大一点，身穿保守的深色正装和硬挺的衬衫。他绝对不会去艺术学校！相反，他去了商学院。这里的环境对过去很少想到金钱的伊桑有种令人迷惑的吸引力。他父亲靠公设辩护人的薪水支撑着他们在华盛顿广场附近拥挤的廉租公寓的费用。他的母亲是代课老师，然而她对孩子却没有多少耐心。实际上，她总是对他们尖叫。到了夏天，他们只有刚好足够的钱让伊桑去夏令营，后来他去视觉艺术学院读书则免除了学费。在他的童年时代，父母经常为金钱爆发争吵，但他们也为其他一切而争吵。从小到大他都相信，唯一重要的事、唯一可以让你摆脱炼狱般家庭生活的事，就是做你热爱的事。还有什么能比这更好呢？

不过，也许德崇证券的男人也是在做他们热爱的事。他们看起来都专注于工作，每扇打开的办公室门后都有人，通常是一个男人在与另一个男人或者电话那一头进行深入的交谈。伊桑跟着唐尼穿过走廊，一路领略着所有的高谈阔论和低语。现在，在埃诗父亲宁静的办公室里，他简直可以在凉爽的真皮沙发上躺下来睡几个小时。他一直知道沃尔夫一家十分富有，但他之前从没见过他们的财富究竟来自何处，也从没想过去探究财富究竟是如何创造出来的。吉尔·沃尔夫首先是伊桑女友的父亲，但此时此刻，他正在扮演一个不同的角色，一个果敢自信，甚至令人耳目一新的角色。

“你不知道下一步要做什么？我觉得很难相信。”吉尔友善地说。然后，他自己伸出一只手，拉起牛顿摆一段悬在线绳上的钢球。钢球“咔”的一声击中了其他球，将最末端的球撞了出去。两个男人都冷静地看着这场物理定律的小小演示。

“我想我被林中精灵宠坏了，”伊桑说，“那里允许你尽情发挥表现力和想象力。做节目就完全不一样；你必须坚守某个主旨。我想我有必要摆脱动画，去做一些不至于让我愤愤不平的事情。”

“事情是这样的，”埃诗的父亲不再摆弄桌上的玩具，十指交叠在一起，直视伊桑的眼睛说，“我完全相信你的能力。而且不是只有我相信。”

“谢谢，吉尔。你这么说很暖心。”

“不是暖心，”吉尔说，“也和我自己的利益有关系。因为我知道埃诗很在乎你。我不想让天堂里出乱子，伊桑。我的意思是，她想让你也幸福快乐。她希望你去做你最有激情的事。”

“我也是。”

吉尔向前倚过身子，仿佛要提出一辈子只有一次的投资建议：“听着，如果是我的话，我现在就这么做：回到他们那里，告诉他们你想做什么。”

“他们？”伊桑笑出了声，然后赶紧让自己停下。这样听起来令人反感。“我的意思是，没有他们。”他用更加温和的口气说，“那档节目里和我打交道的人都只负责自己那部分工作。他们不会有兴趣从我这里看到别的任何东西。”

“那电视台呢？你不能将你那部《费戈大陆》推销给他们吗？把它做成电视节目，就像《咯咯笑》那样，但是更机智、更讽刺，而且——天知道——更有趣。如果他们不想要，那你就告诉他们你要去公开竞争好了。我已经替你做了一些调查。电视台的节目编排里有一些空白，那些时段播什么节目反响都不好。他们在某些时段一直处于亏损状态，他们也为此发愁。”

伊桑向后靠了靠，觉得这把超现代椅子的椅背有点夸张，好像会让他一头栽倒在地。吉尔·沃尔夫习惯于把事情做完、做好、料理周全。他的假设和轻松/举重若轻的态度让人眼前一亮。他想让伊桑有闯劲地、充满信心地去找电视台，把《费戈大陆》推销给他们，让他们认为——不，让他们*焦虑*——从伊桑·费戈曼身上可以赚很多钱。这就像是某种形式的精神碾压，与吉尔的世界里一样。而且，与吉尔的世界里一样，有时候精神碾压确实令人满意且富有成效。

看着吉尔热情洋溢，甚至有几分狂喜的脸，伊桑觉得自己浑身僵硬，然后又放松下来。他自己的父亲总是忙得不可开交，日子过得一团糟，因此他是一个异常糟糕的父亲。现在，伊桑想要埃诗父亲的爱，胜过一切。毕竟，他都往头发上抹了一布丁杯的摩丝，还在大白天套上了晚礼服，就为了得到这份爱。他们频繁的目光交流让伊桑突然意识到，这场谈话——至少从某种程度上说——正是吉尔原本应该和古德曼进行的对话。现在伊桑终于明白，这才是这次会面的真正目的。

失去儿子的父亲是一种绝望的生物。两手空空，希望全无。多年前，古德曼突然挣扎逃脱的悲剧至今仍盘桓在吉尔·沃尔夫心头，总在提醒他，他曾经拥有过什么，他总在批评，或许从没给予足够夸奖的儿子，还有他已经失去的一切。这种痛苦是难以想象的。埃诗的父亲需要伊桑获得成功，因为他的亲生儿子已经远走高飞、再也无从寻觅。他自己的儿子从各种意义上说都已经死了，可是伊桑没有。

伊桑会给电视台打电话的——管他呢。他会把自己像个蠢货一样摆在他们面前，看他们怎么说。他可以接受拒绝；他经历过拒绝，而且幸存下来了。

“还有一件事，”吉尔说，“如果你最后和他们达成了交易——”

“在我梦里吧。”伊桑说。

“如果你做到了,我是说认真的:要确保你是不可或缺的一分子。”

“不好意思——?”

“你要给那些家伙他们在别的地方得不到的东西。他们必须需要你。这是关键。”

“噢,我明白你的意思了。当然。谢谢你。”他对吉尔说,“还有,你真的太热心了。”两个男人都站了起来。五十多岁的吉尔·沃尔夫依然是个每周打两次网球的苗条男人。他的头顶上没有多少头发,但他留着显眼的银色连鬓胡,由妻子搭配的衣着整洁光鲜,他的妻子穿衣打扮的眼光和埃诗一样好。

“很好,”吉尔说,“现在咱们去吃午饭吧。我想吃牛排。我的意思是,我想吃沙拉。”他笑着说,“我应该这么说才对。我的内科医生告诉我,如果我经常吃沙拉,就会开始渴望它了。这样我的‘好胆固醇’就会上升,‘坏胆固醇’就会像晨露一样烟消云散。”

“那就吃沙拉吧。”伊桑说,二十三岁的他从未考虑过胆固醇的问题。他依稀知道那和血液中的脂肪有关,然而每当有人提到胆固醇这个词时,他便意识到自己不会再听下去,就像有人对他诉说自己的梦想时一样。吉尔伸出手,轻轻扯下伊桑翻领上的“访客”标签。它留下的幽灵般的矩形印记将一直保留在衣领上,直到来年这件棕色夹克在埃诗的坚持下光荣退伍,被某些不是棕色的昂贵衣物取而代之。

“等等,还有一件事,”吉尔说着,脸色突然变得踌躇不安,“我在想,你是否愿意看一些东西。”

“当然。”

吉尔关上办公室的门,走到书柜边拿出一个硕大的、砖红色的风琴夹。细绳精心地缠绕在纽扣上。他一边解开细绳一边说:“这是我的秘密,伊桑。我从没给任何人看过,连贝琪都没有。”

噢，该死，一定是色情片，伊桑心想，觉得衣领仿佛突然卡紧了他的脖子。某种诡异的、恋物癖色情片。在窗户被涂黑的房屋里拍摄的、有儿童出镜的照片。吉尔要带领伊桑进入这个小圈子。不，不，真是一个愚蠢的猜测！停下来，你又在心里胡言乱语了，伊桑警告自己。他看着埃诗的父亲拿出一沓厚厚的素描纸。"告诉我你怎么看。"吉尔说。

他将那沓纸递给伊桑，伊桑看了看最上面那张，是用木炭笔画的画。画中一个女人坐在窗边看着窗外的街道。他可以看出这幅画有多次修改的痕迹。通过混浊的灰黑色木炭痕迹，可以看出画面被反复擦除、画了又画。女人的头扭成不可思议的角度，看起来脖子完全断了，然而她却笔直地坐在那里。这是一张非常差劲的画。伊桑立刻看出这一点。但是他明白，感谢老天，他也立刻明白这些画不是开玩笑，他不应该笑。多年来，他经常想起当时的情景，感谢老天，他甚至没有微笑。

"挺有意思。"伊桑嘟哝着说。

"我是想画一个 3/4 侧面。"吉尔越过伊桑的肩膀解释道。

"我看出来了。"接着，伊桑用很小的声音、小到埃诗的父亲可能压根听不到的声音、伊桑可以权当自己没说过的声音又加了一句："我喜欢。"

"谢谢。"吉尔说。伊桑把那幅画放在最下面，去看下一张画。那是一幅海景。海鸥、岩石和云朵都有鲜明的轮廓，完全没有真正的云朵那样淡淡的、变幻莫测的质感。这幅画没有前一幅那么糟，但仍然很难看。吉尔·沃尔夫想拥有一只可以握住铅笔，让铅笔做任何事的手——或者更好一点，像伊桑那样拥有两只同样灵巧，都可以用铅笔做任何事的手。但问题在于，意志 / 意愿不能转化为才能。伊桑对眼前的每一幅画都嘟囔了几句赞许的话。这就像一个极其紧张的游戏节目，名字就叫《说得体的话，你这个白痴》。但是你对一个被扭断脖子的女人坐在窗前的画面还能说什么呢?

“所以你的评价是?”吉尔问道，声音粗哑而脆弱，“我应该继续画吗?”

那一瞬间就像永恒一样长。如果绘画的意义在于让你的作品走向世界，让其他人看到并感觉到你想传达的意思，那么不，吉尔不应该再继续尝试：他永远都不应该再画任何东西。试都别试。应该立法禁止吉尔·沃尔夫持有木炭笔。但是，如果绘画有别的意义，为了表达或者释放，或者以这种个人角度的，让失去你的儿子、你的孩子、你的小男孩更有意义的方式，那么是的，他应该继续画下去。

“当然。”伊桑说。

那沓画中的最后一张是两个人物，一个男孩和一个女孩，在和一只狗嬉戏。他们的身体是如此扭曲，以至于画面看起来就像真实的酷刑场面。有人在对别人做坏事！然而并不是，伊桑发现孩子们在欢笑，他们那条看起来更像是海豹的狗似乎也在笑，它的嘴唇线条扬起了向上的弧度。

“这是照着一张老照片画的。”吉尔说。他的声音紧绷着，伊桑不想回头去看他，因为他害怕自己会看到的景象。片刻之前，伊桑还担心自己会笑出来；现在他知道吉尔可能在哭。伊桑当然也险些哭出来，但他还要保护吉尔，对他做个温柔的手势，告诉吉尔他很高兴能欣赏他的作品。在画面中，埃诗和古德曼正在和还是小狗的努奇玩耍。吉尔在竭尽所能留住美好的瞬间。眼前是他努力描绘的伊桑·费戈曼的女友还是个小女孩时的形象，从伊桑在沃尔夫公寓墙壁上看到的许多照片来看，这和她小时候真正的模样相去甚远。在父亲的笔下，埃诗和古德曼非常快乐，那条小狗快乐又活泼。时间静止了。完全看不出这些孩子的未来会发生什么，尽管每个人——哥哥、妹妹和狗——的脖子似乎都被拧断了。

在昏暗而精致的日式餐厅里吃完庆祝晚宴之后，伊桑和埃诗与电视台高管们热情地告别，男人之间得体而有力地握手，男子气概十足，其他人则在彼此脸颊上轻轻一啄。之后，伊桑和埃诗在细雨中沿着麦迪逊大街向前走。已经很晚了，这条街并不适合夜游。今晚在外面的人都急着赶去别的某个地方。所有商店橱窗都放下了护栏。昂贵的服饰鞋帽和精美的巧克力都被藏进了夜晚无法进入的地方。伊桑和埃诗慢慢向南走；他现在还不想坐上出租车。他用手臂搂住她，依偎在一起向前走去。他们在第四十四街的街角停下，他吻了她。她闻起来有些像清酒，又有些像鲜鱼。这种气味让人迷醉，让他情欲翻涌，在他此刻的所有其他感觉之中凸显出来。她似乎觉察到了他的情绪，感受到许多情欲的触角不确定地舒展开来。

“你最喜欢哪一个？”伊桑问她。

“喜欢？这个词恰当吗？再说你难道不应该说‘更喜欢’而不是‘最喜欢’吗？因为他们只有两个人啊。他们俩都很圆滑。哈莉对加里差不多是言听计从。”

“我是说哪一种寿司，还有刺身，不是哪个电视台高管。我喜欢形状像留声机的那一块。”

“噢，这样。是啊，那种挺不错的，”埃诗说，“我想我喜欢看起来像圣诞礼物的那一块，红色和绿色的。你的节目会火的，顺便说一句。”

“也许会，也许不会吧。”

“你在开玩笑吗，伊桑？”

“主要是，这是我人生的分界线，”他说，“之前和之后。”伊桑觉得自己可以确信，一旦财富增长，人就很容易变得贪婪。埃诗永远觉得花家里的钱是理所当然的，这让他很别扭。伊桑起初和他那对一文不名、为鸡毛蒜皮争吵不休的父母生活，后来又和顾不上照料他的父亲住在一起，他通常也对财富漠不关心，但他从来没有真正发展出社会主义倾向。他出生得太晚，身边很难找到志同道合的人。“如果这个节目不好怎么办？”他问道，“如果它真的不堪入目，完全是艺术上的败笔，是个错误怎么办？”

“伊桑，你总觉得一切都是错误。就算事情是对的，你也感觉不到。”

“你什么意思？”

“嗯，高中毕业后你得到的那次暑假实习——”

“我为了照顾老莫才拒绝的，”伊桑激动地说，“他得了肺气肿都快死了，埃诗，我是说，行了吧，你觉得我还能怎么做？”想起那个夏天，伊桑不禁在心里叹了口气，觉得很挫败。老莫·邓普顿，插着氧气，骨瘦如柴，无法进食，伊桑只好去给他买了一台榨汁机。那是一台漂亮的榨汁机，就像榨汁机中的捷豹跑车，像宇宙飞船一样充满未来感。他将胡萝卜、甜菜和芹菜塞进去，然后坐到安置在老莫公寓里的医院病床旁，举着果蔬汁，将吸管折弯后送到老莫嘴边。

有一次，当伊桑折弯柔软的吸管时，他意识到吸管弯曲时会发出极其轻微的嘎吱一声。他将吸管的响声这一发现记录下来，以备将来之需。“吸管响！吸管响！”几个月后，在《费戈大陆》一部短片中，在卡通人物瓦利·费戈曼的角色的幼年记忆中，每当母亲给他一杯巧克力奶时，他总是向母亲提出这样的要求。吵闹轻快的卡通配乐停止了，瓦利的母亲为儿子弯折吸管，轻轻发出那种绝不会错的、莫名令人愉悦的嘎吱一响。

《费戈大陆》在黄金时段播出后，观看节目的瘾君子们很快便开始传颂：“吸管响，吸管响！”有人可能会走进厨房甚至跑到商店，拿来一盒马戏牌吸管，将它们一根一根折弯，只为听到那种独特的、无法模仿的声响，觉得它滑稽得不可言喻。

伊桑一直陪在老莫身边，直到这位老人最后住进医院。老莫死的时候，伊桑也在他身边。他继承了老师个人收藏的所有老卡通录影带：《快溜》《大个子》《大都会农场员工》等。有时在深夜，埃诗已经睡了，但伊桑却睡不着，他便坐在客厅里，用可可色的贝灵巧放映机在墙上播放那些古老的卡通片，不过最近一段时间，这种做法让他感到既多愁善感又自怨自艾，所以他把所有的录影带都打包好存放在父亲家里。那间令人恶心的公寓再多放一个纸箱也不会有任何区别。

他抛弃了乐一通的工作去照顾老莫，但这样一来，他的确也失去了喜欢上这份工作的机会，再也无法知道这份工作可能给他带来什么。乐一通有可能将他禁锢在别人既有的视角中，或许会成为一个服务和服从的噩梦，但也许在那里工作非常令人兴奋。当然，再也没法知道了。他没有走上华纳兄弟 / 洛杉矶的浮华之路，而是从艺术学校毕业后便一直留在纽约。

“说实话，”埃诗说，“你离开《咯咯笑》只是时间问题。他们对你来说不够好。我就曾经问自己：这哪有什么微妙之处？伊桑肯定讨厌这个。”

“你比我看得清楚。还有你父亲，那天在他办公室给我的一大通励志演说——要不是他，我现在还不知道在做什么呢。无所事事吧。”

几个月以来，伊桑一直在琢磨吉尔所说的一切，同时也在靠工业动画设计赚钱。终于，经过辗转反侧的思考，他认为自己已经做好了展示创意的准备，正如吉尔鼓动他去做的那样。出乎他意料的是，电视台答复说：当然，我们很愿意观看你的展示。他带来了剧情梗概，一如既往地亲自为短片配音，房间里的每一个人都哈哈大笑。后来他们又联系他与其他高管会见了两次，最后，他们终于给出了肯定的答复，让他做自己的节目。只凭伊桑自己绝对不可能有这样的胆量。他想起吉尔桌上的牛顿摆。吉尔有很多小球[1]，吊在绳线上相互碰撞，

1　此处“小球”和上文中的“胆量”原文皆为 balls，一语双关。

发出疯狂的咔嗒声。这一切都拜吉尔所赐，但即便这样想着，伊桑也明白事实并非完全如此。

今晚，吃完不可思议的、如宝石般晶莹多彩的生鱼片，举起散发香气的清酒推杯换盏庆祝之后，他成功了，这个炫目的事实摆在面前，无可争议。但是，晚餐后走在飘散细雨的街头，伊桑再次觉得好像遭到了当头一击，和他在毛伊岛上的感觉一样。然而这一次他做的是自己想做的事啊！这一次他得到了所能想到的一切！不一样的是重击的源头。这次不是失望，而是成就感。他知道自己的生活将发生颠覆性的激进改变，他将以完全不同的面貌出现。他的外表甚至都会有所改变。他就像从产道里被挤出的婴儿，像冰激凌机里新鲜制作的软冰激凌。埃诗身穿外套、披着长围巾，刚才她在上了清漆的矮桌边坐在他身旁的草编垫子上，看起来是那么漂亮。显然，她的美貌让加里·罗曼和哈莉·萨金惊艳。伊桑的社会地位因为女友与他不相称的美丽和可爱而得到了提高。他讨厌这个事实；这是对埃诗的侮辱，也是对他的侮辱，但问题在于，它确实是可以预见的真相。

那天晚上，他们回到家里，雨水并没让他们感到疲倦和潮湿，相反，他们相拥着倒在沙发床上，没有多说一句话便开始做爱。埃诗一件一件脱下她昂贵的衣服，只剩下一件无袖小背心，这让他出于某种无法理解的原因感到异常兴奋。他将手滑到有弹性的罗纹棉布下面。不知何时，他发现她已经俯身躺下，而自己正趴在她身上向上爬。他看到背心后背上的标签：恒适男装。单是这上下颠倒的一行字便让一股新鲜血液涌进他下身。他想放声大笑。

性和其他任何东西一样奇怪，和寿司、艺术一样奇怪，和他已经是个成年男人，可以和爱他的女人上床这个事实一样奇怪。和最后终于有人渴望和他——伊桑·费戈曼上床这个事实一样奇怪——毕竟，在他人生的前十七年里，他确定这样的事永远不会发生在自己身上。

可是后来，在一个糟糕的元旦清晨，在古德曼被捕后、他们离开警察局时，他用手臂环住埃诗·沃尔夫，她用一种后来被他称为小鹿脸的神态看着他。那不是鹿被聚光灯突然照射时的表情，而是当它发现某个人类赞叹不已地看着它时的表情。鹿也会回望人类，不仅有惊恐，它也清楚自己的优雅，而且会在人类面前炫耀一小会。它在挑逗人类。埃诗用那种小鹿般的神情望着他，他困惑地眨了眨眼。他只是本能地环住她，想保护她，因为他知道她多爱她的哥哥，这对她来说是怎样的折磨。然而她用那副神情看着他。他认定是自己看错了，她没有任何不同寻常的意思。她感激他，仅此而已。

很长一段时间里，准确地说是七个月，他一直认为自己误解了埃诗的那个表情。但是第二年夏天在露营地里，远离了沃尔夫一家和他们对古德曼消失无休止的悲痛，伊桑和埃诗在动画棚里独处了好几次，他们向彼此透露了许多坦白的个人细节。伊桑告诉埃诗在他很小的时候出现的关于“费戈大陆”最初的灵感。仿佛是这个地方向他发出了关于它存在的信息，通过他大脑中的小烟囱。他告诉埃诗，他确信我们所生活的这个令人厌恶的现实世界不可能就是全部，因此他必须创造一个平行世界。轮到埃诗时，她谈到古德曼，她如何知道除了拥有共同的父母之外他们几乎没有共同点，但这不重要；她觉得自己就是他。埃诗说，有时她从睡梦中短暂醒来，真的认为她是自己的哥哥，躺在某个地方的某张床上。她还告诉伊桑，她在八年级一整年都在商店里顺手偷东西，而且从没被抓到过。结果就是她至今还有满满一抽屉的科蒂化妆品和乐吉斯尼龙连裤袜，那些颜色和尺寸她永远都用不到：“深海蓝腮红”“超大号女王”。他们俩似乎都知道他们将相守一生，所以最好让对方知道将要生活在一起的这个人的所有小事。但是他们怎么可能在十七岁时明白将来发生的事？

一天，在漫长的忏悔之后，埃诗在起身走出动画棚时对他说：“今晚你可以到帐篷里来，如果你想的话。”

“你的帐篷？”他像白痴一样问道，“去干吗？”

埃诗耸了耸肩：“行吧，那别来了。”

“我当然会去。”不过伊桑觉得，他有极小的可能在去之前就因过度激动而死。

当他在那一晚上溜到埃诗·沃尔夫的床上时，周围还有四个熟睡的女孩在场，而且其中一个是朱尔斯。这一点让他极度不安。在离朱尔斯这么近的地方和埃诗一起躺在床上，这几乎让他无法忍受。但他不得不默认并且祈祷朱尔斯·雅各布森真的睡得很熟。他真的脱下衬衫，然后脱掉内裤，紧贴埃诗躺着，只是赤裸身体躺在一起，还不是为了纯粹的性爱——那要等到另一次，当然，是在周围没有人的时候——他的阳具紧紧抵住腹部，硬得难受，就像有人弹下游戏机侧面的按钮后猛力射出的弹球。他可以感觉到他们滚烫的皮肤交缠摩挲，甚至发出沙沙的声响。肌肤相亲的触感让伊桑无比触动和震惊，以至于他可以暂时彻底忘记朱尔斯的事。

埃诗·沃尔夫真的对他有欲望。这看起来不像真的，然而生活中很多事物都是如此。第一次躺在她身旁时，他开始列一份清单：

1. 孔雀的存在。
2. 约翰·列侬和保罗·麦卡特尼是在十几岁时偶然认识的。
3. 哈雷彗星。
4. 迪士尼华美得难以置信的《白雪公主》。

第一次深夜拜访女生帐篷的经历实在太美妙了。那一夜极其湿热，非常鲁莽，充满实验性，震撼得近乎疯狂。但伊桑和埃诗立刻明白这一夜可能有怎样的后续发展，以及已在进行中的发展。在木屋另一头，他认出了朱尔斯·雅各布森在黑暗中沉睡的轮廓：噢，朱尔斯！他注意到她戴着保持器，在月光里隐隐发光。

即使不再将她当作漫长初恋的对象，他也对她抱有温柔的情感。他在有意识地转变对她的喜爱之情，至少表面上如此。伊桑的身边全是女孩，周围都是女性的面孔、乳房和发香。这对一个十七岁的男性来说几乎无法承受。但是过了一会儿，这种氛围有所收敛，不再是“太多”，而是“刚刚好”，这种感觉一直持续到八年后的今天。

“噢，天哪，噢，天哪。”今夜，伊桑在日式晚餐之后和埃诗上床时喊道。几分钟后，他缓过劲来，抓住机会承担起那个细腻且让他相当享受的任务，用手指在埃诗·沃尔夫的阴部打转，直到她在他面前欲仙欲死。“噢，天哪，天哪。”她呻吟着。

等到重新躺下之后，伊桑说：“为什么所有人做爱时都说‘天哪’和‘噢，天哪’？完全可以预料到，太老套了吧！就像所有得了被害妄想症的精神分裂症患者都觉得联邦调查局在监视他们一样。怎么就不能创新一点呢？”

她说：“我觉得创新对你来说不是问题。”

“如果节目做出来感觉很蠢怎么办？”他问，“如果我看到的‘费戈大陆’，我脑子里想象的这个世界没法做成22分钟的电视节目，那该怎么办？”

他们躺在床上看着对方。“我崇拜你。”埃诗抚摸他的脸和胸膛说。

“真棒，我也是，但你为什么要在现在这一刻说这个？”

“因为你看看你，”埃诗说，“你得到了一个大好机会。我肯定《咯咯笑》的工作人员巴不得你死掉。然而你又开始喋喋不休地说这些，你的这些恐惧，这种不安全感。你还在焦虑怎么从艺术角度把事情做对，确保结果不会显得很蠢。在你眼里，你做的任何事都不够好。是谁把你逼成这样的，你母亲还是你父亲？还是两个一起？”

“都不是，”他说，“我生下来就这样。我从子宫里往外爬的时候就在说：‘我好担心自己有什么毛病啊。我的两腿中间有这么奇怪的一长条东西！’”

“你是疯子，”埃诗说，“你不应该这样。这不合情理。你又不像我那样不断受到父母的压力。”

“这就是天才儿童的悲剧，是吗？”伊桑问。

“从某种程度上说，是的。顺便说一句，前几天我特地把那本书留给你了。你真的读过吗？”

“我速读了一下。”

“你速读了一下？这是一本很薄的书啊，伊桑。”

“短得像俳句一样，是吗？”他说，“嗯，我想我可以用俳句总结一下这本书。”于是他说道：

我的父母
自恋地爱我，唉
现在我好难过

“别取笑我，伊桑，”埃诗说，“这本书对我很重要。”

埃诗最近迷上了瑞士心理学家爱丽丝·米勒的著作《天才儿童的悲剧》，这本书几年前出版时便是受到狂热追捧的热门。埃诗说这是她读过的最精彩的书。这本书的副标题是“自恋的父母如何塑造和扭曲天才儿童的情感生活”。埃诗仔细读了这本书，在页面空白处做批注，深信这本书与她自己和她认识的几个人息息相关。沃尔夫夫妇，尤其是吉尔，一直对她抱有许多期望，他们断定古德曼永远不会有像样的成就。他只会让他们失望，可她不会。金光闪闪的埃诗，美丽，体贴，热爱话剧，有自己的事业，她是自恋型父母梦想中的女儿。但伊桑的父母从没逼过他。他们太过沉溺于自己一塌糊涂的婚姻，后来又因分居而没有关注儿子早熟的、欣欣向荣的能力。

小时候的伊桑·费戈曼时常身不由己地陷入短暂而强烈的不快乐之中，而“费戈大陆”也正是在这样的时刻萌芽，然后变成了今天的《费戈大陆》。在诙谐的试映集中，故事发生在精心绘制却经过某些加工的背景下，在纽约市一座杂乱的公寓里住着一个呆头呆脑又孤独的孩子，名叫瓦利·费戈曼。瓦利的父母总是对彼此大喊大叫，谁也不在意他。在学校的美术课上，瓦利本该像其他孩子一样做一个感恩节手印火鸡，可他却用黏土捏出了一个小星球。老师因为他做错了作业而当着所有人的面嘲笑他，但他依然把那颗小小的星球从学校带回家，放在床底的鞋盒里。那天晚上，他打开鞋盒，发现那颗星球在发光旋转，然后变成了真正的星球。瓦利将这个星球命名为“费戈大陆”。当他凑近想细看时，他的身体缩小了，不由自主地跌进鞋盒里。瓦利出现在“费戈大陆”的阳光下，像困惑的土拨鼠一样突然探出脑袋，这时他发现自己不再是个古怪的书呆子，而是一个一无是处的成年男人。

试映集讲述了“费戈大陆”的诞生。但是根据计划，第一季的剧集将详细介绍瓦利在“费戈大陆”上怪诞而好笑的冒险——有些会涉及政治，大陆上存在一个让人毛骨悚然的腐败政府，还有涉及社交（或者说社交无能）的冒险。整个剧集节奏劲爆，充斥着流行文化元素、笑话和风趣的低俗文学。在每一集令人屏息的故事结束时，瓦利都会被拉回地球，再次被他的父母大吼大叫。

在他的童年时代，伊桑每一晚都闭上眼睛，一次又一次地回到“费戈大陆”，他对这个世界的每个角落都无比熟悉，以至于当他用剧情梗概的形式向电视台推荐这部怪僻又风趣的晚间卡通时（“角色简单，情境复杂”，他的一位动画师朋友始终认为这是个不错的口诀），这个世界已经是一个成熟的实体。“费戈大陆”让他在男孩时期有了思考的对象；它让他成长为现在这样。作为一个男人，伊桑·费戈曼有些神经质，时常自我怀疑，但是他并没有精神创伤。而现在这档节目让他生存了下去。

埃诗的手指顺着他柔软白皙的手臂抚摸，还在一片红疹周围打转。“听着，”她说，“如果这一季效果不好，那我们就解除合同，去某个遥远的地方。”

“如果这一季表现不好，那我们都不用主动解除合同。它会自动结束。但是无论如何，”他说，“你也知道，我不会离开这座城市。”电视台同意在纽约开设工作室制作《费戈大陆》是一件大事。当然，《咯咯笑》也是在这里制作的，但那是个预算很低的节目。眼下这档节目是全新的，由一个新手创作的造价高昂的项目，而电视台却全力以赴，同意在纽约制作，并为伊桑提供他所需要的资源。

“即使在这样的幻想里，你也不愿意离开？”埃诗说，“因为这只是幻想。这一季不会效果不好。”

“不，我想留在这里。你知道的。”

20 世纪 80 年代中期的纽约是一个难以忍受的、不宜居住却也离不开的城市。无家可归的人有时就直接躺在你面前的人行道上，很难对他们视若无睹。你不得不训练自己的大脑记住：躺在我脚下的人类，不要对他表示轻蔑。否则，每天早晨走进市区时，你只会因为厌恶和戒备变得尖酸而封闭。

艾滋病病毒和随之而来的死刑判决就像倾塌的暗礁一样悬在城市上空。伊桑认识的男同性恋者开始在追悼会上度过午后的时光。他和埃诗也去了几场追悼会。他们认识的许多人，无论是同性恋者还是异性恋者，都变得歇斯底里，仔细筛查每一个和自己睡过的人。伊桑知道，他们当中那个可能需要担心的是乔纳——倒不是说他们对他的性生活有哪怕一丁点具体了解。乔纳 · 贝伊是你可能认识的最可亲、最成熟稳重的人，但他始终是个谜。就连曾是他女友、现在仍然非常喜欢他的埃诗也不知道他到底是个什么样的人。

不过，让纽约生活变得怪异的是（并不是变得更好，实际上可能是更糟），财富渗透到每一件事背后。新的高端餐厅不断开张；其中一家甚至在每道菜上都点缀薰衣草摆盘。伊桑和埃诗不久前从朱尔斯那里听说，凯茜·基普林格在斯坦福大学获得了 MBA 学位，现在正在“资本市场”工作（谁知道那是什么），而且相当成功。伊桑想不通，那么有才华、有舞蹈家气息的人到头来竟然可以整天坐在转椅上，阅读关于……资本市场的电子表格。也许她经常在她那张巨大的办公桌下摆出芭蕾舞中的“一位脚”。

达成交易后过了几周，伊桑的理财规划师在一次会议结束后好像忽然想起了什么，他对他说：“如果我是你的话，如果这档节目火了，那我会认真考虑收藏彼得·克朗斯基的画。”

“谁？”

“他画了好些软冰激凌蛋卷的画。我经常听到他的名字。他的作品又大又华丽，还有点伟大的庸俗，肯定会增值的。”

“过去是人们欣赏艺术品。现在是艺术品自己增值了吗？[1]（那就是我们要追求的？）嗯，我猜本来就是这样，只是我在这方面很单纯。”

理财规划师哈哈大笑，可是伊桑不安地想到，自己是否也被认为是一位作品可能增值的艺术家。他当然是，吉尔就是这么告诉他的。从他向一屋子乐于接受新鲜事物、咯咯笑着的电视台高管介绍自己节目的那一分钟开始，他便进入了金钱和商业的循环系统。纯洁现在没有了任何意义，或许从来就没有。这个词本身的言外之意就是“不可企及”。伊桑认识一个自称是作家的女人，但是如果你问她写过什么作品，她会告诉你“我只为自己写作”。接着，她会羞怯地向你展示她缝上的日记本，当你要求看看里面的内容时，她会抗议说，那些内容只有她自己能看。如果你没有可以展示的产品，那怎么能做艺术家呢？伊桑本人就是产品，他允许别人用未来的创

1　此处“增值”和“欣赏”的原文皆为 appreciate，一语双关。

收潜力美化他和他的作品。也许有一天他会拥有彼得·克朗斯基的一幅画作。他甚至根本没见过彼得·克朗斯基的任何作品，突然间，他为自己想要这个人的作品而感到羞愧。至于投身于资本市场的凯茜·基普林格，也许操纵货币和市场让她获得了舞蹈曾经给予她的内啡肽。伊桑默默和她保持了好几年联系。她曾经是个一味索取的女孩，现在则成了一个一味索取的女人。她与特洛伊·梅森的恋爱分分合合，后者不久前加入了阿尔文·艾利美国舞蹈剧团。伊桑想知道特洛伊和凯茜是否仍然在一起，不过他对此表示怀疑。仍然和你十几岁时交往的人纠缠在一起显然并不常见；所有人都这么对他和埃诗说。随着时光流逝，伊桑和凯茜再也没有联系。她似乎不想和他，或者说不想和她人生早期那段糟糕的过往再有任何牵连。不过，他猜想她回到了这座城市，经营着自己和他人的财富。这座城市是一个矛盾体，也许一直都是个矛盾体。即使一切分崩离析，你也可以在这里过上美好的生活。当时这座城市不是个让人一想起便满怀乡愁的地方，不过在所有这些之中，如果操作得当，你的财富可能会翻倍，你可以买一套有三层玻璃的大公寓，俯瞰这座城市的混乱。

正是由于这座城市现在如此艰难，伊桑·费戈曼才必须留在这里。他知道，无论纽约变得多糟糕，这座城市都让他兴奋。他爱这个振聋发聩、丰富多彩、充满竞争的地方，他这辈子至今都在这里生活。但还不止于此，这一点他还没有和埃诗讨论过。今晚，在与电视台高管共进晚餐后，他和她谈到了这一点。

“我知道纽约是个马桶——但是用昂贵的陶瓷做的，”他对她说，“这并不重要，因为无论如何，你都不能离开。”

“你什么意思？”

“你不能那样对你的父母。我不能那样做——带你离开他们。他们先是失去了古德曼，然后又要失去你？那太过分了。那不公平。”

“他们不会失去我，”埃诗说，“这不一样。我只是去洛杉矶而已。”

伊桑在沙发床上翻了个身。他说："我一直在想你哥哥的事，想知道他他妈的现在到底在哪里。我的意思是，就在这一分这一秒，古德曼在哪里？他在做什么？他是在吃晚饭吗？还是午餐？早餐？他在大便吗？他在炸豆丸子店工作吗？"埃诗什么也没说。他又问："你不想知道吗？你当然想知道。"但她仍然没有回答。他又重复了一遍："不是吗？"

"是。"埃诗终于说。她又补充道："显然是。但他不是艾坦·帕茨。"伊桑明白她在说什么。艾坦·帕茨是个六岁的男孩，1979年，他在得到允许独自出门的第一天就在前往公共汽车站的路上消失在苏豪区。这孩子是一个标志，是这座城市日趋恐怖的象征。他的父母恰好都是艺术家。但这不是个恰当的类比，因为艾坦·帕茨显然没有好下场。而古德曼·沃尔夫可能在任何地方做任何事。

"我知道。只是一说这个你就很怪。"伊桑说。

"这是个奇怪的话题。"埃诗用紧绷的声音说。他极少听到她这样的声音，而且他不喜欢。

"你知道吗，有一天晚上我梦到了古德曼。我当时就想告诉你，"伊桑说，"他就在我们的公寓里，他是十几岁的样子。我想问他，当初他为什么觉得必须要走，还有他现在在哪里。可他就是不告诉我。他根本没说话。他完全哑巴了。"

"嗯，"埃诗说，"听起来很紧张。"

"你会不顾一切想知道他在哪里吗？知道他没事？"

"我当然会。"

"想象一下，有一天突然消失，然后再也没有出现。谁会做这样的事啊？什么样的人会让家人和朋友陷入这种局面？有时候我觉得，也许他比我们想的还要糟糕得多，也许他有反社会人格。"

"我哥哥没有反社会人格。"

"噢，好吧，但我们当时根本不知道自己面对着什么。我们还是孩子，我们是白痴，我们听从所有人对我们说的话。”

“伊桑。”

他毫无预料地激愤起来——这个让人沮丧的话题总是让他这样。“主要是所有这些都没有解决。”他说。

“是啊，确实是的，但他是无辜的，而且本来是要审判的，”埃诗说，“迪克·派迪会为他辩护的。成功辩护。”

“是啊，本来会有一场审判，古德曼却确保审判泡了汤。所以谁能知道到底发生了什么？这个问题一直都悬而未决，对吗？我们不谈论它，并不意味着它就不存在了。也许我们应该真正面对它。”

“我们到底为什么要面对它？”她问。

伊桑惊讶地看着她。“知道难道不总比不知道好吗？我的意思是，一般来说是这样？倒不是说你知道了就能改变什么，但如果掌握了信息，至少你可以想：‘嗯，事情就是这样。’这不就是你那本小书传达的一大信息吗？《天才儿童的悲剧》？你必须了解很久以前发生的事，才能如实活在当下？”

“我那本小书？天哪，你真自以为是。”

“我很抱歉。但我们可以雇用私家侦探。你和你父母有没有想过这个？现在我有这笔钱了——我知道他们只订了一季，但是我们有足够的钱了。我们可以聘请一位真正顶尖的私家侦探，可以给你和你的家人一些结论，一些——”

“你能停下来吗？”埃诗说着，她的脸变得混乱而柔软，那是她开始哭泣前的模样，“我告诉过你，伊桑，我不喜欢讨论我哥哥的事，这让我非常不开心。本来他每一天每一分钟都在我的生活里，现在他不在了。你没有兄弟姐妹，所以你理解不了。古德曼有很多潜力——他只是还没将它们发挥出来。他本来可以有所作为，我知道他会有所作为。但是他永远没机会了，这是我所知道的最悲伤的事情之一。”

“你不知道他是不是绝对没机会了。”伊桑说。

“怎么，你觉得他正在建一座伟大的博物馆、摩天大楼或……落水山庄？我对此表示高度怀疑。”她尖刻地说，“你为什么要现在和我说这些？我们不能突然‘找到’他。就算我们找到了，那他又要重新开始一整套法律程序了。他绝对会因为逃避庭审被关进监狱的。他们会对他很严苛，不会有任何怜悯。这只会让他本来可能已经很艰难又受限制的生活更难过。你就不能放过这件事吗？还是你真的想折磨我？”

然后她哭了起来，转身背对着他。这一点他无法忍受。一旦曾经拥有过你拥有的东西，你就不能不再拥有它。他猜测所有充满激情的爱都是这样。此刻，再一次徒劳地捅破关于古德曼·沃尔夫的古老问题、关于他在哪里，以及他当初究竟对凯茜·基普林格做了什么之后，伊桑·费戈曼对他的女友说：他很抱歉；他忘了这对她是多么痛苦。不，不，他赶紧改口，他当然没有忘记。只是有时候他很难将脑中的想法和需要大声说出口的内容区分开来。

可以肯定的是，埃诗从不想讨论古德曼和他在审判前逃跑的事，这非常古怪。闭口不谈是绝对的否认，他们一家人都沉浸其中。伊桑和埃诗在沃尔夫家吃晚饭时，贝琪或吉尔偶尔或许会轻描淡写地提到古德曼的名字，突然升腾起的悲伤会像雾气一样在他们身边徘徊几分钟，然后便消失无踪了。也许古德曼真的死了。他可能在世界上的任何地方，也可能根本不在这个世界上。

伊桑会尽量不再让她这么难受。他会将这些话埋在心底。他一直沉浸在与伴侣知无不言的理想里，可在此过程中他说错了话，毁了整个夜晚，从日式庆功晚餐，到作为餐后甜点的、让人兴奋得发抖的做爱，及至之后的安宁时刻。对他而言，事后的安宁往往是他最幸福的时光，然而今晚不是。

十一

丹尼斯·雅各布森-博伊德正在执行一项任务。春日里的一个清晨，他走到街角的杂志商店，拿起一份天亮后刚刚送来的、触感光滑的金融杂志。1986 年 5 月号《今日媒体》—— 一份朱尔斯此前从未听说过的杂志 ——的封面故事是“电视行业最具实力的百人排行榜”。丹尼斯匆匆翻阅杂志，找到了他想要的，然后便转身回家去告诉朱尔斯。此刻，当他走进楼梯道时，早已在窗边看到他靠近的朱尔斯穿着睡衣跑了出来，站在楼梯间里向下望去。

“怎么样?”她朝正在爬楼梯的丹尼斯大喊。他抬头看着她笑了出来。

“你就不能等我回去吗?”他也大声喊回来。

“不能。”

“九十八。”丹尼斯宣布。

“一共一百人?”朱尔斯喊道，“那算好吗？感觉也没有那么好啊。”

“很好了，”他喊回来，“能登上榜单，说明他们认为他很有权势了。”

“那钱的问题呢?”她问道，因为这当然是很重要的一部分。

“那就比较复杂了。”丹尼斯说。

“你这话什么意思啊?”她简直是在吼叫。

“你朝我喊什么？”他抬头大声说，“你就不能等等？”

当丹尼斯爬到五楼时，她已经回到了房间里。到了二十七岁，朱尔斯和丹尼斯在西八十四街这套没有电梯的公寓里住得相当局促，这套公寓就在丹尼斯从前住所的对面。家里的鼠患十分棘手——老鼠总能躲开为它们设下的陷阱，像提线木偶一样活蹦乱跳，仿佛在嘲弄他们的徒劳无功。但是租金在他们的承受范围内，他们负担不起搬家的费用。朱尔斯在布朗克斯的一家精神病医院有好些客户，她在严格的监管下工作。丹尼斯在本街区的都市健康诊所做超声技师。他们俩的工作都很忙，工作时间也很长，然而收入却很少。

那一年早些时候，他们在格林威治村的一家希腊小酒馆举行了简单的婚礼，由一位女法官主婚，埃诗、伊桑、乔纳、丹尼斯大学里的朋友汤姆、雅各布森一家和博伊德一家都来参加了仪式。两个家庭都没有多少钱，举行如此简朴的婚礼在情理之中。朱尔斯的姐姐爱伦和丈夫马克从长岛赶到这里；丹尼斯人高马大的兄弟们身穿深色西服，系着等不及要解开的领带。身穿青绿色裙装的洛伊丝·雅各布森看起来格外小巧又小心。她说：“爸爸一定很想在这里。”朱尔斯愣了一秒钟想道：谁的爸爸？接着她反应过来：噢，我的。沃伦·雅各布森在她心里很少被唤作“爸爸”。他是“我父亲”，更多时候是“在我十五岁那年去世的父亲”。还是和他保持一点距离感比较好。当她母亲在小酒馆里说出这句话时，朱尔斯完全不知道他想做什么。他从来没见过她作为成年女性的模样，他熟悉的只是那个手脚有点不协调、发型滑稽的女孩。他甚至不知道她现在是朱尔斯，他只认识朱莉。今天是她与那个发誓要陪伴在她身旁的男人结为夫妻的日子，在这样的日子想起他实在太过悲伤。陪母亲待了一段合理的时间后，朱尔斯便从母亲身边走开，伸出手臂挽住她健壮的丈夫，他脱去了外套，后背像床铺一样宽阔温暖。

在中午的婚宴上，埃诗从座位上站起身来，轻轻敲了敲她的水杯。“我们都欢聚在此，”她说，“为了朱尔斯和丹尼斯。几天前，当我思索向我最好的朋友和她的新郎祝酒时该说什么的时候——”说到新郎这个词，两个女人相视一笑，这个陌生的称呼让人兴奋得发抖。我有新郎了！朱尔斯心想。而埃诗正在认可他的存在，她继续说道：“——我突然意识到，丹尼斯就像固体，而朱尔斯则是液体。我想我们当中没有科学家，但是我敢肯定，对于他们如何找到彼此并坠入爱河，一定可以用化学原理来解释。不管怎么说，我真的很高兴他们找到并且爱上了彼此。”她看着朱尔斯，热泪盈眶。“我不会失去你的，”埃诗说，“我不认为婚姻是那样的。婚姻意味着更多。通过婚姻，你会看着你最亲密的朋友变成更完满的自我。我了解朱尔斯·雅各布森——抱歉，是朱尔斯·雅各布森-博伊德，连字符女王——就像我了解其他人。固体和液体结合，就形成了——好吧，不是气体，听起来不太好，”现场响起笑声，“而是某种我们所有人都需要、我们所有人都热爱的更强大的物质。”

她坐下来，微笑着泪如泉涌，朱尔斯站起来亲吻她，丹尼斯也一样。其他人也依次祝酒——乔纳说，看着朋友长大并开始自己的生活是一种令人叹为观止的美妙体验，就像他在小学时欣赏花朵生长开放的快进镜头一样：“不同之处在于，我当初可没有为了那些花朵眼泪汪汪。但此时此刻却直击我的心灵。”丹尼斯的一位兄弟以朱尔斯听不懂的五金店笑话结束了祝酒词。不过，她记忆最深刻的祝酒词还是来自埃诗，她总是知道该说什么，而且说的总是真心话。

两个月后，埃诗和伊桑在水之滨俱乐部[1]举办了婚礼，有一百五十位来宾出席。透过窗户可以饱览东河的壮丽景色，服务生将开好壳的龙虾高举过头顶送到宾客面前。大家都说，沃尔夫一家这次是“倾囊而出”。参加宴会的人都心照不宣：失去古德曼大概

1　水之滨俱乐部（Water Club），位于曼哈顿东河的高档美式海鲜餐厅。

让这家人想要一场比正常情况下更盛大、更精致的婚礼。他们为仍在身边的那个孩子尽情庆祝。当然，他们并没有像人们以为的那样失去古德曼。

关于古德曼的话题一直活跃在朱尔斯和埃诗之间。埃诗的兄弟安然生活在冰岛的秘密从青春期被带进了成人期。朱尔斯知道，这一机密事关重大，有时她感到这个秘密就像双眼之间的某种压力，某种关乎法律与道德的偏头痛。尽管如此，她仍时常愚蠢地觉得能参与其中是一项殊荣。埃诗有时需要和她聊聊古德曼。她会毫无预兆地抓住朱尔斯，把她带到一个安静而私密的地方，然后就这样在朱尔斯面前滔滔不绝地讲她兄弟的事。埃诗会一根又一根地抽烟，手舞足蹈地告诉朱尔斯任何来自冰岛的、关于古德曼充满限制但精心构建的生活的消息。朱尔斯能做的只有倾听，表示同情，偶尔发出感叹。她明白自己的角色是被动和固定的。她永远不能改变；埃诗需要她倾听。她是唯一可以做到这一点的朋友。

贝琪和吉尔·沃尔夫不时去欧洲探望儿子。事实上，他们不久之后就要去那里，朱尔斯猜想，他们会将婚礼的照片带给他看。所以说真的，他并没有完全消失，也许可以说他并没有完全错过一切。就连埃诗也每隔几年就去见她的兄弟。1981 年埃诗从耶鲁大学毕业时，沃尔夫一家去巴黎旅行，埃诗说服伊桑没有去。她设法让伊桑相信：与吉尔和贝琪一同旅行对她而言是一件无法推辞的苦差事，伊桑不必和他们同去实在是幸运。谁想和女友的父母一起去欧洲？埃诗事先将整个计划都告诉了朱尔斯：她的父母在第七区租了一套公寓，古德曼将在那里和他们团聚。他用假护照在整个欧洲旅行都相当自在，未来合家团圆的机会还有很多。当埃诗回来时，她恢复了元气，同时也很多愁善感。

埃诗一定无比渴望哥哥来参加她的婚礼。午餐时分，当她和伊桑在宴会厅里依次问候每一桌客人时，埃诗忽然俯身凑到朱尔斯身边，衣裙发出轻微的摩擦声，编在秀发里的小花环轻轻擦过朱尔斯的脸，她热切地对朱尔斯耳语："你知道我现在在做什么吗?""不知道，什么?""我在假装他在这里。"说完，埃诗便走开去和其他宾客聊天。埃诗在想象古德曼就在婚宴上。这样一来，这个如此美丽而令人动容的日子才算完整。

朱尔斯举杯向埃诗祝酒，说埃诗和伊桑能够找到彼此是多么幸运的事。"他们是我认识的最好的人。"她对整个宽敞明亮的房间说。下面是需要幽默的时候了。"现在，"她说，"我将表演埃诗在高中创作的女性独幕剧《两端》的全部内容。如果您需要去洗手间，那就趁现在吧。这可能需要一点时间，或许，嗯，要三四个小时。"宾客哄堂大笑，朱尔斯的脸比以往任何时候都要烫，她一坐下来就灌下一大杯水，加满了冰块。

事实证明，婚后生活与婚前并没有太多不同，除了渴望的不再是扩张而是稳定。朱尔斯和丹尼斯分别出于妥协和务实步入了各自的职业生涯，他们知道自己不会取得与他们最亲密的朋友相同的成就，但是他们依然相信生活会时来运转，远胜过现在的微薄薪水和艰苦工作。当时，新婚燕尔、年近三十的朱尔斯和丹尼斯一同挣扎在贫困线的边缘，背负着"可观的"校园贷款和信用卡债务，总在为房租焦虑，也负担不起有线电视。不过这一切都没关系，因为他们憧憬着在将来某个遥远的时刻，他们的财富会有所增长。

他们俩都觉得，作为一对新婚夫妇——而且在他们的假设里，最终作为一个家庭——他们将拥有金钱和稳定。丹尼斯掌握了一门谋生的技艺；感谢老天，他的工作岗位包含健康保险。他有一群超声技师朋友，包括白人、黑人和西班牙裔美国人，有时他会和他们一起抽雪茄；周末，他仍然会去公园里踢足球，回家时浑身脏兮兮，衣服上粘着草叶，却心满意足。他和朱尔斯深信一切都会转向对他们有利的方向，因为他们还相对年轻、有吸引力、受过教育，而且幸福地走进了婚姻生活。此外，丹尼斯的 MAO 抑制剂仍然很有效。“但愿一切都好。”他们说。

埃诗和朱尔斯深厚的友谊也悄然随她们步入成年阶段，这意味着她们谈论的话题不断拓展，不仅涉及她们新结识的各色人等，政治意识也日益增强：埃诗和 20 世纪 80 年代的女性主义；朱尔斯和她在布朗克斯的精神病院每天都要面对的精神疾病经济学。她们的友谊依然比其他大多数事情更加重要。只要有时间，埃诗和朱尔斯都常和乔纳见面，但他现在忙于机器人设计工作，而且刚刚开始和朱尔斯的朋友罗伯特·高桥交往，一有机会便要抽身去找他。

朱尔斯和埃诗需要见面的时候，两位丈夫便自觉让到一边。在这样的场合，男人似乎很乐意主动让出位置，他们心知肚明，两个男人在一起几乎不可能拥有两个女人在一起的那种友谊。埃诗和朱尔斯对彼此的了解让她们俩都感到放松和慰藉。友谊就像她们婚姻的堡垒，带来一层额外的安全感。伊桑为节目忙得脱不开身——对台本、配音、参加制作人例会、和电视台开电话会议——而埃诗总是和朱尔斯一起度过那些闲暇时光。

一次，她们在一本女性杂志中翻到一篇关于纽约传奇性玩具专门店“夏娃的花园”的文章。倒不是说她们的婚姻在性生活方面不够满意——两人都坦率地表示非常满足——但她们讨论起，也许拥有“一根自己的振动棒”是个好主意，用朱尔斯的话说，“以此致敬已故的伟大女性弗吉尼亚·伍尔夫”。说着，为了逗埃诗开心，朱尔斯还来了一段充满性暗示的、伍尔夫式的即兴表演：“是你在口袋里装了石头，还是你真的很高兴见到我?”两个女人最终决定，造访性玩具专门店将是一场怪诞的小小冒险。这家店位于西五十七街的一栋写字楼里，当你按下十二楼的按钮时，全电梯的人都明白你要去哪里。这个地方很有名，但与纽约几乎所有性用品商店都不同的是，它没有俗丽的色彩。相反，早在 20 世纪 70 年代，这家店的设计初衷是要打造一家女权主义商铺，当时女性正逐渐走入劳动力市场并开始探索自己的阴部（“但愿不是同时，”朱尔斯对埃诗说，“会被炒鱿鱼的。”）。现在，到了里根时代后期，你仍然可以感受到那段已经消逝的优雅岁月残留的一丝伤怀气息，你可以和最好的朋友一起去一座不知名的写字楼拜访一家友好的性玩具店，一起憋着偷笑，既是十几岁的女孩，也是完全成年的女人，你知道无须在成熟和不成熟之间做出选择，因为在你身上，这两种状态兼而有之。

“需要帮助吗?”一个活脱脱仿佛从《我们的身体，我们自己》中走出的女士问道。埃诗和朱尔斯听取了她关于振动棒的建议，结果两人选中了同一个款式，一根粗俗的粉红色半透明果冻质地的玩意，名字叫作“快乐棒”，附带一盒价格奇高的电池。朱尔斯独自一人在家用过几次振动棒，不过都是略带局促的试探。有时她或埃诗会告诉彼此“前几天我和快乐棒约会了”，或者“你看起来压力有点大，也许你需要给生活找点乐子”，或者“猜我昨晚见了谁?我的老朋友乐乐·棒。还记得她吗?乐乐·棒?她总是那么让人兴奋，你不觉得吗”?过了一段时日，生活忙碌起来，这些笑话出现的频率越来越低，再后来便彻底消失了。朱尔斯把那玩意随手扔进衣柜深处，从此再也没想起过它。那根快乐棒直到大约八年后的衣柜大扫除才重见天日，里面的一粒电池都已爆开，电池液腐蚀了整个粉红而多孔的振动棒。

但她们的友谊是无法撼动也无法腐蚀的；这是两对夫妇婚姻的基石，而且他们四人都深知这一点。成年后，朱尔斯和伊桑的友谊与以往有所不同，不那么公开，更难以解释，更不同寻常，更心照不宣，依旧十分深厚，但也更难说清楚，尤其是对丹尼斯和埃诗。两对夫妇的相处拥有悠久的历史和舒适的氛围。他们都生活在纽约市里，然而现在他们之间的不平衡突然明显得刺眼。这种不平衡早就存在，但是当朱尔斯在几分钟前得知伊桑在《今日媒体》杂志榜单上的排名之后，她意识到自己与丹尼斯的生活永远不太可能宽裕到让她感觉可以容忍的地步，只要那对夫妇还是他们最好的朋友，这让她感到刺心的痛苦。朱尔斯和丹尼斯早就知道伊桑·费戈曼相当成功也很有才华——但是有权有势？伊桑？他才不在乎权势。他到现在都还穿菲利克斯猫和木偶奇遇记的盖比特T恤，依然用线圈笔记本画画。权势是另外一回事。他们谁都不像有权有势的人。他们从来都不向往权势。他们也从不向往金钱，不过在这方面，他们现在是少数派。不知不觉间，从追捧创造力转而追捧创造金钱的趋势日益显而易见。

他们身边所有人都认为，创造财富、渴望创造财富是件无比值得称道的事。人们谈起自己的理财顾问总是绘声绘色，仿佛是在描述艺术家。而当人们谈到艺术家时，则会相当坦率地讨论他们的身价。现如今，画廊经营者与他们的明星画家都是聚光灯下的焦点。新富起来的人愿意为新出名的人花很多钱；无论商界还是艺术界，所有人似乎都是一个模样，可以互相替换，每个人身上都闪耀着同样的金钱的微光，仿佛他们都被同一条魔犬舔过。就连还没做到这一点的艺术家也想分一杯羹，他们使出浑身解数挤进上东区的某些高级晚宴，心甘情愿地供人娱乐。在上汤菜的间隙，所有人都满怀期待地转向他们，听他们谈论艺术世界发生的事。但是，如果你的职业发展不够迅速，那你便无缘再次得到此类晚宴的邀请。在这年头，挨饿的艺术家便被认为是失败的艺术家；即便你的作品非常非常出色，也没有人相信你的艺术价值。因为如果你的作品真的那么好，那早就该被人慧眼相中了。朱尔斯对伊桑说："凡·高永远不会被邀请回到公园大道1040号。"这不仅限于视觉艺术领域。伊桑的一位作家朋友在喝了很多啤酒之后也说："从前，每个人都想当小说家。现在所有人都想当编剧。好像现在的电影剧本和当初的小说是一回事，只是更好读，而且值钱多了。"

朱尔斯和丹尼斯清楚时代的变化，她知道他们自己很快就会需要钱；实际上，他们现在就需要。她只是还不想为此烦心。她知道这种态度很幼稚，不过也颇有些值得赞许。这座城市有很多穷人需要心理咨询。她无法想象提高收费去为富人提供服务。她担心自己甚至无法理解富人的心理。朱尔斯在大学里认识一个男孩，一个很有才华的男高音，后来他放弃了对歌剧的渴望，成了一名股票经纪人。现在，他兴高采烈地宣布，他发了大财，而且每周去男同性恋合唱团唱一次歌，如此一来便两全其美。但是，将金钱视为最终产品、视为创造物的想法让朱尔斯十分厌恶，就像伊桑似乎也对此十分厌恶一样。伊桑变了吗？身在一个如此不同的世界，他的感觉是不是也不一样了？但是后来她提醒自己，赚了很多钱并不必然意味着他爱钱。虽然她认为如果自己有钱的话，她很可能会爱上钱。

丹尼斯从商店买回《今日媒体》，爬上楼梯走进客厅，他将杂志卷起来握在手里，仿佛打算用它猛击什么东西。“接着说，”朱尔斯说，“跟我说说这份榜单。”丹尼斯摊开手抚平杂志。

“第九十八名非常棒了，”他说，“记得吗，我们本来都不知道他是否能上榜。他还是个新人。”说完，他把杂志递给她，他们一起看着印有伊桑照片的那一页，那张照片拍得不错，排名旁边标着他的身价估值。那对普通人而言是一个很大的数字。然而数字旁边有一个星号，页面底部有一条附注解释说，编辑们知道这个数字远低于榜单上的大多数人；但是，编辑写道，他们将伊桑评选为电视界最有权势的一百人之一，是因为在未来几年里，目前已然大受欢迎的《费戈大陆》很可能会卖出联播版权——尽管没有保证，但这很有可能会成为现实。

伊桑和朱尔斯解释过，一旦节目做到第五季或大约一百集时会创造出何等的财富——因为那时它就可以出售联播版权。伊桑反复强调，他也不知道自己的节目能否实现联播，大概不会。他说：“希望不大，全靠运气。我们能续订这一季，已经让我很吃惊了。评论是不错，但收视率不那么出彩。”不过，也许他一直在骗她，只是为了显得低调一些。因为他不好意思和嫁给超声技师的临床社会工作者朱尔斯谈论自己必将取得非凡成就的生活。他从没说过“太狂野了是不是，朱尔斯，发生在我身上的事？简直是疯了？我的意思是，我们讨论的可是我——我啊！我们是不是应该跑到楼顶上去尖叫”？或者说“别担心，我不会成为我们痛恨的那些拜金浑蛋。我的未来没有法拉利”。他从来没有沾沾自喜，甚至从未直接谈起正在发生的事情，每每谈起他的成功，他都拐弯抹角，很不好意思。大部分时候，他只是低头忙于节目各方面的工作。

伊桑说，未来永远是不确定的。不过，撰写这份百名重要人物榜单的编辑们却要乐观得多。他们已经开始展望《费戈大陆》卖出联播版权的那一天，并且相当自信地宣称，伊桑的权力就算在此刻也不容小觑（比他目前的财产要大得多）。榜单列出的数字远远超过伊桑和埃诗曾经透露给朱尔斯和丹尼斯的信息，也远远超过他们的生活方式给人的印象。

“我们有权有势的朋友，”朱尔斯说，“去他的。”

“为什么说‘去他的’？”

“我都不知道以后该怎么看他了。”

“你为什么必须要对他有某种看法？”丹尼斯问。

她说：“我们永远不能告诉他们我们去看了这份榜单。”埃诗曾经随口向朱尔斯提起过这本杂志——她和伊桑知道这一期的内容，也知道这份榜单是备受期待的年度盛事，很可能引起高度关注，但他们也不知道他是否能入选。“感觉好像是我们千方百计地探听他的情况，”朱尔斯说，“在他不知道的情况下揣摩他的动向。”

“这就是我们正在做的事啊，”丹尼斯说，“不过没关系，这又不是犯罪，倒是有点瘆人，有点像尾行。”

“我只是想知道我们在和什么打交道，”朱尔斯说，“还有金钱的问题，我知道和榜单上的其他人相比，他的钱并不算很多。但是很明显，那个数字几年后就会飙升，联播版权，等到那个出现的时候，假设那个会出现。伊桑说大概不会，这部节目叫好不叫座。一切都要看市场份额。天哪，我表现得好像真知道自己在说什么似的——‘市场份额’——其实我根本不知道。”

“所以我们窥探了好朋友的权势和财务状况，”丹尼斯说，“现在完成了，我们可以考虑其他事情了。你一会儿去布朗克斯吗？那个韩国女孩还在医院里吗？”

朱尔斯有一个客户，一位可爱的、喃喃自语的少女，自杀未遂后住进了医院。朱尔斯每天都去医院探望她。她只是坐在那里和她说话，有时却能让她微笑甚至笑出声来。她对丹尼斯说，是的，稍后她会去医院。不过她还没有结束关于伊桑的谈话，也许永远都无法结束。此时此刻，在南边的翠贝卡区，在伊桑和埃诗不久前搬进的双层复式公寓里，他们俩大概刚刚站起身走过蜂蜜色的木地板，走向他们的步入式冰箱，他们当初向朋友炫耀这台庞大奢华的设备时略有些不好意思，又带着孩子气的骄傲。伊桑说：“我也说不清，反正这台奇异的设备让我非常愉悦。”

埃诗说：“我的理论是，因为他母亲离开他父亲之后，冰箱总是空的。你知道他父亲在冰箱里放什么吗？沙丁鱼和帕凯麦淇淋。”

“还有眼药水，”伊桑补充道，“别忘了眼药水。我父亲的眼睛有点毛病，眼药水必须冷藏。”

“是的，还有眼药水，”埃诗说，“所以现在，伊桑终于可以走进冰箱，被各种选择包围。它不能完全弥补他错过的一切，但至少可以试试。”

“这都是她从《天才儿童的悲剧》里读到的。”伊桑开玩笑说。

丹尼斯一屁股坐在小小的泡沫沙发上，倒在朱尔斯身边，廉价的沙发有点要裂成两半的趋势。他脱下鞋袜，双腿交叠架到她腿上。“捏捏脚?”他问道，“我付你钱。”

“付多少?”

“和伊桑的时薪一样。”

“当然可以，”她说，“我更喜欢现金，不过金条也不错。”她用大拇指用力按压他布满静脉的冰冷的大脚底部和两侧。

“喔喔，太爽了，”他说，“真的，真的太舒服了。你很在行啊。”

朱尔斯·雅各布森-博伊德用力按摩丈夫的脚，没过多久便有了几分虐待狂的意味。他玩美式橄榄球的时候总是穿运动鞋，脚上结出了一层厚实的老茧。丹尼斯闭着眼发出一连串动物心满意足时才会发出的哼哼。他刚出门回来，让他们对伊桑在这个世界的权势及他目前的财产规模多了一点了解——如果一切顺利，伊桑的财富在可预见的未来只会疯狂地膨胀。即便是现在，他的收入也不仅来自节目本身，人们出钱买下的每一件《费戈大陆》周边T恤、背包、钥匙扣、毛绒玩具、沙滩巾和橡皮都有一部分成为伊桑的财产。

“我从这件事中理解到的就是，”朱尔斯一边将大拇指用力按进丈夫脚底一边说，“他现在生活在另一个世界，所以埃诗也是。一直以来，我们常常请他们来家里做客，他们大概会对彼此说：‘天哪，我们真的很爱他们，但我们必须要去那个摆满廉价家具，还要爬那么多台阶的让人灰心丧气的地方吗?’丹尼斯，为什么我们以前没有想到这一点?我们显然知道他们非常非常富有，我们应该为这么长时间以来总请他们来家里感到尴尬才对。他们不想来这里，但他们必须表现出乐意的样子。他们不露富，他们对此非常低调。他们表现得好像还和我们身处同一个世界，然而事实并非如此。我们出去和他们吃饭的时候，每次伊桑抢过账单我们都说：‘不，不，伊桑，没必要，我们平摊吧。’我们不让他去付账简直太荒谬了。实际上，这显得我们很悲哀，他知道这一点，但我们不知道。他不坚持付账完全是出于友善。他很可能根本不想在那些平民百姓的餐厅和我们一起吃饭，”她滔滔不绝地说，“还记得我们上个月去的土耳其餐厅吗？我一直在说特价烤肉。哇噢，后来烤肉搭配切拌沙拉和要多少有多少的微波炉面包一起送上来了。那对伊桑·费戈曼来说多么激动人心啊！”

“你在说什么啊，朱尔斯？”

“伊桑和埃诗这一辈子都不再需要特价烤肉了。我真正想说的是，他们不需要我们了。假如我们是现在才认识对方的话，我们根本不可能成为朋友。你觉得如果有人介绍说‘这是一位非常不错的社会工作者和一位非常不错的超声技师’，他们会觉得和我们有任何关系吗？这就是为什么在童年相识似乎是最美好的事——每个人都是平等的，你们建立羁绊的标准只是有多喜欢彼此。但是长大以后，在童年时相识也可能是最糟糕的事，因为你和你的朋友可能再也无话可说，除了‘那次你妈妈回家的时候发现我们搞得一团糟，多有意思呀’？如果你们对过去不那么多愁善感，就没法维持友情。当伊桑的节目联播时，阵势会更大、更让人心烦。如果我是一个更优秀的人，”朱尔斯说，“那么我就会和他们断绝关系。他们有其他朋友；还记得一起吃晚饭的那些人吗？”

丹尼斯点了点头说：“他们还行。”他们所说的“埃诗和伊桑的其他朋友”是他们最近遇到的一对夫妇。丈夫是一位投资组合经理人，年龄稍大，妻子则是一位室内设计师，同时也在东哈莱姆区负责一项扫盲计划。夫妇俩都温文尔雅，衣服都是亚麻面料，那天的晚餐与其说是尴尬，不如说是令人沮丧。投资组合经理人和他的妻子对朱尔斯和丹尼斯完全无话可问。他们根本没有想过要问他们任何事情。所有的兴趣都集中另外那对夫妇身上，这一事实对他们来说并不稀奇。他们中立地接受这种单向的交流，主要靠丹尼斯将对话维持下去，他想知道各种问题的答案。他总是对别人很感兴趣。

在一般情况下，这是一项值得称赞的品质，但当时这种品质却激怒了朱尔斯，她不希望这些人以为受人关注是他们应得的权利。她带着轻微的怒火向他们一个接一个地抛出问题。“我们国家的识字率是多少?”她像醉酒一般向那位妻子发问。还没等对方回答，她又转向那位丈夫：“‘组合’这个词从什么时候开始和金钱扯上关系而不再是指艺术作品了[1]? 这就好像说一个人是分析师的时候，意思不再是他们是弗洛伊德的信徒，而是他们在研究股票市场。”被人忽略让她很恼怒，而通常对每个人的需求都很敏感的埃诗只顾着留意大家是否需要酒水，既没有注意到朱尔斯怒火中烧，也没有注意到另一对夫妇不作回答。朱尔斯和丹尼斯是那一晚格格不入的人。其他所有人都在一个圈里，在一堵围墙里，在一台装着财富和影响力的步入式冰箱里。

那是一个令人坐立不安的夜晚，而且预示着未来还将有更多类似的夜晚，但是朱尔斯和丹尼斯在此之前从未谈起过那一晚。他们真该在走出复式公寓的时候面面相觑地说：“我们真是呆瓜。”如果朱尔斯和伊桑说起这事，她可能会更正自己的措辞：“我们是痴人。听起来就像埃诗想导演的某部希腊剧里的名字。”

现在朱尔斯想起了那对夫妇，还有伊桑和埃诗在相对短暂的时间内积累的其他朋友。这些新朋友当中有几位从事影视工作，他们在东西海岸之间来回奔波，就像往返于曼哈顿和布鲁克林一般轻松。不知什么时候，伊桑和一位很有少年感的知名魔术师成了朋友，他曾在一次晚餐时让无花果从伊桑的耳朵和鼻子里跳出来，还让埃诗的长发里飘出他坚称是火山灰的烟雾。[2]“那对夫妇叫什么名字来着?”朱尔斯问丹尼斯，“投资组合经理人和扫盲志愿者。被我问了很多问

1 英文 portfolio 兼有“投资组合”和“作品集”之意。

2 伊桑的姓氏费戈曼 Figman 和“费戈大陆” Figland 中的 fig 有无花果的意思，figland 可直译为无花果大陆 / 无花果星球；埃诗的名字 Ash 则意为尘埃、灰尘。

题但是根本不在意我们，甚至什么都没问我们的那对，一对蠢货。”

“一对蠢货？”丹尼斯大笑起来，“哇噢，你听听自己说的。他们的名字是……我想是邓肯和夏伊拉。”

“没错！”朱尔斯说，“我们应该让埃诗和伊桑去和邓肯和夏伊拉在一起，而不是让他们感觉不得不和我混，和我们俩混。我们之间的生活差距太丢脸了。还记得那天在斯特兰德书店[1]吗？”

几周前，丹尼斯和朱尔斯在地铁上拖着几个装满书的购物袋，前往书籍丰富、空间宽敞、大名鼎鼎的斯特兰德书店，你可以在那里出售二手书。丹尼斯说，不管你带去多少书，他们似乎总会付你五十八美元。但即便如此也值得跑一趟。口袋里揣上五十八美元能让你感觉稍微踏实一点。当他们在街上奋力将鼓鼓囊囊、有的地方已出现裂口的购物袋拖向书店时，正巧碰到了埃诗和伊桑，他们俩手挽着手，正要去书店闲逛。埃诗手里提着一个系绳的面包店纸盒。里面无疑是牛角包妥帖地依偎在一起。“嘿，你们要去哪里？”看见他们，埃诗愉快地说，“我们来帮忙。”

“是啊，我们来帮忙，”伊桑说，“我最多有一个小时，之后我就必须去对台本了。我现在是偷偷溜出来的；他们都在等我露面呢。”

“他们在等你？”朱尔斯说，“别为了帮我们搬书去斯特兰德就让他们等着啊。我的意思是，那太不像话了。”

“可是我想帮你们，”他说，“我正为今天的台本犯愁呢。有一幕谁也不知道该怎么改。我宁愿和你们去斯特兰德。”

于是他们不得不容忍埃诗和伊桑帮他们将书袋拖到书店，他们还坚持要站在其他来卖书的人当中陪他们一起排队。队伍里有一对瘾君子，男人衣冠不整，像刚扫过烟囱似的浑身污渍；女人牙齿打战，骨瘦如柴的手臂惨不忍睹。他们捧着显然是从咖啡馆桌上偷来

1　斯特兰德书店（Strand），位于纽约第四大道“书店一条街”的书店，以收购二手书而闻名，是格林威治村的文化地标之一。

的书，有着诸如《密斯·凡德罗：体会》之类的标题。那天，和瘾君子们一起在书店里排队实在是一种无言的羞辱，朱尔斯再也没和丹尼斯提过这件事。现在见她说起这件事，他便安静地说："这不是什么大事。"

"不，这是大事，"朱尔斯说，"现在有了杂志上的这份榜单，从这个新的视角回头看，我感觉就像他们看到我们在卖血。"

"听你这么说，他们一定很震惊，"丹尼斯说，"埃诗不是你最亲密的朋友吗？伊桑不是你最喜欢的男性吗？——除了我。"

"是，"朱尔斯说，"但我越是想象他们经历的改变，就越明白他们只会坚持说他们的本质没有变。当伊桑吃完饭要去买单时，我现在明白了，他只是不想让我们因为知道真相而觉得尴尬。"

"所以这个真相是什么？"丹尼斯问道，他把那只脚收了回去，忽然间受够了和她的接触。

"就是几年后他大概再也不必考虑自己的收入问题了。就是他将可以一直做自己想做的事。这已经开始慢慢成为现实了。还有就是，埃诗也将能够做她想做的事。"

"是啊，很可能，"丹尼斯同意道，"因为他嘛。"

"没错。他和他的权势。他和他的金钱。我绝对敢打赌，埃诗在未来几年里也会迎来职业生涯的突破。她再也不必分心去做那几百万个古里古怪的小剧场项目了。"埃诗的简历和数百位从常春藤盟校毕业五年的年轻女性——想进军"艺术圈"的女性——相差无几，她们都在等待时机，等待"艺术圈"这个笼罩在迷雾中的世界向她们抛出一根绳索。通过在童年、在耶鲁及这座城市里的人脉，埃诗做着她能找到的所有薪酬微薄甚至没有薪酬的剧院工作，在一所令人沮丧的疗养院导演一系列独幕剧，和几个大学时的朋友在中央火车站排演一出叫作《通勤者》的话剧，然而真正的通勤者们却不得不恼火地绕开他们登上火车。但这些工作都是临时的。与此同时，埃诗一直在为她想执导的女性主义表演——一部当代的《利西翠妲》、一场向剧作家卡里尔·丘吉尔致敬的晚会——做笔记，还在阅读艰涩厚重的俄罗斯戏剧理论书籍，同时过着优渥的生活，毫不灰心，也没有财务方面的顾虑。

丹尼斯说："你没法知道她几年后会成为哪个领域的专业人士。"

"我就是知道。"朱尔斯仿佛突然获得了前所未有的洞察力。她忽然明白，问题从来都不仅仅在于才华；问题也始终在于金钱。伊桑在自己擅长的事情上天资极高，即便没有埃诗父亲的鼓励和忠告，或许他也完全可以实现今日的成就。但是，伊桑在一个见多识广的环境中长大，然后通过婚姻走进了一个富裕的家庭，这些确实对他大有助益。埃诗也有才华，但她也没有那么才华横溢——这话从没有人说过，一次都没有。但幸运的是，埃诗在思考艺术时不必为钱操心。富裕的童年让她从一开始就领先于同龄人，现在则有伊桑继续为她保驾护航。

"这么说话让我感觉很可怕，"朱尔斯对丹尼斯说，"我爱她，她是我最好的朋友，而且她非常敬业，她读了那么多书，付出了时间，还有她对女性主义也确实很感兴趣。但是，难道不是还有很多人拥有同样多的才华，然而都在做牛做马吗？她有一些精彩的想法。但她真的有做导演的天赋吗？她在戏剧领域能和伊桑相提并论吗？并不是！天哪，神会把我当场劈死的。"

丹尼斯看着她说："你的不存在的神吗，无神论的犹太女士？"说完，他走进厨房。她跟在他身后。水槽里高高堆着昨晚吃完中餐外卖剩下的脏盘子，丹尼斯一言不发地将黄色洗洁精倒在整个烂摊子上，捡起一块破烂的海绵。显然，现在他要手洗所有碗碟，然后将它们晃悠悠地堆在沥水架上，完成一项进一步展现他们与伊桑和埃诗差距的任务。朱尔斯简直怀疑丹尼斯是故意为之。

"埃诗没有伟大的天赋，我觉得没有，"朱尔斯伴着哗哗的水声说，“而且她或许根本不需要这个。我一直以为才华就是一切，但也许金钱才是，或者是阶级。如果不完全是阶级，那就是人脉。”

“你现在才明白这一点?”丹尼斯问，“难道你不是到处都能看到这样的例子吗?”

“我是个后知后觉的人。”

“不，你不是。”

“我敢打赌，几年后她甚至能拥有自己的剧场，致力于推广女性作品，”朱尔斯说，“埃诗·沃尔夫神殿。”

“她自己的剧场？你真是疯癫了，”丹尼斯说，“拿着，把这些擦干。沥水架放不下那么多。”他递给她一个盘子。她接过盘子，抓起手感有一点黏腻甚至是油腻的洗碗巾。如果用它擦盘子，那他们会发现自己的生活环境永远都不太干净。突然间，她想哭。

“丹尼斯，”朱尔斯说，“别管这些碗碟了，我们出去随便走走吧。”

“去哪里?”

“我不知道。就出去散散步什么的。让我们去做一件很纽约的事，那种免费的、能让你在丧气的时候开心起来的事。”

丹尼斯若有所思地看着她，手臂深深地浸在水槽里。他慢慢地提起湿淋淋的手臂，打开了水塞。伴随着听起来很下流的汩汩声，洗碗水被抽了下去，丹尼斯在裤管上擦了擦手，走到朱尔斯面前将她搂在怀里。“不要丧气，”他说，“我们有很多美好的事物。我们有自己小小的爱巢。好吧，我们破破烂烂的小小爱巢。但是我们在这里啊。”他这么说让她很感动；他总是这样对她充满爱意，即便她总是像个偏执狂一样啰嗦和抱怨。他身上散发着黎明牌洗洁精的柠檬味，而她大概散发着人在怨愤时释放出的不知道什么化学物质的气味。

“我好爱你，丹尼斯。”她小心地说，她需要他现在知道这一点。“即使在我这样的时候，你对我也好得难以置信。只是这对我来说太难了，”她对他说，“意识到我们和他们的距离如此遥远。我知道我在表演上不会取得成功。我知道我不得不放弃关于戏剧的所有尝试。不仅仅是因为伊冯娜对我说的话。我从一开始就不该成为演员。表演，做个好笑的人，那是我进入世界的方式。然后我就不得不放弃它。但是埃诗就不一样。我觉得她和伊桑都刀枪不入；他是因为那么有才华、成就那么卓越。而她是因为她和他在一起。让我们设法相信有手头这点东西就足够了——嗯，就今天而言，我知道还不够。”

丹尼斯看着她，脸色一变。对她的同情像潮水一般退去。他又对她感到厌烦了；情绪像波浪一样翻涌。“我以为你要消停下来了，”他说，“我还在想，好了，因为我已经受够了。结果你现在又不依不饶的。”

“我不是故意的。”她说。

“我真没精力这么折腾，朱尔斯，我真的没有。你就是希望我做这么一个始终不变而且完全理解你的人，而你就可以时不时发一通小脾气，然后我就要安抚你。我们之间就要一直这样吗？这听起来让你很快乐吗？我不觉得我和你在一起是为了这个。”

“但是情况变了，”她说，“你‘为了’的那些东西现在有一点不一样了。就是这样的。事情是会变化的。”

“不，‘事情’没有变；是你扭曲了它们！”丹尼斯说，“其实你就是想让我安慰你，而你基本上就是那个跑来把一切都搞砸的人。今天这件事我没法安慰你。我喜欢我们的生活。这他妈的难道有罪吗？我喜欢我们的生活，不管周围发生什么事，可你显然不喜欢。”平日里他低沉的嗓音绷得紧紧的，听起来很不舒服。这是她几乎从没见过的丹尼斯发怒的模样，至少她从没见过这股怒火直接针对她。有一次，他在厨房里发现了一只老鼠，想用一把刮刀（手边唯一能抓到的工具）杀死它，当时他暴跳如雷，后来他们俩都承认，那场面很有喜剧效果。但这次不是。

“不是那样的!”她说。

“也许这一整出,”他继续用那样的声音说,“都是为了拐弯抹角地告诉我,你觉得自己被骗了,因为我没有发大财。”

“不,不是的。”

“也许你盼望我是别的什么人,那样你就可以成为别的什么人。”

“不,”她说,“根本不是。”

“现在在我听来感觉就是那样的。”丹尼斯说。

“不是那样的,对不起,”朱尔斯情绪激动地说,“我知道,我不应该再说这件事,我知道这很不健康。”请不要再生我的气了,她想说。这才是眼下真正重要的事。

“是的,”丹尼斯说,“完全正确,就是这样。这非常非常不健康。你应该认真想一想,朱尔斯。想一想这些不健康的评论对我们有怎样的影响。它们会制造不健康的环境。制造疾病。”

“别这么夸张。”

“我没有。”

“我和你在一起很幸福,”她说,“我真的很幸福。我不是突然认为金钱和幸福之间存在一对一的对应关系。当我们相爱的时候,和我是否认为我们能过上奢华的生活没有一点关系。我从没那么想。我不浅薄,你知道的。”

电话恰好在那时响了起来,朱尔斯松了一口气,接起了电话。他们的争执有几次就是这样结束的:有人打来电话,等挂上电话之后,争执的迫切差不多都消失了。但是这通电话是埃诗打来的,她想知道他们四个当天晚上能否共进晚餐。她说,有一家新开业的亚洲融合餐厅,粉丝春卷味道很惊艳。埃诗听起来就是埃诗一贯的口气——热情,温暖——背景里传来伊桑的声音,他说埃诗应该告诉朱尔斯,她和丹尼斯必须要来;没有他们在,食物的味道都没那么好了。

埃诗问她:“你们来吗?”

朱尔斯将话筒按在胸口，她看着丹尼斯："他们想知道我们去不去？"

他耸了耸肩："你说了算。"

于是他们去了。食物味道很好，他们的朋友和以往一样，看上去没有任何不同，没有显得更富有或者好像他们生活在另一个世界。但是当账单送来时，伊桑伸手去接，朱尔斯和丹尼斯也试图伸手，至少打算平摊费用，但最终他们还是任由他接过了账单。于是乎，他们的人生安静却显眼地开启了一个新篇章。从那一晚开始，伊桑承担了几乎所有晚餐和假期的开销。

1987 年 7 月，他们第一次一同旅行，前往坦桑尼亚攀登乞力马扎罗雪山。正式确定关系的乔纳和罗伯特・高桥也与他们同行。尽管在出名后有过好几次昂贵的度假，但伊桑并不喜欢旅行，也很少关注这方面的事物。"我小时候没有多少举家出游的经历，"他说，"我父母带我去过的最阔气的地方就是宾夕法尼亚州的荷兰村，看那些穿着老式衣服的人骑马、赶双轮马车，我母亲举着宝丽莱廉价款到处拍照，尽管她不应该这样做。一个阿米什人对她大喊大叫，我父母为此大吵了一架——还能有什么新鲜的？后来我们买了一种叫作佩纳什的奇怪的乳脂软糖——那个名字让我很不好意思，听起来就像'呸拿屌'[1]——然后就回家了。"这一次，伊桑问他的助理是否介意为他找一个为期一周左右、适合三对伴侣的旅行目的地，在今年晚些时候《费戈大陆》休息时前往。用他的话说，他想要一次"走出舒适区的"旅行。"问助理这样的问题本身就超出了我的舒适区，"伊桑说，"有个助理本身就超出了我的舒适区。"这位在大学读过海明威的助理推荐了乞力马扎罗雪山。这次旅行的开销高得让伊桑焦

1　佩纳什（Penuche）是一种奶油软糖，和阴茎（penis）发音相似，此处采用意译。

虑，但埃诗提醒他："你今年二十八岁，自力更生，财务自由。你必须适应现状，过上相匹配的生活。说实在的，为你的财富唉声叹气发牢骚实在不值得恭维。我不知道那样能帮到谁。你不再是你那对疯狂吵闹、财务状况不稳定的父母的小孩了。你完全可以去新地方尝试新事物。你可以花钱；没关系的，真的没关系。"

助理为他们预订了配备顶级装备的登山之旅。在为旅行做了几个月的准备（拎重物爬楼梯、尽可能出门远足）之后，三对伴侣在阿鲁沙一家酒店的休息室里同其他登山者集合，向导要求他们拿出各自的装备检查。朱尔斯、丹尼斯、乔纳和罗伯特拉开行李袋，掏出他们按要求在城里的登山用品店购买的所有五花八门、奇形怪状的物品。可呼吸内衣、睡袋，等等。"店员告诉我，可呼吸的意思就是吸湿排汗，可是为什么吸湿还要有自己专门的词？"乔纳这样问登山小队的人，但朱尔斯的注意力被伊桑和埃诗分散了：他们蹲在自己的装备旁边仔细研究，好像此前从未见过它们。她意识到，他们确实从未见过它们；这次旅行采购装备和收拾行李都是由别人为他们打理好的。

两对夫妇后来还去了好些地方一同度假，乔纳和罗伯特也偶尔同行，这些围绕《费戈大陆》制作周期精心安排的旅行带来了更多的小小启示。在巴黎旅行时，伊桑想给埃诗买一份意外的礼物，"围巾之类的东西"，他说。于是朱尔斯陪他同去，两人借口要去买法式火腿奶酪三明治，这个理由看起来合情合理，因为这次旅行中最让他们两人兴致勃勃的就是食物。在塞弗尔街一家金碧辉煌的精品店里，朱尔斯说："我想问你一个听起来很没见过世面的问题，但我就是想问：你怎么知道该如何表现得很有钱？是不是有钱了自然就知道了？还是说你也要在工作中学习？"伊桑吃惊地看着她说：他不知道，只能临场发挥。他看上去对这个问题或者自己的回答有些不高兴，仿佛这个问题是在逼迫他承认自己的生活正在改变方向——

就像一艘国家之船的转向，缓慢而渐进，然而在水下却潜藏着巨大的、暴烈的、看不见的震动。

但随着时间的流逝，朱尔斯注意到伊桑临场发挥的时候似乎越来越少。他的衣着愈发讲究。当他在马德里的一家餐厅接过酒单时，他看起来对葡萄酒确实有所了解。他什么时候学会品酒的？他没有告诉她他掌握了这门新知识。会有品酒师晚上去家里给他上课吗？她再也不能问他了。伊桑不是暴发户，他谦和有礼，亲切文雅。拥有财富让他感觉很自在，这一点远远超出了朱尔斯的预期，而她意识到这让她感到失望。

他们的生活渐行渐远。她和丹尼斯甚至很难抽出时间与伊桑和埃诗一起出游。临床社会工作者（特别是朱尔斯这样初出茅庐、从兼职开始的新人）和超声技师几乎没有假期。超负荷的繁重日程安排让伊桑忙得团团转，埃诗则远没有那么忙乱，有时他们俩反而是能抽出时间的那对夫妇。

1988 年，两对夫妇乘坐公司包机（如今这种情况已经相当普遍）飞往威尼斯享受为期五天的假期。二十九岁的朱尔斯·雅各布森躺在床上，她睁开一只眼睛冷静地环顾房间。丹尼斯躺在她身旁。她认识的任何人都不会以这种方式旅行。她那一小群来自社会工作学校的朋友聊起他们的假期时，总是互相推荐便宜的牙买加全包式旅行套餐，或者旧金山某个酒店的特价客房。威尼斯的这家酒店是富裕的老派欧洲家庭的选择——朱尔斯在寄给乔纳的明信片中写道："这是冯·特拉普一家可能会住的那种酒店，如果他们除了逃离纳粹还有其他旅行的话。"她又在底下加了一行字："救命啊，乔纳，救我！我的价值观被绑架了！"在这家酒店里根本感觉不到时代的变化。透过表面凹凸不平的玻璃窗可以看到一小段运河；前一晚的水果奶酪拼盘在托盘里失去水分；天花板上镶有饰板；丹尼斯枕在一个长长的圆柱形枕头上酣睡。

现在，《费戈大陆》已销往整个欧洲大陆和英国市场，伊桑这次来便是要洽谈电视业务。他要去罗马出一趟短差，在这段时间里，丹尼斯和朱尔斯留在威尼斯，而埃诗决定趁伊桑在罗马的时候飞往挪威“随便看看”，因为她想在东村的空手小剧场导演易卜生的《群鬼》。她一直在积极竞聘这家剧院，现在还在等待他们的决定。埃诗确实打算去挪威随便看看，但朱尔斯也知道，这趟旅途中古德曼会陪着她。埃诗有一段日子没见到他了。从冰岛坐飞机去挪威只需两个小时，这次假期中除了伊桑所有人都知道古德曼将和妹妹团聚。

随着年龄增长，快到三十岁的埃诗想方设法找机会去看古德曼，她的很多做法在朱尔斯看来实在是轻率鲁莽。十几岁时，与逃亡天涯的哥哥秘密保持联系让埃诗非常难熬；在二十出头的年纪，与伊桑同居让这件事变得更加艰难。但在伊桑有所成就之后，埃诗多了一些与古德曼保持联络的空间，有时会借旅行的机会去见他。不过，这始终是一件棘手又揪心的事。每隔几周，当朱尔斯和埃诗独处时，朱尔斯可能会突然问起：“你哥哥有什么消息吗？”

埃诗的神情会一下激动起来；她需要和父母以外的人谈谈古德曼。她会说，他很好，真的很好；他在给一位建筑师做兼职助理；好吧，不算是真正的助理，更像是为琐事跑腿的，但他觉得自己或许很快就能肩负更多责任，甚至可能获准去做一些图纸设计工作；他就是喜欢在那个圈子里转悠；与此同时，他也在努力寻找建筑工地上的工作。

大约在埃诗去挪威的前一年，埃诗曾有一次对朱尔斯说，她的父母去探望古德曼，发现他看起来“不太好”。那是什么意思？朱尔斯问。埃诗说，噢，意思是古德曼在雷克雅未克整夜酗酒吸毒，去工地干活也时常迟到，所以被解雇了。沮丧又无所事事的他把父母的钱都花在可卡因上，然后打了一通动情的电话向他们坦白了整件事。在一家直奔主题的冰岛戒毒所住了一个月后，古德曼回到他在镇中心一家鱼店楼上的出租公寓里。他不再寄居在谷德伦和福克家已有好几年了；他们有了自己的孩子，一个女儿，所以需要古德曼的房间作为婴儿房。在此期间，成为纺织品设计师的谷德伦很快打拼出自己的事业，而且做得相当成功，准确地说是很杰出；这些年，沃尔夫一家寄来的钱让她有机会精进自己的手艺。发现世界上还有这么多小世界、小型亚文化领域真是令人惊叹，你或许对它们一无所知，但在这些领域中，总有人凭借自己的技艺脱颖而出。这当然很棒，不过说谷德伦·西格多蒂尔是冰岛手工艺领域当之无愧的超级巨星，这听起来也像一句笑话。

我们对你说的话，不要告诉任何人。1977 年夏天，沃尔夫一家曾这样命令朱尔斯。那时她还是个低眉顺眼的女孩，也许永远都是如此——好笑又听话的、好欺负的笨蛋，这么多年来，她都是按他们的话做的，这对她而言并非难事。这家人认为古德曼无辜的信念是他们的组织原则，他们的信念已然变成了她自己的信念。直到很久之后，朱尔斯才惊觉，她居然可以在这种看似确定无疑的疑云中泰然处之，只有在年轻时被迫卷入其中才会形成这种状态。社会工作学校里有一位身穿开襟羊毛衫、衣服在袖口窝成鼓包的老教授，她就曾谈到人们经常这样“自以为知道”。

古德曼逃跑后的最初几年，除了埃诗，朱尔斯没有人可以谈论这件事。但是后来，从 1982 年初开始，她有了丹尼斯。朱尔斯将所有重要的事都告诉了丹尼斯，最后，在确立恋爱关系才几个月的时候，她认定他们将会长相厮守，“所有重要的事”自然也包括沃尔夫一家对儿子的长期秘密支持。当然，他对此感到震惊。“他们只是寄钱给他？”他问道，“他们知道他在哪里，却从未告诉过警察？咳，真是难以置信。难以置信的自负。”

“我想，如果确定儿子是无辜的，大多数父母都会这样做。”朱尔斯说，但她只是在重复埃诗曾经说过的话。

“他们为什么这么确定?”

“嗯，因为他们了解他。”朱尔斯说。

“那还不是，”丹尼斯说，“你有没有想过，你知道，你自己去举报他?”

“噢，好吧，有那么一闪念吧，”她说，“但我只是不想以这种方式参与其中。那不是我该管的事。”

“我能理解，”丹尼斯说，“我原来住的那栋楼里有一家人，就在伊莎多拉楼上。那位母亲经常辱骂她五岁的女儿，说她是一文不值的狗屎还有其他可怕的话。终于，楼里有人打电话给儿童保护部门，他们把女孩从母亲那里带走了，不管怎么说，那个女孩显然还是很爱她母亲的。后来伊莎多拉告诉我，她听说那个女孩被送到寄养家庭，被一个年纪比她大很多的养兄弟猥亵了。所以说，你永远不知道后事如何。不过我不得不说，”丹尼斯说，“沃尔夫一家这么做很疯狂。他们居然真做得出来。不过最疯狂的是他们瞒着伊桑。埃诗瞒着伊桑。我的意思是，咳。”想到他们的所作所为，他摇了摇头。他没有受到那个家庭的影响。

“我不该和你说这些，”朱尔斯说，“可我不得不说。我永远不会告诉埃诗我这么做了，所以你永远都不可以以任何方式向她提起这件事。我是说真的，即使有一天你和我分手了，即使你这辈子都痛恨我，你也永远不能和任何人提起古德曼的事，好吗?”她忽然意识到，自己听起来和当年吉尔·沃尔夫在幸福咖啡馆严厉得近乎威胁的口吻别无二致。“我真不敢相信我竟然告诉你了，丹尼斯，”朱尔斯继续说道，“我需要告诉你，这意味着什么?”

他开心地微笑着：“意味着很重要的事!”

“是啊，我猜也是，”她说，“你现在就可以给警察打电话，让他们逮捕古德曼，没准还要逮捕沃尔夫全家。”

“还有你，”丹尼斯说，“该请律师了。”他们一时都陷入了沉默。

他这话说得太过了。“我开玩笑呢，”他赶紧说，“我永远不会那么对你的。”

“我知道你不会。”

“我很爱你，”丹尼斯说，“现在你和我说了这些，我甚至更爱你了。”

“可是为什么呢？”她问，“这和我们有什么关系？”

“因为我们对彼此还没有那么熟悉，才两个月而已。可是即便如此，你还是告诉了我这件事。我觉得很郑重。这就像是……一份宣言。不过我为伊桑感到抱歉，”丹尼斯若有所思地说，“他是个天才，但他甚至不知道自己的女友和她的家庭这件最基本、最重要的事实。我不喜欢沃尔夫一家人，”他又补充道，“我喜欢埃诗，当然，她是你的好朋友嘛。但是我不喜欢她和她家人这个整体，他们那一伙人。”

“你又不是必须喜欢他们。”

“你确定？”

“我确定。”

丹尼斯从来不曾受到任何人任何事的诱惑，除了朱尔斯。他很感激能融入她的生活，在他看来，素未谋面的古德曼·沃尔夫的陈年往事和他们再也没有多大瓜葛。此刻，在1988年的欧洲，关于接下来两天在挪威的行程，埃诗并没有完全对伊桑说谎，她只是略过了计划的关键部分。没错，她将入住奥斯陆的大酒店。当埃诗在奥斯陆、伊桑在罗马时，丹尼斯和朱尔斯将留在威尼斯度过周末。但是，和丹尼斯单独待在这间昂贵得令人心惊的酒店房间里，她感到很不自在。他们并肩躺在床上，她把手放在丹尼斯的手臂上，尽管他还在睡梦中。“丹尼斯，”她唤道，“丹尼斯。”

“怎么了？”他睁开眼睛凑近她。她闻到他的口气，强烈，但是不难闻。橡木味。昨晚饮酒之后的软木塞一般的气息。半梦半醒之间，他本能地趴到她身上，这时她感觉到他不由自主地、并非因她而起的晨勃。他找到一个舒服的姿势。尽管她只是对奢靡的环境感到不安和隐约的担忧，原本只是想和他说说话，但这样也不错，或许更好。在意大利酒店房间里做爱对美国人有一种特殊的魔力：这让他们觉得自己也是意大利人。二十九岁的丹尼斯拥有愈发壮硕的身材，阴影分明的面孔和黑眼睛，还有浓密蓬乱的胸毛、腋毛和阴毛，他甚至看起来也像个意大利人。一个圆柱形枕头像锚一样重重掉落在地板上。睡得迷迷糊糊的丹尼斯轻松举起朱尔斯让她坐在他身上，仿佛她轻如鸿毛，但她伸出双手阻拦他，不希望在此刻采用不合时宜的体位，让女人不得不主动调整，男人则拘谨地移开视线或肆无忌惮地欣赏。就像在汽车里费力将安全带末端的金属锁舌插入锁扣紧窄的凹槽之中。你期待着安全带发出咔嗒一声脆响，就像在这里，在意大利酒店的床榻上，期待另一种来自身体深处的隐秘的咔嗒声。阻力只存在了一瞬间，然后便畅通无阻。随后的进程让你感到荒诞的快乐，就像成功修复宇宙飞船的关键部位那么重要。

躺在酒店的床上，在她身下，丹尼斯闭上眼睛，嘴唇微微张开，隐约可以看到他的舌头。她想到此刻埃诗和古德曼在欧洲大陆彼端的酒店里，在相邻房间的两张床上。接着她想起在迷宫的时候，她曾有一次在沃尔夫家的公寓客厅里亲吻古德曼，她伸出舌头寻找他，找到他，直到他感到无聊，中断了那个吻。此刻，她俯下身来吻住丹尼斯的嘴唇，他的回应里没有嘲弄或厌倦，相反，他全情投入，散发着橡木和单宁气息的唇舌，半闭的双眼，尚未沐浴的身体，弥散着将她吸引到他身边的费洛蒙，尽管这种吸引力永远无法解释清楚。

事后，他们在楼下享用欧洲酒店提供的古怪早餐，食物包括煮鸡蛋和维多麦麦片，出现在两者之间的还有动物内脏和肉类，仿佛这是无比正常的搭配。在宛如巴别塔的早餐餐厅里，她和丹尼斯坐在西班牙人和德国人中间。朱尔斯对丹尼斯说：“我在想古德曼看起来会是什么样。他现在三十岁了。上帝啊，三十岁的古德曼！真的很难想象。”

“嗯，显然我从没见过他，但他大概有一张饱经风霜的脸，”丹尼斯说，“抽烟、喝酒、吸毒的人不都会那样吗？他们的皮肤饱受摧残，看起来就像——那句话怎么说的来着？——是什么东西？做旧的皮革。”

她想象着古德曼四仰八叉地躺在奥斯陆大酒店双人间的一张床上，满脸皱纹，饱经风霜，备感蹉跎。他修长的身体占满了整张床，而他妹妹则躺在另一张床上，两人抽着烟开怀大笑。能再和他相聚，有机会亲眼看到他，确认他整体上过得还算不错，听到他拖沓的、充满讽刺意味的声音，凝视那张曾经与她相似的脸，这会让埃诗非常安心。年龄只差一岁的兄妹之间有着根深蒂固的感情。这不是双胞胎之间的感情，也不是男女之情，倒更像是对一个濒临消失的品牌的忠诚。

我的小妹妹，让我进去吧。

朱尔斯和丹尼斯乘坐高速火车返回罗马，与伊桑和埃诗碰面。假期的最后一晚，两对夫妇在波波洛广场一带吃晚餐，交流这次假期的所见所感。伊桑讲述了他与意大利广播电视公司高管们在餐桌旁举行的会议，全程有许多道菜肴，各色络绎不绝的葡萄酒在他体内翻腾。他和意大利广播电视公司的人们一直宴饮到凌晨两点，庆祝《费戈大陆》在意大利持续的收视佳绩。在意大利，这部节目叫作《费戈的世界!》。

朱尔斯和丹尼斯介绍了他们在威尼斯的慵懒周末。“丹尼斯在威尼斯，”伊桑说道，“可以做一部新漫画的素材。”他们聊起迷蒙烟雨中的漫步，在让人望而却步的小巷中穿行。

“奥斯陆怎么样？”伊桑问埃诗，“你有没有给国王塞一张五元钞票，好让我入围诺贝尔奖啊？”

“我很喜欢那里，”埃诗轻轻耸了耸肩，“我就随便逛了逛，想象那部戏剧的氛围。”

朱尔斯不得提醒自己：噢对了，易卜生，这是埃诗对外宣称的去奥斯陆的原因。易卜生的《群鬼》。女人们袒胸露乳地走上舞台，乳头上涂着迪高荧光颜料，当灯光熄灭时便营造出震撼的效果。埃诗选择这部作品是不是很开心？十二年前，古德曼逃离纽约和美国，逃离他的审判，从此踏入群鬼的国度。但他时不时还会重返人间，在群鬼和活人之间来回穿行。他母亲给他寄去爱心补给包，和从前他去林中精灵时一样，只不过6-12驱蚊剂和奶酪罐头换成了蛋白粉和装在棕色玻璃瓶里的维生素。埃诗根据哥哥年少时的品位给他寄去成年的他可能会喜欢的书。她给他寄去最新的君特·格拉斯、托马斯·品钦和科马克·麦卡锡的书，还有一位青年天才作家大卫·福斯特·华莱士的小说《系统的笤帚》。她还曾把自己最喜欢的《天才儿童的悲剧》一起打包寄给他，附言说这本书与她的人生存在某种关联，与他的人生无关，但她认为他可能会觉得这本书挺有意思，因为他们有同样的父母。古德曼读完了妹妹寄来的所有书籍，认真地将蛋白粉混进冰岛酸奶里，尽职地吞下母亲寄来的维生素。他依然在尽可能寻找建筑类工作，尽管他的背部开始出现问题，有时会在工作后的数周里感到疼痛。他在大多数晚上和个别早晨抽大麻，对可卡因的兴趣断断续续，需要再次去戒毒所康复治疗。

“敬我们的假期，还有《费戈的世界！》，还有你一如既往的慷慨。”丹尼斯在晚餐时举杯说道，这是他和朱尔斯近年来学会的举杯手法。一旦开始向别人敬酒，你就彻头彻尾完成了向成年时代的过渡。

从罗马长途飞行回到纽约，汽车将朱尔斯和丹尼斯放在西八十四街那栋没有电梯的大楼前。伊桑和埃诗坐着另一辆车走了；伊桑不得不立即赶赴工作室，连回家的时间都没有。他说，节目组的所有人都在等他。他们似乎永远在等他。朱尔斯和丹尼斯站在他们狭窄的出租房楼下，抬头向上看了看，他们同时做了个鬼脸，然后大笑起来。没有门童来为他们提行李，没有夏尔巴人做向导，楼上没有水果奶酪拼盘恭候他们光临，没有长袍。他们把手提箱推进狭窄的前厅，小心地调整角度，好将它们拖上四层楼梯。他们气喘吁吁地走进公寓，映入眼帘的是一层积攒了整个假期的灰尘。电话答录机猛烈地闪烁着，两只蠓虫在厨房腥甜腐败的排水口上爬来爬去。生活又一次变得艰辛、熟悉、令人失望。

从今往后很长一段时间都不会再有度假了。他们俩都用光了假期。很快，朱尔斯独立工作的机会越来越多，在医院工作的负担有所减轻。她对所有客户的初始收费都很低。一个肥胖的男人为妻子离开而哭泣。一个十几岁的男孩只想聊席德·维瑟斯[1]。朱尔斯告诉埃诗，每当一位新客户走进门，感觉就像翻开一本小说。为各种各样的人做心理咨询从来不会让她厌倦，尽管她担心自己只能为他们提供微小的、尝试性的帮助。埃诗和朱尔斯总会讨论她们的工作——埃诗为即将在空手剧场执导她的第一部完整作品而感到恐惧和兴奋；朱尔斯则对她的客户们很感兴趣，却也为他们和自己的能力忧心。“万一我对他们说错话怎么办？”她说，“万一我给了他们错误的建议、出了事怎么办？”埃诗对她说，她确信朱尔斯是一位出色的心理咨询师，不会做任何让人痛苦的事。“我还记得我在夏令营坐到你床上的情景，”埃诗说，“我解释不清楚，但那感觉真是一种解脱。我敢打赌他们也会有同感。”

在职业生涯逐渐步入正轨的同时，两个女人也开始讨论要孩子的问题。现在还不是合适的时机——丹尼斯从超声学校毕业后一直在上西区的都市健康诊所上班，每天都要工作很长时间——但或许一年以后可以考虑？有时，朱尔斯和埃诗一起幻想，她们会差不多

---

1 席德·维瑟斯（Sid Vicious，1957—1979），性手枪乐队的贝斯手，英国20世纪70年代朋克精神的代表人物之一。

同时生儿育女，同时成为母亲，这样她们的孩子就能成为朋友——最好的朋友。也许两个孩子以后都可以去林中精灵！

目前，谁也无意打破眼下的生活。在这个刚刚开始的人生新纪元，每个人都有渺茫的机会追上伊桑。不，准确地说不是追上，乔纳·贝伊说；他们永远追不上他。“我个人根本不在乎追不追的问题，”乔纳说，“我是在真正的成功人士和名人身边长大的。那些都没给我留下深刻的印象，我自己一点都不想要那些东西，我只想更享受自己谋生的工作，名副其实地期待每一天。我一直在等待，但这一直没有发生。”

埃诗喜欢她现在的工作。1989 年秋天，易卜生的《群鬼》在空手剧场短期上演。朱尔斯陪埃诗去了一场彩排，她看到埃诗在林中精灵戏剧课上学到的一切都以成年人的、更充实的形态在这部剧中重现。她导演的作品经过详细的考据、用心且有野心。它并不诙谐，因为埃诗本来就不是一个诙谐的人，但它细腻精巧，巧妙运用女性的性别和身体。迪高荧光乳头是一大亮点。《群鬼》不是仰仗伊桑的财富和成就才得以实现的虚荣产物。有时你会听闻某些有权势的男人的妻子略有几分才华，她们会出版童书或者设计手袋，最常见的则是成为摄影师。某些知名度高但略显偏僻的画廊甚至会为某位妻子举办个人摄影作品展。所有人都会去参观，他们会向这位妻子表示虚情假意的尊敬。她拍摄的那些没有化妆的名人、海景和街头流浪者的照片将被放大展出，仿佛尺寸和精良的设备可以弥补所缺少的一切。

埃诗的话剧不是那样。九月开幕的那个夜晚，《纽约时报》的二线评论员来观看了这部话剧。简短但积极的评论称，这部作品值得称颂之处在于“忠于原著”“还原神韵”，以及“对 19 世纪道德进行了思辨性的审视，同时不同寻常地突出了其中的女性角色，这或许不是易卜生的本意，却是导演有意为之”。评论员写道：“沃尔夫女士是《费戈大陆》创造者伊桑·费戈曼的妻子，这与本剧并无关系。但这倒是提醒我们，这部精巧的作品（色彩鲜艳、令人眼界大开、鞭辟入里的华丽呈现）绝非一部卡通片。”演出档期延长了；空手剧场已经很久没有得到过《纽约时报》评论员前来观剧的待遇了，他们的话剧也从未得到过如此重量级的积极评价。他们飘飘欲仙地问埃诗是否有兴趣继续导演，是否也想为他们写点东西？她可以成为剧场的常驻女性主义编剧兼导演。男性仍然是话剧界的主宰，而空手剧场表示自己将致力于改变现状。埃诗可以有所作为。

伊桑很快为埃诗安排了一场庆功晚宴，邀请朱尔斯、丹尼斯、乔纳和罗伯特前来。他们在东村一家名叫“沙”的小餐厅欢聚一堂，这家餐厅也在最近获得《纽约时报》的好评之后名声大噪。餐厅的空间很狭窄，地板上铺满沙子，当你移动椅子或双脚时便会沙沙作响。脚下踩着沙砾，嘴里跃动着复合的滋味，他们品尝着 20 世纪 80 年代末那种昂贵、花哨、分量少得可怜的晚餐，一边讨论埃诗的下一步发展。“我告诉她，她绝对应该接受他们的提议，写一些原创的东西，”伊桑说，“她可以双管齐下嘛。嘿，”他转向妻子狡黠地说，“为什么不重写《两端》呢?”

每个人都哈哈大笑，罗伯特·高桥问“两端”是什么，他说那听起来就像同性恋性虐片的标题。乔纳不得不向罗伯特解释说，《两端》是埃诗在高中创作的关于埃德娜·圣·文森特·米莱的独幕剧。“一部糟糕透顶的女性独幕剧，”埃诗说，“显然，还有一个不幸的标题。这些家伙还不得不去看了好多次表演。”她转向他们说，“真是对不起。如果能把那些时间还给你们，我一定会的。”

“就表演开场那一幕。”罗伯特说。

“我不能，太差劲了，罗伯特，”埃诗说，“我现在终于明白了，不过花了很长时间。我父母总是说我做的一切都很棒。”

“来嘛，”罗伯特说，“我一定要看看。”他对她露出迷人的微笑。

他和乔纳两个人都是那么英俊，在一起更是赏心悦目，有时朱尔斯忍不住会在集体聚餐时偷偷看他们。

埃诗说："好吧。我就是埃德娜·圣·文森特·米莱。我穿着睡衣独自走上舞台，手里拿一根蜡烛。除此之外，舞台一片漆黑。我站在舞台中央说，'我的蜡烛两端都在燃烧 / 它撑不过今晚了 / 但是啊，我的敌人们，噢，我的朋友们 / 它的光芒多么可爱！'接着，我走到舞台边缘向观众示意。我对他们说：'趁我的蜡烛还亮着，你要不要坐下来听听？我们一直聊到烛光熄灭。'"

所有人都哈哈大笑，包括埃诗自己。"你是那么说的？"罗伯特问道，"你真的能把这些说完不笑场？我真希望当时在场。"

"我也希望你当时在。"乔纳说。

"丹尼斯，"罗伯特说，"你和我都来晚了，我们应该很早之前就来这里。看我们错过了什么啊，《两端》。"

"我想我真的会为空手剧场写一些新东西，"埃诗说，"我还没想好写什么。不过，如果我现在就开始，刚从《群鬼》走出来，写出来的东西一定很阴沉，很有斯堪的纳维亚的感觉。"朱尔斯再次想到古德曼和埃诗在奥斯陆的团聚，他们四仰八叉地躺在酒店房间，彻夜畅谈到天明。

"你没必要立马开始，这样很好，"乔纳说，"你可以慢慢来。"

"我喜欢慢慢来的感觉，"丹尼斯说，他从来不像在座的朋友们那样敏捷，"不用什么事都计划好。"这也许是那一晚他平静说出的最后一句话。又或许，这是对那一晚的舞台剧式的记忆—— 一个女人的丈夫思考着慢慢来的愉悦感，而在一个小时之内，一切都毁了。也许他根本没说这句话。后来朱尔斯也不确定了。他们喝了太多酒，伊桑安排了一连串开胃小菜。开饭前，装饰着五颜六色胶状喷射物的美味小点心不断送到席上，房间里光线太暗，根本看不清他们吃的究竟是什么。口感是 20 世纪

80年代精致餐饮的全部追求；具体的细节通常不那么重要。

丹尼斯一直在服用MAO抑制剂（现在通常称为MAOI），因此他对饮食始终十分谨慎。在晚餐开始时，他曾安静地告诉服务员他的饮食禁忌。但是今晚的餐桌上笼罩着不同寻常的磁场。一部分原因是伊桑出现在餐厅里让店主十分激动，他是《费戈大陆》的狂热粉丝。他能将节目里大段的对话倒背如流，这让伊桑感动不已，于是他同意在桌布上画一幅瓦利·费戈曼作为馈赠。席间每个人都谈笑风生，为埃诗第一次取得真正的成功感到兴奋，为自己的可能性躁动不安，意识到三十岁是一个意义重大的年纪，也是一个美好的年纪。或许，丹尼斯叮嘱服务员的口气听起来好像只是他不喜欢熏制、盐渍和腌腊的肉类、陈年奶酪、肝脏和肉酱，而不是这些食物可能让他丧命。

每个人面前都呈上一把陶瓷浅口勺，里面盛有一种叫作"番茄水"的东西和一块形状像颗大牙齿的扇贝肉。一瓶酒出现在桌上，酒标上的普伊字样清楚地告诉朱尔斯，这是一瓶好酒。他们品尝了送到面前的所有食物。有哪种食物尝起来像是烟熏、盐渍、腌腊、有毒的味道吗？很难说。所有食物都很美味，而且朱尔斯没有理由不像往常一样相信，今晚丹尼斯也会警惕自己的食物禁忌。但是在这顿饭接近尾声时，在一排免费甜点中间（其中一盘曲奇饼被服务生介绍为"塞拉诺胡椒杜卡盾"），丹尼斯俯身对朱尔斯说："我感觉不是很舒服。"

"你吃了不该吃的东西吗？"她问，但他摇了摇头。"你想走吗？"借着烛光，她发现他在流汗；整个脸上大汗淋漓。"丹尼斯，"朱尔斯尖声喊道，"丹尼斯，我想你确实有点不对劲。"

"我也觉得。"他拉开衬衫衣领，急促地说，"我头疼得厉害。我想我要死了。"

"你不会死的。"丹尼斯没有应声，只是向前伸长脖子，面朝自己的盘子吐了出来。

“噢，天哪。”朱尔斯说，她疯狂地转向朋友们，他们还在彼此对视、欢笑、享受美食。罗伯特不知为何正在给乔纳喂一块蟹饼。“伊桑，”朱尔斯不假思索地喊道，她只想让他帮忙，“伊桑，丹尼斯真的病了。”

伊桑半张着嘴抬起头，看到朱尔斯恐慌的神情，他迅速咽下嘴里的食物，几乎从桌子对面弹射过来，衬衫差点把蜡烛扫进玻璃杯里。“丹尼斯，看着我。”伊桑喊道。不再呕吐的丹尼斯看着他，但表情呆滞。然后不知怎么地——他飞起来了吗？——伊桑来到丹尼斯旁边，解开他的衬衫，让他平躺在在两张桌子之间的地板上，也就是说，让丹尼斯躺在一张沙床上。他的身体在沙砾上留下一个轮廓，一个沙砾中的天使，一条警方用来标识意外死亡的轮廓线。朱尔斯跪在他的另一边，眼泪落在他的脖颈和松弛的脸上。她摸到丹尼斯手腕上的脉搏发疯似的跳动——几分钟后急救人员说他“脉搏急促”。丹尼斯试图说话时咬字不清，祖父母的中风让他们对此足够熟悉，他们都意识到：尽管不可思议，但他确实是中风了。

伏在他身边等待救助时，朱尔斯以为她的丈夫，这个还在缓步前行、在本行业和任何领域都不是明星的超声技师就要死去了。天哪，朱尔斯想，世上有那么多明星，有那么多明星辈出的世界；但也有那么多不是明星的人、默默奋斗的人，他们为自己的职业、自己的人生轨迹而忧虑，不知道人生会是什么样、有什么意义、别人又对他们怎么看。要领悟的实在太多了；这一切实在让人恶心，而且毫无必要。当急救人员大步穿过狭窄的空间，有意用厚重的鞋子在地板上踩出咯吱咯吱的声响，将她丈夫团团围住时，朱尔斯想：把成功、名望、金钱，以及非凡的生活统统留给埃诗和伊桑吧，他们知道该如何使用它们。将一切都留给埃诗和伊桑吧，因为他们值得，他们棒极了。只要给我我们现在所拥有的，她听到自己在想，或许她已经说出了口。这些就足够了。

十二

黎明刚过，乔纳·贝伊和罗伯特·高桥走出贝思以色列医院的急诊室，乘出租车回乔纳的家。乔纳说："你听到她说了什么吗？刚出事以后，她在餐厅自言自语，像是在祈祷？"

"是啊。"

"朱尔斯不会祈祷；她一直是无神论者。她能向谁祈祷？"

"不知道。"罗伯特说。街景飞速掠过，他们在疲惫的寂静中依偎着彼此。在这个没什么人出门又令人不安的时间段，出租车一路绿灯，畅通无阻。

"嗯，显然那对她有用，不管她在做什么。"乔纳说。

"噢，得了吧，你和我说这个？你难道不知道我陪那些感染了肺炎或者巨细胞病毒的朋友去过多少家急诊室？他们的亲人总在为他们祈祷，从来都没用。有个我在健身房认识的家伙，他所有的姑姑婶婶姨奶奶都来了——来自北卡罗来纳州的黑人大家族，他们围成一圈祷告，说着'请求您，上帝，保佑我们的孩子威廉；他有那么多亲人，他在人间还有那么多想做的事'。我发誓，当时连我都以为那会起作用，然而并没有。我到目前还没见过奇迹发生。所有故事都他妈的是同样的结局。"出租车在凹凸不平的路上颠簸，罗伯特向窗外望去，他说："你知道，总有一天，你会是为了我坐在急诊室等待的那个人。"

“别这么说，”乔纳说，“你的T细胞指标很好。你整体来说还不错，除了带状疱疹，其他也没什么。”

“是啊，这倒是。但不会一直这样的。从来不会。”

“嗯，我想我是还有一点相信奇迹的宗教倾向的。”乔纳说。

“噢？是吗？我还以为那个反洗脑治疗师早就根除了你的宗教思想呢。”

“不，我还是坚持留下了一丁点儿。不要告诉伊桑。他为这个花了好多工夫。”

他们走下出租车，来到乔纳位于沃茨街的复式公寓门前。这间公寓无论在何种光线里——黎明、黄昏、暴雪之前惊心动魄的蓝紫天色——都显得倾斜且略有烧焦的痕迹，不过总归可以居住。回想他的遭遇及使他成为这间公寓合法房主的他母亲的遭遇，他仍然觉得难以置信。但事情就那样发生了；那只是他们的故事。现在想来，当初在1981年近三个月的时间里，乔纳·贝伊加入了真父文鲜明的统一教会，这简直不可理喻。明徒们在当时经常被当作笑料，与克利须那教派共同代表着那段岁月的时代精神；这两个群体各自都对二者被混为一谈而火冒三丈。

乔纳被拖进教会的过程和很多人一样：纯属偶然。他甚至不知道自己想加入一个教会。他从没有与生俱来的虔诚。小时候，母亲有时会带他去哈莱姆的阿比西尼亚浸信会教堂听她的福音歌手朋友献唱。苏珊娜会说：“闭上眼睛，让自己灵魂出窍。”乔纳对音乐有反应，但上帝对他没有任何用处。到了讲道时，他便不肯闭上眼睛，而是看自己的手和鞋，或者打量邻座的男孩们。

大学时一个周六的夜晚，乔纳在实验室里摆弄他的机器人，呼吸着机器零件和电线的气味，其间还混杂着梳洗不勤的麻省理工学院本科生的气味，他们无疑有自己独特的气息。在荧光灯闪烁的学术蜂巢里，过着完全由人类操纵、毫无精神层面的生活，乔纳觉得这完全可以接受。他在实验室里有一位才华横溢的朋友，名叫阿维，是信奉东正教的犹太人，而乔纳永远无法理解奉行教规能让他得到什么。“你的工作是科学，”他曾对阿维说，“你怎么会相信更高层次的存在？”阿维则答道：“如果你一定要问，那我也没法回答。”精神生活是不是就像一件魔法斗篷？乔纳曾经短暂地得到更高层次的暗示：哈莱姆教堂有些福音歌曲宛如天籁，但他母亲的很多民谣也毫不逊色。《随风而逝》那首歌精美绝伦，苏珊娜年轻时凄楚动人的嗓音或许也称得上是更高层次的存在。对于乔纳·贝伊来说，被一个表现宛如神明的成年男人反复搅乱脑细胞，这段幼年经历才是最脱离现实的震撼。

在那些并非自愿、从未对人吐露或暗示过的迷幻之旅中，乔纳身体紧绷，知觉敏锐，思绪神游天外，精神亢奋，肩负着任务。被过度刺激的感觉是如此震撼，他简直无法承受。十八岁那年，当他在麻省理工学院第一次与一个男人发生性关系时，他以一种完全不同的方式再次体验到了那种震撼。大约十二秒他便射了出来，这让他十分惶恐。不过对方（一个大脑和认知科学专业的男生，有一张拳击手般威武的脸）说，没事的。没事的，然而并非如此。乔纳不能对他说：你看，太刺激了，我很快就会受不了，然后就——噗；这都是因为我在十一岁时被人悄悄喂了很多迷幻药；是的，十一岁，是不是丧心病狂？现在，每当我兴奋起来时，我都害怕自己会发疯；激情四射的性爱仍然让我害怕得要死。

乔纳从没提过这些，他从未对任何人提起巴里·克莱姆斯对他的所作所为，哪怕是林中精灵的朋友们。那太让他羞愧痛苦了。向所有人宣布出柜很容易，乔纳在来到麻省理工学院、第一次发生性行为——真正的、一路到底的性行为——的那一周就这么做了。他想等到发生性行为，对自己的认知确认无误后再出柜。没错，他是对的。当他打电话告诉大家时，似乎没人感到震惊或者特别意外——

伊桑、埃诗、朱尔斯甚至他母亲都没有。但是，告诉他们巴里·克莱姆斯的事，乔纳做不到，尽管他时常想起那位民谣歌手——那个毫无灵感却在乔纳身上找到灵感之源的男人，那个当乔纳在十二岁决定不再和他说话时便失去了音乐摇钱树的男人。尽管巴里·克莱姆斯基本已从他生活中消失（1974 年他和乔纳的母亲在林中精灵同台演出让他觉得万箭穿心），但乔纳依然感觉这位歌手是个真实的存在，这种感觉在对性的感知逐渐萌芽的青春期更是强烈得无以复加。在巴里·克莱姆斯闯入他的生活之前，乔纳早就对男孩有感觉。当埃诗成为乔纳的女友时，他已经大概明白自己是个同性恋。他常常幻想男孩，但那些幻想太过刺激，他完全不知道该如何处理它们，也不知道该如何看待它们，所以他很少将那些幻想和他本人联系在一起。埃诗让他觉得没那么刺激，这是极大的解脱。

后来在大学里，每次要与一个真正的、赤裸着喘息的男人发生实质性关系时，当鲜活的身体像呈上餐桌的筵席一般渐次展现在乔纳面前时，他便越来越害怕自己会崩溃，甚至会出现幻觉。高亢的性欲就像嗑药，让他感到病态，让他只想翻个身蒙头大睡几小时。这就是巴里·克莱姆斯给他下药的结果，一个强大的、投机取巧的男人将一股股迷幻药注入一个孩子体内的结果。

1986 年，乔纳在朱尔斯和丹尼斯家中的一场晚餐派对上认识了罗伯特·高桥。那时的罗伯特早就不在当初的复印店工作了，他后来去了福特汉姆大学的法学院；1986 年的他已经在从事与艾滋病相关的法律工作。席间，他立刻对乔纳产生了兴趣，好奇他和明徒们相处的那段经历（和所有人一样），还有他为提高残疾人生活质量而设计和改造设备的工作。乔纳介绍了一种类似于外骨骼装甲的创新设备，可以让四肢瘫痪的人靠自己的力量淋浴、清洗并擦干身体。乔纳在餐桌上说：这些都是身体健全的人以为理所当然的简单任务，但是残疾人做任何事都要依靠别人；他们不得不放弃低调做人的想法。他们必须设法学会不为自己的身体和需要帮助而感到羞耻，乔纳确信他本人永远做不到这一点。“听起来很棒啊。”罗伯特谈到乔纳的工作时称赞道。乔纳说，是的，这是一份不寻常的工作，但他觉得有必要补充一句：“只是我从没想过自己会以此为生。”罗伯特为此又问了他更多问题，但乔纳说得很含糊。“它让人不可抗拒又有意义吗？”罗伯特问道，“这是我接受浪达法律[1]的职位时给自己设定的标准。”

“是吧，我想应该符合这些标准吧。”乔纳表示同意，然而他仍然为此感到惊讶：这就是他现在的工作，这就是他的身份。音乐完全没了踪影。他甚至很少再听音乐。收藏的专辑都收进了纸箱，他也不再买磁带或CD。他的吉他被冷落在壁橱里。其实，乔纳觉得在盖奇机械工作饶有趣味，但他不愿和那个浅黄皮肤的日裔美国人深入讨论这个话题。在朱尔斯和丹尼斯公寓的晚餐派对上，那家伙坐在椅子上，前倾身体朝向乔纳，就像植物朝向阳光。乔纳是阳光吗？多年来，在酒吧、派对和大街上，总有男人被他吸引过来，但极少有人像罗伯特那样欢快而直接。性魅力通常裹挟着隐抑的危险气息；那也是兴奋的一部分。

罗伯特·高桥也简要谈到了自己，轻快地自称为“感染艾滋病病毒的海报男孩”，这让乔纳感到震惊，同时也为他感到遗憾。屋里其他人都知道罗伯特·高桥最近的诊断结果，他们表现得好像阳性不算什么大事。两个男人恰巧差不多同时离开这场晚餐派对。或者不如说，当乔纳表示要离开之后，罗伯特也立刻站起身来告辞。当他们走出大楼时，罗伯特说：“所以，这一整晚我都在琢磨你。”

“你什么意思？”

“我判断不出你是不是在撩我。”

1　浪达法律（Lambda Legal），美国少数人群权益组织。

“不是。”乔纳生硬地说。

“噢，好吧，没事。但我能问你一件事吗？你是同志吗？”这是一个真诚的、毫无恶意的问题，但乔纳听到他用的这个词感到很震惊。他已经习惯听到男同性恋者在友好的语境下用“基佬”（faggot）这个词，更别提形容某人是基佬的词“基情”（faggotry），但以前从没有人对乔纳用过“同志”（queer）这个词。罗伯特说：“因为我不想和找刺激的直男纠缠。我想说的是，你绝对有同志的气质，但以前我出过错。错得一塌糊涂。”说这话时，罗伯特一直在对他微笑，乔纳忽然觉得“同志”也许的确是恰当的形容。当他兴奋时，他确实感觉很古怪。[1] 就这样，身材紧凑苗条、相貌英俊、对自己的性取向毫不介怀的年轻日裔美国律师罗伯特·高桥在大街上向他提出了一个令人心惊肉跳又兴奋不已的问题。乔纳·贝伊没有勇气回答这个问题，反而变得异常害羞。他没有说不，只是简单地说了一句“嗯，晚安。”然后继续向前走。他也没有说是。乔纳开启了他的默认模式：忧愁、木讷、沉默寡言。

“那是个人问题。”他说。

“什么是个人问题？”

“所谓的我是同志的问题。或者不是。”

罗伯特笑出了声，听起来好像一连打了三个可爱的小嗝：“我还从没听过有人这么回答。”

“你到处问别人是不是同志？”乔纳说，“就像做问卷调查？”

“一般来说，我根本不需要问，”罗伯特说，“但对你很难搞清楚。一颗不容易敲开的坚果。”他饶有兴致地笑了笑，这个被诊断出致命疾病的、自信的男人。

乔纳显然不是罗伯特·高桥能搞清楚的人。于是，罗伯特从计

1 queer 本意是“古怪的、怪人”，后用来形容异性恋之外的性取向，又译为“酷儿”。

费停车桩上打开柠檬绿摩托车的锁链，穿着黑色旧皮夹克的他精致又性感："嗯，我猜那只能保持神秘了。真是糟糕。"说完，他跨上摩托车，踩下油门飞驰而去，留下乔纳独自走向地铁站。乔纳心想，他一定失望透顶。然而过了一会儿，罗伯特又出现在他身旁，他的重新出现让他松了一口气，让他感到快乐。罗伯特将摩托车挂到空挡，再次微笑着问他："现在决定了吗?"

是的，同志这个问题早在很久以前就已确定，只是乔纳想保护自己的喜好，把它们笼罩起来，护在自己身边。他不想被性欲淹没，不想失去控制。苗条的小罗伯特·高桥，这个健身房狂人、这个头脑敏捷的法律人已被确诊为艾滋病病毒阳性。和感染者能有什么样的性行为？也许可以有小心控制的性行为——对乔纳而言，是很不错的性行为。

一周后的一个雨天，他们在复式公寓里上了床。罗伯特来到乔纳家里，乔纳拖出他的唱片，在唱机旁边花了很长时间想选出一张合适的，他知道大多数人都认为音乐对营造情绪至关重要。当他这么做时，罗伯特在床上脱掉衬衫，靠在枕头上。看着他平坦的胸膛，乔纳仿佛得到了走进一个全新维度的许可。罗伯特身材纤细，几乎没有体毛，但是肌肉发达；他在自己的身体上投入了许多时间，希望尽一切可能保持身体的健康。"音乐够了，"乔纳还在和唱片纠缠时，罗伯特终于开口道，"过来。"

雨点淅淅沥沥地拍打着乔纳从小到大居住的复式公寓老旧而松散的窗户。在雨声中第一次漫长的亲吻感觉无比美妙。罗伯特·高桥的嘴唇热切而果断。它们倾吐出气息，不时向后退去，仿佛是在试探，想确定对方还在那里，确认它们不只是两张脱离身体的嘴。不过，接吻引发了更重大的问题：他们能做什么，又不能做什么。"我们能做什么?"乔纳尴尬地低声说，他完全不确定哪些行为是安全的，哪些又可能会在某一天杀死他。罗伯特·高桥的身体等待着探索，但是与一个确诊为阳性的男人上床有许多限制。你不能随心所欲。你必须小心谨慎。否则，多年后你脖颈上的淋巴结会像口袋里的玻璃弹珠一样鼓胀，就因为很久以前某一次让你欲仙欲死、现在却几乎想不起来的性生活。

罗伯特聚精会神地凝望着他。罗伯特的内眦眼多美啊。乔纳不记得自己从哪里学到的这个词——也许是麻省理工学院的遗传学课程？——但是现在，当他注视着那双非凡的黑眼睛时，这个词便自然浮现在他脑海里，在他一生中第一次派上用场。"我们可以做很多事，"罗伯特说，"但是要小心。"这句话便是乔纳·贝伊的密码，开启了他喜欢并且可以承受的那种性爱。很多，但是要小心。罗伯特用尖利的牙齿撕开安全套的包装纸，拿出一管名字很色情的水性润滑剂"润活"。

"这样真的可以吗？"乔纳问，"我是说，你确定吗？你问过专家吗？"

"噢，没有，"罗伯特说，"但我读了很多这方面的内容，我相信你也是。你想和专家谈谈吗？"

"现在？"乔纳笑了出来。

"是。现在。如果这让你感觉更好的话。"

"现在是星期天的下午。专家都在哪里？他们不是应该在吃早午餐吗？"

罗伯特已经拨通了电话，他打给信息服务台查询一条他知道的热线电话号码。接线员接通了电话。这条热线近来十分繁忙，所有人都惊慌失措地打来电话，为自己做下的事情担惊受怕，不确定现在还能做什么，因为知识和无知而饱受折磨，抚摸脖颈查看是否有肿胀的腺体，尽管他们都是正处于人生中最有激情阶段的年轻人。

"嗨，"罗伯特说，"我和一个朋友在一起，他有个问题要问您。"说完，罗伯特便将话筒塞给乔纳。他大惊失色地躲开："什么？

我?”“是的，你。”罗伯特显然乐在其中。乔纳不情愿地接过电话，拉到另一头的电话线绷直了，将床铺一分为二，隔开了两个男人。“嗨。”他木然地对着话筒小声说。

“嗨，我叫克里斯。我能为您做什么吗?”

“我只想知道怎样才是……你知道……安全的。”

“您是说两个伴侣之间的性安全吗?”克里斯问，“两个男性伴侣?”乔纳想象电话那头的他是个二十岁出头的金发男人，坐在破旧的办公室里，穿着凯兹帆布鞋的双脚翘在凌乱的办公桌上。

“嗯啊。”

“好的。我们不能肯定地说哪一种性行为是零风险的，但显然某些行为相对更为安全。”

克里斯说话时，罗伯特挺身凑过来亲吻乔纳的脖颈，让乔纳觉得痒酥酥的，不得不离他远一点；接着，罗伯特用一个充满占有欲的姿势将手放在乔纳的大腿上。“关于做爱，”克里斯继续说道，仿佛他是一位兴致勃勃推荐当晚特色菜的服务员，“如果主动的一方感染了病毒却不用安全套的话，传播的风险就很高。即使使用安全套，风险也不会降低为零，因为理论上安全套有可能破损。换言之，两人之中只有一人确诊为阳性时，在使用安全套的情况下，就我所知道的而言，到目前尚无任何血液传播的报备案例。这并不意味着不存在未经报备的案例，也不意味着未来也不会出现此类案例。但很重要的一点是，只能使用乳胶安全套，不能使用天然动物皮安全套，而且应当使用含有杀精成分壬苯醇醚的水基润滑剂。油和凡士林对乳胶有削弱作用，使其容易破裂。”

克里斯是在读台本吗?他很无聊吗?还是很激动?他会不会想到在电话线的另一端，两个男人在床上跃跃欲试，一旦其中一个得到电话那头陌生人的保证之后，他们就会立刻投入行动?克里斯是否知道，他的名字和他一本正经又富有朝气的声音，本身就让这两个男人觉得兴奋？无论他是谁，“克里斯”这个名字听起来都像是个流行病学的色情片明星。

“所以你认为我和我的朋友可以尝试一起做一些事情吗？”乔纳克制地问。

“我不能这么说。要想确保零风险，拥抱是个不错的选择。”

“拥抱？”

“告诉他，你得挂了。”罗伯特在他耳畔低声说。

“我得挂了。不过谢谢您。”

“好的，”克里斯说，“祝您今日愉快。保持干燥。”他加了一句，然后挂断了电话。

“他是什么意思，‘保持干燥’？”乔纳警觉地问。

“什么？”罗伯特说。

“最后他说，‘保持干燥’。他是指体液吗？他是不是告诉了我他的真实想法，尽管他本来不该这么做？”

“他是说外面在下雨。”

“噢，噢。对啊。”乔纳说。

“你真讨人爱，”罗伯特说，“你的焦虑也让我喜欢。”

“我不喜欢。我痛恨它。”

罗伯特·高桥说：“我们不是一定要做什么，无论今天还是永远。”但是乔纳·贝伊不能接受这样的想法。他无法解释清楚——尽管他感到焦虑和恐惧，但他想参与这种障碍重重、充满限制的性行为，这是唯一不会让他被强烈的感受掩埋的性爱。或许他找到了完美的解决之道，既不会受到过度刺激，也不必否认他本质的、旺盛的、对同性的欲望。

时光一天天过去。在情绪低落的阴霾天里，在阳光照进复式公寓、划出一道道光线的日子里，在近乎一片漆黑的夜色里，他和罗伯特·高桥，一个肤色苍白，另一个则有着小麦色的皮肤，他们撕开安全套包装，然后慢慢进入彼此的身体。他惊奇地发现，身体部位可以像乐高积木那样精确地结合在一起。与罗伯特做爱是一场紧张且高度谨慎的体验，而且总会带来极其强烈的快感。罗伯特似乎买断了整个中大西洋地区的润活，他在乔纳的床头柜抽屉里也准备了几瓶，那是从前苏珊娜存放吉他拨片的地方。

作为一对伴侣，乔纳和罗伯特从不回望过去，他们没有多少过去；他们也从不展望未来，因为他们看不到太远。罗伯特·高桥需要尽可能将T细胞数量维持在较高水平。他们俩都不太愿意讨论他的病情，但也无法忽视罗伯特极有可能早逝这个事实。到目前为止，他基本上没有症状，T细胞数量也很好。后来有些朋友用上了AZT，这种药物让他们的生活全天候充斥着提醒服药的闹钟声，伴随着反复发作的腹泻和其他难以启齿的病症。同样的疯狂终会降临到罗伯特头上，但是在一位有些离经叛道的医生的指导下，现在的他还和这种毒药保持着距离，每天服用蜂花粉、小麦苗汁和维生素B_{12}，每天上班前在健身房扎实地进行一小时高强度健身，每一声喊叫都是一声战吼。在浪达法律的工作是他生活的中心。乔纳对此羡慕不已。正如他告诉大家的那样，他自己在盖奇机械的工作还算不错，却让他感到些许空虚。他的设计团队最近收到了一封情感充沛的来信，写信的男人因为很久以前的一次事故上身瘫痪，但是得益于乔纳的团队改良的机械臂，他现在每天早晨都可以亲自做早餐了。“而且，”这个男人最后补充道，“这是我自1978年以来亲手写的第一封信。”

是的，这份工作很有意义，但罗伯特的工作更像是他的天命，二者是不同的。当初在1987年春天，两人确定关系后一年左右，罗伯特曾邀请乔纳和他一起去华盛顿特区参加在白宫前举行的非暴力抗议活动。他们在出发前还做了海报。后来，每当乔纳想起那一天和他生命中的那段日子，便总会想起荧光马克笔的气味，强烈而冲动，就像伸到鼻子下面的嗅盐。他们完全可以感觉到里根的存在；虽然他不在现场，但乔纳还是能想象出他披着垫肩很宽的大衣，在重重保护下从抗议者身边走过，对他们视而不见。里根对乔纳而言甚至不算是个真实存在的人，只是一个毫无感情的对象；尽管他曾以压倒性的优势成功连任，但他在相当长的时间里都没有勇气说出“艾滋病”这个字眼，他似乎也无法想象男同性恋在床上相拥或者出席恋人的葬礼。

当白宫前的人群开始高喊并挥舞手里的标语时，警察戴着橡胶手套围了上来。乔纳摔倒在地，一片混乱中，有人的脚后跟踩在他的大腿上，他哭喊起来。当他扭头去找罗伯特时，却发现他已经不在了。乔纳发疯似的喊着罗伯特的名字，但是太多人挤成一团，所有人都手忙脚乱。他和罗伯特·高桥走散了，而且发现自己被面对面地挤在一个头发灰白、肌肉虬结、活像大力水手的老男人身上。“罗伯特！”乔纳又喊了一声，这时一只手拍在他背上，乔纳抬起头，看到罗伯特站在他的正上方。罗伯特伸出精壮的手臂一把捞起乔纳，带着他挤出了人群。

今晚，丹尼斯·博伊德在餐厅暴病之后，乔纳和罗伯特并肩坐在贝思以色列医院的急诊室里，陪着朱尔斯、伊桑和埃诗。混乱差劲的环境使乔纳想起，他曾经和朋友们在另一个明亮的空间里坐在模压塑料椅上的场景。那是什么地方？一开始他想不起来了。他苦苦思索一番，想到了：那是1976年的最初几个小时，在上西区警察局。乔纳和其他人在那等了一整夜。那已经是很久之前的事了，几乎快要消失在乔纳的记忆深处，然而一切都还没有完成。凯茜·基普林格就这样从他们的小圈子里被抹去了，被成年人推搡着赶走了。他一直很喜欢凯茜；她确实有点歇斯底里，但他很欣赏她的表现力。他从不善于表达，而她经常哭泣、大喊大叫、凡事都有自己的观点。另外，她总对古德曼冷嘲热讽，而他正需要这样。凯茜以她的方式勇敢着，毫不畏惧提出要求，尽情展现自己富有女人味的身体，尽管那时她实际上只是个女孩。

她后来怎么样了？在那一晚之后的最初几年，乔纳很想知道，但没人能给出具体的答案。就像电视情景喜剧中童星后来的去向，据报道，他们差不多全都死在了越南。报道是不可信的。有些“见过”凯茜的人说她还好。一开始，他们在大学里见过她；后来，他们从某个见过她的朋友的朋友那里得知，她被斯坦福商学院录取了。再后来，终于，乔纳再也不知道她身在何处。这些年来再也没人见过她或听到过关于她的消息。乔纳偶尔会对凯茜·基普林格及那一晚为古德曼和凯茜叫出租车的行为感到坐立不安，当时乔纳带去的大麻让他们都抽昏了头。他的朋友一遍又一遍地反复告诉他，他对发生的一切绝对没有任何责任。“上帝啊，乔纳，我是不是该用煎锅敲你脑袋？”跨年夜后的最初几周，伊桑曾这样气急败坏地对他说：“我已经和你说了那么多，我也不知道怎么才能说得更清楚了。你和他们俩之间发生的事情没有任何关系。一点都没有。你是无辜的。你不是‘从犯’，你也没有给任何人‘下药’，好吗？”

渐渐地，乔纳开始相信伊桑是对的。其他念头占据了他的头脑：幻想某些男孩及个别男人脱去衣服的样子；还有，既然他已经确定自己绝对不会成为音乐人，那就有必要思考以后想做什么。随着时间的流逝，他想起凯茜·基普林格的次数比以前少了许多。他上了大学，毕业，走了一段短暂的歧途，在盖奇机械从事机器人设计工作。到1989年，就连性急傲慢、让人兴奋的古德曼·沃尔夫也完全从他脑中消失了——曾经和这世上的任何人一样棱角分明、充满情色意味的古德曼。

在今晚的急诊室里，伊桑是那个毫无必要地觉得内疚的人。他走来走去，焦虑地对朱尔斯反复强调：“但是你难道不明白吗？是我安排的晚餐。我告诉他们丹尼斯不能吃什么，但我应该再确定一遍的。”朱尔斯告诉他：“伊桑，别这样，这不是你的错。”后来，埃诗被伊桑惹得很不高兴，她对他说：“拜托你能不能让朱尔斯安静一会儿？她要考虑的已经够多了。”所有人都忍不住认为所有事都是自己的错；也许当你还相对年轻的时候，很难想象这个世界上有些事情就是与你无关。

终于，一位年轻的医生走出来说：“我可以确诊那就是中风。我们认为确实是因为他食用了某些 MAOI 禁忌的食物。”显然，丹尼斯在晚餐时摄入了某种含有大量酪胺的食物，尽管现在谁也无法查清究竟是哪种食物。用医生的话说，他的血压一度“高到爆表”。丹尼斯会好起来的，但他需要血液稀释剂，还要持续监测一段时间。“我们会让他立刻停用 MAOI，”医生说，“反正现在有更好的抗抑郁药物。20 世纪 70 年代他们给他开这种药的时候，谁也不知道后果。按我个人的看法，我会让他试试三环类药物。何必再用 MAOI 呢？这种药问题太多，你们今晚也看到了。一片烟熏奶酪吃下去，你就要在三十岁犯高血压了。我们会让他在这住几天，给他用些药，让血液不要凝结，之后再对付抑郁症的问题。也许他根本都不需要治疗抑郁症了。我们观察看看吧。”

“那么他不会死对吗？”埃诗说，“他会好起来对吗？朱尔斯，你听到了吗？”

“是的，他会挺过来的，”医生说，“你们送来得很及时。”

朱尔斯放声大哭，埃诗也哭了起来，她们拥抱在一起。接着，朱尔斯稍微控制了一下情绪，说她必须去给丹尼斯在新泽西州的父母打电话。他母亲无疑会情绪失控，而他父亲则会态度冷淡、惜字如金。朱尔斯说，她还得去入院登记处提供所有的保险信息。要做的事情太多了；作为一名社会工作者，她很清楚有多少文件要填写。她说，这还只是开始。但是伊桑对她说：“这些事你一件都不用做。”

“不用？”朱尔斯说。

“不用，”伊桑说，“现在去看丹尼斯。我是认真的。我会处理好一切。”

1981 年 6 月的一个下午，乔纳走在马萨诸塞州剑桥市的一条小街上，几个统一教会的成员带着某种讯息向他走来。他们没有说“神即是爱”或类似的话。那对深信不可知论的乔纳·贝伊是行不通的。虽然没有直说，但是他们向他传递出这样的信息：他们看出他很孤独，他们想帮助他。不知怎的，他们能够感知到他的孤独，尽管他不知道他们是如何做到的。他在帕索里尼博士的机械工程实验室从事薪水极低的工作，当时正打算离开。刚从麻省理工学院毕业的他还住在学校的暑期宿舍里，可以住到秋天，他还不确定自己最终要从事什么工作，又会流落到哪座城市。与他在大学里认识的几乎所有人都不同的是，乔纳并没有特别的抱负。每当有人问起他的志向时，他总是对他们说，大概是他母亲淡泊物欲的民谣歌手价值观潜移默化地感染了他，因为他不知道自己这辈子想做什么。但真相是他不想考虑这个问题。

一辆老旧的紫色大众小客车停在街道斜坡上，一个男人和一个女人穿着没有商标的嬉皮士旧衣服坐在敞开的车门边，两人都比他大几岁，中间还有一条硕大的拉布拉多寻回犬。乔纳礼貌地对他们笑了笑。那个男人对他说：“衬衫很漂亮。”

乔纳穿着一件复古保龄球衫，口袋上写着“戴克斯”（Dex）的字样。

那个女人说：“笑容也很漂亮，戴克斯。”

于是乔纳又为他们笑了笑，没心思解释他的名字并不是戴克斯。“谢谢。”他说。

“你知道我们从哪里可以给船长麦片弄一些水吗?”

“你是说牛奶吧。”乔纳说。

他们都大笑起来，好像他很有幽默感。“船长麦片是我们的狗，”

那个女人解释道，“我们开了很长时间的车，他渴极了。我是汉娜，”她说，“这是乔尔。”[1]将他们和狗带进暑期宿舍，让他们接一碗地道的麻省理工学院自来水，这样做合情合理。宿舍里很安静，狗的趾甲在地板上发出咔嗒声格外引人注意。宿舍里弥漫着忧郁的气息，有些学生的门上还挂着白板，可擦除记号笔留下的一度很重要的留言仍然依稀可见。“艾米，我们十二点要去看《破胆三次》!!!”“抱歉，戴夫，你的果蝇全都死了，我把它们全干掉了!!! 哈哈哈哈——你的邪恶又糟糕的实验室搭档。”三楼说话有回声，而且太暖和了，但是男人和女人用欣赏的目光环顾四周，仿佛以前从未来过大学宿舍似的，也许他们真的没有。麦片船长呼噜呼噜喝完乔纳给他的水，用目光恳求他再来一碗，水珠不断从他嘴边松弛的褶皱滴下来。

“行啦，麦片，”乔尔说着，抚摸着寻回犬修长的黑色侧腹，“你可不想胀气吧。”

“什么是胀气?”

汉娜和乔尔解释了这种可能发生在犬类身上的致命病症。“我想以后当一名兽医，”汉娜说，“这是我们在农场上学到的东西之一。”

“农场。”乔纳重复道。

“是的。我们住在佛蒙特州达夫科特的一座农场里，和一帮朋友一起。我们在那儿养了很多动物。那里的安排布置特别棒。”她看了看身边，“不过看起来你这里的安排布置也很不错。”

“不完全是。”乔纳说。他打开他住的那间房的门，向他们展示他极其简陋的暑期生活条件。他们看到狭窄的铁制学生床，放着可伸缩台灯的书桌，以及一堆关于机械工程原理、机器人设计和矢量的书。“矢量!”乔尔随手拿起一本书念道，“我都不知道它们是什么，但我确信我肯定理解不了。”

---

1 船长麦片（Cap'n Crunch），是美国知名早餐麦片品牌，也是这条狗的名字。

乔纳耸了耸肩。“如果有人向你解释，你大概会理解的。”

两人坐到床上，弹簧绷紧了。船长麦片跳上床坐在他们中间，而乔纳则坐在书桌旁的椅子上。自从今年夏天他住到这里，还从来没人来过他的房间。在过去四年的大学生活里，乔纳都没有太多社交。他曾经和一大群朋友去参加派对，也有过几次情欲邂逅，但就他所知，他没有交到一辈子的挚友。他最亲密的朋友仍然是朱尔斯、伊桑和埃诗，他们有假期时依然会相聚。有一段时间，他在麻省理工学院一支名叫西摩·格拉斯的乐队弹吉他、做主唱，还写过歌。那支乐队的成员都才华横溢。大四那年他们设法去录音棚录了一盘样带，打算“带去给人看看”，这时乔纳却决定，他不想再留在乐队里了。

“为什么不呢？”贝斯手问他，“你做得那么好。”

乔纳只是耸了耸肩。经过巴里·克莱姆斯的事，音乐让他恶心作呕。还没有恶心到让他放弃偶尔随便玩玩的冲动，但是每当他拿起吉他，他都会想起自己坐在那里为那个偷走他音乐的丑恶男人创作的情景。

事实证明，西摩·格拉斯乐队在学年结束前便与大西洋唱片公司签约，乐队其他成员即将与替代乔纳的录音室吉他手一同奔赴洛杉矶。乔纳真心祝福他们，想到他们可能名声大噪让他有一点心酸（事实证明，他们确实出名了，以麻省理工学霸乐队的身份广为人知），但是他也为自己与他们毫无关系而感到轻松。他放弃了自己的才华，他知道；当他认真考虑这个问题时，这让他非常苦闷，但也是一种解脱。他在大学里给人的印象就是一个害羞迷人的长发男孩，他母亲就是“那个民谣歌手”，不过，再也没有人对苏珊娜·贝伊表现出真正的兴趣了。她过气了。在好一段时间以前就过气了。乔纳读大学时传声头像的风头正盛，还有女性成员发型夸张的B-52's乐队。苏珊娜·贝伊这一生都没有用过发胶，B-52's乐队的女性成员似乎伤害了她的感情，尽管她们的发型显然只是一种奇怪而做作的美学表达。苏珊娜乌黑的长发是她的“标志性”造型,记者们总是这样写,就像《随风而逝》是她的“标志性”单曲一样。

一生只有一次留下标志的机会，但大多数人都没有留下任何痕迹。悄无声息地，乔纳出色地完成了机械工程专业的大学课程，写出一篇有关机器人技术的论文，以优异的成绩毕业。他精通这个领域，经常得到帕索里尼博士的称赞，博士想介绍他认识盖奇机械在纽约的人，为他寻求工作机会。但这个夏天，乔纳只觉得与世隔绝。他不知道自己想成为怎样的人，不知道想做什么，也不打算和母亲在复式公寓里度过夏天。随着职业生涯像干豆荚一样逐渐枯竭，他的母亲越来越灰心丧气。乔纳回家过春假时，她把他的 B-52's 专辑调到最大声对他喊道：“你听听这个！这太古怪了！你真的喜欢这个吗?”他当然喜欢。在期中考试后被室友逼着参加的联谊会上，他曾伴着他们的音乐跳了一整晚的舞，他的身体和一个大二男生碰撞在一起，对方口袋里的钥匙环顶着乔纳的髋骨，让他十分愉悦。但他告诉母亲，他觉得他们的音乐只是可有可无。

“所以跟我们解释解释矢量吧。”乔尔说。出于某种原因，乔纳发现自己照做了。

“嗯，有欧几里得矢量，”他开始了，“你们有兴趣吗?”

“当然。”汉娜鼓励地笑着说。

“欧几里得矢量就是你将 A 点运送到 B 点所需要的东西。矢量这个词源自拉丁语，实际上就是‘运送者’的意思。”

“瞧，我们正在接受麻省理工学院的教育。”汉娜对乔尔说。

“我们一定要告诉农场上的所有人，我们去了麻省理工学院，还参加了一场矢量研讨会，”乔尔说，“但他们不会相信我们的话。你一定要告诉他们，乔纳。”

听到他的名字，乔纳突然紧张起来。刚才他们一直喊他“戴克斯”，怎么忽然知道了他的名字？噢，当然了；书桌上有一本他读书时的教科书，贴在封面的宽胶带上写着“乔纳·贝伊，81”。

“你有没有兴趣去那里过一个乡村周末？”汉娜问他，“去堆干草？和其他人介绍矢量？可以锻炼你的头脑和身体。另外，食物超级美味噢。”

“不，谢谢，我不想。”乔纳说。

“好吧，没事；如果你不能去，就不去吧。”汉娜对他微笑着，脸上流露出真诚的惋惜，也许是真的惋惜。他们没有强迫他去那里；他没有感到任何压力，只感受到想要他陪伴他们的渴望。

“好了，”乔尔说，“我们要赶路了。乔纳，我很高兴能和你聊天。我希望你剩下的整个夏天都过得非常不错。”他起身朝那条狗示意，狗立刻站了起来。

乔纳想着房间里是如何充盈着人和犬的勃勃生气，想着等这些陌生人离开后会如何将所有的生气都带走。突然间，他不想让这种情况发生。很少凭冲动做事的他一时冲动地问道：“开车去那里要多久？”

和他们一同离开之前，他从自己门前的留言板上抓起荧光笔，迅速写下一行浅灰色的字迹：“去佛蒙特州的农场了。和紫色小客车上的人。周一回来。”假如他们打算谋杀他的话，这将会是线索。

农场很舒适，不过也可以说是松散邋遢。居住在那里的一些人似乎都在生活中受到了轻伤：他们的语速慢得出奇，看起来筋疲力尽；更夸张的是，一个人没有双腿，只能坐着电动轮椅在崎岖不平、尘土飞扬的地面上转悠。不过这里的食物柔软又温暖，以米饭、土豆还有斯佩尔特小麦和小麦米等新奇的谷物为主。乔纳发觉自己吃了还想吃，一个面善的女人不断装满他的盘子，直到他觉得自己快要变成一个用食物堆成的雪人。每个人都对他好得难以置信；这里和麻省理工学院完全不同。在麻省理工学院，大家都忙于他们所关注的事物，在餐桌上，你有时会觉得对面那个人仿佛来自另一个维度。

即便在用餐时，工程师们也还在设计工程，数学家们也在头脑中架起看不见的小黑板。对话很友善，但也很遥远。到了大四，每个人都在规划下一步行动，就像双重间谍一样心思缜密。

但是在这座农场，好像谁都没有其他野心。他们只想准备有创意的丰盛美食，讨论一头去草甸游荡回来的老绵羊，还有欢迎他们的新客人乔纳。他们说认识他是上帝的祝福。晚餐快要结束时，女人们将角豆胶做成的棕色布丁倒进从跳蚤市场买来的雕花玻璃杯里，看起来就像一堆内脏。这时乔尔低下头开始祈祷，其他人也依样照做。祷文很简短。接下来是几首陌生的歌曲，其中一首用韩文演唱。回首这一幕，身处其中的乔纳显得无比天真。他讶然于自己怎么会像那只从草甸回来的老绵羊一样被人牵着走。

晚餐后，大家走进一座经过改建的谷仓，在那里继续歌唱和祈祷。接着，那个失去双腿、头发灰白的男人——汤米，驱动轮椅来到谷仓前端，这时所有人都静了下来。汤米说："1970 年，我的处境是这样的。我被抽调去越南，不到两个月，我的双腿就被弹跳贝蒂[1]削了。他们设法把我从河里捞出来送回美国。我在退伍军人事务部待了一年，回家后我妻子说：'算了吧，小家伙，我可不会给一个都不能去房间那头给我拿包烟的死瘸子做老婆。'"人群中响起表示同情的低叹，可乔纳只是惊恐地坐在那里。"我的运气坏到底了，"汤米接着说下去，"充满怨恨。朋友们都放弃了我，他们每一个人。老实说，我也不怪他们。后来有一天，当我坐着可怜的小轮椅，在康涅狄格州哈特福德的一条街上等人施舍零钱时——我当时的生活就到了那种地步——一辆大众小客车停在路边，世界上最可爱的人走了下来。他们对我说，我好像无家可归，我承认那是真的。他们说，我们就是你的家人。结果我发现这也是真的。"他用手背擦了擦眼睛，

1 S 型地雷的绰号。

“他们感知到我需要他们，而他们也需要我。就像这谷仓里的每个人都是家人，都彼此需要一样，因为撒旦就在我们身边。如你们所知，以色列是上帝选中的国度。但是犹太人在撒旦的操纵下堕落了，他们背弃了上帝。上帝已经尽可能让他们看到，他们选择的道路有多危险，”汤米轻描淡写地说，“这么多世纪以来，他让他们受苦，最后为了让他们醒悟，他夺走了六百万条犹太人的生命，一口气扫荡了他们的种族。犹太人背弃上帝是个致命的错误，现在上帝需要寻找新一任弥赛亚，寻找新的地方建立他的权威。那么上帝选择了哪里呢?”

这是一个浮夸的设问。汤米推下轮椅上的杠杆，让轮椅原地旋转。“没人知道他在哪里降临!”他喊道，然后猛地停下来，再次面向满屋的人说：“但是实际上，上帝确实知道。韩国是理想的选择。它是一个半岛，形状就像男性的性器官，象征权力的器官。它被证明是上帝与撒旦战斗的理想场所。真父文鲜明已经被证明是耶稣基督的理想化身，而且他没有缺点。”

这段荒谬的独白险些让乔纳放声大笑，但他独自一人处在这些陌生人之中，在一个远离他熟悉的人的农场谷仓里。如果他嘲笑这位坐轮椅的越战老兵，没人会友好地对待他。所有人都在礼貌地倾听，任由他说下去，大概是因为他有严重的残疾。汤米说完后，掌声响起，随后是更多的歌声。乔纳很快学会了歌词，曲调朗朗上口。接着突然出现了几把吉他，汉娜递给他一把害羞地说：“乔纳，我知道你会弹。我在你宿舍里看到有吉他。”可是她给他的那把吉他是他一生中弹奏过的最烂的乐器，一把早就该扔掉的不着调的垃圾。但乔纳还是花了几分钟徒劳地调了调音，然后勉强弹了起来，大约二十五个人围在他身边歌唱。他们对他的演奏赞不绝口，对他的出身全然不知。

男性公用生活区是一片类似厂房的空间，地上铺着廉价地毯，上面摆着一排排铺盖。入睡时，乔纳发现自己心满意足又筋疲力尽。

他花了几个小时才赶到这里，然后又吃了很多淀粉类食物。他唱了一首又一首歌。他是被动的，是倾听者。尽管不信上帝，但他还是入乡随俗地做了祈祷，应别人的要求弹奏吉他。此刻，他昏昏沉沉地闭上眼睛，头发披散在枕头上，平躺着安然入睡。第二天早晨有更多柔软而丰盛的食物，这次搭配的是糖浆。此外，还有更多的祈祷和训导，以及更多的温情、爱和友善。同所有正经的科学家一样，乔纳是个怀疑论者，但是同这些人相处的美好感受压倒了他的怀疑。这就是家庭的感觉；这就是家庭。

三周后，乔纳·贝伊发现自己身在佛蒙特州伯瑞特波罗附近的街角，提着塑料桶兜售染成粉色和蓝色的花朵，而这在他看来并不太奇怪。哪怕他确实感到奇怪，他也会鼓起勇气战胜这种感觉。再说，他喜欢和他搭档卖花的女孩莉萨，不过“卖”这个词并不恰当，因为根本没人买。被他们靠近的人总是用厌烦或明显有敌意的眼光打量他们。在这里，和人生早前的某些时刻一样，乔纳觉得他知道自己在做什么，却像是以第三人的视角观看发生的一切，既不赞成也不反对，也无力改变事件的走向。

自然，他母亲被他的计划改变气得歇斯底里。他和汉娜、乔尔还有船长麦片一起乘坐小客车回到剑桥收拾他的暑期宿舍，从那里驱车前往纽约，丢下他在尘世间的行李。他在公社农场上再也不需要那些杂物，只需要一个枕头、一条毯子和一些衣物。在沃茨街的复式公寓里，他母亲愤怒地说，她认为他有足够独立的思想，不至于去参加她口中那种“普普通通的宗教崇拜”。那天她请来一位音乐人朋友给她道义上的支持，他们俩都试图与汉娜和乔尔争论，而后者却是不与怒气冲冲的父母交涉的专家。苏珊娜·贝伊越是激动，汉娜和乔尔的口气就越镇静。汉娜在某个时刻还对苏珊娜·贝伊说：“我必须告诉你，我们或许是从不同的角度来看待眼下的问题，但是我真的很欣赏你的音乐。”当乔纳不经意间向他们提及他母亲的时候，汉娜说她真的很想见苏珊娜，他怀疑这也是他们来复式公寓的原因之一。

“噢，”苏珊娜有一点意外地说，“嗯，谢谢你。”

“我是听着你的歌长大的，贝伊女士，”汉娜说，“我买了你的每一张唱片。”

“包括迪斯科民谣那张？”乔纳问道，毫无必要的残忍。

他母亲立刻说：“那是个错误，那张唱片。而且乔纳，现在这件事也是个错误。我们都会做后来才知道后悔的事。你看看，你刚从麻省理工学院毕业。你这么聪明，你可以做任何想做的事。结果你却选择跑到农场上，和一群你根本不了解，听从一个自称是弥赛亚的韩国人训导的人生活？”

“是的，概括地说就是这样。”说着，乔纳抓起旧毯子和枕头甩到肩上。他既知道也不知道：他所做的选择非常激进。他很欣慰能有一次不必做决定的机会，很欣慰地知道自己不会被难以掌控的感受淹没。他和他的新朋友，以及他们的黑狗悠闲地走出复式公寓，回到小客车上向佛蒙特州赶去，在日落之前抵达农场，刚好赶得上祈祷。

不到三个月，乔纳便沉浸在农场生活，以及农场上其他居民向他传递的教义之中，仿佛在享受意识形态的沐浴。他那位心急如焚的母亲联系了乔纳的几个朋友，对他们所说的重点就是：“做些什么。”因此，那年秋天，与苏珊娜·贝伊商量之后，埃诗和伊桑在纽约市中城区的一家酒店给乔纳安排了反洗脑治疗。埃诗的父亲“认识某个人”——他当然认识，他认识各种各样的人——他在德崇的一位朋友推荐了这个人。他自己的女儿玛丽·安（Mary Ann）当初加入了克利须那教派，剃光了头发，给自己改名为巴克蒂（Bhakti），意思是“奉献”。计划安排妥当，苏珊娜也同意支付天价费用。

他们需要做的第一件事是让乔纳远离农场；显然，这部分通常比反洗脑本身更困难。伊桑、埃诗和朱尔斯开车载着苏珊娜去佛蒙特州探望乔纳，顺便四处看看，然后准备在第二天想办法将他带回家。他们四个人在农场吃晚餐并留下来过夜。与乔纳第一次来这里时不同，他们几个对晚餐时以及在谷仓里的所见所闻都没有进一步了解的兴趣。他们只想把他带出去。"听着，乔纳，"第二天清晨吃完早餐后，伊桑对他说，"我们来这里之前，我做了一些功课。我去纽约公共图书馆查阅了我能找到的所有缩微胶片。在我看来，文鲜明就是个自命不凡的妄想狂。"

"不，伊桑，不是那样的。他是我精神上的父亲。"

"他不是。"伊桑说。

"我好像还记得你父亲的某些事情，"这是乔纳唯一能想到的反驳，"还有你母亲，还有你那位儿科医生。"

"噢，至少你还记得我们过去的谈话，"朱尔斯说，"挺好的。这个开头不错。"

"显然，文鲜明的追随者放弃了他们的个体性和创造性，而这些是我们大家看得比什么都重要的特性，"伊桑说，"如果说翁德里希夫妇教会了我们什么东西的话，那就是这一点。你是不是害怕？因为公开宣布自己是同性恋让你很难承受？乔纳，没人在乎你是同性恋；我的意思是，多大点事！不要放弃，不要退缩。做你自己，去恋爱，去做所有让你成为你的事。不要以那些刻板的外来哲学为准则。去做各种东西，去弹吉他，去造机器人。这才是我们真正拥有的全部，不是吗？我们不都是创造各种东西一直到死吗，除此之外还有什么？行了，乔纳，别随波逐流。我真是想不通这事，你为什么会来这里？"

"我终于找到了我的位置。"乔纳喃喃地说。这时有人喊他去照料水培生菜。"我得走了，"他说，"你们也应该上路了。你们不想堵在回去的路上吧。我母亲呢？应该有人告诉她时间到了。"

“你被蛊惑了，乔纳，”埃诗说，“请不要说这就是你的最大价值了。”她走近他，握住他的两只手腕。“还记得我们相处的时候吗？”她害羞地问，然后小声说：“我知道那永远不会成为什么大事。但那是一段没有瑕疵的美妙时光，我很高兴它发生了。你是我一生中见过的最漂亮的男孩。我不知道发生了什么事让你这么容易受到这类影响。你应该做个艺术家，乔纳。”

“我不是艺术家，”乔纳生硬地说，“我没有成为艺术家。”

“你不是必须做艺术家，”朱尔斯突然插话说，“你可以做你想做的。没关系。”

乔纳平静地看着他们每一个人。“我需要一些东西，好吗？”他说，“我甚至不知道自己需要，但我确实需要。埃诗，你和伊桑彼此相爱。我呢，我只有自己一个人。”他说这话时差点流下眼泪，向他相处最久的老朋友们坦白自己孤身一人。“也许我需要一种比其他任何爱都更强大深刻的爱。难道你们都从不觉得需要这样的爱吗？”他问他们，但现在他转过头看着朱尔斯。她是他们当中另一个孑然一身的人，她似乎正站在生命的河流中静静等待，一如当初的乔纳。朱尔斯低头看着地面，仿佛与他对视会刺痛她。

“当然，有时候。”朱尔斯说。气氛无比奇怪，但现在伊桑也看着朱尔斯。他和乔纳都专注地望着朱尔斯·雅各布森。伊桑看着朱尔斯，那种全情投入凝望她的眼神，和人们全身心投入地凝望弥赛亚如出一辙。乔纳仿佛能看到伊桑眼中环绕她周身的参差不齐的光——由矢志不渝、脚踏实地的爱创造出的、日冕般的光环。

伊桑爱她，乔纳心想。这是一种顿悟，是他在农场经历的众多顿悟之一。伊桑·费戈曼爱朱尔斯·雅各布森，即使他现在已将自己的一生与埃诗·沃尔夫联结在一起，即使从第一个夏天以后已过去了这么多年。他仍然爱她，而且由于我现在是弥赛亚的信徒，所以我可以看到如此强大而光芒四射的光。

“你爱她。”乔纳冒失地对伊桑说。他看到了，他觉得自己必须说出来。

“谁，你说朱尔斯？是的，当然，”伊桑仓促地说，“她是我的老朋友。”所有人都朝不同的方向看去,想切断乔纳赋予这一刻的意义。伊桑再次转向乔纳，伸出手臂搂住他的肩膀说：“听着，现在回到我们身边，我们会给你提供你需要的一切。”

“你认为我需要什么？”

现在，有几位农场居民注意到了乔纳和他的拜访者之间激动的情绪。汉娜和乔尔前来干预；汤米坐着嗡嗡响的轮椅过来，反戴着棒球帽。“发生了不愉快的事吗？”汉娜问，“吵架了？”

“不，我们只是在聊天。”伊桑说。

“乔纳需要去照料水培生菜。”乔尔说。

“说真的，去你妈的水培生菜吧，乔尔，”伊桑说，“我的意思是，说真的，你们真要拿生菜的需求和眼前这个人——我们这个了不起的朋友——在世间实实在在生活的需求相比吗？难道不是每个人都应该有机会在世间生活，而不是躲在农场里，兜售没人想要、见了花桶就跑的染色花吗？你们这帮人和卖花到底有什么毛病？克利须那教派也这么做。怎么，你们都看过《窈窕淑女》，然后觉得，噢哟，这个主意感觉不错哟？”

“我不知道你在说什么，”汤米说，“但你很不敬重我们，现在你该走了。”他按下按钮，略微让椅背后仰。

这时，在谷仓里给两个年轻女人上吉他课的苏珊娜·贝伊突然背着吉他出现了。“我们准备好去镇上转转了，苏珊娜。”伊桑对她说，他试图用意味深长的脸色示意她：我们必须现在行动。他又对乔纳说：“我们去兜兜风吧。你可以带我们参观整个城镇。你妈妈也来。”

“噢，”跟在她身边的大眼睛年轻女人说，“苏珊娜正在教我们《男孩漫游》呢。和弦其实很简单，主要就是 a 小调、d 小调、E 大调。”

"她还给我们展示了《随风而逝》的开放 D 调弦。"

作为一个自儿子搬到农场以来始终焦躁不安的人，苏珊娜·贝伊此刻看起来还算镇定，似乎在这里所见到的并没有她想象的那般可怖。她参观了花园、庄稼和草甸上的绵羊，还即兴为那些仍然知道她是谁并且仍然在意她的音乐的人上了一堂吉他课。时间在达夫科特的这座公社是静止的。所有人的打扮都好像正在参加为期三天的音乐节；每个人都只有寥寥几件物质财产。他们曾经的财产或现在的微薄收入都归属于教会。苏珊娜·贝伊发现这里的人珍惜她和她的作品。这可是个惊喜，现在她不得不放弃它了吗？

"我们一直在和苏珊娜聊天，"第一个年轻女人说，"我们想请她帮个忙。"

"什么？"埃诗问道，"你们想从乔纳的母亲那里得到什么？"

"真父文鲜明今年冬天将在纽约举行一场灵性集会，在麦迪逊广场花园，"那女人用轻松自信的口气说，"正好我们都很喜爱《随风而逝》，我们在想能不能让我们的唱诗班在集会上演唱这首歌——唱诗班由来自世界各地歌喉最好的五百人组成。歌词要稍微改动一下。"

"改歌词？"乔纳问，"这是什么意思？"

"嗯，我不是音乐家，"那女人说，"但我在想，或许可以改成'愿真父将我们带走 / 就此……不回头'。"

他们都陷入瞠目结舌的沉默。"噢，是啊，"伊桑最后用讽刺而揶揄的口气说，"他就是这么做的。让所有人都不回头。"他和朱尔斯彼此相视一笑。

"什么？"其中一个女人问道。

"没什么。听着，"伊桑说，"显而易见，苏珊娜·贝伊不会允许别人乱改她的歌词。这没得商量。"

然而乔纳的母亲似乎陷入了沉思。她是在演戏给他们看吗？谁也说不准。片刻之后，她安静地说："我会考虑的。"

其中一个女人问苏珊娜能否考虑在农场多待几天，和他们一起修改歌曲，帮他们提高整体的吉他演奏和演唱技巧。她好像并没有紧迫的安排，对吗？令所有人困惑不解的是，苏珊娜同意在这里住到星期三，那时再让人开车送她去伯瑞特波罗乘汽车回家。但是埃诗坚持说，乔纳现在应该"进城逛逛"。如果他们告诉他，要把他带回城里，那他肯定会逃走。乔纳、苏珊娜和农场的几位核心居民走到一旁私下商量起来。

"我真的不喜欢这个主意，"看着这伙人围在一起私语，伊桑对埃诗和朱尔斯说，"感觉像交换人质。"

"他们说只待几天，"埃诗说，"显然，乔纳的妈妈乐意和他们合作，或许真的会让他们用她的歌，不过说实话，我真不知道为什么。我觉得这是个糟糕的错误。"

"我想，她只是非常感激还有人想着她的音乐，"伊桑说，"拥有她那样的嗓音是一回事，可如果再也没人欣赏，那就很让人灰心。这大概能让她振作起来。不过这样一来，至少我们可以让乔纳跟我们回去。我们以后再处理他母亲的事。"乔纳看着眼前所有这些令人迷惑的复杂谈判，他忽然想到——为什么他们这么想让他和他们去镇上？准确地说，他们为什么会来这里？——他从来不想离家出走，但是他想让他的家，也就是他母亲来追寻他。现在她就在这里，他就在她触手可及的地方，然而她却在犹豫不定。不过他并不介意。她在这里得到了与往日一样的欣赏，只是规模较小也更集中。她正在下决心去听众所在的地方。

乔纳同意和朋友们一起坐车去镇上。他可以在杂货店买一根冰棒：他相当长时间都没有吃过任何含有人造色素甚至精制糖的食物了，而他仍然想念这类食物的滋味。但是当伊桑父亲那辆破旧的大众汽车飞速驶过达夫科特"市中心"时，乔纳问："为什么不停下来？"

他已经猜到了答案。他挣扎着扑向门把手，埃诗和朱尔斯在后座上伸出双臂环住他，拥抱他。“没事了。”埃诗说。朱尔斯也说：“一切都会好起来的。”乔纳哭了起来，因为他感到困惑，而且非常非常疲惫，还有一种说不上名字的情绪在深处膨胀和震动，或许那是——尽管他不确定也不能承认——解脱。他只想像新生婴儿睡一觉，夹在他的两位老朋友中间，挤在那辆小汽车里；自从来到农场，他几乎没怎么睡过觉。日常杂务每天黎明就开始，祈祷则持续到深夜。

回到城里，反洗脑治疗师在距离宾州车站一个街区的威克沙姆酒店沉闷的1240号房间等着他。他的治疗要持续整整三天三夜。乔纳被剥夺了睡眠，这是治疗的一部分；每当城市的天边出现曙光时，他可以吃几根汉堡王的冷薯条，除此之外没有进食；磁带一刻不停地播放着脱离教会的成员的指责和揭露；治疗师反复告诉他，他在农场上听到的一切都是不真实的。到最后，乔纳被折磨得筋疲力尽，埃诗和伊桑坚持让乔纳去他们在东村的公寓住几天，他可以睡在沙发上。他满心感激地照做了。

很久之后再回首往事，伊桑和埃诗的第一间公寓里连客房都没有，想想真是有意思。那间公寓很普通，铺着一张埃诗从童年时代的家里拖来的碎布拼接旧地毯。在1981年，他们仍然和其他所有人差不多。在1981年，他们已经完全缠绕在彼此的生命里，尽管乔纳在伊桑望着朱尔斯的时候看到了弥漫在空气中的爱意。得益于反洗脑治疗，加之他加入教会的时间相对较短，乔纳最终忘记了他在农场里学到的大部分内容。那些教义缓缓在他的思想里萎缩消逝，仿佛那是一门不怎么有趣的大学必修课。但是他从未忘记他亲眼所见的伊桑对朱尔斯始终不变的爱，也许还有朱尔斯对伊桑的爱。他从未忘记，但他也知道再也不该提起。

事实证明，苏珊娜·贝伊在儿子离开后又在佛蒙特州的农场多待了几天，为一群欢喜赞叹的听众唱歌。他们的赞叹不会因时间和时尚而改变。他们不会对苏珊娜的才华失去兴趣——在他们的认知中，那是确定无疑的；他们只想沉浸其中。苏珊娜短暂地回到了纽约，不是按计划中乘坐汽车返回，而是坐着那辆紫色小客车去她的复式公寓里收拾了几件必需品带回农场。几个月后，当真父文鲜明在纽约普世宣教中心发表演讲时，苏珊娜·贝伊被叫到台上演唱她那首歌词经过修改的标志性歌曲。她的歌喉还像年轻时那样有力而清澈，有些听众哭了起来，想到他们年轻时也听着她的歌，想到从那以后生活发生了多少戏剧化的改变。他们中有许多人都与父母和安逸的郊区生活断绝了关系，为更伟大的目标而奉献。这位如此特别、如此才华横溢的歌手仿佛就是在对他们歌唱，他们感激涕零。

第二年，苏珊娜和其他四千多人一同在麦迪逊广场花园的祝福仪式上举办了集体婚礼。新郎里克·麦克纳是一位比她小十二岁的专业地毯安装工，是宾夕法尼亚州斯克兰顿市统一教会的成员。他们在弥赛亚面前握手成婚之前，他对她来说完全是个陌生人。仪式结束后，苏珊娜·贝伊和她的丈夫坐进小客车回到农场，他们将在那里共同度过尘世间余下的生命。

十三

如果你给女儿起名奥罗拉[1]，那她很有可能无法轻松优雅地承担这个名字的分量，除非她非常漂亮或者非常自信。1990 年，丹尼斯和朱尔斯在他们的孩子出生时并没有意识到这一点。孩子降生前，他们有过许多关于起名的典型对话，讨论什么样的名字与“雅各布森-博伊德”这个铿锵有力的姓氏最相衬。这些讨论主要发生在朱尔斯和埃诗之间，而不是朱尔斯和丹尼斯之间。埃诗在一个两个孩子都拥有不寻常的名字的家庭长大。不寻常的名字就是她的制胜一击，而朱尔斯也根据审美的转变为自己挑了个相宜的名字。她要给自己的孩子也起一个不寻常的名字。丹尼斯情绪低落、精神涣散，无法长时间讨论这个话题。他确实努力过，但很快便无法支撑下去。终于有一天，他对朱尔斯：“噢，你定吧。”

她本没有怀孕的打算，现在不行，时机不对。丹尼斯因为轻微中风在医院住了几周，出院后，抑郁症猛烈地卷土重来。虽然他立刻开始服用另一种抗抑郁药，但他说那还不如佩兹果味糖。MAOI让他从大学毕业后一直保持健康，可现在他又陷入了不稳定的低落状态。目前尝试的各种药物组合都无法让他振作起来。中风一个月后，丹尼斯回到都市健康诊所上班，但他发现自己无法集中精力，难以

1　奥罗拉（Aurora），意为曙光女神。

完成接到的指令。还有一些时候，他会过度关注灰色的超声影像所揭露的真相。

丹尼斯失去工作的那一天是诊所里典型的忙碌的一天。检查完几位病人之后，一个体侧持续疼痛的年轻女人走了进来。二十二岁的她可爱又健谈，刚从肯塔基大学毕业，随着当时的毕业生大潮来纽约闯荡，现在在无线电城音乐厅担任引座员。“我看所有演出都不要钱噢，”她侧身躺在检查台上背对着他说道，“包括火箭女郎噢[1]。所有这些音乐会真的都好棒啊，在我来的地方根本见不到呢。”丹尼斯轻轻将传感器滑过她身体侧面。“哎呀，好痒噢。”她说。突然间，她的肝脏出现在显示器画面里，像沉船残骸一样逐渐放大。

他立刻看到那一大团东西；他不可能看不见它。丹尼斯想也没想便脱口而出：“噢，天哪。”技师不允许对显示器上的内容发表任何意见，哪怕暗示结果是正常还是异常也不行。从前每次进行超声检查——他进行过数千次——他都面无表情、态度温和而开朗。每当病人喃喃地发问或者想通过他的脸色让自己安心时，他都会告诉他们：不用担心，医生马上就会读取结果，解读超声图像不是他的工作。不过当然，他总是会在心里解读一番。所有技师都会这样做。他以前从未有过这样的反应，但这个年轻女人刚刚来到这座城市，一想到她极有可能患上癌症并且可能因此而死，他便觉得无法承受。

“怎么了？”她扭过脸问他。

“没什么，”他说，“我什么也没说。”

“你说了，”她柔软的肯塔基口音多了些责备的意味，“你说，‘噢，天哪’。”

“我是说因为让你觉得痒。”他试图解释，但他知道这是徒然无功。全世界都充斥着深深浅浅的灰色阴影，到处都是脆弱而柔软的

1 火箭女郎舞蹈团（the Rockettes），是成立于 1925 年的世界著名舞蹈团，常在无线电城音乐厅演出。

器官，它们将丹尼斯·雅各布森-博伊德整个吞没。他将检测棒从年轻女人的身上拿开，放在手推车上，他用双手捂住脸，因为他在哭泣。他真不敢相信自己会这样！然而，将未治愈的临床抑郁症患者放在这个岗位上确实容易出现不理想的情况，恰如现在这样。年轻女人拉起纸质罩衣裹住身体，她身上都是湿漉漉的凝胶，她被他吓坏了，也为自己的生命感到恐惧。她小心地从检查台上起身，跑到走廊上寻求帮助，罩衣发出窸窸窣窣的细响。

帕特里克和洛琳——另外两位超声技师——立刻挤到门口。“丹尼斯，”帕特里克厉声说，“你和那个病人说了什么？”

“什么也没说，”他说，“但她长了一大团东西，我能看到，就像一头怪兽在肚子里。”

“丹尼斯，”帕特里克说，“你又不知道那是不是恶性的。而且你不该干预这件事。你就坐在这里哭起来了吗？你给她做超声的时候，她听到你哭了？你到底怎么搞的啊？”

“我不知道，”他说，接着又说，“不，我知道。”

“听着，中风是个大事，”洛琳说，“我爷爷就中风过。你需要时间恢复。你现在根本不在状态。你需要更多时间，丹尼斯。”

“不是中风。中风是次要的，我已经康复了。”

“那是什么？”她问。帕特里克和洛琳经常在休息时去诊所外面的街上抽烟，而丹尼斯则会开心地和他们一起站在烟气里。帕特里克是前海军陆战队队员，身材高大，剃着平头，像圣人一样严于律己，已婚且有四个孩子。洛琳则是个矮小的黑人，梳一头脏辫，单身，充满野心。他们三个没有任何共同点，但是丹尼斯和他们相处得很愉快，直到他中风之后再度陷入抑郁。他们三个是真正意义上的朋友，是超声波让他们走在一起，现在，显然也是超声波将他们隔开。

他没有回答洛琳的问题，只是解开白大褂的衣扣，像叠军旗一样将它叠成柔软的一叠。“我得走了。”他说。

“要我说，”洛琳说，“奥尔特加女士一过来就会马上开除你的。”

“是我行为不当，”丹尼斯说，“我知道。我只是感觉太难过了。这一切的虚无让我不知所措。”他对朋友们点头告别，从他们身边经过，走上走廊，身形健壮、神情坚毅的奥尔特加夫人正大步向他走来。

给他开药的布拉齐尔医生不想让他重新服用MAOI。他说：“我们的工具箱里还有这么多利器呢，用不着它。”但即便是这些利器对丹尼斯来说似乎也太钝了，抑或是丹尼斯本身太过迟钝。在朱尔斯准备去上班或者去和主管见面的早晨，丹尼斯却躺在公寓里，透过抑郁症笼罩在眼前的厚厚帷幕打量着她。

“丹尼斯，”朱尔斯说着，一边前后扭着脚挤进已被踩平的鞋里，“我不喜欢你目前的状态。”

“我也不喜欢我目前的状态，朱尔斯。”他机械地模仿她的措辞，听起来有一丝敌意。他为什么怀有敌意？没有任何理由，但他就是有。

“我一直在想，你会突然挣脱出来的，”她说，“我知道这很孩子气，而且显然不现实。”

“对不起。”说着，他下床过来给了她一个敷衍的拥抱，不是因为感觉到爱意，而是因为害怕感觉不到爱意。朱尔斯刚洗过澡，干干净净，穿戴整齐，散发着她在一天开始时用过的各种花果味洗漱用品和乳液的香味。而丹尼斯闻起来就像沉睡的阁楼。此时此刻，她不想要他的任何部分。埃诗很担心他们糟糕的处境，一天，她在阿姆斯特丹大道的一家餐厅和朱尔斯吃午餐，那里的空心酥饼有婴儿的脑袋那么大。两个女人敲开外层的酥皮，蒸腾的热气涌到脸上。埃诗的司机在外面的车里等着，她需要多久他就会等多久。“和我说说吧。”埃诗说。

“你已经知道出了什么事情。”

“那也再和我说说。”

“我只是不知道该怎么办，”朱尔斯说，“他很萎靡。就像一个模糊又易怒的丹尼斯的复制品。就像他们把他带走一段时间再还给我，但现在他不再是完全的他自己了。就像当时和乔纳一起搞宗教崇拜的那些人。”埃诗只是摇了摇头，然后攥紧朱尔斯的手，她真正需要做的也只有这些而已。两个女人一边吃着打破的鸡蛋酥饼一边谈论丹尼斯，仿佛他是朱尔斯的某个格外顽固的客户，这让两个女人感到愧疚。朱尔斯心想，丹尼斯一定痛恨她们谈论他的方式，他会被吓坏的。“我不该说这些的。”她补充了一句，但她需要说出来。

“不，没事的。你不是在嚼舌头，”埃诗说，“你爱他，你需要倾诉。再说，你是在对我说。只有我，朱尔斯。”

尽管如此，朱尔斯眼前还是浮现出丹尼斯阴郁的面庞，她知道自己已经背叛了他。但埃诗一直想帮忙，一直希望倾听并提出建议。她说：“也许他会突然好起来，就像昏迷的人那样。”她根本不知道她在说什么。丹尼斯的抑郁症将这两个女人割裂开来。朱尔斯可以向她描述丹尼斯的状态，以及丈夫陷入这种状态的婚姻是什么样，但是描述不够鲜活。你必须身处其中。朱尔斯身处其中，但埃诗不是。

在工作中朱尔斯有时会发现，不知怎的，她的客户能够设法从最阴沉的心绪中挣扎出来，仿佛他们冥冥之中意识到她需要他们这样做。她让他们振作起来的那些手段对丹尼斯却毫无用处。她源源不断的尖酸评论和偶尔让人发笑的声音对此刻的他全都派不上用场，只会让他心情更差，与其他所有事情一样。就连和他说话似乎都成了折磨，但她控制不住自己。她喋喋不休地对他讲述心理咨询中的见闻，仿佛他能二次利用似的。朱尔斯对他说：“我的这位客户是个已婚妇女，一位小学阅读老师，她前段时间过得很糟糕，现在刚刚走出来。”这话并不假，但丹尼斯没有回应。晚上他睡得很早，这时她便会溜进客厅给埃诗和伊桑打电话，在她黯淡的婚姻中对他们低声倾诉，想象着他们所在的那个光明照耀的世界。与一个抑郁症患者生活在一起的幽闭氛围让她感到病态。这个抑郁症患者现在没有工作，整天蒙头大睡，只有在他忍无可忍时才会刮一刮胡子。现在，丹尼斯的外表开始像个山民；不，开始像瑞普·凡·温克尔，因为他一直在睡觉而不是爬山。[1]

“我不知道要怎么办，”她对埃诗说，“我是说，我不打算做任何事。我只是觉得糟透了。我没法帮他；他什么都听不进去。他真的很受折磨。”而且，我也是，她阻止自己加上这句话，因为这听起来很自私。

丹尼斯父母从新泽西赶来，他母亲用怀疑的眼神环顾公寓，仿佛她的儿子是因为与朱尔斯生活在这里才会生病。“你们在哪里熨衣服？”她询问道。

“什么？”他们几乎不熨衣物；如果不得不熨衣服，他们就在床上铺一条沙滩毛巾权当熨衣板。她想对丹尼斯的母亲说：这就是我们的生活。我们不在乎熨衣服。我们没有钱。现在，拜遗传因子所赐，您儿子正在失去我爱他的那些特质。但博伊德夫妇似乎将他的抑郁症归咎于朱尔斯，因为他们没有熨衣板，抑或是因为朱尔斯是犹太人（丹尼斯曾不止一次指出他父亲对第三帝国纪录片的痴迷）。不过她也看出，他们是那种连爱也夹杂着几分刻薄的人——或许他们的儿子正是因此才总会感到难以言表的悲伤，谁又能责怪他呢？丹尼斯和朱尔斯都来自氛围不太舒适的家庭。这是他们的共同点。当他们走到一起时，他们想打造一个氛围舒适的家，然后说：去你的吧，令人失望的家庭。迷宫里的沃尔夫一家向朱尔斯证明，一个精心经营、情感充实的家庭是可能存在的。她想和丹尼斯共同创造一个与之相似但更加朴素的版本，而且，他们似乎正在接近这个目标。与此同时，埃诗和伊桑飞黄腾达，过上了无人能够企及的生活。再后来，丹尼斯陷入抑郁，于是就连朴素地实现这个目标也变得遥不可及。

1　瑞普·凡·温克尔是短篇小说《瑞普·凡·温克尔》的主人公，他在魔法森林喝下一种奇妙的饮料，倒头便睡，一觉就是二十年。醒来回到家里时，发现一切都变了样。

一天早晨，朱尔斯醒来时看到丹尼斯的面庞无比放松且毫无情绪，接着她想到，他很快就会醒来，记起身上的种种不适，然后这一天便将被摧毁。真可惜他不能一直这样睡下去，因为睡梦中的他看起来几乎是快乐的。想到这些，朱尔斯发现自己真的想呕吐。伏在冰冷的盆上，她回想起一生中呕吐的次数。最令人难忘的是在冰岛的一家酒店里，后来在大学时期又有过几次醉酒呕吐的经历。这次不一样。她将这一次称为抑郁性呕吐，不过，当然不存在这样的病症。一小时后，电击般的感觉刺痛了她的一侧乳头，没过一会儿又刺痛了另一侧乳头。朱尔斯不舒服地隐约想起：上一次月经量格外少，但她当时并没有放在心上。在她生命中的不同时期也曾发生过类似的情况；没什么大不了的，当时她将其归因于压力。

朱尔斯在最短时间内进行了家庭妊娠检测。她坐在小小的浴室里盯着检测结果，脑袋里有一根血管在怦怦跳动。她试图回忆那是如何又是在何时发生的。那次少量的月经显然根本就不是月经，而是书上所说的植入性出血。丹尼斯中风和康复以后，他们很少有性生活；现在大部分时间里（尽管不是完全）他都提不起兴趣。朱尔斯的新客户霍伊是一位有严重移情问题的计算机程序员，他曾痛苦但勇敢地向她坦白：有一次当他和妻子躺在床上时，他曾经幻想着她自慰；他说，他让床晃得太厉害，“以至于我的妻子醒了过来，以为是在地震”。然而，朱尔斯自己抑郁的丈夫连抚摸她的兴趣都没有。

她试着推算怀孕周期，先是回忆丹尼斯中风前的几周，然后是他抑郁症发作、迟钝得没了人样之前的几周。她想起埃诗的《群鬼》开演前不久的一天晚上，他们去电视和广播博物馆参加展览《这片大陆是费戈大陆》的正式开幕典礼。伊桑站在主画廊的一个角落里，埃诗陪在他身边，身边围着一大群博物馆捐助者、动画师和朋友。大家都身着正装。朱尔斯看着身穿无尾礼服的伊桑，他搂着埃诗，而她穿着一件部分透视的超短裙，后背有一长串珍珠母小纽扣，仿佛《仲夏夜之梦》里的演出服。事实上，那正是她希望在不久的将来执导的话剧。埃诗在那场晚会前说，那件衣服是“马尔科·卡斯特利亚诺”，这个词在朱尔斯听来毫无意义。伊桑注意到朱尔斯在看他，便从房间那一头对她微微一笑。

那个笑容到底是什么意思？大概只是：是不是很丢人，被这么多人关注？又或许是：我知道你很无聊，我也是。又或许只是：你好，那边的朱尔斯·雅各布森-博伊德，我年少时的朋友，灵魂伴侣，伙计。但无论意味着什么，它都让那种熟悉的压力感再次涌上她心头，让她意识到她和丹尼斯所拥有的一切多么渺小而悲哀。当他们坐地铁回家、走上所有那些台阶时，朱尔斯的细高跟鞋挤破了她的脚趾。走进公寓里，他们俩都脱下衣服，朱尔斯站在浴室里，将一只血淋淋的脚踩进水槽，塞到水龙头下。丹尼斯走进来说：“你看起来像一只鹤。”

“我感觉也像一只鹤，又怪又蠢。埃诗是会魔法的小仙子，我正好是她的反面。顺便说一句，那是马尔科·卡斯特利亚诺。”

“什么？”

“我就是这意思。”她想着他们尚在人生早期阶段的末尾，生活中充满朋友和爱，还有两份千头万绪的工作。要不是他们最好的朋友的生活要优越得多，这些本来都还算不错。

但是丹尼斯却说：“你知道吗，假如我想要一个会魔法的小仙子，那我会走进魔法森林去找一个。”

他站在浴室门口，领结松开，礼服的腰封也解开了。肤色深暗、身材健壮的丹尼斯比朱尔斯好看得多，但她从不为此感到困扰，因为他不是那种会和其他女人背叛她的人。此刻的他魁梧、英俊、高贵，拒绝被华丽的晚会和马尔科·卡斯特利亚诺吓倒，这样的他让她深受感动。今晚她不必比较自己和朋友的生活；她意识到自己根本不需要这样做，这真是难以置信的解脱。相反，朱尔斯被丈夫难以解释的、催眠般的力量深深吸引，她的丈夫是那么漂亮，那样毫无疑问地朝向她，他的黑眼睛扫视和欣赏着她的整个身体。这间浴室总是显得狭小而别扭；此刻，整个浴室里全是丹尼斯，一个属于她的实实在在的男人。他与伊桑和埃诗无关；他是她一个人的。其他所有人都被驱逐，最私密的场景开始上演。

“噢，是吗？”朱尔斯顺着他的话说下去，“你会走进魔法森林吗？”

“是的，我会的。”丹尼斯说着，扶住她的手臂把她从微型浴室里拉出来，拉着她走过前任租客用钉枪粗暴固定住的水绿色长绒地毯，走到相对大一些的卧室里，让她躺在他们的床上。她抬眼对他微笑，看着他脱下无尾礼服剩余的部分，这套行头只有参加与伊桑和埃诗有关的活动时才会穿到。接着，他帮朱尔斯拉开礼服拉链，她的后背留下一条粉红色的拉链印痕，仿佛是她的两半身体在工厂组装时留下的装订线。他们脱光了见伊桑和埃诗时才要穿的衣服，那些礼服看起来比穿它们的人成熟得多，尽管他们自己也不再那么年轻。

他们那天晚上必须要用安全套；他们一定用了，他们几乎总是会用的，然而那一晚他们喝了太多酒，所以也可能没有用。朱尔斯还没有怀孕的计划。后来在她的回忆里，那一晚的性生活格外摄人心魄，床榻的四角都派上了用场，床单最后被拧成了麻花。丹尼斯热情似火，果断而坚定地向前推进，每一刻都充满生命力地向前推进。一本摊开在朱尔斯床头柜上的书——从她依然享有特权的哥伦比亚大学社会工作图书馆里借来的，关于饮食障碍的系列案例研究——不知怎么飞到了房间另一头，被扫进了书桌下积满灰尘的缝隙里。它直到大约一年后才被发现，欠下的罚金已经超过了书本本身的价值。不过她早就不再苦苦寻找它了，因为那时奥罗拉·莫德·雅各布森-博伊德已经来到人世，生活从此有了不同。

1990 年 9 月，奥罗拉来到人世三个月后，埃诗生下了她的女儿拉金·邓普顿·费戈曼。起初，两个女人一起沉醉在本能的母性光晕里，这一次朱尔斯扮演起专家的角色，为埃诗提供照料和哄睡婴儿的建议。她愉快地用权威口吻抛出“乳头混淆”之类的术语。但是有一天，埃诗一大早打来电话，声音有些异样。自拉金出生以来，她从不曾如此不知所措。这次是别的事。她说，如果可以的话，她想现在过来一趟。她让司机送她来到北城，用瑞典婴儿背带将拉金抱在身上。每当埃诗或伊桑来到公寓时，朱尔斯仍然觉得不自在，尽管近来她已经可以完美伪装出毫不在乎的样子——不在乎家中凌乱不堪，堆满婴儿用品，折叠式婴儿车堵住走廊，婴儿服晾在淋浴架上直到变脆起皱。埃诗紧张地坐在朱尔斯和丹尼斯遍地垃圾的客厅里，拒绝咖啡和任何食物。她坐在沙发上安顿好自己和婴儿，目不转睛地看着朱尔斯。

“你有点吓到我了啊。”朱尔斯说。除了她们俩，家里空无一人。丹尼斯带奥罗拉去了中央公园，和一大群带孩子的母亲聚在一起，有时他会和她们待一整天。朱尔斯早上见了两位客户，现在收工回到家里。稍后她还要为一位脚踝骨折无法出门的女客户提供电话咨询。

“对不起。我不是故意的。听着，我知道你自己现在也很不好受，丹尼斯和所有那些事。”埃诗的措辞和语气都是那么谨慎，让朱尔斯想到这是又一场关于古德曼的对话。她们有许多个星期没有进行过这样的对话了；婴儿在大部分时间里都让她们无暇他顾。现在朱尔斯感觉埃诗可能要说：我只是想告诉你，古德曼又进戒毒所了。或者：嗯，你听听，古德曼真的进了建筑学院。或者：古德曼快死了。或者：古德曼死了。然而埃诗说：“朱尔斯，我真的需要和你说一件事。我必须和别人说说，而你是唯一的选择。”

“好的。”

"嗯，你知道，德崇公司开始崩溃的时候我父母真的很担心吗？各种调查和所有那些事？"朱尔斯点了点头。"然后公司破产了，我父亲提前退休还拿到了破产费？"

"是。但是你说过，情况还好。"朱尔斯说。

"他们是还好。"

"那就好。"她等待着。

"我觉得我父亲其实很享受退休生活。而且，嗯，我父母显然开始考虑某些事情了。他们把我叫到他们的公寓，告诉我他们的资金流以后会有一些变化。他们向我保证没有大问题，只是没有那么多活钱了。我不明白他们为什么要说这些；我想了好长时间，因为他们就是不愿意直说。但我终于明白是怎么回事了。我终于想到了。我问他们：'这和古德曼有关系吗？'我父母怯生生地对视了一眼，我就知道就是为了这件事。我母亲说什么'本来我们什么也不想说，但是我们已经照顾他很长时间了，现在他几乎没有能力工作，还和大家一样有一些开销。而你和伊桑在财务方面又相当有保障——这么说都是轻描淡写——如果有可能将这项责任转交到你手里，那对我们确实意义重大'。我父亲还补充了一句'但前提是你真的想这么做'，好像这全都是我的主意似的。"

"那你怎么说的？"朱尔斯问，不过这一摊家务事远远超出了她的理解范围。她自己的母亲到现在还会剪下冻酸奶的优惠券寄给她。

"我说：'嗯，如果这对你们很重要，那我可以去想办法。'古德曼找不到稳定的工作，你知道，就是那种专业的、薪水不错的工作。再说他也没有一技之长。他在工地上做的都是零工，不久前他的腰椎检查出了应力性骨折，他再也不能做太重的体力活了。他需要理疗，可他真的没有稳定收入啊。再说，他来看我们的时候，总有人要给他付机票钱。还有他那些我们暂且称之为偶尔为之的小习惯吧。这些都要算在一起。"

“哇，”朱尔斯说，“我很震惊。”

“我知道。我也是。显然，我不能向伊桑要钱。我父母知道这一点。他们总是很纳闷，我居然至今没告诉他。”

“不告诉他你内疚吗？”朱尔斯问。她一直想问这个问题，只是此前没有合适的时机。

“噢，有时候会，当然，”埃诗轻松地说，“因为我们什么都说。除了那件事。而且我永远没法和他坦白。太晚了，我不觉得他能接受。我希望我的生活和工作都是坦诚的，但是在父母对我有要求的时候，我必须忠于他们。你知道我是这么做的，现在我只能把真相搁置在这里了。我和伊桑在任何情况下都不太谈起古德曼。他觉得这件事太让我痛苦了，而他并没有完全想错。确实很痛苦。所有这一切：已经发生的事，还有古德曼可能变成什么样。”

“我真希望伊桑能知道，”朱尔斯低声说，然后又补充道，“他总是能让一切都好起来。”说完她才想起自己不该这么说。

“我明白你的意思，”埃诗说，“他永远是那个我一出事就想去找的人。我也真希望我从一开始就能告诉他每一个细节。可是我不能。他们说我不能告诉任何人——他们对你也是那么说的——于是我按他们说的做了。我是他们的好孩子，他们的天才儿童。我始终承受着全部负担，我不可能突然对伊桑说：噢，顺便和你说一句，我一生的挚爱、我孩子的父亲，这么多年来我一直和我哥哥保持着联系，我父母和朱尔斯也知道，只有你是我唯一瞒着的人。”

朱尔斯坚决地说：“告诉他，埃诗。只管去就好了。”丹尼斯以前说过，伊桑大概总有一天会发现的。“一辈子很长。”丹尼斯曾说。

“你知道我不能，”埃诗说，“他是最有道德感的人，朱尔斯，当然这也是我爱他的一点。而且他不会妥协。”

“那你接下来打算怎么办？你能拿到他不知道的钱吗？”

“简单来说，能。伊桑不会每个月都坐在那里自己算账。我们有专门负责的人。收入和支出都很多。我不需要向他或者现在替我们管钱的邓肯汇报。显然，关键是要用一只看不见的手来做。这会让我极度神经质，因为我对金钱和任何与数字有关的事都不太在行，但我猜这样行得通。我必须让它行得通。”她耸了耸肩，轻轻抚摸着婴儿扁平的后脑勺。她说：“必须有人照料古德曼。我猜就是我吧。”

成为母亲的最初几年里，埃诗和朱尔斯继续幻想着她们的女儿在成长中结下亲密的友谊，想象这份感情成为她们两人友谊的镜像。两个女孩的确成了朋友，在她们一生中对彼此都很友爱，但是她们的性格截然不同，以至于她们之间的友谊更像是她们为两位母亲费心准备的礼物，而不是自然萌生的亲密。

“天哪，她们完全不同。”朱尔斯在埃诗和伊桑家待了一天回来后对丹尼斯说。那时女孩们才四岁。埃诗和伊桑不久前搬进了查尔斯街的一座宽敞而优雅的褐沙石房屋，沐浴在格林威治村核心地带的阳光里。这座大房子里有一个四岁的女儿，现在还多了一个两岁的儿子莫里斯·特里斯坦·费戈曼，昵称叫小莫；尽管如此，家中却是秩序井然，一派宁静祥和的氛围。这在很大程度上要归功于牙买加夫妇伊曼纽尔和罗丝，身为管家和保姆，他们打理着这个家庭日常生活的方方面面。他们是最不惹人注意的员工，剃平头的丈夫彬彬有礼，妻子殷勤体贴又爱开玩笑。房间一尘不染，整洁的孩子们得到妥善的照料，他们的父母也是一样。

楼上的大游戏房就像头等舱的机场休息室——铺着地毯以防有人摔伤。房间里的色调和灯光都很柔和，没有一般人觉得能吸引孩子注意力的俗艳色彩。房间里有一张蹦床和一个装满海洋球的大桶，还有一架滑梯、一个充气城堡和许多实物大小的毛绒动物。朱尔斯想象着伊桑的一位助手给施瓦茨玩具店[1]打电话说："所有东西每样来一点。"

在这样的地方长大该是什么感觉啊，她想——拥有这样的环境和这样富有创造力且情绪稳定的父母。朱尔斯坐在其中一张浅色沙发上，接过罗丝递给她的葡萄酒。她深深地喝了一口，想感受酒液从喉咙滑到胸腔时的柔顺和抚慰，这样就不必在脑海中竖起令人沮丧的双屏画面：这个地方、这种生活；她在西八十四街没有电梯的公寓，她和丹尼斯还有奥罗拉眼下混乱而拮据的、笼罩在临床抑郁症沉闷暗影中的生活。

奥罗拉在费戈曼-沃尔夫的游戏房里横冲直撞，大呼小叫："我是陆军中士！我是国王！"这位中士 / 国王将自己深深埋进海洋球里，而拉金则坐在靠窗的座位上，手捧一本正儿八经的章节故事书，好奇地注视着她。小莫在儿童房里睡着了——埃诗说，这可是了不起的壮举。不过话说回来，罗丝是照顾小莫的天才。两岁的小莫大部分时间里都很痛苦，总在该午睡的时候尖叫，他无法忍受入睡前的绵软无力之感。朱尔斯试图喝止奥罗拉的嬉闹，以免她吵醒小莫。但埃诗却说，奥罗拉想多大声都可以，因为这里的墙壁非常厚，任何声音都难以穿透。

埃诗注意到："我发现奥罗拉喜欢控制。也许她能管好一个电视台呢。"

"不！"奥罗拉说，通红的小脸洋溢着胜利的喜悦，"我是个军人！我能管所有人！"

两个女人都笑了起来。正如埃诗所说，奥罗拉在"尽情展现自我"。朱尔斯对女儿有种痴狂的爱。奥罗拉有种不同于诙谐机智的、开朗奔放的滑稽，朱尔斯完全被她迷住了。丹尼斯也是如此，他甚

1 Frederick August Otto Schwarz 在 1862 年开设的纽约著名玩具店。

至能在必要时忽略抑郁症的哼鸣，对他的小姑娘表现出感情。或许，这和父母抬起汽车救出车底的婴儿是同样的道理。他沉溺在抑郁症中，却依然能挣扎着摆脱抑郁的拖累，将奥罗拉照顾妥当。布拉齐尔医生说，“非典型抑郁症”有时确实会导致此类难以捉摸的行为。

在那一整个下午，朱尔斯留意到，每次拉金加入奥罗拉的嬉闹，埃诗的这个女儿似乎都只是为了显得有礼貌。拉金滑进海洋球里，优雅地任由奥罗拉将球一个一个丢到她身上；她脑袋朝前地滑下滑梯，但她一滑到底便站起来，将身上拍打干净，然后回到她靠窗的座位上，捧着她的书坐下来。

奥罗拉凑到她旁边问：“那是什么书啊？”

“《大森林里的小木屋》。”拉金说。

“里面有笑话吗？”

拉金认真想了想：“没有。”

“你能自己读？”奥罗拉问。

拉金点了点头。“当我学会读书时，”她一本正经地说，“一切都不一样啦。”

拉金很成熟，但她不刻薄，也没有自以为高人一等。她是个开朗的小女孩，从她母亲那里继承了脆弱的美丽、聪慧和善良，从父亲那里则继承了容易感染湿疹的体质，现在便需要专用的护肤品了。她有她父亲的想象力吗？暂且还看不出来，不过令人沮丧的答案很可能是，噢，她有。

“你是一提起拉金就要没完没了地不爽吗？”那天晚上，当朱尔斯上床睡觉时还在描述拉金的优雅、早熟和精致，以及查尔斯街上富丽堂皇的房子时，丹尼斯问道，“或者这根本就是个愚蠢的问题？”他继续说，“真正的问题是不是：‘你还要花多长时间才能不为这个不爽？’”

“不是，”朱尔斯说，“我不会用奥罗拉去交换任何东西。”

“我明白了，”他说，“你这么说就是要和我区别开。你会把我换出去。”

“不，”她说，“根本就不是。”

“不，你会。我能理解。”这场对话简直让他兴致勃勃，他似乎认为自己终于又能从朱尔斯的角度看世界了；透过她鲜活的眼球，他看到她正在为离开他做着准备。

“行了，别再理解了。这真是一塌糊涂，丹尼斯，”朱尔斯说，“这样的对话。我能摆脱你的抑郁症吗？我会用现在的你去交换一个没有抑郁症的你吗？是的，行了吧，我会的。但你不也一样会那么做吗？那不正是我们想要的吗？”

自从五年前停用 MAOI 之后，丹尼斯很少再有无忧无虑的时候。相反，他始终在和主治医生所说的“轻度抑郁症”“非典型抑郁症”和“心境恶劣”做斗争。布拉齐尔医生说，有些人就是很难治愈，他们可以维持正常生活，有时甚至过得相当充实，但是他们的情绪永远不会好起来。丹尼斯的非典型抑郁症没有像大学时那样使他崩溃，但也无法自然消失。他能感觉到它的存在，就像能够感觉到眼球上的斑点或者让胸腔呼噜作响的慢性咳嗽。他尝试了各种药物，但大多数都没有持续的疗效，而见效的药物又有着难以承受的副作用。在药物车轮战的初期，他重新启用了当初丢弃的 MAOI，但它再也不起作用了。丹尼斯的大脑好像发生了某种化学上的改变，而 MAOI 就像一位旧情人，在新一天的阳光里失去了所有魅力。

从都市健康诊所失业之后似乎已经过去了足够长的时间，丹尼斯开始认真找工作，可是却一无所获。奥尔特加夫人信誓旦旦地说，在给他的每一位潜在雇主的信中，她都会详述他“对一位病人极端无礼放肆的行为”，这样一来，他便无法得到诊所的推荐。即便如此，丹尼斯本身也不想回去工作。他向朱尔斯承认，他害怕自己可能从人体中看到的东西。一天夜里，他和朱尔斯曾经躺在床上讨论这件事。

“你觉得会看到什么呢?”她低声说。

“各种东西。”

“我永远不知道一个人走进我的办公室时，我会看到什么，”她说，“要是我也有一件能让我看清楚的设备就好了。我真羡慕你有那个东西——那叫什么？传感器？——可你甚至都不愿意使用它。你的检测棒。你的魔杖。我做的那些感觉很粗糙。而且，通过心理咨询让一个人真正改变的情况其实很罕见。我知道，心理咨询确实能改变大脑；他们做了好些了不起的研究。但大部分情况下，你只能耐心等待事情出现转机，忍受不断重复的、毫无建设性的理念。你有好眼力，丹尼斯。你有一技之长；别忘记这一点。你拥有这些，你就得去操作设备。等你感觉好起来、做好回去的准备时，它仍然在那里。”

丹尼斯睁眼躺在床上:“我的确有一技之长。我现在根本不想有。我无法忍受看到深处的念头。因为你会不可避免地让恐怖的景象暴露在光天化日之下。”

“这我不知道，不过对于一个不能忍受看到深处的人来说，这倒是相当深刻的见解。”朱尔斯说，“你的大部分都还在这里，丹尼斯，比你认为的要多。如果你整个人都不在了，那是另外一回事。但是你没有。”她想用某种办法让他振作起来，将她有限的治疗能力用在他身上。她最近的一位客户、六十岁的西尔维亚 · 克莱因每次咨询的大部分时间都在哭泣，她的女儿艾莉森三年前死于乳腺癌；然而就在几天前，她讲起那位成年的女儿小时候如何迷恋朱莉·安德鲁斯，反复看了许多遍《音乐之声》，学着用英国口音说话，还问她的母亲：“妈妈，我的口音听起来地道吗?”说起这些时，她露出了一个微笑。

“你笑了，和我说说这个吧。”朱尔斯对她说。

“不，我没有。”西尔维亚·克莱因向后退去，但她随即歪着脑袋，充满试探性地又微微一笑。“嗯，也许我是笑了。”她说。

但是朱尔斯能为丹尼斯做的不多，除了和他一起吃饭，陪他去百视达租电影碟片，陪他躺在床上，听他说他的“恶劣心境”多么顽固。后来，朱尔斯发现自己意外怀孕，他们两人都感到震惊和焦虑：他们该怎么赚到足够的钱来养育一个婴儿，丹尼斯和新生婴儿同住一间公寓又会是什么局面。孩子有一个抑郁的父亲——心境恶劣的父亲，朱尔斯坚持这样称呼丹尼斯的疾病，因为这听起来不那么有威胁性——会是什么感觉？一个婴儿能感觉到异样吗？丹尼斯还有更多的担忧：万一婴儿有哪里不对劲怎么办？“可能出现的问题太多了，”丹尼斯说，“异常的基因，异常的身体结构。婴儿可能缺失一部分大脑，朱尔斯。我真的看到过。缺少一大块组织，就是没有长出来。要么就是脑积水，脑子里都是液体，也是个要命的毛病。”他对婴儿的种种忧惧折腾得她筋疲力尽，也让她害怕起来。怀孕二十周时，朱尔斯被安排进行Ⅱ级超声检查（整体解剖学扫描），她要求丹尼斯陪她去。此前他拒绝陪她进行任何产检，他说自己不是合适的陪护人员。这话大概不错，所以她也没有逼他。

“我不能去。”他说。

“这次我需要你在，”朱尔斯说，“我不能一直一个人做所有的事。”

于是他陪她一起去了，在昏暗的小房间里坐在她身旁。年轻的超声技师在朱尔斯凸起的腹部挤了一堆凝胶，开始移动传感器。突然间，胎儿跃入了视野。丹尼斯屏住了呼吸。年轻的女技师按了几个按键，丹尼斯始终凝视着显示器，问了她几个紧张而内行的超声技术问题。朱尔斯想起她和丹尼斯第一次上床后的第二天，他们去中央公园逛动物园，在企鹅馆讨论他的抑郁症。在这里，他们又一次待在昏暗的房间，又一次盯着玻璃后的生物。技师记录了测量数据，令人安心地微笑着，指了指屏幕。

“噢，看小姑娘在动呢。”丹尼斯说，他凑近显示器，研究着只有他和那位技师才能读懂的、闪动的灰色颗粒图像，在朱尔斯眼里，那只是一团神秘的光影。

“小姑娘?”朱尔斯说，“是女孩吗？这次检查看不出性别的。”

“我就是随口一说，”丹尼斯立刻说道，“我看不出性别。”听到这话，技师谨慎地扭过头去，朱尔斯知道丹尼斯没有说实话。他再一次冒失地在超声检查室中透露了重大消息，不过这次没有人真的感到不安。

婴儿是个小姑娘，一个焦虑的母亲和一个精神不稳定的父亲的结晶。奥罗拉出生后，他们共同决定让丹尼斯留在家里，负责在白天照顾她。他们明白，这样一来就不必将孩子送去日托中心或者额外雇保姆——他们肯定负担不起。丹尼斯不再抱有在某家诊所找到工作的期望，而是将照料婴儿当成了自己的职业。他和朱尔斯曾经坐下来认真研究，他是否抑郁到无法全天候照料女儿。丹尼斯说他想努力一下，至少试试看究竟是否可行。他小心地告诉她，他对此有兴趣。朱尔斯还与埃诗和伊桑谈过这个问题。伊桑说:“你怎么想，难道他会读《钟形罩》给她听？我敢打赌，他没事的。”

丹尼斯开始全职照料婴儿后不久，朱尔斯意识到，日子对他而言渐渐变得可以忍受。不可思议的是，那些乏味单调的琐事和公认不愉快的杂务都不让他厌烦——推着婴儿车里的奥罗拉走进闷热的洗衣房，身后拖着堆满脏衣服和婴儿床单的手推车。不必整日和其他成年人讨论海湾战争之类的话题让他如释重负。八月突然爆发的海湾战争是第一场电视转播的战争，不时传来的消息让这场战争宛如一场残酷的橄榄球赛，诺曼·施瓦茨科普夫将军就是四分卫。每当这次突如其来的全新战争突然出现在谈话中时，你都会深感恐惧，不禁要思考事态的下一步走向——战争会扩散吗？会来到这里吗？

但是，这个与外界隔绝的封闭世界里只有婴幼儿、母亲和保姆们，以及丹尼斯，他们讨论的是婴儿监护仪、婴儿车及不同儿科医生的水平高低。战争新闻频道被刻意避开，霸占电视的总是轻松的节目或轻柔的音乐，丹尼斯似乎和奥罗拉同样需要这些。不知怎的，这便是他们在计划之外创造出的生活：只有一个人挣钱的家庭，母亲养家糊口，父亲照料孩子。随着时代发展，无论是出于思想的进步还是经济的低迷，这座城市里的全职父亲越来越多，他们在工作日的高峰期留在家里带孩子。但在1990年，这种情况还不多见。母亲和保姆们时常在公园里和街上用怀疑或好奇的眼光打量丹尼斯，想知道他到底有什么问题。

丹尼斯的抑郁症经久难愈，但显然可以忍受，而朱尔斯也找到了忍受的方法。当奥罗拉尽情展现自我时，她会大吵大闹，让人很耗神，但她也给朱尔斯带来了真正的乐趣。如果说乐趣这个词对于丹尼斯太过强烈，那至少可以说奥罗拉触动了他，触碰到身患抑郁症的他内心深处的某个地方。朱尔斯将丹尼斯的头脑想象成费戈曼-沃尔夫家游戏房里装满海洋球的大桶。彩球时不时被搅动起来，每当他接收到外界的讯息时，便有个别彩球飞到空中。

奥罗拉一上幼儿园便抛弃了她的名字，仿佛那是一个恼人的包袱、一件点缀太多花哨蝴蝶结和亮片的毛衣。她直截了当地将名字改成了罗瑞，听起来就像某个她一玩就是好几个小时的变形金刚——和朱莉在很久以前一夜之间改名为朱尔斯并没有什么不同。

与此同时，拉金永远是拉金。她有一间粉色和奶油色的书房，她常常将信封从门缝下滑进父母的卧室里或者摆在他们的早餐餐盘边。刚刚学会写字的她用超出同龄人的、歪歪扭扭的可爱字体写道：

> 妈妈爸爸你门原意四点中来我的娃娃茶会做客吗。
>
> 你门的女儿拉金[1]

1　原文中故意的拼写错误，此处用同音词或同形字做处理。——编注

“噢，你一定要保存下来。”当埃诗向她展示拉金的某些字条时，朱尔斯闷闷地说。罗瑞对书写没有兴趣，她只想每时每刻动个不停。朱尔斯和丹尼斯买了他们能找到的每一种玩具车：有一辆车轮和真正的汽车内胎差不多尺寸的橙色和黄色塑料小车，他们不得不费力将它一层层拖上楼，就像在罗瑞还蹒跚学步时需要将折叠式婴儿车一层层拖上楼一样。“我们俩太老了，没法在这样的地方抚养这样的孩子。”罗瑞连自己的房间都没有，只能睡在客厅一角的折叠床上。但朱尔斯想起凯茜·基普林格很久以前在女生帐篷里谈到她的超大号胸部时所说的话：“你只能习惯自己拥有的。”可是这依然很困难。有时，在朱尔斯阅读某次咨询中所做的笔记时，她会要求罗瑞“有话在心里说”或者安静坐下来玩迷宫游戏，可罗瑞无法按她说的做。

“我不能安静坐着！”她非常不舒服地大喊道，“我肚子里面痒痒！”

“她肚子里面痒痒。”朱尔斯在电话里学给埃诗听。

“她能抓吗？”埃诗问，“这一点很重要啊，你不觉得吗？她应该去抓一抓。”

“我想她说的是比喻意义上的痒。”

“我明白她的意思。而我就是想说，她应该去表达自己，不是为了你，而是为了她自己。你总不想落入《天才儿童的悲剧》里的局面吧。”

拉金·费戈曼长得漂亮，富有创造力，对所有事物都很敏感。埃诗和伊桑最近在纽约城以北半小时车程的卡托纳买下了一座盘绕常春藤的都铎式小屋——几年后又以高得多的价格卖了出去（事实证明他们极少去那栋宅子）——在这栋周末度假屋里，拉金时常笼着双手向父母跑来，掌心里可能是一只受伤的小动物或者一只蹦来蹦去想逃跑的活蟋蟀。毫无疑问，拉金想为这些生灵搭建医院，如果它们康复了，她就举办一场茶会庆祝。用世界上最小的茶杯。

“我们这里用橡果壳用得很多，”当丹尼斯和朱尔斯周末乘火车来到这座度假屋时，难得有空从工作室抽身的伊桑对他们说，“你们知道这破玩意儿有多难撬开吗？我的大拇指都肿成橡果了。”

伊桑和丹尼斯对女儿的爱并不复杂，但他们两人的爱都庞大而疯狂。平凡的父女之爱生来便是如此，而且往往会得到包容和纵容。高大的父亲和小不点女儿互补的画面真是太美好了。庞大和渺小终于平等相处——而且庞大永远不会伤害渺小！它尊重它。在一个见惯弱肉强食的世界中，庞大善待渺小、崇拜渺小、在渺小面前卑躬屈膝的场面美好得让人热泪盈眶。看到你的小女儿和她的父亲在一起，你会情不自禁地想起自己的父亲。看着他们相处对朱尔斯来说意味着太多，她不得不凝神细看，之后或许又不得不移开视线。

罗瑞年幼时想要的东西，朱尔斯都看在眼里，但由于罗瑞通常不会大声说出来，所以她选择无视。朱尔斯本人是如此强烈地嫉妒她的朋友们，现在又有了一个嫉妒心旺盛的女儿，真是黑暗的传承。不过与母亲不同，罗瑞并不嫉妒埃诗、伊桑和拉金阔绰的生活。她嫉妒的是男孩们。从幼儿园回到家里，她说起隔壁床的小男孩：“噢，妈妈，安德鲁·门泽斯是站着尿尿的。尿是一条弧线射出来。一条金色的弧线。”她绘声绘色地形容着，然后哭了出来。

朱尔斯也差点哭了出来——两个嫉妒心旺盛的小泪包——但她不动声色，努力抹杀金色弧线的重要性。“你尿尿也是金色的，”她轻快地说，“只不过你是直线，仅此而已。”

“安德鲁·门泽斯的尿尿是从火箭里射出来的。”罗瑞激动地说。她母亲无言以对。人生中的某些梦想有可能成为现实，可是另一些梦想无论你多么渴望都无法触及。就是这么不公平，运气的作用胜过其他任何因素。但有时候，在朱尔斯对丹尼斯发表一通格外刺耳的评论之后——关于埃诗和伊桑的富足，包括他们的财富、他们的与众不同、伊桑的巨大才华，现在甚至还要加上他们的女儿——她会感觉异常振奋，整个人焕然一新。接着，她会再次安定下来，回到眼前的世界，她自己无与伦比的女儿再次浮现在心头。她想象着朋友们善良的面孔——伊桑普通而扁平的脸；埃诗可爱而立体的脸——因为朱尔斯轻微的卑鄙思想而困惑。

当她从这种恶劣的、小小的精神快感中进一步回过神来，负罪感会愈发强烈，因为她提醒自己：埃诗和伊桑的生活或许见多识广又精彩非凡，但他们的婚姻里有一个密室，那里不仅隐藏着古德曼的音讯，也埋葬着埃诗关于古德曼的全部痛苦。即便埃诗每隔一年左右便悄悄去欧洲探望他，即便她可以用伊桑一无所知的专用手机（埃诗称之为“我的蝙蝠手机”[1]）和他通话，即便她趁伊桑不在家时给他写信，即使她现在用丈夫从《费戈大陆》中获得的惊人收入补贴他的开销，但是埃诗童年时的哥哥已经一去不复返。沃尔夫一家人设法用精心设计、掩人耳目的手段和关爱弥补失去古德曼的痛苦。但……还是……

“每个人都在受苦。”曾经，在一场名为“懂得失去”的研讨会的第一天，朱尔斯在社会工作学校最喜欢的讲师说过这样的话。“每个人。”那个女人又强调了一遍，仿佛在座有人会以为存在例外。

有时，在结婚生子、拥有（或缺乏）财富之前的回忆会出乎意料地跃然跳到眼前，那段朱尔斯还是女孩时的生活，那时她满心崇敬地望着另一个女孩和她的兄弟、他们的父母、他们宽敞的公寓，以及优雅而辉煌的生活。回想当初的时光也许不会让她陷入悲伤，但她始终记得曾经的模样。就在今年秋天，在沃尔多夫酒店举行的年度心理治疗大会上，朱尔斯站在宴会厅里，身边都是她认识的各位

---

1 《蝙蝠侠》中，蝙蝠电话主要被专员用来在紧急情况下联系蝙蝠侠，蝙蝠洞的电话与一个卷轴式播放器相连，里面有几个预先录制好的答案，以备蝙蝠侠在不泄露其秘密身份的情况下无法回答。

社会工作者，她在两次演讲的间隙喝了一杯咖啡，往昔岁月突然间客串了一次配角。宴会厅里到处都是各行各业的心理咨询师——社会工作硕士、临床社会工作者、教育博士、哲学博士和医学博士——他们的声音在明亮而单调的大厅里像潮水般此起彼伏。她注意到人群里一位年轻女子搀扶着一位羸弱的老人，他想必有九十岁了。当他们缓缓经过时，她看清了他的名牌：列奥·斯皮尔卡，医学博士。她安静地倒吸了一口气，她记得这个名字。她没去考虑医患之间的保密守则，甚至没去想和他说话可能意味着什么，便忙不迭地快步走上前去。

“斯皮尔卡博士？”她说。“我就是。”老人停下来凝视着她。

“我叫朱尔斯·雅各布森-博伊德。我能和您说句话吗？”

他转而望向陪同他的女人，仿佛在征求她的许可。她耸了耸肩，点了点头，斯皮尔卡博士和朱尔斯向旁边挪了几英尺，靠近一张精心布置的甜品台。

“我是一名临床社会工作者，”朱尔斯说，“但我十几岁的时候和一个名叫古德曼·沃尔夫的男孩是朋友。您还记得这个名字吗？”斯皮尔卡博士一言不发。“古德曼·沃尔夫，”她提高声音重复了一遍，“他在20世纪70年代曾是您的客户、您的病人。当时他还在上高中。”博士仍然一言不发，于是朱尔斯补充说：“他被指控跨年夜在绿园酒廊强奸了一个女孩。”

斯皮尔卡博士终于淡淡地开口道：“继续说。”

朱尔斯用更快、更激动的语调说：“嗯，对于我们这些认识他家人、认识指控他的那个女孩的人来说，这件事到现在都没有结果。我们从不公开谈论这件事。但我认为，我们从来没有搞清楚到底发生了什么——情况很复杂——后来过了太长时间，现在就很难旧事重提了。但我想问的是，您觉得能不能告诉我一些信息，好让我看清楚事情的真相。无论您说什么，都是我们俩之间的事。我知道打听您从前的病人很不合适。但是已经过去那么久了，我突然在这里见到您，所以我就想，好吧，我必须要问一问。”

斯皮尔卡博士认真端详着她，然后慢慢地点了点头。“是的。”他说。

“是的？”

“我记得那个男孩。”

“您记得？”

“他有罪。”斯皮尔卡博士说。朱尔斯凝视着他，他也凝视着他。他的眼神平静得没有一丝波澜，就像老乌龟的凝视；她的眼神无比震惊。

“真的吗？”她小声说，“他有罪？”她不知道还能说什么。想到不得不向埃诗汇报这次对话的内容，她觉得口腔里仿佛充满了某种黏稠的物质，仿佛是充血，仿佛在咀嚼堵住她嘴巴的布条。这么多年来，她很少认真考虑古德曼究竟是无辜还是有罪；他的家人知道他是无辜的，他们对此确定无疑，而这就是她所知道的全部。

那位心理分析学家说：“是的，他谋杀了那个女孩。”

“不，不。不，他没有，”朱尔斯说，“她没有死。她还活着，现在是个金融界人士。她指控他的罪名是强奸，您记得吗？”

但是斯皮尔卡博士坚持说：“噢，是的。他强奸了她，然后勒死了她，把她的眼球都勒得鼓了出来。她或许确实是个荡妇，但他也是个小痞子，他们把他关在最高安全级别的牢房里，那是他该去的地方，那个混账的、下巴凸出的小痞子。”

“不，斯皮尔卡博士，不，您把他和别人混在一起了——我想你说的是那个预科谋杀犯。那事发生在大约十年后。另一个中央公园的故事。从那以后发生过太多事了；也许他们给您的印象有些模糊了。我完全可以理解。”

“我当然不会把他和任何人混在一起。”这位上了年纪的心理分析学家挺直了腰板。

陪同他的女人一直等在近处观察，这时她走过来介绍说，她是他的女儿，希望朱尔斯原谅她的父亲。“他得了痴呆症，”她当着他的面轻描淡写地说，“他的记忆混乱了。对吗，爸爸？我每年都带他来这场大会，因为从前他非常喜欢参加。如果他说了让您不高兴的话，那我很抱歉。”

“他杀了她。”列奥·斯皮尔卡耸了耸肩坚持说。然后他女儿搀扶着他走开了。

十四

后来被伊桑略带讽刺意味又不无道理地称为“雅加达觉醒”的事件原本应该是一次排遣心绪的度假。小莫不久前在耶鲁大学儿童研究中心被诊断出患有自闭症，埃诗决定全家人需要一起去某个远离日常生活的地方。小莫的诊断结果起初让埃诗整日以泪洗面，但她总是会说：“我爱他，他是我们的孩子，我不会放弃他。”眼下，她想一家人一同面对——用她的话说——“新的现实”。

伊桑得知诊断结果后目瞪口呆，随即陷入木然的冷静。他说：“当然，可以。”埃诗选择了印度尼西亚，因为他们从未去过那里，而且这个地方看起来美丽而祥和，同时也因为她正考虑在空手剧场导演一部涉及巴厘岛皮影戏的话剧，尽管谁也不知道她何时可以再次执导。现在她只想陪着小莫。小莫的自闭症是伊桑不想谈论的话题，哪怕和妻子，因为那就像裸眼直视日全食。一想到儿子，他便觉得自己要被烧成灰烬，分崩离析。埃诗一如既往地情绪化且脆弱，但最终也是她主动向耶鲁大学预约了为期两天的诊断；在那之后，尽管她感到悲伤和崩溃，但也是她采取下一步措施，为小莫准备了一支由教师、临床医生和护理人员组成的团队。她才是那个坚强的人，他从不怀疑她将展现出母亲战士一般的爱，照料好他们的儿子。伊桑没有对埃诗隐瞒他深不见底的悲伤——她说，她也能感觉到自己的悲伤——但是他对她隐瞒了他的愤怒和冷漠。

每当他的思绪飘向小莫，以及永远对小莫关上大门的诸多可能性时，伊桑就会转而思考其他事项，他通常会将注意力放到工作上，那是一个永远有问题需要解决的有趣领域。这些天他唯一想去的地方就是工作室，去工作。在过去几年里，他在非正式场合将工作室称为“动画棚”，现在电视台正式采用了这个名称，当你来到位于中城区美洲大道的办公楼十八层，就会看到玻璃墙上的标志。现在，《费戈大陆》的动画部分实际上是在韩国制作的，但前期制作和其他诸多项目仍然使这里的办公室忙得不可开交。自从小莫确诊以后，甚至在确诊之前，伊桑经常在下班时间后继续工作；他极少会独自一人在办公室。总有些人手头的工作刚好做到一半，一时无法脱身。一天晚上，只有他和校对曝光表的导演在办公室，他们播放地下丝绒乐队的老歌,声音响彻整层楼,引得保安上楼来查看究竟怎么回事。深夜，伊桑·费戈曼，两个孩子的父亲——一个精致而聪颖，一个身患顽疾——在动画棚里向工作人员提出事无巨细的建议和批评。与电视台人员的讨论、对台本、配音和其他种种都让他过度劳累，现在儿子的状况更是让他饱受折磨；尽管如此，他依然乐意连续数日待在工作室里，躲在楼上专为他设计的舒适小隔间里。他偶尔会不顾埃诗的抗议在这里过夜。不过这次她坚持要举家出行度假，要利用这段时间建立家人之间的纽带，其中三个人已经紧密相连，而剩下那个与他们没有联结的人需要与他们和整个世界建立纽带。

作为空手剧场的艺术总监，埃诗走上了一条踏实可靠的职业道路。她让东村这家破败的小剧场重现生机，使之成为年轻编剧起步的地方，尤其让年轻女性在性别歧视依然根深蒂固的当代戏剧圈有机会一展身手。男性编剧和导演仍然占据主导地位（“看看研究报道吧，”埃诗挥舞着用订书机装订的关于性别不平等的详细资料对所有人说，“我知道我看起来精神错乱。”她对伊桑说。不，她看起来并没有精神错乱，不过确实，尽管她说的都是可耻的事实，但她可能有些唠叨），空手剧场在东九街转角买下了一处更大、更有格调的场地，即将在新址上演的第一部话剧曾获得过若干奥比奖奖项，正在商讨进军百老汇的事宜。那是一位年轻的非裔美国女人创作的双人话剧，讲述了一位黑豹党成员的女儿与父亲失和，又在父亲弥留之际前去探望的故事。报纸和杂志的艺术版块有时会提及埃诗，热忱称赞她的文章不可避免地会提到她与伊桑的婚姻—— 一个众所周知的事实——以及她优雅的美貌。反复提及这两点总是让她懊恼。

“我要怎么做才行?”埃诗问，“我是说，说真的？也许问题的关键在于：一个女人要怎么做才能被看作一个严肃正经的‘人’?”

“做个男人吧，我猜，”伊桑说，他立刻补充道，“对不起，我知道说错话了。”好像戏剧界和随处可见的性别歧视是他的错似的。他以在各级岗位雇用女性和支持女性事业而闻名，可他还是感觉很不好。所有人都知道,大多数人更愿意将权力赋予男人。埃诗曾经指出：“根本没有‘天才少女’这种说法。”伊桑很欣慰埃诗终于在职业领域肩负起责任、得到关注，尽管百老汇外的东村小剧场规模比电影电视小得多，影响力也望尘莫及。埃诗并不追求影响力。他们俩都不追求。但伊桑获得了影响力。

假期已安排妥当，位于巴厘岛的度假村不出意料地豪华。伊桑上一次睡在这种罩在蚊帐里、抬头便能望见天空的床上，还是他和埃诗与丹尼斯和朱尔斯同游考艾岛的时候，那时两对夫妇都还没有孩子。他意识到自己有多么想念那段时光。他也想念朱尔斯，这份思念从未停止。虽然他们在他平步青云的荒诞岁月里保持着亲密关系，但孩子们的出生却将生活推向了截然不同的层面。从你生儿育女的那一刻起，你就和别人划清了界线。这不在你的事先规划之中，但事实的确如此。家庭就像一个个毫无关联、彼此孤立、围墙高筑的岛国。礁石上的一小群公民发自本能地聚在一起，对外界的态度近乎防备，而围墙之外的所有人——即使你们曾经是最好的朋友——

现在都只是局外人而已。每个家庭都有自己的方式。你会留意别人（甚至是别的你爱的人）如何养育孩子，而他们的做法似乎都是错误的。一个家庭本身的文化和习惯是唯一正确的道路，无论结果如何。谁能说出某一家人为什么偏爱某种风格、为什么唱某一首儿歌、为什么爱开某些玩笑，以及选择某些冰箱贴的个中缘由呢？

自从有了孩子，伊桑不仅不像从前那样经常见到朱尔斯，甚至几乎没再和乔纳见过面；关于乔纳，朱尔斯也对伊桑说过同样的话。有孩子和没孩子的人之间的鸿沟更宽，而你不得不接受。现在，家里有一个小莫这样发育障碍的孩子似乎将所有事情都逼向了更加极端的局面。你和你的家人需要疗愈，有任何朋友——无论他们有没有孩子——在身边都不行，尽管伊桑热切地盼望他们可以。他永远不会告诉埃诗自己对小莫的真实感受，但他渴望向朱尔斯坦白。我不知道我是否爱他，朱尔斯，他会说。我的爱倔强又顽固。它永远在错误的时机出现和消逝。

拉金在露天大床上对她的父母狂轰滥炸，而三岁的小莫侧身躺在那里，似乎刻意将瘦弱的身体背对他们所有人。全家人都躺在紫色的巴厘纱下，妻子和女儿沐浴在明艳的阳光里，肤色金黄，头发闪闪发亮；儿子年龄太小，不能那样暴露在阳光下，他留在浅黄色的淡影里，和他在这次旅程，以及所有旅程中都始终身穿长袖衬衫的父亲一样。疗愈开始了吗？让疗愈开始吧，伊桑想郑重其事地对埃诗朗声宣布。他们来这里还不到四十八小时。他们开始适应“新现实”了吗？你究竟该如何判断是否开始了？

第四天早上，埃诗在微风中躺在床上睡着，孩子们和罗丝一起在露台上吃早餐。伊桑坐在一棵树冠蓬乱的大树下，在树荫里写着明信片。为表示体贴，他在抬头写的是致丹尼斯和朱尔斯两个人，但他的话都是对朱尔斯说的，她当然会明白。

他写道：“亲爱的 D 和 J,”

要是你们在这里就太好了。但这是严格的家庭时光，考虑到M的诊断结果。我能说的就是感谢老天有罗丝在，否则家庭时光或许会有些太难以承受，我们或许会产生把小莫丢给面善的路边鱼贩的想法。开玩笑的！旅途整体来说还算宁静。埃诗是对的，我们确实需要一家人离开一段时间。

我经常在想你们俩的事，希望情况比我们上周出发时有所改善。请考虑我们之前的谈话，好吗？

未完待续。

爱你们

伊桑

伊桑知道丹尼斯不愿和朋友们讨论他的抑郁症——他为此感到尴尬，除了朱尔斯，他在这个问题上不愿对其他人敞开心扉——但是现在罗瑞已经上学了，不再全天候需要丹尼斯的“家政服务”，可他还是不愿意出去找一份需要精力、专注、准确和冷静的工作。朱尔斯一个人的薪水无法在1995年的纽约市养活一家人。她的工作日程基本排满了，但薪水远远不够。他们的公寓适合刚踏足社会又没有孩子的人；一口气蹦上四层楼去找自己的爱人，晚上一口气奔下这些楼梯和一大群朋友出去玩，大家都是二十多岁的自由人，一身轻松，什么都不需要。雅各布森-博伊德一家不再适合这里；罗瑞连自己的卧室都没有。狭窄而艰难的居住环境只会让他们的处境——丹尼斯身陷抑郁症、生活捉襟见肘、朱尔斯的大多数客户始终没有起色——变得更糟。

“我们想帮你们。”伊桑不久前在拥挤的餐厅里告诉他们。他以前就说过这话，但他们总是耸耸肩不置可否。两家人聚在一起，吃那种年轻父母常带孩子去的、闹腾的星期天早午餐。没有人觉得享受，但每个人都需要在周末带孩子们找点事做。小莫坐在儿童椅上像往常一样大哭——他永远在哭，简直难以忍受，不过现在他们知道了原因。一切事物都在磋磨他，磨得他生疼。埃诗站起来走到小莫身旁，他闹起来的时候她经常那样做。她对待他总是那么自然，那么镇定自若。她曾经是个被人捧在手心里的女孩，可她却成长为一位可以妥善处理“有特殊需求的”孩子（现下大家都这么说）的母亲。她的自我并没有因为他的诊断结果而受到致命打击。对于可怜的小莫，她是位体贴的母亲，就像她对于伊桑是位体贴的恋人，对于朱尔斯、丹尼斯、乔纳和他的男友罗伯特是位体贴的朋友一样。她在剧组里也同样体贴。当她用安静的声音说“所有人，集合”时，就连剧场最远处的人也会放下锤子或剧本来到她身旁。在早午餐时，她也让小莫不再哭泣，仿佛按下了他身上的某个开关。感受到母亲的手轻轻放在瘦骨嶙峋的僵直后背上，小莫猛地抬起头斜眼看着她，他想起她是爱他的，想起世界上还有一种叫作爱的元素。伊桑无法做到这一点；或者说，他从没想到要这么做。埃诗低声对他们的儿子说出有魔力的话语——她说的是什么，“沙赞吗？”——小莫的身体便放松了一些。甚至连伊桑的身体也放松下来。她回到自己的座位上，伊桑惊奇地看着她。

罗瑞站在她自己的椅子旁边大声唱着歌。拉金安静地坐着，用女服务员笼络孩子们的蜡笔在餐垫上画画。伊桑漫不经心地扫了一眼女儿在画些什么。她在餐垫上精准地临摹出瓦利·费戈曼的形象，还有《费戈大陆》最近的新角色、瓦利在"费戈大陆"星球上痴恋的阿尔法·雅布隆。

“不错啊。”他对她说，她的技艺令他惊艳。

拉金抬起眼，仿佛从很远的地方被拉了回来。“谢谢，爸爸。”她说。

噢，他想，我看出来了，她是个艺术家。当时他真为她难过，就像他有时也为自己难过。虽然他时常为拉金感到骄傲，但他不禁会想，最初的天赋可能遭遇多么不同的命运啊。他在脑海里一一检索那年夏天里的六个朋友后来的境遇，当初他们都拥有天赋的光环。其中一个成了一名技巧娴熟、热情真挚的舞台导演，终于闯出了自己的职业生涯，然而倘若没有父母的财富、没有后来伊桑的财富，她能实现突破吗？不，不太可能。另一个人出于未知的原因放弃了音乐天赋，就连爱他的人都难解其中的奥秘。另一个人生来便有深厚的舞蹈天赋，但由于生物学上的意外，她的身体到一定年龄后便再也无法承载那份天赋。另一个人曾经集魅力、特权和懒惰于一身，拥有建造的潜力，但也充满摧毁的渴望。还有一个——伊桑本人——生来便是“真金白银”（正如评论和简介中所写的）。他并非出身于特权阶级，但随着时间的流逝，他也得到了向上爬的助力，不过，他的才华始终属于他自己。天赋在机会出现之前早已存在。他甚至不觉得自己的成功应当归功于天赋，因为天赋与生俱来，他只是在某一天画画的时候偶然发现了它，就像瓦利·费戈曼在鞋盒里意外发现了小小星球上的"费戈大陆"。最后，伊桑的朋友中还有一位，她在舞台上的喜剧表演不够出类拔萃，因此不得不转向其他领域，掌握了一门技术而不是艺术。显然，朱尔斯的客户们爱她。他们总给她带礼物；即便不再做心理咨询，他们也会给她写来动情的信。但是，朱尔斯依然对她的结局感到失望。直到现在，伊桑依然希望她能有别样的结果，或许这仍然可能发生。天赋可能朝着太多方向发展，取决于施加的外力，取决于经济条件和性格，更取决于最让人气馁也最具决定性的因素：运气。

“听着，我在这里就直说了，”伊桑在早午餐时对丹尼斯和朱尔斯说，“你们愿意让我们帮忙吗？”

“不，”丹尼斯说，“这事我们已经谈过了。”

桌边的人都陷入若有所思的沉默，仿佛连孩子们都在倾听这场成年人的对话，并且正在理解它。伊桑强烈希望那只是他的错觉。他一直等到小女孩们开始交谈才平静地对朱尔斯和丹尼斯说："我想，如果情况反过来，我应该会接受你们的帮助。"

丹尼斯久久地看着他，眼睛略微眯起。他好像在想象某个伊桑·费戈曼需要他帮忙的场景。但他想不出来，伊桑也想不出来。现在两个男人都觉得很不自在。

埃诗说："朱尔斯其实每天都在拯救我的生活。"面对朱尔斯的抗议，埃诗转向她说："不，是真的。你一定是个出色的心理咨询师；我不在乎你说什么你的客户好像并没有真正打开心结。你富有同情心、忠诚、机智、善解人意，他们从你那里得到了那么多。我真不知道，如果我在必要的时候不能赶来帮助我最亲密的朋友，那友谊还有什么意义呢。我们已经一同经历了那么多事情。现在我们的生活不一样了，我明白，但是当我需要有人说说话时，我还能找谁——夏伊拉?"

"谁?"丹尼斯问。

"你知道的，"朱尔斯安静地对他说，"夏伊拉。邓肯和夏伊拉。他们的好朋友。"

"噢，是啊。"丹尼斯说。伊桑似乎看到朱尔斯和丹尼斯交换了一个眼神，但他不确定，显然也无法解读其中的奥秘。

"你是主心骨，朱尔斯，"埃诗说，"从一开始就是。"她的声音哽咽了，面部线条也开始扭曲。看到她哭出来，伊桑立刻想到了古德曼的失踪，朱尔斯大概也是；这是埃诗重申失去哥哥的痛苦及朱尔斯如何帮助她克服痛苦的时刻。"不仅如此，还有最近小莫的事，"埃诗继续说道，这时她直视丹尼斯的眼睛，直接对他陈情，"我去耶鲁儿童研究中心时，伊桑在洛杉矶回不来，她就一直陪着我——她救了我的命，千真万确。后来她来我们家陪我过夜，让我平静下来。

我们现在正在处理小莫和以后的事。知道有朱尔斯在，这对我是很大的安慰。所以，请你换个角度想想，丹尼斯，从我们的角度来看待这件事。我们的生活，伊桑的和我的，都有自己的伤心事；每个人都有，这你知道。但是我们也有大多数人没有的资源。我不是在炫耀；这只是事实而已。我知道你们手头很紧，你们正在经历生活中的艰难时刻，你们三个在公寓里简直是在叠人梯。我明白现在不是最美好的时候。朱尔斯和我说过那种感觉。”

丹尼斯面无表情地看着朱尔斯，这时朱尔斯低下头盯着她那盘现在大概没人想吃、让人毫无食欲、糖浆闪着油光的早午餐。伊桑觉得埃诗对局面的判断有误，不经意间说得太多了。他不能容忍让丹尼斯心烦或让朱尔斯尴尬。只是想到让朱尔斯尴尬的样子便让他脸上浮起浅淡的红晕。“问题在于，”伊桑迅速接口道，“这对我们的意义远比对你们的意义大。或许你们不觉得需要接受帮助，但我们需要给予帮助。你们真的能拒绝老朋友最深切的需求吗？”他故意挤眉弄眼地夸大他们的需求，但是没有人笑。他说：“听着，等我们出去旅行的时候，你们好好考虑一下吧。”终于，他们表示会再考虑，或许只是为了结束这场尴尬的对话。

伊桑不想让朱尔斯为钱担心。他不想让朱尔斯为任何事担心，尽管他对她持续多年的爱有一部分就是因为他们可以在彼此面前随意表现出担心，展现出愚蠢、杞人忧天、神经质的一面，在焦躁不安、怨声载道时还可以互相开开玩笑。现在，伊桑在妻子的督促下来到印度尼西亚，从他们位于巴厘岛度假村的别墅沿着小路向下走，手里攥着写给朱尔斯和丹尼斯的明信片。在酒店大厅的一台棕色磨砂皮沙发上，一位客人坐在那里阅读《金融时报》。过去一周里，伊桑在海滩上见过他几次；那是个五十多岁的美国人，衣着光鲜，身材修长，有商人的自信气质。伊桑刚找到工作时曾经从他的岳父那里领教过这种态度。最近这段日子，吉尔·沃尔夫正在迷宫里安坐在人体工学椅上，用他崭新的戴尔家用电脑目瞪口呆地研究着万维网。

《金融时报》的读者放下报纸对他微笑。“你是伊桑·费戈曼，”他说，“我在附近见过你和你的家人。”

“嗯啊。”

“我很高兴就连你这样的人也会偶尔休息一下。他们都说你是工作狂。”

“他们？”

“噢，说闲话的人，”那个男人说，“我也是工作狂。马蒂·基宾。佩恩皮尔斯公司的。”两人握了握手。“很高兴你来这里不是为了工作。某种侦察任务，查看雅加达的童工问题之类的。”

“什么？”

“你知道的，商品嘛。”

“噢。”伊桑说。

“不管从哪个角度看都是天理难容。”那个男人轻松地说，“那些拥有制造权的分包商真的能让你头疼，不过当首席执行官们突然变成善男信女的时候，也需要提醒他们，谁都不能做世界警察。谁都不能。供应链上你无法控制的地方会发生各种事。你只需要把许可证发给那些符合条件、看起来还不错的地方，对吧？然后按你从小接受的道德准则管好自己的公司就行了。”

“是啊，”伊桑说，“嗯，我该走了。”多么蹩脚的借口啊；这个度假村里谁也没有不得不去的地方，除非他们预约了四手按摩。他淡漠地笑了笑便走开了。他一定把寄给朱尔斯的明信片投进服务台旁边的黄铜邮筒里了，但后来他怎么也记不起曾经这样做过。那个男人振振有词的话让他心烦意乱，伊桑希望自己没有失手让明信片掉落到铺着干草的地板上。

他回到别墅。埃诗站在柚木淋浴间里，不同喷嘴从各个方向向她喷出水花。透过敞开的门扉，他可以看到妻子依然年轻的身体、流畅的线条，以及她那每当头发打湿时便像水獭一般娇小的头。他还可以看到罗丝和伊曼纽尔带着孩子们在别墅外的海滩上玩耍。小莫又在哭，一边笨拙地挥舞着双臂。罗丝和拉金正在努力安抚他。

所有人都认为伊桑是个好人——“有道德”，埃诗总这么说他。但他们什么都不知道。伊桑·费戈曼想知道他的平静生活可能给别人带来怎样的损害。不，你不可能做世界警察，但你要告诫自己尽力而为。他每年都要参加几次关于《费戈大陆》商品制造的会议。从理论上说，周边产品制造是相对干净的产业之一，但他们在中国、印度和印度尼西亚都有分包商，当一切都交到海外工厂手里时，便很难控制事态的发展。每当伊桑想到这些都感到坐立不安。他开始纠缠于一个荒谬的想法：或许这就是埃诗无意间选择来此度假的原因，是他此刻出现在这里的原因。

伊桑拨通了洛杉矶的电话，那里还是十四个小时之前，洛杉矶还停留在昨晚。不过和他对接的高管们总是工作到很晚，所以他知道可以联系上他们。哪怕洛杉矶还停留在去年，也会有人为他接通电话。

几年前接替加里·罗曼的杰克·普希金很快接起了电话。“伊桑?”他惊讶地说，“你不是在印度吗?”

“在印尼。”

“就是有米桌宴的那个对吧？一桌子都是米饭做的菜？我一直想尝尝来着。”

“杰克。”伊桑打断了他。

“怎么了，伊桑？出什么事了?”

“我就是想看看有没有事。”

根据某些人的标准，位于雅加达 DK2 厂区的莱纳玩具厂条件很不理想，但也没有任何异常出格之处——倒不是说“异常出格”是法律上或技术性的具体标准。伊桑穿着埃诗吩咐伊曼纽尔准备行李时“以防万一”带上的精致亚麻衬衫，跟在五短身材、态度专横的瓦希德先生后面走过一连串紧凑低矮的黄色厂房，来到生产纺织品的车间。在这片安装明管、温度极高的空间里，他看到女工们（很多都戴着头巾）紧挨着彼此坐在旧缝纫机旁。眼前的场景与伊桑的祖母卢西·费戈曼当年劳作的纽约服装产业区并无太大差异。有些机器旁边没有工人。“今天不忙。”当伊桑问起这一点时，瓦希德先生耸了耸肩，毫不在意地回答道。

一个皮包骨头的老人被喊出来，应声小跑到伊桑面前展示自己的工作成果：一个绘有瓦利·费戈曼脸庞的反光缎面抱枕。像所有人一样，伊桑被工人们的薪资惊得瞠目结舌。短暂走访气氛压抑的莱纳玩具厂（一个让你不由自主地再也不愿想起的地方）之后，他很难说服自己对此心满意足。然而不知为什么，在参观结束之后，他倒也没有被内疚和自责折磨得如坐针毡。他要求了解这些工厂的情况，现在他了解了，便可以回去向工作室和电视台的所有人汇报他的见闻，然后敦促他们设法提高海外劳工的薪酬。埃诗也会乐意参与，不过她当然没有时间，剧院工作和眼下开始的对小莫的精心护理让她分身乏术。

伊桑今天早晨雇了一名飞行员和一架小型飞机将他从巴厘岛送到雅加达，在回程之前，他觉得不妨在雅加达独自闲逛一会儿；他完全不着急回到家庭的疗愈之中。他在老巴达维亚的街道上漫无目的地游荡，逛了一家又一家小商店；他给拉金买了一个雪花玻璃球，对于给小莫买什么却一筹莫展。对于一个什么都不想要，又不能给予父亲任何东西的男孩，你能送他什么呢？这是个残酷的问题，但他知道他不适合做这个小男孩的父亲。这孩子的问题每个月都更加明显，以至于埃诗无法再相信儿科医生不厌其烦所说的某些孩子需要很长时间才能“安顿下来”。埃诗采取了行动，在耶鲁儿童研究中心预约了会诊。“不管他们说什么，我知道我们可以信任他们，”她对伊桑说，“我研究过他们的资料。”

就是这句话击中了他。伊桑无法忍受小莫得到无法反驳的诊断结果，无法忍受从此他们对他的种种期望不得不化为泡影——假设情况很糟的话，而他确实是这样假设的。“我预约的是 23 号早上 10 点，”埃诗说，“我们开车去，要在那里待整整两天，晚上住酒店。他们要观察小莫，还要观察我们和小莫的互动，然后带他做一系列测试和身体检查。全部结束之后，团队会坐下来和我们好好谈谈，把他们的发现和建议告诉我们。”

“我去不了。”伊桑条件反射地说。

“什么？”

他很震惊自己会这么说，但已经无法挽回。他只能继续说下去：“我去不了，我很抱歉。23 号？整整两天？我要去洛杉矶开会。很多人从国外飞过来参加会议。如果我不出席的话，对他们是一种侮辱。”

“你不能推迟会议吗？”她问，“我是说，你是领导层啊。”

“正因为这样我才取消不了。我很抱歉，我真的希望我能去。我知道我这样很差劲，但我什么都做不了。”

“噢，那我试试和耶鲁换个日子吧，”她毫无把握地说，“预约通常需要很长时间——有的人等了一年甚至更久——但是你知道，我找了关系。我猜我可以再找他们说说，尽管我不想让人觉得我不知好歹，本来根本预约不上，别人替我们约了日子，我们又不去了。”

“你要带他去。别换日子了。”他飞快地思索，然后说道，“朱尔斯可以和你一起去吗？”

“朱尔斯？替你去？你是小莫的父亲啊，伊桑。”

“我感觉糟透了。”伊桑说，宽泛地解读起来，这话倒是不假。

就这样，他对妻子撒下了一个丑恶的弥天大谎。等到23号临近时，他自称会在洛杉矶，事实却是他在纽约的美仑酒店躲了两夜。酒店装潢时髦，但房间很小，淋浴很难用，不锈钢洗手池活像一口铁炒锅。埃诗在第一天结束时打通了伊桑的手机，那时还没有定论；第二天傍晚她再次打来电话时，小莫已被诊断出患有待分类的广泛性发展障碍——也就是说，小莫有自闭症。她在车上给伊桑打电话，边说边哭；而他则保持着极度的镇定，告诉她他爱她。她没有问他是否还爱小莫；她没想到这个问题。伊桑和埃诗说了几句，然后要求与朱尔斯通话。他无比冷静地问朱尔斯，那天晚上她是否可以陪埃诗住一夜，好好安慰她。伊桑一放下电话便给自己叫了客房服务。食物送来了，他狼吞虎咽地吃下牛排、手指土豆和奶油菠菜，喝了半瓶葡萄酒。吃饱喝足后，他将推车推到走廊上，看了一部关于啦啦队队长的色情片，悲哀地对着影片射了出来，然后倒头便睡，嘴巴大张，鼾声如雷。

此刻，他决定送给小莫一架纸风车。他在店里买下它，拿着它走到大街上，他倒是真的很喜欢辐条转动时发出的咔嗒声。伊桑走过一栋老旧建筑，来到令人昏昏欲睡的小餐馆里坐下，点一碗汤面，大声吮吸蓝色汤碗里的每一根面条。假如他的妻子在这里，吸溜吸溜的声音会让她很难堪，幸好她不在。他尽情吸溜着面条，一边读着带来度假的书：君特·格拉斯的《铁皮鼓》，古德曼少年时最爱的一本书。他手里这本——这是古德曼的书，他知道，因为扉页上用高中生倾斜的笔迹清楚地写着他的名字——这些年来一直静静放在埃诗和伊桑的书架上，他从没想过要读一读。伊桑没多少时间读书。最近，他发现自己在网上阅读一篇介绍对冲基金的文章，他沉浸在这个主题中，仿佛那和文学一样引人入胜。他在不断阅读的同时思考着自己的财富积累，考虑自己是否应该与文中介绍的人讨论投资事宜——他猛然意识到自己在做这件事，并且为此吃了一惊。闪动的屏幕和钱生钱的前景让他同时感到安逸和诱惑。人总会遇到这种事；他便遇到了这种事。

因此，当他在家里的书架上看到君特·格拉斯的这本小说时，他猛然感到一阵汹涌而伤感的渴望，渴望与这本书、与埃诗的哥哥、与他失去的老朋友建立联系。古德曼从他们的生活中被撕扯出去，他带走了所有的亮色。伊桑想要当初的亮色回来——他想要流里流气又活力十足的古德曼回来，还有他们一起做过的所有蠢事，熄灯后在帐篷里的闲聊，讨论他们想对理查德·尼克松做的事——想对他的身体做的、并不光彩的事，还有关于死亡、对死亡的恐惧，以及是否有来世的谈话。伊桑想要那一切都回来，可他手里只有古德曼的这本《铁皮鼓》。于是他心怀敬畏地捧着它,坐在雅加达的餐馆里，小心不让面汤洒到书页上。他坐在那里吃着面条读着书，为自己感到悲哀，这时他突然想到：别人又如何看待他呢。今天上午，工厂里的人们一定认为他只是又一个富有的美国白痴，想让自己确信世上一切都好。一切都好，富有的美国白痴。瓦希德先生在带领伊桑简略参观工厂时向他表达的基本就是这个意思，然后便送他出了门。他们会不会一等他离开便欢呼雀跃？工人们会不会拿起一个印有瓦利·费戈曼头像的抱枕，像踢足球一样踢来踢去，然后狠狠地将它踩成碎片？

伊桑猛地站起身来，呼吸急促，小腿狠狠磕在桌腿上。他急忙付了饭钱，留下多得离谱的小费，然后走到街上，笨拙地挥舞双臂叫来一辆电动小三轮车。这种橙色的三轮出租车载着乘客在市区穿梭往来。小三轮在街头风驰电掣，在拐弯处，伊桑确信两个后轮快要断裂，他马上就要被甩到墙上了。报纸会在头版刊登：“《费戈大陆》的开创者，三十六岁的伊桑·费戈曼在雅加达的一次交通事故中丧生。”

回到莱纳玩具厂，他庆幸自己还带着通行证，门卫满不在意地挥手放他进门。伊桑站在厂区院子里，不确定现在该去找谁，又该说些什么。也许他应该再去找瓦希德先生，义正词严地向他说明来意，对他说：你告诉我没有其他值得一看的了，但我认为你没说实话。可是他能预料到无法通过那个男人达到目的。此前没有人承认过任何事情，他们是不会突然改口的。伊桑推开沉重的金属大门，回到炎热的车间里。起初，他只感觉到同样的嘈杂和闷热，紧接着便觉察到一丝不同：车间里的声音更大，也更拥挤了。他发现所有机器都在运转。人与人之间没有空缺的工位。一个佝偻着身躯的男人旁边是一个同样佝偻着身躯、但更矮小的男人，伊桑走近看了看那张脸，那是一张没有被岁月倾轧，甚至还未适应苦难生活的脸。那是一张少年的脸——十三岁？十四岁？十五岁？——他今天上午并不在这里。此刻他正在紧张地工作，双手在机器旁忙个不停。他旁边的男人抬头看着伊桑，毫不掩饰脸上的焦虑。抓了个现行，伊桑想，抓了个现行。过道对面那是个年轻女孩吗？不，只是一个容貌姣好的老妇人。但是角落里的那个肯定是个女孩，也许才十二岁；很难说。之前，伊桑在向导带领下参观厂房的时候，这些未成年人都不在；有人告诉他们今天晚点再来，或者让他们待在不宜居住的狭小房间里等待通知。一切安排都是如此心安理得、如此冷静，因为他们的存在并没有任何不寻常之处，事情就是这样。大家都知道伊桑·费戈曼是一个关心社会问题的美国自由派动画师，他可以发出好笑的声音，却对任何事情都一无所知——简直就是*无知稚子*——高额利润让他心满意足，但他需要确保一切都很好，好让自己安心。这个车间里有多少孩子？他琢磨着，他并不清楚具体的数字，但感觉至少有十几个。每个孩子都有一张黝黑的脸和一双黑色的眼睛，专注地握着一块正方形的劣质织物，在缝纫机翻飞的针下移动。这个场景让人难以忍受。

他站在工人当中，看着那些孩子的脸，感到强烈的震撼攫住了他。过了一会儿，他不得不闭上眼睛。可即使闭上眼睛，他还是能看到他们；他们拥挤地站在厂房里，他们将一天天的时间奉献给《费戈大陆》的商品。他为所有枕头上瓦利·费戈曼的笑脸感到羞愧，那天晚些时候，当他将那个雪花玻璃球送给女儿时，就连她的快乐也让他羞愧。接着，他想到了小莫，他知道当他把风车递给儿子时，他不会快乐，不会兴高采烈。可伊桑能做什么呢？他无法向自己的儿子敞开心扉。他觉得自己是个变态。他知道，他的冷漠并不是因为他想要小莫有所表现，就像埃诗的父母需要她有所表现那样。和沃尔夫夫妇一样，伊桑和埃诗有两个孩子，一个男孩和一个女孩。古德曼毫无约束的性格让吉尔·沃尔夫忍无可忍，同样，小莫的问题让伊桑觉得，他的儿子向全世界揭露了自己扭曲的本性。伊桑曾经想象过，倘若没这个有缺陷的儿子，他的生活将会完美无缺。但事实上，有缺陷的是父亲本人。

他必须为他的冷漠和空洞而赎罪。站在炎热和喧嚣中，面对一排排低垂的头颅，伊桑·费戈曼用意志力逼迫自己走出漫长的昏睡，走出那个让你误认为别人在遥远大陆上的不义之举与你无关的幻梦。

直到几周后，那张明信片才被塞进雅各布森-博伊德家的信箱，几乎被撕成了两半，又被人用胶带补好。对于那张绘有巴厘岛爱神的长方形硬纸而言，从巴厘岛到纽约的旅行实在是舟车劳顿。不过，回国后不出几日便去看望朱尔斯的伊桑状态倒是相当不错。他毫无征兆地打电话给她，问他是否可以去她家一趟。

“什么时候？”

“现在。”

“现在？”

那是星期六的大中午，朱尔斯和丹尼斯的公寓里一片混乱。罗瑞最近开始“学习”空手道，热衷于敲碎铅笔和丹尼斯成捆从五金店给她买来的轻木棒。客厅地板上散落着碎木片，谁也没精力清理。丹尼斯还在呼呼大睡。他又服用了一种新的抗抑郁药，副作用之一是让人非常、非常嗜睡。抗抑郁药物难道不应该让你多与世界打交道吗？这种药没有这种效果。朱尔斯曾提出让丹尼斯和布拉齐尔医生谈谈这个问题，但她不知道他谈了没有。

“是啊。现在。”伊桑说。

“我家里什么都没有，”朱尔斯说，“而且我看起来像一坨屎。”

“我表示怀疑。”

“还有，丹尼斯在睡觉。家里乱得要命。这么说的意思就是乱得像地狱一样。我警告你啊：你要来的可是地狱噢。”

“你太会怂恿我了，你这个机灵鬼。”伊桑说。

伊桑在没有埃诗的陪伴下独自前来，这很不寻常。近些年来，朱尔斯和伊桑单独出去吃饭的机会寥寥无几，在三十多岁的年纪，他们总是以夫妻为单位，后来则是以家庭为单位相会。从前几次结伴度假时，伊桑和朱尔斯还有机会坐在一起聊聊天，但是孩子们出生后，集体度假基本上也停止了。距离他们上一次单独见面已经过去很久了，他们都快忘了最初单纯相处的友谊有多完美。

朱尔斯在客厅挂上电话，转过身来。在她身后，罗瑞穿着空手道道服，手臂在桌边高高举起，悬在一支铅笔上方。“嗨呀呀呀！”她大吼一声，铅笔应声折断，她兴高采烈地蹦了起来，好像一支普通的泰康二号铅笔有可能承受住她这般强壮的女孩一掌似的。

过了一会儿，罗瑞跑到洗手间在水槽里做起了实验，丹尼斯依然没有起床。朱尔斯从客厅窗户看着街道，她看到一辆林肯城市停在楼下。一名司机走下车打开后门，伊桑也走下车来，挠了挠头。司机递给他一个小袋子，伊桑接过袋子便大步走向这栋没有电梯的公寓入口。朱尔斯希望他没在想这栋建筑有多丑，而是在想某些人始终过着坚守本性的生活——某些人并没有完全改变。某些人没有林肯城市。什么是林肯城市，为什么要起这样的名字？究竟是指哪座城市？对讲门铃响了，她给他开了单元门。从公寓门口向外看去，她看着伊桑·费戈曼跋涉四层楼梯，速度越来越慢。当他走完第三层楼梯停下喘息时，她低头对他喊道："表现很棒噢！快到一万九千英尺啦！"他抬起头看着她，挥了挥手。

来到五楼，他完全没有表现出爬楼的疲惫。伊桑好像知道，朱尔斯经常从爬楼上来的访客那里听到关于楼层的抱怨，为了岔开话题，她对生活在没有电梯的建筑里养成了开玩笑的态度。伊桑·费戈曼伸手环住她，朱尔斯想不起来他们上一次认真拥抱是什么场景了。四人相聚的场合经常有亲吻和匆忙的拥抱，但他们的生活是如此忙乱，加之孩子们总围在身边拉拉扯扯，所有的身体接触都显得漫不经心、不掺杂任何情绪。在这里，在门口，只有他们两个人，伊桑·费戈曼给了朱尔斯·雅各布-博伊德一个拥抱，一个在她看来不掺杂任何水分，甚至饱含澎湃心绪的拥抱。

"嗨，你好啊。"他说。

"嗨，你好啊。"她后退一步仔细看着他。他差不多还是那副样子：相貌依然是无可争议的平庸，但脸上多了几分阳光的痕迹，而且不知为什么，他看起来不像平时那么忧心忡忡了。"你在巴厘岛做了日光浴还是怎么的？"她问。

"没啊，"他说，"但我在雅加达逛了逛，挺有意思的。我们能进屋吗？我这有东西等着被吃掉。"

他给她带了全纽约顶级的黄油圆面包。"它们像雏鸟一样暖融融的，"朱尔斯打开包装时说，"叽叽叽。"

"人都哪里去了？"伊桑问。

"丹尼斯还没起床收拾呢。罗瑞在卫生间水槽里做盘尼西林，她过不了多久就会跑出来找你的。"

他们坐在客厅沙发上，吃着黄油香气四溢的小圆面包。埃诗和丹尼斯都不是好吃的人。埃诗太纤细，吃不下许多；丹尼斯的食欲近些年来都不算旺盛，不过他还是因为服用各种药物而有些超重。此刻，朱尔斯和伊桑满足地保持着沉默。她再次想到伊桑那台从翠贝卡区的公寓搬到查尔斯街的褐沙石房屋的步入式冰箱；她知道，如果嫁给他的人是她自己，那台冰箱里的储备会有多不同。这些奶油小面包将永远放在伸手可得的位置，旁边摆着他带来的这种砖形农家黄油。走进那个凉爽的储藏间，你可以找到像伊桑和朱尔斯这样的人喜爱的所有美味。

她怎么可能仍然与他有着如此亲密的联系，而他对她也是如此？现在他的嘴唇上沾了一点黄油，而她的嘴唇上大概也沾了一点黄油。伊桑今天显得出奇地快乐。她确定，这次拜访的目的是为了再次讨论他和埃诗想送给她和丹尼斯的厚礼。他会提出给他们几千美元，也许会高达一万美元，而这个提议会让她感到恶心。他们那么需要这笔钱，但她也是那么不愿意接受，特别是丹尼斯不想接受。

丹尼斯还在酣睡或许是件好事。经过不久前那次不愉快的早午餐，他没必要再参与其中。她和丹尼斯还欠两家信用卡公司很多钱，在本意良好但大多数时候没用的布拉齐尔医生那里也有欠款；朱尔斯还有尚未还清的学生贷款和季度税，但是她会继续拒绝伊桑。她和丹尼斯曾想过再要一个孩子，但是考虑到只有她一个人有收入和丹尼斯的抑郁症，这是一个坏主意。另外，你需要做爱才能怀孕，而这件事已不再经常发生。一切都变得缓慢，都在趋向停滞。

“现在听我说。”伊桑开口了。

“我不想让你这样做，伊桑。”

“你不知道我要做什么，”伊桑说，“首先我要和你说一件在印尼发生的故事。”

“噢，”她说着，安心向后靠了靠。她有些意外，但仍然持怀疑态度，“好吧。你继续说。”

伊桑喝着她端给他的咖啡，那个《费戈大陆》的马克杯想必是他多年前送给他们的。他高高举起杯子端详杯底,然后放了下来。“我要求去参观一家工厂，”他说，“生产商品的工厂。工厂也分不同类型，有些用于加工金属或塑料的工厂会使用模具。我说的这家是一座纺织厂，当然，我在那里看到的童工是见怪不怪的景象，可我就是容忍不了。那个景象会向你尖叫，你必须做点事情。你不能就这么继续开开心心地过自己的日子。我知道,我觉悟的这种方式不太好,就像那些反对控枪的共和党人直到妻子被一枪爆头才醒悟。因此我决定，我必须退出这种事，至少是在他们允许我做的程度之内。我打电话咨询我的律师，问他认为我们可以提出哪些要求，以及他认为我们可以取得怎样的结果。然后我们和普希金开了一场电话大会。”

“我想应该不是那位俄国作家吧。”

“普希金从没读过普希金的书。你大概了解他是什么样的人了吧。如果你和一位伟大的俄国作家同姓，难道你不该至少试着翻翻他的书吗？杰克·普希金是电视台的高管，他绝对不是个坏人。但是当我的律师告诉他，我们想将部分商品制造撤出那里的工厂回到美国本土时,他立马就不说话了。显而易见。你想不到事情有多复杂,也不知道那些孩子和他们的家庭又会怎么样，对不对？他们还会继续工作吗？我们还能为他们做些别的事吗？太糟心了，情况真的很糟心。那些问题能让你头疼欲裂。”

“我看出来了。”

“普希金和我的律师争吵的时候，我就一直在电话里想着所有那些事情，然后普希金挂断了电话。过了大约两秒钟，他又打来电话说他非常抱歉，于是大家不得不再次开会，这么做并不容易，更何况我们中有一个人身在印度尼西亚。他们在没有我的情况下又谈了很久。等我回到纽约时，我发现尽管细节仍有争论，但每个人都初步同意了基本的理念。这真的是一件大事。我的律师说，如果他们不表示同意，那会显得他们实在很恶劣。他们为此损失了很多钱，不仅是因为劳动力成本，还有海外税收减免政策，这是他们为更崇高的利益而不得不做的牺牲。因此他们很受打击，但至少我在做让我的良心过得去的事——不过谁知道呢，也许结果会比一开始还要糟。无论如何，他们会发一通新闻稿，表示对我们正在做的这件事感到自豪。比例有待确定的一小部分商品制造搬到了这里，就在纽约北部艰难维生的工厂。还有，我在和联合国儿童基金会的一位女士接触，看能不能想办法为孩子们——你知道，就是以前的工厂童工——开设一所学校，再为他们的家人筹些钱。我知道我仍然会造成伤害，无论我做什么大概都会造成严重的伤害。你能做的最好的事就是减少伤害，这让我难过得要死，真的难过得要死。但你只能这样。”

“很抱歉，但我认为你是我认识的最不会伤害别人的人。”

“噢，我确定不是那样的，”伊桑说，“不过至少，现在我是一个伤害别人之后有所悔悟的人，我称之为雅加达觉醒，在我自言自语的时候是这么说的。”

“那埃诗怎么说？”

“她很支持。她不是那种爱批判的妻子，”他停顿了一会儿又补充说，“你也不是。”但朱尔斯没有应声。“你不会那样对丹尼斯。你只是让他做自己，让他经历必须经历的一切。”

“我有选择吗？”朱尔斯问，她突然觉得酸楚，“现在是一天的中午，你和我在这里讨论具体的事物，吃着真实的食物，而丹尼斯还在床上躺着。”

伊桑用思虑的神情久久地注视着她。“我知道你们俩都在为此受苦。”他说。

“他很被动，”她突然爆发了，“我们从前每时每刻都在大笑，有很多话题，性生活也很美妙——请原谅我这么说，伊桑——他充满了能量。然后一切都停止了。他照顾罗瑞，这是一项繁重又让人钦佩的任务，全职父母永远得不到应得的荣誉，我也不想低估他的付出。但是你知道，他并不完全在这里。他对自己没有任何欲望。感觉就像我父亲快死的时候一样，都是在缓慢地失去。可现在这个过程还在继续。这个人一半在这里，另一半不在。我不想这样，这么说我觉得很自私。当然，我不希望他经历这些，但我考虑的是罗瑞和我。”

“那他真的没有别的办法可以试试吗？我感觉全世界所有人都在服用抗抑郁药，他们总是在混合和搭配各种药物。我不是故意不当回事，但是真的没有起作用的药吗？”

“噢，你知道，有时候某种新药好像确实有用，于是我们都充满希望。但后来他又告诉我，那种药根本没用，否则就是副作用太多。我在工作中经常遇到抑郁症患者，但是他这抑郁症，虽然按理说只是‘轻度抑郁’，可是实在太顽固、太难以根治了。非典型抑郁症，他们是这么说的。”

“如果你想体验超重度抑郁症，那就去雅加达看看工人们的生活。那真的能让你抑郁。”

“那正是我想要的，”朱尔斯说，“再多一点抑郁。”

罗瑞出现在客厅门口，她还穿着她的空手道道服，不过洗手池里的实验让她的袖口湿答答地滴着水。她向伊桑深深鞠了一躬，伊桑也站起身来鞠躬回礼。罗瑞说：“伊桑，我现在很擅长打木头噢。”

“很好啊，罗瑞。木头是邪恶的。我每天都这么告诉拉金。”

“我知道你在逗我。你想看我打破一块木头吗？”

“那是自然。”

罗瑞将一片厚木板放在桌子边缘，高喊一声“嗨呀呀呀！”把木板劈成了两半。木片飞得到处都是，其中一部分掉进了暖气片下面。它会在那里待上几个月甚至几年，等雅各布森-博伊德一家搬走后依然嵌在那片狭窄的空间里。那片木头在很长时间里都不会引起注意，就像在怀上罗瑞的那次性爱中被扫进书桌底下的图书馆借书一样。朱尔斯经常想到那个夜晚。她想起丹尼斯系着黑色领结的模样，他是那样真实可感、那样尽情展现自我。就是这样：伊桑拥有完整的自我，可此刻的丹尼斯没有。抑郁症制造了一条裂缝。丹尼斯正在泄漏。

“你是空手道天才，孩子。”伊桑说着，将罗瑞抱到自己腿上坐着。

“你不可能成为空手道天才。”罗瑞一本正经地说。

“是啊，没错。我不可能，但是你可能。”

罗瑞听懂了这个笑话，她放声大笑起来。“伊桑·费戈曼，我不是那个意思哈哈哈！”她的声音是那么肯定、那么洪亮，朱尔斯有时会喊她詹姆斯·厄尔·琼斯[1]。告诉罗瑞有话在心里说是毫无意义的。她真的不知道该如何控制自己。她精神焕发，同样尽情展现着自我，和朱尔斯看到的伊桑一样。

罗瑞从他腿上滑下来，去门厅里摧毁更多的木头。伊桑也对朱尔斯说：“好了，我得走了。埃诗让我去看看那处巴厘岛戏剧的布景设计。但是在我走之前，你和我必须谈谈咱俩的事。一个朋友帮助另一个朋友的恐怖故事。”

“我永远也帮不上你，”朱尔斯说，“是你一直在帮我、丹尼斯还有其他所有人。”

“你在开玩笑吗？”他说，“你知道你帮了我大忙。”

“噢，”她说，“你是说我陪埃诗去了耶鲁儿童研究中心？我知道她在早午餐的时候说起那件事，但那没什么。再说了，那天我是帮她，又不是帮你。”

“你帮了我们两个人。”他久久地望着她，连眼睛也不眨一下，然后他说：“好吧，我现在要告诉你一些本来真的没打算和你说的事。

1　《狮子王》中为狮王木法沙配音的演员。

但我现在要告诉你。等我说完，你对我有任何看法都没问题。”他交叉双臂移开视线，然后又回头看着她，“你知道我那天在洛杉矶所以不能来吗？”

“知道啊。”

“我根本没在洛杉矶。我躲在中城区的美仑酒店。我就是没法在那里听他们给我儿子一个最终的诊断结果。他们都是专家，我也大概知道他们会说什么，可一旦他们说出口就再也没有退路了。我应该陪埃诗一起去。可我就是承受不了。”

朱尔斯瞪着他，她先是睁圆了眼睛，然后又眯起眼。“真的吗？”她说，“你真那么做了？”

“我真那么做了。”

“哇噢。”

“说点什么吧。”伊桑说。

“我刚刚说了。我说哇噢。意思是我不相信你会做这么……道德败坏的事。你对埃诗做出这种事。”她不由自主地笑出了声。

“我不明白你为什么会笑。”伊桑说，他脸上没有一丝笑意，只显得阴沉而静默。

“你和我说的这些完全不像真的，”朱尔斯说，“你做了很不好的事，我不知道该怎么想。”

“这么长时间以来，我一直告诉你们我没有那么好。为什么没人相信我？你知道我也会对人大吼大叫吗？吼那些和我共事的人？我以前从不这样，但是压力太大了。我对一位作者大喊大叫，说他是个捉刀卖字的。后来我在对台本的时候一直在向他道歉。我脾气暴躁，我做过一塌糊涂的决定。你知道衍生剧《阿尔法》吗？就是刚刚被叫停的那个？工作室为此亏惨了，就因为我坚持这部剧能成功。我有点自以为是地觉得，和《费戈大陆》有关的一切都会变成金子。但如果作品不好的话是行不通的；那部衍生剧相当垃圾。可我非要做那部剧，因为我对“费戈大陆”这个品牌抱有幻想。他们都很生我的气，但他们不会说出来。从职业角度来说，现在对我真的不是个好时机，但我却表现得好像时机正好。当你和埃诗带着小莫去纽黑文做检查的时候，我在酒店房间里躲了两个晚上。”

“我真的没法相信你那么做了。”朱尔斯说。伊桑对埃诗的所作所为非常恶劣，在如此重要的时刻抛下她孤身一人。可他没有向埃诗坦白这件事，却告诉了朱尔斯，这个事实让这次交流忽然显得私密起来。

他用她熟悉的、探寻的目光望着她，痛苦地说：“我甚至不知道我爱不爱他。”

朱尔斯让他缓了一会儿。反驳这句话好像很粗鲁，可她强烈地感到自己不得不这样做。她交叉双臂说道：“我想你知道。”

“我和你说了，我不知道。”

“你不需要知道。只要在身边做该做的事就行了。表现出爱意，给他关心。不要全都丢给埃诗，好吗？你只要告诉自己：这就是爱，尽管感觉并不像。即使你觉得事情落到这个局面，生活欺骗了你，也要继续向前冲。他是你的小男孩，伊桑。要爱他，去爱他。”

伊桑一言不发，然后点了点头。“好吧，”他说，“我会尽力去做。我真的会尽力去做，朱尔斯。但是上帝啊，我的孩子没有一点老莫的影子，一点也没有。”说完，他担心地补充道：“你不会告诉埃诗，对吧？”

“不会。”但朱尔斯突然想到，如果伊桑告诉埃诗，那埃诗或许也可以告诉他古德曼的事。这就像是杠杆，埃诗手里握着杠杆。但是埃诗不想这样做；她永远不会想这样做。

伊桑说：“好了，这事就说到这里吧。谢谢你让我在你面前放下包袱。请不要恨我，至少不要恨得那么明显。我会认真考虑你说的话。现在要说的是和我无关的事；关于你和丹尼斯的事。在我的工作里，每天都有人想我给他们一些东西，因为这是我的工作；然后又有其他人想我给他们一些东西，因为他们认为那有利于他们的职业发展。无论如何，最后我通常都会对所有人说‘好的’，因为这样比较简单。然而事实是，我真正想给予一些东西的人是你。你和丹尼斯。”他改口道。伊桑伸手在口袋里摸索。“该死，”他说，“我知道我带在身上呢。”他皱起了眉头。“天哪，跑哪去了？哎等等，在这呢。”伊桑抽出一张对折的小纸头抚平展开；那是一张有他签名的银行支票。他把它递给她，她看到这是一张开给她和丹尼斯的支票，金额是十万美元。

“不！”朱尔斯说，“这么一大笔，太荒谬了。还有，丹尼斯永远不会让你这么做的。”

“让一个抑郁症患者做主公平吗？”朱尔斯没有回答。伊桑说：“这会让生活轻松一点。这是金钱真正可以做到的事。你知道我对物质不是很在意——但金钱不仅仅关系到物质。根据我的经验，金钱也可以铺平道路，这样你就少了很多持续性的烦恼和问题。金钱让一切事情都运作得更加顺利。”

“我们永远还不起。”

“我不要你们还。关键是，你工作真的很努力，你很投入，可纽约是一座艰难又无情的城市。丹尼斯最终会缓过来的，他的处境会好转，我知道一定会的。但是在此期间，你们必须离开这间公寓，朱尔斯。去找个光线好、现代化的房子，把首付款付了，找个让你们每天都感觉有希望的房子。我给你们的房贷做担保。我想要你感觉人生重新开始，尽管实际上并没有。有时候你就是得哄一哄自己。搬到有电梯的房子里；那些楼梯真是要命了。还有，给罗瑞一个单独的房间。她需要它！再给她买些铅笔和木头，还有她需要的其他东西。没有比为钱操心更糟糕的事了。我曾经听自己的父母为钱吵架，当时我很肯定他们正在把对方的肉从骨头上撕下来。我以为他们第二天早上走出卧室的时候身上会挂着血淋淋的皮。另外，没完没了地为钱操心很无聊。把你的大脑用在你的客户和他们的问题上。用它发挥创造力。”

“我绝对不可能从你那里拿十万美元。”朱尔斯伸出手，想把支票塞回他衬衫的口袋里。

“嘿，你要干吗啊？”他一边躲着她一边大笑着说，“好啦，拿着吧，朱尔斯，拿着。”

“我不能要。”她说。

“我很抱歉，你必须要。现在已经太晚啦。”说完，伊桑站起来转过身，仿佛对此完全无能为力。

伊桑离开后不久，罗瑞像风暴一样冲进丹尼斯睡觉的卧室，爬上床站在他上方。他在昏暗的房间里睁开眼睛，隐约看到女儿的身影，他的胸部两侧各有一条腿。“爸爸，”她向他宣布，“你猜怎么着？伊桑·费戈曼给了妈妈一百美元。他说：‘拿着吧，朱尔斯，拿着。’我在门厅里听到他们说的。一百美元噢。”她中气十足、不无愤慨地说。

丹尼斯起床走进客厅。“伊桑来了？”他问。

“是啊，”朱尔斯说，“他打电话问能不能过来一趟。他带来了特别好吃的黄油圆面包，如果你想吃的话。”

“我不想吃他好吃的黄油圆面包。还有，你早就知道，我不想要他的钱。是二十美元的零钱还是一整张脆生生的新钱？我想说的是，这太可悲了，朱尔斯，太丢人了，我简直不敢相信。你为什么要收下？你是什么人啊，你无家可归吗？”

“你在说什么啊，丹尼斯？”

“罗瑞和我说了那一百美元的事。”

“噢，她和你说了？”朱尔斯空洞地笑了一声。

"怎么?"他困惑地问道。

她拿起那张支票递到他面前。后来再聊起这件事的时候，他实在想说她是把这张支票戳到了他身上。

丹尼斯拿起支票看着它，然后闭上了眼睛。"上帝啊，"说着，他坐在沙发上，双手抱住脑袋，"一百美元让我觉得很受冒犯。可现在我觉得更受冒犯了。我都不知道该怎么办了。"

"丹尼斯，没关系的。"朱尔斯说。

"如果你想摆脱这段婚姻，那就去吧，"他说，"你和我结婚不是为了这个。"

"我可没说那种话。你为什么要说这个?"

"这样不好。在中风之前，在他们给我换药之前，我很有意思，不是吗?"

"是啊，当然。"

"天哪，我恨'药'这个词，我恨自己必须考虑这种东西。我努力回想，我曾经很有意思，我可以再次变得有意思。可是我每次都发现自己做不到，或者我做的一切都是错的。那个来自肯塔基州、肝脏有肿块的女孩——如果是恶性的，她现在大概已经死了。噢，上帝啊，我又开始纠结她的事了。每一件事都那么费神费力。我不像你和罗瑞那么活泼快乐。而且我知道我要失去你了。"

"你没有。"朱尔斯说。此刻他在这里，在大中午穿着柔软起皱的衣服。在吃下暗藏酪胺的食物的那一晚，他失去了所有的活泼快乐，然后，在她和所有人继续在这世间向前跋涉的时候，他始终在原地挣扎。如果继续这样下去，他或许确实会失去她。现在她看到了这一点，仿佛提前看到一本小说的悲惨结局便赶紧合上书本，似乎这样就能阻止事情发生。"丹尼斯，我们必须走出人生中的这段时期，"她说，"我们必须离开这个地方，迈出第一步，离开这间公寓。你必须继续尝试任何可能的方法，更新的药物，多运动，正念冥想，任何方法。但我认为我们需要接受伊桑和埃诗的帮助。”

丹尼斯用探寻的目光望着她，这时罗瑞又出现了。她总能这样精准地把握时机，仿佛有电脉冲引导她在任何紧张的时刻找到温暖。她站在父母面前，轮流打量他们两人的脸。“那就是那一百美元吗?”她问她父亲。

“是的。”

罗瑞满意地看着她的母亲。谁也不知道究竟是什么复杂的因素让她提出了那个请求，那个要求。“妈妈，亲爸爸。”她说。

“什么?”朱尔斯说。

“亲亲爸爸。我想看。”

“亲亲是隐私啊，宝贝。”丹尼斯说。但是朱尔斯双手捧住他的脸，将他拉到她面前；他没有抵抗。他们都闭上了眼睛，但他们能听见罗瑞的笑声——低沉而满足的笑声，仿佛她很清楚自己有多大的力量。

十五

不久之后，他们搬进了六个街区以北的新家，一个更干净、更明亮的地方。“一栋有电梯的房子！”他们用赞叹的口气提醒彼此，仿佛这是闻所未闻的设计。他们是这套公寓真正的房主。搬家那天，奇迹般的电梯将他们送到楼上明亮的房间里，虽然这套房子户型紧凑，还散发着油漆和抛光地板的气味，但他们还是感觉得到了救赎。他们没有得到救赎，只是被移栽到了更好的新地方，靠的是伊桑提供担保的合作社贷款。丹尼斯的抑郁症肯定会像难以散去的油漆味一样飘荡在附近，但这依然是某种改变。搬家工人忙碌着，将所有行李堆在房间中间。原来的镶框装饰画——《三分钱歌剧》的海报、乔治娅·奥·吉弗的动物头骨画像、爱德华·霍普的《夜游者》——早已不适合他们，但还没找到替代品，于是它们很快便被挂在了新家墙上。下午，埃诗也过来帮忙，她开玩笑地穿上了搬家公司的红色T恤，上面写着“搬蛋搬家”。谁知道她是怎么拿到他们的T恤的？她一进门便投入工作，拆开纸箱，帮罗瑞组装卧室——真正属于她自己的卧室，不再只是晚上改造成睡房的客厅一角。朱尔斯可以听到她们俩在屋里的动静。埃诗用柔和的声音询问，罗瑞的回答响彻整个屋子：“别把旱冰鞋收起来，埃诗。爸爸妈妈说我可以在公寓里穿，还有我的印第安莫卡辛鞋。”她们一起待在房间里，最好的朋友和小女孩，直到房间里的纸箱全都拆开。晚上八点，埃诗还在新公寓里和他们一起吃着越南餐厅的外卖，这家餐厅将是未来十二年里他们首选的外卖餐厅，直到餐厅在2008年经济危机时关门大吉。朱尔斯撕开沙发上的塑料包装和打包胶带，他们从标有厨房1和厨房2的纸箱里掏出盘子和镀银餐具，坐在沙发上吃着外卖。罗瑞吃了一个又一个春卷，然后心满意足地打着饱嗝走进她的新卧室，没脱衣服便睡着了。三个成年人都有些兴奋过度，同时满怀希望。

“会很好的，”埃诗说，“我替你们感到激动。”

她和他们坐在一起聊天，说起这间公寓，说起她的剧场剧团，说起小莫的治疗师多么出色及他如何表现出了某些进步。“他非常努力地配合珍妮弗和艾琳，他是我的英雄男孩。”伊桑这周在中国香港，埃诗负责让家中事务一切正常运转。

最近，她对朱尔斯说：“当你有了孩子，你马上就会对他将成为什么样的人抱有无数幻想。随着时间的流逝，一个漏斗出现了。孩子从里面被挤过去，被漏斗改变形状，路就变窄了一些。这时你就知道他不会成为运动员，然后你知道他不会成为画家，接着你知道他不会成为语言学家。所有这些可能性逐一慢慢消散。但是在小莫身上，我看到很多种可能性飞快地消散，也许会有我根本无法想象的事物取代它们；我真的不知道。不过我最近遇到了一位母亲，她说她很感激自己的孩子有高功能自闭症。她说她学会了为高功能这个词感到自豪，就好像那和国家优秀学者是一回事。”

朱尔斯想起自己的孩子，她猜想罗瑞的生活不会拥有特殊和特权的光环，不过她也知道，罗瑞根本不想要那样的生活。她活得自得其乐；这显而易见。而一个自得其乐的孩子意味着父母赢了大奖。罗瑞和拉金都会过得不错；可是小莫，长脸上挂着焦虑神情、手指活跃不停的小莫——谁知道呢？

搬家那天晚上，埃诗十点左右才动身回家，她说她筋疲力尽，还开玩笑说她和其他搬蛋搬家公司的员工明早还要去皇后区干活。

那一夜，在距离他们不远的地方，埃诗六十五岁的母亲贝琪·沃尔夫在迷宫六楼从睡梦中惊醒，头部钻心的疼痛让她只能呜咽着唤一声“吉尔”，碰了碰头向他示意问题所在。那是脑出血，她当场死去。去医院办理完手续，埃诗给朱尔斯打了个电话。她几乎发不出声音，但深夜来电和朋友的痛哭让朱尔斯意识到出了事。埃诗提醒了她：伊桑在香港；朱尔斯现在有可能过来一趟吗？当然，朱尔斯说，我一会儿就到。她在尚不熟悉的新房子里摸黑穿好衣服，半夜乘电梯下楼，到街上叫出租车。

她已经很多年没去迷宫了；再也没有去那里的理由。在金色电梯爬升的过程中，她环抱着双臂。上升不再让她心潮澎湃；这一次她只觉得悲伤，心中充满恐惧。埃诗打开公寓的门，像被人推了一把似的猛扑向朱尔斯。那天下午和晚上，她还在帮罗瑞整理房间、和他们围坐在一起吃着甘蔗虾，此时失去母亲的她完全变了个人。“我该怎么办？”埃诗说，“我怎么能没有妈妈？我怎么能没有我的妈妈？今晚我从你的新家回去时，我们才刚打过电话。现在——她不存在了？”她撕心裂肺地失声痛哭。

朱尔斯伸出一只手臂搂着她，两人在那里站了几分钟。埃诗身后的公寓浸没在昏暗的灯光里，既真实可感，又隐约像是那间真正的公寓的舞台布景。她的目光拂过宽阔的门厅、客厅，还有通向沃尔夫一家所有卧室的长长走廊。朱尔斯想对埃诗说两句话，可她所能做的只是附和她。“太可怕了，”她说，“你母亲是个了不起的人。她不该这么年轻就离世。”她永远不该离世，这才是朱尔斯想表达的。六十五岁的贝琪·沃尔夫依然很美。她在纽约大都会艺术博物馆担任讲解员，每周六还给孩子们上美术课。大家总是夸赞她看起来既年轻又优雅。

朱尔斯的父亲去世也是一场悲剧；考虑到年龄，那或许是一场更加哀恸的悲剧。“四十二岁，”伊桑曾有一次惊呼，“真他妈不公平。”

朱尔斯想告诉埃诗，父母离世是一场无法用语言形容的重大事件，大到你无能为力，唯一能做的就是自我封闭。朱尔斯——朱莉——起初就是这么做的，封闭自己，直到那年夏天遇到他们几个才重新打开。朱莉只靠自己也会挺过来的，朱尔斯突然想到。她会没事的，而且很可能会过得很幸福。

最终，埃诗勉强控制住自己，向客厅走去。朱尔斯便跟在她后面。这地方现如今怎么了——为什么看起来有磨损的痕迹？或许它需要重新粉刷，又或许它立刻吸收了贝琪·沃尔夫的死，这个房间和这间公寓里曾经温暖闪烁的一切都变得暗淡无光——就连熟悉的灯盏、地毯和脚凳都不再象征着舒适和熟悉，反而显得无用、浪费甚至令人厌憎。埃诗瘫倒在沙发套松动的沙发上，将脸埋进双手里。

就在那一瞬间，朱尔斯听到一个声音，转身看到埃诗的父亲站在客厅门口。新丧的悲痛让埃诗看起来像个年轻女孩，而吉尔·沃尔夫却显得苍老。他身披浴袍，银色头发一簇簇地翘着，看起来迷糊而迟钝。“噢，”他说，“朱尔斯。你来了。”

她小心翼翼地给了他一个拥抱，说：“贝琪的事我很抱歉。”

“谢谢。我们婚姻很美满，”他说，“只是我本以为会更长一些。”他耸了耸肩，轻咳一声强忍住抽泣。这个六十多岁的瘦削男人有一张看不出性别的柔和的脸，衰老让人显得雌雄同体，仿佛所有的荷尔蒙最终都被混在同一口大锅里，因为它们再也没有用武之地。他望着埃诗说：“你给我的那片安眠药没有效果。”

“会见效的，爸爸。稍微等一会儿。你躺好就行了。”

“你打电话了吗？”他焦虑地问。

朱尔斯不知道这话是什么意思，但她立刻反应过来：你给你哥哥打电话了吗？

“正要打。”埃诗扶着父亲穿过大厅回去睡觉，然后走进她当初的卧室里去打电话。朱尔斯不敢跟着她，她不想看见曾经属于埃诗和古德曼、现在却宛如陵寝的卧室。她留在客厅里，僵硬地坐在扶手椅上。埃诗的母亲不存在了。埃诗是这么说的。贝琪那飘散几缕碎发的发髻不存在了；她一手操办的跨年派对不存在了；每逢光明节她在平底锅里煎的土豆“洛”饼不存在了。古德曼藏了起来，贝琪才是那个消失的人。

四天后，埃诗母亲的葬礼在道德文化协会举行，朱尔斯曾在那里参加过好几位死于艾滋病的男人的追悼会，还有她同住一座帐篷的南希·曼吉亚里的婚礼。他们不得不等伊桑乘坐电视台专机从香港赶回来再为贝琪举办葬礼。朱尔斯自己的母亲说她也想去参加葬礼。“可是为什么啊，妈妈?”朱尔斯在电话里气急败坏地问，“你根本不认识埃诗的母亲。你只是一百年前在机场见过她一次，1977 年我和他们去冰岛的时候。”

“我知道，”洛伊丝说，“我记得很清楚。他们很慷慨，带你去那里玩。而且埃诗一直很招人疼。我想去表达敬意。”

于是乎，洛伊丝·雅各布森乘坐长岛铁路从安德希尔来到城里，和朱尔斯一同出席葬礼。这是一场供人公开表达情感的追悼会，亲朋好友齐聚一堂；每个与沃尔夫家有来往的人都想发言。当年在沃尔夫家的客厅举办婚礼、伴着《白绸缎之夜》起舞的米歇尔表姐对贝琪的慷慨表达了追思，令人难以置信的是，她现在已经是一位祖母了。朱尔斯本人站到台前生硬地讲了几句，怀念和沃尔夫一家人相处是多么温暖，尽管她在发言时意识到，她不想说得太过分，以免伤害她亲生母亲的感情。洛伊丝在场时，她不能说：“当我和他们在一起时，我从没想过自己能这么幸福快乐。”她控制自己长话短说，目光直视正在经历艰难时刻的埃诗。伊桑搂着她，让她安心，但埃诗根本安不下心。小莫坐在她的另一侧，穿着衬衫、打着领结。他俯身坐在座位上，双手像抓方向盘一样握着一台 Game Boy 游戏机，仿佛可以驾驶自己远离眼前的场合。

在朱尔斯说完后，乔纳站起来发言。他身穿精心剪裁的黑色西装，显得十分英俊；罗伯特·高桥坐在他旁边的座位上深情地注视着他。乔纳从不在一大群人面前发言，他从不表现，不会做这类事情。但现在他站在那里，每个人似乎都喜欢看着他、听他说话。“我小时候在沃尔夫家的公寓里吃过很多顿晚餐，”他说，“大家都乐意在餐桌旁逗留很长时间，总是有欢声笑语、引人入胜的谈话，还有惊为天人的佳肴。我在那里品尝到了过去从没吃过的食物。我自己的母亲很早就成了素食主义者，那时的素食主义者吃得并不好。所以我们家的食物有点……你们明白的。然而每当我去沃尔夫家的公寓时，贝琪总是在厨房里忙得叮当响。有一天晚上，她准备了一道全新的面食，告诉我们它叫米粒面，我问她怎么拼写，她告诉我：米-粒-面（O-R-Z-O）。可是我把这个名字记错了，后来我跑到很多家超市打听：‘你们卖面粒米吗？面-粒-米（O-Z-R-O）。’谁也不知道我说的是什么。”在场的人笑了起来。乔纳又补充道：“但是你们知道，天哪，这些都是那么久以前的事情了。我只是……”他停了下来，不确定该如何说下去，“我只想说，要是能再吃到这么一顿饭，我愿意付出任何代价。”

最后，只有五岁半的拉金站起来走到台上，将麦克风调低，用哽咽的声音说：“我要读一首我写给贝外婆的诗。”拉金和照片里年幼的埃诗几乎一模一样，乍看之下有些诡异。不知为什么，拉金的美貌并没有被伊桑的血脉所影响，伊桑遗传给她的东西都在大脑里和皮肤表面，没有体现在面部特征上。今天，拉金穿着一条遮住手臂的裙子，朱尔斯认为她知道其中的原因。

这首诗非常早熟，而且感人。其中有一句是“她温暖的臂膀总能抚平我们的伤”，拉金读到这里落下了眼泪，鼻子和嘴巴都皱到了一侧。最后，她说：“贝外婆，我永远不会忘记你！”她的声音变成了哭泣，在场许多人见此情景也跟着哭了起来。朱尔斯突然想到，古德曼应该在这里。他先是错过了宠物狗的死——人生诸事的预演——而现在，他错过了真正的大事件。

也许在场的每个人都在想古德曼。朱尔斯想知道，他是否想来参加葬礼，是否甚至和埃诗讨论过坐飞机赶来的可能。朱尔斯回头望向后门，仿佛期待看到他悄然出现在紧急出口的标志下面，冒险打赌现场没人敢举报他。她可以看见他低头站在那里，双肩夹紧，双臂交叉，坐了一整夜飞机还没换衣服，一个高个子的中年男人。然而朱尔斯已经十九年没见过古德曼了，所以她只能在脑海里想象那副年轻英俊的面孔多了一头灰发。

在贝琪的女性好友中，偶尔有人提起古德曼的名字。在仪式期间，朱尔斯不时望向埃诗和伊桑。埃诗佝偻着身子，母亲的死仿佛让她自己也濒临死亡。伊桑始终搂着她的肩膀。他从中国香港回来时说，他手头所有的事都要暂时放一放。他取消了在加州理工学院的演讲，推迟了关于在雅加达创办格布哈希兰学院的会议。最终，当道德文化协会的负责人努力让仪式圆满结束时，沉浸在 Game Boy 中的小莫突然将游戏机砸到了地板上，发出一声钝响。他号啕着尖叫起来，挣扎着躲开姐姐和母亲，有人在门边阻止他跑出去。现场一片混乱，仪式仓促地结束了。

追悼会结束后，朱尔斯乘出租车送母亲回宾州车站。直到现在，洛伊丝·雅各布森依然不习惯独自在这座城市里走动。曼哈顿对她而言从不是个热情好客的地方。在这样的地方，你可能会度过充实却让人筋疲力尽的一天：去百老汇看演出，去布鲁明戴尔购物，最后马不停蹄地奔赴火车站。朱尔斯的姐姐爱伦也是如此。她和丈夫马克住在距离安德希尔两个区的地方，经营着一家派对租赁公司。爱伦曾经指出，朱尔斯从第一次去林中精灵之后就一直在追求“兴奋感”，而她则不需要那些。这话或许是事实。

“别做个局外人。”那天晚上，洛伊丝·雅各布森在宾州车站的月台入口处对她说。在入口后面，长岛铁路列车在呜呜的汽笛声中等待出发。她们亲吻彼此的脸颊。朱尔斯的母亲裹着雨衣、头发灰白，看起来弱不禁风。不过，或许这只是因为另一位母亲的死给朱尔斯亮起了警灯。

那天晚上，朱尔斯在新公寓里辗转难眠，她想着埃诗和贝琪，想到每个人都只能耐心地等着失去一个又一个所爱之人，同时还要表现出根本没在等待的样子。她和丹尼斯都还没找到收进纸箱里的床垫套，床单一角的弹力带也终于绷开，朱尔斯早上醒来时发现自己睡在光秃秃的床垫上，活像一个政治犯。丹尼斯已经在厨房里带着罗瑞做早餐了。今天是上学的日子——从气味来判断，也是吃鸡蛋的日子。她担心丹尼斯能否从某个尚未拆封的厨房用品纸箱里翻出锅铲，接着她想到，噢，埃诗的母亲死了。锅铲和贝琪·沃尔夫的死占据着她大脑的同一部分，在短暂的一瞬间显得同等重要。朱尔斯躺在裸露的床垫上嗅着油漆的气味，电话响起时，她没等丹尼斯接起厨房的另一台分机便拿起了电话。肯定是埃诗。她想。埃诗大概哭了整整一夜，现在终于熬到了早晨，她需要更多的安慰。朱尔斯十点还要见一位客户，一位因抛弃孩子而倍感恐惧的年轻新晋妈妈。她不能取消这次咨询。

她接通电话后，嘈杂的背景音里传来一个男人的声音："嘿。"

每当电话那头的声音不自报家门时，朱尔斯都认为也许是她的客户。"您是哪位？"她会用中立的语调询问，现在她就是这样询问的。

"你没认出我。"他说。

朱尔斯给了自己一秒钟的思考时间，就像在心理咨询时一样。线路的咝咝声是一条线索，但不止如此。她觉得她知道那是谁了，于是她坐起来抓紧毯子，裹在敞开的睡衣胸口，挡住她还带有床铺余温的、生有雀斑的胸口。

"古德曼?"

"雅各布森。"

"真的是你?"

"真的。我就是想给你打个电话,"古德曼说,"伊桑告诉埃诗,他这几周哪里也不去。他想陪着她。所以埃诗说她没法经常给我打电话,哪怕用她超级秘密的蝙蝠电话也不行。"朱尔斯还是不知道她能说什么;她无法镇定自若,她手忙脚乱。她听到划火柴的轻响,想象着古德曼唇间叼着一根香烟,歪着头凑到火柴上。

"你母亲的事我很抱歉,"她终于开了口,"她是个美好的人。"

"是啊,谢了,她很了不起。真是太他妈的遗憾了。"说完这话,他没再说别的,只是抽着烟。朱尔斯听到冰块落在玻璃杯里的动静。他所在的地方是四小时以后,中午十一点。可他也许已经开始喝酒了。古德曼问道:"那是什么感觉?"

"什么?"

"葬礼。"

"挺好的,"她说,"应该是她想要的那种。没有人提到上帝。所有人都致辞了,都很真诚。他们真的都很爱她。"

"所有人都是谁啊。"

朱尔斯提到了几个人,包括乔纳和米歇尔表姐,然后她说:"拉金读了一首她自己写的诗,非常感人,非常早熟。里面有一句提到你母亲的臂膀能抚平创伤。"话一出口,她忽然意识到古德曼从未见过他的侄女。拉金对他而言只是个概念,一个存在于照片里的一般意义上的侄女。

"说得没错,她真的可以,"他说,"我们小时候,她把埃诗和我照料得很好。显然,现在我不太经常看到我爸妈。每次他们过来的时候都像缩水了一样,尤其是我爸。我一直以为他会先走。我真不敢相信,我再也见不到我妈了。"说着,他的嗓音变得粗重而抽噎。

古德曼哭了起来，朱尔斯也随之热泪盈眶；他们隔着大洋一起哭泣。她试图在脑中勾勒他所在的房间、他居住的公寓，但她只能想象出一间暗棕色和金色的屋子，这是1977年的幸福咖啡馆留在她脑海里的配色。他以前从没想过要给她打电话；她一直是他最不感兴趣的人。他大概依然狂妄自大，但也满心伤痕。最近这段时间，每每提到古德曼的名字，埃诗总说："别问。"他们口中的古德曼已经无可救药，"一塌糊涂"。在这么多年里断断续续想起他时，朱尔斯始终清楚，他几乎从不会想起她。她与他是如此不对等，然而此刻她仍对他有一丝柔情。母亲般的柔情，因为他和他妹妹都失去了母亲。古德曼擤了擤鼻涕，随后她只能听到呼吸声。她等着他平复心绪，就像在做心理咨询一样，表现出同情心，不要着急。不过她确实该起床了，她想。她想在罗瑞上学前和她说再见；她想洗澡。她等着他停止哭泣。

"你会没事的吧?"他安静下来以后，朱尔斯终于问道。

"我不知道。"

"你在那边有没有，你知道，可以说话的人?"

"可以说话的人?就像冰岛版的斯皮尔卡医生?"古德曼问道，"噢对了，埃诗说你现在是心理医生。所以你相信那一套。"

"我是说朋友。"

"女朋友?"

"或者一群朋友，"她说，"都可以。"

"我在雷克雅未克有没有一群围坐在帐篷里的朋友?你是想问我这个吗?"他的声音不再哽咽，多了几分挑衅的意味。

"我不知道我想问什么，"朱尔斯说，"我只是随口一说。你不能就这么随便打电话给我。我是说，得了吧。"

"有些事永远不会变，对吗?"

"你这话什么意思?"

“你一直有点喜欢我，”古德曼说，“我们甚至有过一回，在我父母的客厅里，记得吗？一点点舌吻，我记得是吧。”他漫不经心地笑着，嘲弄着她。然后她听到一阵轻快的倾倒液体的声音，然后是更多冰块。

“我不记得了。”朱尔斯换了一副公事公办的口气，满脸通红。

“噢，我确定从那以后的每件事你都记得，”他说，“我知道这一切对你有多重要。在露营地度过的夏天。有趣分子。”

“这对你也同样重要，”她针锋相对地说，“你在林中精灵是个大人物，那里没有你父亲对你挑三拣四。你在那里就像在天堂一样。不只是我。”

他只说了一句：“你记性确实不错。”

“听着，古德曼，我理解你母亲的事真的让你很低落，”朱尔斯说，“我也知道你在那么远的地方生活很艰难。但我确定埃诗很快就会想办法给你打电话的。你们两个可以谈论任何事。但这对我来说太奇怪了。我现在不能这样做。对不起。”她哽了一下，“我想我要挂了。”朱尔斯说。古德曼什么都没说，于是她无意义地补充道：“我要挂了。”她把听筒放回座机上，然后在床上坐了整整两分钟，等待着，听着锅和盘子的声响，听着丹尼斯和罗瑞浑厚的声音。终于，她再次拿起听筒，确认他真的不在那里了。

时间一天天过去，两对夫妻继续各自的生活，有时分离，有时相聚，但始终与彼此不同。一对夫妇环游世界。另一对夫妇拆开剩下的纸箱，将先前的旧海报钉在墙上，将同样的轻飘飘的镀银餐具放进碗橱。他们渐渐习惯了坐电梯，不再记得当初爬过的楼梯。这套公寓让他们能稍微喘口气，不过他们依然不得不容忍某些不便之处。一天，一只老鼠蹿过厨房地板。朱尔斯对丹尼斯坚称，这就是从前公寓里的那只老鼠。它一路跟着他们来到这间新公寓，就像那些满世界寻找主人、最终奇迹般地和主人团聚的狗。

埃诗为母亲悲恸了很长一段时间，她给朱尔斯打了许多电话，她想和她说话，还问朱尔斯自己是不是给别人造成了负担。“你怎么会是负担呢?”朱尔斯说。至于伊桑，《费戈大陆》的衍生作品《阿尔法》成绩惨淡，这场众所周知的失败规模巨大、代价高昂，甚至威胁到了整个《费戈大陆》的事业。《好莱坞记者》刊登了一篇题为《费戈曼的一切都结束了?》的文章。伊桑又构思并创作了一部高预算的动画长片，名为《搭坝!》[1]，以卡通水獭为主人公表现童工的悲惨现状。这部动画片的评价很差，票房表现也很不理想，正如朱尔斯警告他的那样。当他第一次告诉她，他在考虑将其拓展为一个故事创意的时候，朱尔斯便对他说：“你确定要这样做吗?这听起来乏味又说教，伊桑。你只要坚持做实事就可以了。没必要把它做成卡通片啊。”“其他人都鼓励我做这个，”他答道，“埃诗很喜欢。”但是其他人总是对伊桑言听计从，而埃诗也总是在鼓励他;这是她的习惯。“卡通领域的《伊斯达》”,《记者》杂志这样评价[2]。每一次失败都被冠上“伊斯达”的名号;数年后伊桑声称，伊拉克战争就是战争中的伊斯达。工作室里没人公开指责伊桑，但他在晚餐时向朋友们解释说，这当然是他的错，因为反童工倡议的紧迫事宜显然不适合转化为异想天开的创意。“我应该听你的话，朱尔斯，”他从桌子对面看着她，情绪化地说，“我始终都该听你的话。”

电影在上映的那个周末表现得一塌糊涂，在那之后，伊桑请了几天假，在查尔斯街的房子里闭门不出。但在家里，他比以往任何时候都更清楚地发现，离开了工作，你就只能面对最真实的个人生活:对他而言，生活最突出的一面便是儿子的发育障碍。他的儿子小莫

1　英文标题 Dam It！谐音“他妈的”（damnit）。

2　《伊斯达》（*Ishtar*）是影帝沃伦·比蒂、达斯汀·霍夫曼和影后伊莎贝拉·阿佳妮主演的影片，演员阵容强大，票房和口碑却一塌糊涂。

烦躁易怒，常常反应迟钝，哭起来没完没了，一星期里的每一天都要接受不同教师和治疗师的轮番治疗。年轻善良的女人在屋里穿梭往来，她们都很可爱；伊桑开玩笑说，她们全都名叫艾琳。她们每个人都无比体贴善良，焕发着天使般的光芒；相比之下，至少在他自己眼里，他更显得冷酷无情，甚至更加恶劣。

他的女儿拉金天资聪颖、富有创造力，很容易得人疼爱。她已经说起，等到十几岁时想去父亲的动画棚工作室当学徒。她说："我可以写卡通故事，把它们画在纸上，就像你以前一样，爸爸。"这话让伊桑心痛，因为他早已远离用纸笔作画的日子。伊桑依然在为《费戈大陆》中的两个角色配音，依然负责整个前期制作、参加对台本和录音室的工作，在一天结束时也依然在动画棚里久久不肯离去。他身边的团队成员大概在想：拜托了，伊桑，我不能这样；我只想回家，我只想抽出一点时间留给自己和家人。我不像你，伊桑；我不能在那么拼命工作的同时还享受生活。虽然伊桑最近的故事片是一场灾难，衍生电视剧集也不尽如人意，但最初的卡通片本身依然运作得很好。什么也不能扼杀它。它没准能永远播放下去。

埃诗一直在兢兢业业地排演话剧，大部分是女性主义作品，尽管某些剧本并无新意。她的作品得到了评论家们满怀敬意的评价，他们对她低调的表现手法印象深刻，尤其是因为与她那声名显赫的丈夫对比鲜明。她的名字出现在"剧院中的女性"这一群体中，然而她对人们仍然认为这样的标签有意思或有必要感到愤慨。"我们不得不被视为少数群体，这真的很让人难堪。为什么我们总是一次次地将男性的声音当作权威？"她对朱尔斯抱怨，"噢，我不应该说'我们'。我们不是这样的，但'他们'确实是。我是说，其他所有人。"让她感到震惊和沮丧的是，即使在这样一个开明的时代，男性仍然在各个领域掌握着权力，哪怕是在百老汇之外这座不起眼的小剧场。

朱尔斯的客户规模有了合理的增长，但和所有心理咨询师一样，她也经历着病人加速流失的局面。今天的人们用抗抑郁药取代心理咨询；保险公司支付的诊疗项目越来越少；即使她坚持收费低廉，也还是有客户很快便不再接受治疗。留下来的人看起来也没有太大的变化。他们仍在尝试，对朱尔斯镇静、有趣和友善的陪伴表示感激；她也仍在这份工作中坚持着，仿佛这份工作可以照亮她、养活她的家人。

罗瑞渐渐长大，安然度过深深羡慕男孩的阶段，现在她过得很快乐。她是一个活泼好动的女孩，需要时刻保持运动。周末她会去联赛踢足球；平时放学后，丹尼斯会带她去公园，两个人来回扔球玩。丹尼斯还会提起回去上班的事，然而每每谈及此事，他的声音都忧虑得发抖。他关注着超声检查学的最新进展，还订阅了专业期刊，因为他对此感兴趣，也因为他还在希望自己有一天可以回去，只不过不是现在。

1997 年 3 月，朱尔斯和丹尼斯来到埃诗和伊桑家，与投资组合经理人和扫盲志愿者兼律师邓肯和夏伊拉共进晚餐。朱尔斯曾经叫他们一对蠢货。她和丹尼斯从来都不明白为什么埃诗和伊桑这么喜欢这对夫妇。但是多年来他们在休闲晚餐或正式庆典上见过太多次，现在再去探寻个中缘由为时已晚。邓肯和夏伊拉一定也同样困惑不解：埃诗和伊桑为什么对他们的老朋友—— 一位社工和一位抑郁症患者如此忠诚。谁也没说对方一句坏话；大家收到晚餐邀请便去赴会。两对夫妇都知道，他们对应着埃诗和伊桑生活中不同的部分，但是当他们同时出现时，这种相聚完全匪夷所思。

在这异常温暖的夜晚，三对夫妇在火把的映照下坐在后院小花园的餐桌旁。拉金带着小莫出来和大人们说晚安；她紧握着弟弟的手，站在花园橙色的光线里。客人们想让这一刻显得轻松愉快，但只是故作姿态。“小莫，”埃诗说，“罗丝喂你吃晚饭了吗？亲爱的？”

“不饿。”小莫说。

“你想不想尝尝我们桌上的食物？还有一些海鲜饭噢。”

每个人都局促地等他回答；虽然他们想表现得神态自若，可他们能预见将要发生的事，笑容也十分紧张。小莫摇了摇手，挣开姐姐的手，飞快地跑回了屋里。

“我最好跟着他，”拉金说，“我是弟弟的守护者。大家晚安啦。噢，妈妈爸爸，请给我留一点柠檬蛋糕放到我房间里的梳妆台上，哪怕已经很晚很晚了，好吗？”说完，她亲吻了母亲和父亲，迈着舞蹈般的步伐回到屋里。所有人都沉默地看着她的背影。

“他们俩都太可爱了。”终于，朱尔斯开口说。周围传来表示同意的声音。

由看不见的厨师准备的西班牙海鲜饭非常美味。男人们和朱尔斯的餐盘都已空空如也，米饭吃完了，酱汁和油也被面包抹干净，只剩下几个贻贝壳。然而埃诗和夏伊拉秉持让朱尔斯不安的女性作风，餐盘里还有一半食物。今晚吃饭时，和最近所有餐桌上的闲聊一样，每个人都在谈论万维网，都在讲述自己浏览的网站和听说过的创业公司故事。邓肯说起他和三个合伙人正在投资的金融网站，怂恿伊桑参与他们的事业；说话间，他根本没有看丹尼斯和朱尔斯一眼，完全没打算让他们参与对话，哪怕只是出于礼节。

邓肯说完了，夏伊拉开始讲述她在洛杉矶的一位老朋友、一位音乐制作人的妻子的故事。“她和罗伯拥有全峡谷最美的房子。在普罗旺斯也有房产。我的意思是，我嫉妒他们的生活。”

“噢，你才没有。”埃诗说。

“我真的嫉妒。我有一次在洛杉矶过周末，就打电话问她要不要聚一聚。开始她很不情愿，不过最终她同意我去她家里。于是我就去了。她变得很阴沉，真的，我觉得很惊讶。我好多年没见到她了；很久以前我们一起参加过格莱美颁奖典礼，如果要问我那年得奖的是谁，可能是比吉斯吧。我是开玩笑的，不过真的是很久以前了。

她说她很少出门，没有什么能让她开心，她承认她正在认真考虑结束自己的生命。我非常震惊。无论如何，长话短说，一周后她住进了西达赛奈医院的特殊病房，那里的环境和水疗中心差不多，只是要吃很多药。他们对她尝试了各种不同的治疗，但是都不见效。她在那里住了好几个月。保险公司不给她报销，不过当然，罗伯会买单的。他们都打算对她进行电击治疗了，就在那时来了一位医生，说有一种新药即将在加州大学洛杉矶分校（UCLA）开展临床试验，但那种药有点争议，因为它作用于血清素的原理和以往完全不同，谁也不确定会发生什么。他们要开展一次双盲试验，罗伯就说：'嗯，我们送她去参加研究吧，但是你们能否确保她不要分到对照组？'显然，就连他也不能强迫他们这么做。那些研究人员绝对遵守伦理道德。噢，或许也没那么绝对，因为他们把海伦娜塞了进去，如果他们为此把其他人踢出了试验，我一点也不意外。不到一个月，她就感觉不一样了。就好像她是重获新生的木偶。她是那么比喻的，不是我说的。"

没开玩笑，朱尔斯心想。

邓肯说："结果，当罗伯看到妻子的病情有所改善时，他给精神病学中心捐了他们收到过的最大的一笔捐款。那家机构现在冠上了他们的名字。我知道，"他说，"双盲试验的意义就在于双盲，但是当潜在的有钱捐赠者的妻子参加临床试验时，出于谨慎，你难道不该确保她不要服用安慰剂吗？"所有人都微微一笑，朱尔斯瞥了一眼丹尼斯，却惊讶地发现他对这个故事没有表现出多少兴趣。她不得不替他感兴趣。如果试验还在进行的话，他或许可以参与其中。她心想。凭借罗伯和海伦娜和邓肯和夏伊拉还有伊桑和埃诗，他可以排到队伍最前面去参加试验。凭借坐在这里或者他们在席间讨论的有钱人们。她知道，丹尼斯永远不会开口问他是否也可以尝试这种药物；他甚至不认为这有可能帮助到他。也许它确实可以。与任何事一样，你必须认识人；你必须拥有人脉、权力和影响力。洛杉矶的医生（至少其中的某些人）会被伊桑·费戈曼和他的上层朋友们说服。第二天，朱尔斯以丹尼斯的名义给 UCLA 打电话，对方告诉她：是的，临床试验仍在进行中，但已不再接受新的患者。接着，朱尔斯打电话给伊桑，他答应去打听一下。

没过多久，丹尼斯便乘飞机去洛杉矶与负责研究的医生会面，接受了血液检查和身体检查。一天后，他便被安排接受了双盲试验，他和朱尔斯强烈地期盼他服用的不是安慰剂。尝试这款名叫“定音”的药物后不到一个月，丹尼斯便相当确定自己得到的不是安慰剂。“只有外来的农民才会服用安慰剂。”朱尔斯告诉伊桑和埃诗。话虽如此，但她一度觉得丹尼斯服用的或许也是安慰剂。一种需要认识有权势的人才有机会尝试的药物，也许这种想法本身就有极强的暗示性，足以改变神经运作的模式。但是，不，那只会对朱尔斯有用，对丹尼斯没用。

他告诉她，他内心的一切似乎都舒展开了一些；直到那时他才意识到，这些年来他是多么封闭。“蜷成一团”，他这样对朱尔斯形容道。从前，他以为抑郁症只是让他的生命力流逝，而她看到的情景也是如此，可是现在他终于明白，抑郁症还将他扭曲成了一种不自然的姿态。多年来，他不仅感到抑郁，而且紧张不安。在那年春天和夏天，他的开放和回归缓慢而渐进，但却真实可感。朱尔斯接待过服用抗抑郁药的客户，她曾在他们身上看到过这种变化，只是此前从未在丹尼斯身上看到过。

“我睡得更好了。”他惊奇地说道。有一次，他在半夜把朱尔斯弄醒，脑袋埋在她的乳房之间轻声哭泣。她警醒地问他：“出什么事了？”什么事也没有，他告诉她。他只是醒过来，感觉很好。感觉想做一些事。对她做一些事。和她做一些事。过去时有时无的性爱又回到他们中间，就像埋没在一大堆杂物中、很长时间都无处可寻的旧时礼物。一开始他很不稳定，有一次他用手指插入她，让她像被踩了尾巴的狗那样尖叫起来，他吓坏了，生怕伤到她。"我没事，"她告诉他，"放松。轻一点就好。"还有其他问题：现在他需要做很久，他们对她事后不可避免的酸痛开起了玩笑。"你知道我想要什么样的厨具做礼物吗?"在一次后抑郁症时代全新的性爱结束之后，他们躺在那里，她问道。

"什么？噢，这是个玩笑。"丹尼斯说，"双关语。让我想想……不，我想不出来。"

"火锅[1]。"她微笑着说，下巴抵在他胸前。

夏天结束时，丹尼斯差不多完全找回了自我，自从1989年停用MAOI以来他第一次有这样的感觉。他们俩都不相信这会永远持续下去，甚至不相信这会持续一段时间。8月底，丹尼斯重新开始工作。虽然他在前一家超声诊所的工作记录上有个污点，但他设法证明，出现不当行为的原因是他当时患有尚未治愈的抑郁症，而现在已经康复。布拉齐尔医生也热心地支持他。唐人街一家人手短缺的诊所孤注一掷地雇了丹尼斯，开出的起薪很低。他先是在那里兼职工作；几个月后便转为全职。

两个家庭继续各自的生活，直到又一个十年结束，千禧年来临。关于全球计算机崩溃的担忧甚嚣尘上，这两对夫妇和孩子们还有乔纳和罗伯特在跨年夜聚在查尔斯街的房子里，在午夜十二点傻乎乎地集体屏住呼吸，然后都松了一口气。朱尔斯觉得自己对埃诗和伊桑的妒忌似乎也减轻了，妒忌本身也像是一种长期而顽固的抑郁症。眼下，丹尼斯早起穿衣服去上班的景象已经足够让她满意了。

随着时间的流逝，一些微小的变化悄然发生。其中之一便是埃诗缓慢但明显地接受了母亲离世的事实。她不再那么频繁而痛心地

---

1 此处"火锅"chafingdish中的chafing有摩擦之意，暗指性交。

梦见贝琪。此外，埃诗的容貌也略微不似从前那般美丽，而伊桑则略微不似从前那般丑陋。重新开始工作让丹尼斯十分欣慰，这份工作甚至让他兴致勃勃。而朱尔斯则更加努力，试图成为一位优秀的心理咨询师，为了她那群似乎从未有显著改观的客户。不过，当她看到埃诗和伊桑时，常常会想起一件让她觉得自己并没有完全改变的小事。她的嫉妒心不再像花朵一般怒放。丹尼斯从抑郁症中解脱出来改变了她的嫉妒心。它仍然在那里，只是缩成了花骨朵，不再活跃。她不再被它支配，所以她也开始试着理解它，甚至在网上阅读有关妒忌和嫉妒之间区别的资料。妒忌本质上是“我想要你拥有的东西”，而嫉妒则是“我想要你拥有的东西，同时我也想把它夺走，不让你拥有”。过去，她一度希望埃诗和伊桑的优渥条件被一下夺走，然后一切都会变得均等，一切都会平衡。但是现在的朱尔斯不再抱有这样的幻想。没有什么事那么可怕，一切都在可控范围内，有时甚至比“可控”更好。

这座城市在发展，变得更加清洁，无家可归的人口被一位狂热的市长用镇压手段清扫出了街道。大家都承认，尽管法律无情，但人们终于可以放心在街上行走了。不过，要在曼哈顿找到一处负担得起的住所几乎是不可能的，倘若没有伊桑给他们那笔钱并为他们做担保，朱尔斯和丹尼斯早就会和他们认识的许多人一样离开这里了。拉金去了布里尔利学院，那是她母亲曾经就读的私立女子学校。小莫被送进皇后区的一所特殊学校，学费贵到大多数父母（当然不包括伊桑和埃诗）不得不起诉市政府才能得到大部分学费补贴。罗瑞就读于当地的一所公立中学，目前还不错，但是到高中时会有一些问题，她需要在市里申请更好的学校才行。她的“测试结果不理想”，朱尔斯对埃诗说。不过罗瑞对那些测试乃至对学校本身都不感兴趣。她渴望成为一名护林员，尽管她的父母指出，想做护林员也要先完成相关的学习才行。他们不知道有多少学校有这类专业，甚至不知道她该去哪类学校；他们完全不了解这个话题。罗瑞与森林结缘最初还是因为伊桑和埃诗，在他们位于卡托纳的周末度假屋里，还是小女孩的罗瑞挥舞着一根棍子在树林里深一脚浅一脚地走着，她还去他们在科罗拉多州的牧场附近远足，这就是她在大自然里度过的最初时光。当她满身泥泞，穿着高筒靴从事城市常规生活之外的活动时，她是那么快乐。

2001 年世界贸易中心遭遇袭击，刹那间让所有人都变得平等。陌生人在街头交谈。每个人都同样感到惶然、恐惧、毫无自保之力。朱尔斯有史以来第一次将家里的电话号码留给客户，她经常接到电话。吃饭时间、睡觉时间甚至深夜都有电话响起，她可能听到“朱尔斯？我是詹妮斯·恪林。我很抱歉麻烦你，但你说我可以给你打电话，我实在太害怕了”。朱尔斯便会到另一个房间里与客户单独交流。她自己也很恐惧——亲眼见到如此大规模的原始的愤怒——但她从不会歇斯底里。她意识到，心理咨询师的身份为她在这场危机中提供了某种程度的缓冲，因为她没有放任自己过度焦虑的权利。她没有选择，她要帮助自己的客户，不让他们崩溃。西尔维亚·克莱因（那位几年前女儿死于乳腺癌的女人）现在非常害怕，她觉得无法控制焦虑的情绪。“如果再发生一次袭击的话，朱尔斯，”她说，“如果发生在深夜，我醒来听到了，那我真的应付不了。我只会尖叫。”

“那你就给我打电话，”朱尔斯说，“我准备好听你尖叫了。”

西尔维亚·克莱因打来电话时不是深夜，而是 9 月下旬一个工作日的清晨。西尔维亚从纽约市开车去新泽西看望她失去母亲的孙儿们，却发现自己在车里哪都去不了，荷兰隧道出口附近完全堵死了。根据广播的报道，前方显然有警察在行动，车流却纹丝不动。她认为自己马上就要惨遭杀害，很快就能和她可怜的亡女艾莉森团聚，再也见不到丈夫和孙儿们了。当基地组织引爆安装在某一辆汽车上的远程爆炸装置时，她将死在这辆蓝色日产斯坦扎里，在充斥整条隧道的烈火和毒气中死去。当她被困在车里等待死亡降临时，她拿出电话，祈祷隧道里能有一点信号。她奇迹般地发现手机还有信号，于是她给朱尔斯打了个电话。当时朱尔斯正在最近刚拖进卧室里、挤在丹尼斯衣橱旁的健身自行车上锻炼。

“朱尔斯，”电话那头的声音说，“我要死了。”

上一个对朱尔斯说这句话的人是丹尼斯，那还是他在餐厅中风的时候。现在，在她确定电话那一头是谁之后，她对西尔维亚说了当初对他说过的话。“你不会死的，”她告诉她六神无主的客户，“但我不会挂电话。我就在这里，我会留在这里，因为我其实也没有别的地方可去。”于是乎，她和西尔维亚保持通话，轻松地和她聊起各种话题。等到半个小时后她们终于没有话题可聊时，她鼓励西尔维亚播放一张车载 CD。“你那里有什么？有好听的吗？”

“我不知道。CD 都是我丈夫挑的。有几张还是艾莉森的。”

“哪几张？有朱莉·安德鲁斯吗？”朱尔斯想起，一谈起女儿小时候对朱莉·安德鲁斯的喜爱，西尔维亚的心情便明朗起来。

“不，我想没有。噢，让我看看。等等，是啊，这有一张，《窈窕淑女》。”

“就放这张。”朱尔斯说。

“我可以整晚起舞。”朱莉·安德鲁斯唱着，西尔维亚也唱了起来，朱尔斯也跟着唱了起来。三重唱声线飘摇，嗓音颤抖，却一直维系到最后，直到车流终于开始向前移动。

几天后的一个夜晚，在那个糟糕的月份行将结束时，丹尼斯和朱尔斯在晚餐后收拾残局。十一岁的罗瑞踩着滑板慢慢在公寓里转悠，就是不想面对她所厌恶的家庭作业。电视开着，在最近几周里总是开着。一个个频道播放着相同的片段。美国有线电视新闻网（CNN）举办了一场访谈节目，丹尼斯在一个频道暂停了片刻便换到下一个，但是一直盯着屏幕的朱尔斯却举起一只手说：“等等，换回去。”一个四十多岁的金发女人正在接受采访；她衣着光鲜，戴着金光闪闪的大耳环，面孔坚毅却痛苦。

“是她。”朱尔斯说道。她目瞪口呆。

“谁?”丹尼斯问。屏幕上显现出白字：凯瑟琳·克劳斯，贝利斯·迈科尔特首席执行官。这家公司在袭击中失去了469名员工；两周前的9月12日，首席执行官公开承诺，不会停止支付死者的薪水，以及其家人的健康保险。朱尔斯读到过关于她的报道，但在这次访谈之前从没见过她。

“凯茜·基普林格，”朱尔斯说，“噢，天哪。我的意思是，我并不完全确定，但我觉得是她。真希望我能给埃诗打电话！但那感觉太诡异了，我也不知道她会有什么反应。我要给乔纳打电话；希望他在家。”当她联系上他时，她说：“噢太好了，你在家。打开电视看CNN好吗?你得告诉我，我想的对不对。”

“怎么了?”乔纳在复式公寓里一边打开电视一边说。现在是广告时间。

“等一会儿。”

节目继续播放时，乔纳一言不发地看了大约十五秒钟，然后长吁了一口气：“是她，对吗?”

朱尔斯听到罗伯特在旁边说：“她谁啊?”

“是，”朱尔斯说，“我觉得是她。”

“嗯，我也觉得。”

朱尔斯和乔纳通着电话看了整整一个小时，凯茜的形象牢牢吸住了他们的目光。她终于戏剧性地推开了她的时空之门。她的脸被拉长了，神情紧绷而不安，但她的指甲保养得很好，举止也很专业；她学会了在公开场合镇静得体，尽管她看起来再一次濒临崩溃。

“您如何回应对您的批评?”生着鹰钩鼻的电视主持人问她，他身体向她前倾，仿佛打算亲吻她或者给她一拳。

"我仍然会信守诺言。"

"但是失去配偶的人们说,您并没有这样做。他们的薪水没有了。他们在一生中最落魄的时刻失去了健康保险。"

"钱只是还没到位,"凯茜说,"我原本认为我们很快就可以重整旗鼓,以某种有限的形式在其他地方重新启动,但事实证明这是不可能的。听着,我请求员工家属们多一点耐心。正如您所知,我们正在筹划救助基金。但是我真的需要各位再给我一点时间。"

"没错,"乔纳说,"我读过报道——她说她将钱给到每一个人。但后来她根本没给钱。"

"她说那不是她的错。"朱尔斯说。

主持人在接听观众来电,他轻声说了一句"请说吧,来电者",然后便将电话转给了凯茜。

"我们信了你,"一个女人声音沙哑而狂怒地说,"我们信了你对我们说的话。我们家垮了,不仅是因为我们很伤心,还因为没有了我丈夫的收入。你就这样怀念为你工作的人吗?这就是你干的事?"

"我们会照顾您的,"凯茜波澜不惊地说,"请再给我们一点时间。"

"你真是个伪君子,真是难以置信。我是说,滚你——"没等来电者说完,线路便切断了。

凯茜·基普林格静静端坐在镜头前。朱尔斯和丹尼斯也静静坐在他们的客厅里,乔纳也静静坐在他的公寓里。对这一切懵懂无知的罗瑞踩着滑板转来转去,尝试新的动作。朱尔斯看着凯茜坐在演播室的转椅上,承受着遇难员工家属的怒火,也接受着一位律师和一位精神治疗医师温和的支持,那位精神治疗医师有些放荡,又像母亲一样慈爱,她经常在晚间新闻节目里抛头露面。凯茜平静地端坐在那里,不断重复请求诸位耐心的台词,但是在这一小时结束时,她也显得疲惫不堪。在片尾字幕背后,她在最后一个镜头里轻轻擤了擤通红的鼻子，然后摇了摇头。

丹尼斯关上电视，起身去哄罗瑞上床睡觉。“你还在吗?”乔纳在电话里问朱尔斯。

“在。”

“所以你怎么看?”

“我不想听起来像那个心理咨询师，那个‘阿黛尔博士’，”朱尔斯说，“但是要我说，凯茜简直就是在重复她认为自己遭遇过的事。”

“能解释一下吗?”乔纳说。

“噢，你知道，当初她和古德曼的事，她觉得没人为她说话。没人在意她。因此，发生这场严重的惨剧时，她顺理成章地想做一个英雄。问题在于她做不到，钱没有到位。所以最终，她对这些家庭做了她说古德曼对她做过的事。她说我们对她做过的事。”

“还有本·拉登。”

“没错。毁了她。”

“那你认为她被毁了吗?”乔纳问。

“噢，我不知道，”朱尔斯柔声说，“我没办法知道。”

“你真的还记得古德曼，记得那么清楚吗?”乔纳突然想知道这一点。

“我记得某些细节。他被晒伤的鼻子，他的膝盖，还有他那双穿凉鞋的大脚。”

“是啊，他是个强壮又性感的家伙。”乔纳说。

“他是的。”

“我当时一定很迷恋他，但那时我根本不知道该怎么处理，”乔纳说，“那时我没法对你们中的任何一个人承认我是同性恋，我对自己都不怎么敢承认，尽管老天知道我永远都是同性恋。天生的同志。”他静了下来，“我想知道他现在过着什么样的生活。不管他在哪里，他如何养活自己。凯茜改头换面，最后有了这么辉煌的金融生涯。我不知道古德曼的天赋最后会是什么样。除了把事情搞砸。他很擅长那个。”

“还有诱人。”朱尔斯用微弱的声音说。

“那么，你觉得他和凯茜之间到底发生了什么？”

“乔纳。”朱尔斯不知道该如何作答。他居然从未如此直接地问过她这个问题？“我们在纽约，这场大规模恐怖袭击发生才几周。我们都在过好自己的日子。你现在问我凯茜和古德曼的事？”她在回避他的问题，想将球踢回去，但她的反应并不太令人信服。

“对不起，”乔纳惊讶地说，“难道你再也没想过这件事吗？”

面对这个问题，朱尔斯刻意沉吟了一会儿。“是啊，”她说，“我想过。”

十六

“如果您在 1986 年我初次被确诊时告诉我，我在 2002 年依然活着，那我一定会问你在嗑什么药。”罗伯特·高桥对暗金色的宴会厅说。听众对他的话报以礼貌的笑声，也有略显不安的轻声咳嗽。他继续说道：“不仅如此，如果您在 1986 年告诉我，某一天我们城市的双子塔将被劫持的客机撞倒，我也会说同样的话。”那一晚的早些时候，当罗伯特在乔纳的复式公寓里排练这篇演讲时，乔纳在此处打断罗伯特说，他看不出恐怖主义这一句和主旨的关联；听起来有些欠妥，但罗伯特坚持有必要保留。此刻，罗伯特继续讲道：“但是据我所知，在我被确诊十六年后，依靠蛋白酶抑制剂和精心的照料，艾滋病虽然仍是一种严重的疾病，但再也不是不容置疑的死刑判决。我感谢浪达法律在过去这些年为我提供的绝佳工作机会，让我在这些年里保持惊人的活力——那些弥漫恐怖氛围的年头，那些令人无比悲伤的年头，以及现在这个我想可以称之为焦虑年代的新时期。我本人就很焦虑，但也充满希望。而且还活得好好的。”

掌声响起，大家又倒了一些咖啡，面对让人毫无食欲的甜品，勉为其难地戳了戳最上面黏糊糊的一层和必不可少的三颗覆盆子。接着，一名法国病毒学家发表了另一番演讲。当晚的最后一名演讲者是位矮个子的激进主义修女，每每凑到位置太高的麦克风前讲话时都要振臂疾呼。乔纳和罗伯特穿着裁剪精良的深色西装，坐在最前排的一桌。多梅尼卡在20世纪初是一家储蓄贷款公司，现如今，这个有着高耸天花板和木镶板墙的地方倒非常适合举办募捐晚会，就像今晚的这一场。时值2月底，城里的许多冬季慈善活动都取消了；大家都没有心情或精力来操办这些事宜。然而这次慈善活动的组织者说过一句话，大意是如果我们不会向艾滋病低头，那也就不会向恐怖分子低头。

这其中的逻辑并不完全站得住脚，不过已经过去相当一段时间，普遍的恐慌情绪也有所缓解。你不再一天到晚害怕另一座建筑会轰然倒塌或者脏弹会在时代广场爆炸，相反，你可能觉得有些想反抗。这就是今晚的情绪。在这个房间里，许多年岁渐长的男人相拥起舞，一如20世纪80年代在聚光俱乐部、圣徒俱乐部或者小胖俱乐部的年轻男人或男孩。从那时到现在，他们的数量不断缩减，而在那些仍然活着的人当中，许多人都西装革履地出现在今晚，他们仍在坚持。

显然，罗伯特·高桥不再濒临死亡，至少不再是必死无疑。他坚持了足够长的时间，终于等到蛋白酶抑制剂纳入标准治疗方案。突然间，人们惊讶地发现，如果你运气好到可以耐受药物的副作用，那你或许可以生存相当长的时间。他们认识的人当中谁也不曾想到自己一生中会出现这样的变革；他们曾认为死去的人将排成无穷无尽的长队。不过，艾滋病仍然经常置人于死地。人们不采取保护措施，一无所知地将疾病传播开来。许多地方的人往往买不起或者根本买不到药物，因此，世界上依然有许多人濒临死亡，艾滋病依然是原因之一。只是某些地方还存有希望。死亡可以被延迟，被抵制。里根总统很久以前就退出了历史舞台，现如今他已是一位神志不清的长者，大概已经不再记得当初的所作所为——或者只记得他漫长总统生涯中某些特别的闪光时刻："戈尔巴乔夫先生，推倒这堵墙吧。"[1]

1 1987年，里根在庆祝柏林建城750周年发表的柏林墙演说中的名句。

今晚，罗伯特获得了尤金·沙尔夫斯泰因法律行业政治活动奖。在典礼和晚宴结束后，罗伯特依然待在多梅尼卡流光溢彩的酒吧里。在他周围，许多年轻男人也还没有散去，但他们几乎没有正眼看过罗伯特和乔纳。在新一代人眼中，他们只是上一辈的时髦男人而已——刚过四十岁的他们的确差不多算是上一辈人了。他们两人都喝了很多酒。罗伯特不该这样，但今晚是个特殊的场合。醉得不轻的他一把扯过乔纳的冰蓝色领带，对他说："你穿西装真好看。我经常这么对你说。"

"谢谢。"

"你应该每天上班都这么穿。那样你在所有的会议上都可以为所欲为。所有人都会想和你做事。"

"我工作的地方没人穿正装，你知道的。"

"我不知道。你很少和我说工作的事。"

"你很少问。"

在他们共同度过的这些年里，罗伯特只去盖奇机械拜访过乔纳一次，当时那家机器人设计公司还在旧址。罗伯特从未见过乔纳洒满阳光、设有绘图台和软木告示板的小工作间，告示板上钉着一张他和罗伯特的合影、一张全世界最大的乐高模型的照片，还有一张他母亲在驳船上和彼得、保罗和玛丽乐队唱歌的照片，那是大约一百万年前的事了。不过乔纳觉得，说句公道话，他也只去过罗伯特的办公室一次。这就是他们相处的方式。在他们独处的夜晚，两人往往都忙于与对方无关的事。就算脱到只剩平角短裤、准备上床睡觉，罗伯特也总是在他的黑莓手机上打字，而乔纳则坐在桌旁查看设计图。罗伯特每周有一半时间都睡在自己的公寓里，就在不远处的斯普林街上。

"嗯，你看起来真不错。"此时此刻，罗伯特在酒吧里对他说。他俯身向前，飞快地吻了乔纳一下。乔纳希望他没有察觉到自己的退缩。罗伯特身上散发着浓烈的威士忌味。就算在最好的情况下，乔纳·贝伊的肢体表达也做不到完全轻松自如。罗伯特放开他的领带坐回凳子上，脸色渐渐有了变化。他正色道："乔纳，我有事要跟你说。"

"说吧。"

"我们在开始的时候达成了协议，你不觉得吗？"

乔纳感觉到小臂和小腿的肌肉绷紧了。"我不确定你是什么意思。"终于，他开口说。

"你不能和我做太多事。没关系，因为说实话，我那时候也没法给你太多。我当时刚被确诊。我快要死了。我们不得不留心自己在做什么，当然了。我们一直是这样做的。其实挺好的，真的。"

"然而？"

"然而现在，你也知道，"罗伯特的语气非常不自在，但他逼着自己说下去，"看起来我并不一定会为此而死。而且说实话，乔纳，我一直在想，我想要某些更完整的东西。"

"完整？你到底什么意思？"

"噢，你知道的——全套。爱。性。从头到尾。一个全身心扑向我的人。"

"所以你打算去哪里找这个全套，罗伯特？扑向你的这个全套。"

罗伯特低头盯着自己的酒杯，那是人在分手时不由自主地看向的地方——令人愕然的丑恶事态表明，这正是一次分手。"我已经找到他了。"他说。

"你已经找到他了。"一个令人酸楚的陈述。

"是的，"罗伯特抬起眼睛，勇敢地应对乔纳的注视，"三个月前在董事会会议上。他在哥伦比亚做研究。他是阳性。"

乔纳想都没想便问："他研究的是阳性？"

"他是艾滋病毒阳性。和我一样。我们就聊了起来。我们陷进去了，乔纳。本来不该发生的，这我承认。但是我们感觉……自由了。太美妙了。我觉得我们的关系中一直都没有多少自由，你和我都没有。”

“噢，自由，那就是你梦寐以求的？你的圣杯。就是他妈的不戴套？”

“不只是那个，”罗伯特说，“他明白和艾滋一起生活意味着什么。”

“那我呢？我和你生活了这么多年。”

“不，不是和我。你从来不想让我搬去和你住。听着，我得了今年的尤金·沙尔夫斯泰因奖，我觉得我有资格在这里说一句实话。你一直都想把自己和别人隔开，乔纳。那是你的事，不是我的。我一直顺着你，不然我还能怎么做？”

他每一次说出乔纳的名字，感觉便更加糟糕。罗伯特仿佛是个和善而遥远的人，正在对一个在劫难逃的人说话。过了这么久，到头来罗伯特才是那个幸存者，而乔纳却只能停留在疾病和健康之间的炼狱中。“好吧，”乔纳尽力保持情绪的稳定，“所以你现在打算做什么？”

“我想我该走了。”罗伯特说。

“走？走是什么意思？去找那个家伙？那个‘研究员’？”他想给这个称谓一点讥讽的色彩，但在这个时候讥讽实在是不成熟，而且荒谬。

“是的。”

罗伯特握住乔纳的手。可他从玻璃杯上拿开的手是那么冰凉，那样的触感完全不能给人安慰。乔纳会一直记住一个已经离开他的男人的指尖按在他手上的感觉，一个已经在想着他的研究人员、想着之后的夜晚和生命的男人。现在他可以生活，可以被爱。现在他自由了。罗伯特·高桥说：“我们有过一段非常美好的时光。我们不孤独。但是现在也许我们应该看看，风会将我们带去哪里，可以这么说吧。”

那一夜，曼哈顿下城的街道活像一个风洞。乔纳的领带在他肩头翻飞，他把手插进外套口袋，在其中一个口袋里摸到一团年代久远、已经结成硬块的纸巾，在另一个口袋里则摸到几枚粘着棉絮的硬币和现在已经绝版的、刻有镂空五角星的地铁代币。乔纳现在还不能回家。他发现自己走到埃诗和伊桑家门前按响了门铃，查尔斯街就在这附近。屋里应声响起铃。一台监控摄像头嗡嗡响着对准乔纳的脸部，对讲机里传出一个牙买加口音的女声。“您好，请问是哪位?”是保姆罗丝的声音。

“嗨，罗丝，”他尽可能轻快地打了个招呼，“埃诗和伊桑在吗?我是乔纳·贝伊。”

“噢，等一下，请转过来一点；好了，我看到你的脸了。他们不在家，乔纳；他们飞去科罗拉多的农场了，不过明天就回来。伊桑要开会。我能帮你做什么吗?”

“不，”他说，“不用了。只要跟他们说我来过就行了。”

“你等一下，好吗?”

“好的。”乔纳在台阶上驻足，不清楚为什么要让他等在那里。但是罗丝很快打开沉重的大门请他进屋。前门门厅笼罩在暗淡而宁静的光线里，却找不到光源。保姆在门厅里递给乔纳一台无线电话，然后领他走进一个之前他从未踏足过的客厅。还有些醉意和心痛的他坐在紫红色的天鹅绒长椅上，长椅上方挂着一幅画着软冰激凌蛋卷的大画。

“罗伯特离开我了。”他强忍住哭声对电话那头的埃诗说。

“他离开你了?”她问道，“你确定吗?不是吵架了?”

“我们没有吵架。他有别人了。”

“这太意外了，乔纳。”

“一个‘研究员’。显然，我太压抑了。”

“不是那样的，”埃诗说，“你是个非常讨人喜欢的人。我不知道他到底在说什么。”然而她当然知道，她只是有礼貌而已。她说：“等我回家以后，我的时间都是你的。但今晚你就在我们家过夜好吗？罗丝和伊曼纽尔会替你安顿好的。要是我们在家就好了，但我们让《赫卡柏》的演员飞到这里来排练，伊桑也来了。明天早上你可以和拉金还有小莫一起吃早饭；这样可以吗？你可以帮我看看他们。我不喜欢和小莫分开。他很难适应日常生活有变化。”

于是乔纳在二楼的客房里度过了那个夜晚。在他看来，这间客房差不多和白宫的林肯卧室一样宽敞。他依稀记得，母亲在吉米·卡特任总统期间曾在那里住过一晚，她用宝丽莱相机拍下了房间的照片。（罗莎琳·卡特特别喜欢《随风而逝》，晚餐后听苏珊娜演唱这首歌时，她甚至流下了几滴眼泪。）第二天早晨，当阳光洒满乔纳的睡床时，有人敲响了房门。他坐起来说了一声：“请进。”埃诗和伊桑的孩子们走进房间，乔纳吃惊地发现，从他几个月前见到他们以来，他们又变了不少。拉金美丽端庄，含苞待放，正在走向青春期。小莫，那可怜的孩子看起来很不稳定，哪怕站在原地什么都不做也显得不太对劲。他抱住自己的样子令人不安。他用探询的目光盯住乔纳。

“嘿，你们好。”乔纳坐起身来打招呼，突然觉得很不自在。他从来无法穿着衬衫入睡，此刻的他赤裸着上身，一如往常的长发开始泛出灰色，他担心自己在这些孩子眼里就像一个不怀好意又阴柔的吉卜赛人。不过乔纳永远觉得自己多少有些不对劲，不管有多少男人或女人曾经夸赞他的脸、他修长的身体、他为残疾人设计的设备或者他的“和善”——人们习惯于用令他恼火的词来形容这个隐忍而礼貌的男人。

“妈妈和爸爸说你在这里，乔纳，”拉金说，“他们说，如果可以的话，你应该留下来和我们一起吃早餐。伊曼纽尔正在做华夫饼，妈妈说，能吃到他做的华夫饼，死了也值得。”

“我不想死，”小莫的嘴唇颤抖起来，“你知道的，拉金。”“我在开玩笑呢，小莫。”他姐姐说着，将手臂放在他的肩膀上，“想起来了吗？这是个笑话。”说完，她越过弟弟的脑袋说：“他是我们见过的最抠字眼的人。得了自闭症的人就是这样的。”

乔纳穿好衣服，循着孩子们的声音走上一段楼梯，来到一间储备丰富的游戏房。拉金站在画架旁技艺娴熟地画着风景，描绘的显然是她在科罗拉多牧场的卧室窗外的景色。小莫像比他年纪小得多的男孩那样趴在地毯上。无数乐高积木散落在他周围，仿佛这里发生过一次火山喷发，所有喷出的碎屑都冷却变硬，成了乐高积木。乔纳心怀敬意地站在那里静静看着。很久以前，他也热爱乐高和这些小零件拼成的各种东西。从某种意义上说，他是因为乐高才会去麻省理工学院。现在他在盖奇机械工作，也是出于当初对什么可以联动、什么又不能联动的兴趣。

“你在做什么？”他问。

“垃圾车铲。”男孩头也不抬地说。

“它是怎么运作的？”乔纳问道。他蹲下身，让小莫·费戈曼演示他的发明。他立刻看出小莫天生对机械有深刻的领悟能力。乔纳问他垃圾车铲的运作方式，向他提出一系列关于用途、外形、功能、耐用性和美观性的问题。小莫对此展现出的冷静的技巧让他震惊，不过他对这一切的态度也很冰冷。他热爱乐高，但他的表现却像个工人，就像那些激发伊桑去做现在这番事业的童工中的一员。

过了一小会，在早餐桌上，乔纳被照料得像是费戈曼家的第三个孩子，而不是一个在短短八个小时前被另一个男人宣布分手的男人。乔纳和孩子们坐在阳光明媚的厨房里，窗外是一片花园，花园里有一堵藤蔓异常茂盛的墙壁，看上去好像一幅挂毯。他无比渴望能生活在这里，拥有像埃诗和伊桑这样的父母，而不是像他母亲那样，充满好意却无法保护他免遭剥削和贬低。在佛蒙特州的农场上，苏珊娜·贝伊依旧和她的丈夫里克住在一起，教人弹吉他，做祷告，在那个封闭的世界里受到尊崇，被包裹在统一教会里享受声望和爱戴。她向乔纳保证，她非常喜欢那里的生活，毫不后悔自己从更大的世界溜进那个较小的世界。在她的日常生活里，她因为才华而得到别人的欣赏，这一点就远远强过乔纳自己。

“你还好吗?”拉金突然问他。乔纳吃了一惊，不知该如何回答。

“他为什么会不好?”小莫问，“他又没有毛病。”

“你又在抠字眼了，”拉金说，“我们讨论过这个，小莫你记得吗?”

“我还好，”乔纳说，“不过，如果你觉察到什么的话，我现在只是有点难过。”

“难过？为什么?”小莫不耐烦地喊道，声音像犬吠一般。

“嗯，你们见过罗伯特，对吗?”

“那个日本人，”小莫说，“我都是这样喊他的。”

“噢，是吗？噢。好吧，他不想再做我的伴侣了。所以这对我来说很难。他是昨晚和我说的，所以我才会流落到这里来。”谈话的方向忽然偏离了轨道。他为什么要和两个孩子讨论自己的感情生活和分手？再说，他的措辞感觉也不甚准确；他从来都不曾是任何人真正意义上的伴侣。

拉金看着弟弟，用一种独特的方式注视着他，显然她之前也曾用这样的目光看他。“小莫，”她说，“你听见乔纳说他很难过了吗?”

“听见了。”

“所以现在恰当的回答是什么?”

小莫绝望地环顾四周，就像教室里的学生在墙壁上疯狂地搜索考试答案。“我不知道。”他略微垂下脑袋。

“噢，真的没关系的。”乔纳说着，将一只手放在小莫的肩膀上。他瘦骨嶙峋的肩膀像木头椅背一样干硬。

“你知道的。”拉金温柔地说。她的弟弟看着她，等着熬过这个时刻，等着想出回答。突然，他找到了答案。

“我很抱歉。”小莫说。

“对乔纳说。”

“我很抱歉。”伊桑的儿子竭尽全力想用声音表现出感情，尽管乔纳不必竭尽全力予以回应。

十七

八十四岁的曼尼·翁德里希依然精神矍铄，只是眼睛看不见了。他的妻子伊迪身体没那么硬朗，不过视力还不错。话虽如此，但他们俩不再适合独立承担夏令营的经营活动，哪怕只是指导部分例行工作也不行。而且他们俩都对此心知肚明。或许他们很多年前就该彻底放手了。2010 年的露营季刚结束，参营人数大不如前。翁德里希夫妇认为过去几年来为他们打理露营地的保罗·惠尔赖特[1]是个毫无创意的年轻人，他们在昨天解雇了他。他们对他说，希望他对此不要有不好的想法，他们只是想让明年的林中精灵尝试另一条道路。

"曼尼，伊迪，"保罗对他们说，"事实上我确实有不好的想法，因为我在努力让你们这个地方运作起来。从某种程度上说，你们两位都生活在过去，这让我很有挫败感。这不是 21 世纪的孩子想要的那种夏令营。现在的孩子都懂科技。我知道你们很难面对这个事实，但是除非你们找到能真正让这里与时俱进的人，否则局面只怕会越来越糟，你们会严重亏损，最后根本做不下去。如果你们允许的话，我可以做得比现在多得多。"

"计算机游戏设计，"曼尼奚落道，"这就是你所谓的'多得多'?"

"嗯，是的，我们可以建一个机房，"保罗说，"孩子们不仅可以

1 保罗·惠尔赖特（Paul Wheelwright），其姓氏 wheelwright 有"车轮匠"的意思。

设计电子游戏或者查收电子邮件，还可以做更多别的事情。家长肯定很高兴通过电子设备和孩子们保持联系。别忘了现在所有的东西都完全实现了计算机化，除了在这里。孩子们一整个夏天都在动画棚里在纸上画画。那与现实世界一点关系也没有。”

“现实世界？”伊迪觉得受到了冒犯，“告诉我，保罗，像伊桑·费戈曼这样的人在现实世界里过得怎么样？他当初也在纸上画画，不是吗？只不过他设法适应了变革。我们在这里给他打好了基础，这才是真正重要的。按我的标准，他最后表现还不错。有些人或许会说比‘不错’还更好一点。”

“伊迪，我当然知道伊桑·费戈曼很久以前参加过林中精灵。他在很多很多次采访中都提到过。我毫不怀疑你们一定无比自豪夏令营里有他这样的杰出代表，任何人都会为他自豪。他是从这里起步的，真让人惊奇，非常棒。”他停顿了一下，“你们为什么不联系他呢？如果他知道你们过得这么艰难，我敢说他肯定会拨一大笔钱来。他和他妻子没准会买下整个营地。她也来过这里，对吧？他们不就是在这里认识的吗？”

“我们永远不会向他要任何东西，”伊迪说，“那太下作了。我们的初衷很纯粹，保罗。”

“噢，你们尽管纯粹好了，但如果生意不好，知道你们最后会剩下什么吗？一大堆剪贴簿，里面都是一撮撮满脸粉刺的十五岁小孩排演老版《素娥怨》的照片。”

“你这话说得过分了。”曼尼说。

“我只是认为，你们拒绝让孩子们接触所有那些可供选择的工具，”保罗说，“外面的世界真的很神奇。互联网为每个人开启了无数可能。假如一个孩子好奇……艾比路[1]，那他现在就可以通过网络

1 艾比路（Abbey Road），披头士乐队的录音室所在地，也是其标志性专辑封面的拍摄地。

前往那里。看到街头实景甚至进入录音棚。突然之间，人们甚至可能进行某种虚拟的时间旅行。这些对想象力的作用都是惊人的。”

曼尼摇了摇头说：“噢，得了吧。你是想说因为互联网、因为所有那些异想天开的体验、想法和工具提供的可能性，突然之间就人人都是艺术家了？但这正是问题的关键：如果每个人都是艺术家，那就谁也不是了。”

“有原则是好事，曼尼，”保罗说，“但我还是觉得你必须适应时代。”

“我们适应了，”伊迪说，“20 世纪 80 年代多元文化主义盛行的时候，我们做了个管理决策：开设传统西非鼓乐课，而且你也知道，这堂课到今天还在。我们的鼓乐老师莫莫卢后来一直和我们在一起。可以这么说吧：我们为他拿到签证出了不少力。”

“是啊，那是很了不起，而且莫莫卢也很棒，”保罗说，“不过多元文化很容易实现。你们当然可以将多元文化融入营地生活，我知道现在确实比以前更加多样化。但我觉得科技对你们两位来说要难以接受得多。种族主义者和排外主义者认为多元文化主义是美国的敌人，而你们则认为科技是艺术的敌人——这同样与事实不符。伊桑·费戈曼在这里露营的时候还是 20 世纪 70 年代中期吧，我猜？那时候科技甚至根本不存在。现在它存在了，你们就不能再假装它不存在。所有领域的艺术家都有数不清的数码工具可以使用。作曲家有，就连画家也会用计算机，还有编舞者。作家全都用计算机；你们去找找哪个作家不用。假如梭罗生活在这片森林里，他也会希望这里有无线网络。你们不想再和我合作，我理解。但即使没有我，我认为你们也需要整体改进——不只是计算机化，可能还需要在其他方向上有所拓展。”

“什么方向？”曼尼的声音充满挫败感。他无法用眼睛看清楚折磨他的这个人的面孔；耳中听到的是关于夏令营已走到穷途末路的狂轰滥炸，来自一个频繁摇头的朦胧的男性身影。

“嗯，比如羊驼。我之前和你们说过，你们有能力开设一间羊驼舍；最近很多夏令营都有，很受欢迎。女孩格外喜欢照顾它们。这种动物比你们想象中更加聪明，而且很容易管理。”

“谢谢你的建议。”曼尼说。

“而且，嗯，你们可以组织体育运动啊。不只是打打乒乓球再偶尔扔扔飞盘。我听说有一家艺术夏令营甚至有一支魁地奇球队，”说到这里，他轻笑了一声，“如今有艺术气质的青少年比过去更全面发展。他们想让简历更充实。说到这个，你们还可以提供社区服务证明。”

“证明什么？”翁德里希夫妇中比较强硬的伊迪喊了起来，“‘证明他们打扫了帐篷？’‘他们为《美狄亚》缝制了演出服？’‘他们互相帮忙卷烟卷？’”

“不，”保罗耐心地解释，“证明他们做了实事。此外还有别的。你们要利用社交媒体。我知道这话在你们听来很刺耳，但请容我把话说完。你们不仅应该注册一个脸书账号，还应该玩玩推特。”

“推特，”曼尼挥了挥手，“你知道那是什么吗？一窝戴耳机的白蚁。”

“这些真的足够了，保罗，”伊迪说，“你说得很清楚了。我们感谢你付出的所有工作。你的最后一张支票应该放在前台了。你该出发了。”

“现在是谁过分来着。”他低声说着，摇了摇头便走开了。

朱尔斯·雅各布森-博伊德在城市公交上昏昏欲睡。她和丹尼斯送读大四的罗瑞去纽约州立大学奥尼昂塔学院开始新的学年，昨晚刚回到纽约。罗瑞的专业是她父母完全不懂的“环境空间学”。虽然不如拉金·费戈曼那么才华横溢，但罗瑞也完好无损地度过了童年时期，成长为一名成绩中等的学生和一个热情洋溢、活力无限的人。她知道自己想去外面的辽阔世界闯荡。去环境空间里。离家上大学时，她顺理成章地搬出了公寓，没费多大周折。虽然大家都说经济不景气，孩子们直到二十六岁才能彻底脱离家庭，但罗瑞并没表现出需要或者想回家的迹象。学校放假时，她偶尔会在几个朋友的陪伴下回来一趟，她的朋友们都是热爱户外、爱嬉笑热闹、并不完全为父母所了解的年轻女人。五十一岁的朱尔斯和丹尼斯步入了对大多数人而言相对安静的时期——略有下滑地原地打转。丹尼斯靠定音维持着不错的精神状态，不过有时必须调整剂量。他很高兴回到诊所，现在他订阅了三份不同的超声检查期刊，对这一行的知识越来越丰富，诊所的工作人员都来向他请教。

朱尔斯和丹尼斯租了辆车一路开去奥尼昂塔。他们那个一头黑色卷发、面部线条生硬、行事果决的女儿依次和他们两人紧紧拥抱，这时，她在校外出租房（一栋破败的粉色维多利亚式建筑）的一位室友从二楼探出整个身子喊道："罗瑞，赶紧滚上来！"此刻，朱尔斯困得眼皮打架，头倚窗户坐在人满为患的公交车上，穿过百老汇前往她的办公室，这时她注意到了坐在她对面的女人。没过多久，全公交车的乘客都注意到了这个女人。每隔几秒钟，她便狠狠地抽自己一耳光。朱尔斯震惊地看着她。每当她这样做时，陪在这个可怜女人身旁的女子便温柔地握住她的手，对她低声说些什么。她们好像真的在交谈，那位失常的女人微笑着点了点头。之后是片刻的沉默，然后，那位失常的女人挣开手，又是"啪"的一声，更加用力地抽打在自己脸上。另一个女人再次轻柔地哄着她。她们的模样有些相似，大概是姐妹俩，甚至可能是双胞胎，只是疾病的长期折磨让精神失常的那位女人容貌有些扭曲，所以两个女人之间并不十分相像。

朱尔斯知道她现在应该移开视线，否则会很失礼，但她发现自己做不到，所以她干脆将好打听的注意力转移到那位轻声说话的姐妹身上。在朱尔斯的凝视下，女人年轻时的模样从那张脸之后浮现出来。朱尔斯想，我认识你。这是又一次所谓的见到同类。她站起来信心十足地喊道："简妮！"

那女人隔着过道看到她，立刻绽放出欢快的微笑。"朱尔斯！"从前在林中精灵和朱尔斯同住一个帐篷的简妮·泽尔也站了起来，她们彼此拥抱。朱尔斯突然想起帐篷里的一次深夜闲聊，简妮说起她的双胞胎姐妹患有神经系统疾病，会无缘无故地抽打自己。简妮介绍道："这是我的姐妹妮娜。"朱尔斯和她打了个招呼。

就在朱尔斯和简妮说话的时候，妮娜还在自虐。但简妮早已习以为常，她继续镇定地向朱尔斯讲述过去三十多年的生活经历，并没有因为她而感到困扰。"我在波士顿为一家资助管弦乐团的基金会工作，"简妮说，"我丈夫是双簧管演奏家。我自己放弃了音乐——我做得不错，但没那么好——但我知道我仍然需要留在艺术圈里。我这周末来纽约开会，顺便来看看妮娜。"五十一岁的简妮·泽尔神色还像从前一样明媚；看到这份明媚没有消失，真是让人欣慰。

"你和别人还有联系吗？"朱尔斯问。

"和南希·曼吉亚里偶尔有。你和埃诗还是朋友吗？"简妮说。

"噢，是啊。"说这话时，她感觉到汹涌的骄傲。

"伊桑真是了不起。"简妮说。妮娜突然凶狠地抽打自己的脸，啪，啪，啪。简妮俯身和她说了几句话，然后又回到和朱尔斯的谈话里："你知道我上周在波士顿遇到谁了吗？曼尼和伊迪。"

"真的吗？我和他们完全没有联系了，"朱尔斯说，"我结婚之后有一次在夏天去了新英格兰，当时我们顺路去了那里，那是我最后一次见到他们。我一直幻想等我女儿十几岁的时候，她也会去林中精灵。可是她十五岁的时候只想去荒野露营。埃诗的女儿一到夏天就和父母去旅行——去其他大洲，到伊桑创办的学校帮忙。"

"伊迪看起来还那样，整体上没变，"简妮说，"像以前一样结实。

曼尼的眼睛差不多全瞎了，好伤心啊。夏令营还在经营，但他们说只是在勉强维持，还有，他们正在寻找负责明年夏令营运营的新人。”

简妮·泽尔和她的姐妹妮娜要在下一站下车。下车之前，两位老朋友深情拥抱彼此，而妮娜又抽了自己几个耳光。接着，在朱尔斯和全车人的目光里，姐妹俩在百老汇下了车。缓慢的晨间通勤还有最后几站，朱尔斯又闭上了眼睛，但与简妮的交谈在她脑海里盘桓不去。她在女生帐篷里；她在剧场里；她在食堂里，食物是绿色千层面和堆满豆芽的沙拉；她坐在小山坡上听苏珊娜·贝伊歌唱；她在动画棚里，伊桑·费戈曼的嘴唇出其不意地重重压在她唇上；她在3号男生帐篷里抽着湿漉漉的烟卷，看着上铺的古德曼·沃尔夫覆着浓密金色腿毛的双腿悬在空中；她在即兴表演课上模仿难民的口音；她坐在她的窄床上和埃诗聊到深夜。噢，那时她多么快乐。

“听着，今天我们需要谈一谈。”周四下午临近傍晚时，朱尔斯对她的客户詹妮斯·恪林说道。距离在公交车上偶遇简妮·泽尔已经过去了将近一个月，在那段时间里，朱尔斯一直处于行尸走肉的状态，木然地服从来自外界的指令。从她发现自己有机会回到林中精灵——她的生命在那里舒展开来、满溢出来，让她精神振奋、焕然一新——的那一刻起，她的行动突然迅捷起来。接过夏令营的领导权看起来能解决那么多问题。她一冒出应聘这个职位的念头就去告诉了丹尼斯，他肆无忌惮地大笑起来，以为她是在说笑。在她打电话给曼尼和伊迪之前，他们讨论了整整三天。到第三天结束时，她终于说服丹尼斯认真考虑此事。

应聘人中还有好几位怀旧的林中精灵营员。面试在中城区的一间酒店客房里进行，翁德里希夫妇在朱尔斯眼里显得无比苍老，不过1974年的他们也同样显得苍老。伊迪依然身材壮硕，脾气专横，而曼尼则像一位慈祥的祖父，花白的眉毛向各个方向伸展，就像你不得不弯腰避开的树杈。在翁德里希夫妇面前，仅仅听到他们用熟悉的声音谈论过去的这个人或那个人，便让朱尔斯觉得无法呼吸。

回顾往昔之后（丹尼斯一直在礼貌地听着，肯定觉得很无聊），他们开始讨论这份工作的具体内容和挑战。面试持续了一个小时，最后随着翁德里希夫妇热情的拥抱而结束，这似乎是个好兆头，但谁也不能下定论。在那之后，朱尔斯静静等着。两天后，她接到了录用电话。她是在等待客户的间隙在办公室里收到的消息。电话留言来自伊迪，她说："嗯，我们见了所有人，你们两位是我们想要的人选。你们能在春天搬到贝尔纳普来吗？"

朱尔斯轻轻吠了一声，然后立刻捂住嘴，想起她已经按铃叫了下一位客户，对方现在就坐在候诊室里。最好不要让人听到自己的心理咨询师学狗叫。那天晚上，朱尔斯和丹尼斯接受了这份工作。一切都充满不确定性；他们只是被临时雇用，等到夏天结束，他们和翁德里希夫妇会"再次评估"以确认他们能否胜任这项工作。唐人街的社区诊所向丹尼斯保证，如果他出于某种原因在夏天结束后回到城里，诊所将重新雇用他；人手不足的诊所需要他。经验丰富的丹尼斯对他们很有价值。而朱尔斯只能停止执业。她不可能让客户暂停咨询。她不得不告诉他们：如果他们愿意，她会帮他们寻找其他心理咨询师。尽管翁德里希夫妇目前只聘用他们一个夏天，但朱尔斯相当有信心。如果成功的话，打理夏令地将是一项持续全年的工作。她和丹尼斯将根据要求为林中精灵大加宣传，寻找潜在的营员，在淡季努力提升报名人数。

因此，她从今天早上起开始通知客户，她将停止执业并在四月离开纽约。她说，她将用接下来的几个月时间谈论他们遇到的任何事，争取妥善完成收尾工作。妥善收尾，生活中谁都不曾真正经历这样的结局，永远留有一个小孔、一丝透光的缝隙。包括西尔维亚·克莱因在内的两个客户都哭了，不过西尔维亚经常哭，所以并不意外。

一位名叫妮可的语言病理学家问道，既然朱尔斯不再是她的心理咨询师，那她是否可以请朱尔斯出去吃饭并和她成为朋友。朱尔斯拒绝了，但她表示对这个提议十分感动。大部分邂逅都是这样，动人且有点神秘。她了解这些人，但他们并不真正了解她。

现在，一天将近结束时，与她相处最久的客户詹妮斯·恪林怀着近乎宗教信仰的热忱期待着与她见面，尽管她的生活质量似乎始终如一。詹妮斯还在为缺乏亲密关系和很久没有得到爱抚而悲叹。她孑然一身，不断与她称之为无趣的男人约会。不过，她对心理咨询及与朱尔斯的见面很是忠诚。这是她一周日程乃至整个生活的中心事件。“所以说，我今年春天就要离开纽约了。”朱尔斯告诉詹妮斯·恪林。刹那间，她忽然为詹妮斯感到担心；她很想知道詹妮斯以后会怎么样，她能不能泰然处之。这座城市对达到一定年龄的单身人士很残酷。孤独感可能会极其强烈；如果不是成双成对，人们有时就会畏怯退缩，独自闷在家里。“我要停止执业了。”

“你要去多远的地方？”詹妮斯问，“你知道我的朋友凯伦、那个患有狼疮的人吗？她的心理咨询师搬到了莱茵贝克，然后凯伦每周都会坐北方铁路去那里。我也可以那么做。”

“我不再做心理咨询了。”

“你病了吗？”詹妮斯焦虑地问。

“不，我没事。”

“那是为什么？”

“我想，这就是美国人重塑人生的事件之一。”

“我不明白。”

“实际上，我要去做一个夏令营的负责人了。”

“夏令营？”詹妮斯震惊地说，“你放弃工作就是为了这个？如果发现行不通怎么办？如果你发现自己不擅长做这个怎么办？”

朱尔斯说：“我想，尝试任何新事物都存在这种可能。”她和丹尼斯已经对此深思熟虑。他们有自己的公寓。贝尔纳普的工资和极少的开销让他们有可能在每个夏天结束后回到城里，在春天之前都在自己的公寓里管理露营地的工作。等到春天，他们可以试着将公寓出租几个月。而且，如果事实证明这份工作是一场灾难（借用翁德里希夫妇的说法），他们也仍然有家可归。不过，朱尔斯将会丢掉工作。

"我不敢相信你打算这么做。难道不觉得很古怪吗？"詹妮斯问，"而且，我无意冒犯，但是管理夏令营和心理咨询师有什么关系？在我看来它们一点关系也没有。难道你不觉得吗？我完全无法想象你敲着起床钟或者唱着《欢聚一堂》[1]的样子。"

"我知道这个消息突如其来，我也确信对于这件事你还有很多话要说。"她看到詹妮斯眼神中流露出的伤痛，可那份伤痛很久以前就在那里了；尽管她希望自己能驱走它，但她到现在都没有真正做到，从现在开始，她再也不可能做到了。

那一夜，朱尔斯和丹尼斯躺在床上，过度焦虑，清醒无眠。至少朱尔斯是过度焦虑。丹尼斯问道："你还好吗？"

"谁会在我们这个年纪做出这么大的改变？谁也不会。"

"嗯，那我们是先锋了。"

"是啊，没错；赶着我们自己的大篷车。我知道我让客户失望了。"

"你也要过自己的日子嘛。"

"我不只是说我的离开让他们失望，还有我一直都在这里。我找到了一种和他们相处的方式，我总是对他们的生活和妨碍他们的事物感兴趣。我会想念他们的；我真的很讨厌离开他们。但现实是，作为一名心理咨询师，我并不比做演员更有才华。我不是你所说的

1 《欢聚一堂》（*Kumbaya*），又译空巴亚，字面意为"到这里来吧"，是英语Come by here的转写。起初为20世纪20年代的美国黑人灵歌，表达了非裔基督徒呼唤上帝降临，拯救苦厄的愿望。在50年代成为美国人野营时喜爱的歌曲。

那种生来就擅长这个的人。”

她想到了这件事。“事实上，当初在林中精灵的时候，一切都好像是与生俱来的。全都像是电动的一样。那就是我在那里得到的。那就是我要回去的原因。”

朱尔斯靠在丹尼斯的肩上，希望就这样靠在那里睡着。这时他提议出去散散步，或许可以去酒吧喝一杯。“去庆祝一下，”他说，“就像罗瑞说的。”

“噢，对啊。”他们各自在不同的电话分机上告诉了罗瑞他们心血来潮的新计划。起初她震惊得一言不发。“你们俩在整我吗？”最后她说。

“不，”丹尼斯说，“你爸妈没有整你。”

“我们换个话题，不要再说这个可爱的改变了，好吗？”朱尔斯说。实际上她对罗瑞的看法有些紧张。她知道，成年子女通常难以适应父母生活的改变。他们希望一切永远都是老样子。在理想化的世界里，成年子女的父母永远不会离婚，永远不会出售他们童年时住过的房子，永远不会按自己的意愿做出让人意外的事。可这是一次相当重大的突然举动，朱尔斯对罗瑞的震惊并不意外。

“你还好吗？”朱尔斯问她。

“是的，”她终于说。然后她又问道，“你们真的要这么做吗？”

“我想是的，”丹尼斯说，“我猜这把你吓得不轻。”

罗瑞爆发出她那熟悉的开怀大笑：“上帝啊，爸爸，你们这帮家伙不该做这种事啊。搞这么大动作。”

“是的，我们一般情况下不会。”

“你们确定这不是什么早期痴呆症的症状吗？——我是开玩笑啦。”她迅速补充道。

“我想我们各项功能都挺健全的。”朱尔斯说。

“噢，那好吧，”罗瑞说，“我是想说，比‘好吧’还要好。恭喜你们这帮家伙啊。”

“你会去那里看我们吗？”朱尔斯问。

“当然。夏天结束的时候吧。我是挺想去那地方看看的。无论如何，你们应该庆祝一下不是吗？就算只是中年危机什么的，你们也绝对应该庆祝一下。”

于是，此时此刻，他们听从她的建议，从洗衣篮里翻出一小时前才脱下的衣服重新穿好，然后向电梯走去。在大街上，越向东走越热闹。他们在一条小巷里发现一家名叫“洛基”的小酒吧，而且惊讶地发现里面挤得水泄不通。不知道为什么，朱尔斯觉得人群里有几个男人很眼熟。她和丹尼斯在拥挤的红色卡座上喝着啤酒。“那些人是谁？”他问，“他们好像是我们认识的什么人。就像在梦中见过的人。”

那些男人的面部表情很放松，人近中年或者更老，偶尔能看出几分少年的鲜明特征。他们的口音天南海北，有东欧口音，或许还有爱尔兰口音，但朱尔斯无法准确分辨出任何一种。她说：“我不知道他们是谁。”

“等等，”丹尼斯突然说，“我知道了。他们是附近的门卫，下班以后就到这里来。”离开岗位的门卫们披着大衣，戴着尖顶帽，完全换了一副模样，但是，没错，正是他们，他们是这座城市无数亚文化群体的成员之一。“我们从来没有过门卫，”丹尼斯说，“从今往后，我们大概永远不会有了，对我来说无所谓。我想说的是，”他对她说，“我非常佩服你做的这件事。冲动行事。真的让我们到那里去做这件事。”

丹尼斯从未去过营地，但过去数十年来他一直在潜移默化地了解关于那里的一切。朱尔斯有时会觉得丹尼斯仿佛真的去过那里：他认识核心人物中的三位，对其他人物也了解甚多。如果让他去做一场主题为“妻子在林中精灵”的突击测验，他的成绩会相当不错。

他能正确回答出“爱德华·阿尔比的《沙箱》”！“爱达·斯坦伯格是厨师”！还可以写出洋洋洒洒的详细评论，介绍这个地方当年及后来对他妻子的重大意义。林中精灵是一座永不消逝的营地，一座永不会离她而去的露营地，所以她决定到那里去，成为它的一部分。

当埃诗、伊桑和乔纳得知他们接受这个工作时，他们都非常激动和震惊。“你真的要再次住在那里?”伊桑说，“你要负责整个露营地？你可以走进动画棚？棒极了。拍照。”

埃诗说：“出于自私的原因，我想要你永远留在这座城市里。但我知道那不公平。反正我也不会这么安心留在家里;我总会向你奔去。我只是很难想象你不在这里的样子，想到也许这就是我们纽约生活的大结局。这事太大了。但是想到你将在那里手持火炬，那也很动人。但愿我们今年夏天能去参观，可我那时候要排戏，我们都不太可能留在东海岸。”朱尔斯知道埃诗和伊桑要在纳帕举行为期一周的至尊研讨会，小莫会在护理员的陪伴下和他们同去，然后就不得不回到寄宿学校。拉金则计划参加在布拉格开展的耶鲁大学暑期课程；她的父母忙完纳帕的事之后会去那里探望她。“明年夏天一定要去,”埃诗说,“但你要给我详细汇报所有的事，一五一十地说。到处逛逛，带我们来一次虚拟游览，告诉我所有的不同之处和相同之处。你有权决定他们排什么戏吗？或者至少可以提建议？我知道一些女性角色很出彩的优秀剧本。”

“我会根据你的忠告做决定的。”

现在,朱尔斯和丹尼斯喝完酒,又走在了大街上。这座城市——这个他们设法谋生却无法征服的地方——即使在凌晨两点也有无休止的活动。在远处的某个地方，有人在用金属敲打金属。她伸手挽住丹尼斯，沿着平淡无奇的街道向自己的公寓走去。朱尔斯已经将平静如湖水的生活抛在了身后，在他们前面竖起了一座高山。她想着那片随处可见十几岁少年的风景，大黄蜂在野花丛上低空盘旋；

那里有一座简陋但实用的剧场、一座动画棚、一间舞蹈房，还有许多用未经打磨的木材搭起的坚固的圆锥形帐篷。她在这幅画面中还加上了羊驼，因为翁德里希夫妇曾经提醒她，出于某种未知的原因，现如今所有的夏令营都要有羊驼舍。从来没有人喜欢可怜的、脸像鞋底一样窄的羊驼。在这里，在这个交织着绿色和金色的世界里，在群山、小径和树林中，朱尔斯和丹尼斯将携手去冒险。在林中，她将再次焕发精神。

第三部分

天才儿童的悲剧

十八

6月的最后一天，第一辆车不到九点便缓缓驶过石门。经过数十年的时光,石门已经裹上了一层又一层面包糠似的青苔。“对不起，我们来早啦,”汽车在主楼前停下，一个男人将头探出车窗，用悦耳的声音朗声说道，“山路还挺好走的。”他是一位营员的父亲，看起来比朱尔斯和丹尼斯年轻几岁。后门打开，一个女孩冷冷地走下来，那副表情仿佛在说，收留我吧，请收留我。于是朱尔斯和丹尼斯收留了她。很快,其他营员陆续抵达,汽车排成长队,车顶绑着行李箱，后备厢里塞满青春期必需的杂物。今天整个新英格兰都是这样车满为患，不过这里的草坪上随处可见的是大提琴、巴松管、吉他、电吉他和装满舞蹈装备的鼓鼓囊囊的行李袋。这里都是典型的热爱艺术的少年,比20世纪70年代更多样化。与第一次站在这里的感觉一样，朱尔斯再次觉得自己是个局外人。这一次，圈内是年轻，而圈外是年老。简单明了的等式。

她真的老了吗?

相对来说是的。但是承认这一点与其说让人沮丧，倒不如说是感觉很陌生。只要今年夏天不发生任何可怕的意外——营员失踪、在窑炉爆炸中受伤或死亡（朱尔斯曾在梦魇中梦见自己电话通知父母此类噩耗）——她就不必担心从那时到现在流逝了多少时间。丹尼斯捧着写字板走来走去，将每个人引向正确的帐篷。入营第一天，家长们都不想离开。他们在草坪上和帐篷里四处闲逛，帮孩子们从行李袋和行李箱中取出每一件物品。一位母亲惆怅地说："噢，要是我长大的时候知道有这个地方该多好啊。"面带微笑或不苟言笑的少年们忍受着父母陪伴的最后时刻，任由父母拍下一张张照片，然后立刻发布到脸书上。漫长的一天过去了，日暮西沉时，朱尔斯和丹尼斯终于请一位打击乐手到小山坡上敲响她带来的锣，这时丹尼斯用扩音器喊道："现在请所有家长和孩子们道别。"

就这样，他们设法送走家长们，营地看起来终于像它应有的样子了。从朱尔斯和丹尼斯在春天搬到这里、在马路对面翁德里希夫妇的房子里住下以来，露营地一直空空如也，现在终于不再是了。朱尔斯在夏令营经营者的论坛留言板上看到资深圈内人士说，组织青少年夏令营没有为年纪更小的儿童开办夏令营那么有挑战性。营员们不太会想家，也没有霸凌现象。可能会有孩子尝试性生活和毒品，但这些活动都很隐蔽，你无法控制。朱尔斯心想，来林中精灵度夏的少年大部分都是为了自己热爱的艺术，为了和志趣相投的同龄人相处。不过，近年来入营人数每年夏天都在下滑；有几间帐篷现已无人居住。那年冬天，朱尔斯和丹尼斯受翁德里希夫妇之托，去参加了几场夏令营市集——在三州[1]交界地带的高中体育馆里举办的喧闹又乏味的活动——摆摊宣传。父母和孩子们将打着"极限运动"或"24/7 足球嘉年华"旗号的展位围得水泄不通，就连一个糖尿病青少年夏令营（还有个简直是在挑衅的名字：糖湖）都比林中精灵有更多看客光顾。再这样下去，营地将无法生存。

"我希望看到的是，"曼尼在雇用朱尔斯和丹尼斯之后对他们说，"你们让这个地方重新焕发生机，不是靠昂贵的计算机实验室或者运动队——我们会弄点羊驼来，但是仅此而已——而是靠你们的激

1　纽约州、新泽西州、康乃提克州。

情和你对这里的回忆。”

批发生鲜鸡腿、西兰花和老豆腐是一项新奇别致的任务，让他们忙得不亦乐乎。监督剧场的维修工作也很充实，不过这座建筑本身看起来比从前要小了许多。1974 年站在舞台上，那感觉就像登上了百老汇；现在，她面前的舞台只是一小片方形开阔场地，地板上零星点缀着胶带修补的痕迹。至于那些帐篷，怎么有人能受得了住在那里面？露营地开放前不久，朱尔斯走进 3 号男生帐篷，在角落的地板上坐了片刻。她能感觉到的只有肮脏和积累多年、令人窒息的麝香味。没过多久，她便站起来走到室外呼吸新鲜空气。显然，你在十几岁时根本不需要新鲜空气。你自己就是新鲜空气。

在夏令营的开幕之夜，辅导员们用一场表演为营员们介绍夏令营开设的各个班级。自称卢卡 T 的瘦高个音乐辅导员在活动大厅里弹奏钢琴，其他辅导员则唱起一首他们共同创作的歌曲：

> 来试试蜡染印花，你不会再觉得自己是怪咖
> 来吹吹手工玻璃，动动手你会觉得超开心

营员们的情绪被充分调动起来；谁也不想再乖乖坐着，大家都蹦了起来。朱尔斯和丹尼斯站在麦克风前说了几句，介绍这将会是一个多么美好的夏天。朱尔斯对他们说：“我自己以前也在这里参加过夏令营。”但她得到的反馈只有兴奋的尖叫。当她重复这些话时，她发现这对他们来说并不重要——这个在 T 恤外面披着毛衣的中年女人和他们的母亲一样面容松弛、毫无特点，她曾经也是这里的营员？他们根本不在乎，甚至不肯相信。因为如果相信这一点，那么他们就不得不想到，有一天他们也会变得同样松弛和毫无特点。

“这将是个精彩纷呈的夏天，”丹尼斯站在话筒前对他们说，“等着瞧吧。”他喜欢这里，亲眼见到朱尔斯这些年来一直念念不忘的一

切。不仅如此，身在此地也让他回想起城市的艰难：毫无转圜余地的生活永远需要更多的钱，他们只能勉强维持生存。城市不适合喜欢沉思或行动缓慢的人。而在贝尔纳普，他们免费住在翁德里希夫妇的大房子里，工作内容简单直率。不再需要为生存疲于奔命。

埃诗曾说她羡慕他们做出了简单生活的决定，当然，还有回到他们曾经热爱的地方的决定。人在一生中很少有这样的机会。埃诗说，当然，朱尔斯和丹尼斯必须接受这份工作，即使这意味着改变并以此为中心重新安排生活。“一旦踏上那趟列车，”埃诗说，她的意思是一旦他们联系翁德里希夫妇并获得了面试机会，“你们就没法下车了。你们还能怎么做，难道要拒绝吗？我真希望伊桑和我能同你们一起搬过去。”这是一个谎言，友谊的谎言。埃诗眼下正在执导性别反转的《热铁皮屋顶上的猫》[1]，将吓人的中心人物换成了“大老妈”。后续可能还有一系列剧场计划。她绝不可能放下一切搬到林中精灵。伊桑当然也不会。但是她理解朱尔斯和丹尼斯为什么会这么做。

现在，活动大厅的地板被腾空，一台打碟机仓促间架了起来，劲爆的音乐充斥着长条形的房间。朱尔斯叫不上任何一首歌的名字。混杂着各种音效的迷幻电音，偶尔出现的人声仿佛是意外插入的杂音。DJ 是个名叫基特·坎贝尔的电贝斯手，只有十五岁的她娇小又迷人，而且很有本事。她留着黑色的刺头发型，肤色苍白。时尚的打扮衬得她格外小巧，短裤松松垮垮，军靴没有系鞋带。这是她在这里的第一个夏天，其他孩子似乎被她迷住了。到晚会结束时，基特已经和几个营员凑成了一堆—— 一个朴素的白人女孩，一个华丽的黑人女孩，还有两个男孩——其中一个描了眼线，另一个则打着耳钉，反戴棒球帽，趾高气扬——他们一起走了出去，女孩们扭着小屁股，男孩们则把手插在口袋里。他们都像小狗一样活泼又欢快，

---

1 《热铁皮屋顶上的猫》（*Cat on a Hot Tin Roof*），是美国剧作家田纳西·威廉斯获得普利策奖的剧本，表现了一个以“大老爹”为家长的南方大家族的家庭伦理悲剧。

那副亲昵的感觉十分熟悉。

朱尔斯和丹尼斯握着手电筒穿过黑漆漆的草坪，跟在那几个歪歪倒倒、大呼小叫的营员后面。她真希望自己能不管不顾地扔掉手电筒，冲上前去加入他们。可是那里没有她的位置，她只好和丈夫待在一起。她看得出来，他很乐意和她一起慢慢走，只有他们两个人。又向前走了一段，女孩和男孩终于各自走向了两个方向。朱尔斯忍不住想，他们中的某些人是否打算等到更晚时偷偷见面，尽管作为营地负责人，她和丹尼斯应该阻止这种情况发生。这个地方并不关涉到性，而是关涉到童年孤独感的终结。一直独自躺在床上朝圣的孩子进入青春期，孤独感忽然变得难以忍受，无论白天还是黑夜，所有时间都需要和同类相伴。

现在，丹尼斯陪在她身边。他关掉手电筒，掏出钥匙打开翁德里希夫妇房子的大门。曼尼和伊迪搬去缅因州之后，他们俩从 4 月以来便住在这里。伊迪对他们说："夏天结束时，我们会在双方都觉得合适的时候再见一面，看看到时候情况如何。"眼下，翁德里希夫妇将他们的所有财物都留在房子里，墙上挂满了过去所有夏天，以及早已不复存在的格林尼治乡村民谣复兴时代的纪念品。他们从不邀请营员来这里。当朱尔斯和丹尼斯 4 月入住时，朱尔斯还是第一次见到房屋的内部。

"今晚不睡帐篷，你开心吗？"当他们走过昏暗的玄关打开头顶灯的时候，丹尼斯问她，"你是大孩子了，所以现在，你可以睡在真正的房子里了。"

"是啊，感谢老天。"朱尔斯这么说只是为了表示同意。她不想去住帐篷，但她也不想待在这所房子里。躁动不安的她突然意识到，晚上这里没别的地方可以去，除非你想在黑夜里游荡。城市里至少有很多夜游的选择；如果你没法入睡，你可以找一家通宵营业的小餐馆，不过朱尔斯这辈子都没尝试过。现在，她和丹尼斯晚上只能留在屋里，一整个夏天都是如此，也许未来几年都是如此，也许永远都是如此。她想知道帐篷里现在是什么情形。也许她会在本周的某一天主动要求参加睡前巡逻——那一般是辅导员的差事。

在楼上的卧室里，丹尼斯躺在那张旧高脚床的一边，他 4 月一来便占据了床的这一侧：显然那是曾经属于曼尼的一侧。他们搬进来时，曼尼的床头柜上还散落着几件男性的随身用具，比如指甲剪，还有一管差不多挤干净的脚气膏。“怎么样？”朱尔斯爬上床关灯时，丹尼斯对她说，“开局不错，对吗？”

“是啊。我们就这么对大家说。‘开局不错。’然后就要转入骇人的章节了。”

“窑炉惨案。”他说。

“或者豆芽惨案。”

“它们看起来完全无害啊，那些豆芽，”丹尼斯说，“孩子们都盛了很多呢。要是我们早知道就好了！”

他们有些心虚地大笑起来，仿佛这样就能扫除真正发生严重事故的可能性。无论发生什么事，现在都是他们的责任了。“我要打个电话给罗瑞，”朱尔斯说，“她让我第一时间告诉她进展如何。”

“跟她说，我喜欢她的电子邮件，”丹尼斯说，“有露营笑话大全链接的那封。有很多关于熊和厕所的段子。”

曼尼和伊迪对他们进行了营地管理的速成培训。需要操心的事项、需要考虑的预备措施和应急手段没完没了，不过，你可以将其中许多琐碎的任务交给辅导员。他们的报酬很低，但总是兴高采烈。他们来自全美各地，出于某些说不清楚的原因，还有很多澳大利亚人——美国的夏令营经常能见到来自澳大利亚的辅导员。朱尔斯一度短暂且不切实际地幻想过，罗瑞或许也想参与他们的工作团队，但她更喜欢在奥尼昂塔过夏天，在那里她和室友们住在一起，还在一家苗圃找到了工作。她答应在夏末来露营地探望他们：“去看看你们的中年危机疯狂现场，妈妈。”她在一封电子邮件中写道。

今晚，给罗瑞打电话显得没那么重要。罗瑞一定想要她母亲快乐，仅此而已。在电话里，她们会像往常一样嘀嘀咕咕低声交谈。苗圃和艺术之梦，她们的世界相距如此遥远。今晚她们不需要交谈；可以明天再说。朱尔斯抓住丹尼斯的肩膀，让他转向她。她心里清楚，此时此刻她想要的并不完全是丹尼斯，但是在婚姻中，你有权这样利用对方，他们俩都曾经这样做。她想运动和忘记。她想做爱，只是因为她可以做爱，不像在马路对面，孩子们每晚必须分开睡觉，充满期待地绷紧身体，而辅导员们挥舞着手电筒在露营地里转圈。丹尼斯用手肘撑起脑袋，俯身凑到她跟前。最近几个月，他的黑发间多了不少灰色，一如既往毛茸茸的身体现在看起来好像森林里的地面，覆盖着银色松针和蜷曲的枯叶。到了这个年纪，你就得接受这番景象。朱尔斯想到她的母亲，她独自一人躺在安德希尔家里的床上，一个人度过四十多岁、五十多岁、六十多岁，然后是七十多岁！在数十年里忍受孤独和渴望，恰如马路对面的少年，只是她没有盼头，在煎熬的尽头没有欣喜若狂的性爱。为什么她的母亲从不和人约会？她如何忍受没有性或爱的生活？性可能是爱，也可能是别的，比如像现在这样，是分散注意力的好办法。

丹尼斯张开嘴，侧过头亲吻她，用他的大手揉捏朱尔斯像挂歪的饰品一样下垂的乳房。伊莎多拉・托费尔德在很久以前称丹尼斯“不复杂”（尽管事实并不完全如此），但更真实的是，他从不像朱尔斯那样认为自己有权利做什么事。他同她来到贝尔纳普，因为这是她想要的，因为她说服他这样行得通。这解决了许多从未得到满足的需求。丹尼斯揉着她的乳房，抚摸她的手臂，他问她：“你快乐吗？”他希望他那间歇性嫉妒心发作的妻子终于、终于能再次感到完全的快乐。快乐，而且刺激。他抚摸着她的脸，让她转过身去背对着他。面对伊迪・翁德里希的床头柜，她脸上泛起一阵潮红，床头柜上摆着一张相当有年头的相框，照片里是一个年轻男人和一个年轻女人，打扮成很久以前的波希米亚风格。她的目光迎头撞上十九岁的伊迪心照不宣的双眼，照片里的她好像在用微笑对他们表示赞许。在朱尔斯身后，丹尼斯摆好位置，发出一个无法解读的声音表示认可，经过最短的前戏便将自己缓缓推入她的身体。她自己的身体立刻有了反应，这让她羞赧起来，仿佛夏令营的某个少年会偷偷溜进屋子，或许此刻就站在昏暗的房间门口，在那里焦虑得不停左右换脚站着，看着两个人在五十多岁的年纪来一场几近不真实的肉体狂欢。两个活死人。那个瘦长的少年可能在任何时候怯生生地开口说："呃，打扰了？朱尔斯？丹尼斯？我帐篷里有个男孩流鼻血了，一直流个不停。"

但是马路对面的露营者们对横穿马路毫无兴趣。如果出了事，辅导员会打电话的。翁德里希夫妇笨重的红色转盘电话就放在丹尼斯的床头柜上，随时待命。在为期八周的夏令营里，它肯定会在夜晚响起；曼尼和伊迪提醒他们，每年夏天电话至少会响一次，有时不止一次，有时事态甚至很严重。到目前为止，第一天晚上没有人打来电话，他们独自躺在嘎吱作响的旧枫木床上。中年人的性爱——不至于像翁德里希夫妇那样年迈，但也早已不再是青春期的少年——似乎没有理由存在，除非为了欢愉或者逃避。她知道丹尼斯认为她现在是完全快乐的，她现在拥有的生活可以接受、令人满足、自得其乐，这样的想法让他兴奋。

"轮到你了。"心跳恢复正常后，他吻着她的脖颈说。

"不了，这样可以了。"

"真的吗？但这感觉真好，"丹尼斯说，"我们可以再做下去。我想做。"

但是，不，她不想再要更多；她对他说自己累了，于是她看起来真的很累了。现在她需要睡眠。清晨，当朱尔斯醒来时，丹尼斯已经在为新的一天操劳，从海顿的《惊愕交响曲》开始，这是翁德里希夫妇数十年来的传统。朱尔斯穿好衣服走到外面，望着马路对面和更远处的草坪，循着营地里飘散的食物香气走去。食堂里一半座位坐满了人。半睡半醒的少年们捧着碗走向盛燕麦粥的大碗和装坚果水果麦片的玻璃罐。女孩们想知道哪里有豆浆。“拿铁，”一个男孩戏剧性地低声说，“拿铁。”大家都没完全睡醒。在确认厨房员工都打过工时卡、暂时不需要她之后，朱尔斯坐到一群热情的女孩身旁，她们都是舞者。

“到目前为止怎么样？”她问。

“好多虫噢。”来自马里兰州切维蔡斯郡的诺埃尔·罗素伸出手臂，露出一排粉红色纽扣状的叮咬痕迹。

“可能你的蚊帐上有洞，”朱尔斯说，“我让人检查一下。”

“我爸说这里没有要求，”诺埃尔的室友、来自匹兹堡的萨曼莎说，“真的吗？我不是必须上游泳课或者其他什么吗？”

“没有要求。选你感兴趣的课程就行。登记时间是十点。写下每个时间段你最想上的三门课。”

她们都满意地点了点头。朱尔斯注意到她们都不怎么吃东西，盘子里也只有一点点食物。她意识到自己很可能意外发现了一小群饮食障碍患者。舞者——难怪。

“怎么样，还快乐吗？”第二周的一个下午，丹尼斯在和朱尔斯一起穿过树林时问她。他们走过动画棚，里面灯火通明：下课后还有几个孩子在屋里，和老莫·邓普顿的接班人、一位名叫普瑞蒂·辛格的年轻女教师围坐在桌边。

“我只是觉得欣慰，没有掌控不了局面，”朱尔斯说，“我真的很害怕我们没有能力管好它，害怕这需要很强的能力，怕我们不够格完成任务。”

“我们非常有能力。”他说。

“过奖了。”

他们穿过整个树林，从后门走出露营地。现在是下午四点半，一天中营地相对最安静的时刻，大家都在冲凉、练习乐器、躺在草地上出神或者继续完成一时舍不得丢开的项目。朱尔斯和丹尼斯沿着下坡路走了半英里，来到了镇上。贝尔纳普从20世纪70年代到现在基本没有改变，只有少数例外。春天来到这里的第一天，他们就遗憾地发现做越橘奶酥的那家面包店多年前就已关门，如今成了一家手机店。但是杂货店还在，兰顿·赫尔精神病医院也还在。自从第一次在大学发病崩溃，甚至从停用MAOI抑郁症复发之后，丹尼斯已经向前走了太远。他已经康复，在许多年里身心健全，疾病没有给他造成严重的创伤。他不再有复发的风险，但是当他们经过那个箭头指向医院的白色小路牌时，他们都假装没看见，假装医院不在那里，即便在那里也和他们毫无关系。

丹尼斯买了两份冰咖啡，他们在中央大街边的长椅上坐下休息。片刻之后，他的手机响了，他平静地接起电话。“他们需要我们，”挂断电话后，他告诉朱尔斯，“发电机熄火了，谁也不知道该怎么办。”

“你知道该怎么办？”

“曼尼和伊迪给我们留了那本‘通讯录圣经’。我们能找到应该联系的人。但我们不能在营地没电的时候甩手不管，坐在这里喝冰咖啡思考人生。”他们站起来，慢慢沿着来时的方向走回去。在返回的路上，黄昏里的飞虫成群聚拢，露营地传来至少两把小提琴的琴音，乐手们抓住晚餐前的一点时间匆忙练习，其中一位在演奏谐谑曲，另一位的乐音舒缓又沉闷，其他地方还有鼓手在即兴表演。

从那以后的每一天都会发生或小或大的意外：物品破损，各种问题及辅导员和孩子们之间偶尔的争执。那个招蚊子的女孩诺埃尔·罗素被检查出患有神经性厌食症，在医务室住了几个晚上。大家纷纷传言，她是一位天资极高的舞者，对自己极为苛刻，不练到站不起来绝不肯罢休。谣言还传到马路对面的屋里，说诺埃尔疯狂迷上了戏剧道具制作组的负责人——一位名叫盖伊的辅导员。盖伊来自堪培拉，是个面色红润、忠厚老实的大学生，两耳都戴着海盗耳环。丹尼斯和他坐下来好好谈了谈，他确信这位辅导员没有以任何方式鼓励或回应诺埃尔的单相思，也没有向诺埃尔或其他营员表现出知道这件事的样子。

有时，朱尔斯会在 4 号女生帐篷前停下脚步进去看看，希望能在那里看到诺埃尔。朱尔斯只会在床上坐几分钟，她知道，她只是走进来便足以打断任何有意义的谈话。“怎么样？”她问帐篷里的女孩们。她们便和她说起正在排练的话剧和正在制作的陶器。基特，那个人缘很好的中性气质的女孩向朱尔斯展示她在春天刚文在脚踝上的猫鼬小文身。诺埃尔则为了食物担惊受怕——露营地护士要求她每天摄入更多卡路里，否则她就得回家调养。“我不能回家，”诺埃尔说，“既然我来到这里，看到了这里的样子，我就不可能离开了。你知道我来的地方是什么样子吗？马里兰州的切维蔡斯？”

“不知道。告诉我。”

“每个人都很保守，”诺埃尔说，“他们对实验音乐的概念就是无伴奏合唱《乐舞》。我简直不敢相信那就是我要生活的地方。全世界有那么多地方，我父母偏偏就要安顿在那里？简直太随意了。我忍受不了那地方。”

“你们所做的每件事，在很长一段时间里都会感觉非常缓慢，”朱尔斯说，“但是以后回头看，很久以后，就会感觉快得多。”

“那对现在的我没多大好处。”诺埃尔说。

“我想也是。”朱尔斯说。

“你不会真的要把我送回那里吧，你会吗，朱尔斯？”

“嗯，总有一天我会的。”

“在夏天结束之前不要啊。我好爱这里。如果这个地方是个男孩或者女孩，我会嫁给它的。也许有一天和地方结婚会合法呢。如果真有那一天，我就要嫁给这里。”

“诺埃尔，别说话了。”基特说，她趴在上铺，裸露的手臂悬在半空中，“我感觉就像跌进了兔子洞。你嘴上说个没完，可我正在努力读书和 / 或睡觉呢。”

“我说个没完是因为我想让朱尔斯知道，她不能送我回家。护士根本不懂卡路里摄入。我比她懂得多。”

“好吧，”朱尔斯说，“今晚千层面味道好极了，我希望你能尝尝。”诺埃尔做了个鬼脸，表示绝对不会有一片千层面进入她嘴里。

基特说：“你不吃的都给我吃好了。”第三个女孩拖着一架定音鼓走进帐篷：“这东西要往哪里放啊？”女孩们叽叽喳喳地讨论起乐器及营地里适合存放乐器的地方。

“砰”的一声，萨曼莎推门进来，刚洗完澡的她用毛巾裹着身体，对帐篷里的所有人大喊：“潘婷护发素的质地和精液完全一样啊！”说完才注意到朱尔斯也在。女孩们一下鸦雀无声，然后笑得前仰后合。朱尔斯趁此机会走出了帐篷。

他们需要她，也不需要她。他们形成了自己的小社会，看着这个小社会的运转，她既感动又若有所失。让她惊讶的是，他们会毫不犹豫地提出自己的需求。他们经常来找丹尼斯或朱尔斯。也许她正独自走在路上，听着音乐教室飘来的协奏曲或者放空思绪，这时便会有一个声音呼唤她：“朱尔斯？”更有可能是“朱尔斯！”后面跟着的往往是：“楼上女生浴室里的厕所又堵了。我们觉得又是棉条，大家都没找到马桶塞。”

在他们眼里，她对他们的厕所疏通应该和对他们的作品一样感兴趣；她的任务就是对他们感兴趣、关注他们、随时待命。翁德里希夫妇在这里度过了几十年，他们是否觉得自己特别呢？还是说他们默默接受了自己身为艺术领路人兼管道疏通工的角色？她真希望能问问他们，但她不想打扰身在缅因州的翁德里希夫妇，从几天前寄来的明信片看，他们正忙着“享受沙滩”和“打盹”呢。他们将营地的问题交给了朱尔斯和丹尼斯，现在他们不打算再操心了。

朱尔斯看得越来越清楚：这大概永远不会是一份富有创意的工作。永远不会。她此前从没想过要问一问翁德里希夫妇：“经营这家夏令营时，你们觉得自己的创造力得到发挥了吗？”她有些恼火，因为他们没有在面试时告诉她和丹尼斯：“你们明白相当一部分工作是要确保从格瑞利农场采购的货物按时送达，对吗？这事不能指望厨房员工。”不过，即使曼尼和伊迪告诉了他们，朱尔斯还是会确信这个选择是值得的。有时候确实值得。坐在剧场里观看新排练的《马拉/萨德》，她看得如痴如醉。丹尼斯似乎能感觉到这样的时刻，他在黑暗里握住了她的手。这么多年来，她的心神一直萦绕在这里，只是她不知道自己真的会再回来，也不知道当她回来时，这个地方在曼尼和伊迪兢兢业业的守护下与过去依然那么相似。曼尼和伊迪就像是艺术的管理者、旧时光的保护主义者，倘若没有精心维护，这段旧时光将像失落的文明一样被世界遗忘。

就是这样：翁德里希夫妇是保护主义者而不是艺术家。而朱尔斯想成为艺术家。在黑暗的剧场里，与营员和辅导员们坐在坚硬的木板凳上，看着基特·坎贝尔充满活力的表演，二者之间的区别清晰可感。这个平时穿着军靴和低档裤的朋克少女在舞台上摇身一变，身穿专为她设计的礼服，气质雍容华贵。观众们窃窃私语，说她能走得很远，她会成名，会大有作为。不过话又说回来，谁知道早年的天赋最后会如何收场呢？

表演结束后灯光亮起，需要丹尼斯或朱尔斯登上舞台宣布一系列沉闷的消息。大家在短暂的间隙里赞赏这场话剧的奇异之美和基特的舞台表现力，但是露营地负责人必须打断这一时刻。

"你想去讲吗?"丹尼斯问,朱尔斯摇了摇头。相反,她走出门外,走进外面的夜色里,独自走到草坪上。而她的丈夫则爬上舞台提醒所有人,这片露营地禁止出现花生。

十九

至尊研讨会这个名字纯粹是无奈之选。伊桑·费戈曼知道这个名字听起来有多自命不凡，但在项目启动时，他被告知必须立即确定名字，而董事会的大多数成员都喜欢这个名字，于是他只好妥协，挥了挥手同意了。现在，以无衬线字体拼写出的“至尊研讨会”字样在加利福尼亚州纳帕市的橡树大步走度假村和会议中心一带随处可见。与过去两年一样，研讨会将在一周时间里占据整个橡树大步走度假村，这里有史以来还从未迎接过如此众多的 VIP 人士。在前期组织会议上，董事会成员都有点飘飘然，他们报出许多嘉宾的名字，目标越来越高得离谱，最后在午夜时分甚至有人喊出了两位逝者的名字。而在当时的热烈气氛之下，这两位逝者也被粗心地列入了宾客名单里。

此刻，伊桑站在度假村主餐厅外的宽阔走廊上。参会者们聚在一起，拿着列有会议日程的小册子——精美得像一本小书——悄悄打量伊桑和宇航员兼老牌政治家维克·马拉德，后者面对墙站着，正在安静地对着手机说话。旁边的两位助理则像宇航员一样用耳机对讲。这里的每一个人都享有特权，习惯于所有大门为自己敞开。本次研讨会的所有收益都要捐给反童工倡议，伊桑用这种方式略微修正了超级富豪世界的财富饱和。当他在助理凯特琳·道奇的追随下大步走过宽阔而优雅的走廊时，几位参会者拘谨地向他挥手致意，其中一些人还想和他聊两句，但他径直往前走着。

“费戈曼先生。”一个小男孩和父母站在一起，这对父母为九岁的儿子全额支付了本周研讨会的费用，真是不可思议。父母精明地将男孩推到伊桑面前，男孩低头站在那里，仿佛为父母坦率的冒犯而感到羞耻。

“你可以跟他说，”那位母亲说，“说啊。”

“不要，算了吧。”男孩说。

“没事的。”她说。

“我也是动画师。”男孩静静地说，没有和伊桑目光接触。

“什么？你是动画师？嗯，那很好啊；继续努力，”伊桑说，“这个工作很棒。不过老实说，最近这几年，”他也不知道为什么要补充这句话，“你或许要考虑选择稍微有一点不一样的领域。”

“动画本身不好吗？”那位母亲担心地问，等待着伊桑的回答，准备集中精力培养儿子去走他建议的任何道路，“您认为动画师不是理想的选择吗？也许可以做相关的领域？”

“别了吧。对冲基金经理才是更好的主意。”

“您在逗他呢。我看出来了，”她不那么确定地对儿子说，“迪伦，他是逗你的。”

伊桑只是笑了笑，便绕过他们走开了。他甚至不知道为什么要嘲讽那个男孩和他母亲；这让他显得有些刻薄。他觉得，下次见到男孩时应该送他一个笔记本——只要对他说“给你”，然后递给他一个伊桑画满涂鸦的小厚笔记本。那孩子一定会兴高采烈，父母也会激动不已。母亲也许会告诉儿子“别在上面画画；保存起来！”这样伊桑就算做了补偿。他会尽量提醒自己这件事，然而他知道他很可能会忘记。如果他忘了，这家人就会在一周结束后离开，发现伊桑·费戈曼根本不是表面上看起来的那副样子，他与满脑子奇思妙想的瓦利·费戈曼一点也不像。相反，他倒有些像瓦利那个坏脾气的父亲。当然，这周他的压力很大。他和埃诗住在宽阔的套房里；小莫和他的现任保姆希瑟就住在大厅另一边。即便在这样一个有无数事情可做的地方，小莫也无事可做。昨天，伊桑一手培养的三位年轻动画师主持了一场关于动画力学的研讨会，伊桑试着送儿子去听一听，但小莫听到一半就烦躁地逃走了。

伊桑问凯特琳·道奇："我的朋友来报到了吗？"

"让我看看……来了，半小时前到的。他在迎宾套房等着呢。"

他们转过一个弯，伊桑推开一扇防火门走进去，会议中心的木结构奢华乡村风立马换成了消防楼梯的工业风。迎宾套房必须刷贵宾卡才能进入；凯特琳轻轻刷了一下，让伊桑先进去。一位前国务卿独自一人坐在真皮高背椅上打着瞌睡，嘴巴半张。自助餐桌上摆放着两套餐具。站在窗边的便是乔纳，名义上，他是受盖奇机械的派遣前来参加几场技术讲座，当然，伊桑也亲自邀请乔纳作为他的嘉宾。盖奇机械的老板为乔纳竟然能交往上伊桑·费戈曼并受邀参加至尊研讨会而激动不已，盼望着也许某一年盖奇机械的某位员工——没准就是乔纳——能应邀登台演讲，介绍残疾人的创新科技。

两个男人有力地拥抱在一起，亲切地拍着对方的后背。他们俩现在都是五十出头、头发花白的男人了，一个发福，另一个清瘦。"还合你的心意吗？"伊桑问。

"你给我的是什么房间，国王套房？苏丹套房？太豪华了。"

"是酿酒师赏金套房。我想让你住得舒服。"

"我从来没舒服过。"

"那我们彼此彼此。"伊桑说。他们相视而笑，"我真高兴，你真的来了。"

"说服公司的人并不难，"乔纳说，"你的名字能打开很多门。"

"没错，我就是最初的门童，"伊桑说，"听着，埃诗在我们楼上的套房里工作。她喜欢在白天忙工作，不过她会和我们一起吃晚饭；你来这里她特别激动。小莫也在这里，我最后一次看到他的时候，他在外面的葡萄园里跑来跑去，他那个圣女保姆跟在他后面。”伊桑走到窗边眯眼向外望去，乔纳站在他身边。在一缕阳光的映照下，远处一排排葡萄藤中间有两个身影。也许只是两个工人，也许是一个患有自闭症的年轻人和跟随他的保姆；从屋里看不清楚。“朱尔斯和丹尼斯来不了了，”伊桑从窗前走开说，“不过我猜你已经知道了。林中精灵——多疯狂啊？每条路都通向林中精灵。”

“我知道，”乔纳说，“我真希望今年夏天能去那里，但我的假期只有这一周。你和埃诗会去吗？我敢打赌，那里肯定会让你们心痛。”

“一定会。我们有一点可能会在快结束的时候去一天，但可能性不大，至少今年不太行。我们要去布拉格看拉金，然后我还要去亚洲处理格布哈希兰的事——你知道，就是那所学院。当然还有节目。”

这时，凯特琳走上前说：“伊桑，有个勒妮的人说，你答应在十二点半介绍她和人见面的。”

“糟了，我确实说过。你一个人可以吗？”伊桑问乔纳，“我不是说泛泛的可以。”

“我会没事的。”乔纳的神情依然不太确定。“嘿，真他妈是小鹿斑比。”古德曼曾有一次在乔纳走进帐篷时这样说。的确，如果将他们与迪士尼的角色一一对应起来，那乔纳永远是小鹿斑比。没有母亲，无家可归，漂亮柔弱，孤身一人。伊桑则是恼人的小机灵鬼——杰明尼蟋蟀，不过是一只久坐不动的矮胖蟋蟀。这只蟋蟀想让乔纳这周过得愉快。凯特琳在乔纳脖子上挂了一张全场通行证，又递给他一本小册子，其中囊括了他需要的全部信息。两个人约好稍后单独见面喝一杯，晚上再和埃诗及一小群主持人共进晚餐。伊桑说，这一天里乔纳可以随便参加自己喜欢的研讨会和演讲，或者哪里都不去。如果他愿意的话，他可以在自己的套房里享受热石按摩，然后回去告诉盖奇机械的人，他学到了很多东西。

“我不会去做热石按摩的，”乔纳说，“我想去听维克·马拉德的演讲。我记得他修理空间站的故事；太有戏剧性了。”

“那是在下午一点，”凯特琳·道奇，“他还带了一台失重模拟器。”

“好的，我要去。”乔纳说。

他们又笨拙地拍了拍对方的后背，渴望拥抱彼此却刚刚拥抱过的中年男人们经常这样。同性恋和异性恋泾渭分明的二分法总是让伊桑心存芥蒂。美丽就是美丽；看看埃诗就知道。在迪士尼的阶级社会里，她就是白雪公主，一直是，永远都是。像乔纳那样难以捉摸、气质忧郁的美永远让人挪不开眼睛，不论性别和性取向。伊桑爱他这位老朋友，他真希望此刻能和埃诗聊聊他，甚至想和朱尔斯聊聊他。他停下来琢磨朱尔斯会是哪位迪士尼人物，然而他发现迪士尼根本没有创造出和她有哪怕半分相似的女人、女孩或林地动物。

那是海妖的歌声。乔纳·贝伊后来这样在心里形容它。当时他脑子里什么也没想，正要赶去听宇航员维克·马拉德的演讲，只见会场紧闭的门外已经排起了长队。几位穿着连衫裤的工程师正在用手机打电话。排队等待入场的与会者们显得格外活跃和兴奋。队伍中大多是男性。一位宇航员讲述自己在太空中经历的故事，这似乎能给听众们带来令人艳羡的、先驱式的悲凉体验，而失重模拟器的出现则让这次演讲更令人摩拳擦掌。乔纳也准备排进队里，这时他忽然听到大厅前面飘来一段乐音：那里有人短暂地打开门走出了另一个会场。那是一段原声演奏的音乐，音色清亮，而且不知为何有几分耳熟，尽管乔纳只在门打开的瞬间听到了几秒钟。出于好奇，他走向那个会场。门外的标志上写着“重塑：第二自我的创生”。乔纳溜了进去。他不知道为什么要这样做，甚至没想到要停下来思考一下。

这个会场比前一个会场要小，屋里挤满了人，有一百多名与会者坐在观众席上，看着舞台上一位笨重的老人表演班卓琴弹唱。乔纳又向里面走了两步，在靠墙的座位上坐了下来。老人对着麦克风唱道：

……整个大海都属于我，只属于我
我真不想分享这片海洋
我知道你们觉得我很自私
但是谁听说过……蛤蜊……慷慨大方？

之后是刻意留出的漫长停顿，听众们会心地笑了起来。在这群拥有财富和资源的人中，许多人也曾是疲于照顾孩子的年轻父母；当初他们曾为孩子播放这首歌，时过境迁，歌词却仍然留在他们的脑海里。说真的，当初作为20世纪60年代民谣歌手及善于演唱清澈的高难度和声的乐队成员，他取得的成就比后来要大得多。但是在那之后，他显然重塑了自己的形象——准确地说是重塑了两次——通过两种不同的亚文化。首先是儿童音乐，他在这方面的名声从没达到过家喻户晓的程度，只是表现尚可，有一首成名曲；之后便是他最近才投身其中的环境保护主义。这两种亚文化的共同特点是，如果你没有和热衷于这个圈子的人共同生活过，那你大概一辈子都不会知道圈内的关键人物是谁（同理还有南北战争重演爱好者、新纳粹分子或者诗人）。这场关于重塑的演讲还有其他嘉宾：一位前纳斯卡赛车手，在一次事故中失明后，现在致力于改善道路安全；还有一位竞选美国参议员的农场主。这位歌手继续唱了下去，嗓音随和而低沉，乔纳的头脑飞快地旋转，他清醒过来，认出了那位歌手。

“利己的蛤蜊！”在十一岁的乔纳唱出那几句之后，巴里·克莱姆斯赞不绝口，“很酷的创意。再给我来一段。”

巴里用磁带录下乔纳的音乐，将它们保存起来一直用到新世纪，一直用到吹哨人乐队解散并销声匿迹很久之后，一直用到他短暂的单飞生涯结束很久之后——单飞时他凭一首反越战歌曲《告诉他们你不去（我的小毛头）》而成名，而那首歌也是根据乔纳的创意、歌词和旋律改编的。

可那是我的，乔纳一边听着歌，一边注意到听众的怀旧之情时心想。那是我的。当然，他现在根本不想要它了，他不在乎它，也不认为他听到的是多么精彩的作品。但事实是它源自他，然后从他身上被偷走了，结果让他彻底抛弃了音乐，这一事实现在变成了压在他喉头的沉重压力。现在已经没法知道，但当初他确实可能在音乐家的道路上走很远，尤其是和麻省理工学院的西摩·格拉斯乐队一起。事实上，这支乐队在三十年后的今天仍有演出。他原本拥有真正的才华，但是没有自信，不能泰然处之——用其他人傲慢却不失准确的话说，没有“所有权”——的才华又算什么呢。

巴里·克莱姆斯（现在人称“大巴里”）的演奏愈发有力，他继续唱着这首从极其自私的蛤蜊的视角写成的歌。这只蛤蜊显然是个拒绝共享且污染环境的主角，基本符合依赖石油，热爱大宗生意的美国的所有特征。“大巴里”用肥胖的手弹拨班卓琴，悲叹贪婪的丑恶。他全情投入在这首歌里，用他自己的风格演绎十一岁的乔纳古灵精怪的创意：利己的蛤蜊。一曲唱毕，他的手华丽地扫过班卓琴，听众热烈地欢呼起来。

乔纳原打算在那时转身离开，然而活动主持人问道：“所以，是什么样的道路让你从一位颇有成就的、成年人的民谣歌手转变为儿童歌手，现在又成为环保主义者呢？”

“嗯，回头看当初那段日子，20世纪60年代确实是一个风起云涌的时代，”巴里·克莱姆斯说，“我知道这话是陈词滥调，但碰巧也是事实，因为我就是从那时候过来的，当然，我经历了很多波折起伏。我的第一支乐队叫吹哨人，在场各位可能还有人记得。”观众们为这段回忆鼓掌。他又说："后来只有我一个人了，1971 年我的一首抗议越战的歌曲一炮打响。有人能回首往事，叫出那首歌的名字吗？"

"《告诉他们你不去（我的小毛头）》！"一个男人喊道。

"棒极了，棒极了。不过你们知道，我当时猜想那就是我事业的终点。我消沉了很多年，靠版税过活，除了弹班卓琴没事可做，整天混日子。我开始涉猎儿童音乐，因为孩子们那种与生俱来的天性一直很让我着迷。而且，你不可能哄骗小朋友。当我写给孩子们的作品有所收获的时候，我给自己买了一艘船屋，四处旅行，这时我才看到海洋所遭受的一切，那景象让我恶心。我无法忘记石油公司及幕后政客们的贪婪，他们全都穿一条裤子，他们都应该对海洋破坏和那些非凡海洋生物的死负责。后来我意识到，我的歌曲或许也能对环境产生影响。就这样，一位积极行动者诞生了。所以说，如果你打算在一生中第二次甚至第三次重新塑造自己，"他说，"那你必须找到这样做的理由。而且最好不是一个利己的理由，不要像我知道的某位蛤蜊一样。"

乔纳在聆听这段独白时几乎没有呼吸，感觉喉咙和胸腔完全收紧。在巴里结束演讲、那位参议员候选人准备开始时，乔纳推开门回到走廊上。他沿着走廊又往下走了一段，看到男洗手间的标志，他立刻走进其中一个隔间坐在马桶上。他在那里待了很久，努力让自己恢复平静和思考。又过了一段时间，男洗手间的门开了，伴随着说话声，不止一个男人走了进来。乔纳依然坐在隔间里。

"——真是太棒了。全靠品牌打造。我自己参与了 TEDx——你知道那是什么吗？我们让 TED 演讲直接走进社区。这是我的名片，我很乐意再和你进一步聊聊。"

"嗯，谢谢你。"

说话的人各自站到小便池前，乔纳听到排尿的声音回荡在洗手间里。接着是更多的客套话，洗手声，涡轮干手机的呼啸声。最后门再次打开，其中一个人出去了。乔纳透过隔间门上垂直的狭缝向外窥视。他看到洗手池前巴里·克莱姆斯一部分宽阔的后背，黑色的丝绸上衣，横着梳过头顶的稀疏白发。“大巴里”拿起靠在洗手池边的班卓琴甩到背上，然后大步走出了男洗手间。

乔纳跟着他穿过橡树、大步走过度假村和会议中心的木梁走廊，和他保持一定的距离，努力扮成赶着参加某一场会议的路人，他不时瞥一眼凯特琳·道奇给他的小册子，却一个字也没看进去。巴里·克莱姆斯登上电梯，乔纳也跟了上去，不过还有三个人和他们一起，所以乔纳没引起他太多注意。他们各自按下不同楼层的按钮。叮，一个按钮灭了，几个人走了出去。又是“叮”的一声。巴里·克莱姆斯在四楼走出电梯，乔纳·贝伊也跟了出去。这位前吹哨人乐队成员走向酒店房间时真的吹了几声口哨。他将房卡插进门里，乔纳胸有成竹地相信不必赶在那一秒迅速上前。上了年纪的巴里动作迟缓，插卡的动作也不甚精确，他可能要试两次才能将房卡准确插到位。确实如此。当门锁上的绿灯亮起时，乔纳就在他身后。走廊里空无一人，没人看见乔纳在关门前溜进了房间。进门之后，巴里·克莱姆斯转过身，惊恐地张大了嘴，年迈的面颊凹陷下去。

“你想要什么？”他说。沉重的房门咔嗒一声关紧。乔纳伸出双手，将他推向房间更深处。“我去拿钱包，”巴里说，“你在嗑药吗？冰吗？”

巴里·克莱姆斯当然没认出他。虽然乔纳觉得自己被禁锢在童年的阴影里，但其他人再也不会将他当孩子看待了。他已人过中年，很快就要走向没人愿意搭理的年岁。在乔纳这个年纪，一生中最美好的时光都已经过去了。到这个年纪，你应该已经成了终将成为的那个人，应该优雅地、默默无闻地在余生中保持这种状态。

“是我，你这浑蛋。”乔纳说。他将“大巴里”猛推到门边的墙上，“大巴里”也用力推了他一把，让他猛撞在衣柜门上。乔纳以牙还牙，他们在两面墙之间推来搡去，趔趔趄趄，叮当作响，两人都上气不接下气，互相撕扯着向房间里面走去。现在乔纳占了上风。他将大巴里推倒在床，然后跳到他身上让他动弹不得，乔纳精瘦的身体四肢着地，将肥胖的海洋生物——巴里·克莱姆斯压在身下。如果巴里是贝类，那他一定是一只古老而肥硕的、被海浪冲到沙滩上的马蹄蟹。他脸上满是玫瑰痤疮和斑点污渍；本·富兰克林式镜框后的那双淡蓝色眼睛饱含泪水，和20世纪70年代时别无二致。

“谁?”巴里问。他恐惧万分地斜眼看了他几秒钟，接着，他的脸放松下来，显露出一丝若有所思的神情。“噢，我的天哪，乔纳，”他说，“噢，乔纳·贝伊。你差点吓死我。”他一直眯眼看着乔纳，柔声赞叹道，“你的头发也白了。连你的头发也白了。”

他好像觉得，既然知道是乔纳，他就不必再害怕了。乔纳在那个瞬间回忆起与罗伯特·高桥做爱的场景：有时一个人四肢着地，另一个人则躺在旁边喘息，就像卢梭画中的狮子和吉卜赛人那样[1]。他不想让巴里·克莱姆斯有片刻喘息；他对他没有一丝同情，尽管巴里看起来和任何一位年过六旬、可能出现在美国公共电视网纪录片《他们来过，看见过，演奏过》里的幸存者没有区别。那类纪录片不分白天黑夜地播出，因为失去的东西永远都看不够，哪怕那些东西早已不再是你真正想要的。

乔纳用膝盖牢牢顶住巴里的肚腩，内脏深处的疼痛让巴里叫出了声，于是乔纳将膝盖顶得更深，感觉到柔软的物体在里面移动。但是过了一会儿，巴里不知怎么站了起来，对他吼道：“我想为你扮演父亲的角色，”他大口喘着气，“教你班卓琴。鼓励你。你只是不习惯。”

“一个给孩子下药的父亲?”乔纳说着，伸手在附近摸索，他的

1　画家亨利·卢梭的代表作《沉睡的吉卜赛人》。

手碰到了班卓琴。他抄起那把班卓琴抽在巴里·克莱姆斯的脸上，发出像敲锣一般刺耳的颤音。

“噢，上帝啊，乔纳！”巴里用鼻音喊道。他和乔纳都同样大惊失色。巴里一屁股坐在床上，张开双手拢在脸上，他在流血。这个动作超出了乔纳的承受范围。我们每个人都要保护自己仅有的一切，这在当时看来是最无可置疑的真相，哪怕对待巴里·克莱姆斯，乔纳也无法剥夺这项权利。他大概打断了巴里·克莱姆斯的鼻子，但他并没有砸碎他的颧骨或者让他瞎了眼睛，也没有损坏那颗只顾一己私利的头颅内部的大脑。班卓琴不是最好的武器，民谣音乐本身也没有无所不能的神力。那些歌曲让人们团结和振奋，无论是集结在一起的庞大人群还是独自一人都听得全神贯注、心醉神迷，但民谣并没能阻止东南亚的战争。现在，它让一个男人成了废人，但并没有杀死他，虽然或许和杀了他没什么两样。

“噢，上帝啊，”巴里反复哼着，声音粗粝而低沉，“我这里……受伤了。你有什么毛病啊，乔纳？”

“我有什么毛病？你真有脸问我这个？”

“是啊，你成了什么样的人啊？你一直这样吗？”

“别说了，行吗，巴里？闭嘴吧。”

乔纳走进洗手间，用皂碟里分量微乎其微的叶片形香皂洗手。他袖子上有一点血迹，但是不多。他注意到巴里的洗漱包放在大理石台上。拉链开着，展现出这个每年有许多个星期在路上的老人的常用物品。一个标签上写着立普妥/40毫克的药瓶，一个哮喘吸入器，还有（天哪！）一罐阵痛冷敷贴，据说可以暂时缓解“痔疮引起的局部瘙痒和不适”。这就是一个重塑自我之人的全套小装备。无论你这辈子做了什么，无论你为反战宣传或海洋保护付出了多少努力，不管你从一个害羞的小男孩那里偷走了多少创意、让他满脑子糨糊且神经异常敏感，归根结底，让你成为你的只是这些最不起眼的细节。

乔纳走出洗手间，他很确定巴里·克莱姆斯不会呼叫保安。巴里不想旧事重提；在民谣早已不再是主流音乐的时候，他最后一次成功转型，在21世纪依然保持着活跃度，这种时候他不想重提旧事。进入21世纪，你很难再靠自己的创作挣钱。20世纪90年代，当各种著名流行歌曲可以在商业广告中使用时，艺术和广告便永远纠缠在一起。然而追求正义、不被看好的民谣却能独善其身。现在，民谣又以某种方式回归了。它不再是占据主导地位的音乐类型，但民谣的种子却广为传播。现在，和所有音乐类型一样，民谣也可以通过文件共享，也可以出现在YouTube上，也可以扩散到世界各地。与所有歌手一样，大多数民谣歌手赚的钱很少，这种不公平简直令人发指甚至堪称犯罪，但是不管怎么说，他们的作品得到了普及。要是母亲能了解一些现状就好了；他希望她能了解。他打算告诉她。

巴里从床上坐起身来，在梳妆台的镜子里端详自己。“看看我，我的鼻子马上就要肿了。不能让人看到我这副样子；我必须离开这里。”他恼火地看着乔纳，渐渐露出思虑的神情，“你是个那么有创造力的孩子。那么自由自在。能亲眼见证你那个样子真是无与伦比。”

“噢，别说了。”

“我为你做了我力所能及的，”巴里说，“你对被人照顾或受人鼓励一无所知；这不是你的错。你母亲的嗓子很好，但她遇到的事很可悲。”

“不，才不是。”乔纳说。他不想再听巴里·克莱姆斯多说一句，他对他也再无话可说，于是他向门口走去。但是，走到墙壁留下划痕的门边时，他突然转过身，冲动地抓起了那把班卓琴，然后便离开了那里。乔纳坐电梯回到他所住的那层楼，其间他的脑袋和双手都在颤抖。他在酿酒师赏金套房里走来走去，想让激动的心情冷静下来。忽然，他感到手机在腹股沟附近震动。他掏出手机看着屏幕上那个陌生的电话号码，试探性地接起了电话。一个女性的声音说：

"嗨，乔纳，我是凯特琳·道奇。伊桑想让你在蓝马葡萄园和他见面喝一杯。如果你觉得可以的话，二十分钟内会有人去接你。你觉得可以吗？"

乔纳同意了，不过这很可能是个错误。他飞快地冲了个澡，然后来到会议中心的正门前。不出几分钟，一辆黑色的丰田普锐斯停在路边。司机走下车来打开后门，乔纳钻进车里。他仍然抖得厉害，不得不抵住车门让身体稳定下来。

"今天过得怎么样，先生？"司机问，"你去听那些讲座了吗？"

"是啊。"

"听说有个宇航员带来了失重模拟器。你去那场了吗？"

乔纳顿了顿："是的，我去了。"

"感觉如何？我一直想试试那东西。"

乔纳略微坐直身子。"一开始特别吓人，"乔纳说，"你不知道会发生什么。"

"噢，那确实啊。"司机点了点头说，"很让人期待。"

"但是过一段时间，你就能意识到是你自己在掌控局面，只有你和那些元件而已。最后，它会改变你。"乔纳说。

"你现在仍然能感觉到它的影响吗？"

"是的，仍然能。"

在蓝马葡萄园的露台上，伊桑·费戈曼以外的所有人都坐在明朗的阳光下，身旁摆放着大酒杯，小盘里盛着佩科里诺奶酪和橄榄。而伊桑却要求坐在遮阳伞的阴影里。在他周围，与会者们低调地悄悄打量他，但没有人走到他桌旁。乔纳在伊桑对面坐了下来，感觉自己还在发抖。这一定很明显，不是吗？侍酒师送上葡萄酒，介绍说这是一款"俏皮的西拉红葡萄酒"，说完便令乔纳感激地消失不见了。乔纳拿起酒杯一口气灌了下去，中间停顿了一下，只是因为发现伊桑在盯着他。

“怎么了?”乔纳说。

“慢点，酒不是那样喝的。伙计，你就像个喝牛奶的孩子。你嘴上真挂了葡萄酒小胡子。”

乔纳顺从地放下酒杯。他拿起一颗橄榄，试图表现出感兴趣的样子。但是他的手不听使唤，光滑的橄榄跌落在露台上，像弹珠一样蹦进了灌木丛中。“对不起。”乔纳说着，抬起一只手捂住脸，发出一声扭曲的抽泣。伊桑大惊失色，他站起来，坐到紧挨乔纳的椅子上。现在，他们俩并肩坐着，背对露台上的其他所有人，眺望着平静的、阳光普照的葡萄园和细长的葡萄架。

“和我说说吧。”伊桑说。

“我不能。”

“嘿，和我说说吧。”

“我做了一件无法改变的事，好吗?完全不像我。不过说真的，你大概在想，你甚至都不知道哪样像我、哪样又不像我。你从不逼我和你说任何事。你从不逼我向你坦白任何事。”

“我为什么要那么做?”伊桑问，“我又不是天主教徒，我是一个虔诚的犹太教徒。但我知道的是，乔纳，你没必要有这种感觉。如果你不开心，或者觉得自己迷失方向——”

“是的，迷失方向。就是那样。”

“那你就做点什么呗。你以前也陷入过这种局面。你的圣父、真父文鲜明，还记得他吗?‘真父会将我们带走’?”乔纳终于露出一丝微笑，尽管很无力。伊桑又说：“我不知道你觉得自己做了什么，但我不相信那是无法弥补的事。”他停顿了几秒钟，又问道，“是因为恋爱吗?”

“不，我不做那种事，”乔纳说，“你难道不知道我是个僧侣吗?”

“不，这我可不知道，”伊桑说，“我只知道你告诉我的事。在你和罗伯特分手后，埃诗和我都非常担心。我们不想让你孤单。可你从来不和她认识的那些人——那些演员出去。”

“自从罗伯特之后，我不想要认真的亲密关系，”乔纳说，“偶尔会有些——你知道——但是他们往往让我不知所措。我主要的精力都花在了工作上。”

“有时候我觉得，工作是最好的借口，”伊桑说，“但是后来我又想，也许这根本就不是借口，也许工作真的比其他任何事都有意思。比亲密关系有意思。”

“噢，我很难相信，你会觉得工作比埃诗和孩子们有意思。”

伊桑将手指伸进切成小方块的佩科里诺奶酪里，夹起其中两块，粗鲁地将它们同时塞进嘴里。“我爱我的家人。我显然很爱他们，埃诗和拉金和小莫，”他特地用同等的分量说出每个名字，“然而我每时每刻都在考虑工作。有一部分是因为，它让我不必去想我无法改变的事。我的意思是，工作室需要我。当我不在的时候，就像这个星期，他们全都……惨不忍睹。还有一部分是因为，思考工作上的事感觉真的很棒，就像永无止境地充实自己。”他的目光越过桌面望向乔纳，对他说：“如果你不能和人维持亲密关系，那至少应该和你的工作保持亲密关系。工作的感觉应该像……一个无与伦比的人躺在你的床上。”

乔纳尖锐地大笑起来，他说：“噢，我的工作完全没有那种感觉。我没那么有兴趣。”

“怎么可能？你给我看过你做的那些设计，然后我去你们的网站点来点去，了解你们所做的一切；你们做了那么多，还有那么多正在做的。我热爱正在发生的事。而且，你一直喜欢造东西啊。在麻省理工的时候你就说过，当时我根本不知道你在说什么鬼东西，那远远超出了我的理解范围。现在你做的，是为真正的残疾人设计用具，这很有意义，不是吗？让那些人的生活变得可以承受，让他们想在早晨起床、想生活在这个世界上，他们不必再绝望甚至宁愿去死，不是吗？”

“我想做个音乐人。”乔纳仓促地说。他很震惊自己会说出这句话。伊桑也是。

“那你为什么不做呢？”伊桑说，“那到底怎么回事？”

乔纳垂下目光，无法直视伊桑的眼睛，他眼中的同情让此刻的他无法承受。“发生了一些事，”乔纳说，“在我还很小的时候，在你们认识我之前，有一个家伙，是谁不重要了，他给我嗑药，想这样让我创作一些歌词、小调、音乐片段之类的。我当时不知道是怎么回事。他偷走了我的创意、我的音乐，把它们据为己有，利用它们赚钱。在相当长的时间里，我都以为自己的神经系统有严重的问题。我真的会看到幻觉。后来没有了，那对我真是一种解脱。那时我还继续弹吉他，主要是因为吉他就在手边，而我弹得还不错。但是音乐永远不会成为我生活的一部分了。我的意思是，它从我身上被夺走了。”

“这是个恐怖的故事，”伊桑说，“我真的很抱歉，抱歉我从来不知道。我不知道该说什么。”

乔纳耸了耸肩：“都是很久以前的事了。”

“我不想让你感觉我麻木不仁，”伊桑说，“但是，不管怎么说，你还是可以玩玩音乐的吧，不是吗？”

“什么意思？”

“嗯，你可以就随便弹弹吗？”

“随便弹弹？”

“就你自己，或者和朋友一起。你知道的，就像丹尼斯和他的朋友们在公园玩橄榄球。他们的身材也没那么好，对吗？但他们享受这项运动，有些人技术很好，有些人崇拜这项运动。很多人也是这样玩音乐的。他们有空就围坐在一起演奏乐器。难道一定要把音乐当成职业吗？你确实喜欢机械工程和机器人设计，难道你就一定要把这个工作视为精神寄托吗？乔纳，如果你就只是自己弹弹吉他怎么样？不是在工作日，不要出名，不要经纪人，不要朝专业方向发展。就随便玩玩怎么样？这样有没有可能让你更喜欢现在的工作呢？因为你不会再在心底将它当作让你远离另一件事的工具？我说的是不是大错特错了？”

“他把我的音乐偷走了，伊桑。他把它偷走了。他把它拿走了。”

“他没有偷走所有的，”伊桑说，“偷了一些。这又不是限量的。我想你很可能还有更多。”

一个小时后，乔纳在套房的床上躺下休息，葡萄酒让他昏昏欲睡。他环顾四周，目光扫过巨大的平板电视、水果篮、纳帕的风景、绣着至尊研讨会徽记的长袍。这时，他想起了那把班卓琴。他站起身拿过那把靠在墙上的乐器，怀抱着它坐到床边。表面上的彩虹图案已经褪色，但琴弦还像刀锋一样锐利，弹起来反应也很敏锐。他立刻回忆起关于演奏的一切。起初弹拨的节奏很简单，但他流畅地弹了下去。他一直演奏到晚餐时间，在脑海中唤醒一首首可以追溯到恐龙时代的歌曲，一首首他完全不记得自己学过，却偏偏知道的歌曲。

二十

夏令营进程过半，没有发生可怕的事，朱尔斯和丹尼斯为此庆祝了一番，但庆祝得极其安静，生怕因此招来厄运。一天下午，几个神情严肃、缄默不语的中提琴手从树林里散步回来，说他们在树林里看到了人影。游泳辅导员和陶艺辅导员被派去查看是否有闯入者，他们报告说遇到了一男一女两位年轻的徒步旅行者，他们刚从山里绕出来，在树林里停下稍作休息。此类情况在营地周边时有发生。树林的外缘虽然同样是夏令营的领地，但总是难免有人涉足，一般情况下他们没有怨言，除非有麻烦发生。翁德里希夫妇说，他们有时会打电话请当地警察来此巡查，因为对于未成年人的安全问题永远不能掉以轻心。

炎炎夏日在日常杂务中向前推进。只有一位营员中途退出，那位来自城市的圆号手痛恨与夏令营项目有关的一切，一天也不愿意多待。没有人为他的离开感到遗憾。然而，到了8月初，有人发现舞者诺埃尔·罗素晚餐后躲在舞蹈房后面，将手指伸进喉咙，对着灌木丛大声地呕吐。与夏令营合作的当地医生被请来和露营地护士一同检查，他们一致认为诺埃尔应当回家去。

在她离开的前一天晚上，她的帐篷里上演了许多戏剧化的场面。其他女孩围坐在她身边，仿佛她要被关进监狱或者下地狱似的。诺埃尔的物品被仓促地塞进行李箱里，她哭着说："他们为什么要这样对我？我没病。出卖我的不管是谁，都是在小题大做。”她的朋友们来到办公室恳求朱尔斯和丹尼斯让诺埃尔留下，可惜他们不得不拒绝。“她在这里不安全，”露营地护士说，“她需要更多的看护。”

那天夜里，朱尔斯在床上听到远处发出一阵响动，很可能是在营地领地范围内，但她听不真切。就连熟睡的丹尼斯也听到了。她做好了辅导员给她打电话的心理准备。就在她这样想的时候，丹尼斯床头柜上的红色电话尖利地响了起来。这是整个夏天的第一次深夜来电；他们一直在等待它。打来电话的是动画辅导员兼羊驼护理员普瑞蒂·辛格：“羊驼出事了，你们能过来一趟吗?”丹尼斯和朱尔斯在睡衣外面套上大衣，拿着手电筒冲到外面。

围栏里的两只羊驼都不见了踪影。普瑞蒂在熄灯前巡视时发现它们不见了。“可是谁会想要它们啊?”她说，“只有那种变态的活体解剖专家吧。”

全体辅导员分别前往不同的方向去寻找这两只动物。营员们很快听说了发生的事，他们也穿着睡衣、短裤和T恤从帐篷里出来，纷纷加入搜寻的队伍。现在是午夜，黄色的月亮几近满月，整个营地的人都在草坪上、野地里、湖边和泳池旁寻找。“在这边!”一个女孩喊道，他们冲了过去。在二十只手电筒的光线下，他们锁定了那两只羊驼的位置，它们挤在一起，站在通向工作室的小路上。它们修长的脖子上都挂着标语，其中一块标牌上写着：诺埃尔应该留下。另一块标牌写着：真他妈不公平。

受惊的羊驼被温柔地牵回围栏里。这时有人注意到诺埃尔也没了踪影。在搜寻她的过程中，朱尔斯感到开营以来时常出现的恐惧攫住了她。她是负责人，她和丹尼斯。“诺埃尔!”她紧张地大声喊道。她眼前浮现出湖水如何将人吞没的画面，这让她突然间变得歇斯底里。

“诺埃尔!”丹尼斯吼道。

“诺埃尔！诺埃尔！”营员们的喊声此起彼伏。所有的手电筒再次亮起，少年们为一夜之间两次参与戏剧化的意外而感到兴奋和激动。诺埃尔极度迷恋的那位戴海盗耳环的辅导员盖伊站在一条小路中间，喊声比任何人都大，浓重的澳大利亚口音格外有辨识度：“诺埃尔！你到底在哪里啊？我是盖伊！出来吧，诺埃尔，别闹了！”

大家都静了下来，觉得盖伊或许能将她轰出来。他做到了。伴随着沙沙的响声，她深一脚浅一脚地走出了树林。朱尔斯和丹尼斯看着那个像小鸟一样脆弱的女孩直奔这位辅导员而去，而他则将她抱在怀里对她说话。过了一会儿，他抬头望向丹尼斯和朱尔斯，带她走是他们俩的工作。后来，朱尔斯坐在诺埃尔床边，其他女孩则围在旁边转来转去，兴奋地聆听着。“我只是想要一个精彩的夏天。”诺埃尔说着，还在轻轻哭泣。

“你已经有了一些精彩的经历，不是吗？”朱尔斯问。

她点了点头：“噢，是啊。我能跳舞了。我在这里跳舞的时间比一整个学年都要多。在那边他们总是逼我做我讨厌的事，和我的一生完全没关系的事。”

“我理解，”朱尔斯说，“真的，我很理解。”

诺埃尔躺在枕头上闭上了眼睛。“我对那些羊驼感到抱歉，”她说，“我只是想表明态度。我没想伤害它们。”

“它们没有受伤。”

“我希望它们能好起来，希望你不要觉得，你知道，它们不应该再在这里了。它们是这个地方的一部分。”

“是啊，”萨曼莎应声说，“羊驼绝对是这个地方的一部分。”

不，它们不是，朱尔斯想说。但它们当然是。当这些女孩以后回忆今年夏天时，在关于露营地的种种画面中，她们永远会看到羊驼。她们永远会对羊驼这种动物有一种特别的亲切感，它们温和傻气的面孔代表着她们生命中一段无与伦比的时光。最初的时光，充满艺术、朋友、男孩还有羊驼的时光。圆锥形帐篷就像顶针一样狭小，但它很适合这些女孩。朱尔斯走开了，让她们去安慰那位明天就要被送往波士顿洛根机场的朋友，她将从那里飞回她焦急等待的父母身旁。一起夏日紧急事件发生了，但是并没有人死去。

第二天早上，诺埃尔走了。丹尼斯播放的《惊愕交响曲》在营地里回荡，但营员们起床的动作很慢。深夜探险的刺激让他们感到倦怠。此外，哪怕还没睡醒，他们也已经意识到这将是酷热的一天。今年夏天到目前为止都不算很热，但是天气预报称未来将连续多日高温，而且这只是数轮热浪中的第一轮。中午，气温超过了九十华氏度[1]，他们不得不强制中断课程，额外开放游泳时间。这些孩子都不是游泳健将；他们都像鳗鱼一样泡在水里。

厨师用长方形金属盆给大家盛上覆盆子牛奶冰糕。营员们拖着沉重的脚步走进食堂，暑热让他们一个个无精打采，谁也吃不下太多食物。就在那天下午，话剧班在树林里排练《仲夏夜之梦》，扮演浦克和赫米娅的男孩和女孩对老师说，他们看到一个男人在一棵树下撒尿。可是当话剧老师去找那个人的时候，他已经不见了踪影。于是丹尼斯说，他和朱尔斯要去查看一番。在如此潮湿而炎热的天气，这可是一项不愉快的任务，蚊子的嗡嗡声就像树林里的背景音乐。昨晚丹尼斯和朱尔斯都有些疲惫，他们分头行动，在热浪里慢慢向前走。

朱尔斯很快见到了那个徒步旅行者。"你好!"她希望自己打招呼的声音听起来足够放松。那个人斜倚在树干上喝着啤酒，年纪很轻，二十出头，脸上充满野性的警觉。他看起来脏兮兮的，朱尔斯突然想到要小心。丹尼斯在别的地方，但肯定不会太远。"你是在徒步吗?"她问道，尽管她没看到任何装备。

1　32 摄氏度。

“我就待在这片地方。”年轻人不动声色地说。

“这里实际上是一片夏令营的领地，”朱尔斯用她能控制的最轻松愉快的声音说，“很多来这里的人都不知道。我想我们得标记得清楚一点。”

“要清楚得多才行，”他说，“我以为这就是个我们都能来的地方。一个我们可以过几天几夜的地方。”

她知道他有问题。她想起当初在精神病医院工作时被一位病人吓坏的经历，那是一个狂躁的年轻人，一谈到他母亲便挥舞着手臂劈斩空气。“你没有造成损失，”此刻，朱尔斯对他说，“但这里不是公共财产。向南几英里有一片公共露营地。我想你需要许可证才能在那里过夜，但你可以去镇中心的旅游局咨询一下，他们应该能为你指路。”

随着树枝折断的声音，又一个男人走了过来，神情泰然自若。这个人的年纪要大许多，灰发蓬乱，身材高大却驼背，满脸皱纹。他的脸就像木雕一样，一张烟民的脸。他张开嘴似乎想说话，她看到了他金色的门牙。父子俩？她琢磨着，接着又想，不对。

她还是没认出他。那张脸仿佛经历过多次残忍的手术，俊美已被完全剔除。他看起来很落魄，似乎很久都没有好好照顾自己。这是一个陌生时刻，她心想，但她根本不知道为什么会这样想。接着，她注意到他看她的眼神，慵懒、百无聊赖却又饶有兴趣，这时她明白了。但是她根本不敢相信。直到他开口说话，她才有了把握。“雅各布森？”他说。

她点了点头，一动不动，就这样凝望着古德曼·沃尔夫，好像他是一只迷途的动物，在他原本不应该踏足的树林里徘徊了太久。这两个人都是在树林里迷途的动物。眼前的两个男人都没有出现在此地的理由，然而他们就在这里。

那个年轻人来回扫视他们两人，最后他说：“约翰，你认识她？”

“是的，我认识。”

“是埃诗告诉你我住在这里?”朱尔斯问古德曼。

“噢，是啊。”他脸色一变，微微歪着脑袋斜眼打量她，“噢，你以为我是为了这个来的? 为了来见你? 真甜蜜啊，”他说，“但是实际上，我跨越大洋可不是为了来看你，雅各布森。最近的安检措施相当严格，自从你知道的那件事以后，我甚至没告诉我妹妹要来这里。她不知道。我想她不认为我应该把她的钱花在这种地方，但是我就是做了这么个管理决策。”

古德曼一本正经地用上这个词，仿佛觉得这话很机智，然而事实并非如此。朱尔斯感觉到自己的脸在急速升温，热浪涌上发际线，将她暴露得一览无余，毫无尊严可言。古德曼·沃尔夫这样的男人永远不会被朱尔斯这样的女人吸引，但他们终于扯平了：他也不再吸引她。他一张嘴便会露出那颗金牙，她想不通他怎么会认为这副模样很好看。事实上，这副模样难看极了，肮脏又粗暴。他还以为自己很英俊，然而英俊的容貌早已离他而去，只是古德曼对此并不知情。没有人告诉他，也许没人有心情告诉他，也许他身边已经没有当年认识他的人了。他踢了踢脚下的土；她低头看着他那双磨损的凉鞋。一根脚趾戳了出来，露出厚厚的黄趾甲。

“可是你为什么突然想过来?”朱尔斯问，“我不明白。”古德曼平静地答道：“不是突然。我一直在考虑。我想，也许等到过去足够的时间，我就可以回来。等到那时，我就想住在这样的地方——山区小镇。但是埃诗对钱管得很紧，你知道吗? 尽管她有那么多钱。当她跟我说你搬回这里时，我就想也许时机到了。嘿，这是最新的时代精神嘛——所有人都要回到当年混过的地方。我就猜到这几天会碰到你。我要和一个房地产经纪人去看看我在网上找到的房产。真的都是狗屎。他们称之为‘有待修缮’。也许，如果我有所发现的话，我可以向费戈曼夫人请求帮助。”朱尔斯什么都没说。他问：“所以你在这里过得怎么样？一切都是你梦想中的样子，甚至更好吗？”

“这不重要。”朱尔斯飞快地说。她不想让他了解她的生活、她回来有何感受及她为什么要来。她对他说：“但我认为你真的不该出现在这里。”

“你说这里的意思是‘这里’？”古德曼说，“还是更广泛的这里。”

“行了，你知道我的意思。”她看了看他的朋友，那个年轻人看起来完全不清楚状况，但后来她才知道，他们根本不认识彼此。

“约翰，”年轻人说，“你说我们要去吃东西的。”

“我们会的，放轻松。”

“你们两个在哪里认识的？”朱尔斯好奇地问，“什么时候认识的？”

“昨天在镇上。他叫马丁，”古德曼说，“是个他妈的伟大艺术家。版画家。我给了他很多忠告。人们会试图压榨他；我对他说，他应该保持警惕，不要把自己卖给出价最低的人。他得花时间让自己的才能展现出来——我是不是那么说的啊，马丁？”镶金牙的逃犯古德曼·沃尔夫现在成了艺术顾问？

“是的。”年轻人说。

“这是他妈的好建议，”古德曼补充说，“别忘了。”

灌木丛发出声响，宣告另一个人的到来。朱尔斯扭过头，只见像熊一样壮硕的丹尼斯拨开树丛走了过来。她想冲到他怀里，但又感觉不该表现出太多情绪。“你们好，”丹尼斯打量着他们，判断现场的状况，“发生了什么？”

古德曼也挑衅地打量着他，目光掠过丹尼斯T恤衫下中年发福的肚子，他汗毛丛生的双腿，他的白袜子、工作靴和短裤。一副书呆子模样的营地负责人，和当年管理此地的曼尼·翁德里希的波希米亚风格完全不同。丹尼斯就是丹尼斯：他看起来更像是一位丈夫。

“你就是那个丈夫。”古德曼扭曲地微笑着。

“出什么事了?”丹尼斯问。

“我见到同类了。”朱尔斯说。她想凭借心灵感应向丹尼斯做出暗示，但他没有听懂，一脸摸不着头脑的神情。“这是埃诗的哥哥。”她只好这样说，但她还是不愿大声说出古德曼的名字，不想暴露他。

“是真的?”丹尼斯说。

“是真的。”古德曼说。

丹尼斯对往昔岁月没有情结，对这个男人也没有，他看起来就是一个招人讨厌的人，即使你能看出他大多数时候都很可悲。

“你不应该在这里。”丹尼斯对他说。

“是啊，你妻子也是那么说的。”古德曼·沃尔夫说。

“行了，我没开玩笑，”丹尼斯说，“据我了解，你头上还有逮捕令。”

“哇噢，哇噢，”古德曼说，“你说的那是古代史。”

“你想找事吗?”丹尼斯说，“我们可以试试。我准备好了，真的。”

“丹尼斯。”朱尔斯用她能控制的最平淡的声音喊道。

她的丈夫拿出手机说：“威瑞森电信很垃圾，但树林里有信号。我要打电话了。”

“行了，停下吧。”古德曼说，他的眼睛亮了起来，马丁也同样警觉地盯着他。

“这怎么回事?”马丁说，“我一点也不明白。”

“显然我必须走了，伙计。”古德曼说，他走上前抓住马丁的手臂，与他握手拥抱。

“但是我们要去找东西吃啊。”

“祝你的艺术作品好运。不要全卖光了。”

“滚出去，古德曼，”丹尼斯说，“不光是从营地滚出去。滚回你住的地方去。回到那里去过日子。我真的没开玩笑。”

古德曼对他点点头，然后看着朱尔斯说：“雅各布森，你给自己找了个男人。”金牙最后一次在她眼前闪闪发亮。然而，当他转身走开时，他的步伐明显加快了，像一只从猎人身边跳开的动物——那只受伤的鹿曾是个男孩，只是不幸喝下了施有魔法的溪水。朱尔斯用力交叉双臂，她很希望丹尼斯走到她身边，用粗壮的手臂环住她的肩膀。但他根本没有看她。他在和马丁说话。

“你住在哪里？”他问。

“林奇，新罕布什尔州。”

“那你怎么跑到这里来了？”丹尼斯的声音温柔而深沉。朱尔斯觉得他或许会搂住马丁而不是她的肩膀。

“我有一些问题，”马丁用难以分辨的声音说，“这里有医院。”

丹尼斯立刻点了点头：“兰顿·赫尔。”

“可他们没为我做任何事。药太多了，所以我走出去了。这完全是我的选择。”他迅速补充了一句。

“好的，你走了出去，”丹尼斯说，“然后你就遇见了那个家伙？”

“约翰。是啊，在汽车站。我想去某个地方，也许可以回家。他和我搭话，他看起来真的对我有兴趣。他刚下汽车。所以我和他一起来了这个地方。他说这是给艺术家准备的。”

“确实是。”朱尔斯感到不得不说这句话。

“听着，我在兰顿·赫尔待过，”丹尼斯说，“他们会帮你的，好吗？你应该回去，让他们再试试。”

马丁思考了一下。“我非常饿。”最后他说，仿佛这是他做出决定的原因。

丹尼斯将手机放回口袋，对朱尔斯说：“我带他去那边。你一个人回去，好吗？他们会担心我们去哪了。”

她看着两个男人朝另一个方向走去，离开营地去镇上。古德曼已经走到了前面很远的地方，背影越来越小。很快他就要坐上长途汽车，然后坐上飞机，离开家，回家去。也许他会在机场吃最后一顿美式大餐，一边啃着过瘾的汉堡包和炸薯条，一边环顾来来往往的旅客——其中大多数都有在终点等候他们的人。朱尔斯的心脏跳得非常厉害，她掏出自己的手机，发现还有两格信号，这大概足够了。朱尔斯手机里的快捷拨号设置的是埃诗的号码；这些年来，在埃诗陪同伊桑一起旅行或独自去欧洲见古德曼的时候，朱尔斯用过很多次这个功能。此刻，埃诗和伊桑正在布拉格看望参加耶鲁大学暑期课程的拉金。那边是夜里。国际长途的铃声响起，响亮、急促而坚定。

电话接通了，传来好像管道里装满水一样的嗞嗞声，透过嗞嗞的杂音，埃诗的声音传了过来。“是我。”朱尔斯说。

“朱尔斯？噢，等一下，我在车上。让我调到——”她的声音消失了一秒钟，“——模式。”

“什么？刚刚信号断了，我只听到‘模式’。”

“抱歉。现在清楚了吧？一切都还好吗？”埃诗问。

“听着，有件事我必须告诉你。我看见古德曼了！”她迫不及待地说，“他来夏令营了，从冰岛一路赶到这里来的，说是想看看这里的房子。他说他没有告诉你他要来，他知道你不会同意他花你的钱。但是上帝啊，这不只是钱的问题，对吗？还有安全问题啊。我必须告诉你。丹尼斯对他大喊大叫，让他从哪来的回哪去，古德曼跑了。我想他会坐飞机回雷克雅未克的。太可怕了。他看起来变了好多啊，埃诗，他真的变了。你没有告诉我这个。”她又什么都听不到了。“你还好吗？”朱尔斯问，“我知道这件事太疯狂了。埃诗？”

电话里依然是长时间的沉默，接着背景里传出一些微弱的谈话声。朱尔斯听到那边在说：“不，我会告诉你的。是的，冰岛。”然后有一个男声激动地对埃诗说了些什么。但这些对话都淹没在国际长途的嗞嗞声中，朱尔斯听不出任何讯息。

“喂？”朱尔斯说，“喂？”

但埃诗在对伊桑而不是对她说话。“你等我一下，”埃诗紧张地对他说，“我会告诉你的。是的，古德曼。朱尔斯在说古德曼。好了，伊桑，好了。求你别这样。”她的声音里充满了恳求的意味，然后她对着电话哭了起来。“我得挂了，朱尔斯，”她说，“我用的是免提模式，伊桑就在我边上。”

“噢，我的天哪。”朱尔斯脱口而出。电话挂断了。

她急忙走出树林，先是快步走着，然后跑了起来，凭借本能找到了回去的路。她在这个炎热而普通的下午出现在草坪上，几个懒洋洋倚在树下演奏乐器的少年朝她招了招手。入夜以后，朱尔斯整晚都坐在那里观看营员们创作的独幕剧。第二天，她甚至容忍孩子们在午餐时烧烤，一支德西马琴三重奏组合用他们自制的乐器演奏起涅槃乐队的歌曲。朱尔斯一直将手机放在口袋里，随时等着它振动，等着埃诗联系她。当埃诗在第二天早餐时分打来电话时，她说：“朱尔斯？你现在方便说话吗？”

咝咝声又回来了。朱尔斯正陪着两个表演课的男孩坐在桌边，他们似乎正在当着她的面坠入爱河。她猛地站起身来说：“方便。”说完，她拿着电话走过整个食堂，推开纱门走到露台，她可以一个人静静地待在那里。“你在哪里？”

“我在布拉格机场。我要自己回家了。伊桑和我分开了。”

“什么？”

“是啊，我知道。我们回到酒店以后，就把所有事情都摊开来说清楚了。整个婚姻里的所有细节。他说他真正在意的不只是这个谎言本身，还有这个谎言所代表的意义。”

“具体是指？”

“具体是指我信守对父母的承诺，这就相当于我选择了他们而不是他。他说我就是不能摆脱他们，不能不再做他们的小女孩。他太自以为是了，朱尔斯！这话我也对他说了。我说：‘我知道我哥哥的事瞒着你非常非常过分，我无比抱歉。不告诉你让我也很难受，但后来我习惯了，就像有些事你总会慢慢习惯的。’结果他说：‘不，也许只有你会慢慢习惯。’然后我说：‘你注意过自己说话的口气吗？’他根本不知道嫁给他是什么感觉。所有人对他的兴趣都远远超过对我的兴趣；当然了，为什么不呢？他有才华得多啊，他是创意天才。而且就像我告诉他的那样，他占用的空间也多得多。听到我这话，他说：‘噢，很抱歉，嫁给我真让你受罪。坐着公司包机飞来飞去，从不考虑生活的无聊细节，比我们认识的任何人都更有钱，真是酷刑啊。’我说：‘你觉得我在乎的是这些吗？’他立马让了一步，因为他知道我不是那样的人，他也不是。到目前为止，我们互相说了很多话——气昏了头的疯话。我对他说，我知道他从没真正喜欢过我的作品。结果他居然在我们吵翻了天的时候停下来，因为他觉得自己必须纠正这一点，认真夸一夸我的作品。他说：‘我真的很喜欢你那天晚上的独幕剧表演。’我说：‘天哪，伊桑，别说了！别再说这种好听又含糊的话，只是为了表示你尊重我，你根本没说到点子上。’他承认我说得对。我知道他和我在一起觉得无聊，朱尔斯，他只是出于礼貌不愿说出来。他发现古德曼的事只是把我们面前存在的所有问题都暴露了出来。比如，虽然伊桑从不花时间在小莫身上，但我知道他很烦我对小莫的教育和治疗方案那么上心。你能相信吗？按伊桑的说法，我每时每刻都在谈论小莫的老师、治疗师和麸质。”

“什么？”

“麸质。小莫的饮食里不能有麸质，那可能对他有害。伊桑需要我去做那个为小莫打理一切的人——总得有人去做吧，而那个人绝对不会是伊桑·费戈曼——但他也嫉妒，我发誓他嫉妒。嫉妒他那个有自闭症的儿子，因为我在儿子身上花了那么多心思。伊桑差不多也承认了这一点。我们就站在布拉格的酒店房间里互相尖叫。我们俩都充分展现出自己是全世界最贪得无厌的人，同时我们也看得很清楚：我们再也不能满足彼此的需求了。现在我们分开了。”

“行了，埃诗，你们不能来真的啊。”朱尔斯尖锐地说。她手舞足蹈地比画着。出于好奇或担忧，好几个营员正透过窗户望着她。

“我是认真的，”埃诗说着便开始抽泣，“我们说了太多话，现在我们回不去了。”

“但是难道你们不想回去吗？我是说，如果可以的话？”

“我不知道。也许我会试试。但我觉得他不会。”

“你们彼此相爱。你们是一对完美夫妻，你们属于彼此，这是不会改变的。”

电话里传来一个细微的声音，太想哭却哭不出来的声音。终于，埃诗平静下来对朱尔斯说：“事已至此。结束了。”

如果你在不经意间一手终结了自己最长久也最亲密的朋友的婚姻，那你不太可能再有心思想其他事。朱尔斯在林中精灵的最后几周里充分体会到了这一点。营地的日常需要迫使她回到工作中，但她觉得自己只有半个人在这里勉强应付。伊桑和埃诗真的分开了。埃诗不再按计划和伊桑前往亚洲。相反，她从布拉格回到纽约住了几天，但她无法忍受一个人待在家里，于是便在八月中旬乘飞机去了科罗拉多州的牧场，带着小莫和下一部话剧的制作团队，让自己沉浸在儿子、演员、剧本和工作当中。

慢慢地，埃诗远离了自己的生活，而她的生活包括朱尔斯。她发誓这与朱尔斯无意间让伊桑在车上得知古德曼的消息没有任何关系。“我只是需要缓一段时间，”埃诗解释说，“我不能去想那些让我回忆起一切的事。”她想说的是，那些人们。“我会给你打电话。”她含糊地说，但她没有。

朱尔斯想着自己和丹尼斯如何想方设法来到马萨诸塞州的贝尔纳普，回到她早年生活过的这个充满渴望和辉煌的地方。但她没有想到的问题在于，她不会再在此地见到她最初热爱的那些人了。一天晚上，他们坐在翁德里希的房子里回复家长邮件，这时丹尼斯对她说：“打电话给伊桑吧。”邮件的数量比他们想象的要多得多。假如朱尔斯的母亲在朱尔斯还是营员的时候打电话到营地来，那朱尔斯肯定会觉得丢人，而且会火冒三丈。但是今天的父母无法远离孩子，他们想知道自己的孩子在上什么课，是否参加了话剧表演，又扮演了哪些角色。“和他谈谈。”丹尼斯看着笔记本电脑，头也不抬地说。今年的夏令营还剩九天，翁德里希夫妇第二天就要从缅因州开车回来，按照事先计划进行夏末的讨论。朱尔斯不知道他们会说什么；营地里肯定有人会告诉他们羊驼走失的事，而且他们此前早已得知诺埃尔不幸离开的消息。天知道他们会如何看待朱尔斯和丹尼斯的所作所为，但朱尔斯对埃诗和伊桑的分开，以及自己在其中扮演的角色感到如坐针毡，以至于她现在都很少考虑营地的事了。

“我不能打电话给伊桑，”她说，“我敢肯定，他很生我的气，知道古德曼的事却不告诉他。”

“他不会那么生你的气的。生气也不会很久。”

“为什么？”

“你知道的。”丹尼斯说。

翁德里希夫妇在第二天下午的自由活动时间抵达营地，朱尔斯和丹尼斯带领他们四处逛了逛，向他们展示各种活跃开展的健康而充实的活动。几乎不需要你做任何工作，孩子们便会自行分成小组，缝制演出服装，筹办各项活动。“我们还没把这地方彻底搞砸。”丹尼斯开玩笑地说。“暂时没有。”曼尼说。眉毛陷入无政府状态的曼尼和戴着大草帽的伊迪看起来很慈爱，活像一对来探望孙儿的祖父母，他们对眼前所见不断点头微笑，表示赞许。

午餐时，他们四个坐在食堂窗边专用的桌子旁。“看起来都不错，”曼尼说，“看来我们把它交给你们没错。”

“是的，我们没错。”伊迪赞同道，“我们考虑过朝另一个方向发展，我们很高兴选择了你们。”

“吁。”丹尼斯松了口气，他和朱尔斯都不好意思地笑出了声。随后是短暂的沉默，谁也没开口。

“我们觉得营地运作得很不错，”曼尼说，“所以我们想给你们一个新的工作邀约。”

“噢，我的乖乖，”丹尼斯说，“好啊。”他很高兴能得到赞扬。他从事的工作很少受到赞扬，朱尔斯可以看出他对此非常投入。赞扬可能比这份工作本身更让他喜悦和满足。

“我们想请你们承包这片营地五年，”曼尼说，“一份为期五年的合同。我们已经写好了条款。在五年内，你们可以按照自己认为合适的方式打造这片露营地。一年不算什么，只是脚刚沾到水而已，但是有五年的话，不仅你们可以将营地发展成自己想要的样子，而且我们也不用为它担心了。我们可以完全退居幕后。如果你们真想知道的话，这对我们而言是一种解脱。这些年来，我们在每个细节上都投入了大量精力，事事都亲力亲为。也许现在我们可以把精力花在别的事情上了，比如，从睡觉开始。”

“或者，也许我终于可以做拇囊炎手术了，”伊迪说，“我已经忍了很长时间了。现在我的两只脚看起来都不像人类的脚。像蹄子。”

“是真的，”他说，“确实像。”

“谢谢你，亲爱的。”伊迪说。他们相视一笑。

“我们刚开始做这片营地时，我们以为可以创造一个乌托邦，”曼尼说，“在很长一段时间里，我们确实做到了。朱尔斯，当你参加夏令营的时候，这里还是很不错的，对吗？但那时候也早就不是鼎盛时期了。”

“我很好奇，曼尼，你说的鼎盛时期是哪一年？”伊迪问道。一时间，他们两个人都陷入了沉思。伊迪说：“1961 年？”

“或者 1962 年，”曼尼说，“是的，那一年很好。”

"确实。"伊迪说，他们俩都对那一年的遥远景象点了点头。

"自然，这个地方在 20 世纪 60 年代末也很令人兴奋，"曼尼说，"有几个孩子真的试图攻占办公室。他们称自己为 SDS：林中精灵民主社。笑死我了。还有，出现 LSD 那阵子我们确实遇到了不少麻烦，还记得吗？"

"那个凌晨三点在游泳池跳板上弹竖琴的孩子。"伊迪说。这对夫妇又以一种若有所思、心照不宣的姿态对彼此点了点头。

"到 20 世纪 80 年代，"曼尼转向餐桌旁的其他人，"好像一切都在改变。孩子们最想做的事就是拍摄那些该死的音乐录影带。每当有新事物出现在这里，我们都不得不抡起大棒把它赶出去。"

"五年听起来很不错。"丹尼斯突然说。朱尔斯惊讶地转向他。"不是吗？"他对她说，"不好吗？"

"丹尼斯，我们必须商量商量。"她说。他用困惑而愠怒的眼神瞪着她，然后又转向翁德里希夫妇。

"你们对我们今年夏天的管理感到满意，这让我个人非常荣幸。"丹尼斯对他们说。

朱尔斯感觉自己说话时脸在发烧："是的，谢谢你们，曼尼，伊迪。关于这件事，我们会再和你们联系的。"

翁德里希夫妇离开之后，全营地的人都聚集在活动大厅里参加诗歌大会。在黄昏的光线里，丹尼斯和朱尔斯站在蚊虫纷飞的小山坡上。"我现在都不知道你在想什么了，"他对她说，"一开始你想来这里。我说好的，可以，你可以回去找自己的根，让我们放手搏一把。后来你有机会实现自己的想法、坚持下去，可你到最后又突然发现，其实这不是你想要的，因为你心里想的只有你的朋友。那我们呢？我们放弃了工作，朱尔斯。你退出了你的岗位。我们离开城市来到这里，都是为了你的一个想法。"

"这不是我想的那样。"她说。

"你想的是什么样？你想在话剧里扮演好笑的角色？所有人的注意力又再次集中在你身上？"

"不。"她说。

"我觉得你就是那么想的，"丹尼斯说，"我就知道会这样。但是你当时看起来很兴奋，我觉得我不该让你扫兴。"

"你想让我怎么样啊，丹尼斯？"她说，"我的朋友因为我分开了。我就不能难过吗？"

"根本不是因为你，"他说，"是因为他们自己。你现在在这里，你在经营一座夏令营。你应该做的是和我一起算账、写通讯稿、给家长们发邮件、表扬他们的儿子和女儿有多么出色。可是你呢，你迷失在你自己的大脑深处，某个可悲的角落里。"

"噢，可悲？"

"当然。你看看你。埃诗那个垃圾哥哥在树林里的时候，你真该看看自己脸红的样子。那就是你这么些年来一直在谈论的人？我送那个孩子回医院时，我听他说了古德曼——我是说约翰——对他的艺术作品提出的忠告。让我喘口气吧，去他妈的！沃尔夫家的爸妈是怎么教孩子的：你们太特别了，所以一般人的规则对你们行不通？噢，你知道吗？大家都是成年人，大家都老了，一般人的规则确实行得通。"

"你干吗这么生我的气？"朱尔斯哭着说，"就因为我不想签那个五年合同？你只不过是因为有人想雇你才高兴得昏了头，"她说，她知道这话很刻毒，但她控制不了，"终于有人对你说，很好，很好，你可以胜任这项工作，我们对你的表现很满意。终于，你不再有抑郁的危险，不用再对某个可怜的女人说她可能死于肝癌。"

"是的，没错，"丹尼斯说，"从来没有人对我说，我有多了不起。然而事实是，你们当中也没有哪个人真的多了不起。你的朋友们：垃圾金牙先生，他那个骗人精妹妹，她当成宝的那些话剧我从来没看懂过，还有高贵伟大的伊桑，所有这些你崇拜的人，你把他们看得比地球上的任何事任何人都重要。可是事实是：他们没那么有趣。”

“我从没说过他们那么有趣。”

“你一直在说。一直在说。而我就是那个好心肠的丈夫，而这对你来说远远不够，你依然和他们在一起。你对他们的故事的关注比对我们两人还多。”

“不是那样的。”她说。

“你想回到这里，”丹尼斯说，“然而事实证明这里需要艰苦的工作。当初你们在这里时，谁也不需要真的工作，一切都很有意思。你知道为什么吗？因为这个地方之所以如此美妙，并不是因为这个地方本身。这里确实很好。我们有话剧课！我们有舞蹈课！我们能发掘出你们的孩子们深藏的吹玻璃天赋！我刚给有的父母发过邮件，他们要求自己的孩子参加玻璃吹制工作坊。父母喜爱会吹玻璃的孩子，对吗？但是吹玻璃的成年人就自求多福吧；如果这些孩子到三十岁还在吹玻璃，父母会觉得他们是失败者。”他气喘吁吁、勃然大怒地说，“这片营地确实是个相当不错的地方，朱尔斯，但是还有很多差不多的地方，至少以前有很多。如果你去的是另一座夏令营，你会遇到一群完全不同的人然后和他们成为朋友，事情就是这样。是啊，你能来到这里很幸运。但是当初你在这里的时候，最让人兴奋的是你还年轻。那才是最好的部分。”

“不。不只是那个，”朱尔斯说，“那时候你不在这里。它对我有特别的作用。这个地方——这个特定的地方——对我有特别的作用。”

“行吧，”丹尼斯说，“就算它有。它让你感到特别。我又懂什么呢——也许它确实让你变得特别。特长——每个人都想要。但是上帝啊，这就是最重要的吗？大多数人没有才华。那他们该怎么办——自杀吗？我是不是也该那么做？我本来就是个超声技师，大概一分钟的工夫我就摇身一变，成了夏令营负责人。我在快速学习。我在学习技能，我会仔细阅读资料来弥补我绝对缺乏的特长。”

“别说了，”朱尔斯说，“不要说你不特别。”

“你对待我的态度可没让我觉得特别。”他的脸烧得通红。他们两人的脸都烧得通红。她想摸摸他，但他扭开身体，不再回头看她。

那天夜里，丹尼斯睡在楼下客厅里发霉的旧沙发上，第二天，他们正式拒绝了翁德里希夫妇的邀约。“你去和他们说，我不想说。”丹尼斯说。曼尼和伊迪感到震惊和失望，但他们并没有受到重创。显然，还有其他林中精灵的旧日营员渴望得到这份工作；很多人都想回到这里。一个女人曾在20世纪80年代参加夏令营，在这里创作出精美的马赛克镶嵌画，她也非常想担任负责人，他们将把营地交给她和她的女友。她们俩都是翁德里希夫妇青睐的第二人选。

夏令营将以自己的方式继续下去，青少年们将继续被引领着走进大门，等夏季结束时再被引出大门，流着眼泪，却更加强大。他们可以继续由着自己的性子吹玻璃、跳舞和唱歌，然后，不那么擅长的人也许会渐渐放弃或者只是偶尔试试，只是为了给自己找点乐子。而那些坚持不懈的人——或者说，那一个坚持不懈的人——将成为例外。蓬勃的青春气息逐渐燃尽，只剩下天赋的小火苗继续熊熊燃烧，升上高高的天空，让全世界看到它的光芒。

二十一

唐人街的诊所很欣慰丹尼斯在9月重新回到岗位，因为他们的人手依然严重不足，而朱尔斯却再也没有岗位可回。与她同一办公室的社工主动提出将她引荐到其他机构，朱尔斯谢过了，但再度从零开始执业让她心生畏惧。她没有足够的精力或信念重新起步。她想念她的客户，但他们不会再回来。他们走了，有些找到了新的心理咨询师，有些则不再接受心理咨询。詹妮斯·恪林给朱尔斯写了一封愉快的短信，说她有多么喜欢朱尔斯为她推荐的女心理咨询师。一位同事鼓动朱尔斯在心理治疗网站上发广告，当她在广告中形容自己是“一位对创造力特别感兴趣、有爱心、不妄加评判的心理咨询师”时，她觉得自己简直就像在说谎。

广告一点用也没有，她依然没有工作，不得不另谋出路。晚上，朱尔斯和丹尼斯坐在公寓小厨房的桌子两端，常常以外卖果腹。他们在离开贝尔纳普时勉强做到了和平相处，因为两人都太过疲倦，实在无力再起争端。这场争执太过重大，不是一时半会可以解决的。在朱尔斯无所事事的日子里，丹尼斯总在加班。在唐人街诊所的小世界里，他在各方面都算是个大人物，就像一座高塔。他非常了解自己的专业领域，经历过都市健康诊所的灾难后，他养成了鲜有人及的严谨态度。现在，他的严谨发展成了专业技能，诊所很需要他。考虑到朱尔斯不再工作，他们需要更多的收入，于是丹尼斯要求大幅加薪，而令他震惊的是，诊所居然同意了。

他们俩都知道，在婚姻中有时会出现一段时期，一个人步履蹒跚，需要另一个人来维系婚姻。也许这就是婚姻的定义。丹尼斯中风后陷入抑郁症的那段日子，朱尔斯是维系一切的人。现在他毫无怨言地承担起了这个角色。找工作让朱尔斯焦虑不已，但伊桑和埃诗的分开同样让她忧心忡忡。埃诗仍然住在科罗拉多州的牧场上，朱尔斯又给她发了许多封电子邮件，恳求她至少在电话里和她说说话，她们也确实聊了几次，但都很敷衍，因为埃诗非常不开心。

罗瑞完全不理解母亲为什么放弃夏令营的工作，现在则开始担心她能否在纽约另找一份工作。最近她打电话的次数比平时多了不少。“别担心，”朱尔斯说，“我们付得起你的学费，如果你在考虑这个的话。”

“我没在考虑那个，”罗瑞说，“妈妈，我在考虑你的事。你不工作感觉很诡异。你一直都是个忙于工作的母亲。永远要去见客户。不管发生什么，你都在想你的客户。”

“我也想你啊，宝贝。”

“我知道。我不是那个意思。我只是想说，你真的很在意你的工作。现在这样真是太诡异了，看到你处于……空窗期。”

“是啊，这个说法不错。”朱尔斯说。

“好吧，我得走了，”罗瑞抱歉地说，“有一场家庭派对。”

“总是有家庭派对。”她母亲说。有人在奥尼昂塔那边尖声大喊，罗瑞笑着挂上了电话，朱尔斯还没来得及对她说：玩得开心，注意安全。

在那段陌生又清闲的日子里，一天，朱尔斯的母亲打来电话说：“嗯，我要宣布一件事。我打算把房子卖了。”现在她该搬到安德希尔的简单公寓去住了——事实上，很多年前就该这么做，洛伊丝·雅各布森说，但她之前一直不想打理这件事。她问朱尔斯：可以来帮忙清理地下室吗？她姐姐爱伦也会来。

在一个工作日的早晨，朱尔斯乘坐长岛铁路来到安德希尔。她一走下站台便看到母亲在停车场等候，在她的紧凑型小汽车旁向她挥手示意。母亲变矮了，脊椎缩了好几英寸。她任由头发变得雪白，不过每周依然去她一直光顾的那家美容店做发型。她站在那里，刚做好发型的白发卷得整整齐齐，身上披着雨衣，看上去就像某人的奶奶。她也的确是某人的奶奶。朱尔斯走下哗啦作响的楼梯，向母亲的车旁走去，在拥抱母亲时小心不要像抱娃娃一样让她双脚离地。

爱伦坐在后座，姐妹俩凑近彼此，潦草地拥抱了一下。人到中年，爱伦和朱尔斯反而比以往任何时候都更相像。爱伦和丈夫马克就住在离洛伊丝二十分钟车程的地方，她经常见到母亲。她们很亲密，而朱尔斯则是那个离开家进城闯荡的人，而那座城市有时感觉就像另一个国家。洛伊丝和爱伦没事很少进城。安德希尔的发展很快，现在这里有两家泰国餐馆和一家书店咖啡馆。这些年来，洛伊丝·雅各布森竭尽所能地打理辛迪街上的房子，但它需要重新粉刷，信箱也依然歪挂在那里。母亲曾在无数个夜晚独自走进屋里，这样的想法足以让朱尔斯想把母亲用力搂进怀里，问她是如何熬过来的。但是现在，她们正在厨房里，洛伊丝在镇上刚开张的有机市场买来食材，为她们准备午餐。“感谢老天。”洛伊丝说。

“妈妈，你现在买有机食品了？”朱尔斯问。

“是啊。很意外吗？”

“是的！”两个女儿异口同声地说——两个女孩，她们偶尔团聚时总觉得自己还是女孩。

“你是谁啊？”朱尔斯说，“把我真正的母亲还给我。我们小时候天天给我们吃绿巨人速冻玉米粒的那个。”

“还有利比桃肉罐头。”爱伦说，她们对视一眼，哈哈大笑起来。午餐后，母亲去地下室准备收拾，朱尔斯和爱伦站在厨房里清理碗碟。

爱伦和马克的婚姻很美满。他们选择不要孩子；有一栋漂亮的小房子；每年一次加勒比海游轮旅行。“所以说，你不再做心理咨询了，现在打算做什么呢?”爱伦问朱尔斯。

“我不知道。我还在试探，但必须得尽快找到。”

“夏令营没成功我很抱歉，”爱伦说，“我记得那个地方。那些孩子到处乱跑的样子。”

“我想，我第一次去那里过完夏天回来的时候真的很爱炫耀，”朱尔斯说，“我很抱歉，那时候我很讨人嫌，”她出乎意料地情绪化起来，又说，“那时候我很爱吹嘘。很抱歉让你嫉妒我。”

爱伦从桌子上拿起一个盘子，推进从她们少女时代就在用的牛油果色洗碗机里：“我为什么会嫉妒?”

“噢，因为我没完没了地谈论我的朋友们、夏令营、沃尔夫一家和其他那些事。我以为就因为这样你才会，你知道，对我有点冷漠。”

爱伦说：“不，我对你有点冷漠是因为我当时就是个贱人。我对所有人都那样，你没注意吗?等我终于大学毕业搬出去住时，妈妈可高兴坏了。马克有时会取笑我，说我开启了‘皇家贱人’模式，所以我会努力控制自己。但我就是这么个人，我真的没办法。不，别担心，朱尔斯，我从没嫉妒过你。”

在动画棚工作室所在的曼哈顿中城区写字楼一带，街道在白日里欣欣向荣，入夜后则平淡无奇、一片寂静。所有人在工作日结束时几乎都会逃离这里。此刻，12 月一个周四的晚上七点，朱尔斯走进巨大而冰冷的大厅，里面只有用绳子隔开的电梯和永远在岗的保安。伊桑的助理凯特琳·道奇几天前打来电话说，伊桑想问问朱尔斯本周是否有空来吃晚餐。这个电话在冬天最湿冷的时刻打来，这段时间朱尔斯每天都在联系兼职临床社工的招聘广告。她只接到过一次面试通知；五十岁以上的人很难成为首选。她和丹尼斯基本上不再讨论她现在的处境，尽管找工作的压力迫切地压在他们两人身上。丹尼斯晚上下班回家时，朱尔斯往往坐在电脑前浏览招聘广告或者修改简历。她觉得自己没有朋友。埃诗还在科罗拉多州离群索居；乔纳工作很忙，而且据她所知，他现在每周六晚上都会和一群音乐人（西摩·格拉斯的一位成员和他的三个朋友）弹吉他作为消遣。几位社工给朱尔斯发来电子邮件邀请她去酒吧聚聚，她去了一次；女人们聊起管理型医疗保健如何摧毁了一切，然后她们都喝多了，只觉得悲伤和挫败。

因此，当凯特琳·道奇突然打来电话时，朱尔斯简直想大喊一声“好的！”她需要有人来解救她，尽管她从不敢指望那会是伊桑。她只怕他再也不想和她有任何关系了。然而出于某种原因，他出现了。

下班之后，朱尔斯站在动画工作室外面的门厅里，向对讲机报出自己的名字，然后在玻璃墙边等着，直到一位助理出来接她。工作室的光线昏暗，但在这个时候仍在悄然活跃着。她所见到的都是忙碌、勤奋、行动。

透过办公室的玻璃墙，她看到伊桑坐在办公桌后面。自从春天她和丹尼斯搬到贝尔纳普以后，她就没再见过他。此刻的伊桑看起来没有认真梳头，他正盯着电脑屏幕，或许已经盯着屏幕看了好几个小时。小莫坐在沙发上，弓腰抱着一把班卓琴，认真研究如何演奏。事实证明，青春期对小莫·费戈曼也是一种折磨。他曾经是个骨瘦如柴的男孩，极度敏感和脆弱；现如今，十九岁的他拥有一个男人的身体，却焦躁不安、手脚粗笨。

朱尔斯走到办公室前，轻轻敲了敲玻璃。“你好。”她说。

小莫放下班卓琴猛地站起身来，好像被她吓了一跳。他用单薄的声音说：“是朱尔斯，爸。”

“我看到了。”伊桑说。他从那张布满划痕的宽大铜桌后站了起来。

她不确定该先和他们俩中的哪一位打招呼，于是她迎向既不想握手也不想拥抱的小莫。他们点了点头，几乎像是对彼此鞠了一躬。她说："嗨，小莫，你好吗？寄宿学校怎么样？"

"我回家休息一会儿。"他说，然后又像事先排练过一样补充道，"我不喜欢学校，但是我还能怎么办。"

"噢，"她说，"很抱歉你不喜欢。我也不喜欢学校。我喜欢夏令营。嘿，我还不知道你弹班卓琴呢。"

"乔纳·贝伊用 Skype 给我上课，"小莫突然来了精神，"这是他给我的。"他拿起那件乐器，朱尔斯欣赏着破旧的表面上褪色的彩虹。

小莫仓促地笑了笑，这时一个打扮入时的年轻女人走进办公室说："小莫，你准备好出发了吗？"

"准备好了。"说着，他把班卓琴放进琴盒拉好拉链，跟着她向外走去。但是伊桑说："等等，等一下。你就这么走了吗？"

"对不起，爸。"小莫叹了口气，调整肩部姿势，古怪地伸长脖子，然后转向朱尔斯看了看她的眼睛，这个动作似乎用尽了他所有的力气。"再见，很高兴见到你。"他对她说，接着他又转向伊桑说："待会见，爸爸。这样好点了吗？"

"好多了。"伊桑说着，伸出手臂抱了抱小莫。小莫双眼紧闭着忍受他的拥抱，好像他正坐在雪橇上滑下山坡，等待着触底时的轻微碰撞。

他走之后，伊桑转向朱尔斯，他们的拥抱也同样尴尬；她也闭上了眼睛。然后她向后退去，仔细打量着他。见他没有生气，她反而感觉更糟了。"嗨。"她说。

"嗨。"

"我不知道你什么时候会联系我，"朱尔斯说，"我以为你气疯了。"

"没那事。只是对一切感到沮丧。我需要冷静一下。"

“那你现在很冷静了吗？”

“像喇嘛一样冷静，”他说，“难道你看不出来吗？”确实，很难从他身上看出什么。整体上看，他衣衫不整，情绪阴沉。“我们去吃饭吧。”伊桑说。他们没有走出写字楼，而是走上一段颤巍巍的金属螺旋楼梯，来到一处她此前不知道的空间。

“这地方好像梦里的场景，发现自己的公寓里多出一个房间。”当他们站在专为伊桑设计的、分隔出来的阁楼里时，她这样说道。他告诉她，这些年来，有时候工作晚了，他就会在这里过夜而不是回家。

开放式厨房的慢炖锅里烹煮着冬季炖菜，伊桑盛出两碗汤摆在餐桌上。他和朱尔斯面对面坐下，他身后是一排黑沉沉的窗户。吃着吃着，她说：“我想我快一年没见过小莫了。他变帅了。他身上有很多埃诗的影子。”

“他们俩都有，在外表上。我为他们高兴。平时小莫喜欢在学校放假的时候回家来，可是现在，埃诗和我分居对他真的很难。他完全不理解我们为什么要这样。我想让他忙起来，试着让他在这里干点活，但他会变得非常躁动。我让他去给邮件分类，放进每个人的信箱里，但他有时会把信拆开，有一次把一整袋邮件都扔了出去。当然，大家对他都很和气，可他太有破坏性了。他可以在寄宿学校住到二十三岁，然后谁知道我们要怎么办。不知道怎么办让我非常紧张。”

“二十三岁离现在还早着呢，”朱尔斯说，“你又不是现在就要想清楚。”

“我必须把一切都想清楚。”

“你真的不需要。”

“我彻底完了，朱尔斯。一切都陷入了困境，婚姻到头的困境。我猜是长期积累的结果吧。”

“等一下，”朱尔斯说，“在讨论这件事之前，我们可以先谈谈我在其中扮演的角色吗？我也知道古德曼的事？让我们先把这事说清楚。”

伊桑向她挥了挥手。“你还能怎么办？你对那一家人做出了承诺，而且是你一个人对他们所有人。我明白的。我确定埃诗把那天晚上的争吵都一五一十地告诉你了，”他继续说道，“我都不记得我说了什么，但是我知道我说她选择了他们而不是我。这话她告诉你了吗？”

“嗯。”

“而且你知道，她对我的某些选择也有话要说。她其实并没有让步。从那以后，但凡和孩子们还有其他事打交道，我们都尽量客气相处，免得从头再吵一次。但我一直在想一件事：埃诗是一位坚定的女性主义导演，可她却从未认真考虑过凯茜·基普林格所讲述的古德曼的所作所为。她从来没觉得自相矛盾。她的哥哥是自成一类的单独特例。她就是能这样划分的。但是我能说什么呢？她很复杂。我作为父亲很失败，可她对小莫是个了不起的母亲。当他走进房间时，她会表现出快乐；她永远不会对他发脾气；她为他打了很多电话。为什么这会激怒我？难道我真是个需要独占全部关注的巨婴吗？还是因为她这么做只能让我想起自己有多恶劣？我在两者之间摇摆不定。埃诗有很多美好的品质，她真的有。她为我们打造了一个体贴美好的家庭，所有人都想成为其中一员。你很难不爱上她。她对每一件事都尽心尽力。这是她的家庭教给她的。她母亲也是如此，她那些美味的饭菜，”他说，“可怜的贝琪。”

“可怜的贝琪。”朱尔斯附和道。

贝琪·沃尔夫的死在他们之间停留了片刻。伊桑说：“我知道埃诗觉得她父母给了她太多压力，要她去搞艺术，还要有所成就。然而他们自己并没有多少艺术气质。德崇证券只要挣钱，差不多是那样吧。但是，她所有那些关于压力的抱怨——我想说的是，已经足够了，对吗？她没法放下她的家庭及他们对她‘所做的事’。这些天我都觉得，如果你的生活里没有真正的折磨——被人强奸或者被关在地窖里，或者十三岁就被迫在工厂干活——嗯，如果没有这些的话，我觉得吧，其实没必要太把自己吃的苦当回事。在我刚开始反对童工的时候，埃诗看到了我见到的事——我给她看的——她真的被震撼了。从那时开始，我觉得我们从前就像只关心自己的怪物，我再也受不了了。可是从各个角度来说，她永远都摆脱不了她的家庭小剧场，我明白的，过去是很难摆脱的。差不多每个人一辈子都有一首咏叹调，而这就是她的那一首。她太执迷于成为那个好孩子、听话的孩子、有所作为的孩子，而在这件事里，也就成了那个说谎的孩子。为了保护她那个可恶的哥哥。”

“你认为他可恶？你认为他强奸了凯茜？”朱尔斯说，声音越来越高。

“嗯，他对她绝对有点过分，”伊桑说，“她不想继续他们正在做的事情，他无法接受。从来没有人这样对待他；所有人都对他着迷，至少在夏令营大家都是。就是这样，也许凯茜的不知足更是火上浇油。糟糕的组合。所以说，是啊，我可以保险地说，他确实做了某些事。我认为他做了。”他停顿了一下，又纠正了自己的话，“成年的我是这么认为的。”说完，他看着朱尔斯，仿佛在等她跟上他，抛下那个在知道又不知道的状态里被动等待太久的少年的她。

“但是一切都过去了，”朱尔斯说，“这才是最不真实的部分。”

“我知道，”伊桑说，“那两个警探都不在了，还记得他们吗？年纪大的那个退休了。年轻的那个曼弗雷多，记得吗？他死于心脏病发作。这些年来，我有点强迫症地在谷歌上搜索他的信息，想看他还在不在警队，是不是还在悄悄调查古德曼·沃尔夫的案子。也许谷歌搜索可以致命，”伊桑说，“你有没有考虑过这一点？你一直在搜索他们，看他们在哪里，突然有一天你一搜索，发现他们死了。就连绿园酒廊也没了。就我所知，古德曼也毁了。因为他根本没有机会成熟。”伊桑打住话头，让自己平静下来。“他对你还有，你知道，还有吸引力吗？”他突然认真地问她，“当你在树林里看到他时，你对他还有感觉吗？”

“天哪，没有。什么也没有。只是遗憾。”

伊桑点了点头，这个回答仿佛让他放下心来。“至于凯茜，”他说，“我认为她现在其实还不错。”

“你怎么知道？”

“因为我见过她。”

“你见她了？什么时候？埃诗知道吗？”

伊桑摇了摇头：“不知道。9·11之后她在新闻上成了众矢之的，我就是那时和她取得了联系。我看过一期采访她的节目——好多人打电话到现场对她大吼大叫，而她只是坐在那里默默承受。那让我很不舒服。我要来她的电子邮件地址，私下给她写了封邮件，只是想说，嘿，我对此感到很抱歉，还有让她知道我还惦记着她。结果她立马就回信了，然后我们就见了一面。她看起来又经受了一次创伤。中间她提起正在为那些家庭筹措救助基金的事，于是我就写了一张支票。”

“我就知道你会。你真是个好人。”

“不算吧。我想我是因为内疚。我们所有人就那样丢下了一切，丢下了她。”

“我在袭击事件十周年的时候读到了关于她的报道，”朱尔斯说，“我讨厌这么说：‘袭击’。太像黑话了。最终她还是给那些家庭买了健康保险，对吗？通过分红还是什么？其中有些人还为当初攻击她而道歉了？”

“花了好几年，”伊桑说，“情况显然很复杂，但是，对啊，她做到了。”

“你现在还见她吗？”

“没了，”他摇摇头说，“我们后来又发了一段时间电子邮件，当家庭健康保险的事圆满收场时我给她写了封信。正如我所说，我认为她过得还不错。她告诉我她有个好丈夫，一个姓克劳斯的德国银行家。我问过她和特洛伊的事，她说他们十八岁时就彻底分手了。她还告诉我，在离开夏令营后很多年，三十多岁的时候，她去看了他的舞蹈演出。她就那么坐在阿尔文·艾利的观众席上，他的表演精彩极了。她终于不再为她的人生、她的难题，以及无法成为职业舞者的事实而难过，在看演出时，她完全没有想到自己。她说，那场演出起到了艺术原本应该发挥的作用：让你沉迷。古德曼的事对她绝对造成了精神创伤。所以说，是啊，我认为那的确是强奸。但是最终，都过去那么长时间了。大多数情况下都是靠这个：时过境迁。”

“也许那也是你和埃诗所需要的，”朱尔斯说，“让事情随时间过去。”伊桑没有回答。他们相对无言地坐了一会儿，然后他站起身来，椅子发出嘎吱一声。他走到酒柜旁拿出一瓶餐后甜酒。朱尔斯跟着他走到灰色长沙发边，坐在那里享用泛着金色的甜美葡萄酒。这款酒的滋味想必对少年时的他们同样有吸引力——一瓶适合刚刚迈入成年世界的人们的葡萄酒。

“所以，”他说，“他回冰岛了，你知道。埃诗连这都告诉我了。”

“我不知道，但是我猜到了。他住在那里，他的东西都在那里。丹尼斯把他吓走了。伊桑，你真该见见他。他真的糟透了，看起来是那么边缘化。我想和埃诗谈谈他，谈谈这一切。可她现在不想和我说话。我被孤立了。”

“嗯，你有丹尼斯啊。”朱尔斯耸肩做了个鬼脸又补充道。

伊桑说：“怎么？你没有丹尼斯？你这表情什么意思？”

“我们不是很好。起初是我逼着他和我放弃工作，然后又是我逼着他和我放弃夏令营。我喜欢和十几岁的孩子们在一起，但他是对的——我不想自己身在那里却不是其中一个孩子。实际上，相比于青春靓丽的孩子们，我还是喜欢和走投无路的人打交道。现在我们回到城里来,我失业了,基本靠丹尼斯养家。我差不多就是在混日子，试图想清楚下一步怎么走。我觉得我在很多方面都错失了良机。”

“你总是低估自己，”他说，“你为什么要这样？我看得到你是什么样。在男生帐篷里的第一天晚上我就看到了。你很善于揶揄。”

“还很笨拙。”

“好吧，对啊，善于揶揄还很笨拙。碰巧我对这种组合情有独钟。但这种组合在男孩身上也许更好过一些。”

“是的，”她说，“绝对是的。笨拙和善于揶揄对女孩通常没什么用，只会让一切更加艰难。”

“我不想让你遇到难事。”他在沙发上靠近她，抚摸着她的头发，这似乎一点也不奇怪。她觉得，无论他现在做什么都不奇怪。伊桑前倾身体，吻上她的嘴唇。当他这样做时，朱尔斯身体里的女孩蓦然出现，与人到中年的她正面相遇。她回忆起伊桑在很久以前和她谈起她父亲的死，想让她情绪激动，盼望她的悲伤会转化成冲动的欲望。这一次，金色的甜酒让这个时刻显得更加柔和，他们不在动画棚里，而是在动画棚工作室。他很富有，而她很穷。他做着他热爱的事情，而她则做着力所能及的事。但是他们彼此相像：同样的笨拙和善于揶揄。这个吻是让他们始终相像的封印。此刻，他们的嘴唇彼此摩挲着,共同创造这个封印。起初只有嘴唇紧贴的温柔触感,感觉还不算坏。但朱尔斯很快注意到，在这个时隔多年回归的吻中，伊桑的嘴唇和气息都有一丝酸涩，仿佛酒里的糖分已经开始分解。不过，也许是因为他的嘴唇是一片陌生的疆域，她知道她不应该出现在那里，那不属于她，她不想在那里。就像罗瑞曾经说的，走这么远却只是为了一次从头再来的机会，这真是太不可思议了。这感觉和最初那个时刻一模一样。不是相似，而是完全相同。

朱尔斯向后退去，两人的嘴唇分开时发出细微的声响，“啵”的一声，像一声叹息——吸管响，她想道。朱尔斯移开目光，他们各自退到沙发一角。她不能亲吻伊桑·费戈曼，不能抚摸他的身体，不能和他上床，也不能对他做任何与身体有关的事。他总是试图回到她身边，总在试探他能走多远。他就像朱尔斯对丹尼斯说的那只从老公寓跟他们来到新家的老鼠。但她还是不能让他那么做，因为他不属于她。

有时候，她觉得丹尼斯因为服用定音而散发出有轻微毒性的气息，裹挟在一层发酵的气味里，但仍然很吸引她。他没有讽刺、机敏或杰出的才智。她想知道此刻丹尼斯在这个工作日寒冷的深夜里在做什么。自从夏天以来，他们的相处一直疏远而客气。不再有性生活，不再有亲吻，但有许多彬彬有礼、不掺杂任何情绪的对话。他仍然在生她的气，气她在夏令营运转顺利时离开贝尔纳普，兜兜转转又回到这里。他现在大概正坐在床上，电视里放着娱乐体育节目，膝头摊开一本《医学超声诊断期刊》。而在这里，在这令人难以置信地深藏于写字楼的阁楼中，夜深了，朱尔斯和伊桑坐在长沙发两头望着彼此。

“我得走了。”她说。

“好的。我试过了，”伊桑说，“只是这些日子我真不知道最好的生活方式是什么。说实话，我真的不知道。”

“生活总是很复杂，伊桑。”

“不，”他说，“这次不一样。我长东西了。”

“东西？什么意思？”

“黑色素瘤。”他说。

她直勾勾地盯着他。“在哪里？”她的声音充满怀疑，甚至有一丝怒意。她隐约想起她的父亲在一天晚上走进她的房间，告诉她他病了，需要住院。她当时坐在她小小的白色折叠桌前，写一篇读后感。书桌、作文和她手里的笔都一下显得那么荒谬，像太空中的物体一般没有重量。

“真的不重要，”伊桑说，“但你非要知道的话，就在这里。”他轻拍了一下头顶，然后低下头分开头发，让她看他头皮上的一小块纱布。“显然，淋巴结里也有。”

“你什么时候发现的？”她说，她的声音忽然小到听不清楚。

“秋天。我头上很痒，就挠了几下。结果出了一点血，后来就结痂了。我本来以为没什么，但事实证明那是一颗存在了很长时间的色素痣，只是我从没发现。”

“发现的时候你是自己一个人住，”她说，“谁陪你去检查的？你告诉谁了？”

“谁也没有，”他说，“这事我没有声张。”

“埃诗不知道？”

他摇了摇头。

“伊桑，你必须告诉她。”

“为什么？”他问，“很显然，你可以对配偶隐瞒关键信息嘛。”

“她必须帮你。”

“也许你就可以。因为，坦率地说，”他挤出一个刻意的微笑，“这有一部分得怪你，朱尔斯。你在那年夏天让我不得不摘掉那顶松松垮垮的牛仔帽，说我看起来就像帕丁顿熊。所以这么多年来暴露在阳光里——”

“闭嘴，这真的不好笑。”

他立刻看出自己不该在这时候戏弄她。这么做感觉很残酷，而他当然永远不想对她残酷。

“有办法治的，对吗？”她问，“你在接受治疗吧，化疗什么的？”

“是的，”他说，“两个疗程了。还没奏效，但他们还有希望。”

“那下一步呢?”

“换一种药物,”他说,“从星期一开始。”

“伊桑,你得让埃诗参与进来。她一定想对你负责,一定想照顾你。她一直是这么做的。”

伊桑不为所动。“我不这么认为。”说完这话,他用更温柔的口气对她说:“你才是那个人。”

“我不是那个人。”

“你就是。”

她无法再和他较劲了,于是她想:好吧,我就是那个人。我才是那个人,一直都是。这个人一生都在我身边,他的心一直跳动着,等待着我,但我没有接受。

但是她知道,你不是一定要和灵魂伴侣结婚,你甚至不是一定要和一位有趣分子结婚。你不是一定要成为那个令人心醉神迷的人,那个如烟花般绽放的人,那个让所有人哄堂大笑的人,那个让所有人都想和你同床共枕的人,抑或是那个创作并出演戏剧、让全场观众起立鼓掌的人。你可以不再沉迷于做一个有趣分子的执念。反正,她知道,有趣的定义是会改变的;对她来说已经改变了。

曾经,登上舞台对于一个失去父亲的十五岁女孩而言是最好的强心剂。戏剧让她振奋。朱莉·雅各布森,来自纽约郊外安德希尔、发型活像贵宾犬的女孩,在林中精灵被唤醒了全部的生命力。可那距离这些皮肤松弛、在深夜交谈的中年人已经恍如隔了好几世。“伊桑,无论你要我去哪里,我都会陪着你,”她说,“这段时间我不上班,所以我有时间。我陪你去看医生,去治疗。这就是你想要的吗?”

他点点头,如释重负地闭上眼睛:“是的,一点不错。谢谢你。”

“行,”朱尔斯说,“但你必须给埃诗打电话,把事情告诉她。”

“什么事情?”

“她不能是唯一做错事的人。我承认,不告诉你古德曼的事在你们之间引起了很多风波。但她是埃诗啊，而且你爱她。你爱她，她也爱你，所以你必须告诉她，你知道的，你是怎么在那个酒店房间里躲了两天，没有陪她带小莫去耶鲁儿童研究中心。”

“天哪。”

“还有，如果时机合适的话，或许你还应该告诉她你和凯茜·基普林格一直有联系，还给了她钱。还有，不用我说，你必须告诉她你的病情。”

“那可有的谈了，朱尔斯。”

“是的。而且你必须和她谈，不是和我。”

丹尼斯在朱尔斯到家之前就睡着了，尽管他坚决否认——人们常常这样莫名其妙地不肯承认自己睡着了——但他脸上的印痕与客厅旧沙发上的竖条灯芯绒纹路完全吻合。朱尔斯可以想象他躺在那里，脸贴着沙发沉沉睡去，却依然足够警醒，一听到她用钥匙开锁的声音便醒了过来。现在是晚上十一点半。她没有接受伊桑开车送她的提议，她说想走一走。夜晚很冷，雪下个不停，在空气中划出一道道白线。坐上地铁之前在空无一人的街道上走过几个街区，真让人觉得轻松。

“出什么事了？”丹尼斯用研究的神情看着她，“出事了。”

“你的脸都皱了。”朱尔斯说。她脱下沾着雪花的大衣，坐到沙发上，他刚才躺着的地方还很暖。

“你不打算告诉我吗？”他问。

“我会告诉你的，”她说，“虽然我真的不想说。”她尽可能控制着语调的波动，出于自我保护，她尽量和信息本身保持着些微的距离，就像伊桑对她所做的那样。她就这样和他说了伊桑患有黑色素瘤的事。她没有和他提那个吻，因为那个吻本身已经倒转回去消失不见了。丹尼斯坐在那里被动地听着，然后他说：“噢，糟糕。嗯，他是伊桑，所以他会得到最好的治疗。他会去做任何需要做的事。”

“我知道。”

“那你呢?”丹尼斯说,“你会好起来吗?”

他伸出手抚摸着她的头发,就像伊桑一样。这是男性的基本动作之一,对他们来说再自然不过。朱尔斯任由自己扑通一下倒进丈夫宽阔的怀抱里,丹尼斯再一次主动展现出全部的存在感。他主动挽回了他们的婚姻,将妻子拉到他身边。丹尼斯在这里,此时此刻仍然在这里。当她全身心地依偎在他怀里时,她想,这可不是不起眼的天赋。

二十二

那年冬天，两对夫妇见面吃了两次晚餐。第一次乔纳也在。他们两次去的都是同一家气氛轻松、没有喧哗的餐厅，而且去得很早，因为化疗让伊桑体力不支。为了缓解恶心而服用的医用大麻让伊桑飘飘欲仙，他坐在桌子对面朝朱尔斯摇头晃脑地轻笑。她一生中第一次和他说话时，他就在卷一个难看的、湿漉漉的烟卷。这段日子里，他的烟卷都由别人紧紧卷好，规格统一，细而强劲。他最近经常抽这些烟卷，朱尔斯知道。大家都动作缓慢、小心翼翼，一小群私密的朋友与外界隔绝地围坐在一起。埃诗在那年冬天与伊桑和好如初，她看起来仍在担心自己的婚姻再次破裂，她坐在他身边，手掌覆在他的手上。她和朱尔斯不再时常单独见面了。少女时代的友谊——及至两个女人之间的友谊——从容自在，她们谈论性、婚姻、艺术、儿女、大选及接下来将发生的事，这份悠然自得令人艳羡，但这不是她们俩此刻想要的。没人能未卜先知，意识到你注定会失去这份悠然自得，又会为之哀悼。乔纳来吃饭时，埃诗告诉大家他在教小莫弹班卓琴。“我不知道他是不是真能学到东西，”埃诗保守地说，“但他好像真的很努力。”

乔纳说：“他绝对学到了东西。”他只在小莫从寄宿学校回家的时候到他们家来教了两节课，但他一直在 Skype 上教他。距离让小莫觉得安心，屏幕的隔离效果也是。乔纳来餐厅吃晚餐时带着吉他，他在喝咖啡之前抱歉地告辞；他要去布鲁克林的格林波特同几位音乐家见面，他不想迟到。

那年早春，伊桑的病情发展到了最后阶段，尽管除了埃诗谁也没意识到这一点，直到事实真正摆在他们面前。他手头有那么多项目，他们都不知道发生了什么。他大部分时间都不在工作室里，但团队在他缺席的情况下依然忙于工作。他从查尔斯街的房子里无拘无束地、有时甚至是不分轻重缓急地向各处发送电子邮件，他开始筹划明年至尊研讨会的安排，还用他装备在家的那台高度灵敏的录音机录制台词。他给电视台口述了一份备忘录，内容涉及最近一集《费戈大陆》中可能引发争议的素材引起的小小波澜，一家能量饮料公司为此威胁要撤出广告。

外界纷纷传言伊桑·费戈曼病了，但没人知道他的病情。患癌的人比比皆是，癌症已经是随处可见的普遍存在。癌症不再令人震惊，黑色素瘤看起来也不像——比如说胰腺癌——那么恐怖。伊桑总是坚称，忙于项目可以保持你和世界的联系，让你保持生命力。他曾经说，工作就是对抗死亡的良药。发现自己认同这一观点的朱尔斯也设法重返工作岗位。青少年互助小组在曼哈顿北部儿童与家庭中心一间单调的多功能厅里举办活动，折叠椅码在墙边，一个已经被打破的旧皮纳塔[1]在他们头顶晃来晃去，里面的战利品早已被一扫而光。房间里光线很差。活动刚开始时，少年们垂头丧气地围坐成一圈，但随着时间过去，他们渐渐活跃起来。最后，一个少女为她酗酒的父亲失声痛哭，另一个人拥抱着哭泣的女孩，还有一个男孩干脆站在椅子上一劳永逸地扯下了那个没用的皮纳塔。雇用朱尔斯来参加试讲的是慈母般的主管卡尔布太太，她坐在角落里的折叠椅上，不时做着笔记。

---

1 皮纳塔（piñata），又称圣诞爆竹，用纸板制成空心的人物、动物形象，内部塞满糖果，用于节庆场合打破哄抢糖果取乐。

试讲之后，卡尔布太太在办公室里说朱尔斯似乎“对年轻人和受苦难的人怀有深厚的感情”，朱尔斯欣然表示同意，她早已意识到此言不虚。于是乎，现在她负责三个小组，每个小组每周会见两次，每次两小时。到年底她将再接受两个小组。这里的薪水很低，但朱尔斯和丹尼斯的开销也不多。他们负担得起罗瑞在公立学校的学费，再说她很快就要毕业了。不过，天知道她能否找到工作——每个大学生的父母都这么对彼此说。每个人都忧心忡忡，生怕自己的孩子找不到工作，沦为一个统计数字，永远留在父母家里，和他们的曲棍球奖杯一起待在小时候的卧室里。大家都劝孩子不要进入艺术领域，他们知道那个行当不再有未来。几年前，朱尔斯曾有一次去埃诗的剧院看戏。在表演结束后的“复盘”阶段，观众向编剧和导演这部话剧的埃诗提问，这时一个女人站起来说：“我想问沃尔夫女士一个问题。我女儿也想当导演。她正在申请研究生院的导演专业，但我很清楚这个专业找不到工作，而且她很有可能只会梦想破灭。我是否应该鼓励她做些别的事情，让她在耽误太多时间之前找到其他可以进军的领域呢？”埃诗对那位母亲说：“嗯，如果她想从事导演行业，那她必须非常非常渴望它。这是头等大事。否则的话，她没必要让自己经历这一切，因为其中的艰苦和失望是常人难以想象的。但是呢，如果她真的非常非常渴望，如果她也确实表现出这方面的才能，那我认为您应该对她说：‘太棒了。’因为事实是，这个世界可能会让您女儿倍受打击。但一位母亲永远不该这样。”

观众情不自禁地鼓掌，埃诗的表情很满意，那位母亲也是。朱尔斯却想知道那位女儿后来怎么样了。她试过去做导演吗？拥有罗瑞这样想去国家公园工作的女儿可能会让你洋洋自得，她不会成为那种需要有创造力，最终却在墨西哥连锁餐厅收银的孩子。

伊桑很高兴听朱尔斯说她找到了一份喜欢的新工作。“我真希望能去你们的小组偷听，”他说，“我想看你运转起来的样子。我可以假装我也是青少年之一。”

“你永远混不进去。”她说。他的头发很稀薄，皮肤覆着一层蜡黄的阴影。在那一年两顿晚餐中的第二次，在微弱的烛光里，伊桑从桌子对面向朱尔斯说了什么，可她没听清楚。她把手拢在耳朵上，然而此时丹尼斯将手放在朱尔斯的另一只手上。他们两人便各自转向了自己的伴侣。

在最新一轮化疗的结果“令人失望”之后，伊桑和埃诗决定寻求其他治疗方案。为此他们前往瑞士日内瓦，去一家通过邓肯和夏伊拉的朋友推荐的诊所。“瑞士三角糖[1]疗法。”伊桑在出发前一晚上给朱尔斯打电话时这样介绍道，有些嘲讽意味，却也无可奈何。在瑞士，伊桑感觉这些未经尝试的猛烈药物严重毒害了他的身体，他在二十一天的治疗方案中不得不放弃了五天。回家以后，他和埃诗闭门不出，不想见朋友们，甚至不想见朱尔斯。缺乏交流让朱尔斯非常躁动。她给埃诗留言：“让我知道下一步作战计划。”埃诗则回复：“会的。”但这个回答并不让人放心。朱尔斯直接给伊桑发邮件，向他讲述她的“父母离婚的孩子”互助小组当天的见闻。“其实你可以加入那个小组，”她在邮件里写道，“你就是父母离婚的孩子嘛。另外，《纽约时报》科学板块称，现在青春期有了新的年龄划分界线。五十二岁！你刚刚好！！！”她不管不顾地打出感叹号，每个感叹号都比前一个更绝望、更虚假。

没有人会告诉你：在危机时刻，家庭可以凌驾于友谊之上。在一周里的某个工作日，伊桑和埃诗的孩子们在母亲的召唤下回到家里。回到家的拉金焦虑得有些歇斯底里，她需要氯硝安定。埃诗一天给她吃几次，一次一小片，剩下的都给了她自己。拉金在纽黑文将《费戈大陆》的角色集锦文在自己身上，从肩膀向下覆盖了整条

1 瑞士三角糖（Toblerone），一种瑞士产的三角形巧克力糖。

左臂，以此向她的父亲致敬。然而他看到她的文身时只是说：“上帝啊，你怎么想的?”这让拉金大哭起来，哭诉她的父母从不在意她想要什么，只在意他们自己想要的。“不是那样的。”埃诗说，她一直是这两个孩子出色的母亲。拉金彻底崩溃了，她说埃诗当然是个好母亲；她根本不知道自己在说什么。埃诗也哭了起来。几小时前刚被人从寄宿学校开车接回家的小莫对所有无法控制的情绪都感到烦躁不安，他猛地冲进自己的卧室，在里面闭门不出。

过了一会儿，他的父母在门外听到他弹起了班卓琴。“小莫，”伊桑喊道，他站在房门外，尽管此刻他只想走过大厅回床上睡觉，“请你出来好吗。”他拧了拧门把手，把手纹丝不动。

“我不想出来，爸。我不喜欢外面发生的事。”

“什么事也没发生，”伊桑说，“我对你姐姐的文身很生气，但那是她的身体，她也只是想做些表达爱意的事。我不该对她大喊大叫。你出来吧。我是你爸爸，我想和你待一会儿。”他强迫自己说出这些话语，强迫自己真心相信这些话语，按朱尔斯一直明确告诉他的方式。门依然关着，又过了几秒钟，门打开了。小莫站在门口，伊桑·费戈曼的亲生骨肉。爱你的儿子，朱尔斯总这样对他说。爱他，爱他。她向伊桑发出爱的讯息，要他将爱倾注到小莫身上。现在，站在儿子的房间门口，仍然因最近服用的试验性药物感到不适的伊桑说：“我可以进来吗?”小莫很惊讶，因为父亲很少主动来到他身边。但是伊桑走进房间，坐在小莫的床尾。“你在弹什么呢?”他问。

小莫说：“乔纳教我的一首歌。”说着，他慢慢弹了起来，按自己的节奏停顿又开始，就算弹错了音也继续弹下去，渐渐地，可以听出那是器乐版的《随风而逝》。他断断续续地拨动琴弦，像孤立的钟声彼此碰撞在一起。一曲弹完，小莫说:“爸，你不喜欢吗？爸，你在哭吗?”

一家人在屋里一起待了整整一周。有人为他们准备饭菜；包裹送达了有人签收；一位肿瘤护士来过两次；仍然几乎没有外人了解正在发生的事。就连和丹尼斯一起居住在北边自己公寓里的朱尔斯也不明白状况。“你觉得他们能想出办法吗？”她问丹尼斯。

“我不知道。”他说。

“不，你知道。你上班天天和癌症打交道。你读了那么多期刊。告诉我。告诉我你怎么看。”

丹尼斯望着她，眼睛一眨不眨。那是一天里的早晨，他们俩都起床了，在浴室里肩并肩共享洗手池。她结婚以来从没有过自己单独的洗手间，尽管那是她一直渴望的。丹尼斯在刮胡子，在面颊上茂密的黑色胡须中清出一条道路。等他下班回家，那些胡须就已经长回来了。胡须只剃了一半，乱糟糟涂着剃须膏的他看起来很悲哀。他将剃须刀放在小小的水池旁边，说道：“如果像你说的那样，现在两边肺里都有了，那样的话，不，我认为他们做不了什么了。至少据我所知是没什么可做的了。但我只是个超声技师。”他觉得自己必须补充一句，“我不是医生。”

“噢，可你现在已经懂得很多了，丹尼斯，”朱尔斯说，“而我一直都在想这个。我反反复复在想，他可能永远没机会被人叫作老伊桑·费戈曼了。”

“什么？”

“就像老莫·邓普顿。”她的声音听起来仿佛在哀号。

“噢，对。迪士尼的第十大元老。”

那天早上，丹尼斯去上班，朱尔斯也去上班了。又是一个普通的日子。春意悄然渗入每一个角落，朱尔斯最近组建的住院病人互助小组里的青少年也出奇地闹腾，互相打情骂俏。精神健康中心阴郁的房间里洋溢着欢快的气氛。一个名叫 JT 的身体畸形的男孩带来一盒恩滕曼牌覆盆子丹麦酥，他说如果用微波炉加热十二秒，不多不少十二秒，它们就会变成“仙馔”。JT 和两个女孩跑过大厅去小厨房里用微波炉。在小组重新集合前的短暂间隙里，朱尔斯回想起她在圆锥形帐篷里吃过的越橘奶酥，想起它像性爱一般的滋味，谁知道那是什么意思。小组重新集合，孩子们谈起他们的药物、他们的父母、他们的男友、他们的伤口、他们的暴食症，以及他们稚嫩而忙乱的生活。

中午，她和主管卡尔布太太在这个糟糕街区唯一食物还过得去的地方共进午餐，所有的精神健康工作者都去那里吃凯撒沙拉。这时，朱尔斯的手机响了，是埃诗的电话。朱尔斯在那家人满为患、深绿色墙壁的餐厅里接起电话，电视在头顶上播放节目，即便在那时，她也不觉得害怕，因为现在是白天，手机在白天响起总是好消息。但是电话另一头的埃诗声音柔软又清晰，她说："朱尔斯？是我。噢，听着。伊桑今天早上心脏病突发，他们没把他救过来。"

即便在那一刻，在那几秒钟里，朱尔斯仍然觉得他可以康复。她记得自己的母亲在那天深夜从长岛的医院回到家里，她把钱包重重地丢在地板上，对朱尔斯和爱伦说："噢，姑娘们，爸爸没挺过来。"当时朱尔斯哭喊道："他们就不能再想想别的办法吗？"

再也没有办法能拯救这一长串身体和灵魂。伊桑的心脏停止了跳动，或许是因为他在瑞士尝试的新药，或许是他之前服用的所有药物积累的结果。他从床上坐起来吃早餐时犯了严重的心脏病，死在赶往医院的救护车里。没穿外套的朱尔斯站在餐厅外春寒料峭的空气里，和埃诗谈了几分钟。之后她回到屋里，麻木地对卡尔布太太重复自己刚才听到的消息。卡尔布夫人说："我替你取消小组活动，亲爱的。你没心思顾这个了。直接回家吧。"但朱尔斯想回到小组成员身边。

当她告诉孩子们她的朋友离世的消息时，他们都聚拢在这位心理咨询师周围，仿佛她是一根五朔节花柱。一个身材高大、患有恐惧症的西班牙裔男孩赫克托张开双臂搂住她，一个脸上打满穿孔、活像订满老式订书钉的公告板的小个子女孩也哭了起来，她说：“朱尔斯！朱尔斯！你一定很爱你的朋友。”

所有的孩子都在说：“我们为你朋友感到抱歉！”这时她意识到，他们以为朋友是一种委婉的说辞，也许它的确是。因为朋友这个词很有包容性，在这里它包含了太多，包括很多矛盾。她从没见过伊桑的阴茎；他从没见过她的乳房。多大点事，她想。不过她真希望当初能以某种方式向他展示自己，然后对他说：“看见啦？你没错过什么。”

那天晚上，她和丹尼斯去查尔斯街的房子守了一夜。全家人醒着守到天亮，屋里灯火通明。“我该怎么办？”凌晨四点，埃诗披着睡袍坐在楼梯上抽烟，“我们分开几个月我就无法忍受，觉得好孤独。现在我又开始觉得孤独了。”

“我会帮你的。”朱尔斯说。

“你会吗？”埃诗像孩子一样感激地问。朱尔斯说，是的，她会，她永远会。尽管她们俩都不知道这究竟意味着什么，但这话说出来好像就发挥了某种作用。

朱尔斯和丹尼斯留下待了好几天，其间，埃诗的父亲也来待了一阵子。他自己现在也显得弱不禁风，由于膝盖不好，走路要拄拐杖。尽管如此，他还是把哭泣的女儿抱在怀里，仿佛是在强风中保护她站稳。后来，伊桑早已离异的父母碰巧在同一时间赶到，两人都身材发福、衣冠不整，都对彼此怒气冲冲。他们一来就开始大哭，然后吵了起来，接着又很快离开了。乔纳也过来了。筹备葬礼及一个月后更大规模的追思活动有很多细节要处理，整个过程快得让人无暇思考。拉金和小莫需要关怀，拉金还需要镇静剂。朱尔斯常用余光观察丹尼斯在做什么。此刻，他按埃诗的要求给埃诗的朋友们打出一连串电话；此刻，他坐在那里看乔纳和小莫弹奏吉他和班卓琴；此刻，他给所有人端上咖啡。他在尽己所能让自己派上用场。如果没有外人的喧嚣，这座房子只会显得与世隔绝、精疲力竭。

在葬礼前一晚，邓肯和夏伊拉出现在前门台阶上。噢，他们为什么会来？朱尔斯心想。一对蠢货！即使到现在，伊桑都已经死了，她还是不得不与这些人分享他和埃诗。然而，邓肯和夏伊拉与其他人一样心碎。邓肯的脸不时因震惊和持续的痛苦而扭曲。最后他们一起熬夜喝酒，徒劳地试图安慰彼此。终于，他们在椅子和沙发上睡着了。第二天早晨，仆佣悄悄走进来，蹑手蹑脚地来来去去，捡起酒瓶、玻璃杯和揉皱的餐巾纸。有人将沾上了谁也说不出是什么物质的桌面擦得干干净净。

所有人都想知道伊桑的财产会如何处理、会分给谁，以及他究竟有多少钱。当然，他的家人会得到妥善照顾。等小莫到了不再适合寄宿学校的年纪，他将生活在一个不至于让他不知所措的社区，在那里他可以做一些令他感兴趣的工作。拉金将被允许消沉一段时间，平静下来之后，她可以去读研究生，或者写一部早熟而愤怒的自传小说。毫无疑问，伊桑的大部分财产将捐给反童工倡议和其他慈善机构。

但是，关于他的财产，还要考虑到他最亲密的朋友们，可是谁也不知道他对他们有怎样的计划。在他去世前两个月，伊桑和他的遗产继承律师拉里·布拉夫开了个费解的玩笑。“我也说不清，”在他们坐在一起浏览了好几个小时的文件之后，伊桑说，“我想，给朋友留下很多钱大概存在风险。”

“我认为是这样的。”

“你可以把这叫作‘天财成年人的悲剧’，”伊桑说，“不过我这里说的天财是另一个意思，就像天降横财的意思。天财成年人也许会变成孩子，然后因为这笔天降横财而永远做个孩子。根据你的经验，拉里，会这样吗？会发生这样的事吗？”

律师透过无框眼镜看着伊桑：“请原谅我的无知，伊桑，但这个什么‘悲剧’——其实我不明白你在说什么。这是个典故吗？你可以解释一下吗？”

“没什么，”伊桑说，“我只是把脑子里的想法大声说了出来。不用担心。我会想好的。”于是没人知道他的决定，也没有人问。自有人会及时处理。

伊桑去世后，朱尔斯又开始每天和埃诗通话。一个月后，埃诗打来电话说，她终于可以开始收拾伊桑在家的办公室了，她要说的是，她发现了一些她认为朱尔斯可能想要的东西。埃诗说：“其实我不知道你会做何感想，但它更应该属于你而不是我。”

包裹送来了，一个硕大的正方形棕色纸箱。快递员上门时，只有朱尔斯在家。丹尼斯在公园里踢球。“踢走死亡。”他说。罗瑞乘公共汽车从北部的学校回来，今天很晚才能到家。她打算在家住一个星期。她对父母的说法是：“我就喜欢和你俩在一起。”但他们知道，对她来说，离开户外世界和朋友们、回家来和父母住是一种牺牲，她这样做是为了让他们开心一些，是出于好意。他们期盼她归来，仿佛她就是上帝，能让他们都好起来。

在前门走廊上签收之后，朱尔斯站起来打开包裹。里面有几张订在一起、已经褪色的折叠纸。打开一看，她发现这是一部从未制作成成片的动画短片故事梗概。她立刻意识到这些图画的年代多么久远。不仅因为纸张看起来很脆。伊桑的风格这些年来也发生了变化，人物的面孔呈现出极其独特的风格。但是在最开始，铅笔的笔画狂野而松散，仿佛他的手在和大脑赛跑。第一格里精心画着一个男孩和一个女孩，一眼就能认出那是十五岁左右的伊桑和朱尔斯。他们站在松树下，月光如水一般流淌在他们平凡的、透着傻气的脸上。男孩痴迷地望着女孩。

“所以，你觉得如何？”他想知道，“你有可能再考虑一下吗？”

女孩说：“拜——托——我们可以聊点别的吗？”

下一格的画面是，他们一起步履艰难地爬上一座小山。“好吧，那你想聊什么呀？”他问她。

“你有没有发现，铅笔从某个角度看很像苏格兰牧羊犬？”她说着，一支粗大的2号铅笔出现在画面里，它有一张狗狗的脸，张嘴汪汪叫着。

“没有哎，我从来没注意过。”伊桑在下一格里说道。两个人物终于爬到山顶，他们一起穿过树林。噢，悲剧，噢，悲剧，男孩自言自语，但他脸上有一丝微笑。噢，开心，噢，开心。爱心、花朵和星星在他们上空的黑暗里如烟花绽放。

装订好的纸张在雅各布森-博伊德公寓的前厅桌上躺了几天，就在埃诗和伊桑每年寄来的圣诞节贺信静静躺着的那个地方。朱尔斯站起身来端详伊桑的画。终于，她将它们收进客厅的箱子里，那里面放的都是与她生命中那段岁月有关的物品。连续三年夏天写满留言的林中精灵线圈本同学录，第二年夏令营所有人一起摆拍的航拍照片。在那张照片里，伊桑的脚紧贴着朱尔斯的脑袋，朱尔斯的脚则紧贴着古德曼的脑袋，其他人以此类推。事情不就总是这样吗？——各个身体部位不会完全按你想要的方式排列在一起，每个部位都有一些地方脱节了，仿佛世界本身就是一连串动画，充满渴望、嫉妒、自我厌恶、壮观奇景、失败、成功，一个奇怪而无休无止的卡通循环。你欲罢不能地看着它，因为不管你现在已经了解多少情节，它始终是那么有趣。

致谢

许多人——朋友和专家（往往既是朋友也是专家）——与我分享了他们的知识和意见，我对他们所有人都心怀感激。他们包括黛博拉·所罗门、WME公司的格雷戈·霍德斯、丽莎·费伦茨、持证照的临床社工诊所（LCSW-C）、医学博士桑德拉·梁、医学博士肯特·塞普科维茨、大卫·弗朗斯和杰伊·韦纳。

谢莉·费奇、珍妮弗·吉尔摩、亚当·戈普尼德、玛丽·戈登、加布里埃尔·潘内克、苏齐·罗奇、斯泰茜·希夫、彼得·史密斯和丽贝卡·特雷斯特都是敏锐的读者，我很幸运能得到他们的建议。我也要诚挚感谢我杰出的经纪人苏珊娜·格鲁克。在此，我还要再次感谢我睿智且宽宏大量的编辑莎拉·麦格拉思，以及吉妮·马丁和莎拉·斯坦因。感谢河源出版社的所有人，包括出色的、当然也支持女性主义的出版人杰弗里·克罗斯克。和往常一样，对伊莲娜·杨感激不尽。当然，我还要向理查德致以谢意与爱意。

图书在版编目（CIP）数据

天才少年的黄昏 /（美）梅格 · 沃利策著；陈阳译
. —北京：中信出版社，2022.4
书名原文 : The Interestings
ISBN 978-7-5217-3660-1

I. ①天… II. ①梅… ②陈… III. ①长篇小说－美国－现代 IV. ① I712.45

中国版本图书馆 CIP 数据核字（2021）第 218805 号

天才少年的黄昏
著者： [美] 梅格 · 沃利策
译者： 陈阳
出版发行：中信出版集团股份有限公司
（北京市朝阳区惠新东街甲 4 号富盛大厦 2 座 邮编 100029）
承印者： 山东临沂新华印刷物流集团有限责任公司

开本：889mm×1194mm 1/32　印张：16　字数：415 千字
版次：2022 年 4 月第 1 版　印次：2022 年 4 月第 1 次印刷
京权图字：01-2021-6005　书号：ISBN 978-7-5217-3660-1
定价：68.00 元

服务热线：400–600–8099
投稿邮箱：author@citicpub.com